경클

스티븐 롤리 소설
최정수 옮김

정글

이봄

에벌린, 하퍼, 에밋, 엘리아스 그리고 그레이엄에게

차례

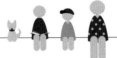

"너를 평범한 사람 취급하는 자는 누가 되었든 절대 사랑하지 마라."

—오스카 와일드

"당신은 말했죠, 오, 소녀야, 모든 걸 홀로 감당할 때
세상은 차가운 곳이란다."

—팻 베네타, 〈밤의 그림자〉

좋아, 하는 데까지 해보자.

패트릭은 휴대폰 카메라를 풍경 모드로 켜고 자동초점 기능이 메이지와 그랜트를 찾아내기를 기다렸다. 함께 있는 아이들의 모습이 가냘프고 부서질 듯 보였다. 심지어 메이지는 벌써 아홉 살인데. 카메라가 사람을 실제보다 5킬로그램쯤 더 나가 보이게 한다는 속설이 사실이라면(패트릭은 이 오래된 속설이 사실인지 알 만큼 카메라 앞에서 충분히 많은 시간을 보냈다), 그의 카메라에 돌이킬 수 없는 결함이 있다는 뜻이었다. 메이지가 얼굴 주위에 늘어진 머리카락을 빗어넘겼다. 팜스프링스에서 삼촌과 함께 육 주를 보낸다고 하니, 사막의 태양을 떠올리는 것만으로 벌써 기분이 한결 가벼워진 듯했다. 그랜트는 이가 있던 자리를 무심코 혀로 핥았다.

"허리 세우고 똑바로 앉아봐." 패트릭이 말했다. 하지만 조카들의 모습이 작아 보일 만큼 연약하게 비치는데다 둘 다 카메라에 찍히고 싶어서 안달이 난 만큼, 그건 아이들에게 알맞은 자세는 아니었다. 카메라가 아이들을 프레임 안에 선명하게 잡는 동안 패트릭은 미소 지었다. 이렇게 연습해서 아이들이 화면에 잘 담기게끔 해주지 않을 거면 이 여름에 무슨 의미가 있겠는가? 패트릭의 손가락이 휴대폰 위를 맴돌다가 동영상 녹화 버튼을 침착하게 눌렀다. "너희 엄마 얘기 좀 해줘."

메이지와 그랜트는 서로가 입을 열기를 바라며 움츠러들었다. 연기 경력을 통틀어 패트릭은 무대공포증이 약해지는 경우는 한 번도 본 적이 없었다. 두 아이는 침묵 속에서 가까운 형제자매들이 때때로 사용할 수 있는 방법인 텔레파시에 의지해 협상을 벌였다. 마침내 세 살 더 많은 메이지가 입을 열었다. "엄마는 키가 컸어요."

패트릭은 휴대폰 뒤에서 앞쪽을 바라보았다. "엄마가 키가 컸어? 그래? 기린도 큰데. 너희 엄마는 기린이야?"

"아니거든요!" 이 연상에 아이 둘 다 기분 나빠했다.

"나한테 소리지르지 마." 패트릭이 항의했다. "너희가 엄마의 키보다 더 괜찮은 이야기를 하면 되잖아."

그랜트가 주먹을 휘둘렀다. "엄마는 힘이 셌어요. 언젠가는 청소기를 돌리려고 또파를 들어올린 적도 있어요."

"**커트**." 패트릭이 녹화를 멈췄다. 물론 그는 그랜트가 자기 엄마를 힘이 세다고 생각하길 바랐고—세라는 치료를 받으면서 그녀 특유의 회복력을 많이 잃었다─심지어 늦은 오후의 고요함 속에서 이 일을 하고 있었으며 조카 아이의 혀짤배기소리 정도는 기꺼이 눈감아줄 수 있었다. 그러나 세라가 이 동영상 속에서 다이슨 무선청소기와 한 공간을 공유하는 모욕을 겪게 할 생각은 없었다.

"얘들아, 너희 진짜 이야기에는 젬병이구나."

메이지는 점점 불안해했다. "그럼 삼촌은 우리가 무슨 이야기를 하길 바라는데요?"

"내가 바라는 것이라…… 동영상을 찍자는 건 너희 생각이었잖아!"

그랜트가 시무룩해져서는 작은 두 발로 발길질을 했고, 그러다 커피 테이블을 걷어차고 말았다.

"내 가구에 흠집 내지 마." 패트릭이 이렇게 말한 뒤 메이지에게 휴대폰을 내밀었다. "자, 이걸로 나를 찍어보렴. 어떻게 하는 건지 보여줄게." 메이지가 투덜대기 시작했지만 패트릭은 귀담아들을 생각이 없었다. "쯧쯧."

메이지는 마지못해 휴대폰을 건네받고는 삼촌을 찍기 위해 들어올렸다.

"더 높이 들어." 패트릭이 말했다.

"뭐라고요?"

"더 높이 들라고. 일어나서."

메이지가 일어났다.

"더 높이!" 패트릭이 몸을 앞으로 숙이고는, 메이지가 팔을 공중으로 치켜들게 했다. "너 아무래도 나를 사중턱으로 찍고 싶은 모양인데, 지금 우리가 겅클* 규칙 몇 번을 지켜야 하지? 자기에게 어울리는 각도를 파악해라. 사람마다 예쁘게 보이는 쪽이 있거든. 심지어 애들도 마찬가지야. 어떤 각도든 잘 나올 것 같지만 그렇지가 않아." 패트릭은 지난 세기 중반에 만들어진 가죽 안락의자에 다시 앉아, 메이지가 카메라의 위치를 잘 잡도록 동작을 해 보였다. "방금 한 얘기는 신경쓰지 마, 어차피 지금 우리는 방향을 완전히 잘못 잡았으니까. 빨간 버튼 보이니? 그게 녹화 버튼이야."

메이지는 인내심을 잃어가고 있었고, 압박을 받을 때면 보이곤 하는 태도가 겉으로 이글거리기 시작했다. "내가 모르는 걸 말해줘야죠."

"스토커드 채닝**의 진짜 이름은 수전이야."

메이지가 짜증을 내며 휴대폰을 내렸다.

"넌 이걸 몰랐어, 그렇지? 그리고 이젠 알고." 패트릭은 자신이 화면에 담기게끔 메이지를 달래 양팔을 더 높이 들어올리게 했다. "수전 스토커드. 스토커드는 사실 그녀의 성姓이지."

"뜨토커드 채닝이 누구예요?" 그랜트가 발음하기 힘든 음절에 걸려 미끄러지며 물었다.

"오, 맙소사. 리조 몰라?" 패트릭은 녹화가 되는지 보려고 기

---

* guncle. '동성애자 삼촌'을 뜻하는 속어 표현.
** 미국의 영화배우. 존 트라볼타와 올리비아 뉴턴 존이 주인공으로 나온 영화 〈그리스〉에서 베티 리조 역을 맡았다.

다렸다. "영화 〈그리스〉에 나오잖아."

그랜트는 어깨를 으쓱했다. "우린 그 영화 안 봐떠요."

"뭐라고? 너희, 정말 〈그리스〉 안 봤어? 난 너희 나이 때 그 영화를 백 번쯤 봤는데. 존 트라볼타가 엉덩이를 흔드는……?" 공허한 눈길. "뭐, 됐어. 〈그리스 2〉에는 젠더에 관한 좀더 진보적인 메시지가 있지. 그리고 올리비아 뉴턴 존의 리즈 시절 모습을 보고 싶다면, 아마 〈재너두〉에서 시작해야 할 거야."

"삼촌이 하는 말은 다 이상해." 메이지가 투덜거렸다.

"있잖아, 그건 네가 그것들을 유식한 대화라고 생각하기 때문이야. 난 그냥 사실을 말할 뿐인데 말이다. 그런데 이걸 사용하는 방법을 알려달라는 거야, 말라는 거야? 제발 녹화 버튼 좀 눌러."

메이지는 일을 빨리 진행하기 위해 삼촌이 시키는 대로 했다. "우리 엄마 얘기를 해주세요."

패트릭은 눈을 감고 세라의 모습을 떠올렸다. 그리고 다시 눈을 뜬 다음 카메라 렌즈를 똑바로 응시했다. "우리의 우정은 어둠 속에서 시작되었단다. 너희 엄마가 나에게 우리 대학 기숙사 지붕에서 보이는 전망을 보고 싶느냐고 물었고, 나는 그러고 싶었지. 우린 엘리베이터를 타고 9층으로 갔고, 마지막으로 퀴퀴한 냄새가 나는 계단을 조금씩 올라갔어. 그리고 방화문이 우리 뒤에서 탁 소리를 내며 닫혀버렸어. 너희 엄마가 앞장섰단다. 너희 엄마는 그런 성격이었지. 나는 우리가 사건의 무시무시한 전개를 막 밝혀내려는 2인조 십대 탐정이나 되는 것처럼 몸을 바싹 웅크리고 너희 엄마를 따라갔어. 둘 다 땀을 뻘뻘 흘렸던 게 기억나

느구나. 10월 둘째 주였는데도 말이야. 내가 좀 툴툴댔던 것 같아. 왜냐하면 너희 엄마가 나에게 '교활한 불평쟁이'라고 했거든. 음, 내가 들은 말은 완곡어법이었겠지. 너희 완곡어법이 뭔지 아니?" 패트릭은 아이들을 한 명씩 살펴보았다. 아이들은 알지 못하는 것 같았다. "그건 가혹하거나 당황스럽게 들릴 수 있는 말을 더 부드럽게, 간접적으로 하는 방식이야." 패트릭은 제대로 이해하고 있는지 보려고 아이들의 표정을 살폈다. "너희 마티니에 든 올리브 한 쌍처럼 나를 보고 있구나. **쿵**. 맥락을 따라잡지 못한다는 의미의 완곡어법이야."

그랜트가 얼굴을 찌푸렸다. "난 오디브 안 좋아해요."

"그건 중요하지 않아. 난 너희 둘에게 이야기하는 법을 가르치는 거야." 패트릭은 아이들이 경청하도록 자기 귀를 손으로 가리켰다. "그렇게 아래쪽 문이 잠겼는데, 위쪽 문도 안 열리는 거야. 시도해본들 올라갈 방법도 내려갈 방법도 없었어. 우린 몇 시간이고 그 계단통에 꼼짝없이 갇혀버렸다는 걸 깨달았지. 해골을 공유하는 것 말고는 할일이 없었어. 너희 엄마가 나에게 너의 가장 큰 비밀을 이야기해주지 않겠느냐고, 아니면 기다리다가 게이바이메이gay-by-May를 할 거냐고 묻더구나. 처음부터 나에 대해 다 알고 있었던 거지."

"게이바이메이가 뭔데요?" 메이지가 어쩔 줄 몰라했다. 하지만 기특하게도 휴대폰의 위치는 계속 유지하고 있었다.

"2학기 때까지 기다리다가 커밍아웃하는 거."

"태골을 어떻게 공유해요?"

"해골이란 혼자 간직하고 싶은 당황스러운 사실을 가리키는 말이야."

"아니에요, 그건 뼈로 된 타람이잖아요!" 그랜트가 눈에 띄게 혼란스러워했다.

"둘 다 굉장히 무섭지! 너희도 알겠지만, 이야기를 한다는 건 리듬을 쌓아가는 거란다. 이렇게 계속 끼어들면 도움이 안 돼. **그건 그렇고**, 우리는 위쪽 문이 잠긴 게 아니라는 걸 알게 됐어. 그냥 닫혀 있기만 했지. 마침내 우리는 지붕으로 올라가 가장 특별한 석양을 기분좋게 바라보았어. 나한테 카메라가 있어서, 너희 엄마가 분홍색 햇빛 속에 잠겨 눈부시게 빛나는 모습을 몇 장 찍었지. 아름답게 보인다고 말했더니 그녀는 이렇게 대꾸했어. '코 두 개 전에 나를 봤다면 다르게 생각했을 거야.'"

"우리 엄마 코가 세 개여떠요?"

"그랜트! 내가 끼어들면 어떻게 된다고 했지?" 패트릭은 목청을 가다듬었다. "지붕 위에 있던 그날 밤, 그녀는 나에게 앞으로 인생이 수월해질 거라고 했지. 그게 기억나. 나도 그녀에게 같은 말을 했단다. 하지만 그녀는 대책 없이 순진하다는 양 나를 쳐다보았어. 그러면서 여자들의 인생은 다르다고, 더 힘들다고 말했어. 그래도 너희 엄마는 내가 재능이 있다고 말했지. 언젠가는 유명해질 거라고 말이야. 난 그런 종류의 머리를 갖고 있었으니까."

"어떤 종류의 머리요?" 메이지가 물었다.

세라가 말한 건 똑똑하다는 의미였다. 하지만 이야기의 재미를 위해 패트릭은 이렇게 대답했다. "코가 딱 하나 있는 종류."

"삼촌은 유명하잖아요!"

"글쎄, 유명한 건 상황에 따라 달라지는 법이지. 하지만 여러 면에서 너희 엄마 말이 옳았어." 패트릭은 멍한 눈으로 그녀가 다른 사람들에 관해 얼마나 비극적으로 잘못 판단했는지를 생각했다. "결국 캠퍼스 경찰이 와서 우리에게 거기서 내려오라고 했어. 내가 기억하기로는 경보기가 작동했던 것 같아." 패트릭은 잠시 말을 멈췄다. 어쩌면 그들이 거기서 마리화나를 피웠던 것도 같다. "우리의 우정은 어둠 속에서 시작됐어." 그가 그 계단통을 떠올리며 되풀이해서 말했다. "하지만 너희 엄마는 언제나 나의 빛이었단다."

메이지가 조용히 정지 버튼을 누르고 휴대폰을 옆으로 내렸다. 이야기를 하는 데는 옳고 그른 방법이 있고, 메이지의 표정은 그 아이가 다음에 일어난 모든 일을 궁금해한다는 걸 말해주었다.

"정말 좋았어요, **거프**GUP."

패트릭은 휴대폰을 돌려받으려고 몸을 앞으로 기울였다. 그런 다음 다시 같이 앉으라고 아이들에게 손짓을 했다. "자, 다시 해보자꾸나." 패트릭은 자신이 드밀 감독이라고 상상했다. 이제 아이들은 클로즈업 촬영을 할 준비가 되었다.* "너희 엄마에 관한 특별한 뭔가를 말해다오."

---

* 영화 〈선셋 대로〉(1950)에 나오는 유명한 대사 "자, 드밀 감독님, 클로즈업 촬영을 할 준비가 되었어요(Alright, Mr. DeMille, I'm ready for my close-up)"에 빗댄 표현. 세실 B. 드밀은 미국의 유명한 영화감독이다.

육 주 전

1

오전 8시 38분, 벌써 기온이 25도를 넘어섰고, 온도계 눈금이 30도를 향해 올라가는 중이었다. 5월로서는 일반적이지 않은 일이지만 들어본 적이 없는 것도 아니었다. 사막의 하늘은 구름 한 점 없었고, 그것이 할리우드의 시각 효과가 아니라는 걸 확인하기 위해 그 아래에서 충분히 시간을 보내기 전까지는 진짜라고 믿기 힘들 만큼 선명한 코발트블루색이었다. 패트릭 오하라는 작은 공항 앞 차도 가장자리에 어쩔 줄 몰라하며 서 있었다. 팜스프링스를 둘러싼 산들은 거대했다. 그 산들은 바람을 제외한 온갖 종류의 기상현상―구름, 비, 습기―을 저지하기 위해 시간을 넘겨 일했다. 바람이 코첼라 밸리 입구에 왕궁 근위병들처럼 서 있는 장엄한 풍차들을 움직였다. 미풍 속에서 야자수가 부드럽게 흔들렸지만 가지가 숙여질 만큼 많이 흔들리진 않았다. 그 순간 패트릭은 자신이 그 힘의 일부를 가졌으면 하고 바랐다.

오래된 청록색 쉐보레 컨버터블 자동차가 과속 방지턱에서 잠시 멈췄다가 그의 앞을 천천히 지나갔다. 운전자는 차체 아랫부분이 긁히지 않도록 몹시 신경을 썼다. 자동차는 딸꾹거리며 장애물을 넘어갔고, 그런 다음 적정한 속도를 되찾아 모퉁이를 돌고는, 줄지어 선 위엄 있는 야자수들을 따라 마치 오래된 그림엽서 안으로 운전해 들어가듯 공항 출구를 향해 터미널에서 멀어져 갔다. 바로 이것이 패트릭이 팜스프링스에서 좋아하는 점이었다. 세월이 흘러도 변치 않는 이 도시의 모습. 날이 길고 햇빛도 너무 깨끗해서 하나를 다음 것과 구분하기가 불가능했다. 그는 인생 중반에서 어언 사 년 동안 사막의 사유지에 숨어 있었다. 그가 TV 드라마에 출연해 번 돈으로 태머리스크 로드 남쪽, 적절하게도 무비 콜로니라 불리는 곳에 구입한 땅이었다(굴욕적인 〈위층 사람들〉 9개 시즌에 출연한 것, 그리고 그 작품이 여러 매체에 팔리고, 스트리밍되고, 놀랍게도 프랑스에서 흥행이 성공한 데 대한 멋진 보상). 이토록 완벽하게 세상으로부터 단절되는 것이 그의 의도는 아니었다. 하지만 이 도시가 그걸 권했다. 옛 스튜디오 시절, 영화를 찍기로 계약한 배우들은 촬영 일정이 촉박할 경우 로스앤젤레스에서 150킬로미터 넘게 떨어진 곳으로 여행해서는 안 되었다. 팜스프링스는 로스앤젤레스에서 일직선으로 정확히 150킬로미터 떨어진 곳에 위치해 있다. 그 덕분에 배우들이 갈 수 있는 가장 먼 탈출지였다.

처음 팜스프링스로 이사했을 때, 패트릭은 친구들을 집에 초대했다. 대부분 업계 사람들, 그가 할리우드에서 십오 년 넘게 일하면서 알게 된 괴짜들이었다. 세라는 아이들을 데리고 한 번 방문해 일주일간 머물렀는데, 그때 그들은 시간 가는 줄 모르고 웃고 풀장에서 물장구를 치며 놀았다. 그녀는 오래된 친구만 할 수 있는 방식으로 그와 그의 유명인 친구들을 즐겁게 해주었다. 그후 그는 장시간에 걸쳐 사람들과의 연락을 서서히 줄였다. 사람들도 그의 집을 찾아오지 않게 되었다. 세라의 경우에는 그럴 만한 이유가 있었다. 하지만 다른 사람들은 그냥 그가 존재한다는 사실을 완전히 잊어버린 것 같았다. 뒷집에 사는 삼자연애 관계의 게이 JED*는 그의 집에 손님이 거의 오지 않는 걸 보고는 심지어 그를 은둔자라고 불렀다. 존, 에두아르도, 그리고 드웨인은 말썽 부리는 스냅, 크래클, 그리고 팝**처럼 다정한(하지만 가시 돋친) 놀림을 담아 그들의 사유지를 분리해주는 담 너머로 얼굴을 불쑥 내밀고 활짝 웃곤 했다. 가정부 로자는 그에게 누구라도 만나라고 권했다. "패트릭 씨, 왜 아무도 없이 이 큰 집에 혼자 살아요?" 대답은 복잡했다. 그리고 그가 맥 빠져서 지내면 로자가 안쓰러워서 그가 좋아하는 음식인 세비체***를 만들어주리라는 걸 알기에 대답을 회피하기도 했다. 패트릭 자신이 느끼기에 상황이 그 정도로 심각하지는 않았다. 그는 단지…… 끝났을 뿐

* 존(John), 에두아르도(Eduardo), 드웨인(Dwayne)을 한꺼번에 부르는 명칭.

** 미국 캘로그 사의 시리얼 라이스 크리스피의 마스코트 캐릭터들.

*** 생선살이나 오징어, 새우, 조개 등을 얇게 잘라 레몬즙 또는 라임즙에 재운 후 차갑게 먹는 중남미 지역의 대표 음식.

이다. 구 년 동안 그는 그 자신의 한 면을 세상에 내주었으며, 지금 그에게 남은 것은 누군가에게 빚진 것이 아니었다.

한 남자가 렉서스 자동차를 주차 구역에 세운 뒤 시동이 꺼지지 않은 차에서 뛰어내려 친구 또는 직장 동료로 보이는 남자와 진심 어린 악수를 하는 동안, 패트릭은 야구모자를 눈 위로 낮게 내려썼다. 그들 옆을 지나가면서 패트릭은 친구인 듯한 남자에게 고개를 가볍게 끄덕여 인사했고, 그 남자가 남성용 라켓 세 개가 든 윌슨 테니스 가방을 어깨에 메는 동안 그 가방에 얻어맞는 것으로 답인사를 받았다. 패트릭은 보이지 않는 존재였다. 경험해보니 익명성을 얻기란 퍽이나 수월했다. 그가 대중의 주목을 받은 이후 꽤 오랜 시간이 지났기 때문인 듯했다. 과하지 않게 행동하는 것이 비결이었다. 변장이 평범해야 했다. 모자와 선글라스, 몸에 너무 붙지 않는 남색 셔츠(하지만 그의 체격이 항상 눈길을 끌었다). 그다워 보이는 건 무엇이든 감추려 했다. 사람들의 주목을 끄니까. 그래서 고개를 끄덕여 인사하고 원래의 모습과 다르게 보이려 했다. 그런 노력은 대체로 잘 먹혀들었다.

패트릭은 휴대폰을 꺼내 동생 그레그에게 문자 메시지를 보냈다. 나 지금 가는 중이야. 어젯밤 자정 직후부터 전화가 걸려오기 시작했다. 하지만 그는 휴대폰을 **방해금지 모드**에 맞춰놓았다. 아침 일찍 일어나 부모님으로부터 부재중 전화 열세 통이 와 있는 걸 발견했다(양호한 횟수는 결코 아니었다). 열네번째 부재중 전화는 그레그로부터 온 전화였다. '전화 줘'보다 긴 메시지를 남긴 사람은 아무도 없었다. 그레그는 메시지를 남기지 않았다. 수년 전 어머니가 아버지가 뇌졸중으로 쓰러졌다는 소식을 알리려고 부적절한 시간에 전화를 해온 이후 패트릭은 전화통화를 가지고 어머니와 힘겨루기를 해왔다. 그는 아침에 어머니에게 답전화를 걸었다.

"난 어젯밤에 네가 필요했는데 대체 넌 어디에 있었니?" 어머니가 물었다.

"침대에 있었죠. 그 시간에 대부분의 사람들이 있는 곳요."

"전화벨 소리에도 잠이 안 깨던?"

"아침 일곱시 전에는 벨소리가 나지 않게 해놨어요."

"긴급 상황이 일어나면 어쩌려고?"

"긴급 상황이 일어나면, 밤새 잠을 충분히 잤으니 더 잘 대처하게 되겠죠." 패트릭에게는 이 논리가 절대적으로 오류가 없어 보였다. 그리고 그의 논점을 증명해주기라도 하듯, 아버지의 증세는 '뇌졸중'이 아니라 가벼운 안면신경마비로 밝혀졌다.

하지만 간밤에 걸려온 부재중 전화는 정당했다. 세라가 이 년 반의 용감한 투쟁을 마치고 조용히 눈을 감았다는 소식이었다. 커다란 포효 소리가 으르렁거렸고, 그런 다음 비행기가 활주로에서 이륙이라도 한 것처럼 하늘이 갈라졌다. 보도가 진동하는 동안 패트릭은 덜거덕거렸다. 그뿐만이 아니라 정신이 멍했다. 이런 일이 일어나선 안 되었다. 두 번이나 이래서는 안 되었다. 조이후 또 이럴 수는 없었다. 이런 식으로 세라를 잃은 것에 대해 패트릭은 죄책감을 느꼈다. 그녀를 만났을 때 그는 절대 그녀를 놓지 않겠다고 약속했다. 이후 인생이 개입했다. 그녀는 북부로 갔고, 그의 동생과 결혼했다. 그는 서부로 갔고, TV에서 명성을 얻었다. 그리고 서서히, 시간이 흐르면서, 그는 그렇게 했다.

그녀를 놓았다.

패트릭은 여행 가방을 힐끗 내려다보았고, 그것이 거기에 있는 걸 보고 거의 놀라다시피 했다. 여행 가방을 꾸린 기억이 없었는데. 어쨌든 그는 여기에 왔고, 수년 만에 비행기를 타려는 참이었다. 내내 익숙하게 해오던 일인데 말이다. 심지어 뉴욕의 방송국에서 〈굿모닝 아메리카〉* 혹은 세상에나, 〈더 뷰〉**에 출연해 달라고 요청해서 방송국 전용기를 한두 번 이용한 적도 있었다. 하지만 지금 그는 긴장했고 속도 울렁거렸다. 이건 많고 많은 비행기 여행 중 하나일 뿐이라고, 그러니 문제될 일이 아니라고 스스로에게 말했다. 패트릭은 선글라스를 고쳐썼다. 그리고 뒤로 돌아 공항 안으로 걸어들어갔다. 유리문이 열렸다가 닫히자 그의 뒤로 산이 비쳐 보였다.

*

수하물 찾는 곳. 패트릭의 눈이 그레그를 지나쳐 한 무리의 수다스러운 승무원들을 훑다가 곧바로 그레그를 알아보았다. 패트릭은 아버지가 마중 나와서 그를 하트퍼드로 데려갈 줄 알았다.

그래서 유리문 반대편에서 동생 그레그를 발견하고 놀랐다. 그레그는 무기력하고 야위어 보였다. 심지어 15미터는 떨어져 있는데도 그의 괴로움을 감지할 수 있었다. 그레그는 갑자기 늙어버렸다. 마치 기묘한 소용돌이 안에 들어갔다 나와보니 그들이 마지막으로 만난 뒤 십 년은 더 지나버린 것처럼.

그레그가 패트릭을 알아보았을 때, 기내 휴대용 가방이 패트릭의 어깨에서 스르르 미끄러져 가방끈이 팔꿈치에 걸렸다. 가방은 미끄러지다 바닥에 떨어지기 직전 겨우 몇 센티미터 위에서 멈추었다. 패트릭은 손을 살짝 흔들려고 했다. 그들은, 두 형제는 혼란스러워하며 유리벽 양쪽에 서 있었다. 패트릭이 유리를 두드리고 영화 〈졸업〉의 엔딩 장면을 재연할 수도 있었다.* 하지만 그러지 않았다. 패트릭은 알고 있었다. 그는 그 영화를 열 번도 넘게 보았다. 당장은 기분이 좋을지 모르지만, 인생의 가혹한 현실들이 앞에 놓여 있었다.

패트릭은 **재진입 금지**라고 적힌 표지판을 지나 자동문을 통과해 동생을 향해 똑바로 걸어가서는 동생의 뒤통수를 잡고 꽉 끌어안았다. 그의 손가락이 그레그의 머리카락 속 깊이 파묻혔다. "미안해." 그가 속삭였다. 그레그는 떨고 있었다. 그는 동생이 감정 없이 축 늘어질 때까지 힘주어 껴안았다. 적어도 잠시 동안은. "나 여기 있어."

---

* 〈졸업〉은 주인공 벤저민이 일레인의 결혼식장에서 그녀를 데리고 달아나는 장면으로 끝난다. 버스에 탄 두 사람은 유리창 밖을 보며 웃지만, 이후 펼쳐질 현실을 떠올리고는 갑자기 어두운 얼굴이 된다.

그들은 패트릭의 수하물을 조용히 기다렸다. 벨트 컨베이어를 따라 조용히 움직이는 검은색 짐가방들의 행렬이 마치 문상객들을 태운 장례 행렬 속 자동차들 같았다. 며칠 지나면 그들이 그런 자동차 행렬 안에 있게 될 것이다. 주차장으로 가는 길에 형제는 둘 다 말이 별로 없었다. 주차 기계 앞에서 티켓을 찾느라 분투할 때도 마찬가지였다. 그들 뒤에 줄을 선 사람들에게 먼저 하라는 말만 했을 뿐이다(그레그는 티켓을 지갑 안에 건성으로 끼워놓았다). 차를 몇 층에 세워놓았는지 기억해내지 못할 때도 마찬가지였다. 패트릭은 옆을 조용히 지켰다. 동생이 패닉 상태에 빠져 불안해하는 동물처럼 제자리에서 빠르게 맴돌 때는 동생의 손을 잡아주기도 했다.

"쉬이이이. 괜찮아. 찾게 될 거야." 그가 속삭였다.

"바로 그렇게 하는 거야!" 콘크리트 탑 주위에서 누군가의 목소리가 들려왔다. 웬 바보 녀석이 그 순간의 고요함을 깨뜨린 것이다. 패트릭은 반사적으로 손을 흔들었다. 어떤 사람이 영리하게도 그렇게 소리친 것이 천백만번째가 아니라 난생처음인 것처럼. 바로 그렇게 하는 거야!는 그가 출연한 ABC 방송의 시트콤 시즌 2 후반에서 그의 캐릭터를 돋보이게 만들어준 유행어였다. 이후 그는 한 에피소드에서 적어도 한 번 이 대사를 읊었고, 촬영장의 관객들—보통 〈더 프라이스 이스 라이트The Price is right〉* 녹화장에 들어가지 못한, 큼지막한 옷을 걸친 볼품없는 중서부

---

* 참가자들이 현금과 상품을 얻기 위해 상품 가격을 추측하며 경쟁하는 미국 TV 게임쇼.

거주자들이었다— 은 그때마다 열광했다. 한동안 그는 그 조연 역할로 인기가 절정에 다다랐다. "당신 그 사람 맞죠? 여긴 무슨 일이에요?"

이 질문이 주차 구조물을 가로질러 울려퍼졌다. 〈위층 사람들〉은 네트워크 텔레비전 시대의 특성을 보여주는 마지막 시트콤이었다. 슈퍼볼 경기 후 스페셜 시즌의 에피소드 세 편이 방송될 정도로 인기 있었다. 그 출연진이 『피플』 매거진 표지를 장식했고, 심지어 패트릭은 그 역할로 골든 글로브 상도 받았다. 요즘 사람들은 휴대폰의 삼 분짜리 영상으로 텔레비전을 본다. 뭔가를 보긴 한다면 말이다. 대부분의 경우엔 혈색을 좋게 만들어주거나 고양이 수염과 코를 덧씌워주는 필터를 적용해 영상을 만들면서 그들 스스로를 보는 걸 더 좋아한다.

"그래요. 내가 그 사람입니다." 패트릭이 침착하게 대답했다.

"헤이, 그거 한번 말해봐요. 당신 유행어 말이에요."

"지금은 적절한 상황이 아니라서요."

"에이, 해봐요!" 남자가 재촉했다.

"됐어요, 그쯤 해둬요!" 패트릭은 한 대 치고 싶을 만큼 화가 나서 바퀴 달린 여행 가방을 손에서 놓고 그 낯선 남자를 향해 세 걸음 다가섰다. 그때 그레그가 형의 손을 잡고 있다는 걸 불현듯 깨닫고 형을 잡아끌었다.

남자가 머리를 흔들더니, 옷주머니에서 차 열쇠를 찾아 꺼내며 중얼거렸다. "기분 나쁜 놈이네."

패트릭은 다른 사람이 그들의 언쟁을 우연히 듣기 전에 그레그를 이끌며 다른 방향으로 빠르게 걸음을 옮겼다. 차가 세워진 곳이 어디인지는 알지 못했지만 패트릭은 정말이지 군중의 관심을 끌고 싶지 않았다. 그가 계단으로 통하는 문을 발로 차서 열었다. 일단 안전하게 문을 통과한 다음 양손을 무릎에 얹고 숨을 골랐다.

코네티컷대 후드티를 입은 남자 한 명이 올림픽 육상 경기라도 하듯 한 번에 두 계단씩 껑충껑충 뛰어올라왔다. 패트릭은 그 남자가 지나가도록 왼쪽으로 비켜섰다. 남자가 두 층 더 올라가는 동안 그는 귀를 쫑긋 세우고 발소리가 완전히 사라질 때까지 귀를 기울였다.

"세라는, 세라는 그냥……" 그레그가 입을 열었다.

"알아." 패트릭은 안전한 차 안에 도착한 다음에 그 이야기를 나누고 싶었다. 하지만 굳이 계단통에서 이야기해야 한다면 그래야 할 것이다. "엄마가 말해줬어."

"삼 주 전에 세라가 나에게 자기 장례식에 스틸리 댄의 〈릴링 인 디 이어스Reelin' in the Years〉를 틀면 좋겠다고 말했어. 그래서 내가 입 닥치라고 했지. 이런 식으로 결말이 난다는 걸 믿을 수가 없었거든. 하지만 그녀는 알고 있었던 거야."

패트릭은 그레그에게 자신의 고통을 들키지 않도록 몸을 조금 돌렸다. "그녀는 모든 걸 알고 있었어." 그가 좀더 일찍 왔어야 했다. 임종의 자리에 함께해 작별 인사를 해야 했다. 하지만 그는 그녀가 더이상 자기 사람이 아니라고, 오래전부터 그랬다고 판단했다. 그가 그녀 옆에서 보내는 모든 시간은 그레그나 아이들의 시간을 도둑질하는 것이라고.

그레그가 머리를 흔들었다. 패트릭은 계단통의 창문을 응시했다. 누가 창문에 차 열쇠로 자기들의 이니셜을 새겨놓았다. 창문 밖에서는 저녁 하늘에 불빛들이 점점이 수놓인 가운데 비행기들이 이륙하고 활주로로 들어오고 있었다.

"의사가 말했어. 얼마 있으면—"차 한 대가 문 바로 밖에서 끼이익 소리를 내며 주차장 모퉁이를 돌아갔다. 그레그가 이런 감옥은 난생처음 보는 양 거친 콘크리트 벽을 바라보았다. "난 의사가 한 말은 중요하지 않다고 생각해. 내가 거기 세라와 함께 있었어. 하지만 세라는 아이들이 도착하기 전에 가버렸지."그레그가 세 번 헛구역질을 하더니 몸을 구부리고 무릎에 손을 짚었다. 패트릭은 여행 가방을 뒤로 밀고 앞으로 걸어가 동생이 입은 후드집업의 후드를 잡았다가 움찔하며 물러났다.

"이리 와."그레그의 위장 안에 비워낼 것이 아무것도 없다는 사실이 확실해진 뒤 패트릭이 말했다. 그는 동생을 부축해 그 자리를 떠나 다음 기착지로 반 층쯤 올라갔다. 그리고 괜한 희망을 가지고 차로 더 가까이 다가갔다. 자신이 끌고 다니는지도 모를 어떤 것에 혐오감을 느끼며 여행 가방을 뒤쪽으로 질질 끌었다. 분명 그는 이 가방을 태워버린 다음 집으로 돌아갈 땐 새 여행 가방을 구입하리라.

그레그가 난간을 움켜잡고 몸을 가누며 손등으로 입을 닦았다. "형은 어떻게 견뎌냈어? 조의 일 말이야."

패트릭은 지독한 거짓말이 탄로나기라도 한 듯 우뚝 걸음을 멈췄다. 자기 콧마루(그의 남자친구를 빼앗아간 사고에서 남은 흉터를 여전히 느낄 수 있는 곳)를 꼬집고 숨을 날카롭게 들이쉬었다. 난 그러지 못했어, 그는 생각했다, 견뎌내지 못했다고. 이것이 항상 그가 제일 먼저 보이는 반응이었다. 하지만 그는 여기에 와 있다. 그렇지 않은가? 그는 여전히 새로운 상실 속에 서 있는 사람이었다. 그가 계단의 나머지 부분을 가리켰다. "저 위에서 차를 찾아보자."

그들은 새로운 층의 통로를 걸었다. 패트릭이 그레그에게서 열쇠고리를 받아들었고, 몇 미터마다 열쇠를 누르면서 숨길 수 없는 경적 소리가 들리거나 미등이 번쩍이는지 탐색했다. 통로 하나를 느긋이 걸어올라갔다가 네다섯 줄 다음 통로로 내려왔다. 그러는 내내 그들 중 누구도 별다른 말을 하지 않았다.

"너 여기서 뭐 하고 있는 거야?" 패트릭이 물었다.

"응?"

패트릭이 걸음을 멈추고 동생을 바라보았다. 애는 왜 아이들과 함께 있지 않지? "그레그."

그레그가 걸음을 멈추고 고개를 돌려 패트릭을 바라보았다. 그러나 대답을 하진 않았다.

"난 아버지가 날 데리러 올 줄 알았어."

"나 약물중독이야."

대화의 혼선이 거의 우스울 정도였다. 패트릭은 웃지 않으려고 안간힘을 썼다. 유머는 큰 슬픔에 대한 그레그의 대응기제 중 하나였다. 반면 패트릭의 대응기제는 어떻게든 무신경하게 반응하는 것이었다. 그래서 패트릭은 이렇게만 말했다. "그럼 여기가 네가 딜러를 만나는 곳이야?" 그는 가장 가까운 기둥을 올려다보았다. 기둥에는 4E라고 적혀 있었다. "집으로 가기 전에 우리 캣닢 좀 입수해야지?"

"농담 아니야." 그레그가 경보가 울리지 않도록 조심하며 하얀 승합차의 범퍼 위에 앉았다.

"나 안 웃었다." 패트릭이 말했다. 탭댄스용 구두를 신은 것이 분명한 한 남자가 그들 뒤에서 통로를 빠르게 걸어내려왔다. "그냥 혼란스러워서 그래."

"이해 안 되는 게 뭔데?"

"혹시 헤로인 같은 거야?"

"**뭐라고?** 아니야, 그냥 약이야."

"약. 어떤 약?"

"비코딘, 옥시, 펜타닐, 트라마돌. 한번은 내 어시스턴트의 책상 서랍에서 발견한 다이어트 약을 먹기도 했어."

패트릭은 반쯤은 몸서리가 나고 반쯤은 흥미를 느꼈다. "그래서 효과가 있었어?"

"무슨 효과."

"다이어트 약 말이야."

"그러니까, 기분이 좋아졌냐고?"

"아니, 살이 빠졌냐고." 그레그는 대답하지 않았고, 침묵이 길게 이어졌다. 그러나 패트릭은 생각했다. 좋아. 지금 그는 무엇보다 화가 났고, 빨리 위로받고 싶지도 않았다. 솔직히 이제는 동생의 헛구역질도 의심스러웠다. "어쩌다 그런 일을 저지르게 된 거야?"

"이 나라의 절반이 약에 중독되어 있어. 형 뉴스 안 봐?"

그렇다, 패트릭은 뉴스를 보지 않았다. 뉴스에 좋은 소식이 나오는 경우는 결코 없다. 패트릭이 물었다. "얼마나 됐는데?"

그레그가 형에게 힐끗 눈길을 던졌다. 그가 로스쿨에서 익히고 신입 변호사로서 세심하게 다듬은 표정이었다. "삼 년 됐어, 형. 거의 삼 년이 됐네. 그 진단을 받은 이후로, 파트너 변호사 자리를 따려고 노력하기 시작한 이후로 아무것도 할 수가 없었어. 나는……" 그레그는 말을 이어가려고 애썼다. "모든 사람이 요구하는 내 모습이 될 수가 없었어."

패트릭은 밴의 한쪽 면에 이마를 대고 금속의 냉기를 흡수했다. 세 시간 앞으로 시차를 건너뛴다는 건 비록 그가 정신을 바짝 차린다 해도 주위가 칠흑같이 어둡다는 걸 의미했다. "지금도 약 때문에 흥분 상태니?"

그레그는 패트릭이 밴에서 얼굴을 떼어낼 때까지 혐오스럽다는 눈빛으로 노려보았다.

"엄마는 아셔?"

이 질문에 그레그가 대답하는 데는 시간이 조금 걸렸다. "아무도 몰라. 형한테 처음 말하는 거야. 저기, 우리 어디로 좀 가면 안 될까? 음…… 그러니까, 맥도날드라도?"

"왜? 배고파?" 자신이 마지막으로 뭘 먹었는지 기억도 나지 않지만 패트릭은 예민하게 반응했다. 아마 비행기 안에서 먹은 간식이 마지막이었을 것이다.

　그레그는 선 채로 양손을 후드집업 주머니에 찔러넣고는 신발을 내려다보았다. "이야기 좀 하고 싶어서." 그가 패트릭을 올려다보았다. "형이 우리 아이들을 좀 데려가면 좋겠어."

　"좋아. 무엇이든 내가 도울 수 있는 일이 있다면야." 이번주에 그레그는 자기 가족과 관련해 많은 일을 해야 할 것이다. 그러니 그가 뭔가 행동에 나서주는 편이 좋겠지. "아이들을 어디로 데려갈까?"

　"아이들을 데려가, 아이들을 맡아달라고."

　"그게 무슨 말― **뭐라고?**" 패트릭은 동생이 농담을 하고 있다는 신호를 찾아보려고 눈을 살폈다. "오, 말도 안 돼."

　"형."

　"너 지금 **흥분된** 상태지. 그건 말이 안 돼. 너 지금 바보 같은 소리를 하고 있다고."

　"형!"

　"듣기만 해도 터무니없어. 이 년 전에 나는 에미상 코미디 시리즈 부문 여우조연상 시상자가 될 기회를 거절했어. 왜 그랬는지 알아? 책임이 너무 과했거든. 그래, 지금 넌 엉뚱한 사람에게 부탁하고 있는 거야."

　"랜초미라지*에 시설이 있어. 형 집에서 겨우 15킬로미터 정도 떨어진 데야. 시설에 들어가려면 보통 명단에 이름을 올리고

---

* 캘리포니아의 도시.

기다려야 하거든. 그런데 오늘 아침에 전화해보니까 내가 들어갈 자리를 마련해준대. 상황을 참작해준 거지. 우리 회사의 대표 변호사 한 명이 그 시설 경영진 중 한 사람이랑 아는 사이야."

"그렇다면 나에게 처음으로 말한 건 아니네." 패트릭은 약물중독에 관한 모든 것을 알지는 못했다. 그러나 거짓말을 알아챌 만큼은 충분히 알고 있었다.

"일의 절차 때문에 말한 거야. 그럴 수밖에 없었어." 그레그가 한숨을 쉬었다. "난 지금 거기에 들어가야 한다고."

패트릭은 자신이 담배를 피우던—TV 화면에 날렵하게 나오려는 이유도 있었다—시절을, 그리고 그가 출연하기로 한 프로그램이 연거푸 취소되는 바람에 담배를 끊으려고 애쓰던 일을 생각해보았다. 그리고 지금 이 소식, 이 새로운 취소 앞에서 담배라는 단어가 얼마나 매혹적으로 들리는지도. "하지만 지금이 정말 적기야?"

그레그가 거래를 성사시킬 각오로 몸을 떨기 시작했다. "아이들에겐 아빠가 필요할 거야. 지난 몇 년 동안 자기들 옆에 있던 절반짜리 아빠 말고. 지금이 유일한 기회야."

패트릭의 머릿속이 실행 계획들로 부산스러워졌다. 주차장 벽들이 가까이 다가오고, 바닥과 천장이 만나 납작하게 눌리는 느낌이었다. 그들과 나란히 있는 자동차들이 으스러지고 폐기될 것 같았다. "난 달랑 바지 두 벌만 가져왔어."

"형이 아이들을 데리고 팜스프링스로 돌아가면 좋겠어. 그것이 유일하게 효과적인 방법이야. 내가 이걸 해낼 수 있는 유일한 방법이라고. 아이들이 가까이에 있으면 할 수 있을 것 같아. 아이들은 나의 힘이야. 아이들은 내 전부—"

"그만해. 알았으니까 그만하라고." 패트릭은 자신이 그레그에게 몸을 떠는 걸 그만하라고 말하는 건지 터무니없는 부탁을 그만하라고 말하는 건지 알지 못했다.

노부부 한 쌍이 맞은편에 주차된 캐딜락을 향해 느긋하게 걸어갔다. 여자가 남자의 팔을 붙잡고 있었다. 그들이 차에 올라타기까지는 괴로울 정도로 오랜 시간이 걸렸다.

"얼마나 데리고 있으면 되는데?" 이 질문이 동생의 부탁을 받아들이겠다는 뜻으로 간주될 수 있음을 패트릭은 잘 알고 있었다. 하지만 무심코 이 말이 튀어나왔다.

"구십 일."

"**구십 일!**" 이 말이 부탁보다는 징역 선고처럼 들리며 주차장을 가로질러 울려퍼졌다. 한 남자가 아내를 잃고 두 아이가 엄마를 잃었는데 여기서 패트릭이 자신을 희생양으로 여겨서는 안 되었다. 하지만 패트릭 역시 누군가를 잃었다. "빌어먹을, 너 정말 제정신이 아니구나."

그레그가 울음을 터뜨렸다.

"오, 하느님. 알았어. 그럼 그냥……" 패트릭은 동생을 위로하려고 손을 뻗었지만, 어디에 손을 얹어야 할지 알 수가 없었다. "그런데 너 내가 알코올중독이라는 건 알아야 해." 패트릭은 알코올중독이 아니었다. 하지만 지금으로서는 지푸라기라도 잡고 싶은 심정이었다. 어쩌면 그도 그 시설에 들어가야 할지 몰랐다.

"형, 형은 그냥 사람들이랑 술 마시는 걸 즐기는 거야."

"난 사막에서 혼자 살고 있어. 그런데 어떻게 사람들과 함께 술을 마셔!" 취하지 않은 맨정신으로 금주 모임에 참석해 자기 기분을 이야기하며 구십 일을 보낸다는 건 생지옥일 것이다. 하지만 그게 아이들 돌보는 것보다는 나을 것 같았다. 아마 그 시설에는 요리사와 마사지사도 있을 것이다. 패트릭은 열쇠고리를 공중으로 들어올려 거칠게 버튼을 누른 뒤 그레그의 자동차를 찾았다. 그의 팔이 방금 수면으로 올라온 잠망경처럼 주위를 맴돌았다. 젠장할, 조, 스트레스를 많이 받을 때 자주 그랬던 것처럼 그는 생각했다. 그때 왜 내가 운전을 하지 않았지? 하지만 그가 아니었다. 폭주 운전을 하러 나온 빌어먹을 십대 아이가 조가 운전하는 자동차의 측면을 박았을 때 그는 안전벨트를 하고 조수석에 앉아 있었다. 그건 그냥 그의 불운이었다.

그때 어둠 속에서 삑삑거리는 소리가 났다. 두 사람은 주변을 빙글빙글 돌았다.

마침내 차를 찾았다. 이 일에 관해서는 나중에 좀더 이야기해야겠다.

2

"브런치 먹으러 갈 거야. 너희 브런치 모르지?"

"브랙퍼뜨예요?" 그랜트가 카시트에 묶인 채로 물었다. 그랜트는 여섯 살이었고 혀짤배기소리를 했다.

"아니야." 패트릭이 그랜트의 카시트 벨트를 단단히 당겨주었다. 안전했다. 삼십육 시간이 지났고, 그가 아이들을 데려가는 이야기가 아홉 번은 더 나왔다. 그는 열번째 이야기를 피하기 위해 아이들만 데리고 나가 브런치를 사주겠다고 자원했다. "다들 동의하는 거다." 차문을 닫기 전 그가 말했다. 그가 정말 이 말을 소리내어 했나? 그건 그의 어머니가 버릇처럼 하던 말이었다.

"런치예요?" 메이지가 물었다. 패트릭이 차를 빙 돌아 반대편 좌석 쪽으로 오는 동안 메이지는 패트릭의 대답을 기다렸다.

"아니야." 패트릭은 메이지의 카시트 안전벨트를 확인했다.

몸에 끼었다. 너무 꼭 끼었다. "너희 어린아이들은 이런 걸 차고 어떻게 숨을 쉬니? 세상에." 메이지는 아홉 살이고 카시트가 더 이상 필요 없었다. 하지만 메이지는 몸집이 작은 편이었고, 그레 그가 알려주기를 메이지가 카시트를 좋아한다고 했다.

"그냥 쉬는 거죠, 뭐."

패트릭은 아이들을 응시했다. 그랜트는 코를 비롯해 얼굴이 세라와 (믿기 어려울 정도로) 많이 닮았다. 메이지는 세라와 같은 색의 머리를 얼굴 뒤로 당겨 고무줄 같은 것으로 묶었다. 패트릭은 조카딸 메이지 쪽의 차문을 닫고 앞쪽 조수석에 올라탔다.

"그럼 뭐예요?" 그랜트가 화가 나서 양팔을 뻗으며 물었다.

"둘 다야. 브랙퍼스트, 런치. 브런치. 알겠니? 엄마 아빠가 브런치에 대해 안 가르쳐줬어?" 패트릭은 이렇게 말하자마자 입술을 깨물었다. 이 아이들의 엄마는 이제 이 땅에 존재하지 않고 아빠 그레그도 사라지려는 참인데. 어쨌든 지금은 비판적으로 굴 때가 아니었다. 하지만 어떻게 식사들 중 가장 중요한 브런치에 관해 아이들에게 가르치지 않을 수가 있지? 지금 당장 세라에게 단호하게 말할 수만 있다면 팔 한쪽이라도 내어줄 것이다. 브런치는 그들의 우정 초창기의 기둥이었다. "일요일의 브런치 몰라?" 패트릭이 물었다. 뭔가 떠오르는 것이 없는지 알려는 필사적인 노력이었다.

"오늘 목교일이에요!" 그랜트가 외쳤다.

"진정해라, 얘야. 브런치 때문에 그렇게 긴장하는 사람은 없어."

"삼촌, 거기 운전석 아니에요." 메이지가 지적했다.

패트릭은 심호흡을 했다. 그 사고 이후로 그는 운전을 하지 않았다. 수년 동안 스튜디오에서 운전기사를 보내주거나 직접 돈을 내고 운전기사를 불러 차를 이용했다. 그러느라 터무니없이 많은 비용을 치렀다. 필요한 비용이라고 스스로를 납득시키는 건 쉬운 일이었다. 그러다 우버 서비스가 부상하면서 다시는 그런 생각을 하지 않아도 되었다. "여긴 잉글랜드가 아니라고요."

"여긴 잉글랜드가 아니에요, 거프."

"뉴잉글랜드지." 패트릭이 대꾸했다. 마치 이 말이 뭐라도 설명해주는 것처럼. 패트릭은 그들을 태워다줄 건지 묻는 문자 메시지를 그레그에게 날렸다. "그런데 너희는 왜 나를 계속 거프라고 부르니?"

"잊어버렸어요. 아빠한테 물어봐요."

아주 좋네. 패트릭은 답문자를 알리는 진동이 오길 바라며 휴대폰을 응시했다. 벌써 이 분째 이 아이들과 셋이서만 있었다. 이 분은 너무했다. "난 운전을 안 해, 알겠니?"

"운전할 줄 몰라요?" 그랜트의 질문이었다. 분명 그랜트는 운전할 줄 모르는 어른은 한 번도 본 적이 없었으리라. 패트릭은 이 질문을 그냥 넘기지 않을 생각이었다.

"운전할 줄 알아. 목에 주름이 생기는 게 싫어서 고개를 뒤로 돌리고 싶지 않은 거지. 그래서 난 후진을 못한단다."

"고개 돌리지 않아도 돼요, 거프." 메이지가 말했다. "차에 카메라가 있잖아요." 메이지가 대시보드의 화면을 가리켰다.

거프. 또 그 호칭. 거프, 거프, 거프. 이 아이들은 아침 내내 그를 이 호칭으로 불렀다. "카메라 있는 거 알아, 메이지. 하지만 카메라는 거짓말을 하거든."

"아니에요. 그렇지 않아요. 카메라는 말을 못 하잖아요!"

"나름의 방법이 있단다."

"어떤 방법요?"

"나도 잘 몰라. 너희가 마흔 살이 될 때까지 기다려보렴. 그때는 카메라들이 거짓말만 할 테니까." 패트릭은 최근 그의 에이전시에 새로 온 어시스턴트의 강요에 못 이겨 얼굴 사진을 찍었던 일, 그리고 에이전시에서 그 사진에 많은 수정을 가했던 일을 떠올렸다.

그레그가 와서 차문을 열고 운전석에 올라탔다. "운전 부탁했지?"

"우릴 식당에 내려주면 돼."

그레그가 안전벨트를 매면서 차에 시동을 걸었다. 물 흐르듯 하나로 이어지는 동작이었다.

"너희 애들이 왜 계속 나를 거프라고 부르니?"

"게이 삼촌 팻Gay Uncle Patrick이라는 뜻이야." 그레그의 표정이 모든 걸 말해주었다. 쯧쯧.

패트릭이 질겁했다. "진짜로?"

"뭐가." 그레그가 핸들을 잡고 운전을 시작했다. "형이 게이인 게 싫어?"

"팻이라고 불리는 게 싫다."

"삼촌이 우리 정클이에요?" 메이지가 물었다.

패트릭은 양손에 얼굴을 묻었다. "그만해."

"우리 반의 오드라 브래킷은 정클이 둘 있어요." 메이지가 계속 말했다. "오드라는 내 제일 친한 친구예요."

"정클 팻!" 그랜트가 큰 소리로 말했다.

"패트릭. 정클 패트릭. 우리, 팻이라고 하지는 말자." 팻은 좀 그랬다―오, 맙소사. 심지어 그는 이성애자라는 단어조차 알지 못했다. "그리고 정클도 싫어."

"정클이 뭐가 나쁜데?" 그레그가 물었다.

"좋을 건 뭔데? 꼭 캥클*처럼 들리잖아." 패트릭은 백미러 속에서 메이지의 눈길을 끌어보려고 차창의 차양을 걷어내렸다. 그리고 메이지가 질문하기 전에 먼저 말했다. "캐프 그리고 앵클."

그레그가 후진 기어를 넣고 고개를 돌려 어깨 뒤쪽을 바라보았다. 그리고 진입로에서 차를 뺐다.

"그렇게 안 해도 돼요, 아빠! 카메라가 있잖아요." 처음으로 패트릭은 조카딸에게서 자기 자신의 모습―무엇이든 다 아는 체하는 사람―을 조금 발견했다.

"아니, 너희 아빠는 그렇게 해야 돼. 내가 여기 있는 동안 너희에게 몇 가지를 가르쳐주마. 바로 정클 규칙이야, 알겠니? 규칙을 염두에 둬야 한다면 말이야. 카메라는 우리의 친구인 만큼 적이기도 하다. 긁어봐야 알 수 있는 복권처럼. 이게 정클 규칙 2번

---

* cankle. 종아리(calf)와 비슷한 정도로 굵은 발목(ankle).

이야. 그럼 경클 규칙 1번은 뭐냐고? 브런치는 멋지다."

*

패트릭이 아이들의 손을 잡고 들어가자 식당 사장이 미소를 지었다. 그는 자신이 아이들과 함께 있으면 사람들이 그런 표정을 짓곤 한다는 것을 눈치챘다. 그는 그것에 주목했다. 미소. 아무도 그가 아이 둘을 유괴한 것이 아닌가 염려해 얼굴을 찌푸린 적이 없었다. 그 누구의 표정도 앰버 경보를 울리지 않았다. 이 모든 것이 그에게 얼마나 부자연스러운 일인지 그들은 알지 못한단 말인가?

"세 명 자리요. 아니면 일반 자리 두 개에 어린이 의자 하나도 괜찮고요."

"난 다 컸으니까 어린이 의자에 안 앉아도 돼요!" 그랜트가 소리쳤다.

"젠장." 패트릭이 소리내어 한숨을 쉬었다. "세 명 자리로 부탁합니다."

사장이 더 활짝 미소 지었다. "네, 세 분요."

"브런치 아직 됩니까?"

"물론이죠! 브런치가 저희 식당에서 가장 인기 있는 메뉴예요."

패트릭이 아이들을 힐끗 바라보았다. 들었지?

"따라오세요."

사장이 그들을 구석의 칸막이 좌석으로 안내하고 메뉴판을 가져다주었다. 그들은 메뉴판을 매우 흥미롭게 살펴보았다. "뭐가 좋아 보이니?" 패트릭이 물었다.

"난 글씨 못 읽어요, 멍청이." 그랜트가 선언했다. '멍청이'라는 말이 멍텅이에 더 가깝게 들리기는 했지만. 그랜트는 메뉴판을 내려놓고 발을 앞뒤로 흔들며 테이블을 찼다.

"차지 마라." 패트릭이 말했다. 하지만 사실은 그랜트가 소리를 지르지 않아서 적잖이 안심이 되었다.

"삼촌은 누구예요?" 그랜트가 물었다. 그랜트는 이 상황에서 패트릭의 권한을 아직 전적으로 확신하지 못했다.

"우리 경클이지!" 메이지가 대답했다.

패트릭은 조카딸을 코 아래로 내려다보았다. "여러 번 말하게 하지 마라. 그 단어 기분 나빠."

"삼촌이 기분 나쁜 거죠." 메이지가 패트릭의 얼굴을 빤히 쳐다보며 대꾸했다.

패트릭은 오래된 흑백영화에 나오는 악당처럼 비웃음을 흘렸다. "넌 아무것도 몰라."

"그러니까 삼촌은 누군데요?" 그랜트가 애원하듯 물었다.

"난 너희 아빠의 형이고 너희 엄마의 친구야. 알겠니? 너희는 예전에 캘리포니아의 내 집으로 나를 한번 보러 온 적이 있어."

"우리가 그랬어요?"

"내 집엔 풀장이 있어." 마치 그 사실이 상황을 최종적으로 해결해주기라도 하듯 패트릭이 말했다. "이제 메뉴에 집중하자. 뭐가 맛있어 보이니?"

"난 베이컨 좋아해요." 메이지가 말했다.

"우리는 베이컨 안 먹는다."

"아뇨, 먹어요."

"아니, 안 먹어."

"아뇨, 먹을 거예요."

"베이컨은 돼지고기이고 돼지는 우리의 친구야. 넌 친구를 먹고 싶니?"

메이지가 망설임 없이 대답했다. "그게 베이컨 같은 맛이 난다면요."

패트릭이 메뉴판을 내려놓았다. "나는 베지테리언이야. 유제품과 달걀은 먹지. 좀더 정확하게 말하면 페스카테리언이란다. 그러니까 내가 여기서 너희를 도와주는 동안 너희도 그렇게 해야할 거다. 내가 식료품점에서 그것들을 전부 살 수는 없으니까. 무슨 말인지 알겠지, 도덕적으로 말이야."

"그게 뭔데요, 페뜨카―"

"페스카테리언. 생선은 가끔 먹지. 너희 스시 좋아하니?"

"난 핫도그 좋아해요." 그랜트가 활기를 띠며 대답했지만 대화를 뒤로 되돌릴 뿐이었다.

"뭐라고? 그건 돼지의 가장 안 좋은 부위로 만드는 건데. 입과 똥구멍 그리고…… 생각만 해도 몸서리가 나는구나."

그랜트가 웃었다.

"돼지는 안 먹으면서 생선은 왜 먹어요?" 메이지가 물었다.

"생선은 말을 못 하고 맛있거든. 이제 메뉴판을 봐라."

"그래요, 하지만 우리의 바다에서는 생선들이 남획되고 있죠." 테이블 위로 사람의 그림자가 드리우는 걸 느끼고 패트릭은 누가 말을 하는지 보려고 고개를 들었다. 관자놀이의 머리칼이 희끗희끗하게 세어가는 나이든 남자가 펜슬을 손에 든 채 작은 태블릿 PC를 열면서 미소 띤 얼굴로 그를 보고 있었다. "그래서 환경 문제가 계속되는 거예요."

"그래서 석 달 동안 변기 물을 내리지 않거나 여섯 달 동안 샤워를 하지 않아야 하죠. 아니면 햄버거 하나를 먹지 않거나. 저는 캘리포니아에서 왔습니다. 거긴 항상 가뭄이죠. 그래서 공장식 축산업이 환경에 유발하는 문제가 더 걱정입니다. 그런데 누구시죠?" 패트릭이 남자에게 물었다.

"패트릭, 나야."

"나라니, 음…… 웨이터이신가요?"

"나 배리야."

"배리……?" 하지만 패트릭이 아는 사람 중에 배리라는 사람은 없었다.

"고등학교 친구."

"고등학교 친구 배리." 그럼 우리가 빌어먹게도 동갑이라는 거네. 지금 나한테 그 말을 하고 있는 거야? "아, 물론 알지." 여전히 기억이 희미했지만 패트릭은 물론 알지, 라고 말했다. 고등학교 친구 중 패트릭이 기억하는 사람은 몇 명 되지 않았다. 그의 인생은 모든 면에서 세라와 함께 시작되었다. "얘들은 내 동생의 아이들이야, 메이지와 그랜트. 얘들아, 여긴 배리 아저씨란다."

"만나서 정말 반갑다. 그 프로그램 방송이 중단되고 나서 네소식을 못 들었어. 사 년 전이던가, 그 프로그램 제목이 뭐였지? 어떻게 지내?"

"음······" 패트릭은 아직 시작되지도 않은 대화를 간절히 끝내고 싶어하며 대답을 피했다.

"다른 프로그램에 나와야지. 너 참 잘했잖아."

"고마워. 그런데 불러주질 않네." 십대 남자애가 화장수로 실험을 하는 것처럼 패트릭은 말에 빈정거림을 흠뻑 담아 대꾸했다.

"난 네 마지막 작품이 재능 낭비였다고 생각하긴 하지만 말이야. 고등학교 때 우리가 〈브리가둔〉* 공연했던 거 기억나? 너 참 잘했는데!"

닥쳐, 닥쳐, 닥치라고.

"그런데 왜 코네티컷으로 돌아온 거야?"

"우리 엄마가 아팠어요." 메이지가 삼촌을 구해주었다. "엄마는 돌아가셨어요." 메이지와 그랜트가 바닥을 내려다보았다. 지난 일 년간의 싸움이 그토록 간결하게 요약되는 걸 듣고 패트릭은 움찔 놀랐다가, 찌푸린 표정으로 충격을 감추었다. 그러고는 아이들에게 팔을 두르고 함께 아래를 내려다보았다. 얘네들 애도하고 있어, 보이지. 그들로서는 최선의 방법이었다.

---

* 1947년에 초연된 브로드웨이 로맨스 뮤지컬.

"오." 배리가 외쳤다. 그의 사교성 밸브가 마침내 잠겼다. "참 안됐네." 패트릭이 침묵을 즐기는 동안 그가 어색하게 펜슬로 태블릿을 두들겼다. "음료부터 시작할래?"

"얘들아?"

"베이컨!" 그랜트가 너무 빠르다 싶게 활기를 되찾으며 말했다.

믿음이 가게 행동해. 아이들의 슬픔을 스몰 토크를 막아주는 방패로 여기며 패트릭은 생각했다. 계속 집중해. "얘야, 음료라잖아. 주스 아니면 우유?"

"주스요!"

"그랜트는?"

"구스."

"주스 두 개. 사과 주스 있어? 그리고 미모사* 하나, 오렌지 주스 조금만 넣어서."

"우리 식당의 오렌지 주스는 바로 짜서 만들어."

"상관없어. 주스는 아주 조금만, 정말로. 유리잔 위로 오렌지를 흔들기만 해도 돼. 그래도 과즙이 너무 많을 수 있지." 패트릭은 그것이 움직이길 바라며 배리의 미니 펜슬을 응시했다. "너이거 안 적고 있네."

"사과 주스 둘, 그리고 샴페인 한 잔. 메뉴판 놓고 갈 테니까 천천히 정해." 배리는 나타났을 때와 마찬가지로 불쑥 물러갔다.

---

* 샴페인과 오렌지 주스를 섞어 만드는 칵테일. 잔에 따랐을 때 색깔이 미모사 꽃과 비슷해서 '미모사'라는 애칭으로 불리게 되었다고 한다.

패트릭이 손가락으로 테이블을 두드렸다. "그런데 얘들아, 우리가 상의할 것이 좀 있어." 패트릭은 〈다운튼 애비〉*에 나오는 하인이라도 되는 양 은제 식사 도구들이 가지런히 세팅되어 있는 자기 자리를 내려다보았다. "난 우리 셋이서 브런치를 먹고 담소를 좀 나눌 수 있을 거라고 생각했단다." 그는 공허하기 짝이 없는 표정으로 위를 올려다보았다. "이야기 말이야. 너희도 잘 알겠지만, 아빠가 엄마 때문에 무척 슬퍼해. 우리 모두 그렇지. 그래서 아빠가 스스로를 위해 시간을 좀 갖는 동안 나한테 너희를 돌봐달라고 부탁했어."

"뭐라고요?" 그랜트가 소리질렀다.

"걱정 마. 안 된다고 했으니까. 그래도 너희에게 이 이야기를 해주고 싶었단다. 난 아이들도 어른처럼 대해야 한다고 믿거든."

"안 된다고 했어요?" 메이지가 읽기 힘든 표정으로 물었다.

"상처받을 일은 아니야. 그냥 그런 거지. 너도 알겠지만, 아이들에 대한 건 내 분야가 아니라서."

"얼마나 오래요?" 그랜트가 궁금해했다.

"어찌됐든 영원히는 아니지. 그렇게 길지는 않을걸. 하지만 너희가 팜스프링스의 내 집에 와서 지내야 할 만큼 길긴 할 거야." 패트릭은 자기가 그랬듯이 아이들도 이 제안을 터무니없게 생각하는지 궁금했다. 하지만 아이들이 어떻게 그럴 수 있겠는가? 맙소사, 아이들은 하얀 테라초** 바닥과 깔끔한 미드센추리 양식으

---

* 20세기 초를 배경으로 어느 백작가의 이야기를 다룬 영국의 시대극 드라마.

로 장식된 그의 집, 그의 골든 글로브를 기억조차 하지 못할 것이다. 그곳은 싱글남의 멋진 안식처였지만 아이들이 지낼 곳으로는 적당하지 않았다. "상상이나 되니? 너희 아빠는 메이지 네가 학교까지 마치고 가길 바랐다니까."

"대학요?" 메이지가 물었다.

"너 대학에 다니니?" 패트릭은 힘을 내려고 천장을 올려다보았다. 천장 타일에 껌 한 덩어리가 들러붙어 있었다. "아니지, 3학년 말이야. 너 다음주에 3학년을 마치잖아."

"아빠는 어디 가는데요?" 그랜트가 무척 걱정했다. 충분히 그럴 만했다. 패트릭은 입술을 깨물었다. 엄마를 떠나보낸 지 얼마 안 된 여섯 살짜리 꼬마에게 일시적인 것과 영원한 것의 차이를 어떻게 설명한단 말인가?

"슬퍼하는 아빠들을 도와주는 특별한 곳에."

"아빠가 거기서 엄마를 만날까요?"

패트릭의 마음이 무너졌다. 그는 한때 그레그가 속마음을 털어놓곤 했던 그들의 누나 클라라와 함께 예전에 자세히 살펴본 적이 있는 웹사이트를 생각했다. 그 웹사이트에는 작은 창문이 난 베이지색 방의 사진들이 올라와 있었다. 각각의 방에 초라한 블랙앤드데커 커피메이커가 갖춰져 있었다. "아니. 그렇게까지 특별한 곳은 아니야."

"삼촌은 왜 팜스프링스에 살아요?" 이 모든 반발이 메이지가

***

** 대리석 부스러기로 만든 바닥재.

아니라 그랜트에게서 나왔다는 사실에 패트릭은 놀랐다. 메이지는 조용히 메뉴판을 살펴보고 있었다. "왜 그러케 먼 곳에 살아요?"

"그렇게 많이 멀지는 않아. 보츠와나* 같은 곳에 사는 것도 아니고. 애야, 너도 거기 와본 적이 있어. 기억나니? 엄마하고 같이 왔었어." 패트릭은 그때가 벌써 삼 년 전이라는 사실을 깨달았다. 아마 메이지가 지금 그랜트 나이였고 그랜트는 겨우 세 살이었을 것이다.

"아빠가 말했어요. 비행기로 한 번에 못 가는 먼 곳이라고."

패트릭은 못 믿겠다는 듯 메이지를 바라보았다. "뉴욕에서 오면 돼!" 패트릭은 한숨을 쉬었다. "얘들아, 우린 지금 주제에서 벗어난 이야기를 하고 있어. 너희가 알아야 할 게 있는데, 팜스프링스에서 난 젊은 사람이야. 알겠니? 이것이 게이들의 슬픈 진실이란다. 마흔 살은 로스앤젤레스에서는 늙은이이고, 샌프란시스코에서는 중년이지. 하지만 팜스프링스에서는 젊은이야. 그래서 내가 거기에 사는 거란다."

"삼촌은 마흔세 살이잖아요!" 메이지가 고함쳤다.

"너 뭐니, 차량관리국에서 나오기라도 했어? 목소리 좀 낮춰라."

"거의 쉰 살이네요!" 그랜트가 눈을 휘둥그레 떴다.

한 방 먹었다. 패트릭은 눈을 감고 아랫입술을 깨물었다. 그 의

---

* 남아프리카 중앙 내륙에 있는 나라.

견은 증오범죄까지는 아니었다. 어린애를 때리면 안 돼, 어린애를 때리면 안 돼. "우리 이제 이야기에 좀 집중할 수 있을까?"

"왜 여기서 우리와 함께 지낼 순 없는 거예요?"

패트릭은 대화의 주도권을 다시 잡기 위해 메뉴판을 내려놓았다. "글쎄, 이곳도 장점이 있지. 이곳에서 난 날씬한 사람이야. 하지만 이곳 코네티컷에서는 일 년 중 해가 화창한 날이 겨우 열흘 정도야. 난 태양열로 움직이는 사람인데 말이야. 나에겐 햇빛이 필요하단다. 안 그러면 난……" 죽을 거라는 말이 나오기 전에 입을 다물 만큼의 센스는 있었다.

"안 그러면 뭐요?"

패트릭은 슬로모션으로 대답했다. "태엽…… 감는…… 장난감처럼…… 천천히…… 힘이 빠지다가…… 멈출…… 거야. 하지만 다시 말하는데, 우린 전혀 안 맞아. 우리 셋 다 절대로 서로 좋아하게 되지 않을 거야."

"아빠는 얼마나 오래 거기에 가 있을 건데요?"

패트릭은 그레그가 부탁에 곁들여 말한 세부들을 떠올려보았다. "모르겠구나. 구십 일? 뭐 그 정두일 거야."

"그럼 삼백 주잖아요!" 그랜트가 외쳤다. 패트릭은 그랜트가 흥분한 건지 격분한 건지 알 수 없었다.

"네 수학 실력을 확인해봐야겠구나, 애야. 하지만 네 잘못이 아니야. 공교육 시스템의 실패가 널 그렇게 만든 거니까. 내 생각은 이래. 그러니까 우리는 너희를 돌봐줄 사람을 찾아내야 해."

그때 촬영 시작 신호라도 받은 듯 배리가 음료가 담긴 쟁반을 들고 등장했다. "여기 있어. 사과 주스 둘, 샴페인 하나. 메뉴판은 좀 살펴봤어?"

패트릭의 머릿속에 생각 하나가 스쳐지나갔다. 배리가 삼백 주동안 아이들을 돌봐줄 수 있지 않을까? 아니다. 배리는 낯선 사람이었다. 그래서는 안 된다는 것쯤은 패트릭도 충분히 알고 있었다. 패트릭은 다시 아이들을 보며 말했다. "뭐가 좋을 것 같니? 팬케이크? 와플? 바닷가재 테르미도르*?"

아이들이 멍하니 그를 바라보았다. 아빠 이야기가 그 아이들을 동요하게 만든 것이다.

"자, 바로 이게 브런치의 위대한 점이야. 무엇이든 웬만하면 먹을 수 있지. 먹고 싶은 독毒을 골라봐." 이제 아이들은 뭐라고 대답해야 할지 알지 못해 어쩔 줄 몰라했다. "그럼 프렌치 토스트는 어때? 과일 멜랑제**를 곁들인 프렌치 스타일의 토스트 두 개 줘."

"베이컨도요." 메이지가 애원했다.

"좋아, 베이컨도." 베이컨이 오늘 죽자고 덤벼들 사안은 아니었다. "나는 수란이랑 과일을 먹을게. 저지방 코티지치즈 있으면 그것도 주고. 고기는 필요 없어. 난 돼지나 소 또는 새 들이 다치는 걸 바라지 않으니까." 패트릭은 위를 올려다보고는 조카들을 향해 꿀꿀 소리를 냈다. 조카들은 삼촌의 돼지 흉내에 흥미를 보

---

* 바닷가재 살과 부재료를 소스에 버무린 다음 껍데기 속에 다시 넣고 그 위에 치즈를 얹어 살짝 구운 요리.
** 여러 가지 재료들을 한데 섞는 방식으로 만드는 요리.

였다.

"아주 좋아요, 신사숙녀 여러분." 배리는 여전히 주문받은 메뉴 중 어떤 것도 적지 않았다. 그냥 소품이라면 굳이 왜 신경써서 태블릿을 챙기는지 패트릭은 궁금해지기 시작했다. 분명 손을 더 효율적으로 사용할 수 있을 텐데. 이를테면 머리를 염색할 여윳돈을 마련하기 위해 기부용 깡통을 들고 있는다든가. 배리가 주방을 향해 한가로이 걸어가는 동안, 그들은 조용히 앉은 채 주위를 둘러보며 아마도 더 낫고 더 평온한 삶을 살고 있을 다른 손님들을 살펴보았다.

"너희가 아는 사람들 중에 너희와 함께 있어줄 만한 사람이 있니? 손님방이 딸린 집에서 부모님과 함께 살고 있는 친구라든가." 문제 자체에 해결책이 있을 터였다. "자, 너희 친구 누구누구 있어? 누가 놀러 와?"

"아무도 안 와요." 메이지가 어깨를 으쓱했다.

"아무도 안 와? 그럼 아까 네가 말한 그애는? 그애 이름이 뭐랬더라?" 패트릭이 손가락을 세 번 꺾었다. "오드리 베넷."

"오드라 브래킷요."

"그래, 오드라 브래킷. 이름 멋있네. 그애는 어때?"

메이지가 잼 몇 개를 위아래로 쌓으며 다시 어깨를 으쓱했다. "우리집은 너무 슬퍼요."

"음." 곧바로 가슴이 아려왔다. 패트릭은 그 상태에 머물지 않으려고 서둘러 말했다. "그래, 여름방학에 하려고 계획해둔 건 뭐가 있니?" 그는 움찔했다. 아이들이 무슨 계획을 세웠든 수포로 돌아갈 것이 뻔했으니까.

"수영 강습을 받기로 했는데." 그랜트가 아쉬운 듯 말했다. 심지어 그랜트조차 그 일이 가능하지 않으리라는 걸 느끼는 듯했다.

패트릭은 도움될 것을 찾아 옆 테이블을 바라보았다. 여자 세 명이 오렌지 주스가 적어도 50퍼센트는 들어간(오렌지 주스에 사족을 못 쓰는 사람들 같았다) 미모사와 서른 가지 재료를 조합해 개인적으로 커스텀한 오믈렛을 즐기고 있었다. 그들은 계속되는 방해나 외침 없이 편안하게 식사했다. 패트릭은 그 여자들이 부러웠다. 마치 그가 벌써 전생을 애도하고 있는 것처럼. 그가 이 문제를, 이 아이들을 집에 들이는 일을 고려해야 할까? 여자들 중 한 명과 눈이 마주쳤다. 그녀의 눈빛에는 그를 알아보았거나 알아보려 하는 기미가 담겨 있었다. 아니면 연민인지도 몰랐다. 아니. 지금 그게 문제가 아니야.

"누군가를 찾아야겠구나. 할머니 할아버지라든가." 패트릭이 말했다. "수영 강습비는 내가 내줄게." 이 말에 그랜트가 좋아하는 것 같았다. 한 고비 넘겼다. "그런데 정말 누가 너에게 그렇게 말한 거니? 너희 집이 너무 슬프다고?" 패트릭은 가슴이 찢어질 것 같았다.

"삼촌 집에 풀장이 있다면서요." 메이지의 얼굴이 환해졌다. 다시 원래 모습으로 돌아오고 있었다. "팜스프링스에서 삼촌이 그랜트에게 수영을 가르쳐주면 되겠네요. 거기서 방을 나 혼자 쓸 수 있어요?"

56

"같이 써!" 그랜트가 외쳤다. 패트릭은 그랜트가 누나 방으로 가서 자곤 했다는 걸 기억해냈다. 세라가 호스피스 병동에 들어간 이후의 일이었다.

"싫어, 난 혼자 방을 쓰고 싶단 말이야!"

"너희는 팜스프링스에 가지 않을 거다. 이미 결정했잖니. 그러는 편이 너희에게 더 좋아. 너희도 알게 되겠지만." 그랜트는 아이들용 놀이를 찾아 자기 테이블 매트를 확 뒤집었지만 그건 그런 종류의 매트가 아니었다. "너희도 알겠지만, 너희 아빠와 나는 한때 방을 함께 썼어. 그 방엔 2층 침대가 있었지. 내가 2층을 썼단다. 그런데 내가 점점 커가고 침대 매트리스 가운데가 꺼지기 시작하면서 너희 아빠가 불쌍해졌어. 맹세하는데, 클라라 고모가 대학에 입학해 집을 떠나고 내가 고모 방을 쓰게 될 때까지 너희 아빠는 조금만 뒹굴어도 내 침대 밑바닥에 코를 긁혔다니까. 너희 아빠는 십대 남자애다운 오락을 발견하고는 복수했고, 나는 장마철에 즐거운 크루즈선을 타고 표류하는 것처럼 들썩거리는 침대에서 잠들어야 했지. 무슨 말인지 이해했지? 어쨌든 건배." 패트릭은 샴페인 잔을 들어올려 메이지 그리고 그랜트의 주스 잔에 쨍그랑 하고 맞부딪쳤다. 두 아이는 유쾌한 분위기를 즐기는 것 같았다.

"건배!" 메이지가 따라 말했다.

"뿡!" 그랜트가 말했다. 그런 다음 두 아이는 웃었다. 패트릭은 쿵 소리를 내며 테이블에 머리를 박고 싶었다. 하지만 그러면 그랜트의 '장난'에 주의가 쏠릴 뿐이었다.

"우리 팜스프링스에서도 브런치 먹을 수 있어요?" 메이지가 물었다.

메이지는 뭔가를 궁리하고 있었고, 패트릭은 그것이 마음에 들지 않았다. "너희는 팜스프링스에 안 올 거잖아."

"네, 하지만 먹을 수 있어요? 우리가 간다면요."

"맙소사, 그래. 물론 팜스프링스에서도 브런치를 먹을 수 있지. 브런치랑 러퍼lupper."

"러퍼가 뭐예요?"

"너 러퍼도 모르니?" 패트릭이 짐짓 한숨을 쉬었다. "음, 브런치가 브랙퍼스트와 런치를 합친 거라면, 러퍼는 뭐겠니?"

메이지가 먼저 눈치챘다. "런치lunch와 서퍼supper!"

"맞았어. 러퍼는 늦은 오후에 하는 식사야. 소화에 좋지. 유럽 사람이 아닌 한, 저녁 식사를 너무 늦게 하면 속에 부담이 되거든. 유럽 사람들은 저녁을 굉장히 늦게 먹는데도 살이 50그램도 안 쪄. 하지만 그 사람들은 진화되었고 온갖 곳을 다 걸어다니고 담배를 피우지. 그게 도움이 돼서 그런 거야. 너희도 알겠지만." 패트릭이 냅킨을 무릎 위에 펼치며 야단법석을 떨었다. 그러자 아이들도 그를 따라 했다. "내가 하는 식사 이름은 전부 혼성어란다."

"삼촌은 말을 재미있게 해요." 그랜트가 말했다.

"내가 말을 재미있게 해?" 이번에 패트릭은 한 손으로 머리를 긁고 다른 손으로는 겨드랑이 밑을 긁으며 침팬지 흉내를 냈다. "내가 뭔가 비약해서 말하는 것 같구나. 하지만 그게 나쁜 건 아니지."

"왜 다른 사람들처럼 말하지 않아요?" 메이지가 사과 주스가 담긴 유리잔을 테이블에서 들어올리지 않고 몸을 앞으로 기울여 잔에 입술을 갖다 대며 물었다.

"'너 자신이 되어라. 다른 사람들은 이미 그들만의 것을 갖고 있다.' 오스카 와일드." 패트릭이 마찬가지로 자기 잔 가장자리를 핥작거리는 조카 그랜트를 보고 말했다. "그러지 마."

그랜트가 자기 자리에 어정쩡하게 엉덩이를 걸친 채 어깨를 으쓱했다. "나 자신이 되고 있어요."

"그랜트, 내가 한 말을 다시 나에게 하는 건 괜찮지만, 오스카 와일드의 말을 그렇게 하지는 마. 이제 사람답게 자세를 바로하고 앉아라. 아니면 빨대라도 사용하든가." 패트릭이 배리가 그들을 위해 놓고 간, 종이 포장지에 싸인 빨대 하나를 집어서 한쪽 끝을 벗겨냈다. 그런 다음 빨대에 바람을 불어넣어, 겉에 싸인 종이 포장지를 메이지의 두 눈 사이에 정확히 명중시켰다. 그랜트가 깔깔 웃어댔다. 패트릭이 물었다. "그래서 너는 어떻게 생각하는데?"

"뭘요?" 그랜트가 어떻게든 웃음을 참으려고 애쓰며 되물었다.

"브런치 말이야!" 패트릭이 대답했다. "너도 브런치가 점점 더 마음에 드는구나, 안 그러니?"

"난 또 화 잘되는 음식만 먹을 수 있어요."

"왜?"

"이가 흔들러서요."

"뭐라고?"

메이지가 통역해주었다. "애 이가 흔들려요."

"이건 또 무슨 닥터 수스 악몽*이래?" 패트릭이 작은 소리로 투덜거렸다. "그래서?"

"그 이가 빠지면 어떻게 해요?"

"난 이tooth 흔들리는 거 안 좋아해, 칸막이 좌석booth에 앉아 있는 거 안 좋아해. 브런치brunch에서 이 나오는 거 안 좋아해. 바삭바삭한crunch 음식 안 좋아해."

"정말이에요!" 그랜트가 애원했다. "내 이가 빠지면 어떻게 해요?"

"그땐 그냥 이를 다시 밀어넣자." 패트릭은 그랜트의 망연자실하는 표정을 무시하며 샴페인 한 모금을 쭈욱 들이켰다. 기포들이 목구멍 안으로 미끄러져 내려가기 전 혀에 고르게 코팅되도록 했다. 어쩌면 이 둘은, 이 아이들은 다루기가 그다지 힘들지 않을지도 몰랐다. "너희가 내 집에 와도 될지도 모르겠구나. 며칠 동안만 말이야. 오드라 아무개도 초대해도 될 것 같고."

"브래킷요."

"그래, 맞아." 친구를 데려오면 아이들이 더 재미있게 지낼 수도 있었다.

"그럴 수가 없어요." 메이지가 대꾸했다.

---

* 닥터 수스는 미국의 동화작가로 아동용 공포 동화를 많이 지었다.

"그럴 수 없어?" 패트릭은 놀랐다. 조금은 다행이다 싶기도 했지만 놀랐다. "다른 할일이라도 있니?"

"아뇨."

"그럼 왜 안 되는데?"

메이지가 자기 접시를 내려다보았다. "엄마 곁을 떠나고 싶지 않아요."

패트릭이 은제 식사 도구를 자기 접시에 올려놓았다. 포크 갈퀴들 사이에 나이프를 조심스럽게 놓았다. 이 아이들의 슬픔을, 이 아이들이 자기들이 알고 있던 삶에서 얼마나 떨어져나왔는지를 알아차렸다. 그는 팔을 뻗어 아이들을 가까이 끌어당겨서는 양쪽 팔 아래에 따뜻하게 안아주었다. 이제 그가 이 아이들이 매달릴 뭔가를 제공해야 했다. "내가 뭐 하나 말해줄까. 너희 엄마가 결코 너희를 떠날 수 없듯이 너희도 엄마를 떠날 수 없어."

메이지가 더 말해주길 바라듯 그를 올려다보았다.

패트릭은 산소가 계속 말할 힘을 제공해주길 바라며 숨을 들이쉬었다. 세라는 거기에, 메이지의 표현들 속에 또는 그랜트의 극기심 속에 생생하게 존재했다. 지금껏 그는 이 아이들에게 어떤 흥미도 가져본 적이 없었다. 하지만 갑자기 마음이 조금 끌리는 것을 느꼈다. 세라는 죽음 너머에서 살아가는 방법을 발견한 것이다. "엄마는 너희의 절반이고, 너희는 엄마의 절반이거든." 패트릭은 제대로 설명이 되었길 바라며, 충분히 이해되길 바라며 두 아이를 바라보았다. 세라가 그의 눈을 마주 바라보고 있었다. "그러니까…… 브런치처럼 말이야. 절반은 브랙퍼스트, 절반은

런치." 그가 빙긋이 웃었다. 아이들이 이 설명을 마음에 들어하는 것 같았다. "이해하게 될 거야." 패트릭은 두 아이의 정수리에 입을 맞춘 다음, 이러면 아이들이 그에게 지나친 애착을 가질 위험이 있다고 스스로에게 잔소리하며 얼른 아이들을 자신에게서 떼어내 자기들 자리로 돌아가도록 밀었다. 다른 방법을 써야 해. "자." 그가 자기 포크와 나이프를 들면서 식사를 시작했다. "스내피타이저*에 대해 들어본 사람?"

두 아이 모두 멀뚱멀뚱한 표정으로 그를 바라보았다.

"세상에, 못 들어봤니?" 그가 물었다. "아이고, 지금 내가 여기에 와 있는 게 다행이구나."

---

* 짧고 가벼운 것을 뜻하는 스내피(snappy)와 전채를 뜻하는 애피타이저(appetizer)의 혼성어. 편하고 가볍게 집어먹을 수 있는 간식 같은 요리를 가리킨다.

3

캘리포니아에서는 더이상 찾아보기도 힘들 것 같은, 〈할리우드 스퀘어〉*에서 상품으로 주곤 하던 보트를 닮은 세단 두 대가 주차되어 있었다. 그 뒤에서 클라라가 나타나기 전에 이미 패트릭은 누나가 다가오는 걸 느낄 수 있었다. 그의 혈액 온도가 10도쯤 내려갔다. 클라라가 어린 시절부터 물씬 풍겨온 목적의식─엄격한 태도, 늘 조금 짜증스러워하는 표정, 쿵쿵거리며 걷지 않으려는 무거운 발걸음─그리고 사춘기 때 그가 부러워했던 거의 남자 같은 에너지를 가지고 그를 향해 걸어오는 동안, 그는 교회와 묘지 사이 주차장에 서 있었다. 그녀의 옷은 중년 여성 대상의 잡지들(패션보다는 아마 쿠키 레시피에 더 잘 어울리는 출

---

* 미국의 TV 프로그램. 두 명의 참가자가 틱택토 게임으로 경쟁하게 해 우승자에게 큰 상품을 준다.

판물)이 제시하는 여러 스타일들의 혼성모방이었고, 그녀가 머리에 걸친 선글라스는 두피 어딘가에 뿌리를 내린 듯했다.

"멋진 예배였어." 클라라가 패트릭 옆에 도착해 말했다.

멋진. 패트릭은 하늘을 올려다보았다. 구름은 비의 기운을 머금은 잿빛이었지만 위협적이지는 않았다. "비가 안 오고 넘어갔네." 패트릭은 이 상황에서 어떻게 행동해야 하는지 그녀보다 더 잘 알지 못했다.

"네가 코네티컷에 돌아온 걸 보니 재밌다. 난 네가 우리와 연을 끊은 줄 알았어."

"누나도 알겠지만, 비행기들은 서쪽으로 날잖아." 이것은 오래된 논거였다. 처음 로스앤젤레스로 이주한 뒤 패트릭은 몇 년 동안 육 개월에 한 번씩 정기적으로 비행기를 타고 고향에 오다가 그만두었다. TV 프로그램에 출연해야 했고, 스케줄이 바빴다. 모든 사람이 그가 명성을 얻고 나서 변했다고 생각했다. 그리고 어느 정도는 그런 면이 있는 것도 사실이었다. 명성은 그가 위선을 본 곳에서 큰 소리로 그것을 외칠 자신감을 심어주었다. 그는 집에 왔지만 아무도 그를 보러 오지 않았다. 잠시 후 그는 궁금해지기 시작했다. 요점이 뭐였지?

"그런데 너 이제 살았어. 내가 대런에게 이야기했고 대런이 동의했거든. 우리가 여름 동안 아이들을 데려갈 거야."

그 말을 듣자 한 시간 반짜리 기氣 치료를 막 끝내기라도 한 듯 패트릭의 몸에서 힘이 빠졌다. 오, 감사합니다, 하느님.

"걔네들은 친구들이랑 멀어지지 않도록 계속 코네티컷에 있어야 해." 클라라가 이어서 말했다.

"오드라 브래킷 같은 아이들 말이지. 그리고 그랜트가 친하게 지내는 아이들."

"누구?"

패트릭은 그녀의 질문을 그냥 넘겨버렸다. "좀 웃겼어." 그가 말했다. "그 생각 말이야."

"내 말이. 상상이나 되니?" 클라라가 웃었다. 그녀는 결코 웃는 법이 없는데 말이다. 패트릭은 늘 자기가 누나의 웃음을 반길 거라고 생각했다. 하지만 막상 겪어보니 곧바로 정나미가 떨어졌다. "네가 이렇게 오니까 좋다." 그녀가 그의 팔에 손을 얹고는 거들먹거리며 꼭 쥐었다.

장례식에서 패트릭이 추도 연설을 했다. 그는 비행기 안에서 두 가지 버전의 연설문을 썼다. 그리고 그중 다른 사람들이 듣고 싶어할 버전의 연설문으로 연설을 했다. 아내로서의 세라, 엄마로서의 세라, 가족의 정의 자체로서의 세라에 관해. 다른 버전은 그가 아는 세라에 관한 것이었다. 성실한 세라, 익스트림 스포츠 애호가 세라, 불손한 세라, 그의 형제와 붙어먹은 세라. 예전 이야기들을 공유했다면 재미있었을 것이다. 그가 보스턴에 있는 게이바 램로드로 그녀를 데려가던, 그리고 사람들이 그녀를 드래그 퀸으로 오해하던 시절 말이다. 그 시절 그들은 묘비 탁본을 뜨려고 어두워진 후 그래너리 공동묘지에 몰래 들어갔다가 체포되었다, 그들이 처음 프라이드 행긴*에 참가해 신앙심 싶은 시위자들 앞에서 음란한 말들을 외치던 시절. 그는 재킷 주머니에서 둘째 버전의 연설문을 꺼낼 뻔했다. 하지만 결국 그건 그들의 세라가 아니라 그의 세라를 위한 연설문이었다. 그래서 그 연설문을 재 킷 가슴 주머니 안에, 심장 바로 위에 넣어두었다.

"그런데 말이야. 그레그는 나에게 아이들을 데려가달라고 부탁했어. 누나가 아니라."

클라라가 그의 팔을 잡았던 손을 거두고 대꾸했다. "아마 그때 그레그는 흥분해 있었을 거야."

"우리 안 해도 돼."

"뭘 안 해?"

"그러니까 그런 필요조건이 아니라고."

"무슨 필요조건?"

"우리 관계의 필요조건. 많은 사람들이 조건 없이 가족을 사랑해."

"나도 우리 가족을 사랑해."

"그래."

"사랑한다고!"

패트릭은 입술을 떨었다. "누나는 우릴 별로 좋아하지 않잖아."

"너희 둘은 사람 마음을 편하게 해주질 않는구나." 맏이인 클라라는 남동생인 패트릭과 그레그를 항상 성가신 쌍둥이로, 질서 정연함에 방해가 되는 골칫거리로 보았다.

---

* 성소수자들의 자긍심을 높이고 성소수자에 대해 알리기 위해 하는 행진. 대부분의 나라에서 매해 6월에 열린다.

패트릭은 어깨를 으쓱하고는 묘지를 건너다보았다.

클라라가 다시 말했다. "그건 그렇고, 나 앞으로 몇 달 동안 휴가야. 원래는 서머스쿨에서 보충 수업을 하기로 했는데, 내 친구 아니타가 가을에 출산휴가를 갈 거라서 그전까지 수업을 대신 맡아주기로 했어."

패트릭은 흘려듣고 있었다. "누구?"

"아니타. 내 친구 아니타."

패트릭은 조문객을 살펴보았다. 그들은 어쩔 줄 모르는 것 같았다. 아무도 떠나려 하지 않았다. 하지만 모두 여기에 있는 것이 언짢아 보였다. "그레그 생각에도 일리가 있어. 아이들이 아빠 곁에 있는 게 좋다는 거 말이야."

클라라는 패트릭의 그런 눈빛을 좋아하지 않았다. 패트릭이 퍼즐을 풀 때 보이곤 하는 눈빛. "그만 좀 하지? 넌 아이들을 맡는 걸 원하지도 않잖아. 장난치지 말자. 내가 너에게 빠져나갈 구실을 제공해주는 거야."

패트릭은 그가 빠져나가고 싶어했다는 걸 누나가 안다는 사실과 다른 어떤 상황에서도 자신이 그 제안을 받아들일 거라는 사실 중 어느 쪽이 더 짜증나는지 알지 못했다. 그는 스스로를 다독였다. 세라가 그에게 부탁이라도 하는 것처럼 재킷 주머니 안의 연설문이 쭈글쭈글해졌다.

"패트릭."

"누나." 패트릭은 클라라와 눈을 마주쳤다. "아이들이 자기들은 친구가 별로 없다고 했어. 자기들 집이 너무 슬프다고도 했고.

그게 사실이야?"

"아이들이 보통 어떤지 알잖아. 아이들은 뭔가…… 다른 일을 겪고 있는 사람을 두려워해. 시간이 흐르면 해결될 거야."

"누나네 아이들은 어때?"

"우리 아이들이 뭐?"

"걔네들은 메이지나 그랜트랑 같이 시간 안 보내?" 패트릭이 물었다. 그는 사촌들과 함께 자라지 않았지만 사촌끼리는 억지로라도 함께 시간을 보내게 되는 것 아닌가?

"우리 애들은 십대야."

자신처럼 외톨이인 메이지와 그랜트의 모습이 패트릭의 눈앞에 떠올랐다. 삼촌인 그가 그 아이들의 보호자가 되지는 못할 것이다. 하지만 친구는 될 수 있으니 사촌들은 꺼지라지. "잠깐. 누나가 아이들을 데려와도 된다고 정말 매형이 동의했어? 아니면 누나 자신이 그래야 한다고 생각하는 거야?"

"그게 무슨 차이가 있는데?"

"나에겐 차이가 있어." 패트릭은 얼굴이 점점 붉어지는 것을 느꼈다. 사람들이 그가 있는 쪽을 힐끗 쳐다보고는 뭐라고 속닥거렸다.

"진정해. 너 지금 목소리가 삐걱거려. 전화 받는 법 처음 배울 때 사람들이 너에게 부인이라고 했던 거 기억 안 나?"

패트릭은 자기를 쳐다보는 머저리 같은 어떤 녀석을 향해 고개를 끄덕이고는 누나에게 말했다. "말 돌리지 마."

클라라가 계속 말했다. "패트릭, 너 뭔가 역할을 맡을 셈이구

나. 네가 매력 넘치는 메임 삼촌*이라도 되는 것처럼 끼어들려고 말이야." 그녀가 낄낄거렸다. "메임 삼촌."

"매형하고도 상의한 거냐고."

"넌 로절린드 러셀**이 아니야. 그리고 그게 아이들에게 필요한 일도 아니고."

"그렇다면 기다란 담뱃대를 든 내 모습이 왜 그렇게 자연스러워 보일까?" 그가 손을 들어 그런 자세를 흉내내 보였다.

"자연스러워 보이지 않아. 억지로 남 흉내나 내는 것 같아."

패트릭은 누나가 있다는 사실이 좋았다. 그 덕분에 그가 하고 싶은 활동들—색칠 공부, 공예품 엮기, 종이 봉지로 인형 만들기, 인형 옷 갈아입히기—을 마음껏 할 수 있었으니까. 누나가 흥미를 느낀다는 핑계로 그들은 함께 놀았다. 아버지가 밖에 나가서 놀라고 하면, 패트릭은 클라라 누나와 함께 놀 거라고 당당하게 말할 수 있었다. 클라라가 나이가 많았기 때문에, 뭘 하고 놀지 주도권을 쥐었다. 하지만 결국 클라라의 관심은 다른 것으로 이동했다. 십대가 되면서 그녀는 독서를 좋아하게 되었고, 그외의 다른 것엔 관심을 잃은 듯했다. 클라라는 아프리카의 여성 할례 관습에 관한 앨리스 워커의 책을 읽었고, 한 달 동안 남자들

---

* 패트릭 데니스의 소설이자 연극, 영화, 뮤지컬로도 만들어진 『메임 고모』를 변형한 것. 화려한 드레스 차림에 긴 담뱃대를 들고 다니는 메임 고모는 대공황 시대의 괴짜 보헤미안으로서 부유한 친구들과의 멋진 삶을 살던 중 고인이 된 오빠의 어린 아들을 보살피게 되면서 온갖 사건 사고에 휘말린다.
** 미국의 배우. 연극과 영화 〈메임 고모〉에서 주인공 메임 데니스 역을 연기했다.

과 말을 섞지 않았다. 시몬 드 보부아르의 책을 읽었고, 부르면 들리는 거리에 있는 남자들에게 가부장제의 폐해에 대해 씩씩대며 말했다. 패트릭은 그녀보다 네 살 어렸고, 커밍아웃이 그들의 관계를 회복해주리라 생각했다. 백인 남성 이성애자의 특권이 문제라면 그는 더이상 그 세 가지 요건에 부합하지 않았고 이제 그 자신이 핍박의 대상이 되었으니 말이다. 그러나 이유는 알 수 없지만 그녀는 그가 여자들에게 매력을 느끼지 못하는 것을 여성에 대한 또다른 모욕으로 간주했다.

"그애들은 엄마를 잃었어, 패트릭."

아이들은 엄마를 잃었고, 그레그는 아내를 잃었다. 그런데 왜 아무도 그의 상실은 인정하지 않는가? 혹은 세라를 맨 처음 알게 된 사람이 그라는 사실을 기억하지 못하는가? 그가 세라를 그들의 인생으로 데려오지 않았다면, 이 빌어먹을 예배에 참석하는 사람은 그들 중 오직 그 한 사람뿐이었을 것이다.

패트릭은 수영장 안에 들어가기 전의 수영 선수처럼, 링에 막 올라가려는 권투 선수처럼 제자리에서 펄쩍펄쩍 뛰었다. 그의 심장이 두려움 그리고 아드레날린과 경쟁했다. "그래, 내가 할게."

"뭘 해?"

"애들을 데려가는 거."

"패트릭!" 클라라가 그의 어깨를 양손으로 눌러 주저앉혔다. "날 봐. 지금 우리 농담하는 거 아니야. 누가 손전등을 들지 상의하는 게 아니라고. 아이들 일이야. 난 엄마고, 그애들이 필요로 하는 걸 줄 수 있어."

패트릭은 누나를 노려보았다. 대런에게는 이전 결혼에서 얻은 십대 자식 둘이 있는데, 그 아이들은 몸 사리지 않는 음모론자인 친모와 거의 모든 시간을 함께 보냈다.

"새엄마도 엄마야!"

"난 그애들이 항상 누나와 함께 있어야 한다고 주장하는 건 아니야."

"고맙네."

"그래도 애들한테 면역은 생겼겠지."

"그만 좀 해."

"누나 결혼식 기억해? 내가 모기에 물렸는데 볼거리에 걸렸다고 생각했잖아."

클라라가 입술을 삐죽거렸다. "메이지와 그랜트에겐 필요한 것이 있어, 패트릭. 정서적 필요 말이야. 그애들은 자기들에게 무슨 일이 일어난 건지 아직 이해하지도 못하고 있어."

"아니, 그애들은 다 이해했어. 수년 동안 그런 가능성을 예상하고 살아왔잖아. 그애들에게 필요한 건 즐거움이야. 환경의 변화가 필요하다고. 그애들한테 필요한 건 어린아이답게 웃고 어리석게 행동하는 거야."

"그래서 세상에서 가장 나이 많은 어린애가—"

패트릭이 그녀의 말을 가로막았다. "그애들한테 필요하지 않은 건 그애들 엄마 자리를 차지하려는 누군가이고."

"내가 무슨 그애들 엄마 자리를…… 넌 그렇게 생각하니?"

그 순간 메이지와 그랜트가 그들 사이를 전속력으로 뛰어갔

경를 71

다. 그랜트가 메이지를 쫓아왔지만 가엾게도 메이지를 따라잡는데 실패했다.

아이들이 뛰어서 멀어져가자 클라라가 본능적으로 소리쳤다. "차 조심해라!"

패트릭이 선글라스 너머로 내려다보았다.

"오, 좀 봐줘, 패트릭. 이건 엄마 노릇이 아니야. 그냥 책임감이 있는 거라고."

"누나가 그렇다면야."

"지금이야 저애들이 괜찮아 보이지. 자기들이 알고 있고 사랑하는 모든 사람에게 둘러싸여 있고 하루의 매 시간 할 일이 있으니까. 하지만 사람들은 각자 집으로 돌아갈 거고, 저애들은 더이상 관심의 중심이 아니게 될 거야. 며칠, 몇 주, 혹은 한 달이 지나면 자기들이 처한 현실에 충격을 받고 네가 그 의미를 알려주길 기대할 거고. 그러면 어떻게 될까?"

"내가 그애들이 필요로 하는 관심을 모두 줄 수 있어. 걱정해줘서 고마워."

"애들이 너의 관심을 얻기 위해 경쟁해야 하는 사람이 바로 너자신이라는 걸 이해할 때까지 좀 기다려보지 그러니."

새로운 계획이 머릿속에서 확고해지는 동안 패트릭은 몇 걸음을 옮겼다. 그는 아이들에게 엄마에 관해 이야기해줄 수 있을 것이다. 그애들이 아는 엄마의 모습이 아니라, 그가 기억하는 한 여성의 모습 말이다. 가까이 있는 단풍나무 무리 아래에서, 그의 부모님이 세라의 부모님과 대화를 나누고 있었다. 네 사람은 옹기

종기 모여 한 덩어리를 이루었다. 다른 가족들은 부지런히 돌아다니고 비밀스러운 이야기를 속삭이며 친구들과 포옹을 했다. 모두가 세라에 대한 다양한 기억들을 나누는 듯했다. 하지만 그는 진짜 세라의 모습 하나를 알고 있었다. 그리고 이제 그녀의 아이들도 그럴 수 있었다. 그는 클라라에게 다시 돌아가 말했다. "누나, 내가 할게." 자신이 진지하다는 것을 알려주기 위해 선글라스도 완전히 벗었다.

"제발 좀. 너 겁먹었어."

패트릭은 고개를 흔들었다.

"나는 못 속여. 너 그렇게 훌륭한 배우는 아니거든."

그때 그레그가 더 무거운 중력을 겪고 있는 듯 구부정한 자세로 군중 속에서 나타났다. 클라라가 눈길을 돌리는 동안, 패트릭은 동생의 어깨를 한쪽 팔로 감쌌다. 세 사람 사이의 문제는 항상 이 대 일이었다.

"할게, 네가 부탁한 일."

"정말이야?" 그레그가 말했다. 그의 눈이 며칠 만에 처음으로 환해졌다.

패트릭의 눈길이 클라라와 마주쳤다. "그럼, 정말이지."

"너희 둘 다 제정신이 아니구나." 클라라가 말했다.

"이건 내 결정이야, 누나." 그레그가 클라라에게 말했다. "내가 무슨 부탁을 한 건지 나도 잘 알아." 그런 다음 패트릭에게 말했다. "아름다운 연설이었어, 형. 고마워. 나라면…… 나라면 끝까지 해내지 못했을 거야."

"패트릭이 전화를 받았을 때 텔레마케터들이 뭐라고 불렀는지 기억나니?" 클라라가 좀 누그러진 태도로 물었다.

"부인?" 그레그가 대답했다.

클라라가 힘있게 말했다. "엉클 맘." 그러고는 마치 스스로에게 농담을 하듯 한번 더 되풀이했다.

아이들이 세번째로 달려왔고, 이번에는 패트릭이 아이들을 붙잡았다. 그는 한쪽 무릎을 꿇고 그랜트를 자기 다리 위에 앉혔다.

"변기 삼촌이야." 그랜트가 투덜댔다.

패트릭은 최선을 다해 유감을 감추며 누나를 올려다보았다. 이것이 일종의 오디션, 방송국 경영진을 앞에 둔 최종 오디션—배역을 맡기 전의 마지막 허들—임을 그는 알고 있었다.

"내가 한마디할게, 너희 둘 모두에게." 패트릭이 메이지도 끌어들이며 말했다. "코미디를 연구해온 전문가로서 말하는데, 화장실 유머는 저급한 거란다. 알겠니? 이건 경클 규칙 3번이야. 웃기지 않느냐고? 그렇긴 해. 하지만 너무 성의 없는 웃음이지. 그건 너희가 원하는 웃음이 아니란다. 하지만 너희가 더 열심히 노력하고 좀더 깊이 파고든다면, 빤한 우스갯소리 아래에 자리한 진짜 우스갯소리를 찾아낼 것 같구나. 그때 너희의 코미디는 정말로 환하게 빛날 거야. 알겠니?"

두 아이 모두 고개를 끄덕였다.

"좋아." 패트릭이 그랜트를 무릎에서 미끄러뜨리고는 일어나서 그랜트의 어깨에 손을 얹었다. 패트릭은 자신의 유행어를 사용하는 것에 대해 질색했지만, 이번만은 특별한 예외였다. "그리고 그건…… 바로 그렇게 하는 거야!" 패트릭이 클라라를 향해 윙크했다. 그 말이 그녀를 더욱 짜증나게 할 거라는 걸 알고 있었다.

이윽고 그랜트가 다음과 같이 외쳐서 그의 승리에 찬물을 끼얹었다. "하수도 삼촌!" 그런 다음 할아버지 할머니에게 뛰어갔다.

그레그가 배꼽을 잡고 웃었고, 그 소리에 가까운 곳에 서 있던 사람들이 돌아보았다. "잘하네, 형이 더 깊이 파고들라고 했잖아."

패트릭은 양손에 얼굴을 파묻고 투덜거렸다. "코메디아델파르테Commedia dell'farte*네." 이 전투에서는 그랜트가 이긴 것 같았다. 하지만 패트릭은 전쟁에서 이길 셈이었다.

하늘의 구름이 팜스프링스와는 다른 방식으로 어두워져갔다.

금방이라도 뇌우가 닥쳐올 듯했다. 클라라가 차 쪽으로 움직였고, 남편에게 가자는 신호를 보냈다. 그녀는 남동생들과의 언쟁에서 지고 싶지 않았고 물벼락을 맞고 싶지도 않았다.

---

* 코메디아델타르테(commedia dell'arte)는 18세기까지 유럽에서 유행한 우스꽝스러운 즉흥극이고, 코메디아델파르테는 그중에서도 배설물 등 더러운 소재로 웃기는 장르였다.

4

"더거섬이에요?"

패트릭은 메이지와 그랜트를 가로질러 비행기 창문 밖 9킬로미터 아래를 내다보았다. "저건 구름이야."

"섬터럼 보여요." 그가 어떤 카드 패를 돌리든 간에, 그랜트는 항상 자기 의견을 밀어붙였다.

패트릭은 메이지를 돌아보았다. 좌석 아래로 달랑거리는 메이지의 다리가 이륙 후 10센티미터는 자란 듯 보였다. "섬 하나만으로 이루어진 주가 있거든. 어딘지 아니?" 메이지가 손을 들었다. "로드아일랜드주라고 대답하지 마. 왜냐하면 사람들이 너를 엿먹이려고 던져둔 거거든." 메이지가 다시 손을 내려 무릎 위에 올려놓았다.

"삼촌 방금 욕해떠요." 그랜트의 눈이 원반처럼 커졌다.

"맞아. 그리고 내가 욕할 때마다 네가 일일이 지적한다면 정말 긴 여름이 될 거야."

작별 인사는 끔찍했다. 그레그는 아이들에게 부담을 주지 않는 선에서 자신의 상황을 최선을 다해 설명했다. 하지만 아이들은 슬픔을 가누지 못했다. 아이들은 바로 얼마 전 엄마에게 작별 인사를 했다. 그런데 이제는 낯선 삼촌과 함께 살라는 말인가? 심지어 패트릭에게도 지나칠 정도로 잔인하게 느껴졌다. 그레그가 소리내어 울었고, 아이들은 흐느꼈으며, 패트릭은 냉정을 유지하려고 최선을 다했다. 마음속 깊은 곳에서 패트릭은 이것이 그들이 생각한 것보다 더 나은 발상이라고는 생각하지 않았다. 하지만 누군가는 확신을 가진 것처럼 보여야 했다. 누군가는 이 배의 선장이 되어야 했다. 공항에서는 눈물 파티가 벌어졌다. 패트릭은 모자를 눈 바로 위까지 눌러쓰고 챙 너머로 위를 올려다보아야 했다. 메이지와 그랜트는 검색대를 통과시킬 짐을 각자 두 개씩 가져왔다. 아이들 물건이 그렇게나 많다는 걸 패트릭은 전혀 알지 못했다. 그들은 공항에 있는 파파 지노에서 조용히 식사를 했다. 하지만 판지 같은 피자나 다른 음식에 식욕이 동하는 사람은 아무도 없었다.

"유튜브 봐도 돼요?"

"뭐? 비행기 안에서는 와이파이가 안 돼."

"왜요?"

"비행기를 타는 것의 이점 중 하나는 저 아래에서 일어나는 모든 일로부터 단절된다는 거야. 우리는 하늘 위 금속 관 안에 있는 거지. 생각을 하고, 책을 읽고, 나 자신과 함께하는 시간이란다."

패트릭은 와이파이에 대해 거짓말을 하고 있었다. 그 이유가 무엇인지는 확신하지 못했다. 아마도 비행기에는 전자기기 화면만 들여다보는 것, 즉 땅에서도 할 수 있는 그런 일보다 가치 있는 일이 있다는 그의 고집 때문이 아닌가 싶었다. 그는 자신이 태어나기 전인 1960년대의 비행기 여행을 선망했다. 비행이 근사한 일로 여겨지고, 더스티 스프링필드*나 페튤라 클라크**처럼 생긴 승무원들이 카트를 끌고 다니며 샤토브리앙을 서빙하는 사이 가끔씩 승객들의 담배에 불을 붙여주기도 하던 시절의 여행 말이다. 그러나 그랜트와 메이지는 아직 기내에서 제공하는 마티니를 마실 수 있는 나이가 아닌데 그런 규제가 정말로 필요할까? 그가 고삐를 좀 늦춰야 하지 않을까? 안 그러면 나쁜 선례를 만드는 게 아닐까? 이 실험이 시작되기 전에 그가 권위의식을 버려야 하지 않을까? "너희 책 좀 챙겨왔지?"

"삼촌 차에 DVD 플레이어 있지 않아요?" 메이지가 물었다.

"난 우버만 탄단다."

"무슨 말이에요?"

"내가 운전을 안 한다는 뜻이야. 테슬라를 한 대 갖고 있긴 하지만 차고 안에 넣어뒀단다." 메이지가 눈썹을 찡그렸다. 삼촌이 익숙하지 않은 단어들을 너무 많이 쏟아내는 바람에, 어느 대목

---

* 영국의 가수. 1960년대 블루 아이드 소울 음악으로 대중의 사랑을 받았다.

** 영국의 가수, 영화배우. 영화 〈굿바이 미스터 칩스〉로 유명하며 프랑스와 미국에서 가수로 활동했다.

에서 삼촌의 논거를 공격해야 할지 알기가 어려웠던 것이다. "테슬라가 뭔데요?"

"우주선 같은 거야."

이 말에 그랜트가 번개처럼 고개를 돌렸다.

"실제 우주선은 아니지만 그 비슷한 거지. 그걸 어떻게 사용하는지는 모르겠지만. 그냥 멋진 자동차야."

"운전도 안 하는데 왜 머띤 자동차를 갖고 있어요?"

패트릭은 눈을 감았다. 돌아가는 꼴을 보니, 그는 며칠은 고사하고 구십 시간도 버티지 못할 것 같았다.

"누가 그 자동차를 줬어요?" 메이지는 못 믿겠다는 눈치였다.

스튜디오에서 줬다. 마지막 두 시즌을 위한 연장 계약에 서명할 때 스튜디오에서 주요 배역을 맡은 배우들에게 준 선물이었다. "유명하면 가끔 그런 일도 생겨."

"삼촌 유명해요?"

패트릭은 아무도 듣고 있지 않다는 걸 확인하기 위해 비행기 안 통로를 살펴본 다음 대답했다. "그랬었지."

그랜트가 앞좌석을 느긋하게 발로 찼고, 패트릭이 팔을 뻗어 그랜트를 제지했다. "우리 엄마 차를 탈 걸 그래떠요. 엄마 차엔 DVD 플레이어 있는데."

패트릭은 과거로 돌아가고 싶은 마음이었다. 그와 세라가 기숙사 라운지에서 술 마흔 잔을 마신 밤들 중 하나로. 그때 그들은 국수라는 단어를 가능한 한 여러 악센트로 발음하려고 애쓰고 그가 세라에게 언젠가 TV가 달린 미니밴을 운전할 거라고 말하는 등 즐거우면서도 터무니없는 일들을 했다. "글쎄다. 나는 집 밖으로 나가는 일이 별로 없고 집에 TV도 한 대 있어."

"그 TV에 유튜브도 나와요?" 그랜트가 소리쳐 물었다.

패트릭이 쉿 하며 그랜트를 조용히 시켰다. "실내용 목소리로 말해라."

"우린 띨외에 있는걸요. 하늘은 띨외잖아요."

"뭐라고? 실외?" 패트릭은 각오를 단단히 다졌다. 앞으로도 이런 혀짤배기소리를 들으며 그랜트와 많은 시간을 보내야 할 터였다. "하늘은 실외고, 비행기 안은 실내란다. 그 차이점을 알고 싶다면 널 창문 밖으로 던져주마."

"그랜트 말은 삼촌 집 TV가 스마트 TV냐는 거예요." 메이지가 중재를 맡아 끼어들었다.

"그런데 유튜브에 볼 게 뭐가 있어서 그러니?" 패트릭은 유튜브에 대한 조카의 집착이 이해되지 않았다.

"어린이 브이로그요."

"어린이 브이로그는 또 뭐냐? 됐어, 대답 안 해도 돼. 내 TV는 그냥 TV야."

"우린 그냥 TV는 안 좋아해요."

패트릭은 가슴에 칼이 박히는 흉내를 냈다. "너희 내가 TV에 나왔던 건 알지." 요즘 아이들에게 무슨 문제가 있는 거지? 텔레비전을 좋아하지 않는다니. 그가 어렸을 때는 텔레비전이 전부였는데, 그래서 그가 텔레비전에 나오고 싶었던 건데. 그의 인생에서 가장 놀라웠던 하루는 다른 아이들도 로저스 씨*를 볼 수 있다는 사실을 알게 된 날이었다. "그나저나 내 질문에 대한 답은 하와이였어. 하와이는 섬 하나로 이루어진 유일한 주야."

"오." 메이지가 말했다.

오, 패트릭은 거기에 가고 싶은지 아이들에게 물으려던 참이었다. 와일레아**의 포시즌스 호텔에 머물며 예약한 접이식 의자에 앉아 시간을 보내고 버진 피냐 콜라다를 주문할 수 있을 텐데. 하지만 아이들은 TV를 좋아하지 않고 하와이에도 그다지 감흥이 없었다. 아이들이 무엇을 재미있어할까? "너희의 패트릭 삼촌에 관한 재미있는 사실 하나. 너희 나이 때 나는 알래스카도 섬이라고 생각했어. 항상 지도 한구석에 하와이와 함께 처박혀 있었거든." 그는 이 말로 아이들을 끌어들일 수 있을 거라고 생각했다. 대부분이 툰드라와 얼음으로 덮인 주를 남태평양의 섬으로 생각하다니 얼마나 바보 같은가. 분위기가 가라앉았다. "열 살이 되면 더 재미있게 느껴질 거다."

대화가 중단되었다. 겨우 세 시간 동안 공중에 있었는데, 패트릭은 최고의 재료를 이미 다 써버렸다. 자신이 이 아이들 나이였을 때의 다른 사실들—자동차나 비행기에 텔레비전이나 와이파이가 없었다는 것 혹은 안전벨트 이야기 같은 것—을 아이들과 공유하려고 시도해봤자 소용없다는 사실을 패트릭은 알게 되었다. 그런 이야기를 하면 아이들에게 재미없는 사람으로 비친다는

---

* 미국의 방송인 프레드 로저스. 유명한 텔레비전 프로그램 〈로저스 씨의 이웃〉을 제작해 어린이 교육에 큰 영향을 주었다.

** 하와이의 한 지역.

걸 본능적으로 깨달은 것이다. 이래 봬도 그럭저럭 유명한데. 맙소사, 내가 이렇게 따분한 사람일 리 없어.

"퍼지 아이스바 하나 먹어도 돼요?" 그랜트가 간절한 표정으로 패트릭을 올려다보며 물었다.

"제기랄, 너 실외라는 단어는 발음 못하면서 퍼지 아이스바는 잘도 발음하는구나?" 패트릭은 자기 말이 농담인 걸 알게 하려고 조카에게 간지럼을 태웠다. "팜스프링스에 도착하면 퍼지 아이스바 한 상자를 사줄게."

"내가 통로 좌석에 앉아도 돼요?" 메이지가 물었다.

"안 돼."

"왜 안 돼요?"

"내가 삼등석에 앉아 처음 비행기 여행을 한 후 십삼 년 정도가 흘렀지만, 통로 좌석만이 나를 제정신으로 있게 해주거든."

동생 그레그가 아이들의 일반석 비행기표를 구입했고, 그래서 그들은 셋이서 한 줄로 나란히 앉을 수 있었다. 패트릭은 좌석을 업그레이드하고 싶었지만, 그레그가 그러지 말라고 부탁했다. 셋이 함께 앉아서 가는 것이 중요하다면서.

"하지만 누가 날 알아보면 어떡해?" 패트릭은 그런 일이 일어날까봐 무섭다고 강조하려 했다. "나는 일등석에 앉고 네가 아이들과 함께 앉아서 가면 안 돼?"

그러나 패트릭이 여행 가방을 꾸리는 동안 그레그의 근엄한 표정으로 대화가 마무리되었다. 비행은 다음날이었고, 그레그는 아이들을 배웅하는 데 집중했다. 모든 것이 준비되었고, 이제 철

회는 없었다.

떵-동. 알람 소리가 그들에게 안전벨트를 조이라고 알렸다.

"알래스카는 또 뭔데요?" 메이지가 물었다. 마침내 호기심을 조금 느낀 것 같았다.

"지도는 뭐예요?" 그랜트가 좀더 간결하게 물었다. 이 주제를 완전히 끝낼 수도 있을 만큼의 관심은 그다지 느끼지 못하며.

"봐라, 응? 너희가 나와 함께 비행기 여행을 하는 건 잘된 일이야. 이런 일이 선례가 되거든. 여행을 점점 좋아하게 되는 거지. 나는 마흔 살이 되기 전에 손주를 본 것 때문에 고등학교 시절 친구 세 명을 페이스북에서 차단했어. 세 명이야! 그들이 왜 그랬겠어? 태어나서 자란 곳을 한 번도 떠나보지 않으면 그렇게 돼. 너희도 마찬가지고. 그래서 지금 우리가 캘리포니아에 가는 거야."

"페이뜨북이 뭐예요?"

"바로 그거야. 페이스북은 끝장났지. 한물갔다고. 그건 할머니 할아버지들을 위한 소셜미디어 플랫폼이야." 그랜트는 그가 알고 있던 것보다 더 힙했다.

"삼촌이 우리의 조부모가 될 수 있어요?" 메이지가 어리둥절한 표정으로 물었다.

"조부모가 아니라 조부지. 그리고 **안 돼!** 안 되지. 난 그런 건 못 해. 방금 내가 한 말을 제대로 이해 못 했구나." 패트릭은 움찔했다. 그는 비행기에 관해 이미 한 번 거짓말을 했고, 아마 이 정도로 해둬야 할 것이다. "그러니까 생물학적으로 말이야. 하지만 그게 중요한 건 아니지."

"삼촌은 너무 젊어요!" 드디어 그랜트의 실외용 목소리가 타당한 순간이 왔다. 그랜트의 목소리는 그 발상에 대해 삼촌만큼이나 화가 난 것처럼 들렸다.

"고맙구나. 봤지? 그랜트는 이해했잖아." 그는 그랜트와 하이파이브를 했다.

이윽고 그들은 난기류를 만났고, 아이들의 몸이 좌석에서 몇 센티미터 솟구쳐올랐다. 패트릭은 팔을 뻗어 아이들의 좌석 벨트를 단단히 조여주었다.

"신사 숙녀 여러분, 기장입니다. 좌석 벨트를 단단히 매주시고 자리에 가만히 앉아 계십시오."

"너희 괜찮니?" 그가 팔에 한 손을 얹어 메이지를 진정시켰다. 메이지의 팔이 축축했고, 그래서 그는 힘겹게 몸을 앞으로 숙여 아이들의 주의를 흩뜨렸다. "너희, 젊음을 유지하는 비결을 아니? 바로 돈이란다. 경클 규칙 4번이지. 얼굴을 깎으면 안 돼. 조심해, 그러면 안 된단다. 하지만 돈이 있으면 스트레스를 안 받지. 스트레스는 사람을 늙게 하거든. 겨울이랑 고향을 떠나지 않는 일도 그렇고. 정말이지 이런 건 적어놔야 해."

패트릭은 아이들이 웃고 있는지 보려고 다시 한번 힐끗 바라보았다. 다시 얼굴을 돌렸을 때, 앞좌석 등받이에 달린 모니터 화면에 그의 모습이 얼핏 비쳤다. 눈 주위에 주름이 져 있었다. 양쪽 입가에도 주름이 있었다. 그는 보톡스를 손보고 레스틸렌이나 쥬비덤*을 고려할 때가 됐나보다고 생각했다. 그를 담당하는 동유럽 출신의 피부미용사가 있는데, 그녀의 얼굴은 웃는 것을 허락하지 않았다. 비앙카라는 이름으로 불리는 그녀는 그에게 흉터를 채워보라고 제안했다. 더 많은 시술을 받는 것이 에이전트의 전화에 응답하지 않는 것보다 수월하겠지. 어쩌면 그는 텔레비전에서 공식적으로 은퇴해야 할지도 모른다. 그러고 나면 얼굴이 어떻게든 마음에 들어 보이겠지.

"지금 우리가 어느 주 위를 지나가고 있어요?" 비행이 한결 부드러워졌을 때 메이지가 물었다.

패트릭은 좌석 벨트를 느슨하게 하고 다시 창밖을 내다보았다. 서부의 주들은 모두 지형이 비슷하다. 상태가 엉망인 산맥이 마크라메 레이스처럼 구불구불 뻗어 있고 단조로운 1970년대의 색조다. "확신이 안 서는구나. 내 생각에 정사각형 모양의 주들은 대부분 지나온 것 같아. 뉴멕시코인가?" 패트릭은 곤란해지기 전에 좌석 등받이에 몸을 기대고 좌석 벨트를 조였다. "너희 뉴멕시코에 가본 적 있니? 주 전체가 터키석을 파는 거대한 벼룩시장이야. 나는 몇 년 전 남자들의 피정 같은 것으로 간 적이 있는데, 붉은 머리를 두툼하게 묶은 루나라는 이름의 식당 사장 때문에 애리조나주 경계로 쫓겨났지. 코코펠리**가 뭐냐, 저 사람들은 왜 다 척추측만증을 앓는 것처럼 생겼냐, 라고 물었더니 그 여자가 엄청나게 화를 냈다니까. 너희 그 이유를 알아?"

---

* 레스틸렌과 쥬비덤 모두 피부미용 시술에 사용하는 필러의 상표명이다

** 미국 남서부 원주민들이 섬기던 출산과 농업의 신. 일반적으로 등이 굽고 피리를 불고 있는 모습으로 묘사된다.

침묵.

"좋아. 자, 꼭 지켜야 하는 경클 규칙이라고 말하지는 않겠지만, 할 수만 있다면 뉴멕시코에는 가지 마라." 이 비행이 얼마나 오래 걸릴까? 지금쯤 하강을 시작해야 하지 않을까? 빌어먹을 역풍. 서부로의 비행은 항상 한 시간 더 걸렸다. 패트릭은 손가락으로 의자 팔걸이를 두드렸다. 팔을 뻗어 머리 위 환기구를 열고 셔츠 자락을 몸에서 떼어내 펄럭였다. 그렇게 하니 바람이 가슴을 씻어내려주는 느낌이 들었다. "누구 재미있는 얘기 좀 아는 거 있니?"

없었다.

패트릭은 간식을 좀 주문하려고 자기 좌석의 모니터를 만지작거렸다.

"아까 여기선 와이파이가 안 된다고 했잖아요."

"메이지, 나는 간식거리를 보고 있어. 그건 와이파이가 필요 없단다. 너도 간식 먹을래? 이 채소칩은 어때?"

뜬금없이 그랜트가 비명을 질렀다. 비올라 데이비스*에게 오스카상을 안겨준 것과 같은 깊고 비통한 비명이었다. 그러자 메이지도 자기가 아파서가 아니라 동생 때문에 놀라서 같이 소리를 지르기 시작했다. 패트릭의 심장이 뒤틀렸다.

"알았다, 알았어, 얘들아. 채소칩을 꼭 먹을 필요는 없어. 사실 그건 진짜 채소도 아니지. 그냥 감자칩이야. 그것 말고 다른 걸

---

* 미국의 영화배우.

먹어도 돼." 패트릭은 아이들이 볼 수 있도록 모니터를 회전시키려 했다. 하지만 모니터는 위아래로 기울어지기만 했다.

위로할 길 없는 그랜트의 비명은 공포영화에서 튀어나온 것처럼 조금도 수그러들지 않고 계속되었다. 너무도 난데없고 강렬한 비명이어서 실제로 귀가 아파올 만큼 무시무시했다. 어린아이가 그토록 원시적인 소리를 낼 수 있다는 걸 패트릭은 전혀 알지 못했다.

"너 어디 아프니? **대체 무슨 일이야?**" 그는 도움을 청하려고 어깨 너머를 여러 번 넘겨다보았다. 하지만 화를 내며 그를 노려보는 승객들의 눈과 마주칠 뿐이었다. 순수한 공포가 엄습했고 패트릭은 볼캡을 눈 바로 위까지 더 내려썼다.

"내 이!" 그랜트가 두려움에 질려 자기 입을 가렸다.

"알았다! 알았어! 진정해." 패트릭은 어떻게 해야 할지 모른 채 좌석 벨트 세 개를 전부 풀고 그랜트의 손을 잡았다. 그리고 그랜트를 통로 쪽으로 밀었다. 아이를 끌고 화장실 쪽으로 두 걸음 걸어가다가 메이지를 잊었음을 깨달았다. 그는 메이지의 손도 잡힐 때까지 뒷걸음쳤다. 비상구 쪽 좌석 가까이에 있던 승무원이 뒤에서 부르는 것도 무시한 채, 두 아이를 데리고 비행기 뒤쪽 화장실을 향해 급히 걸어갔다.

"선생님! 선생님! 아까 좌석 벨트를 단단히 매라고……"

패트릭은 화장실의 접이식 문을 벌컥 열었다. 너무 세게 열어서, 문이 부러져 레일에서 떨어져나오지 않은 게 놀라울 정도였다. 그는 닫힌 변기 뚜껑 위에 그랜트를 세우고 메이지를 홱 당겨 화장실 안으로 들어오게 했다. 그리고 문을 닫았다. 공간이 비좁아서 메이지가 그의 다리에 몸을 바싹 대야 했다. 그는 그랜트를 꼭 끌어안고 물었다. "이가 어떻게 됐는데?" 그런 다음 그랜트의 울부짖음이 서서히 잦아들어 훌쩍임으로 변할 때까지 이 말을 반복했다. 그는 그랜트의 머리칼 속에 손을 넣어 머리를 잡고 가까이서 얼굴을 들여다보았다.

"이가 빠졌어요!"

"오, 그렇구나. 이가 빠졌어. 이게 처음 빠진 거라고 말하진 마라." 패트릭이 그랜트의 입을 꽉 쥐자 그랜트의 입술이 물고기처럼 오므라들었다. 확실했다. 아랫니 하나가 빠지고 없었다. 패트릭은 그것이 젖니이길 바랐다. 피가 많이는 아니고 조금 나 있었다. "메이지, 종이 타월 한 장 뽑아라. 그리고 그걸 수돗물에 대서 적셔."

메이지가 시키는 대로 했고, 패트릭은 마음속으로 되새겼다. 비상사태에서는 침착을 유지해라. 하지만 그랜트는 계속 울기만 했다.

"아이들에게 왜 젖니가 있는지 아니? 난 항상 그게 궁금했단다. 왜 젖니는 몸의 다른 부분들처럼 자라지 않을까? 아이에서 어른으로 자랄 준비가 되었다고 해서 어렸을 때의 코가 떨어져나가진 않잖니. 그랜트가 어른이 되려 한다고 해서 팔이 떨어져나가는 모습을 상상할 수 있겠어?"

실컷 흐느껴 울던 그랜트가 울음을 그치고 외쳐 물었다. "내 팔이 떨어져나가요?"

"귀도 떨어져나가지. 양쪽이 한꺼번에 떨어져나가진 않아야 할 텐데. 그러면 소리를 못 들을 테니까."

그랜트가 비명을 질렀다.

"어, 어? 농담이야. 그냥 말해본 거란다. 난 우리 인간들이 젖니와 영구치를 모두 갖고 태어나는 이유가 궁금하거든. 너희도 알고 있니? 어린아이의 아래턱에는 필요한 개수의 두 배만큼의 이가 있다는 사실 말이야. 메이지가 몸안에 알들을 갖고 태어나는 것처럼 말이야."

"내 몸 안에 알이 있어요?" 메이지의 눈이 휘둥그레졌다.

"그래." 패트릭이 대답했다. "수십 개 있지. 암탉처럼 말이야. 아마 너에게선 깃털이 자라날 거야. 그리고 부리도."

메이지가 마땅찮은지 얼굴을 찌푸렸다. "삼촌, 애들한테 그런 얘기를 하면 안 되죠."

"안 되나?"

"안 되죠! 우리를 달래줘야죠. 그것도 몰라요?"

"이런, 이런, 알았다." 패트릭이 종이 타월을 받아 젖은 부분을 그랜트의 잇몸에 대주었고, 그랜트는 본능적으로 그걸 제자리에 살 고정했다. "야, 너 왜 그렇게 우는 거니? 거프한테 말을 해야지. 이해가 안 되네."

"이를…… 찾을 수가…… 없단 말이야!" 그랜트는 너무 심하게 울어서 말 사이사이에 딸꾹질을 할 정도였고, 코에서까지 눈물이 나왔다. 가슴을 부풀리려고 필사적으로 애썼지만 그러지 못했고, 폐가 망가진 외상 환자처럼 쌕쌕거렸다.

그래서? 패트릭의 마음이 아우성을 쳤다. 마치 제트엔진 같았다. 그들 세 사람은 화장실 안에서 앞뒤로 서로 떠밀었지만, 공간이 비좁은 탓에 함께 끼어박혀 쓰러질 여유도 없었다. 패트릭은 그와 조가 어떻게 고도 1마일 클럽에 가입*했었는지 잠시 궁금해졌다. 지금은 몸을 돌릴 수조차 없는데. 옛날에는 비행기가 더 컸나? 두 아이 모두 조용해질 때까지, 비행기의 요동과 주위의 윙윙거리는 소리에 위로받을 때까지 세 사람은 거기에 서 있었다. 하지만 조명은 끔찍했다. 패트릭은 도움을 구하며 메이지를 쳐다보았고, 그런 다음 두 아이의 얼굴이 모두 보이도록 세면대에 몸을 기댔다.

"그랜트가 이를 못 찾으면 이빨 요정이 오지 못할 텐데." 메이지가 말했다.

이 말을 듣자 패트릭은 거의 안도감이 들었다. 그건 상대적으로 쉬운 일이었다. "누가 그렇게 말해?"

"다들요."

"말도 안 되는 소리야."

그랜트의 눈물이 서서히 잦아들었다. 그랜트는 자유로운 손등으로 눈물을 닦았다. "삼촌이 그걸 어떻게 알아요?"

"너희 아빠와 내가 어렸을 때 필립이라는 늙은 비글 개가 있었다고 너희에게 말했었나? 그 개의 이빨이 계속 빠졌어. 우린 필립이 잠을 자던 장작 난로 옆 바닥에 이빨들이 떨어져 있는 걸 발

---

* 1마일(약 1600미터) 이상의 고도를 비행중인 비행기 안에서 성관계를 하는 행위를 가리키는 속어.

견하곤 했지. 너희 아빠와 나는 우리 베개 밑에 필립의 이빨을 넣어두면 돈을 좀 벌 수 있겠다고 생각했단다. 그걸로 원대한 계획을 세우고는, 우리의 새로운 돈벌이 계획을 마구 자랑했어. 그다음에 어떻게 됐을 것 같니?"

그랜트가 주저하다가 물었다. "어떻게 됐어요?"

"각자 밀크본* 하나와 함께 침대에서 일어났단다." 패트릭이 메이지를 팔꿈치로 쿡 찔렀다. 알겠니? 패트릭은 아이들을 위로할 수 있었다. "내 말의 요점은, 이빨 요정은 모든 걸 안다는 거야, 알겠니? 이빨 요정은 기회를 놓치지 않아. 우리 자리로 돌아가서 내가 네 이를 찾아볼게. 하지만 만일 찾아내지 못한다 해도, 이빨 요정은 네가 이를 잃어버린 걸 분명히 알 거야, 됐니? 내가 장담한다."

"나…… 엄마 보고 싶어."

그렇게 힘든 일이 일어났다. 겨우 몇 시간 만에. 이 일은 이빨 요정 일만큼 수월하지는 않을 것이다. "나도 안다, 애야." 패트릭은 이렇게 말한 뒤 덧붙였다. "우린 견뎌낼 거야."

"삼촌이 어떻게 알아요?" 메이지는 진심으로 묻고 있었다. 불협화음이 들어간 재즈 음악처럼 각각의 단어가 분절되었다. "우리가 견뎌낼 거라는 걸 삼촌이 어떻게 알아요?"

패트릭은 어떻게 하면 아이들을 이해시킬 수 있을지 오랫동안 열심히 생각했다. 그리고 고등학교 졸업 앨범을 위해 골랐던 경

---

* 미국의 반려견 비스킷 브랜드.

구, 불가사의하게도 예언이 된 그 말을 떠올렸다. "'우리를 힘들게 하는 건 비극이 아니다. 엉망진창이 된 상황이 우리를 힘들게 한다.' 도로시 파커." 이 말이 입에서 나오자마자 그는 이것이 지금 상황에 맞지 않은 경구임을 깨달았다. 아이들이 이 경구를 이해하지 못하거나 도로시 파커가 누구인지 몰라서라기보다는— 물론 아이들은 이해하지 못했고 도로시 파커가 누구인지 모르기도 했지만—세라의 죽음은 분명 비극이었기 때문이다. 하지만 그레그의 약물중독은 엉망진창에 해당했다. 그레그가 그에게 도와달라고 부탁한 것도 엉망진창이었고, 그가 이 같은 상황을 어떻게 다룰지 알 거라고 생각한 것은 엄청난 규모의 엉망진창이었다. 그래서 그는 진실을 향해 곧장 직진했다. "누군가가 돌아와주길 바라는 게 어떤 건지 나도 안다."

진정이 되자 그랜트가 입에서 종이 타월을 빼고는 엄지손가락을 빨았다. 그랜트의 얼굴이 눈물로 얼룩져 있었고, 왠지 모르지만 머리칼도 젖어 있었다.

"삼촌한테 무슨 일이 일어나면 어떻게 해요?"

그때 화장실 문 두드리는 소리가 나서 모두 깜짝 놀랐다. 패트릭이 즉시 문을 세 번 두드려 답했다. "그러지 않을 거야, 메이지."

"삼촌이 어떻게 알아요?" 메이지가 다시 물었다. 메이지의 목소리가 이때보다 더 작고 취약하게 들린 적이 없었다.

"선생님?" 승무원의 목소리가 들렸다. "선생님, 문을 여세요!" 그녀가 샤토브리앙을 먹을 건지 물으려고 여기에 온 것이 아니라는 건 분명했다.

"잠깐만요!" 패트릭은 화를 내며 외쳤다.

"거프?" 그랜트가 그를 불렀다. 이제 그랜트는 누나의 질문에 대한 답을 원하고 있었다.

"나는 알아." 패트릭은 이렇게 말한 뒤 덧붙였다. "왜냐하면 나는 젊은 나이에 죽을 만큼 유명하지는 않거든." 그야말로 있는 그대로의 진실이 아닌가? "자, 얼굴에 물 좀 끼얹어라. 그러면 기분이 한결 나아질 거야."

문 두드리는 소리가 또 났다.

"빌어먹을, 잠깐만 기다려요!" 패트릭은 그랜트의 눈을 들여다 보았다. 그랜트는 여전히 변기 위에 서 있었다. "그래, 욕해따. 그대서 뭐." 패트릭이 윙크하자 그랜트가 히죽 웃었다.

패트릭은 아이들이 얼굴을 씻고 눈물을 닦도록 도와주었다. 그런 다음 화장실 문을 천천히 열고 메이지를 먼저 내보낸 뒤 그랜트가 변기에서 화장실 바닥으로 뛰어내리도록 도와주었다. 패트릭은 불만스러운 표정의 승무원을 바라보았다. 그녀는 그들 같은 부류의 사람들을 상대할 만큼 충분히 돈을 받지 못하는 것이 틀림없었다. 더스티 스프링필드처럼 보이지도, 페튤라 클라크처럼 보이지도 않았다. 간단히 말해, 그녀는 짜증이 나 보였다. "미안합니다. 아이 이에 갑자기 문제가 생겨서요. 이제 우리 자리로 돌아갈 겁니다." 그들은 오리 가족처럼 뒤뚱거리며 좌석으로 돌아갔다. 패트릭의 혈압이 천천히 정상을 되찾았다.

"여기." 각자 좌석에 자리잡자 패트릭이 말했다. "내 휴대폰을 보자꾸나." 그는 지갑에서 신용카드를 꺼냈다.

"하지만 아까 와이파이가……"

"저 사람들이 고쳤어. 못 들었니? 우리가 화장실에 있을 때 안내방송이 나왔는데." 패트릭은 그랜트의 머리칼을 헝클어뜨리고는 휴대폰을 건네주며 미소 지었다. "유튜브가 뭐 그렇게 대단한지 어디 보여줘봐. 다만…… 경클 규칙 5번, 게이가 자기 휴대폰을 건네주면 그가 보여주는 것만 보아라. 만일 그것이 사진이면 멋대로 손가락으로 넘겨버리지 마라. 그리고 낯선 앱은 절대로 열지 마라."

5

비명이 어둠을 갈랐고, 패트릭은 똑바로 일어나 앉았다. 제기 랄, 또야?! 그는 마침내 침대에서 잠이 든 참이었고, 자기 자신 혹은 (더 중요하게는) 다른 사람의 귀에 피가 나게 하지 않고도 슬퍼하는 일이 가능하며 심지어 그것이 바람직하다는 사실을 이 괴물들과 함께 추론해내야 할 터였다. 그는 침대에서 뛰쳐나왔 고, 피부 회복용 마스크팩과 실크샤르뫼즈* 재질의 수면 안대를 아직 얼굴에 걸치고 있다는 사실을 잊은 채 침실 문과 정면충돌 했다. 그의 비명은 더 깊고 짜증스러웠으며, 고맙게도 짧았다.

그는 수면 안대를 이마 위로 밀어올렸다. 눈이 적응되고 주위 를 확인하기까지 몇 초가 걸렸다. 그렇다, 그는 이 주 만에 마침

---

* 강연사와 크레이프사로 짠 부드러운 직물. 겉면에 광택이 난다.

내 자신의 방으로 돌아왔다. 그렇다, 방금 에어컨이 작동했다. 그렇다, 문이 있어야 할 곳에 있었다. 아니다, 여기는 그의 동생 집 옆에 있는 그 끔찍한 호텔이 아니었다. 아니다, 이 소음은 술 취한 도박사들이 모히간 선 카지노에서 하루를 보낸 뒤 비틀거리며 버스에서 내리는 소리가 아니었다. 소란의 근원을 찾아 복도로 걸어나갔다. 다행스럽게도 그는 자신이 선호하는 것이 아닌, 그러니까 덜 선호하는 트레이닝복 반바지를 입고 잘 정도의 선견지명은 있었다. "메이지? 메이지, 너니?"

메이지가 아니라 그랜트였다. 그랜트가 손님용 욕실 밖 복도에서 벌벌 떨고 있었다.

"무슨 일이야? 엄마가 보고 싶니? 아니면 아빠가? 다른 이가 또 빠졌어? 대체 무슨 일이야?" 패트릭은 쭈그리고 앉아 조카의 어깨를 팔로 감쌌다. 그리고 아이의 눈길을 따라 욕실 안을 들여다보았다. "유아용 변기가 또 필요한 거니?" 잠자리에 들기 전에 용변을 한 번 보았다. 그랜트가 평소에 누군가가 밑을 '닦는' 걸 도와줬다고 말했고, 패트릭은 경악해서 물러섰다. 그건 패트릭이 컨슈머 리포트에서 보고 만천 달러짜리 일본 양변기(미안하다, 워시릿) 두 개를 설치한 이후 스스로에게도 하지 않은 일이었다.

"변기가…… 움직였어요."

"움직였다니, 그게 무슨 뜻이야?" 그가 있는 곳에서는 욕실 안이 잘 보이지 않았다. 하지만 변기는 있어야 할 위치에 정확히 있는 것 같았다.

"뚜껑요." 마침내 그랜트가 용기를 그러모아 삼촌을 바라보며 말했다. "저기 귀신이 있어요."

지금까지 그들의 첫날 밤은 대체로 성공적이었다. 아이들은 집을 둘러보며 반색했고("야외 온수 욕조도 있어요?!") 그럭저럭 편안해했다. 물론 아이들이 잠들기 전까지 해야 하는 일들로 좀 삐걱거리긴 했지만. 고맙게도 메이지는 스스로 샤워를 했다. 그러나 그랜트는 욕조용 장난감이 없는 걸 슬퍼하면서도(패트릭이 갖고 있는 수영장용 튜브는 욕조에서 갖고 놀기엔 너무 컸다) 욕조에 들어가겠다고 고집을 부렸고, 삼촌의 베이킹소다 치약이 너무 끈적거린다며 좀 겁을 먹었다(패트릭은 환한 색깔에 강한 맛이 나는 어린이 치약이 아마도 충치를 유발한다고 주장했다. 하지만 어린이용이라는 라벨이 붙어 있는 치약을 하나 사주겠다고 약속했다). 메이지와 그랜트는 적어도 처음에는 손님방을 같이 쓰기로 동의했고, 패트릭은 킹 사이즈 침대에 아이들과 함께 누워 밉이라는 뻐꾸기와 몹이라는 토끼가 사막에서 모험을 하는 이야기를 즉석에서 공들여 만들어냈다. 아이들은 침대 위에 걸려 있는 금속 조각상에 관해 불평했다. 그 조각상은 각이 많이 져 있었는데, 그랜트는 직사각형을 무서워하는 척했다. 둘 다 자신에게 맞는 수면 번호*를 알지 못해 손님방 매트리스의 최첨단 기능을 낭비했다. 그러나 결국 그들 모두 하루 동안 쌓인 피로에 지쳐 꾸벅꾸벅 졸았다. 자정이 되기 전 어느 순간 패트릭은 잠에서 깨

---

* 미국의 매트리스 브랜드 '슬립넘버'에서는 수면 번호를 설정하는 기능을 갖춘 매트리스를 판매한다. 사용자의 몸에 맞춰 매트리스의 푹신한 정도를 조절할 수 있다.

어나 다 함께 한 침대를 쓰는 것이 지독하게 불편하지는 않다는 걸 깨닫고 놀라긴 했지만 어쨌든 침대에서 빠져나왔다.

"오, 아니, 아니야. 괜찮아, 그랜트. 원래 그런 거야. 변기 말이야. 네가 가까이 가면 뚜껑이 저절로 올라가. 원래 그래. 그게 특징이지. 그것 때문에 가격이 더 비싸단다."

"하지만 안에 불도 켜져요." 그랜트가 몸을 기울이고 삼촌의 귀에 속삭였다. "빛이 난다고요." 그랜트는 어떤 초자연적인 존재가 장난을 치는 거라는 확신을 고수하고 있었다.

"야간용 불빛이야. 멋지지 않니? 그래서 밤에 화장실에 갈 때 천장등을 켰다가 눈이 부셔서 얼굴을 찡그릴 필요가 없지."

"다른 타원에서 온 게 아니고요?"

차원? 애들이 이런 말을 어디서 배웠지? "아니야. 음, 맞아. 하지만 그냥 일본에서 온 거야." 패트릭은 아이의 머리칼 속에 손가락을 넣어 흩뜨렸다. "누나는 어디 있니? 그애도 잠이 깼을 것 같은데."

메이지의 얼굴이 문가에 나타났다. 마치 천둥번개가 치던 날 폰 트라프 집안* 아이들 중 한 명처럼. 패트릭은 입술을 깨물었다. 만일 그가 〈마이 페이버릿 싱스My Favorite Things〉**의 한 소절을 불러야 한다면 신께서 그를 도와주시길.

"이리 와. 내가 새로 설치한 워시릿이 뭘 할 수 있는지 너희에

---

* 유명 뮤지컬 영화 〈사운드 오브 뮤직〉에서 주인공 마리아가 가정교사로 들어가는 집안.
** 영화 〈사운드 오브 뮤직〉에 나오는 노래 중 하나.

게 전부 보여주고 싶구나."

고양이 잠옷 차림의 메이지가 슬금슬금 앞으로 다가왔다. "워시릿이 뭔데요?"

"음, 변기야. 보통 변기보다 더 좋은."

"그게 더 좋은지 어떻게 알아요?"

"왜냐면 그건 일본제고 내 첫 자동차보다 더 비싸거든. 봐라, 이게 뭘 하는지 지켜봐." 패트릭은 일어나서 워시릿을 향해 다가 갔다. 센서가 감지할 만큼 거리가 가까워지자 변기 뚜껑이 천천히 올라갔다.

메이지가 말했다. "우와." 그랜트는 여전히 회의 어린 표정으로 지켜보고 있었다.

"이게 다가 아니야. 여길 보려무나." 패트릭이 광택 도는 욕실 수납장 서랍을 열고 리모컨을 작동시켰다. 그러자 변기 뚜껑이 저절로 내려갔다.

"그 리모컨 변기용이에요?" 메이지가 물었다.

"아니, 워시릿용이야."

"뭐가 다른데요?"

"음, 굳이 설명해야 한다면!" 패트릭은 짜증을 내며 양팔을 들어올렸다. "첫째, 반들반들 윤이 나는 자기로 되어 있어. 이것과 비슷한 걸 본 적 있니?"

"꼭 안에 공룡알이 들어 있을 것 같아요." 그랜트가 유심히 바라보았다. 그러고 보니 이상하게도 많이 되었다.

"그래. 멋지지 않니? 이온수가 나오고, UV 라이트에, 음악이 나오는 스피커도 있어. 시트에 히터도 들어오고, 아까 말한 야간용 조명이 있어서 어둠 속에서도 길을 안내해주지. 그리고 열두 단계의 세척-건조가 특징이야." 패트릭이 손에 든 리모컨을 과장된 동작으로 흔들었다. "리모컨, 짜잔!" 아마도 그는 자기만의 좋아하는 것들로 노래를 다시 만들 수 있을 것 같았다. 그는 속으로 노래를 불렀다. 원격감지식 워시릿 속 이온수.

"이게 옷을 빨아줘요?" 메이지가 혼란스러워했다.

"뭐라고? 아니야. 그건 역겹구나."

"아까 삼촌이 세척-건조라고 말했잖아요."

"세척-건조 기능이 있다고." 패트릭이 정정했다.

"세척-건조가 뭔데요?"

"얘들아! 이거 환상적이지 않아?"

"이해가 안 돼요."

"어떤 게 이해가 안 돼?" 직접 살펴볼 수 있도록 패트릭이 메이지에게 리모컨을 건네주었고, 그랜트가 자기도 잘 보려고 메이지 옆에 코를 들이밀었다. 리모컨에는 그림문자가 그려진 버튼들이 가득했다. 일기예보 채널에서 5단계 허리케인을 표시할 때 사용할 법한 공격적인 소용돌이 모양의 픽토그램도 있었다. 패트릭은 아직 감히 그 버튼을 시도해보지 못했지만. "음, 솔직히 말하면 나도 그 버튼들을 전부 아는 건 아니야. 거기 그 버튼은 쓸데없이 무섭게 생겼잖니. 그거 말고 이 버튼이 '앞쪽 클리닝'이라고 설명서에서 읽은 것 같아. 이건 남자들은 쓸 일이 없는 기능일 거야. 하지만 회전과 복귀 기능은 쓸 수 있지."

"나 쉬해야 돼요."

패트릭이 그랜트를 내려다보았다. 아이는 사타구니를 손으로 붙잡고 있었다. 물론이지. 그것 때문에 이 한밤의 집회가 소집되었으니까.

"얼른 가서 싸, 애야!" 그가 오줌싸개 바넘* 같은, 자기 안의 가장 훌륭한 바람잡이를 소환하며 말했다.

"여기서 기다려줄 거죠?" 내내 설명해줬는데도 그랜트는 여전히 무서워했다. 패트릭은 그랜트가 워시릿에 좀더 익숙해지도록 컨슈머 리포트를 보여줘야겠다고 생각했다.

"물론이지."

몸이 굳은 채 서 있던 그랜트가 화장실 안으로 걸어들어갔고, 변기 뚜껑이 저절로 올라갔다.

"계속해! 널 환영하는 거야."

패트릭과 메이지는 그랜트의 프라이버시를 지켜주기 위해 고개를 돌렸다.

"저게 어떻게 씻겨준다는 건지 아직도 이해가 안 돼요." 메이지가 투덜거렸다.

"오, 저기에 씻겨준 뒤 움츠러드는 막대가 달려 있거든. 그래서 리모컨이 있는 거야. 일을 다 보고 나면 그 막대가 깨끗한 물을 찍 뿌려주지. 물의 온도와 압력도 마음대로 선택할 수 있어."

"찍 뿌려준다고요…… 어디에요?"

---

* 유명한 사기꾼이자 서커스단 설립자인 P. T. 바넘을 이용해 말장난을 한 것.

패트릭이 관자놀이를 문질렀다. 그때 고맙게도 그랜트가 끼어들어 물었다. "물 어떻게 내려요?"

"알았어, 친구!" 패트릭은 몸을 숙이고 리모컨 위를 헤매다가 물 내리는 버튼을 찾아냈다. 그리고 메이지에게 말했다. "이 버튼을 눌러봐." 메이지가 눌렀다.

"와아아아!" 그랜트가 변기를 들여다보며 외쳤다. "불이 또 들어와떠요!" 패트릭은 그랜트의 유령 공포증이 이제 사라졌을 거라고 짐작했다.

하지만 메이지는 쉽게 다른 데 정신이 팔리지 않았다. 여전히 삼촌을 올려다보며 아까 한 질문에 대한 대답을 기다렸다.

"어디에요? 삼촌은 알잖아요. 내가 말하게 할 거예요? 삼촌의 아랫도리죠." 패트릭은 메이지를 잃는 듯한 기분이 들었다. "자, 그거 줘봐." 패트릭이 팔을 뻗어 리모컨을 건네받은 뒤 화장실 안으로 들어갔다. "그랜트, 진짜 멋있는 거 보고 싶니? 변기 위에 얼굴을 숙여봐." 메이지가 보고 있는 걸 확인하기 위해 패트릭은 어깨 너머를 흘깃 건너다보았다.

"뭘 찾아야 되는데요?" 그랜트가 물었다.

"잘 봐라." 패트릭이 리모컨의 버튼 중 하나를 눌렀고, 세척 막대가 천천히 뻗어나왔다.

"저게 뭐예요?" 그랜트가 물었다.

"뭐처럼 보이니?"

"로봇처럼 보여요." 그랜트가 꼼짝 않고 서서 말했다.

"계속 보고 있어." 패트릭은 리모컨을 살펴보다가 눌러야 할 다른 버튼을 찾아냈다. 막대가 그랜트의 얼굴에 물을 찍 뿌렸다.

그랜트가 비명을 질렀다. 패트릭이 예상한 대로였다. 메이지가 웃었다.

"삼촌이 나한테 물 뿌렸어!"

"이거 받아, 꼬마야." 패트릭은 그랜트에게 수건을 던졌다. 수건은 정확히 그랜트의 얼굴에 안착했다.

"너무 무례해요!" 그랜트가 수건으로 얼굴을 문지르며 말했다.

"깨끗한 물이야. 변기에서 나온 물이 아니란다. 벽의 수도관에서 나온 거지. 싱크대 수도꼭지처럼."

그랜트가 얼굴에서 수건을 떼고 곰곰 생각에 잠겼다. 흐뭇한 기습에 아이의 머리카락이 삐죽삐죽 서 있었다. 이윽고 미소가 아이의 얼굴을 천천히 가로질렀다. "누나한테도! 누나한테도 해요!"

패트릭은 메이지가 곧바로 반항할 거라 예상했다. 하지만 메이지는 오히려 좋아하며 동의했다. "그래요, 나한테도, 나한테도 해봐요!"

"좋을 대로. 거기―" 패트릭이 끝까지 말할 필요도 없었다. 메이지는 벌써 자리를 잡고 변기 위에 얼굴을 숙이고 있었다. 패트릭은 리모컨 버튼을 정확히, 길게 눌렀다. 물이 얼굴을 정확히 때리자 메이지가 비명을 질렀고, 그랜트는 열광적인 기쁨에 사로잡혀 꺄악 소리를 질렀다. 패트릭은 누구에게서도 그린 웃음소리를 들어본 적이 없었다. 기억도 나지 않았다. 아주 오래전, 한 번 있었다. 그가 처음으로 메이지를 품에 안았을 때(아마 생후 삼 개월쯤이었을 것이다) 메이지가 그런 웃음을 터뜨렸더랬다. 그는 아기들이 그렇게 웃을 수 있다는 것조차 알지 못했다. 방안의 모든 사람이 자기를 지켜보는 가운데 메이지를 안고 있는 것이 어색하게 느껴지긴 했지만, 그 새로운 정보에 압도되는 느낌을 받지 않을 수 없었다.

"이제 삼촌 차례예요! 삼촌 차례!" 그랜트가 패트릭을 가리키며 소리쳤다.

"오, 안 돼. 난 버그도프 굿맨 백화점의 화장품 코너를 가득 채울 만큼 얼굴에 나이트 세럼과 크림을 많이 발랐단 말이야. 설마 이걸 물에 적시란 말은 아니지."

"거프!" 메이지가 그의 별명을 모음이 일곱 개는 있는 것처럼 발음하며 항의했다.

"아, 알았어. 그럼 딱 한 번만이다." 패트릭은 물줄기가 발사되기 직전까지만 몸을 앞으로 기울였다. 대학 시절 했던 무대 전투* 방식으로 물줄기를 살짝 피하면서 솟구치는 물을 얼굴에 맞은 것처럼 행동했다. 그런 다음 얼굴을 가린 채 물러나 수건걸이 쪽으로 돌아섰다. 아이들이 웃고 또 웃었다. 패트릭 역시 웃음을 참지 못해 배를 잡고 깔깔거렸다. 너무 바보 같았다. 하지만 이 사건은 그들 위에 있던 먹구름이 갈라지고 햇살이 비치는 것과 같았다.

"다시 내 차례예요!" 그랜트가 함성을 질렀다. 그러고는 제 발

---

* 연극이나 영화 등에서 실제로 상대를 다치게 하지 않으면서 정말 싸움을 하는 것처럼 보이도록 움직이는 기술.

로 앞으로 걸어가 워시릿 위로 얼굴을 숙였다.

패트릭이 눈을 굴렸다. "경클 규칙 6번." 그랜트가 고개를 돌리고 삼촌을 올려다보자, 패트릭은 곧바로 물줄기를 쏘아 그랜트의 한쪽 귀를 맞혔다. 그랜트가 또다시 꺄악 하고 소리를 질렀다. 물줄기가 몸의 다른 부분도 강타했고 즐거운 웃음이 터져나왔다. "방심하면 안 되지!"

"나도! 나도! 나도요!" 메이지가 자기도 또 해달라며 깡충깡충 뛰었다.

"그래, 알았어. 하지만 지금은 가뭄이야. 그러니 우리 너무 미치진 말자꾸나." 그러나 메이지가 흠뻑 젖은 채 눈의 물기를 닦아내며 서 있는 걸 보고, 패트릭은 워시릿 유머가 자신이 뒤에 숨을 수 있는 일종의 화장실 유머임을 깨달았다.

아이들을 다시 침실로 데려갔지만 그랜트가 패트릭의 반바지를 잡아당기며 말했다. "패트릭 삼촌, 이빨 요정이 아직 안 왔어요."

이빨 요정. 패트릭은 잊고 있었다. 이빨 요정이 순회차 들르지 않을 경우 역대 최고로 엉망이 될 아침을 상상하며 그는 한밤의 이 소동을 고마워했다.

"이빨 요정이 오려면 네가 잠들어 있어야 하지 않을까?"

"맞아요." 그랜트가 대답하기도 전에 메이지가 말했다.

"이제 잘래?"

"싫어요." 그랜트가 패배를 인정하며 웅얼거렸다.

"그럼 그래라. 난 네가 빨리 잠드는 걸 추천하지만." 패트릭은 아이들에게 이불을 잘 덮어준 뒤, 자기 내면의 요정을 소환해 전리품을 찾아 집안을 살살이 뒤졌다.

6

패트릭이 뒤집개를 흔들며 건너편 싱크대 앞에 서 있는 동안, 메이지가 높은 스툴 의자를 빙글빙글 돌려댔다. "왜 그러니? 너 팬케이크에 손도 안 댔잖아." 스툴은 기압식으로 높이가 조절되는 크롬 스탠드에 좌석 부분은 해포석海泡石이고 낮은 호두나무 등받이가 달려 있었다. 지역 중고물품 판매점에서 발견한 대박상품이었다. 의자들이 이케아 제품인 양, 메이지는 무기력하게 의자를 발로 찼다. 왠지 모르지만 그 의자들이 아이의 불만을 받아내는 것이 응당해 보였고, 아이는 하품만 할 뿐이었다.

마침내 아이들이 잠들어 그가 이빨 요정의 보상을 그랜트의 베개 밑에 슬쩍 넣을 수 있게 된 시각은 거의 새벽 두시였다. 그래서 패트릭은 메이지가 아예 입맛이 없어 보이지는 않지만 피곤해하는 것에 공감할 수 있었다. 로자가 쉬는 날에 그의 현대적인 주방이 음식 준비에 가까운 어떤 일(커피, 프로틴 셰이크, 또는 칵테일이 음식으로 간주되지 않는다면)에 사용되는 건 드문 일이었다. 이건 하나의 이벤트여야 했다. 심지어 그는 이중 연료 장치 위에 놓인 스토브, 주방 후드가 오픈 주방의 공기 흐름을 방해한다는 사실이 명백해졌을 때 어쩔 수 없이 구매한 젠에어 셀프 환기 스토브를 처음으로 사용해보았다.

"너 아침 안 먹니? 간헐적 단식이라도 하는 거야?"

"난 그게 뭔지 몰라요." 메이지가 대답했다.

"정말? 요즘엔 모든 사람이 간헐적 단식을 하는 것 같던데. 그럼 대체 문제가 뭐니?"

"엄마는 팬케이크를 미키마우스 모양으로 만들어줬어요."

패트릭이 손가락을 흔들며 말했다. "우린 그렇게 안 할 거다." 젠장맞을, 세라.

"왔어요! 왔다 갔다고요!" 그랜트가 패트릭의 골든 글로브 트로피를 손에 들고 법석을 떨며 모퉁이를 돌아 나타났다. 녀석은 누나 옆의 스툴로 폴짝 뛰어올라 싱크대 위에 트로피를 털썩 올려놓았다. "이게 뭐예요?"

패트릭은 질겁했다. "**내 골든 글로브 트로피?!**"

"이빨 요정이 나한테 이걸 놓고 갔어요."

"퍽도 그랬겠다!"

지난밤 아이들이 침대로 돌아간 뒤 패트릭은 아이들이 잠들기를 기다리며 술 한 잔을 따랐다. 이빨 요정을 대신해 무엇을 남겨놓을지 생각해내야 했다. 한 잔 더 마셨을 수도 있다. 그러나 잔뜩 취해버리지 않고서야 그랜트의 베개 밑에 자신의 골든 글로브 트로피를 넣어뒀을 리는 없다.

"이건 내 거야. 여기 내 이름이 있잖니. '패트릭 오하라, 텔레비전 드라마 미니 시리즈 부문 남우조연상.'"

"그던데요?" 그랜트의 눈이 트로피에 가닿았다. 아이는 긴장을 풀지 않았다.

"그런데요? 네 이름이 패트릭 오하라니? 아니, 그렇지 않아. 너 시리즈, 미니 시리즈, 아니면 텔레비전 드라마에 나왔니? 아니, 나오지 않았어. 네가 내 선반에서 가져온 거잖아. 알면서 왜 그래." 그랜트가 트로피에 끈적이는 손자국을 남기기 전에 패트릭은 그랜트의 손에서 트로피를 비틀어 챘다. "만약 이 집에 불이 나면 난 너희 둘보다 이걸 먼저 구해낼 거야. 그러니 여기에 손대지 마. 알겠니?"

그랜트가 머리를 위아래로 까닥거렸다.

"이제 이빨 요정이 정말로 너에게 무얼 남기고 갔는지 보러 가자." 패트릭은 그랜트의 손을 잡고 침실로 다시 데려갔다. 메이지가 뒤에 따라붙었다. 그는 조카의 베개 밑에서 뭔가를 끄집어냈고, 놀란 척하며 그걸 조카에게 건네주었다. 마치 그 보상이 자기의 개인 소장품이 아닌 것처럼. "이건 〈포기와 베스〉 2012년 브로드웨이 재공연을 다룬 『플레이빌』*이야. 대박이구나!"

그랜트가 프로그램북의 페이지들을 휙휙 넘겼다. "돈은 어디

---

* 미국의 월간 연극잡지. 대부분 특정 작품을 다룬 프로그램북 형태로 발간된다.

있어요?"

"이게 돈보다 더 좋은 거야. 여기 오드라 맥도널드*라고 서명
이 되어 있잖니."

아이들은 말없이 서 있었다. 그게 누군데요? 매우 함축적인 질
문이었다.

"토니상을 여섯 번 받은 오드라 맥도널드 몰라?"

"토니상이 뭔데요?"

"맙소사. 너희는 코네티컷에서 왔지. 그러니 골든 글로브가 뭔
지 모르는 건 이해할 수 있다. 하지만 토니상은? 너희가 사는 곳
은 뉴욕 바로 옆동네잖아!"**

그랜트 사건을 맡은 국선 변호인 메이지가 끼어들었다. "이빨
요정은 아이들이 장난감을 살 수 있도록 돈을 놓고 간다던데요."

패트릭도 그 정도는 알고 있었다. 하지만 그는 집안에 현금을
두지 않았다. 어젯밤에 잡동사니를 넣어두는 서랍에서 몇 페니,
그리고 로자가 세탁할 옷들의 주머니에서 꺼내 세탁기 근처에 모
아놓은 동전 몇 개를 발견했다. 하지만 그것으로는 충분치 않으
리라는 걸 알았다. "캘리포니아에선 달라."

"왜요?"

"이빨 요정이 동해안의 아이들을 찾아가고 나면 현금이 바닥
나는 경우가 꽤 있거든. 그런 다음 서해안에 오면 현금 말고 상을

---

* 미국의 영화배우. 2012년 브로드웨이 공연 〈포기와 베스〉에서 베스 역을 맡았
  다.
** 골든 글로브 상 시상식은 LA에서 열리고, 토니상 시상식은 뉴욕에서 열린다.

남기고 갈 수밖에 없어. 음, 이게 마음에 들지 않는다면, 내가 너한테서 이걸 살게. 50달러 어때?"

이 말을 들은 메이지의 턱이 거의 바닥까지 떨어졌다. "50달러요!"

패트릭은 혼란스러웠다. 50달러로도 충분치 않나? "음, 얼마면 공정하겠니?"

"난 1달러를 받았는데요."

"좋다. 1달러, 1달러!" 패트릭이 주방으로 돌아가며 다른 사람들이 모두 높은 금액으로 베팅했을 때의 게임 쇼 참가자처럼 외쳤다.

"아뇨, 50달러요!" 그랜트는 패트릭의 첫 제안이 좋은 거래라는 걸 한 번에 알았다.

"좋아, 하지만 누나랑 나눠야 한다." 아이들이 스툴 위로 다시 껑충 뛰어올랐고, 패트릭은 아이들이 『플레이빌』 표지에 인쇄된 글자 '포기' 부분에 시럽을 묻히지 않도록 자기 앞에 갖다놨던 그랜트의 접시를 다시 밀어주었다.

그랜트가 뚱한 표정으로 포크를 집어들었다. "엄마는 미키마우스 모양으로 만들어줬는데."

패트릭이 눈을 굴렸다. "그 얘기는 나도 들었다. 그런데 말이야, 너 귀를 먹고 싶진 않겠지. 그게 팬케이크라도 말이야. 귓속에는 귀지가 가득 들었어. 그리고 또 뭐가 들었더라……" 패트릭은 옛날에 아버지가 뭐라고 말했는지 돌이켜보았다. "그래, 감자 벌레들이 들었어." 재난이 일어난 둘째 날이었고, 그는 벌써 아버지의 농담에 의지하고 있었다.

그랜트가 웃었고, 패트릭은 상으로 그랜트의 접시에 시럽을 더 짜주었다.

"더 말해줄까? 디즈니에는 모든 것이 다 있어. 그래서 브런치도 필요 없단다."

"이게 왜 브런치예요? 브랙퍼스트가 아니고?" 그랜트가 물었다.

"왜냐하면 내가 너희 말썽쟁이들을 위해 요리를 했으니까. 그러니 일대 사건이지."

메이지가 아래쪽을 들여다볼 수 있을 만큼 팬케이크를 접시에서 들어올렸다. "모든 것이 다 있다는 게 무슨 뜻이에요?" 메이지는 자기 앞에 놓인 음식에 대해 무척 미심쩍어하는 듯 보였다. 패트릭은 팬케이크의 고른 피칸 색에 감동을 받았건만. "그 사람들이 뭘 갖고 있는데요?"

"그 사람들이 뭘 갖고 있느냐고?" 패트릭이 믿기지 않는다는 듯 반문했다. "픽사, 마블, 루카스 필름, 20세기 폭스, ESPN, 디즈니 스토어, 디즈니 채널, 디즈니 월드, 디즈니랜드, 디즈니 플러스, 디즈니 크루즈 라인, 디즈니 온 아이스, 엘 캐피턴 시어터, 디즈니 시어트리컬스, 그리고 아마 네덜란드도. 뭐, 그게 무엇이든 다 갖고 있어. 그들은 나도 가졌었단다, 너희가 믿을 수 있을지 모르겠다만."

"대체 무슨 이야기예요?"

"내 프로그램이 ABC에서 방송됐거든. 너희 『버라이어티』 안

읽니?"

"아뇨, 우린 아이들이잖아요." 마침내 메이지가 자신의 팬케이크가 먹어볼 만큼 충분히 안전하다는 결론을 내렸고, 작게 한 조각 잘라냈다.

"그럼 너희는 뭘 읽니?"

"어린이책요." 그랜트의 언어장애가 메이플 시럽 때문에 한층 악화된 것 같았다. 버터워스 부인*이 그 아이의 혀를 스테이플러로 입천장에 고정한 것처럼.

"어린이책. 흠, 좋아. 어쨌든 그들은 쥐를 잡으려는 속임수처럼 꽤나 빈틈없는 계약으로 나를 묶어뒀단다. 그렇다고 해서 내가 영향력을 좀 가지게 됐을 때 내 사람들이 재교섭에 돌입하지 않았다는 건 아니야." 패트릭은 그 증거인 골든 글로브 트로피에 손을 얹었다. "하지만 여전히 그렇지."

"삼촌 사람들이 누군데요?"

"내 사람들이 누구냐고? 글쎄다, 난 그 사람들 모두와 끝냈어. CAA. ICM. WME. SAG. 트리플 A.** 글자 세 개로 이루어진 건 무엇이든. 전부 개소리, 헛소리지. 너희 사람들은 누구니?"

"우리 사람들은 없어요."

"너희 사람들이 없다고?! 글쎄, 너희에겐 내가 있잖아. 이건 아무것도 아닌 게 아니야. 어쨌든 말이다. 엔터테인먼트 사업에

---

* 미세스 버터워스(Mrs. Butterworth). 유명한 메이플 시럽 상표명.
** 모두 연예계와 관련된 에이전시 혹은 단체의 이름.

서 배우들은 상품이야. 비인간적이지. 그들은 사람을 마음껏 씹은 다음 뱉어버려. 그런 일은 겪고 나면 그 사람 곁에 계속 머물지." 여기까지 말한 패트릭은 이웃인 드웨인, JED 중 D가 개로 나를 산책시키는 것을 보기 위해 시간 맞춰 창밖을 내다보았다. 패트릭이 손을 흔들었고, 드웨인도 고개를 들고 답례로 손을 흔들었다. "우린 팬케이크를 다른 어떤 모양으로도 만들 수 있어. 대피 덕* 모양이라든가. 난 워너브라더스에 대해 항상 호의적인 견해를 가져왔어. 내가 워너사의 영화를 찍은 적이 없긴 해. 아마 그래서겠지." 패트릭은 자신이 옛 스튜디오 시스템에서 며칠이고 계속해서 탭댄스를 출 수 있도록 숟가락으로 암페타민을 받아먹으며 일한 배우라고 즐겨 주장하곤 했다. 이런 농담은 아이들의 주목을 끌지 못했다. 다행히 시럽을 더 준 것이 효과를 발휘했다. 그랜트가 우아한 무늬가 그려진 접시 주위로 팬케이크의 마지막 한 조각을 빙글빙글 돌렸다. 그랜트의 손에 들린 포크는 마치 1996년 에드먼턴 피겨 세계 선수권 대회의 미셸 콴 같았다.

"〈퍼피 구조대Paw Patrol〉** 도 만들 수 있어요?" 그랜트가 물었다.

"〈퍼피 구조대〉 팬케이크?" 패트릭이 커피를 길게 한 모금 마셨다. "난 두운을 좋아해. 〈퍼피 구조대〉가 뭐니?"

---

* 에니메이션 〈루니툰〉과 〈메리 멜로디스〉에 등장하는 검은 오리.
** 신비한 힘을 가진 수색구조견 팀의 이야기를 다룬 애니메이션.

"수색하고 구조하는 개들이에요." 메이지가 설명했다.

패트릭이 자기 휴대폰을 힐끗 건너다보며 말했다. "헤이, 시리, 〈퍼피 구조대〉가 뭐지?"

"새우 휘발유prawn petrol에 대한 다음의 결과들을 찾아냈습니다."

"오, 제기랄." 패트릭은 휴대폰을 향해 손을 뻗다가 팬케이크 반죽 그릇에 걸쳐놓았던 나무 숟가락을 바닥에 떨어뜨렸다. 그가 아래를 내려다보았다. 테라초 바닥을 닦아내는 건 손쉬운 일일 터였다.

"삼촌, 그거 안 주워요?"

"괜찮아. 청소하라고 나한테 다시 얘기나 좀 해줘. 로자가 할 필요가 없도록 말이야."

"로자가 누구예요?"

"오, 너희는 로자를 좋아하게 될 거야. 로자는 월요일, 수요일, 그리고 금요일에 온단다. 로자가 너희에게 진짜 브런치를 만들어 줄 거야. 너희 칠라킬레스* 좋아해?" 아이들은 뭐라고 대답할지 알지 못했다. 패트릭이 휴대폰 잠금을 해제하고 구글 검색창에 '퍼피 구조대'라고 친 뒤 스크롤을 내리며 검색 결과를 보았다. "캐나다 정부가 소유한 TV 온타리오와 공동 제작했다. 아주 좋아, 그랜트!" 그가 조카에게 하이파이브를 청했다. "캐나다는 무해하고, 총리가 완전 멋있어. 그러니까 우리도 퍼피 구조대를 만들 수 있겠다. 하지만 다음에. 왜냐면 우린 브런치를 넘어서 하루

---

* 토르티야 칩에 칠리 또는 몰레 소스를 부어 녹녹해질 때까지 조리한 후 계란이나 닭고기, 치즈, 채소를 얹어 먹는 멕시코 음식.

를 보낼 계획을 짜야 하니까. 너희는 어떻게 생각하니? 캘린더에 적어놓은 계획 같은 거라도 있어?"

"우린 캘린더 없어요." 메이지가 짜증스럽게 대답했다.

"사람들이 없으면 캘린더도 없지. 그럼 약속 같은 건 어떻게 적어둬? 너희에게 어시스턴트라도 있니?" 패트릭은 메이지를 보며 히죽 웃었다.

"아뇨."

"음, 나도 없단다. 이젠 없어. 그냥 로자가 하루 걸러 한 번씩 와서 일을 봐줄 뿐이야." 아이들을 놀린 다음, 패트릭은 자신이 어떻게 그런 방식을 선호하게 되었는지 자세히 설명하지 않았다. 어시스턴트와 에이전트 그리고 홍보 담당자 들은 종종 자신이 처리한 일만큼 많은 일을 만들어냈다(과거 그의 어시스턴트 중 한 명이 미리 알리지도 않은 채 그의 옷장을 정리했고, 조가 입던 셔츠 한 벌을 드라이클리닝 보냈다. 패트릭은 타운을 가로질러 달려가 셔츠를 세탁하지 말고 돌려달라고 간청해야 했다. 그 셔츠는 조의 냄새를 잃어버린 지 오래였다. 하지만 중요한 건 그게 아니었다). 그는 휴대폰을 집어들고 캘린더 앱을 여는 척했다. "음, 어디 보자. 한가한 날도 있어. 그렇다면…… 우리가 뭘 해야 할까? 너희는 친구들하고 뭘 하니?"

"삼촌은 삼촌 친구들하고 뭘 하는데요?"

패트릭은 점점 안타까운 마음이 들었다. 그가 친구들과 함께 시간을 보낸 지 매우 오래되었다. "우린 로제 와인을 마시고 오스카 주연상을 탄 여자 배우들에 관해 이야기하지. 너희도 그런 걸 하니?"

"아뇨." 메이지가 턱을 거의 보이지 않을 때까지 목 쪽으로 끌어당겼다.

"오드라 브래킷하고도 그런 거 안 해? 재미있네. 어디, 그럼 너희가 가장 좋아하는 여우주연상 수상자는 누구야?"

"모르겠어요." 그랜트가 실제로 자기에게 견해가 있어야 한다는 양 우스꽝스러운 표정으로 어깨를 으쓱했다.

"음, 이건 약간 속임수 질문이야. 왜냐하면 정답은 하나뿐이거든. 1976년 페이 더너웨이."

"그건 우리가 태어나기 전이잖아요." 메이지가 항의했다.

"나도 태어나기 전이야. 하지만 난 알고 있다고!" 패트릭은 잠시 말을 멈추고 이것이 거짓말인지 아닌지 머릿속으로 빠르게 헤아렸다. "2016년 이자벨 위페르도 인정할게. 비록 그녀가 받아야 할 오스카상이 엠마 스톤에게 가긴 했지만."

그랜트가 지루한 듯 싱크대 상판에 머리를 얹었다. "뭔가 하고 싶어요."

"뭘 하고 싶은데?"

"모르겠어요. 할 게 뭐가 있는데요?"

"너희 예전에도 여기 온 적 있잖아. 할 게 뭐가 있었는지 기억 안 나니?"

"그때 난 아기였잖아요!" 그랜트가 항의했다.

"공룡!" 네이시가 흥분해서 스툴에서 위아래로 몸을 넣었나. 그랬다. 패트릭이 영화 〈피위의 대모험〉에 나온 카바존 다이너소어*에 아이들을 데려갔었다. 그들은 함께 거대한 티라노사우루스와 브론토사우루스를 보았고, '화석'(상과 맞바꿀 수 있는 가짜 뼈)을 찾으려고 따뜻한 모래를 파헤쳤다. 바람이 불어온 탓에 모래가 그들의 얼굴을 때렸지만, 금을 '파낼' 수 있는 지하수면地下水面이 있었다. 거기서 패트릭은 얼마나 많은 아이들이 물에 반응을 보이는지 알게 되었다. 어떤 활동(예컨대 워시릿으로 물을 뿌리는 것)이든 많이 젖을수록 좋았다.

"난 집과 좀더 가까운 걸 생각했는데. 아마 풀장에서 수영을 할 수 있을 거야. 그런 다음 오후에는 게임을 할까?"

"**풀장!**" 그랜트가 외쳤다.

"각자 튜브를 하나씩 골라봐. 너희가 몸에 자외선 차단제를 바르는 동안 내가 튜브에 공기를 넣어주마. 플라밍고, 유니콘, 제프 쿤스 풍선 개, 조각 피자 모양의 튜브가 있어. 다이아몬드 반지 모양의 튜브도. 하지만 그건 아이러니를 의미하지."

"튜브를 왜 그러케 많이 갖고 있어요?"

"너희를 위해서지, 바보야. 또 내 집에 풀장이 있고 인스타그램 팔로워가 많다보니까 회사들이 그 쓰레기를 나에게 보내주기도 하고. 심지어 언젠가 너희 엄마가 준 바닷가재 모양의 튜브도 있어. 내 추측으로는 그게 뉴잉글랜드 지방을 상징하는 것 같아. 나에게 뿌리를 상기시키려고 준 거지. 하지만 바닷가재로 유명한 건 코네티컷주보다는 메인주지."

---

* 캘리포니아주 카바존에 있는 길가 명소로, 디니와 미스터 렉스라는 이름의 거대한 철근 콘크리트 공룡 두 마리가 있다.

"물속에 얼굴을 넣어도 돼요?" 그랜트가 물었다.

"네가 안 하면 내가 대신 넣어줄게."

"변기도 가져갈 수 있어요?"

"뭐라고? 그건 안 되지. 왜냐고? 다른 사람들처럼 숲속에 오줌을 누면 돼."

"물을 찍찍 뿌리며 놀려고요."

"미쳤니? 그건 밀랍 봉인로 욕실 바닥에 붙어 있어. 나중에 슈퍼소커* 같은 걸 가져가자. 그러면 서로 마음껏 물을 뿌릴 수 있어. 그때까지는 호스를 쓰면 되고."

그랜트가 활짝 웃었다. 그러자 이(그중 하나가 빠진)와 잇몸이 전부 드러났다.

"이제 접시를 개수대에 가져다 놓으렴."

그랜트가 스툴에서 뛰어 내려와 접시를 거두었다. 그리고 삼촌을 와락 끌어안았다. "고마워요, 거프."

"이걸로 이야기 다 된 거다." 패트릭이 이 모든 계획에 메이지가 아무런 반응을 보이지 않았다는 사실을 마음속에 새겨두며 말했다. "나한테 시럽 묻히지 말고."

*

"누나는 어디 있니?" 수영복 차림에 어깨에는 타월을 걸치고

---

* 미국의 놀이용 물총. 공기를 가압해 기존의 물총보다 더 큰 힘과 범위, 정확도로 물을 쏠 수 있다.

그랜트와 함께 서서 패트릭이 물었다. 그랜트의 팔뚝과 얼굴을 가로질러 자외선 차단제 자국이 나 있었다. 패트릭은 그레그가 아이들의 여행 가방에 챙겨 넣어준 자외선 차단 로션을 최선을 다해 그랜트에게 발라주었다. 그 자외선 차단제는 아이들용으로 만들어진 것이었지만(병에 파란 도마뱀이 그려져 있었다), 그가 보기에는 완전히 쓰레기였다. 잘 펴발라지지 않았기 때문이다. 그랜트의 양팔이 마치 페인트칠을 한 울타리의 말뚝처럼 보였다. 끔찍한 건 이것만이 아니었다. 그랜트는 얼굴에 딱 맞는 녹색 물안경을 써서 마치 알비노 도마뱀처럼 보였다.

"누나는 뚜영하고 싶지 않대요."

"메이지가 수영하고 싶지 않다고 했다니, 무슨 말이야? 그애는 수영을 좋아하는데. 지난번에 너희가 왔을 때는 풀장에서 그애를 억지로 끌어내야 했다고. 이 로션에 무슨 문제라도 있나?"

"그게 무슨 말이에요?"

"이게 너랑 최대한 안 닿게 해야겠다."

"왜요?"

"아무것도 아니다. 그냥…… 됐어." 패트릭은 그 일을 포기하고, 손에 묻은 로션의 마지막 잔여물을 타월에 문질러 닦아내는 데 전력했다. "어쩌면 남은 여름 동안 그냥 집안에서 지내야 할지도 모르겠다."

그랜트가 시무룩한 표정으로 삼촌을 바라보았다.

"왜?"

"삼촌은 근육이 많잖아요."

"고맙구나. 언젠가 게이들과 신체 이형증에 관해 말해줄게. 오늘은 말고."

그랜트가 어깨를 으쓱했다. "그냥 우리만 가면 안 돼요?" 그랜트는 패트릭의 미스터 터크 수영복을 잡아당겼다.

"이 물안경은 어디서 났니? 아빠가 이것도 짐에 챙겨줬어?"

그랜트가 고개를 끄덕였다.

"흥분 좀 하지 마라."

"나 흥분 없는데요."

"우선 숨 참는 연습을 해봐."

그랜트가 공기를 크게 한번 들이마시고 입을 꼭 다물었다. 패트릭은 말을 멈추고 잠시 생각했다. 기절까지 하기 전에 숨을 쉬어야 한다는 건 알겠지, 설마? 그가 조카의 얼굴에 자기 얼굴을 들이밀었다. 그러자 아이가 코로 숨쉬는 것이 분명히 보였다. 어이없네. 그는 흥분해서 아이들이 자기들 방으로 쓰겠다고 한 방으로 향했다.

메이지가 작고 온순한 모습으로 손님용 침대 가장자리에 앉아 자기 맨발을 내려다보고 있었다. 메이지의 발은 바닥에 닿지 않고 떠 있었다. 여행 가방이 열려 있었지만 짐을 풀지는 않은 상태였다. 패트릭이 둘이서 함께 방을 잘 쓸 수 있는지 두고 본 뒤 방을 확실하게 정하겠다고 말했던 것이다.

"무슨 일이니?"

메이지가 침대 가장자리를 발로 찼다. 화가 난 건 아니지만 낙담한 것이 틀림없어 보였다. "수영하러 가기 싫어요."

"그렇구나. 일단 수영복이라도 입어라."

메이지는 대답하지 않았다. 심지어 그를 거의 올려다보지도 않았다. 패트릭은 메이지를 찬찬히 살폈지만, 메이지는 움직이려 들지 않았다. 이 아이들의 문제가 대체 뭐지? 패트릭의 집엔 풀 장이 있다. 맙소사, 그건 코네티컷 여기저기에 수영장이 있는 것과는 다르다. 이게 대수롭지 않단 말인가? 결국 패트릭은 두 손 들고 거실로 물러나 그랜트를 찾았다. "메이지의 문제가 대체 뭐니?"

"아빠가 짐 속에 넣어준 수영복이 마음에 안 드나봐요." 그랜트가 말했다.

"뭐야, 새 수영복을 갖고 싶어서 그런데? 올여름이 그렇게 돌아가는 거야? 새 물건을 사달라고 나를 졸라대면서?" 패트릭은 턱을 어루만지며 이 사실을 충분히 이해해보려 했다. "하긴, 너희는 칭찬받을 만하니까. 그런 계획이라면 너희 제법 영리하구나. 내가 잘 넘어가주는 사람이긴 하지."

"그런데 그거 피밀이에요."

"비-밀." 패트릭이 강조해서 발음했다. "뭐가 비밀인데?"

"누나는 말하지 말래떠요."

"누나가 고자질쟁이는 벌받는다고 했니? 그건 감옥에서만 적용된단다." 패트릭이 그랜트를 내려다보았다. 하지만 그랜트는 요지부동이었다. 새로운 전략이 필요했다. "요즘 메이지가 관심 있어하는 게 뭐니? 책? 퍼즐? 라크로스?* 네가 말해주면 우리가 좀더 빨리 밖에 나갈 수 있을 거야."

그랜트가 삼촌을 올려다보았다. 그러더니 신중하게 생각에 잠겼다가 가까이 다가오라고 패트릭에게 손짓을 했다(수영에 대한 약속이 비밀 친구로서 그랜트의 책임감을 오래 못 가게 만들었다). 패트릭이 몸을 기울였고, 그랜트는 패트릭의 귀에 비밀을 속삭여 말했다. 패트릭은 혼란스러워서 이마를 찡그렸지만 그것도 잠시였다. 그랜트가 말한 것이 빠르게 이해되었다. 세라가 아이들이 처한 상황을 얼마나 우아하게 다루었는지 깨닫자 그녀가 더욱더 그리웠다. 패트릭은 눈을 들어 다른 곳을 보며 중얼거렸다. "너 정말 이 일에 꼭 맞는구나. 나는 전혀 아닌데."

"뭐라고요?" 그랜트가 혼란스러워하며 물었다.

"아무것도 아니다. 알았어." 그가 조카의 머리에 손을 얹었다. "말해줘서 고맙구나. 나에게 이 분만 시간을 줘, 친구. 그다음에 풀장으로 나가자."

그랜트는 자신이 점점 창백해지고 있으며 이제 이 분도 채 남지 않은 것처럼 자기의 양팔을 내려다보았다.

패트릭은 모퉁이를 돌아 뒤편 침실로 가서 여전히 같은 자리에 있는 메이지를 발견했다. "날 따라와라." 그가 메이지에게 손짓했다. 그런 다음 메이지가 협조할 거라고 짐작하며 돌아서 나갔다. 그들은 거실을 가로질러 집 반대편에 있는 마스터 스위트룸 쪽으로 걸어갔다. 메이지가 다섯 걸음 뒤에서 따라왔다. 침실에 도착하자, 패트릭은 슬라이드식 벽장문을 열고 나무 옷걸이에

---

* 각각 열 명의 선수로 구성된 두 팀이 그물 달린 라켓으로 공을 던지거나 잡으며 겨루는 운동 경기.

걸린 셔츠 몇 벌을 한쪽으로 밀어낸 다음, 메이지가 잘 보도록 기다렸다. "이 옷들 보이니? 내 카프탄*들이란다. 이건 아침에 입는 카프탄이고, 이건 오후용 카프탄이야. 여기 이건 친구들과 함께할 때 입는 거고, 이건 차려입는 용도지. 그리고 이건 밤에 수영을 한 다음 잠자리에 들기 직전에 가끔 입는 거야. 어떤 사람들은 이걸 뭐라고 부르는지 아니?"

메이지가 경외심에 차서 그 옷들을 응시했다. 그 카프탄들에는 온갖 색이 다 있었다. 요란한 페이즐리 무늬와 이국적인 문양까지. 어떤 것들은 메이지가 학교에서 한번 해본 적이 있는 스핀아트**처럼 보였다. "드레스요?"

"맞아. 그렇지? 아니. 음, 아마도. 하지만 난 상관 안 해. 왜냐하면 이 옷들은 재미있거든. 나를 기분좋게 해주고. 난 이 옷들을 입는 걸 좋아해. 기온이 35도가 넘어가면 옷이 피부에 찰싹 달라붙는 게 싫어지니까." 패트릭은 오후용 카프탄을 옷걸이에서 빼냈다. 요란한 노란색과 마젠타색 페이즐리 무늬가 있는 진한 미드나잇블루 색의 카프탄이었다. 그것을 머리 위로 잡아당겨 몸에 걸쳤다. "이게 오늘 입기 가장 좋은 카프탄이야. 알겠니?" 패트릭은 조상 전래의 뉴잉글랜드 악센트를 과장되게 사용했다. "왜냐하면 난 치마 입은 여자들을 좋아하지 않거든. 내 생각에 가장좋은 건 짧은 치마 밑에 타이츠나 바지를 입는 거야. 치마 밑에

---

* 아랍 국가 남자들이 주로 입는, 허리띠를 매는 긴 옷.

** 캔버스 등을 회전시키면서 물감을 바르거나 떨어뜨려 독특한 무늬를 만드는 미술기법.

바지를 입으면, 그 바지 위로 스타킹을 끌어올릴 수 있잖아. 그리고 언제든 스커트를 벗어 망토처럼 쓸 수 있지. 아무튼 이게 오늘 입기에 딱 좋은 복장 같구나."

패트릭이 말을 마치자, 메이지가 그에게 머리가 두 개라도 달린 듯 그를 쳐다보았다.

"〈그레이 가든스〉*에 나오는 리틀 이디가 한 말이야. 너 그것도 모르지? 알지 모르지만 유튜브에도 있어. 조와 나는 서로를 위해 그 작품을 몇 번이고 공연하곤 했지." 패트릭이 추억에 잠겨 입술을 깨물었다. 그들은 무척 우스꽝스러운 옷을 걸치고 작은 깃발들을 흔들면서 집안을 가로질러 행진하곤 했다.

"조가 누구예요?"

메이지의 질문에 패트릭은 얼어붙었다. 어떻게 이토록 쉽게 그 이름을 입 밖에 냈지? "오래전 내 친구 중 한 명이었어." 패트릭은 가능한 한 빠르게 넘겨버렸다. "경클 규칙 7번. 이 집안에서는 우리가 원하는 옷을 입는다. 남자 옷이냐 여자 옷이냐는 상관없다. 나쁜 말이 적혔거나 다른 사람을 놀리는 것이 아니라면 원하는 옷은 무엇이든 허용된다. 다른 사람들이 어떻게 생각하는지는 신경쓰지 않는 거야. 어때?"

"좋아요." 메이지가 동의했다.

"자, 그럼 넌 수영할 때 뭘 입고 싶니?"

메이지가 카프탄에 손을 대더니 천을 손가락 사이에 쥐고 문

---

* 뉴욕에 버려진 저택 '그레이 가든스'에서 은둔해서 산 두 여자의 일상을 다룬 다큐멘터리.

질렀다. 그것은 부드러운 레이온 혹은 그 비슷한 재질이었다. 고급 제품은 아니었다(양질의 물건에 대한 패트릭의 교훈은 다음 기회를 기다리는 것이었다). 시간이 좀 흐른 뒤 메이지가 용기를 그러모아 말했다. "난 여자 수영복 안 좋아해요."

"네 엄마도 그걸 알고 있었어. 그래서 엄마가 너에게 반바지와 티셔츠를 입혀준 거지? 하지만 네 아빠는 그 생각을 못하고 네가 더이상 입기 싫어하는 예전 수영복을 짐 속에 넣어준 거고? 내가 장담하는데, 그건 그냥 실수였을 거야. 가서 오늘 수영할 때 입을 만한 옷을 찾아보렴. 내일 나가서 네가 수영할 때 입을 적당한 옷을 사오자꾸나. 네 마음에 드는 것으로 말이야. 긴팔 래시가드 같은 걸로. 그런 게 햇볕을 막는 데 도움이 될 거야."

메이지의 얼굴에 미소가 번졌다. "난 그냥 티셔츠만 알고 있는데."

"그럼 오늘은 그렇게 입으면 되겠다."

메이지가 삼촌의 허리 둘레로 카프탄 천을 그러모으면서 양팔로 삼촌을 끌어안았다.

"그래, 좋아. 그런데 그거 구기지는 마라. 패션이거든." 패트릭은 메이지의 손을 잡고 다시 그랜트에게 갔다.

"삼촌 드레쓰 입었네요." 물안경을 썼지만 그랜트는 매우 분명하게 알아보았다.

"너도 한 벌 입고 싶니?" 패트릭이 물었다. 그랜트를 위해 한 벌을 짧게 잘라줄 의향도 있었다.

"아뇨." 그랜트가 움찔하며 대답했다.

패트릭이 메이지의 어깨를 두드려주고는 침실 쪽을 향해 팔꿈치로 쿡 찔렀다. 메이지는 패트릭과 그랜트를 남겨두고 옷을 갈아입기 위해 날쌔게 달려갔다. 어색한 정적이 잠시 흐른 후 패트릭이 설명했다. "이건 카프탄이야, 드레스가 아니라."

  "드레뜨 맞는 거 같은데."

  "카프탄이라니까! 너 로퍼 부인*이 누구인지 아니? 나한테 패션 아이콘 그 자체인 사람인데."

  그랜트가 머리를 흔들었다.

  "〈스리스 컴퍼니〉에 나왔어. 잭은? 크리시는? 재닛은? **수전 소머스**는? 가만있자, 넌 텔레비전을 안 좋아하고 유튜브만 보지. 맙소사, 너희는 중요한 건 다 놓치고 있어."

  ---

  * 미국 시트콤 〈스리스 컴퍼니(Three's company)〉의 등장인물. 색상과 무늬가 화려한 카프탄 차림으로 자주 등장했다.

7

패트릭은 JED의 집 문을 노크할 필요가 없었다. 그가 그들의 집 앞 원형 진입로에 발을 들여놓는 순간 래브라도 품종의 개 로 나가 짖기 시작했으니까. 에두아르도, JED 중 E가 미니스커트 비슷한 일종의 분홍색 랩스커트만 걸친 차림으로 문을 열었다. 그건 그의 태닝한 아름다운 피부를 비추는 강렬한 네온 빛 같았다.

"패트릭, 미 베시노, 내 아미고."*

패트릭은 포옹하기 위해 몸을 기울였지만 너무 꽉 끌어안지는 않았다. 에두아르도가 자랑스럽게 걸고 있는 복잡한 드림캐처 목걸이를 으스러뜨리고 싶지 않았다.

"여행은 어땠어, 가여운 친구? 들어와, 마실 것 좀 줄게." 그는

---

* 에스파냐어로 '미 베시노'는 내 이웃, '아미고'는 친구라는 뜻이다.

로나가 밖으로 탈출하지 않게 조심하며 손을 휘저어 패트릭을 안으로 들였다. 셋 중 에두아르도가 가장 몸이 좋았다. 그의 나이를 정확히 알지는 못하지만, 패트릭은 그가 겉으로는 삼십대 후반으로 보여도 실제로는 더 나이가 들었다는 JED의 설명을 의심했다. 패트릭에게 삼자연애는 적어도 인생이 아직 가능성이 많은 것으로 느껴질 때 발을 들일 만한 종류의 일은 아닌 것으로 보였다. 하지만 솔직히 그가 뭘 알겠는가?

"패트릭이야?" 존이 좀더 관습적인 복장, 반바지와 파인애플 무늬의 탱크톱 차림으로 거실에서 나왔다. 이 두 사람이 나란히 있는 모습은 메이지가 편안하게 느껴지는 옷을 입는 것에 대한 본보기가 되어줄 터였다. "우린 번을 위한 계획을 짜고 있었어. 올해에 넌 우리와 함께 가기만 하면 돼."

"무슨 계획요?"

"번. 버닝맨 축제."*

"버닝맨." 패트릭은 아주 당연한 말을 들은 것처럼 행동했다. "가면 좋기야 하겠죠." 로나가 그의 가랑이에 얼굴을 박는 동안 그는 덧붙여 말했다. 그런 다음 몸을 숙이고 로나의 귀 뒤쪽을 문질러주었다. "하지만 나는 빼줘요. 그 축제는 내 마음에 안 들 거니까. 난 가을까지 은밀한 곳에서 모래를 청소하고 싶진 않다고요." 미스터리한 허리케인 버튼이 있는 그의 워시릿을 바람 부는

---

* 미국 네바다주 블랙록 사막에서 매년 8월 마지막주 월요일부터 9월 첫주 월요일까지 개최되는 축제. 참가자들은 플라야라는 염전에 모여 지내며 토요일 밤이 되면 축제를 상징하는 거대한 나무상을 불태운다.

네바다 사막에서 보내는 일주일에 비할 수는 없을 것이다. "게다가 난 좀 놀랄 만한 소식을 가지고 여행에서 돌아왔어요."

"혹시 매독?" 존이 자신의 팔자수염 한쪽 끄트머리를 꼬면서 물었다. "플라야에 있는 사람들 중 절반쯤이 뭔가 갖고 있지. 축제 전까지는 다 사라질 거라고 확신하지만."

에두아르도가 패트릭이 마실 음료를 준비하려고 복도에서 조금 떨어진 주방으로 들어가며 말했다. "패트릭한테 음료를 만들어주려고 했어. 모두에게 한 잔씩 돌릴게. 드웨인!"

패트릭이 말을 이었다. "아니, 매독이 아니에요." 하느님, 맙소사. "내가 조카들을 데려왔어요. 메이지와 그랜트."

"오, 그 가여운 아이들." 드웨인이 병원 수술복 차림으로 문가에 나타났을 때 존이 말했다. 짐작건대 드웨인은 막 일을 마치고 돌아온 것 같았다(패트릭은 생각했다. 간호사들이 근무를 시작하기 전에 부디 술을 마시지 않으면 좋겠다고). 잠시 후 JED가 전부 모였고, 자세한 설명이 이어졌다.

"가여운 아이들이라고?" 드웨인이 물었다. "패트릭이 그렇게 끔찍한 사람은 아니잖아. 난 그 아이들이 여기 머무는 동안 즐거운 시간을 보낼 거라고 확신해." 그가 패트릭이 있는 쪽으로 윙크를 했다.

존이 불만스러워하며 손바닥으로 자기 이마를 눌렀다. "그애들 엄마가 얼마 전 세상을 떠났지? 패트릭이 집에 갔던 게 그 일 때문이야? 우리가 패트릭의 우편물을 받아뒀나?" 그가 변명하듯 패트릭을 바라보았다. "우리가 네 우편물을 가지고 있어."

패트릭은 이런 합의에서 그들의 의견이 어떻게 일치하는지 궁금할 때가 많았다. 패트릭 삼남매의 관계가 그렇듯이, 세 명이 모인 곳에서는 보통 의견이 2 대 1일 때가 많았다. 이런 관계를 맺고 산다는 건 힘들 거야, 그는 상상했다. 감정적으로도 좀 취약해지겠지. 이것이 패트릭이 그들에게 경탄하는 이유 중 하나였다.

"내가 여기에 온 이유죠." 패트릭이 말했다. 그런 다음 입구 테이블에 놓인 그의 우편물들을 획획 넘겨보았다. 따로 표시해서 맨 위에 둔 봉투 몇 개 말고는 놓쳤다고 할 만한 것은 없었다. 대부분 청구서들이고 돈을 달라는 청원 몇 건이 있었다.

"오, 그래도 잠깐 있다 가. 좀더 있다 갈 수 있지?" 드웨인이 물었다.

"정말 안됐어." 존이 패트릭의 어깨에 손을 얹으며 말했다.

에어컨 바람이 기분좋게 느껴진다는 걸 패트릭은 부정할 수 없었다(그의 집보다 몇 도 더 시원했다). 게다가 JED와 볼일을 보느라 어른들과 함께 있다 보니 벌써 신선한 변화가 느껴졌다. 아이들은 질문이 무척 많았다. 하루종일. "그럼 잠깐만 있다 갈게요."

에두아르도가 주방에서 소리쳤다. "내가 아페롤 스프리츠* 만들고 있어!" 패트릭은 이 말에서 그랜트의 발음—스프위츠—를 떠올리고 미소 지었다.

"아이들은 내 집 도우미와 함께 있어요. 아이패드로 동영상을

* 오렌지, 허브, 8 담을 넣어 만든 이탈리아 식전주 아페롤에 스파클링 와인, 탄산수, 오렌지 슬라이스를 섞어 만든 칵테일.

틀어주고 왔죠. 믿어져요? 65인치 TV가 있는데도 그애들은 TV를 보는 데 아무런 관심이 없다니까."

"그애들은 너처럼 크기에 집착을 안 하네." 존이 놀렸다.

"오, 그애들은 그렇게 놔둬." 드웨인이 호들갑을 떨었다. "그애들이 겪은 일이 난 상상도 안 돼. 네 동생도 여기 와 있어?"

"그레그? 그애는 랜초미라지에 있어."

"너와 함께 있지 않고?"

"이야기 들을 준비 됐어? 그애는 중독치료센터에 들어갔어."

"중독치료센터!" 그들이 한목소리로 말했다. 에두아르도조차도 모퉁이를 돌아 쳐다보았고, 그러자 그의 목걸이가 장식장에 부딪혀 달그락거렸다. 이렇듯 그들은 다 함께 참여하는 경향이 있었다. 그 모습을 보고 패트릭은 어렸을 때 부모님의 책장에서 꺼내 읽은 『네 쌍둥이들』을 떠올렸다. 그 책에는 쌍둥이 두 쌍이 나와 늘 한목소리로 똑같은 말을 외쳤다. 그는 항상 그 내용이 명백하게 잘못되었다고 생각했지만—실제로 쌍둥이에게 일어날 수 없는 일이다, 그렇지 않은가?—이 순간 새삼 새로운 감상을 느꼈다.

"무엇 때문에?" 존이 물었다.

"약물요. 세라가 병을 진단받은 후부터래요. 그런 걸로 그 일을 버텼나봐요."

"약물? 자, 자, 좀더 자세히 말해봐." 존이 패트릭에게 거실로 들어가라는 몸짓을 했다. 패트릭은 집안을 둘러보았다. 자질구레한 장식품이나 포크아트 작품은 없었다. 그들은 그런 것을 좋아하지 않았다. 사이드 테이블 위에 아프리카 조각품 컬렉션이 있었다. 발기한 거대한 페니스가 달린 다양한 사이즈의 전사戰士 조각상들이었다. 그리고 집안에는 마크라메 공예품이 가득했다.

패트릭은 그가 아이크 터너 의자라는 별명을 붙인, 짓눌린 벨벳으로 덮인 칙칙한 올리브그린색 긴의자에 말없이 자리잡았다. 그런 다음 발을 털어서 샌들을 벗고 두 발을 발의자에 올려놓았다. "가족 모두가 충격을 받았어요. 우린 전혀 몰랐거든요."

에두아르도가 음료가 담긴 쟁반을 들고 거실로 와서 합류했다. 그가 잔 하나를 패트릭에게 건네주었고, 존과 드웨인도 각자 잔에 손을 뻗었다. "존도 한때 중독이었어."

"코카인." 존이 인정했다. "하지만 1970년대만큼 중독은 아니었다고 생각해."

"우린 그냥 존에게 술만 마시게 하지."

"맞아, 하루에 네다섯 잔만. 아주 좋은 것으로." 존이 윙크했다.

"네 제수씨 이름이 뭐였지?" 드웨인이 패트릭 맞은편 자리에 앉으며 물었다.

"나에게는 제수 이상이었어." 패트릭이 대답했다. 그리고 자신이 더이상의 것을 공유하길 원치 않는다는 걸 깨달았다. "세라."

드웨인이 자기 잔을 들어올리며 말했다. "세라를 위해."

"세라를 위해." 한목소리로 하는 건배시는 애끓어리고 진정성이 있었다. 하지만 패트릭은 신경이 곤두섰다. 그는 이기적으로 세라를 독차지하고 싶었지만, 다시 한번 더 많은 사람이 나서서 그녀를 애도하고 있었다.

"그래도 그 아이들을 데리고 있다니 얼마나 멋져. 상황이 멋지다는 게 아니라, 그 아이들과 함께 이 시간을 보낸다는 것이."

패트릭이 잔에서 눈을 들자 JED가 방의 세 모퉁이에서 각자 그를 응시하고 있었고, 그는 자신이 언짢은 표정을 지었다는 걸 깨달았다.

"넌 아이를 갖고 싶었던 적 없어?" 에두아르도가 물었다.

"당연히 없지." 패트릭이 칵테일을 한 모금 더 마셨다. "당신들은 원했어요?"

"오, 원했고말고." 존이 대답했다. "사실 내 조카 때문이야. 언젠가 우리가 차를 타고 고속도로를 달리고 있었지. 그때 어딜 가고 있었는지는 기억이 안 나. 어쨌든 닭이 가득 든 닭장을 실은 커다란 트럭 한 대가 우리 옆을 지나갔지. 하얀 깃털들이 우리 위로 눈송이처럼 쏟아져내리더라고. 내 조카가 그 조그만 깃털 구름들이 우리 주위에 떠다니는 모습을 지켜보다가 나에게 묻는 거야. '조조 삼촌?' 그애는 나를 조조라고 불렀지. '저 닭들이 아플까요?' 얼마나 경탄스러웠는지 몰라. 우린 기이하게 아름다운 순간을 보내고 있었지. 그 아이는 바람 때문에 닭들이 아파하는지 알고 싶어했어."

"난 이 이야기가 참 좋아." 드웨인이 말했다. 마치 그들이 매일 밤 둘러앉아 그 이야기를 하는 것처럼.

"그때 어린아이들의 영혼은 너무나 온화하다는 생각을 했던 게 기억나. 그 아이와 자주 어울리고 싶더라."

패트릭이 미소 지었다. "오늘 아침에 그랜트는 장어 내부에 뭐가 있냐고 묻던데. 그애는 안에 있는 걸 보려고 장어의 껍질을 벗기는 상상을 했죠."

"음, 그런 게 사내아이들이지." 에두아르도의 말에 다른 사람들도 동의했다.

"난 안 그랬는데." 패트릭은 자신이 어렸을 때 줄리 앤드루스의 몸 안에 무엇이 있기에 그렇게 높은 음을 내는지 알고 싶어했던 일을 떠올리며 싱긋 웃었다. 그가 눈썹을 치켜올렸다. "다들 그런 생각을 해요?"

존이 고개를 끄덕였고, 드웨인은 이렇게 말했다. "그렇지."

"그런데 왜 아이를 안 가져요?"

"오, 패트릭. 다정하기도 하지." 존이 꾸짖었다. "너 사막에 너무 오래 있었구나."

"무슨 소리예요?"

존이 입술을 오므렸다. 그러자 그의 날카로운 광대뼈의 윤곽이 한층 더 확연해졌다. "우리가 전통적인 의미로 관계를 맺고 있는 건 아니잖아."

"그래서요? 여긴 캘리포니아잖아요."

"그건 중요하지 않아. 아무도 우리에게 아이를 주지 않을 거라고. 어떤 에이전시도 우리 일에 관여하려 들지 않을 거고."

"하지만 세 사람은 아주 좋은 부모가 될 텐데!" 패트릭이 테이블 위 소품 무더기에서 잔받침을 끌어당겼다. 그는 두 번을 보고 나서야 그것을 알아보았다. 잔받침에 그려진 형상은 오럴 섹스를 받고 있는 남자의 엑스레이 이미지였다. "임시 양육을 해봐도 좋을 거고."

"그렇게 말해주다니 다정하네."

"세상은 변하고 있지. 하지만 그 속도가 그렇게 빠르지는 않아." 드웨인이 덧붙였다.

"음, 둘이서는 공식적으로 아기를 입양할 수 있잖아. 그런 다음 셋이서 함께 키우면 되지."

에두아르도가 한숨을 쉬었다. "아, 우리가 꼭 삼총사 같네. 하나는 모두를 위해, 모두는 하나를 위해."

"사실 에두아르도에게 아이가 하나 있어. 아들이고 멕시코에 있지. 하지만 만나도 된다는 허가를 받지 못하고 있어." 존이 양치식물이 심긴 화분을 자기 의자에서 빛이 비치는 곳으로 옮겼다.

"말도 안 돼. 그건 불공평하잖아!" 그것이 가족 문제인지 아니면 이민 문제인지 패트릭은 알지 못했다. 그리고 에두아르도의 시민권 상태나 그의 개인적인 문제를 캐묻고 싶지도 않았다. 그들은 어떤 면에서만 친구였다. 그리고 그것은 그가 에두아르도를 고용해 그의 우편물 챙기는 일을 시키는 차원의 문제는 아니었다. 에두아르도가 자원해서 해주기도 했고. 인생에서 주목할 만한 성공을 거두었음에도, 패트릭은 인생이 불공평하다는 걸 누구보다 잘 알고 있었다. 그에게 그것을 설명할 필요는 없었다.

"인생이란 그런 거지." 드웨인이 어깨를 으쓱했다. 에두아르도는 바닥을 내려다보았다.

패트릭은 뭔가 방법이 있을 거라고 말을 꺼내다가 멈췄다. 그가 대체 뭐라고 JED가 그 문제를 충분히 생각하지 않았다고 혹은 가능한 모든 방법을 동원하지 않았다고 말하겠는가. 그런 일―입양, 난자 기증, 대리모 고용―은 비용이 매우 많이 들고, 그는 그들의 재정 상황에 차이가 있다는 걸 알고 있었다. 존이 투자를 잘해서 꽤 큰돈을 벌었다고 솔직하게 말한 적이 있었다(존은 그들 셋 중 현재 일하지 않는 것으로 보이는 유일한 사람이었다). 하지만 이 집을 구할 때 그들 셋 모두가 돈을 냈다. 패트릭은 단념하고 되뇌었다. "그러게. 인생이란 그런 거야."

"그런데 장어 내부에 뭐가 있어?" 에두아르도가 화제를 돌렸다.

드웨인이 다시 어깨를 으쓱하고는 말했다. "또 장어야?" 그들은 웃었다.

"글쎄, 나는 우나기를 먹고 싶네." 존이 무릎에 양손을 얹으며 말했다. 그들은 또다시 다 함께 낄낄 웃었다.

"그애들이 나에게 하는 질문들을 상상도 못할걸요. 심지어 이제 겨우 이틀 됐다고요! 누가 욕설을 만들어냈을까? 왜 우리는 눈이 두 개 있는데 한 번에 한 가지밖에 못 볼까? 왜 개들에겐 눈썹이 없을까? 내가 어린애였던 마지막 날은 어땠지? 쓸데없는 질문들이 끝도 없다니까요!"

"글쎄." 존이 말했다. "그런데 꽤 심오하게 들리네. 예를 들면 네가 어린애였던 마지막 날은 어땠느냐는 질문."

"오, 맙소사. 그건 절대 모르지. 그 당시에는 모르는 거라고." 드웨인이 천장에 달린 선풍기를 올려다보고 그것이 돌아가는 모습을 지켜보았다. "그래도 그때로 돌아간다면 멋지지 않을까? 그날을 다시 살아보는 거야. 온전히 안전하다고 느낀, 완벽했던 마지막 날 말이야. 창조적이고 자유롭게."

"뭐라고?" 패트릭은 인정하지 못했다. 그가 잔받침 위에 자기 스프리츠를 내려놓았다. "어린애였던 마지막 날에 근심걱정이 없었다고 누가 그러는데?"

"그렇지 않았다면 이미 부분적으로 어른이었을 테니까."

"우리 아버지가 돌아가시기 전날." 에두아르도가 불쑥 내뱉자 모두들 조용해졌다. 심지어 자기 음료에 손을 뻗던 패트릭마저 얼어붙었다. "그날 이후로 모든 것이 변했어."

존이 기억을 떠올리며 턱을 긁었다. "나는 6학년 때 자전거를 도둑맞았어. 지금 생각하면 사소한 일이지만, 난 그 자전거 타는 걸 정말 좋아했거든. 그후로 다시는 자전거를 타지 않았지. 이유는 모르겠어. 아니면 그 문제에 대해서는 사람들을 안 믿게 됐거나. 어쨌든 그후로는 자전거를 타지 않았지."

"그런 건 안 잊어버린대요." 패트릭은 존이 자전거를 탔던 일을 두고 언급한 것이지만, 아마 사람을 믿는 일 역시 마찬가지일 거라는 섬뜩한 생각을 했다.

"이렇게 하자." 마침내 에두아르도가 침묵을 깨뜨리며 말했다. "자기 생일에 우리가 자전거를 사줄게."

드웨인이 찬성했고, 존의 눈이 촉촉해졌다. 그들 세 사람을 지켜보자니 갑자기 흐뭇해졌다. 패트릭은 종종 자신 같은 외톨이에게는 그들의 관계가 최악의 시나리오일 거라고 생각했다. 어떤 사람은 항상 주방의 숟가락들 앞에 화가 난 채 서 있고, 샤워 부스 안의 비누는 신체 부위의 잔여물로 뒤덮여 있고, 사방에서 와 닿는 손이 마치 카니발 귀신의 집을 가로질러 걷는 기분일 거라고. 하지만 이제는 거기에 사랑스러움도 존재한다는 걸 알 수 있었다.

"너는 어때, 패트릭?" 존이 물었다.

패트릭은 음료를 길게, 천천히 한 모금 마셨다. 그리고 가슴을 찌르는 듯한 달콤함을 음미했다. 그는 아페롤을 좋아했다. 언젠가 아페롤은 다가가기 쉽게 씁쓸하다고 묘사한 향미 프로필*을 읽은 적도 있다(감히 다가갈 수 없을 만큼 떫다―그 자신과 마찬가지로―고 묘사된 캄파리와는 대조적으로). 게다가 아페롤은 사막의 열기 속에서 목구멍 아래로 쉽게 내려가는 술이기도 했다.

이 질문에 뭐라고 대답해야 하지. 그가 자신을 어린아이로 느낀 마지막 날이 언제였지? 그는 〈온 탑 오브 올드 스모키〉의 곡조에 맞춰 〈온 탑 오브 스파게티〉 전체를 노래하는 걸 좋아했다. 하지만 지금은 그 가사조차 기억나지 않았다(누군가 미트볼에 재채기를 했던가? 그건 너무 비위생적인데). 이 말을 해야 하나? 아니면 그가 마지막 벨크로 스니커즈, 혹은 캥거루가 된 느낌이 들

---

* 식품의 향미를 각 특성이 지각되는 순서에 따라 묘사하는 관능검사 방법.

게 하던 포켓 달린 스니커즈를 거부했을 때였나? 체육 시간을 마치고 스코티 사보이가 샤워하는 모습을 처음 본 날이었나? 확실히 그 모습은 각성을 불러일으켰다. 하지만 그게 그의 어린 시절 끄트머리의 일이었나? 아마도 그가 순수했던 시절의 끄트머리였겠지. 그러나 이 둘이 같은 것일까? 결국 그는 진실을 결정했다. "난 지난주라고 생각해요."

그를 모르는 사람들에게는 이 말이 웃기려고 내뱉은 대답처럼, 농담처럼 들릴 것이다. 친절한 패트릭은 오랫동안 진실된 어떤 것을 공유하는 일을 피하려고 애써왔고, JED는 그가 의도한 대로 받아주었다. 패트릭에게 국한된 일이든 아니든, 아이들을 책임지는 일은 어떤 사람이 아직 어린애인지 아니면 성인이 되었는지를 명확히 알려주었다.

"그래?" 존이 말했다. "그거 심오하네."

"그애들에 대해서는 어떻게 생각해?" 드웨인이 물었다. "이 일로 그애들의 유년기가 끝났다고 생각해?"

"아니." 패트릭이 본능적으로 대답했다. 오늘 아침 그는 자신의 침실 바닥에서 담요 한 장을 발견했다. 그가 잠자리에 들 때는 없었는데, 아침에 일어나보니 그의 침대 발치에 그것이 있었다. 누군가 잠을 자려고 그의 침실에 몰래 들어온 것이 틀림없었다. 안전하다고 느끼고 싶어서. 분명 아직 어린아이인 누군가가. "내가 그 일과 관련이 있는 한에는 아니야."

모두 자기 음료를 멀거니 바라보았다. 패트릭은 자신이 이들의 오후 시간을 망치지 않았기를 바랐다.

"너희, 얼마 전 뉴욕 타임스에서 아페롤 스프리츠가 별로라는 사실을 실은 거 알아?" 드웨인이 언급했다.

"뉴욕 타임스 편집국에 캄파리 열혈 지지자가 있는 줄은 몰랐네." 패트릭이 말했고, 그들은 방안이 다시 조용해질 때까지 한참을 웃었다. 패트릭은 햇살 속에 먼지 몇 톨이 떠다니는 모습을 지켜보았다.

"잔 더 채워줄까?" 에두아르도가 물었다. "한 잔씩 더 돌릴 수 있어."

"아니, 됐어. 이제 정말 가봐야 해." 패트릭이 대답했다. 아마 아이들은 괜찮을 것이다. 하지만 그는 이미 너무 많은 것을 공유했다.

8

누군가 현관문을 노크하는 건 놀랄 일은 아니었다. 때때로 일어나는 일이니까. 패트릭의 허를 찌른 것은 메이지가 그것에 응대한 방식이었다. "뭐예요." 메이지는 머리에 헤어롤을 말고 짜증을 자주 내는 나이든 여자처럼 UPS 배달원에게 말했다. 일주일이 지났다. 패트릭이 어떤 이유에서건 제대로 된 음식을 내주지 못한 탓에, 아이들이 지속적으로 음식 투정을 하긴 했다. 그들은 풀장 옆에서 보내는 낮 시간의 편안한 리듬과 낮 동안 햇볕을 많이 쬐고 지친 아이들이 곯아 떨어질 때까지 패트릭이 잠자리에서 이야기를 들려주는 밤 시간의 습관도 정착시켰다. 맹세컨대 그는 잠든 줄 알았던 아이들이 담요와 베개를 가지고 그의 방으로 몰래 들어오는 소리를 두 번은 들었다. 그러나 아이들은 거기서 밤을 보낸 다음 날이 밝기 전에 돌아갔다. 패트릭은 그걸 문제

삼지 않기로 했다. 아이들이 그의 집에서 편안해진다면 그건 좋은 일이었다.

"잭 커티스 님에게 배달 왔습니다."

"그런 이름을 가진 사람은 여기 없는데요." 메이지가 문을 닫으려 하며 말했다.

로자가 행주에 손을 닦으며 150센티미터의 키로 주방 모퉁이를 돌아 현관문까지 달려갔다. "잠깐, 잠깐만요!" 메이지가 문을 완전히 닫아버리기 전에 로자가 문을 붙잡았다. "아주 빠르구나, 얘야." 로자는 손을 닦은 행주를 어깨에 걸쳤다. "내가 서명하면 돼요."

패트릭이 아침용 카프탄 자락을 질질 끌면서 복도에 모습을 드러냈다(아이들이 그의 집에서 자기 집처럼 편히 지낸다면 그도 끝내주게 편안해질 것이다). 로자가 인수증에 서명한 뒤 UPS 배달원에게 감사 인사를 했다. "여기 있어요, 패트릭 씨. 미안해요, 메이지가 잽싸게 문을 열어주러 나가서요." 그녀가 봉투를 패트릭에게 건네주었다. "밖에 상자 세 개가 더 있어요. 상자들이 크네요."

"내가 가져올게요. 고마워요, 로자."

"그 사람이 커티스 씨라고 말했어요." 메이지가 혼란스러운 표정으로 변명했다. "잭 커티스요."

로자가 메이지의 얼굴을 양손으로 감싸쥐고는, 착하기도 하지, 라고 말한 후 주방으로 돌아갔다.

"내가 잭 커티스야." 패트릭이 이렇게 말한 뒤 현관문을 열고 밖으로 걸어나갔다. 그리고 잠시 후 커다란 아마존 상자를 현관 안으로 끌고 왔다. 상자 크기가 처치 곤란일 정도였지만 별로 무겁지는 않았다.

메이지가 완전히 당황한 표정으로 삼촌—그가 정말 삼촌이라면—을 쳐다보았다.

패트릭이 조카를 내려다보았다. "왜 그래? 너는 내가 어떻게 살아왔는지 모르는구나."

"잭 커티스가 누구예요?"

"메이지, 내가 마지막으로 일했을 때 너희는 어렸어. 그래서 너희가 나에 대해 얼마나 알고 있는지 잘 모르겠다. 너희는 나를 속 편히 인생을 즐기며 사는 사람, 한가한 사람으로 생각하겠지. 뭐라고 할까, 일하지 않아도 되는 사람이 어디 있겠니. 하지만 난 텔레비전에 나왔기 때문에 그런 생활방식을 감당할 수 있어. 다시 말해 명성이 있으니까. 너희가 보는 유튜브나 어린이 브이로그 그리고 너희가 아는, 인터넷에 공개되는 삶을 살고 있는 사람들을 생각하면 이해가 잘 안 될지도 모르겠다. 하지만 난 사적인 삶을 중시하는 사람이고, 내가 어디에 살고 온라인으로 무엇을 주문하는지 사람들이 알게 하고 싶지 않단다." 패트릭이 두번째 상자를 가져오기 위해 다시 현관문 밖으로 걸음을 옮겼다.

메이지는 단념하지 않고 뒤에서 물었다. "그래서 잭 커티스가 누군데요?"

패트릭이 한숨을 쉬었다. "아까 말했잖니, 나라고. 그건 온라인으로 물건을 구입할 때 내가 사용하는 이름, 내 또다른 자아야." 그가 두번째 상자를 안에 들여놓았다. "이 집은 신탁에 들어 있고, 난 법인에서 사업도 해. 하지만 때로는 온라인 주문에 사용할 다른 이름이 필요해. 그게 바로 잭 커티스라는 이름이야." 메이지는 여전히 완전히 수긍하지 못하는 것 같았다. "알지? 잭 레먼. 토니 커티스. 〈뜨거운 것이 좋아〉."*

"삼촌 뜨거운 거 좋아해요? 그래서 팜스프링스에 사는 거예요?"

패트릭이 눈썹을 치켜올렸다. "맞아. 이제 목소리 좀 낮춰라." 그가 속삭였다. "이 장치들이 항상 엿듣고 있거든." 그가 자신의 논점을 설명하기 위해서인 양 카프탄 주머니에서 휴대폰을 꺼냈다.

그랜트가 그의 옆에 모습을 드러냈다. "우와. 이 상자들 안에 뭐가 들어 있떠요, 거프?"

패트릭이 문을 닫을 수 있을 만큼 문 앞을 정리하고는 문을 등지고 세번째 상자와 씨름했다. "자전거야. 우리가 탈 자전거 세대를 샀어. 매일 아침 식사하기 전, 날씨가 너무 더워지기 전에 자전거를 타면 좋을 것 같아서."

"뜨거운 것이 좋아." 메이지가 말했다. 패트릭은 메이지가 굉장히 영리하다는 사실에 놀라 고개를 돌리고 어깨 너머로 미소 지었다.

"재밌다. 그런데 그 봉투 안에는 뭐가 있떠요?" 그랜트가 봉투

---

* 빌리 와일더 감독의 1959년 작 영화. 매릴린 먼로, 잭 레먼, 토니 커티스가 출연했다.

를 잡아채려고 공중으로 뛰어올랐다. 패트릭은 때맞춰 그랜트의 손이 닿지 않는 곳으로 봉투를 들어올렸다.

"난 이제 사생활도 없니?" 패트릭이 물었다. 정말로 대답을 원하는 건 아니었다. "해파리는 구멍이 하나야. 그게 입도 되고 똥 구멍도 되지."

"멋져요!" 그랜트가 외치고는 들입다 달아났다. 패트릭은 아이들의 관심을 딴 데로 돌리기 위해 매일 밤 잠자리에 들기 전 휴대폰의 어느 앱에서 무작위의 사실 몇 가지를 전력을 기울여 암기했다(그 앱은 이미 듀오링고보다 유용했다. 작년에 그는 듀오링고로 이탈리아어를 배웠지만 핑귀노 같은 쓸데없는 단어를 가르치기 시작해서 그만두었다. 언제 그가 이탈리아에서 펭귄이라는 단어를 말하겠는가? "보나세라.* 푹 삶은 핑귀노를 주세요. 페르 파보레, 그라치에.**" 이건 아니다).

패트릭은 그 푹신한 봉투 안에 무엇이 들었는지 정확히 알고 있었다. 책 세 권이었다. 한 권은 자기가 읽으려고 산 어린아이들의 상실의 슬픔을 이해하는 일에 관한 책, 그리고 두 아이한테 한 권씩 주려고 산 상실의 슬픔 워크북이었다. 그는 그 봉투를 열어서 워크북을 생일선물처럼 나눠줄 준비가 되어 있지 않았다. 그는 자신에게 벅찬 일을 하고 있고, 좋은 일을 하기보다 해를 끼치지 않기 위해 조심하는 중이었다. 혹시라도 돌팔이가 쓴 게 아닌

---

* 오후나 저녁에 사용하는 인사말.
** '부탁해요, 고맙습니다'라는 뜻의 이탈리아어.

146

지 세심하게 숙독해봐야 했다. 온라인 리뷰 평점 별 다섯 개는 신뢰할 만한 것이 아니었다. 오늘밤 아이들이 안전하게 잠자리에 든 뒤 뉴질랜드 화이트와인 한 잔과 함께 그 책에 자신의 리뷰 평점을 줄 것이다.

패트릭이 아래를 힐끗 내려다보았고, 메이지가 여전히 그를 쳐다보고 있는 걸 알고 놀랐다. "우리 괜찮은 거지?"

"헬멧도 주문했어요?"

"아니. 그게 필요하니?"

"아이들은 필요해요."

"왜?"

"아이들 머리는 물렁하거든요."

패트릭은 메이지의 정수리 부분을 손바닥으로 만져보았다. 하지만 메이지가 말한 대로 그것이 물렁하다는 증거는 발견하지 못했다.

메이지는 양팔을 배배 꼬아 자의식의 매듭을 만든 채로 어색하게 서 있었다. "간지러워요, 엉클 잭."

엉클 잭, 경클 패트릭, 거프. 패트릭조차도 그가 응답해야 하는 이름들의 자취를 잃어갔다. 그는 체념하고 헬멧을 주문하기로 한 뒤 상자들을 현관 한쪽으로 아무렇게나 밀쳐놓았다. 그때 누군가가 또 현관문을 노크했다. "무슨 일이지. 여기가 그랜드 센트럴 기차역인가?" 패트릭은 자신이 맨발에 머리 하나를 가진 몽환적인 네모난 직물이 될 때까지 양팔은 뻗었디. 로자가 다시 노퉁이를 돌아 달려나왔다. 하지만 패트릭이 손을 들어 그녀를 제지했다. 그리고 메이지에게 이번에도 문을 열어보라고 손짓했다.

메이지가 집안에서 무엇이든 할 줄 아는 유일한 사람인 것처럼 양팔을 공중에 뻗었다. 문이 열리자 패트릭은 살짝 몸을 낮춰 문 뒤에 숨었다.

"오, 안녕하세요." 허를 찔린 듯한 여자 목소리가 들렸다. 패트릭은 누구의 목소리인지 알아내려 했지만 그러지 못했다. "패트릭 오하라 씨를 찾아왔는데요."

자신의 실명이 언급되자 패트릭은 얼어붙었다.

메이지는 뭐라고 대꾸해야 할지 잘 몰라 잠시 사이를 두었다가 말했다. "여기에 그런 사람은 없는데요."

패트릭은 감명을 받았다. 메이지는 배움이 빠른 아이였다. 여자는 이제 완전히 당황했다. "여기가 패트릭 오하라 씨 댁 아닌가요? 저희 회사 명함첩에 있는 주소는 여기였는데요. 노크하기 전에 세 번이나 확인했어요. 그런데 무척 뜨겁네요, 이 문요. 손가락 마디가 타는 것 같아요."

메이지는 당황하지 않았다. "여기는……" 메이지가 문 뒤쪽으로 머리를 쏙 내밀고 물었다. "패트릭 삼촌, 여기가 누구 집이라고 했죠?"

패트릭이 눈을 굴렸다. "그래, 오늘 방백에 관한 수업은 확실히 필요없겠다만, 실제로 몰래 말하는 방법의 기초에 대해서는 얘기를 좀 해보자꾸나." 그가 문 뒤에서 걸어나와 여자에게 말했다. "내가 패트릭 오하라요."

"세상에! 그래요, 맞네요." 삼십대로 보이는 그 여자가 몸을 흔들어댔다. "죄송해요. 저는 그냥……" 이 여자 화장실이라도 가고 싶나? "출연하신 프로그램 잘 봤어요."

"고마워요. 전부 아홉 개 시즌이 스냅챗에서 스트리밍되고 있죠." 그가 이렇게 말한 뒤 문을 닫으려 했다. 수년간 이런 일이 몇 번 있었다. 미치광이들. LA를 떠나온 후에는 빈도가 줄었지만. 무엇이 그들을 알지도 못하는 사람 집에 찾아가 사진이나 사인을 요청할 정도로 뻔뻔스럽게 만드는지 패트릭은 전혀 알지 못했다. 어쨌든 그는 그런 일을 감당할 만큼의 인내심은 없었다.

"잠깐만요, 잠깐, 잠깐만."

"아뇨, 됐습니다. 무얼 판매하든 사지 않을 거예요."

여자가 패트릭이 문을 닫지 못하도록 손가락으로 문을 감싸쥐었다. 패트릭은 짜증스러운 표정으로 그녀의 손가락을 응시했고, 손톱에 칠해진 매니큐어에 눈길이 조금 끌렸다.

"아니, 오해하셨어요. 저는 캐시라고 해요. 앗, 이 문 정말 뜨겁네요. 캐시 에베레스트예요."

패트릭의 태도가 누그러졌다. 패트릭은 그녀가 문틈으로 손을 넣어 그와 악수를 나눌 수 있을 만큼만 문을 열었다. 그녀는 멋진 캘리포니아 남부 여자다운 금발이었다. 하지만 LA에서 보통 볼 수 있는 여자들보다 더 굴곡진 몸매를 갖고 있었다. 옷은 거의 남성복 같았고, 그의 누나 클라라처럼 선글라스를 헤어밴드처럼 머리에 당겨올려 쓰고 있었다.

"캐시 에베레스트? 에베레스트산이?"

"그것보다 더 심할지도요. 캐시 킬라만자로일 수도 있죠." 그녀는 농담을 해놓고 스스로 웃었다. 지금까지 그런 농담을 천번은 해온 태도였다.

"여기서 뭘 하고 있는 겁니까, 캐시 킬라만자로Kilimanjaro?" 불현듯 패트릭은 잠재적 광인을 위한 그 별명에 사람을 죽인다kill a man는 단어가 포함되어 있음을 뚜렷이 의식했다. 그는 문이 더 열리지 않도록 발로 막았다.

여자가 이마에 흐른 땀을 닦은 뒤 말했다. "죄송하지만 좀 들어가도 될까요? 기온이 400도는 되는 것 같네요. 두 시간이나 운전해서 왔거든요."

패트릭이 그녀를 빤히 쳐다보았다. 이 여자를 집안으로 들일 수는 없는 일이었다. 아이들도 있는데 당치 않다. 이건 그가 계발한 일종의 엄마 곰 본능일까? 두말할 것 없이 새로운 특성이긴 한데.

"당신 누굽니까?"

여자가 상처받은 얼굴로 그를 마주보았다. "저는 캐시 에베레스트예요. 닐 밑에서 일하고요."

패트릭이 흠칫했다. "닐." 그 이름이 누구인지 깨닫기까지는 잠시 시간이 걸렸다. "내 에이전트 닐?"

"네, 바로 그 닐요."

에이전트가 미리 알리지도 않고 집에 사람을 보냈다는 사실에 패트릭은 기분이 상했다. 하지만 적어도 이 여자는 정신 나간 팬은 아니었다(글쎄, 그냥 정신 나간 팬은 아니긴 했다). 패트릭은 마지막으로 그녀를 보았다. 확실히 그녀는 위험해 보이진 않았고, 그의 집 현관은 실제로 뙤약볕을 직접적으로 받고 있었다. 그래서 그녀를 집안으로 안내했다. "애들아!"

그랜트가 자기 침실에서 나와 메이지 옆에 섰다.

"이 아이는 메리 마터호른이에요."

"캐시 에베레스트예요."

"나는 누구인지 알죠? 거프는 이 여자분과 이야기를 좀 나눠야 한단다. 그러니 너희는 방에서 낮잠을 좀 잔 다음 함께 수영하러 가면 어떻겠니."

"우린 다 커서 낮잠 안 자도 돼요!" 그랜트가 외쳤다.

"아니, 그렇지 않아. 난 적어도 하루에 네 시간 낮잠을 자거든." 패트릭이 하품을 참았다. 지금 이 순간 꽤나 적절해 보이는 현상이었다.

"하지만 난 졸리지 않은데요!"

"그럼 뭐라도 마시렴. 너무 많이는 말고. 가벼운 트리플 위스키 같은 거." 패트릭이 캐시를 돌아보며 말했다. "농담한 거예요." 하지만 그의 표정은 극도로 진지했다.

"해파리는 똥구멍으로 먹어요." 그랜트가 이렇게 말하고는 캐시를 향해 자신의 트레이드 마크인 함박미소를 날렸다.

"너 이 하나가 빠졌구나." 캐시가 당황하지 않고 그랜트의 얼굴을 유심히 보며 말했다. "난 어딘가에서 청설모는 트림을 못한다는 얘기를 읽었는데."

"정말이에요, 거프?" 그랜트가 정말 그렇기를 간절히 바라며 양손을 꽉 잡고 삼촌을 올려다보았다.

"모르겠다. 난 책을 많이 안 읽거든. 이제 가서 놀아라."

아이들이 뛰어서 달아났다. 아이들이 시야에서 안전하게 사라지자, 패트릭은 캐시에게 퀭한 거실을 가로질러 주방으로 따라오라고 손짓했다. 그는 냉장고 문을 열고 차가운 스마트워터* 한 병을 꺼내 그녀에게 건네주었다. "난 널을 해고했다고 생각했는데요."

캐시가 잠시 생각에 잠겼다가 말했다. "으음, 아니에요."

"누군가를 해고하긴 했어요." 패트릭이 자기 몫의 물 한 병을 더 꺼내 뚜껑을 돌려 땄다. 그리고 길게 한 모금 마셨다.

"그분은 당신의 홍보 담당자잖아요. 매니저이기도 하고요. 전 그렇게 알고 있는데요."

"맞아요."

주방에서는 로자가 쿠키 반죽을 떠내 베이킹 시트에 얹고 있었다. 패트릭이 그중 하나에 손을 뻗자 로자가 그의 손을 찰싹 때리며 말했다. "애들이 먹을 거예요."

"알았어요, 알았어." 패트릭이 놀라서 물러났다.

"머리 모양 멋지시네." 캐시가 말했다. 패트릭은 머리를 반듯하게 매만졌다. 그런 다음에야 캐시가 로자에게 한 말이라는 걸 깨달았다. 로자는 점점 늘어가는 흰머리를 감추려고 길고 숱 많은 머리를 최근에 강렬한 보라색으로 염색했다. "굉장히 예뻐요."

---

* 미국의 생수 상표명.

152

"그라시아스.*"

패트릭이 뭔가 깨닫고 다시 캐시를 돌아보았다. "당신 지난번에 나에게 새 헤드샷**을 찍으라고 했던 사람이군요! 실제로 찍었다는 건 알죠? 하지만 내 기억으로는 그때 내가 널을 해고했어요. 그러니 당신 편에 그 사진을 보내지도 않을 거고요."

"아뇨. 해고하지 않으셨어요. 어찌됐든 저희가 알기로는 아니에요."

"흠, 글쎄요. 난 그럴 생각이었는데."

어색한 침묵을 깨뜨리기 위해 캐시가 이어서 말했다. "저는 오하라 씨에 관해 모든 걸 안다고 생각했어요. 하지만 아이들이 있다는 건 몰랐네요."

"내가 좀 놀라운 사람이긴 하죠." 패트릭이 아침식사에 사용한 접시 몇 개를 거두어 개수대 안에 넣었다.

"그런데 '거프'가 무슨 뜻이에요? 실례되는 질문이 아니라면 알려주세요." 캐시가 이렇게 말한 뒤 작은 소리로 "건배"라고 덧붙이며 물병을 들어올린 다음 한 모금 마셨다.

"게이 삼촌 패트릭이라는 뜻이에요."

캐시는 물을 마시다 사레가 들려 블라우스에 물을 조금 쏟았다. "게이셨어요?"

"쯧쯧, 캐시." 패트릭이 머리를 흔들고는 실망해서 자신의 카

---

* '고마워요'라는 뜻의 에스파냐어.
** 머리와 어깨 윗부분이 나오게 촬영하는 사진. 감정을 드러낸 표정으로 찍는 경우가 많으며, 주로 연예계에서 오디션 지원용으로 쓴다.

프탄을 내려다보았다.

그는 커밍아웃 인터뷰를 하지 않았다. 심지어 거의 유행이 지난 듯 보여서 그게 필요하다고 생각하지도 않았다. 그냥 모두가 알 거라고 생각했다. 하지만 인터넷에 대충 검색했다면 그런 세부는 놓칠 수 있었다.

"오, 이제 알겠어요. 드레스를 입고 계시네요."

"이건 드레스가 아니⋯⋯" 그때 패트릭은 메이지가 모퉁이에서 훔쳐보고 있는 걸 알아차렸다. "그래요, 뭐. 난 드레스를 입고 있어요. 당신이 나에 관한 모든 걸 알고 있을 거라고 생각했는데." 패트릭은 당장 뒤돌아서 네 방으로 가라고 메이지에게 손짓했다. "로자, 부탁해요."

"쿠키는 손대지 마요." 로자가 패트릭을 향해 손가락을 흔들어 상기시키고는 고용주의 조카를 데리고 갔다.

캐시가 계속 말했다. "저는 경력에 대해 말한 거예요."

"음?" 패트릭이 쿠키 반죽을 한 숟갈 뜨려고 손을 뻗다가, 로자의 노여움을 사고 싶지 않아 다시 한번 생각했다.

"오하라 씨의 경력에 대해 전부 알고 있다고 생각한다고요."

"난 프로 게이는 아니에요, 캐시. 게이 올림픽에 출전하려고 아마추어 신분을 유지중이거든요."

캐시가 주위에 매료된 듯 주방을 찬찬히 살펴보았다. 싱크대 뒤쪽의 금빛 잎사귀 장식이 둘린 거울, 반짝반짝 빛나는 얼룩무늬가 있는 석영 조리대, 고급 가전제품들과 화구가 여섯 개 있는 셰프 스토브, 그 기능들을 강조하는 광고모델과 함께 있어야 할 것처럼 보이는 에스프레소 머신. 마치 카탈로그 안에 들어와 있는 것 같았다.

"여기에 왜 온 거예요, 캐시?"

"오! 맞아요. 닐은 당신이 일에 복귀할 때가 됐다고 생각해요."

패트릭이 접시를 가지고 법석 떨던 것을 멈추고 고개를 돌려 손님을 바라보았다. 눈을 가늘게 뜨고 그녀를 면밀히 살펴보았다. "닐이 할 법한 말처럼 들리지 않는데요."

"틀림없이 그렇게 말했어요."

"닐은 나를 싫어해요. 그가 고객으로서 나를 해고하지 않은 건 내가 사실상 은퇴했기 때문이지."

"그렇지 않아요." 캐시가 잠시 말을 멈추고는 전략을 고심했다. "닐은 정말로 당신이 일에 복귀해야 한다고 생각해요. 그래야 돈을 벌 수 있으니까요. 저도 당신이 일에 복귀해야 한다고 생각하고요, 팬들이 보고 싶어하니까."

"오, 그렇군. 그래요?"

"그럼요! 저도 보고 싶고요. 이제 때가 됐어요. 선택안이 아주 많아요. 재능 있는 사람을 찾는 콘텐츠들도 많고요. 하던 일로 돌아갈 수도 있고, 시간이 충분히 많이 흘렀으니 이미지 쇄신을 할 수도 있어요. 완전히 다른 방향으로 가는 거죠."

"뉴 코카콜라*처럼. 멋지군요."

---

* 1980년대에 펩시가 시장점유율 1위를 차지하자 코카콜라사는 기존 레시피를 수정해 뉴 코카콜라를 출시했다. 그러나 시장의 반응은 부정적이었고, 회사는 3개월 만에 기존의 코카콜라를 다시 생산했다.

캐시가 천천히 대꾸했다. "그건…… 그리 적절한 예는 아닌 것 같네요."

패트릭이 행주를 십여 가지의 다양한 방식으로 접었다 폈다 했다. "그럼 무슨 이야기예요?"

"저는 당신의 열성 팬이에요. 당신이 마지막으로 출연한 작품에서 제대로 평가받지 못했다고 생각하고요. 사람들은 당신이 다른 어떤 것을 할 수 있는지 보고 싶어해요. 많은 사람이 그래요. 저는 실제로 당신이 그렇게 하게끔 뭔가를 할 수 있는 위치에 있는 몇 안 되는 사람이고요." 캐시가 선글라스를 머리에서 빼내 싱크대에 올려놓고 손가락으로 머리칼을 훑어내렸다.

"아니. 정말로 무슨 이야기냐니까?" 패트릭이 팔짱을 끼고 싱크대에 몸을 기댔다.

그는 캐시가 자신의 홍보 계획을 머릿속에 다시 떠올리는 걸 알 수 있었다. 아마도 로스앤젤레스에서 두 시간 동안 운전해 오는 동안 차 안에서 몇 번이고 연습했을 것이다. 그런데 패트릭이 그녀에게 커브볼을 던졌고, 지금 그녀는 표류하고 있었다. "알겠어요, 제 카드들을 전부 펼쳐놓을게요. 당신이 어떤 사람인지 이해했으니까요."

"흠, 어디 봅시다. 나에 관해 정말 많은 걸 알고 있군요." 그때 침실에서 쾅 하고 부딪치는 소리가 나서 두 사람 다 깜짝 놀랐다. "얘들아! 개라도 풀어놓았니!" 패트릭이 소리질렀다.

캐시가 비통함이 담긴 눈으로 그를 바라보았다.

"개는 없어요."

캐시는 무엇을 믿어야 할지 헷갈리는 눈치였다. "닐이 당신을 일에 복귀시키면 나를 주니어 에이전트로 승진시켜주겠다고 했어요."

"그리고 당신이 내 일상을 인계받았고요? 내가 골치 아파서 다른 사람에게 떠넘겨버렸군요." 그때 뭔가가 패트릭의 눈길을 잡아 끌었고, 그는 캐시의 어깨 너머로 바깥 풀장가를 건너다보았다. 아이들일 거라고 생각했지만, 풀장 관리인이 수면의 부유물을 뜰채로 걷어내고 있었다. "내 표현으로는요."

"아뇨. 닐도 거의 그런 식으로 말했어요." 캐시가 미소 지었다. "일상 부분은 빼고요. 닐은 당신과 계속 일할 거예요. 당신은 주니어 에이전트에게 넘겨주기엔 너무 큰 고객이거든요."

"음, 그렇다면 당신은 정말 내 팬이군요."

"아니면 제가 정말로 승진을 원하고 있거나요." 캐시가 다시, 이번에는 더 활짝 미소 지었다. 그러나 패트릭은 미소로 답하지 않았다. 그렇다고 해서 그가 재미없어한다는 의미는 아니었다. 이 젊은 여자에게 호감이 생기기 시작했다.

"논의하지 못할 건 하나도 없어요." 그녀가 계속 말했다. "무얼 원하세요? 영화를 찍고 싶으세요?"

"오, 물론이죠. 그렇고 그런 영화의 쓰레기 같은 장면에 출연하고 싶어요."

"네, 알았어요. 그럼 영화는 안 하는 걸로 할게요."

"〈코러스 라인〉에 나오는 대사예요. 캐시의 독백. 당신 이름이 누구 이름을 따서 지은 건지도 몰라요?"

"사실 제 이름은 저의 증조—"

패트릭은 그녀가 말을 마치도록 내버려두지 않았다. 몸을 껑충 날려 싱크대 위에 올라앉아 계속 말했다. "캐시는 그렇고 그런 영화의 쓰레기 같은 장면에 관해 불평했죠. 금주의 영화에서 고고 댄서였거든요. 하지만 그 부분은 잘려나갔고, 그래서……"

"저는 〈코러스 라인〉 안 봤어요."

"그렇겠지." 패트릭은 불길한 산들바람을 느꼈고, 카프탄 자락을 무릎 위로 끌어당겨 몸을 덮었다. "요즘 주니어 에이전트가 되기 위해서는 어떤 훈련을 받나요?"

"저는 와튼대학에서 MBA를 땄어요."

"아, 그렇군요." 와튼대학 MBA에 대해 할 만한 절묘한 응수는 없었다.

"그러니까 영화가 아주 싫다는 말씀은 아니군요."

"영화가 좋다는 말도 아니에요. 그게 뭐든 좋다는 게 아닙니다."

"TV는요."

"싫어요."

"미니 시리즈는요."

"싫어요."

"넷플릭스는요."

"싫어요."

"극작품은요?"

"연극? 맙소사, 싫어요."

"극작품이 싫으시다면 라이브 공연 모두가 포함되나요?"

"라이브 공연에 연극 말고 뭐가 있는데. 오락쇼?"

"음, 아뇨. 굳이 말하자면 〈댄싱 위드 더 스타〉가 있어요."

"으으, 우스꽝스러운 옷은 안 입을 거예요."

캐시가 다가와 패트릭의 카프탄을 손가락으로 가리키려다가 그만두었다.

"혼자 하는 프로그램이라면 고려해볼게요."

"혼자 하는 프로그램요." 캐시가 되뇌었다.

"그래요. 원맨쇼."

"하지만 연극은 안 되고요."

"안 돼요. 내가 혼자 모든 대사를 할 수 있는데 다른 사람들이 대사를 말하는 동안 서 있어야 할 이유를 모르겠어요." 패트릭이 하이에나처럼 씨익 웃었다.

"그러니까 혼자 모든 대사를 하고 싶으신 거네요."

"맞아요. 이제야 이야기가 통하는 것 같군요."

"혹시 그 원맨쇼의 대본을 쓰실 의향이 있으세요? 1인 공연의 경우 아티스트가 직접 대본을 쓰는 경우가 많거든요."

"버네사 레드그레이브가 조앤 디디온* 역을 했지."

"조앤 디디온 역을 하고 싶으세요?"

"버네사 레드그레이브 역을 하고 싶어요. 조앤 디디온을 연기하는 버네사 레드그레이브를 연기하는 원맨쇼 말이에요. 그거 말

---

* 미국을 대표하는 작가, 저널리스트. 그녀의 자서전 『상실』을 원작으로 한 연극에서 버네사 레드그레이브가 디디온 역할을 연기했다.

고 다른 것은 솔직히 볼장 다 봤죠."

캐시가 한숨을 쉬었다. 이제 명확해졌다. "제가 드리는 말씀을 진지하게 받아들이지 않으시네요."

"오, 내가 그랬나?"

캐시가 물병 뚜껑을 돌려 닫고 싱크대에서 선글라스를 집어들었다. "뭐, 좋아요. 저는 남자들이 제 말을 진지하게 받아들이지 않는 것에 익숙하거든요."

패트릭이 싱크대에서 미끄러져 내려왔다. "오, 그러지 마요. 나를 가부장제와 한 덩어리로 묶지 마요. 난 드레스도 입고 있는데. 애초에 당신은 전화도 없이 내 집 앞에 나타났어요. 난 당신을 몰라요. 당신이 무얼 원하는지도 모르고."

"제 말을 진지하게 받아들이지 않으셔도 괜찮아요. 제가 우리둘 모두에게 충분할 정도로 저 자신을 진지하게 받아들이니까요. 당신은 이 말이 농담이라고 생각하실지도 모르겠네요. 하지만 전 당신이 생각하시는 것보다 당신에 관해 많이 알아요. 당신을 만나려고 두 시간을 운전해 왔고요. 닐이 그렇게 한 적이 있나요? 별로 그랬을 것 같진 않네요. 당신이 텔레비전 출연을 불만스러워했다는 걸 알아요. 당신의 첫사랑이 연극이었다는 것도 알고요. 원맨쇼에 진지하지 않다는 것도 당연히 알죠. 연기에서 당신이 가장 좋아하는 부분은 같이 연기하는 배우들과 주고받는 호흡이니까. 그리고 그때 당신이 진정으로 빛나니까." 캐시가 숨을 깊이 들이쉬었다. "언제 LA를 떠나셨는지 알아요. 그렇게 멀리 떠나지는 않았죠, 경력을 끝낸 게 아니었으니까요. 당신은 저를

테스트하고 있어요. 그것도 좋아요. 저는 그 테스트를 받을 거고 통과할 거니까요. 그럼 이만 가볼게요. 하지만 이야기는 아직 끝난 게 아니에요."

"태미 테톤스.*" 패트릭이 말했다. 미소가 그의 입술을 가로질러 퍼져나갔다. "좋아요."

"좋다고요?" 캐시가 희망을 담아 물었다.

"좋아요." 패트릭이 되풀이해 말했다. 그는 자신이 캐시를 싫어하지 않는다는 걸 깨달았다. 그건…… 새로운 어떤 것이었다. 이번엔 다른 방에서 뭔가 부딪치는 소리가 났다. "내가 그 방에 들어가게 하지 마라!" 패트릭이 고함친 뒤 캐시를 돌아보았다. "혹시 지금 당장 할 일거리가 있나요? 다른 주에서 해야만 해서 나를 여기서 멀리 데려가줄 일?"

캐시가 그렇게 해줄 일을 찾아보려 했다.

"농담이에요. 나는 그만 가봐야겠네요. 이 문제는 다음에 다시 이야기하기로 해요." 패트릭이 말했다.

캐시가 아이폰의 캘린더 앱을 열면서 물었다. "그럼 언제가 좋을까요?"

두 팔을 들어올린 패트릭의 모습은 마치 연 같았다. "당신에게 상황을 좀 이해시킬 필요가 있겠어요."

"일에 복귀하세요, 패트릭. 닐에게 돌아가요. 때가 됐어요." 그녀는 자신의 말이 충분히 스며들고 있다는 징후를 찾아 그의 눈

---

* 와이오밍주에 있는 산맥.

을 들여다보았다. "생각해보겠다고 약속해주세요."

"생각해볼게요." 하지만 그 순간 그에게는 생각해볼 더 큰 일이 있었다. 자전거용 헬멧을 어디서 살 것인가 하는.

9

메이지와 그랜트가 물 온도를 38도 밑으로만 유지할 셈이라면, 온수 욕조를 뜻하는 새로운 단어를 찾아야 하는 것 아닌가? 하지만 패트릭은 그 문제를 강요하지 않았다. 그에게 맡겨진 아이들을 뜨겁게 지내도록 하는 건 현명하지 못한 일로 보였다. 그리고 어쨌든 지금은 여름이기도 하고. 해가 산 뒤로 졌는데도 기온이 30도 언저리에서 맴돌았다(지난 몇 년 사이에 그의 피는 좀 식었다. 하지만 그것이 이 아이들의 피도 그렇게 되었다는 뜻은 아니었다). 그래도 습관이 생겼다. 그들은 매일 저녁 러퍼 후에 수영을 하고, 욕조에 몸을 담그고, 들판 위로 땅거미가 지는 동안 센서등이 불쑥 켜지는 것을 지켜보며 그들이 좋아하는 활동 한 가지를 했다.

"저기 하나 있어요!" 그랜트가 외쳤다. 그랜트는 물속에서 한쪽 팔을 들어올리다가 삼촌의 보드카 온 더 록스 잔을 건드려 술을 쏟았다.

"진정 좀 해!"

"컬러 조명들 중 하나예요!"

"득점." 패트릭이 그랜트가 날뛰지 않도록 충분한 흥미를 표하며 말했다. 그러나 집 뒤쪽에 줄지어 있고 JED의 집과 그의 집의 경계를 이루는 흰 콘크리트 벽을 따라 흥미로운 형태와 그늘을 만들어주는 시트러스 나무(주로 탄젤로*와 멕시코 라임, 레몬과 핑크 그레이프프루트 두 그루) 아래에 위치한 컬러 조명들은 정말 재미있었다.

패트릭은 대개 해가 진 뒤 어스름 속에 처음 나타나 빛을 내는 금성을 찾아 하늘을 흘낏 올려다보았지만 금성 찾기를 빠르게 포기했다. 안경 없이 보는 것이 점점 더 어려워지고 있었다. 안과 의사가 다초점렌즈 안경을 쓸 때가 된 것 같다고 말한 이후, 패트릭은 아예 안경 쓰기를 거부했다. 그가 장담할 수 있는 한, 그것이 이중 초점을 피하는 폼 나는 방법이었다. 게다가 오늘밤 그들은 조명들 그리고 하늘에 출현한 반짝이는 별들을 세려고 거기 있는 게 아니었다. 패트릭은 그가 주문한 상실의 슬픔에 관한 책을 읽고 행동강령을 발전시켰다. 그는 용기를 내기 위해 음료를 길게 한 모금 마신 뒤 말했다. "오늘밤 엄마를 그리워하는 사람 있니? 난 너희 엄마가 그립고, 우리가 그 이야기를 할 수 있을 것

---

* 귤과 그레이프프루트를 교배한 과일.

같은데." 그가 읽은 책에서는 앞길을 밝히려면 상실의 슬픔을 다른 사람과 이야기할 방법을 찾으라고 제안했다. 그리고 그 자신의 상실의 슬픔에 관해서는, 오, 어디서부터 시작해야 할까.

그랜트가 손을 수평으로 유지하며 물을 가로질러 노를 저었다. 메이지는 수면의 물을 발로 찼다.

"자, 너희가 나를 도와줘야 해. 너희는 나에게 그런 얘기를 안 하잖니. 내가 이야기하기를 기다리는 건지 잘 모르겠구나. 서로 예의만 차리다가 올 여름을 통째로 낭비할 순 없어." 최근 패트릭은 클라라의 말이 옳았던 건지 궁금해하고 있었다. 그는 아이들을 입히고 먹이고 살아 있게 하고, 장난스러운 말로 재미있게 해줄 수 있었다. 하지만 그는 이 걱정스러운 상황에서 아이들이 정말로 필요로 하는 존재가 아닌 것인가?

그랜트가 패트릭 쪽으로 돌아와 옆에 앉아서는 작은 두 손을 삼촌의 어깨에 얹었다. 그런 다음 패트릭의 귀에 대고 속삭였다. "엄마가 그리워요?" 마치 그 사실이 자기를 깜짝 놀라게 한 것처럼.

"엄마랑 삼촌은 친구였어, 멍청아." 메이지가 말했다.

"헤이, 헤이, 헤이. 여기 멍청이는 아무도 없어."

그때 머리 위로 박쥐 한 마리가 날아갔고, 메이지가 비명을 질렀다.

"그냥 박쥐일 뿐이야. 쟤네들은 온순해. 벌레를 먹고산단다."

"박쥐는 할로윈 때 나오는 건데."

"음, 사막에서는 여름에도 나와. 하지만 절대 사람을 괴롭히지 않는단다. 그냥 자기들 할일을 하는 거야." 패트릭은 바로 그 이유로 박쥐들을 존중했다. 그리고 자신의 주장을 증명하기 위해, 박쥐가 가로질러 날아간 하늘의 항로를 손가락으로 따라갔다.

"삼촌하고 엄마하고 친구였어요?" 그랜트가 물었다. 물론 그랜트는 답을 알고 있었다. 하지만 그건 그 아이가 필요로 하는 것—안심되는 말—의 일부이기도 했다. 패트릭은 그렇게 추론했다. 선광選鑛해서 사금을 채취하는 사람처럼 옛날이야기들을 몇 번이고 계속해서 들으며 새로운 세부사항을 찾아내고 싶어하는 것.

"우린 좋은 친구였어." 패트릭은 잠시 아이 둘 모두를 원망했다. 아마도 그 아이들의 슬픔이 명확하기 때문에. 사람들은 엄마를 잃는 공포를 이해했다. 그들에게 세라가 어떤 존재인지 이해했다. 그러나 패트릭에게 세라가 어떤 의미인지는 알지 못했다. 혹은 알았다 해도 오래전에 잊어버렸거나. "아이러니하게도 너희 엄마는 너희 아빠와 함께 살기 전에는 나와 더 좋은 친구 사이였어. 하지만 그게 세상의 이치지. 너희도 누군가를 만나 그 사람과 함께 모든 시간을 보내고 친구들과는 점점 못 만나게 될 거야. 설령 그 사람이 친구의 동생이라 해도. 그냥 경쟁이 안 돼." 그는 자신이 조를 만났을 때 세라가 항의했던 일을 기억하고 있었다.

*

"나 앞으로 너 안 볼 거야."

"나를 보고 있잖아. 지금 보고 있다고!" 패트릭이 소리쳤다. 대학을 졸업하고 일 년이 지난 때였고, 그들은 뉴욕의 아파트에서 함께 살고 있었다.

"내가 운이 좋네." 세라가 말했다. "너 깨끗한 속옷이 바닥난 거지."

첼시에 있던 그들의 아파트는 말다툼을 하기엔 너무 좁았다. 그것이 그들의 동거를 성공적으로 만들어준 한 가지 요인이었다. 심지어 패트릭은 두번째 데이트 때 조에게 옷을 보관하는 벽장이 너무 좁아서 철사 옷걸이를 45도 각도로 구부려야 한다고 불평했다. 그러자 조의 질투 어린 답변이 돌아왔다. 너 벽장이 있어? 뉴욕 토박이인 조는 그의 불평을 제대로 이해하지 못했다.

"세라, 내가 너에게 침실을 양보했잖아. 난 소파에서 자고. 그러니 내가 진짜 침대에서 자기 위해 조의 집에 가고 싶어해도 네가 화내면 안 되지."

"그러니까 이게 가구 문제라는 거네."

"그래, 가구 문제야. 딱딱한. 나무. 가구."

세라가 자기 모카신을 그에게 던졌다.

"뭐 때문에 이래?"

"네가 나한테 거짓말을 했잖아."

"무슨 거짓말?" 패트릭이 몸을 굽혀 그 실내화를 집어들었다. 그는 모카신을 가로질러 바느질된 작고 예쁜 새 문양의 빨간색과 청록색 비즈를 손가락으로 쓰다듬었다.

"오, 제발 거기 가서 자지 마." 패트릭이 모카신을 되던지자 그녀가 악마 같은 미소를 날리고는 몸을 획 피했다.

"갈 거야!"

"넌 피로가 털끝만큼도 풀리지 않은 것처럼 보여."

패트릭은 문 옆에 달린 작은 거울을 힐끗 보았다. "그렇게 말하지 마. 나 오디션이 있다고."

"무슨 오디션?" 세라가 재빨리 모카신을 다시 신으며 물었다.

"연극. 연극 오디션이지 또 뭐가 있겠어?" 패트릭이 TV 위에서 대본을 낚아챘다. 대본 중 오디션을 볼 장면이 펼쳐져 있었다. "나랑 같이 대사 맞춰볼래?"

"싫어."

"같이 대사 맞춰보자!"

"싫다니까."

"그럼 그애를 만나."

"뭐?"

"조 말이야. 우리랑 함께 밖에서 놀자. 그애를 만나보라고. 너도 그애가 마음에 들 거야."

"난 네가 데이트하는 사람 마음에 든 적 없어." 그건 사실이었다. 세라는 항상 패트릭이 스스로를 과소평가한다고 생각했다.

"조는 달라."

"아, 그래."

"다르다고!"

"어떻게?"

패트릭이 한 걸음 가까이 다가섰다. 그들이 종속적 관계가 될 위험에 처했다는 걸 패트릭은 알고 있었다. 오 년간 우정을 쌓아오다보니 그는 그녀 없이 살 수 없고 그녀는 그 없이 살 수 없게 된 것이다. 조만간 조치를 취하지 않으면 앞으로 그들의 인생은 달라질 터였다. 세라가 말했다. "그애도 나를 눈엣가시로 생각할 거야."

*

과거의 기억에서 빠져나온 패트릭이 놀라서 세라의 아이들을 바라보았다. 마치 그애들이 다른 시간에서 그의 온수 욕조로 순간이동을 한 것처럼. 하지만 언제? 어디서? 어떻게 눈 한번 깜박하는 사이에 이십 년 가까운 세월이 사라졌을까? "너희 엄마와 나는 함께 살았어. 뉴욕에서."

"삼촌이 더의 우리 아빠였네요?"

"뭐라고?" 패트릭이 그랜트 쪽을 돌아보았다. 이번에는 거의 음료를 쏟을 뻔했다. "아니야. 그건 아니지." 그와 세라는 술에 취해 기숙사 건물 라운지에서 한 번 애무를 한 적이 있었다. 하지만 둘 다 웃음을 터뜨리는 것으로 상황이 마무리되었다. "그건 오래전 일이야. 우리가 뉴욕 첼시의 작은 아파트에서 함께 살던 일 말이야. 침실이 하나뿐이었지. 그래서 난 소파에서 잤어. 그땐 그럴 수 있었단다. 맨해튼에 임대료 규제가 적용되는 집을 구해 어떻게든 살 수가 있었어. 지금이라면 어디서 살지 모르겠구나. 퀸스 아니면 뉴저지려나." 패트릭이 그들의 이야기를 더 하지 않아도 되도록 욕조의 물줄기를 조정했다. "그때 얘기를 듣고 싶니?"

"네. 엄마는 예뻤어요?" 메이지가 물었다.

"오, 굉장히 예뻤지. 옷도 잘 입었고. 너희 엄마는 잡지사에서 일했어. 어떤 잡지였는지 기억이 잘 안 나네. 『보그』는 아니고, 『코스모』도 아니고⋯⋯『마리 클레르』. 이게 그 잡지 이름일 거야. 아니면 프랑스 영부인 이름인가? 뭐, 상관없어. 봉급은 거지 같았지만 너희 엄마는 공짜 물건을 많이 받아왔어. 나는 낮 동안 오디션을 보러 갔고, 밤에는 어두운 그리스 식당에서 손님들의 시중을 들었어. 하지만 그 일을 아주 잘하지는 못했지. 무엇보다 그리스어는 자음들이 전부 빌어먹을 t와 z와 함께 있잖아? 음, 난 정말로 사람들과 어울리기 좋아하는 사람은 아니었어. 그 점이 내 팁에 반영됐고. 다행히 다른 직원들과 팁을 공동으로 모아 일이 끝날 때 나눠 가졌지. 그래서 동료들은 나를 별로 좋아하지 않았단다. 내가 공동으로 모으는 팁 액수를 깎아먹었으니까. 하지만 나에겐 잘된 일이었지. 모르겠다. 어쨌든 나는 그 일이 적성에 맞지 않았어. 어느 날 밤 우연히 어떤 여자에게 불을 붙인 적도 있다니까. 너희 엄마는 매일 밤 내가 집에 돌아오면 양고기 냄새가 난다고 했지." 그가 조를 만나 완전히 집에 돌아오지 않게 될 때까지.

"삼촌이 어떤 여자에게 불을 붙였다고요?" 메이지의 얼굴에 떠오른 믿지 못하겠다는 표정이 웃겼다.

"우연히."

"우연히?"

"그 여자 때까맣게 탔어요?" 그랜트의 눈이 흥분으로 튀어나올 듯했다.

"식당 요리 중에 불이 붙은 채로 내가는 요리가 있었어. 그런데 그 여자가 헤어스프레이를 너무 많이 뿌리고 온 거야. 음……그때는 1990년대였지. 아무도 새카맣게 타지 않았어. 내가 그녀에게 하우스 워터를 끼얹었거든."

"하우스 워터가 뭐예요? 메이지가 물었다.

"요즘에는 수돗물이라고 부르지." 메이지의 표정은 혼란스럽다고 묘사하는 것이 가장 적절했다. "그래, 나도 웃기는 소리라고 생각했어." 패트릭은 언제 청중이 떠나갈지 알 정도로 충분히 재주를 부렸다. 아이들의 표정은 그가 이미 느낄 수 있는 것을 강조해서 보여줬을 뿐이다. "우린 내내 많이 웃었단다. 모든 게 재미있었어. 이게 그 시절에 관해 기억에 제일 많이 남아 있는 거야. 너희 엄마는 굉장히 밝고 즐겁게 웃었단다. 영혼 깊숙한 곳에서 나오는 풍부한 깔깔거림이었지. 우린 돈은 별로 없었어. 하지만 뉴욕이 거대한 힘으로 사람을 억압하려고 온갖 짓을 할 때 그 도시 한복판에서 그렇게 웃노라면 왕이 된 것처럼 풍요로운 기분이 들었단다. 그 시절이 그리워. 상투적인 말이라는 거 알아. 하지만 난 그때가 내 인생에서 가장 행복했던 시절이라고 생각해."

메이지의 호기심이 자극되었다. "엄마 인생에서도 그때가 가장 행복했던 시설일까요?"

"뭐라고?" 패트릭이 조카를 바라보았다. 이번에는 노력하지 않고도 메이지의 표정을 읽을 수 있었다. "아니, 그렇지 않아. 우린 그런 부분에서는 근본적으로 다른 사람이었거든."

"그럼 엄마가 가장 행복했던 때는 언제였을까요?" 메이지는 자기가 엄마의 후회거리였을까봐 걱정하는 것 같았다.

"글쎄, 몇몇 순간이 생각나는구나." 패트릭이 이야기를 시작했다. "하나는 네 엄마가 너를 임신했을 때였어. 이유는 잘 모르겠지만 말이야. 그때 네 엄마는 살이 쪘고 재미있는 일을 아무것도 할 수 없었지. 발목이 너무 부어서 멋진 구두에 발을 욱여넣을 수도 없었다니까." 패트릭이 메이지 쪽으로 물을 조금 튀겼고 메이지는 빙긋이 웃었다. "또하나는 결혼식 날이었어. 네 엄마는 환히 빛났단다. 내가 누구 들러리를 할지를 놓고 너희 엄마와 아빠가 싸운 거 알지? 내가 신랑측 들러리여야 했을까? 그럼 신부측 들러리는?"

"그건 여자가 하는 거잖아요."

"신부측 들러리 말이니? 아니야, 그렇지 않아. 이 집에서 무슨 말을 하는 거니? 남자도 여자 일을 할 수 있고, 여자도 남자 일을 할 수 있어. 심지어 이건 경클 규칙도 아니야. 우선 남자 일 또는 여자 일이라는 말조차 있어선 안 돼. 사람은 그냥 자기가 원하는 일을 해야 하는 거야."

"삼촌은 어느 쪽을 선택했어요?"

"오, 너희도 사진에서 봤을 거야. 내가 그 둘하고 함께 결혼했지. 그게 평화를 유지하는 유일한 길이었어. 두 사람과 함께 맨 앞에 섰단다. 너희 아빠는 식은땀을 흘렸지. 하지만 너희 엄마는 그야말로 생기가 넘쳤단다. 사진도 그 모습을 제대로 포착하진 못했어. 그때 너희 엄마는 정말이지 행복했단다. 우리 모두가 행복했어."

"나는 어땠어요?" 그랜트가 물었다.

"오, 너희 엄마는 너를 가져서 무척 기뻐했지. 딸을 낳은 뒤라서 아들을 정말로 원했거든. 그리고 이어서 네가 나온 거야."

그랜트가 활짝 웃었다.

"널 처음 봤을 때가 기억나. 너희 엄마가 아기를 안아보라고 했어. '아기를 안아봐, 패트릭. 안아보라고.' 물론 난 안고 싶지 않았고 너희 엄마에게 그렇게 말했어."

"왜 안고 싶지 않았는데요?" 그랜트가 양손을 허리에 짚고 슈퍼맨처럼 가슴을 부풀리며 물었다.

"글쎄다, 아기들은 둔하고 언제 토할지 모르잖아. 그리고 그때 나는 이세이 미야케 티셔츠만 입는 단계였거든. 그래서 네가 먹은 걸 전부 토해서 그 옷에 묻히게 하고 싶지 않았던 거야."

그랜트가 웃었다.

"집안 서랍장에 티셔츠가 얼마나 많이 있는가 하는 건 상관없이 말이다."

"삼촌은요?" 메이지가 물었다. "언제 가장 행복했어요?"

"나?" 패트릭이 가슴에 손을 얹고 놀란 시늉을 했다. "바로 지금. 이 온수 욕조 안에서."

"정말요?"

"뭐라고? 아니야! 물론 아니지. 바보 같은 소리 마라. 난 골든 글로브 상을 받았어, 하느님, 맙소사. 게다가 너희는 온수 욕조의 온도를 32도 위로 높이지 못하게 하고 있지. 이 풍자도 이해 못하는 녀석들아." 그가 보드카 한 모금을 천천히 마시고 얼음을 와작와작 깨물었다. 태양광 조명 두 개가 더 켜졌고, 그가 손가락으로 그것을 가리켰다. "아까 내가 말했잖니. 난 정말 뉴욕에서 지낸 그때가 가장 행복했다고 생각해. 하지만 그때는 얼마나 좋은 걸 갖고 있는지 알지 못했어. 그게 영원히 지속되지 않는다는 것도 알지 못했고."

대화가 오랫동안 중단되었고, 그랜트는 욕조 조명을 조작하는 버튼을 가지고 놀았다. 물 색깔이 흰색에서 파란색으로, 빨간색으로, 녹색으로, 분홍색으로 변하고 다시 흰색으로 돌아오는 동안 버튼을 계속 눌러댔다. 그러다 결국 흥미를 잃고 자리에 앉았다. 거품이 아이의 턱까지 차올랐다. "삼촌은 천국을 믿어요?" 그랜트가 물었다.

"나는……" 세라의 장례식 이후 패트릭은 이런 질문에 대비해 마음을 단단히 먹고 있었다. 하지만 그 질문이 이토록 직설적으로 나올 거라고는 예상하지 못했다. 엄마가 천국에 있을까요? 이것이 그가 예상하던 질문이었다. 한 단어로 대답할 수 있고— 비록 그 대답이 그의 믿음을 반영하는 것은 아닐지라도—잘 넘어갈 수 있는 질문. 하지만 자신의 믿음 혹은 그것의 결여를 설명해야 하는 상황에는 준비되어 있지 않았다. "어려운 질문이구나. 너는 믿니?"

그랜트가 어깨를 으쓱했고, 메이지도 똑같이 잘 모르겠다는 표정이었다.

"난 너희 엄마가 더이상 고통 속에 있지 않다고 믿어." 패트릭은 울지 않으려고 오랫동안 감고 있던 눈을 가늘게 떴다. 그리고 그랜트를 끌어당겨 무릎에 앉혔다. 언젠가 별 볼 일 없는 TV 영화를 찍은 일이 생각났다. 그가 처음으로 계약한 진짜 일이었고, 거기서 그는 우는 연기를 해야 했다. 감독이 "커트"를 외쳤고, 그는 멘솔 스틱을 꺼내 눈 밑에 대고 문질렀다. 효과 좋은 비책이었다. 이제는 그런 술책이 필요 없을 것이다. "너희 엄마가 평화롭게 잠들었다고 믿어. 그리고 슬퍼질 때 그것이 나에게 위안이 된단다. 그 이상은 잘 모르겠어."

"어른들은 모든 걸 안다고 생각했는데." 메이지가 말했다.

패트릭이 욕조 너머로 조카딸 메이지를 바라보았다. 메이지는 욕조 가장자리에 새처럼 내려앉아 있었다. "누가 그렇게 말했어? 틀림없이 어른이겠지." 메이지는 그들이 함께 고른 반바지 수영복과 스판덱스 러닝셔츠 차림이었다. 패트릭은 그 옷을 각각 네 벌씩 사줬고, 메이지는 사실상 그 옷만 입고 살았다. 그 옷들이 메이지의 팜스프링스 유니폼이 되었다. 머리칼이 풀장의 소금기와 온수 욕조의 화학약품으로 버석거렸고, 그런 덕분에 메이지는 힘들이지 않고도 멋진 서퍼처럼 보였다. "우린 어떤 것들을 알아. 모든 걸 알지는 못하고. 그런데 나이를 먹을수록 어떤 것은 더 모르게 되지."

"예를 들면요?" 그랜트가 물었다.

"글쎄다…… 그러니까, 음, 수학 같은 거. 고등학교를 마치고 나면 아무도 수학을 기억 못 해. 복잡한 수학은 기억 못 하지."

패트릭이 턱의 각질을 긁었다. 그는 겨울보다 여름에 면도를 더 자주 했다. 하지만 지난 며칠간은 게으름을 부렸다. 그가 물줄기를 다시 중간으로 조정했다. "사람들은 왜 그렇게 두려워할까. 특히 자기와 다른 사람들을 말이야. 증오. 세상에 왜 그렇게 많은 증오가 존재하는지 난 이해 못 하겠어. 하지만 두려움과 관련 있을 것 같긴 해. 그런 것들이지. 아이들은 무엇을 이해 못 하니?"

메이지가 양손을 둥글게 오므려 욕조 물줄기 밑에 갖다대며 생각에 잠겼다. "난 사람이 왜 죽어야 하는지 이해가 안 돼요."

패트릭이 수전을 완전히 잠그고 보글거리던 수면이 잔잔해지게 두었다. "그건 쉬운 질문이구나." 그는 그랜트도 경청하고 있는지 확인하기 위해 돌아보았다. "어떤 사람들은 오래 살지. 또 어떤 사람들은 짧게 살고. 하지만 누가 오래 살고 누가 짧게 살지는 아무도 알 수 없어. 그게 이 세상이 지닌 아름다움이야. 빌어먹게도 우리에게 시간이 얼마나 남았는지 알 수 있는 실마리는 전혀 없는 거지. 그래, 이건 경클 규칙…… 메이지, 이번 규칙이 몇 번이지?"

"8번요."

"수학을 잊어버렸다는 게 무슨 뜻인지 지금 봤지? 경클 규칙 8번, 인생의 하루하루가 선물이니 하루를 최대한 충만하게 살아라. 바로 이게 사람이 죽는 이유야. 삶의 중요성을 우리에게 가르쳐주기 위해." 패트릭은 울지 않기 위해 다시 한번 얼굴을 찌푸렸다. 이번에는 세라 때문이 아니었다. 그 자신 때문이었다. 그는 살면서 이 규칙을 어겼다. 여러 번 반복해서. 그가 욕조의 조명들을 조작하고 무지개색을 순환시키는 버튼으로 손을 뻗었다. 수년 동안 그는 자신이 그러지 않는다고, 그냥 사치하며 살고 있을 뿐이라고 스스로를 설득해왔다. 처음에는 TV 프로그램 출연으로, 그다음에는 일과 책임을 전부 회피하며 사막에 와서 무비 콜로니라는 마법 같은 이름이 붙은 지역에 집을 사는 것으로. 하지만 그는 살고 있는 것이 아니라 숨어 있는 것이었다. 사람들로부터. 친구들로부터. 가족들로부터. 사랑으로부터. 일로부터. 예술로부터. 사회에 대한 기여로부터. 중요한 모든 것으로부터.

"아야!" 그랜트가 외쳤다.

"왜 그래?"

"삼촌이 내 손을 때렸어요."

패트릭은 조명을 조정하려다가 그랜트의 손을 쳤음을 알아차렸다. "이런, 미안하다. 헷갈렸어."

패트릭은 그랜트의 손을 잡고 달래며 마당을 내다보았다. 태양광 조명들이 가장 밝고 부드럽고 알록달록한 빛에 둘러싸여 있었다. 그랜트가 온수 욕조의 조명 효과를 완성하는 핑크색 필터를 골랐다. 이제 그들은 따뜻하고 안전한 자궁 속에 떠 있었다. 주위의 산은 저녁의 마지막 햇빛에 맞서는 희미한 메아리, 그들을 보호해주고 세상의 나쁜 일에서 벗어나게 해주는 더 큰 장벽이었다. 패트릭이 자신의 칵테일잔으로 지평선을 가리키며 숨을 내쉬었다. "인생은 참으로 수중한 선물이야." 그가 거듭 말하고 심호흡을 했다. "너희 우리가 뭘 해야 하는지 아니?"

"뭔데요?" 메이지가 진심으로 궁금해하며 물었다.

"파티를 여는 거야. 기분이 좋아지도록."

"무슨 파티요?"

"모르겠다. 혹시 생일인 사람 있니?"

아이들이 고개를 흔들었다. 메이지의 생일은 1월이고 그랜트는 3월이었다.

"사람들과 함께하는 파티. 조명과 샴페인 그리고 음악을 곁들여 신나게 노는 거야."

"어린이용 음료수도요!" 그랜트가 큰 소리로 말했다. 요전 날 밤 패트릭은 아이들을 셜리 템플*(썰리 뗌플)로 여기는 실수를 했다.

"그래, 어린이용 음료수도." 패트릭이 동의했다.

숨는 걸 그만둘 때가 되었다.

---

* 미국의 영화배우. 1930~1940년대 할리우드에서 천재적인 아역 연기로 전설이 되었다.

10

패트릭은 머리를 쓸 필요가 없는 공간인 파티오*에서 의자를 천천히 돌려 스스로를 안심시키고 위로하며 조용히 앉아 있었다. 그곳에서 생각에 잠겨 시간을 보내는 건 오랜만이었다. 이웃집 개 로나가 짖는 소리가 어둠을 꿰뚫더니 뒤이어 첨벙하는 소리가 조그맣게 났다. 담 건너편에서 존이 야간 수영을 하려고 자기 풀장 안으로 다이빙하는 소리였다. 그 소리가 날 때마다 로나는 미치려 했고, 해변에서 수영하는 사람들을 향해 고함을 치는 인명구조원처럼 풀장가에서 울부짖었다. 패트릭은 빙긋이 웃고는 빈 잔 안에 남은 얼음을 휘휘 저은 뒤 테이블 위에 올려놓았다. 그런 다음 의자에서 일어나, 정원의 아치형 구조물을 가로질러 엮어놓

---

* 집과 접한, 바닥이 포장된 야외 공간. 보통 집 뒤쪽에 위치하며 일반적으로 돌이나 콘크리트 벽돌, 타일, 자갈로 포장되어 있다.

은 줄에 매달린 에디슨 전구 하나를 두드렸다. 회전하지 않는 다른 간이의자 하나를 잡은 다음 그 의자를 들고 마당을 가로질러 갔다.

집 뒷담을 따라 깔려 있는 자갈 속에 간이의자를 고정하고 좌석 쿠션을 내던졌다. 그렇게 해서 의자를 더럽히지 않고 맨발로 서서 담 너머를 엿볼 수 있게 되었다. 존이 수영해서 풀장 안을 한 바퀴 돌고 한숨 돌리기 위해 물 밖으로 나왔을 때, 그가 존에게 손을 흔들었다.

"안녕하세요!"

존이 물안경을 이마 위로 밀어올리고 손을 흔들어 답했다. "안녕, 이웃사촌." 존이 하는 전형적인 인사말이었다(안녕). 그래서 패트릭은 보통 그러는 것처럼 움찔하지 않았다. 그 부분에 단련이 되어 있었다. "그대로 있어. 타월 좀 집어올게." 존이 말한 뒤 놀랍도록 우아하게 풀장 밖으로 뛰쳐나갔고, 패트릭은 존이 스피도 수영복을 입은 것을 보고 안도했다. 팜스프링스에서 수영복은 필수가 아니라 선택 사항이었다. 밤에는 더 그랬다. 존이 타월로 몸을 닦은 뒤 허리를 감싸 둘렀다. 그런 다음 친구와 이야기를 나누려고 담으로 다가왔다.

"요즘 어때?"

"좋아요. 하는 일이라고는 아이들한테 자외선 차단 로션을 발라주는 것뿐이죠. 한 명을 끝내고, 다른 한 명을 시작해요. 그런 다음 처음 발라준 녀석에게 돌아가 덧발라주죠. 아드 인피니툼.* 장담하는데 내가 로션 발라주는 기계를 발명해야겠어요. 그걸 발명하면 부자가 될 거라고요."

"난 네가 이미 부자인 줄 알았는데."

패트릭이 머리를 한쪽으로 까닥거렸다. 사실 그는 자신의 재정 상태가 어떤지 확신하지 못했다. 정확하게 알지 못했다. 돈은 문밖으로 빠르게 빠져나갔다. 들어오는 것이 아무것도 없으니 더욱 그렇게 느껴졌다.

"아이들은 어때?"

패트릭은 담에 몸을 기댔다. 그런 덕분에 이웃을 너무 많이 내려다보지 않아도 되었다. 그는 자신이 다른 사람들과의 관계에서 어떤 자리에 서 있는지 좀더 인식하려고 노력하고 있었다. "뭐라고 말하기 어렵네요. 그애들이 밤에 내 방에 몰래 들어와서 자는 것 같더라고요."

"너와 함께 있을 때 안전하다고 느끼는 거지."

패트릭이 미소 지었다. 기억, 감각 기억. 아이가 두런두런 이야기하는 어른들 옆에서 잠들 때 느끼는 총체적인 안전감. "아이들이 옆에 있는 게 이상해요. 그애들은 세라의 DNA와 섞인 내 DNA의 일부를 가지고 있잖아요. 마치 그애들이 대체현실, 또다른 삶, 살아보지 않은 이성애자의 삶의 그림자 같다니까요."

"그거 확실히 이상하네."

패트릭이 담 위에 걸려 있는 존의 레몬나무 가지 하나를 잡아당겼다. "아이들하고 그애들 엄마에 관해 대화를 시도해봤어요."

---

* '끝도 없이'라는 뜻의 라틴어.

"잘했네."

"이 일을 겪어내는 유일한 방법은 통과하는 거죠." 그가 존의 얼굴을 살피다가 물었다. "당신 콧수염은 어떻게 항상 그렇게 멀쩡해요?"

"어?" 존이 귀에서 물을 빼내려고 한쪽 다리로 껑충껑충 뛰었다.

패트릭이 손으로 콧수염 양쪽 끄트머리를 말아올리는 시늉을 했다.

"아, 왁스를 발랐어. 그게 물속에서도 잘 유지되는 것 같아."

"당신의 더 나은 3분의 2는 어디 있어요?"

"더위를 피해 영화관에 갔어. 난 영화 대신 수영을 선택했고. 슈퍼히어로와 가면을 쓴 사람들 아니면 여름엔 정말 볼 게 없다니까." 존이 자신의 가면인 물안경을 벗더니 고무밴드를 가지고 놀았다. "네가 자랑스러워, 패트릭. 아이들에게 그런 이야기를 한 거 말이야. 그래, 그게 바로 히어로지."

패트릭은 고개를 끄덕였다. 하지만 그 칭찬을 정말로 수긍하지는 않았다. "내가 생각했던 것만큼 이 일을 잘 다룰 능력이 있는지 확신이 안 서요. 하기야 내가 이 모든 걸 시작할 능력이 있다고 생각하지도 않았지만요. 아이들에게 상황을 이해시키기가 힘들어요. 내가 그애들의 긴장을 풀어줄 수도 없고요. 내가 하는 일이 전부 잘못된 것 같아요. 그애들 엄마는 어떻게 그걸 했는지 모르겠어요."

"그애들은 충격을 받은 상태야."

"그래도 애들은 애들이라고 생각되는 부분이 있어요. 회복탄력성, 알죠? 그애들은 무척 비통할 거예요, 그래요. 하지만 내 매력에 홀려 웃기도 하고, 풀장에서 재미있게 놀기도 해요. 그리고…… 자유롭죠." 심지어 패트릭은 자신이 그 아이들로부터 뭔가 배울지도 모른다고 기대했다. 그 아이들이 이 상황에서 벗어날 길을 알지 모르고 어떻게든 그 길을 밝혀낼지 모른다고.

"그애들을 누군가와 이야기하게 하면 어떨까. 이를테면 아동심리학자라든가, 뭐 그런 사람."

패트릭이 고개를 끄덕이고는 기침을 덧붙였다. 목구멍 안에 덩어리가 있었고, 간절하게 그걸 없애고 싶었다. "그애들은 천국에 관해 알고 싶어해요. 그러니 성직자와 이야기해보는 방법도 있겠죠. 우리가 아는 성직자가 있다면." 그가 미소를 지었다. 이 생각이 거의 우스꽝스럽게 느껴졌다.

존이 이마를 닦으며 말했다. "내가 목사였어." 자랑하는 기색도 없이 그냥 정보를 전하듯 너무도 무심하게 이 말을 불쑥 내뱉어서 패트릭은 깜짝 놀랐다. 담에서 펄쩍 물러나는 바람에 의자에서 거의 떨어질 뻔했다. "너무 놀란 표정으로 보지 마." 존이 덧붙여 말했다.

"그럼 어떻게 봐야 해요? 지금 농담하는 거죠." 패트릭은 언젠가 그들이 나눴던 대화를 떠올렸다. "콜라 중독이고 버닝맨 축제에 참여하는, 다자간 연애를 하는 성직자라니."

존이 발밑을 내려다보며 자기 쪽 담 아래의 자갈 몇 개를 발로 찼고, 자갈은 어느 다육식물 가까이로 굴러갔다. "네가 우리를 어리석은 사람들로 생각한다는 거 알아."

"오, 그렇게 말하지 마요." 패트릭이 부인했다. 하지만 그건 사실이었다. 그들은 한데 묶여 불리는 삼자연애 관계니까.

"괜찮아. 많은 사람이 그렇게 생각해." 존이 생각에 잠겨 목을 길게 빼고 자기 집을 돌아보았다. "우리의 생활방식이 특이하긴 하지. 다들 우리를 비웃는 거 알아. 이해해. 하지만 그렇다고 해서 우리가 진지하지 않은 건 아니야."

그들은 잠시 말이 없었다. 패트릭이 유성을 볼 수 있을까 해서 하늘을 올려다보았다. 하지만 따뜻한 산들바람이 그들을 감싸는데도 하늘은 굳어 있었다. 지나가는 비행기의 빨간 불빛조차 없었다.

존이 물었다. "여기 밖에서 뭐 해, 패트릭?"

"이야기를 나눌 어른이 좀 없나 생각했어요."

"아니." 존이 허리에 두른 타월을 벗겨내 작은 망토처럼 어깨에 살포시 얹었다. "이 사막지대에서 뭘 하고 있느냐고."

패트릭은 눈꺼풀 뒤로 유성들이 보일 때까지 눈을 문질렀다. "휴식이 필요했어요."

"사 년 됐네."

"벌써 그렇게 됐나요?"

"그렇게 됐다는 걸 너도 알 거야."

패트릭은 볼 안쪽을 피맛이 날 때까지 깨물었다. "요전날 누가 날 찾아왔어요. 젊은 여자였죠. 그녀도 나에게 비슷한 걸 묻더군요."

"그래서 뭐라고 대답했어?"

"대답 안 했어요." 패트릭이 다시 담에 몸을 기댔다. "할 수가 없었죠."

"왜냐하면 사실 너도 모르니까." 패트릭이 대답하지 않는다면 존이 대신 대답해줄 것이다. 패트릭에게는 밤에 담 옆에 서서 매미 소리에 귀기울이는 것보다 더 나은 할일이 있었다. 이를테면 돌아가서 수영을 한다든가.

"나에게 에이전트가 있었어요. 닐이라고. 있었어요, 아니, 있죠. 우리는 어느 파티에 갔어요. 그 프로그램이 방영되던 마지막 해에. 에피소드가 전부 100개였어요. 150개였나. 뭐, 그랬죠. 누가 기억하겠어요? 모두가 아쉬워하면서도 들떠 있었어요. 내 생각엔 계속 나아갈 준비가 되어 있었고요. 적어도 나는 분명히 그랬죠. 충분히 달려왔고, 그렇지 않다고 주장할 이유가 전혀 없었으니까요. 그건 그렇고, 닐도 거기에 있었죠. 내가 닐을 초대했던 것 같아요. 아니면 그냥 에이전트들도 초대를 받았거나. 거대한 케이크가 있었어요, 그게 기억나네요. 그리고 그 밤이 끝나갈 때 닐이 어딘가에서 나를 덮쳤어요."

"덮쳤다니, 그게 무슨 뜻이야. 어디서 널 덮쳤어?"

"타코 트럭 옆에서."

"아니, 내 말은……"

"무슨 뜻인지 알아요." 패트릭의 의자가 자갈 속에서 미끄러졌고, 패트릭은 의자 위에서 두 번 쿵쿵 뛰어 의자 다리가 자갈 속에 박히게 했다. "그가 내 가랑이를 덮쳤죠." 패트릭이 숨을 내

쉬었다. "우리 둘 다 취해 있었어요. 그런데 성적인 건 아니었어요."

"당연히 성적인 거지!"

패트릭은 남편이 남자와 영화관 데이트를 간 여자 입에서 나올 법한 전통적인 정의에 놀랐다. "닐은 이성애자예요. 결혼도 했고!"

"지금까지 내가 경험한 바에 따르면 그런 건 의미가 없어. 패트릭, 넌 성폭행을 당한 거야."

"그럴지도요. 그건 소유권의 표시이기도 했죠. 그가 나를 소유한 거예요. 그는 나를 그 프로그램에 넣어주었고 내 약점을 잡았어요. 그리고 난 이렇게 생각하게 됐죠. '내가 이 사람을 위해 많은 돈을 벌고 있구나. 왜지?' 이후 더이상 일이 재미있지 않았어요. 말하자면 그래서 내가…… 일을 중단하게 된 거예요."

존이 손을 내려 로나를 쓰다듬어주었다. 로나가 그에게 다가와 바짝 붙어 있었다.

"괜찮아요. 정말로 성폭행처럼 느껴지진 않았어요. 내 말은, 그냥 그랬다고요. 나는 피해자는 아니에요."

존이 스트레칭을 하는 올림픽 수영선수처럼 양팔을 공중에 뻗어 몇 번 휘둘렀다. 타월이 어깨에서 미끄러져내리자 그가 얼른 낚아챘다. "그래도 그게 네가 여기에 있는 이유가 되는 건 아니지."

패트릭은 좀 생각해보는 척했다. 자기 속내가 너무 빤히 들여다보이는 건 달갑지 않았다. "천국을 믿으세요, 목사님?"

"믿지."

"그럼 지옥은?"

"믿는 것 같아. 너는?"

"지상의 지옥을 믿죠." 패트릭이 대답했다. 그러고는 담에 대고 수직 팔굽혀펴기를 몇 번 했다. "한 친구가 있었어요. 그 친구를 사랑했는데, 그는 세상을 떠났죠."

"에이즈로?"

"맙소사." 패트릭이 대꾸했다. 하지만 그는 그 말이 그들의 세대 차이 때문에 나온 말일 거라고 짐작했다. "음주운전 사고로요."

"안됐군."

"나는 그 일에서 아직 치유되지 못한 것 같아요." 패트릭은 그 대목에서 이야기를 멈추었고, 존도 더 이야기하라고 채근하지 않았다. 그들은 서로 시선을 피했다.

"그리워?"

"뭐가요?"

"연기하는 거."

패트릭은 생각해보았다. "그가 그리워요." 오늘밤엔 벌레 우는 소리가 시끄러웠다. 바람이 다시 불어와 패트릭의 머리카락을 흩날리게 했다.

"그래, 하지만 그는 돌아올 수 없지."

이 말에 담긴 잔혹한 진실에 패트릭은 거의 의자에서 뒤로 나자빠지다시피 했다. 과거였다면 이런 솔직함에서 도망쳤을 것이다. 하지만 이제 그는 자기 자리를 지키고 그것을 받아들였다. 표면적으로는 놀랍도록 이기적으로 보였다. 존에게는 연인이 둘 있었다. 그의 침대에 두 남자가 있었다. 패트릭에게는 아무도 없었다. 하지만 패트릭은 이웃이 자기를 압도하게 내버려두지는 않을 것이다.

"물론 연기하는 것도 그리워요. 언제였더라, 열여섯 살 때였나, 열일곱 살 때였나. 고등학교 연극반 반장으로 뽑혔어요. 이년 동안 조연 역할만 연기해온 참이었죠. 하지만 상급생이 되어 빛을 발할 때가 된 거예요. 주연을 연기할 수 있게 된 거죠. 그런데 우리 지도교사가 〈안네 프랑크의 일기〉를 무대에 올릴 거라고 발표한 거예요. 개자식이죠! 안 그래요? 난 안네의 아버지 역을 맡게 됐어요. 내가 돌아다니며 모든 사람에게 말했죠. '그래, 주인공은 안네야. 하지만 내가 맡은 오토 프랑크 역이 진정한 주인공이지. 그는 끝까지 살아남았어. 그가 돌아와서 안네의 일기를 발견하잖아. 이 이야기는 그의 기억으로 구성된 거고. 사실 제목을 다시 붙여야 해. '오토 프랑크의 경험'이라고."

존이 빙긋이 웃었다. "재즈 록 트리오 이름 같네."

"당신은 트리오에 대해 잘 알겠죠." 이 말은 존이 조를 언급한 일에 대한 희미한 빈정거림, 응수였다. 하지만 패트릭은 여전히 기억 속에서 길을 잃은 상태였다. "열여섯 살 때 나는 끔찍했어요."

"열여섯 살 때?" 존이 놀리더니 이번에는 미소를 지었다. 패트릭도 미소 지었다.

"그때 알았죠. 난 연기를 해야 한다는 걸. 모든 역할에 어떤 확신을 부여해야 했죠. 조연 역할이라도. 한동안 그런 생각은 안 했네요. 그 괴물은 여전히 내 안에 있어요. 하지만 이건 그 이상이죠."

"뭐가?"

"내 에이전트를 혐오하는 만큼, 가서 만나야겠어요. 그는 내 약점을 쥐고 있어요. 아니면 적어도 상황이 그렇던가. 올여름이 끝나면 일을 해야 할 거예요. 동생이 아이들 키우는 것도 도와줘야 하고."

"동생이 변호사라고 하지 않았어?"

"네. 하지만 그애의 의료보험 상태가 어떤지 난 전혀 몰라요. 세라가 투병하는 동안 빚을 얼마나 졌는지도요. 난 그애가 집을 잃는 걸 원치 않아요. 그리고 지금으로선 괜찮다 해도 미래를 위해 저축도 해야 하고, 두 아이 대학도 보내야 하잖아요. 앞으로 십 년은 지나야 하지 않겠어요? 그때까지 돈이 얼마나 들지 누가 알겠어요. 나도 내 몫을 해야죠. 아이들 엄마에게 신세진 것도 있고요. 그러니 에이전트를 만나봐야겠어요."

존이 고개를 끄덕였다. 그가 패트릭의 눈을 뜨게 했다. 적어도 조금은. 더이상 말할 필요가 없었다. "내가 아이들과 이야기 좀 해볼까?" 존이 제안했다.

패트릭은 생각해보았다. 존의 가혹한 진실 요법이 올바른 전략인지 확신이 서지 않았다. "글쎄요. 나중에 대답해도 되죠?"

"물론이지. 와서 수영할래?"

"수영복이 없어요."

존이 패트릭을 쳐다보았다. 그는 담 너머로 패트릭의 집을 여러 번 보아왔지만 수영복이 없다는 사실이 그가 수영하는 것을 막지는 못했다는 걸 잘 알고 있었다.

패트릭이 자기 집 풀장을 힐끗 돌아보았다. 바람이 불어 수면이 희미하게 반짝이고 잔물결이 일었다. "괜찮아요. 여기도 풀장이 있는걸요."

"그래. 하지만 가끔은 다른 사람과 함께하는 게 더 재미있거든."

패트릭이 다시 하늘을 올려다보았다. 이번에는 위성 하나가 어둠을 가로질러 유유히 떠 있었다. 유성은 아니지만 유사시에 소원을 빌 대상이었다.

11

패트릭이 자기 에이전트를 찾아 에이전시의 좁은 방들 옆을 걸어갈 때, 복도에는 사람들이 모여 웅성거리며 수다를 떨고 있었다. 복도는 햇빛을 받아 얼룩덜룩해 보였다(창문일까 아니면 채광창일까, 햇빛이 어디서 비쳐 들어오는지 정확히 알 수 없었다). 사람들이 전화기에 대고 그의 이름을 속삭이는 소리가 들렸다. 그가 "닐? 닐!"이라고 큰 소리로 외치면서, 닐이 빌어먹을 사무실을 어디로 옮겼는지 궁금해하면서 걸어가는 동안, 사람들의 숨죽인 말들이 흥미진진한 흥분을 머금고 뚝뚝 흘러내렸다. 그는 에이전시의 좁은 사무실에서 근무하는 직원들을 함부로 평가하지 않았다. 그들은 꺼림칙한 (그러나 이야기가 많은) 회사 우편실에서 거우 빈 걸음 떨어진 곳에 있었고, 괴대망싱에 흠뻑 젖은 채 휴고 보스 정장을 입고 걸어다니는 악령들에게 호령을 듣거나 언어 폭력을 당하는 특권을 얻은 대신 최저 임금보다 고작 몇 달러 더 벌 것이다. 그들이 수다쟁이인 편이 더 나았다. 아마 그들은 치과보험도 없을 것이다. 하지만 그가 정말로 그렇게 오래 떠나 있었나? 타블로이드 신문들 말이 맞았나? 사 년이라는 짧은 기간에 그가 TV 스타에서 그레타 가르보*가 되었나?

패트릭은 자기 에이전트의 물건이라도 알아볼 수 있을지 보려고 어느 빈 사무실에 머리를 들이밀었다. 그런 다음 개가 자리에 엎드리기 전에 그러는 것처럼 제자리에서 세 번 돌았다. "닐? 숨어봤자 소용없어!"

젊은 여자 한 명이 지역 극장에서 제작한 〈시련〉**의 단역 배우처럼 과하게 예의를 차린 태도로 양손을 움켜쥐고 자기 사무실에서 나와 다가왔다. "오하라 씨." 그녀는 그가 놀라게 하면 안된다고 경고받은 야생동물이라도 되는 양 침착하게 말했다. "닐은 사무실을 옮겼어요. 지금은 복도 끝에 있어요."

"그 멍청한 작자가 전망 좋은 코너 사무실을 배정받았나요?" 안내 데스크에서 기다려야 했다. 하지만 패트릭은 영화 〈투씨〉에서 더스틴 호프먼이 사면초가에 몰린 자기 에이전트의 사무실로 예고 없이 쳐들어간 방식을 오랫동안 재미있어했고 그것을 버킷 리스트에 올려놓았다. 이제 와서 돌이킬 수는 없었다. 그래서 여

---

* 스웨덴 출신의 미국 영화배우. 은퇴 후 대중에 모습을 드러내지 않고 은둔생활을 했다.

** 1953년에 초연된 아서 밀러의 희곡. 17세기 미국 매사추세츠주 세일럼을 무대로 고발하는 자와 고발당한 자의 일그러진 인간 본성을 비극적으로 그려냈다.

자를 피해 앞으로 나아갔고, 그 과정에서 로스코의 그림 한 점을 벽에서 거의 떨어뜨릴 뻔했다.

이틀 전 패트릭은 담당 회계사와 정신이 번쩍 드는 논의를 했다. 자신이 맡게 된 새로운 책임들도 제시했다. 그것들을 살펴보았고, 그랜트가 대학을 졸업하는 십육 년 후까지 어떤 재정 상태를 유지하고 싶은지 설계했다. 세금, 부동산, 등록금, 청구서, 보험, 주식, 유가증권, 자산과 부채에 관해, 그야말로 머리가 어질어질해질 때까지 이야기를 나누었다. 이야기를 마친 후 패트릭은 정말로 수영을 했다. 자기 집 풀장의 수심이 깊은 쪽으로 뛰어들었고, 다시 떠오르지 말까 생각했다. 상황이 대단히 심각한 건 아니었다. 그렇지는 않았다. 그냥 상당히 복잡해진 상태였다. 혼자 지내기를 좋아하는 패트릭에게는 괜찮지만, 가족을 생각하는 패트릭에게는 다른 의무들이 있었다. 마침내 한숨 돌리고 나니 해야 할 일들의 목록이 만들어졌다.

캐시 에베레스트는 맨 끝 사무실에 앉아 있었다. 그녀가 고개를 들어 어리둥절한 표정으로 쳐다보았고, 패트릭은 손을 흔들며 말했다. "봐요. 바지까지 다 차려입었죠." 그러고는 그녀에게 윙크했다.

그녀가 타당한 반응을 보이기(혹은 정말로 뭔가 하기) 전에, 그는 얼른 닐의 사무실로 들어가 등뒤로 문을 닫았다.

"패트릭." 에이전시에서 일하는 다른 모든 사람에 비하면 닐은 상대적으로 당황하지 않은 표정이었다. 두 사람은 나이가 내략 비슷했다. 아르마니 유니폼과 몸가짐이 닐을 더 나이들어 보이게 하지는 않더라도 더 성숙해 보이게 만들기는 했지만. 이십 년 남짓 이 업계에 몸담으면서 그는 이 점에는 흔들림이 없었다. 그는 일어나서 인사조차 하지 않았다.

"닐, 사무실 멋지네."

"고마워. 오랜만이야."

"로스코 그림을 벽에서 떨어뜨릴 뻔했어. 아니…… 바스키아 인가? 네가 우리 돈을 너무 많이 가져간다는 생각 안 들어?"

"가끔은." 닐이 대꾸하고는 패트릭을 찬찬히 살펴보았다. 이 갑작스러운 난입은 뭐지? "어떤 때는 우리가 충분히 벌지 못한다고 생각하고."

"여전히 매력적이네."

"그런데 무슨 일로 사막에서 나오셨나? 드디어 물이 바닥났어? 아니면 그냥 네가 좋아하는 페이스 크림 때문에 나온 건가." 닐이 자신은 오직 일 얘기에만 응수할 수 있다는 양 넥타이를 매만지고 매듭을 단단히 조였다.

"그거 동성애 혐오 발언이야."

"그런가? 미안해. 난 그냥 불친절하게 들리라고 그렇게 말한 건데."

"크림이 아니라 세럼이야. 그리고 내가 그걸 온라인으로 주문할 수 있다는 걸 알면 너도 기쁠걸. 오, 네가 나한테 잘해줬던 때를 기억해? 다정했지. 너는 다정했어. 우리의 결합이 유독한 것으로 판명되기 전까지는 말이야."

"난 여전히 다정해. 현재 함께 일하는 내 고객들에게 물어봐."

화가 나진 않았지만 패트릭은 가슴을 움켜쥐었다.

닐이 이어서 말했다. "네가 마지막으로 로스앤젤레스에 온 게 언제였지? 이 년 전인가? 아니, 삼 년 전? 내가 보낸 초대장을 매 번 거절했잖아."

"내가 왜 줄곧 여기에 오지 않았다고 생각하는데? 너를 만나거나 네가 여는 바보 같은 프리미어 행사들에 참석하는 게 싫어서 아니겠어?" 패트릭이 응수하고는 창문에 몸을 기대고 센추리 시티의 전망을 바라보았다. 건너편 쇼핑몰 거리에서 사람들이 힘차게 걸어다녔다. 마치 오래된 찰리 채플린 영화에서 몇 배속으로 움직이는 등장인물들 같았다.

"글쎄, 난 그런 행사들이 생산적이라고 생각하는데. 그런데 괜찮다면 나 전화 통화 좀 해도 될까?" 닐이 보란듯이 전화기를 집어들었다.

"네가 하이디 히말라야를 내 집에 보냈지."

"누구?"

"네 사무실 밖에 있는 여자애 말이야." 패트릭은 가벼운 여성혐오 표현을 굳이 조심하지 않았다. 그것은 닐의 언어이기도 했다.

"캐시? 캐시가 네 집에 찾아갔어?"

"그래, 내 말이 바로 그거야."

"언제?"

"몰라. 지난주 언제야. 아니면 그 전주던가."

"캐시가 거길 간 거야? 내가 스키르 떠머을 슨기락을 깃다틸라고 하고 보니까 다섯 시간이나 자리를 비웠더라고. 그래서 일을 그만둔 줄 알았지."

"스키르?"

"그건 아이슬란드의…… 너 내가 먹는 음식 이야기하려고 여기 온 건 아니지? 그만하고 본론으로 들어가는 게 어때?"

패트릭이 얼굴을 찌푸리며 눈썹을 치켜올렸다. 마지막으로 맞은 보톡스 때문인지 그렇게 하는 게 놀라울 정도로 힘들었다. "음, 좋아…… 난 컴백할 거라고 말하려고 왔어. 널 좋아하지 않지만 네가 필요해." 이렇게 말한 뒤 패트릭은 가죽 소파에 앉아 다리를 꼬았다. 그런 다음 『할리우드 리포터』의 표지를 훑어보았다. 그 잡지는 유리로 된 커피 테이블에 펼쳐져 있었다. 새롭게 떠오른 할리우드 여성 스타들에 관한 특별 기사가 실려 있었는데, 그들 중 패트릭이 아는 사람은 아무도 없었다.

"환타 좀 있어?"

"있고말고. 거기 편히 있어." 닐이 허먼 밀러 에어론 의자에서 몸을 뒤로 젖히고 양손을 등뒤로 가져갔다. 그의 뒤에는 많은 창문 그리고 배우조합상 트로피가 진열된 장식장이 있었다.

"배우조합상 트로피는 누가 준 거야?"

닐이 한숨을 쉰 뒤 대답했다. "스티븐이."

"정말이야?"

"안전하게 보관해달라고 맡긴 거야. 스티븐은 지금 여행중이거든."

"내가 가져도 돼?"

"안 돼."

"베서니는 어떻게 지내?"

"수년 만에 찾아와서 내 아내 이야기나 하고 싶어?"

"물론이지. 우린 친구잖아. 아이들은 어때, 잘 지내? 넌 아이들에게 손이 엄청 간다고 한 번도 나에게 말한 적 없지."

닐이 혼란스러워했다. "너 지금 아이들이 있어?"

"응, 두 명. 아홉 살이랑 여섯 살. 대충 그 정도. 음, 진짜 내 아이들은 아니야. 내 피후견인들이라고 하는 게 맞겠지. 그래도 마찬가지야. 손이 정말 많이 가. 우선 자외선 차단제를 발라줘야 해. 그리고 끊임없이 먹여야 하고! 늘 아이들에게 음식을 만들어주고 있다니까."

"넌 안 먹어? 더 많이 만들면 되잖아."

"아니, 난 안 먹어." 패트릭이 자신의 단단한 복근을 두들겼다. "제정신으로 하는 말이야? 나 2002년부터 안 먹잖아."

닐이 의자에서 일어나 책상에서 두 걸음 떼었다가 다음 다시 돌아가 앉았다. 흡사 자신과 잠재적 위협 사이에 책상으로 장벽을 세우는 것이 현명하겠다고 느끼는 것 같았다. "설마 너 그 아이들을 유괴해온 거야? 내가 걱정해야 하는 건가? 네 변호사에게 전화해야 할까?"

"아니야, 유괴라니…… 너 왜 그래? 지금 무슨 생각을 하는 거야? 내 조카들이야. 여름 동안 나와 함께 지내면서 보살핌을 받고 있어."

"지금은 누구와 함께 있는데?"

"내 뒷집에 사는 게이 삼총사."

닐이 눈을 가늘게 떴다. 아마도 일종의 테스트 같았다. "그래서 일에 복귀할 준비는 됐어?"

"두말하면 잔소리지."

"난 네가 팜스프링스로 이사 간 게 일에서 은퇴한다는 뜻인 줄 알았는데."

"은퇴? 오, 세상에. 아니야. 그건 내 컴백의 시작이었어."

닐이 볼펜을 집어들고 몇 번 딸깍였다. 그 소리가 놀랄 정도로 크게 들렸다.

"내가 팜스프링스에 살면서 일을 할 순 없겠어? 폴 뉴먼*은 코네티컷에 살았잖아."

"그러니까 지금 너는 폴 뉴먼이네."

"이 시나리오에서만. 음, 그분과 나 둘 다 사람을 꿰뚫어보는 듯한 푸른 눈을 가졌지. 양념 좀 칠까?"

"내 사무실에서 나가."

"샐러드 드레싱은 다 됐어. 하지만 마요네즈가 컴백할 준비가 돼야 할 것 같아. 우린 이 점에서 시대를 앞서갈 수 있을 거야." 패트릭이 치아를 전부 드러내며 활짝 웃었다.

"넌 쓸데없이 내 시간을 빼앗고 있어. 지난번 마지막으로 한밤중에 나에게 전화했을 때처럼."

"한밤중이 아니었어, 새벽 다섯시였다고. 넌 뉴욕에 있는 사람과 통화하려고 새벽 다섯시에 일어났다고 말하곤 했잖아."

---

* 미국의 배우, 영화감독. 아카데미상, 골든 글로브 상, 배우조합상, 에미상을 포함해 많은 상을 수상했다.

"너 뉴욕에 있었어?"

"아니."

"그런데 뭐 하느라 새벽 다섯시에 나에게 전화한 거야!"

닐의 말엔 일리가 있었다. 팜스프링스로 이사하고 열 달쯤 되었을 때, 패트릭은 불면증으로 한바탕 고생을 했다. 사흘 밤을 꼴딱 새운 뒤 날이 밝아왔을 때, 패트릭은 닐에게 전화를 걸어 복귀하고 싶다고 말했다. 그러고는 당황한 나머지, 탈진으로 인한 히스테리로 고생하고 있다고 다시 전화로 해명하지 않았다. 그가 원한 것은 일에 복귀하는 것이 아니라 잠을 자는 것이었다. 닐은 몇 번 전화했다가 골탕을 먹었다. 패트릭이 자신은 그런 말을 한 기억이 없다고 주장한 것이다. "이것 봐, 만일 네가 관심이 없다면……"

"내가 관심이 없다고 했어?" 닐이 볼펜을 대여섯 번 더 딸깍였다. "그럼 오디션 볼 거야?"

"내가 왜 오디션을 봐야 해?"

"한동안 떠나 있었으니까. 그래서 네가 여전히 재능이 있는지 사람들이 확인해야 하니까. 네가 그동안 게임에 참여하지 않았으니까."

"난 게임 안 좋아해."

"그럼 대체 뭘 좋아하는데?" 닐이 말썽꾸러기 아이 보듯 패트릭을 응시했다.

"난 타코를 좋아해. 파티도 좋아하고." 패트릭은 닐이 직징하고 한 일인지, 아니면 술에 취해 인사불성 상태에서 사고를 친 건지 알아내려고 닐을 노려보았다.

다음 순간 닐의 얼굴이 붉어지더니 조소를 띠었다. 볼펜이 그의 손에서 툭 떨어졌다. "좋아, 그럼 지금 당장 게임을 하는 거야."

패트릭은 환타도 없이 소파에 오랫동안 앉아 있었고 점점 더화가 났다. 타코 트럭에 대한 기억, 그리고 그 사건에 대한 닐의반응이 그를 낭떠러지로 밀어냈다. 지금 여기서 뭘 하고 있는 거지? 그는 존에게 닐을 위해 돈 버는 것이 싫다고 말했다. 그가 돈을 벌면서도 이 벌레 같은 놈이 그에게 빌붙지 못하게 할 방법을강구해야 했다. 지금은 생각에 빠져 게으름을 부릴 때가 아니었다. 단순히 일에 복귀하는 것만이 문제가 아니었다. 일을 향해 전진하는 것이 문제였다. "그거 알아? 이건 터무니없는 생각이었어. **넌 해고야.**"

"내가 해고라고? 너 일하고 싶다며. 에이전트 없이 어떻게 일하려고?"

"새 에이전트를 구할 거야."

"어디서 구할 건데? 길 건너편? 에이전시와 맺은 계약서를 읽어봐. 넌 육 개월 동안은 다른 에이전시와 계약을 체결할 수 없어." 닐이 고무밴드 한 뭉치를 집어들더니 의기양양한 표정으로손안에서 던져댔다.

"길 건너편? 아니, 복도 건너편이야. 너 내가 많이 그리울걸."패트릭은 잠시 시간을 벌기 위해 천장을 올려다보았다. 그는 이방법에 확신이 있는가? 그렇다. 그는 확신이 있었다.

"복도 건너편……"

"난 저기 있는 애니 알프스와 일할 거야. 그녀가 내 파일들을 갖고 있을 거야."

"캐시 에베레스트야."

"내가 누구를 말하는지 알아줘서 다행이네. 아는 산 이름이 바닥나던 참이거든." 패트릭은 커피 테이블에 다리를 올려놓았다. 이제는 그의 전 에이전트가 된 닐을 화나게 만든다는 걸 알고 한 행동이었다.

"내 어시스턴트야."

"오, 아니지. 그녀는 네 밑에서 나왔어. 이제는 정식 에이전트 지. 거물급 새 고객을 맞이했고!"

닐이 고무밴드 뭉치를 내려놓고는 일어서려는 준비를 하는 것처럼 양 손바닥으로 책상 상판을 눌렀다. "네 기분대로 직원들을 승진시킬 수는 없어. 넌 여기서 일하는 것도 아니잖아. 네가 뭐라도 된다고 생각하는 거야?"

"내가 컴백에 동의하면 그녀를 승진시켜주기로 약속했다면서. 내가 이렇게 돌아왔고."

"나와 함께 컴백한다는 조건이야!"

"그건 문제가 안 되지."

닐은 한계에 도달해 있었다. "그래서 어쩔 셈인데?"

그들은 기싸움 속에서 서로를 응시했다. 그러나 패트릭이 우위였다. 닐의 이니셜 언급한 이유가 바로 이것이었다. 패트릭은 스스로 만족해 활짝 웃었다. "그게 궁금하다면 그 일에 관해 이야기해야겠네."

닐은 이 말을 곰곰이 생각해보다가, 패트릭이 그에게 총구를 들이대기라도 한 듯 양팔을 허공으로 들어올렸다. 그런 다음 짜증스러운 투덜거림을 뱉어냈다.

"좋아. 대신 내가 볼 수 있는 데서 움직여."

닐이 잘 들리지 않게 뭐라고 더 중얼거렸다. 그리고 팔을 내리더니, 이 고문이 끝나기를 기다리며 서류들을 이리저리 정리하고 그중 몇 가지를 골라내 쌓아올려 기획안을 만들었다.

"캐시가 환타를 갖다줄 수 있는지 알아봐야겠어. 그게 뭔지는 모르겠고, 난 그냥 파인애플 소다가 마시고 싶을 뿐이야!" 패트릭은 소파에서 일어나 휴대폰과 차 열쇠가 제대로 있는지 확인하기 위해 자기 몸을 더듬었다. "이만 네 앞에서 꺼질게. 이 달콤한 떨이상품을 엉망으로 만들고 싶진 않거든." 패트릭은 출입문 앞에 잠시 멈춰 섰다. 후련할 줄 알았는데 놀랍게도 후회의 감정이 번쩍이며 그를 압도했다(맙소사, 그는 생각했다. 사람이란 복잡하고 이상해). 하지만 이제 와서 돌이킬 순 없었다. "만나서 반가웠어, 닐. 내 파일들 꼭 넘겨줘." 그가 손을 흔들었다. 그런 다음 답인사를 기다리지 않고 복도로 걸어나갔다.

캐시와 눈이 마주쳤다. 캐시는 어리둥절한 표정으로 자기 자리에 앉아 있었다. 분명 그녀는 패트릭이 여길 떠나자마자 빌어먹을 폭풍이 불어올 것을 짐작하고 있을 터였다.

"자, 이제 당신과 나 둘뿐이군, 젊은이."

패트릭이 그녀의 책상 가장자리에 앉자, 그녀가 머리에서 헤드폰을 벗어 키보드 위에 내려놓았다. "그게 무슨 뜻이에요?"

"나 돌아왔어요. 하지만 이제 당신이 내 에이전트예요. 축하해요, 첫 고객을 맞이했네요."

"그건…… 불가능한 일인데요."

"내가 널과 함께 계획을 세웠어요. 준비 완료예요." 그때 캐시의 책상 위에 놓인 전화기가 울리기 시작했고, 캐시가 전화를 받으려고 몸을 움직였다. 패트릭이 그녀의 헤드셋을 향해 돌진했다. "닐이 받을 거예요."

"정말요?"

"정말로."

"진심이시네요." 전화벨이 멈췄다.

"완전." 패트릭은 펜이 잔뜩 꽂혀 있는 컵에서 펜 하나를 꺼내 셔츠 주머니에 꽂았다. "그렇게 됐네요, 당신이 마음에 들더라고요."

캐시는 몇 번 말을 더듬다가 단어들을 조합해 입밖에 냈다. "뭐, 뭐라고 해야 할지 모르겠어요."

캐시의 옆자리 직원 하나가 그들을 분리해놓은 칸막이 너머에서 자신이 전부 제대로 들은 건지 확인하려고 고개를 내밀었다. 패트릭이 그 직원을 똑바로 쳐다보았고, 그녀는 천천히 몸을 낮춰 시야에서 사라졌다.

"음, 당신이 할 일이 아닌 건 아는데, 해줬으면 하는 일이 몇 가지 있어요."

"말씀하세요." 캐시는 반론을 제기하기엔 여전히 너무도 어리둥절한 표정이었다.

"내 소셜미디어 계정들 비밀번호가 하나도 기억이 안 나요. 새로 설정해줄래요? 내 이름으로 된 계정 중 파란색 체크 표시가 붙은 것만 찾으면 돼요."

"당연하죠. 해드리고 말고요." 캐시가 황급히 메모지를 찾았다. "또 무얼 해드리면 될까요?"

"파티를 열 건데 좀 도와줘요. 내 친구들을 전부 초대하면 좋겠어요. 내가 아직 만나지 못한 친구들까지 다." 연극 〈메임〉에 나오는 대사였다. 하지만 이 말을 소리내어 하자마자 패트릭은 그 안에 담긴 지혜에 새삼 고마움을 느꼈다. 그는 셔츠 주머니에서 펜을 꺼내 캐시에게 건네주며 이렇게 적으라고 손짓했다. "특히 내가 아직 만나지 못한 친구들을. 알았죠? 당신 자원을 사용해봐요. 과일나무를 흔들고 무엇이 땅에 떨어지는지 보는 거예요. 물론 당신도 참석해야죠. 닐도 초대하고요. 안 오겠지만 그건 내 알 바 아니고. 기대되네요." 그가 그녀에게 적으라고 손짓했다. "덕분에 환기가 되겠어요."

캐시가 재빨리 손을 움직여 전부 적어내려갔다. "파티. 친구들. 과일나무. 닐 초대. 됐어요." 패트릭은 그녀의 목소리에서 그녀가 반신반의한다는 걸 느낄 수 있었다. 아마도 주저. 하지만 묵살은 아니었다. 그녀 또한 침착하게 자신의 일을 수행하려면 그에 대해 더 잘 알아가는 것이 좋다는 걸 인정해야 했다. 파티를 계획하고 그와 더 많은 시간을 보내는 건 장기적으로 도움이 될 터였다. "또 뭐가 있죠?"

"어디 봅시다." 패트릭은 자신이 풀장 바닥에서 만든 목록을 머릿속으로 한 번 더 훑어보았다. 거기에 또다른 뭔가가 있었다. 뭐더라? "오, 그래요. 내가 아이들에게 진짜 개 한 마리를 데려다 주려고 했거든요. 어디로 가면 구할 수 있는지 알아요?"

갑자기 패트릭에게 다시 사람이 생겼다.

12

그들은 룰루스 식당의 내부(에어컨이 있는)와 파티오(가습기가 있는)에 걸친 4인용 원형 테이블에 둘러앉아 있었다. 주위가 더웠다 추웠다 했으며, 아이들은 얼굴을 가리는 거대한 디너 메뉴판을 들고 있었다. 패트릭은 마를레네 디트리히*를 힐끗 내려다보았다. 그 녀석은 패트릭이 웨스트 로스앤젤레스 동물 보호소 밖으로 산책시킬 때부터 자기가 착한 개라는 걸 증명했다. 지금은 파티오 쪽 그의 의자 밑에 얌전히 앉아 있었다.

"메뉴가 너무 많아요." 메이지가 불평했다.

"오늘밤에는 세상이 네 몫의 굴이야.** 그러니 불평할 필요가

---

* 독일 출신의 미국 배우. 개에게 유명한 배우 이름을 붙였다.
** 뭐든 맘대로 할 수 있다는 뜻의 관용구.

없단다."

"여기 굴도 있떠요?" 그랜트가 믿지 못하겠다는 표정으로 물었다.

"얘야, 네가 여기 오자고 했잖아." 패트릭이었다면 어디라도 좋으니 다른 식당―예를 들면 캐리 그랜트*의 오래된 사유지에 있는 코플리스―을 더 선호했을 것이다. 하지만 길에서 보이는 룰루스의 넓고 화려한 모습이 아이들의 눈을 사로잡았다. "어린이 메뉴만 보려무나. 세 가지 요리가 있어. 이 세상 모든 곳 모든 식당의 모든 어린이 메뉴에 있는 똑같은 세 가지 요리지. 심지어 내가 알 정도야. 내 경험은 제한적인데도 말이다."

"어린이 메뉴를 주문하고 싶진 않아요." 메이지가 말했다.

"왜?"

"어린이가 아니니까요!"

패트릭이 자기 메뉴판을 내려놓고 인내심을 발휘하려고 테이블을 움켜쥐었다. "그렇게 서둘러 나이 먹으려고 하지 마라. 앞으로 인생을 사는 내내 젊어지기를 바랄 테니까."

메이지가 그를 노려보다가 천천히 어린이 메뉴를 집어들었다.

패트릭에게 룰루스는 미래형 우주선 안의 카페테리아를 연상시켰다. 사람들이 워프 항법기와 플럭스 커패시터**를 고치며 힘든 하루 일을 마친 뒤 말끔한 칼라가 달린 실용적인 원색 점프수

---

* 영국 태생의 미국 배우. 1930년대 후반부터 1950년대까지 할리우드의 황금기를 이끌었다.

** 영화 〈백 투 더 퓨처〉에 나오는 시간여행 장치.

트 차림으로 스팀 테이블*과 고기 썰어주는 코너 앞에 줄을 서는 카페테리아. 혹은 오히려 1960년대 후반에 누군가가 생각한 미래형 우주선의 카페테리아 모습과 비슷해 보였다. 아마도 그가 게이 크루즈선을 타고 객실에서 〈스타트렉〉의 에피소드들을 시청하는 데 너무 많은 시간을 보냈기 때문일 것이다. 하지만 이 식당은 그가 알기로 어린이 메뉴와 괜찮은 마티니("드라이해, 매우 드라이하지. 보드카에 베르무트를 넣어 흔들기만 했고, 베르무트의 양이 너무 많아 보여")가 제공되는 바를 모두 갖춘 몇 안 되는 식당 중 하나였다. 이 점이 궁극적으로 이 식당을 오늘 저녁의 러퍼를 위한 현명한 선택으로 만들었다.

"마를레네가 여기에 있어도 돼요?" 늘 규칙에 신경쓰는 메이지가 물었다.

"안 될 게 뭐 있어? 마를레네는 도우미견인데."

"아니에요, 도우미견 아니잖아요."

"난 시각장애인이야." 패트릭이 티셔츠 넥라인에 걸쳐놓은 선글라스를 꺼내 보란듯이 다시 썼다.

"아뇨, 삼촌은 시각장애인이 아닌데요."

"알았다. 마를레네는 정서적 도우미견이야."

"누구를 돕는데요?"

"너희를, 그리고 나를. 너희가 디너 메뉴를 결정하지 않는다면 말이다."

---

* 증기를 이용해 음식을 따뜻하게 유지하는 보온대.

"삼촌 물 속에는 왜 올리브가 있어요?"

패트릭은 좌우로 불을 끄느라 정신이 없었다. 그가 자기 마티니를 천천히, 길게 한 모금 마셨다. "이건 물이 아니야."

"나 유튜브 봐도 돼요?" 그랜트가 지루한 표정으로 메뉴판을 내려놓으며 물었다.

"안 돼."

"삼촌은 유튜브를 싫어해."

"난 싫어할 만큼 유튜브에 대해 잘 알지 못해." 패트릭이 말했다. 하지만 유튜브에 대해 잘 안다면 아마도 그랜트의 말이 사실이 될 거라고 확신했다.

"그럼 왜 안 돼요?"

"우린 가족 식사 중이니까. 그리고, 그래, 내가 꼭 내 아버지처럼 말한다는 걸 깨달았거든. 너희가 몇 주 사이에 날 이렇게 만들었어." 패트릭은 테이블 위의 바구니에서 빵 한 조각을 떼어내다가, 일주일 뒤 그가 오랫동안 만난 적 없는 사람들을 위해 파티를 열 거라는 사실을 떠올렸다. 그들에게 몸이 불어난 것처럼 보이고 싶지 않았다. 두려움을 느낀 그는 빵을 메이지의 접시에 떨어뜨렸다. "여기, 이거 먹어라."

메이지가 나이프를 들고 버터를 향해 손을 뻗었다.

"내가 개도 데려와줬잖아. 그런데 지루하다니 말도 안 돼. 마를레네를 돌려보내야겠니?" 마를레네가 이 위협을 이해하기라도 한 듯 자세를 바로하고 다시 앉았다. 패트릭은 마를레네를 달래려고 발치에 빵 한 조각을 떨어뜨려주었다. 보호소에서 마를레네의 완벽한 블랙 앤드 화이트 얼굴(눈 주위가 검은색이고 하얀 주둥이에 완벽한 검은 코)은 얼어붙은 채 꾀죄죄하고 겁에 질려 보였다. 패트릭은 거짓말을 했다. 아이들에게 이 개 이름이 마를레네라고 한 것 말이다. 사실 보호소에서는 그 개를 벨라 혹은 소피 같은 흔한 이름으로 부르고 있었다. 정확히 무엇이었는지는 벌써 잊어버렸다. 뒤쪽으로 해가 지는 가운데 로스앤젤레스에서 운전해 돌아오는 내내 마를레네는 단 한 번도 짖지 않아 항상 자신의 빛을 발견하는, 정말이지 조용한 별*임을 입증했다.

"안 돼요! 마를레네를 돌려보내지 마요!" 그랜트가 외쳤다.

"그래, 알았다." 패트릭은 몸을 숙여 마를레네의 정수리를 긁어주었다. "봐라, 내가 받아들일 수 없는 건 유튜브가 아니야. 소셜미디어 전체지. 그리고, 그래, 알아. 유튜브는 소셜미디어 이상이야. 거기서 너희가 보는 것, 어린이 브이로그인가 뭔가도 마찬가지지. 너희가 그 나이에 이걸 이해할 거라고 기대하지는 않는단다. 하지만 난 나이가 들었고, 소셜미디어가 사회에 무슨 영향을 끼치는지 알아. 그리고 너희가 똑같은 덫에 빠지는 걸 보고 싶지 않고."

"무슨 덫요?" 그랜트가 다리를 흔들기 시작했고, 마를레네가 그 발길질에 얻어맞지 않으려고 펄쩍 뛰어 뒤로 물러났다. 마를레네는 패트릭의 의자 밑에 한층 더 침착하게 자리잡았다.

"너희도 알겠지만, 우린 초연결되어 있어. 하지만 동시에 절

---

* Silent star. 배우 마를레네 디트리히처럼 '무성영화 시대의 스타'라는 뜻도 된다.

박하게 외롭지. 우린 줄곧 우리 얼굴에 비치는 밝은 빛에 과도한 자극을 받아. 점점 더 많은 콘텐츠를 약속해야 하고 점점 더 많은 사람의 팔로우를 받아야 하지. 하지만 우리는 무감각하고, 끊임없이 이미지를 스크롤하며 인식할 시간조차 들이지 않거나 다른 사람들이 말하는 내용에 대해 인식적인 생각을 형성하지도 않아. 우리는 창조주가 아니라 크리에이터, 생활 콘텐츠 크리에이터야."

"하지만 우린 사회가 아닌데요. 우린 그냥 메이지와 그랜트예요." 메이지가 빵에 버터 바르는 걸 단념하고 쨍그랑 소리를 내며 나이프를 떨어뜨렸다. 패트릭은 도와주려고 메이지에게서 빵 접시를 가져왔다.

"너희가 보는 채널의 어린이들에게 관심은 있니?"

"걔네들은 당난감 리부를 해요!" 그랜트가 외쳤다.

패트릭이 곧바로 따져 물었다. "아니면 그애들이 거기에 나오기 때문에 그냥 보는 거니? 뭐가 뭔지 알 수도 없는 끝없는 퍼레이드 속에서 다음 영상으로 계속 이어지니 말이야. 도대체 그게 뭔지. 전부 허튼소리야. 그래서 내가 내 소시를 맡으라고 사람을 고용한 거고."

"소시가 뭐예요?" 메이지가 깜짝 놀라며 물었다.

"소시, 소셜미디어. 몰라? 얘들아, 제발."

"삼촌은 유튜브에 나오잖아요."

"아니, 안 나와. 난 너희와 함께 저녁 식탁에 앉아 있잖니."

"아니에요. 삼촌은 유튜브에 나와요. 우리가 검맥할 때 엄마가 도와줘서 봤떠요." 그랜트가 말하고는 패트릭에게서 멀어져 몸을 옆으로 비튼 다음 머리를 의자 등받이에 얹었다.

"오, 맙소사. 프로그램 클립 영상들 말이니? 그건 저작권 위반이야. 그런 영상은 내려져야 해."

"그런 거 말고요." 메이지가 정정했다. "어떤 여자가 삼촌한테 질문을 하는 영상이었어요."

"인터뷰 같은 거? 세상에, 내 치아 어디에 퀴노아가 끼었는지 묻는 그런 거?" 패트릭이 몸서리를 쳤고, 메이지는 웃었다. 하지만 정말로 재미있는 일은 아니었다. 패트릭은 여전히 그 프로듀서 부문장이 해고되길 원했다. 그건 인터넷과 관련된 문제였다. 하지만 여긴 거친 서부였고 아무것도 삭제할 수가 없었다.

그랜트가 삼촌을 정면으로 바라보기 위해 제자리로 다시 몸을 돌렸다. "삼촌이 우리를 유튜브에 나오게 해줄 수 있죠."

"맞아요!" 메이지가 맞장구쳤다. 마치 두 아이가 이것을 계획했고 말을 미리 연습해둔 것 같았다. 정말 그런 거라면 패트릭은 아이들에게 좀더 공을 들이라고 조언할 것이다.

"난 너희를 위해 러퍼를 주문해줄 수 있어. 벌레를 추가한 스파게티를."

"벌레는 싫어요! 난 유튜브에 나오고 싶다고요!"

"아니, 그런 일은 없을 거다. 그건 추종이야. 자기표현에 대한 맹목적 추종. 모두가 거기에 모든 걸 표출하고 싶어하지. 그런데 진실을 말하자면 아무도 너희에게 신경쓰지 않아! 아무도 신경안 쓴다고. 너희가 겪어온 일은 안타깝지만 이 말은 꼭 해야겠다.

정말로 너희에게 관심을 주는 사람은 없어. 누가 관심을 가지는지 아니? 난 알아. 바로 거프지. 그러니 뭘 먹고 싶은지나 결정하려무나, 그걸 주문하자. 그런 다음 여기 앉아서 뭐가 됐든 대중에게 말하고 싶은 걸 나에게 말하면 돼. 난 그걸 보기 위해 휴대전화를 열 필요도 없어. 바로 여기에 앉아 있으니까."

"삼촌한테 말하기 싫어요!" 그랜트가 한 대 칠 준비가 되었지만 여전히 사랑스러워 보이는 조그만 두 주먹을 쥐며 말했다.

"조용히 앉아서 너희가 누구와 이야기하고 있는지 봐라. 난 영화배우야, 알지? 연기의 필요성을 이해하는 사람 말이야. 정말로 이해해. 하지만 요즘엔 모두가 연기를 하지. 브이로그도 마찬가지야. 연기. 모두가 모두를 위해 항상 연기를 한다니까. 그리고 거기엔 아무 이유도 없어. 나는 적어도 어떤 이야기를 연기했어. 연기하는 법을 배우려고 학교에도 갔지. 작가들은 쓰는 법을 배우기 위해 학교에 갔고, 감독들은, 심지어 TV 드라마 감독들까지도 기술을 갈고닦는 데 수년을 바쳤어. 그리고 프로듀서들은—음, 프로듀서들이 뭘 하는지 실제로 아는 사람은 아무도 없긴 해. 하지만 그들은 무척 열심히 일하는 것처럼 보여. 알겠니? 그 일에는 목석이 있단다. 가치가 있고. 결국 중요한 건 사람들이 자기 삶에서 벗어나고 싶어한다는 거야. 이제 사람들은 침대에 누워 자기 자신의 모습을 몇 번이고 반복해서 보고, 좋아요와 댓글, 공유와 팔로워 수를 세. 모르겠니? 그들은 연기자이자 시청자야. 하지만 그건 자기도취이고 엄청난 시간낭비란디!" 패트릭이 메뉴판을 그랜트 쪽으로 밀었고, 그들의 대화를 엿듣던 어느 중년 여자의 눈길을 사로잡았다. 패트릭은 그녀에게 엄지손가락을 치켜세워 보였다. 그가 해냈다. "자. 무얼 먹고 싶니?"

"삼촌이 무슨 말을 하는지 아무도 모를 거예요."

"네가 러퍼로 뭘 먹을지 결정하는 동안 그걸 곰곰이 생각해보자꾸나."

"난 러퍼 안 먹어요!" 그랜트가 메뉴판을 패트릭에게 다시 밀었고, 그러는 바람에 물잔이 거의 쓰러질 뻔했다.

패트릭이 한숨을 쉬었다. 전에 식당에서 이런 가족을 본 적이 있다. 아이들이 못되게 행동하고 버릇없이 구는. 부모는 아이들을 무시했다. 그들은 지쳐 보였으며, 은제 포크를 쇠스랑 쥐듯 움켜쥐고는 저렴한 샤르도네 와인을 벌컥벌컥 들이켰다. 그것만이 자기 애새끼들을 찌르지 않을 유일한 방책인 것처럼. 그때 그는 그들을 비판했다, 때로는 가혹하게. 하지만 그 입장이 된 지금, 그는 더 잘해보고 싶었다.

"나는 피자 먹을래요." 메이지가 희미한 미소를 띠고 말했다. 심지어 패트릭에게 미안해하는 듯했다.

패트릭은 〈위층 사람들〉을 찍던 시절을 회상했다. 그때 그는 자신이 무슨 말을 하는지 알고 있었나? 시즌 방영 초반에 출연진이 밤 시간에 누군가의 집에 모여 방송을 실시간으로 지켜보았다. 처음에는 포장 전문 음식점에서 음식을 포장해왔고, 나중에는 별 볼일 없는 케이터링 업체 마지아노의 에그플랜트 파르메산* 요리를

---

* 가지에 밀가루와 달걀물을 묻히고 빵가루를 입혀 굽거나 튀긴 다음 토마토 소스와 파르메산 치즈를 덮어 오븐에 구워내는 요리.

주문했다. 그 드라마는 처음에 방송 횟수가 정해지지 않았고, 덕분에 매주 재미있는 작은 파티가 열렸다. 그들은 모두 젊었고 함께 비즈니스에 뛰어들었다. 서로의 시청자가 되어주는 것보다 그들을 더 흥분시킨 것은 없었다. 그들 중 아무도 그런 큰돈을 벌어본 적이 없었다. 할리우드 평균으로 보면 아마 그리 큰돈이 아니었을 것이다. 처음엔 아니었다. 하지만 적어도 일시적인 행복을 가져다주었다. 특히 처음 몇 년 동안은. 패트릭에게 그것은 두번째 기회였다. 그가 살아남을 거라는 신호. 조의 사고 이후에도 삶이 계속될 거라고 믿을 이유.

그럼에도 나중에 그는 그 상영회에 참가하는 걸 그만두었고, 다른 사람들도 결국엔 그만두게 되었다. 네번째 시즌 때는 그들 중 아무도 그 프로그램을 주의깊게 시청하지 않았다. 그 프로그램의 시청률 하락은 아마도 그들 자신의 책임이었을 것이다. 하지만 자신이 출연한 프로그램을 시청하는 건 이상한 효과를 불러왔다. 패트릭을 그가 아직 삶의 한가운데 있던 시절의 일들에 관한 향수에 잠기게 만든 것이다. 향수가 그를 회상으로부터 끌어냈다. 자신의 삶을 사는 그, 그리고 그런 속세의 자아 위를 떠다니며 지켜보고 비판하는 유령 같은 그, 둘 다 그였다. 그는 자신이 자기 몸 안에 존재한다는 느낌을 받지 못했다. 그런 기쁨을 느끼는 걸 중단했다. 슬픔 때문에 그 빛이 가려졌다. 어쨌거나 행복은 일시적인 운명인지도 모른다. 심지어 행복할 기회조차 없을지도 모르고. 지금 그는 아이들에게 일어날 일을 걱정하고 있었다.

"그랜트, 피자 먹을래?"

"아무것도 먹고 싶지 않아요!"

패트릭은 이 상황에서 벗어나려는 방편으로 자기 어깨 너머를 돌아보았다. 그쪽의 테이블 세 개에서 비장한 하와이안 셔츠를 입은 은발 남자들이 생일 축하중이었다. 그들의 테이블 한가운데에 놓인 커다란 마티니 잔에 분홍색 솜사탕이 가득 담겨 있었다. 웨이터가 지나가자 패트릭은 손짓해서 웨이터를 불렀다. 그러고는 솜사탕을 가리키며 말했다. "실례합니다만, 저것 하나로 시작할게요."

"디저트부터 시작하신다고요."

"맞아요. 메인 코스를 선택하지 못할 것 같아서요. 그래서 디저트부터 시작하려고요. 시간이 날 때 갖다주세요."

이 말이 그랜트의 주목을 끈 것 같았다.

"얘들아, 내가 너희를 찍어서 인터넷에 올리는 건 적절하지 않아. 너희 아빠가 그 결정의 일부를 담당해야 하고, 난 너희한테서 어떤 항의도 듣고 싶지 않거든. 하지만 너희가 무얼 할 수 있는지 보자꾸나. 알겠니? 솜사탕이 오면, 그것으로 할 수 있는 여러 가지 바보 같은 일을 해봐. 내가 휴대폰으로 그 모습을 찍을 테니까. 유튜브를 위한 오디션 같은 거라고 생각하렴." 패트릭은 의자에 편안히 기대 앉아 이 착상을 숙고해보았다. 그가 이걸 아이들에게 유익하게 사용할 수 있을까? 좋든 나쁘든, 이 아이들은 카메라로 손쉽게 스스로를 기록하는 세대였다. 그가 아이들을 영상에 담아주면 아이들이 마음을 열지도 몰랐다. 얼굴을 마주하고는 못하지만, 그런 방식으로 상실의 슬픔에 관해 이야기하게 만들 수도 있을 것이다. 어쩌면 그들 사이엔 하나의 장벽으로서, 판단하거나 질문하지 않고 그들의 느낌을 정의하거나 표현 방식을 만들어내려고 하지 않는 중립적인 중재자로서 카메라가 필요할 수도 있다. 그냥 후대를 위해 그들의 느낌을 기록하는 일이 될 것이다. 그리고 아마도 그건 완벽한 치유일 것이다. "됐지?"

그랜트가 테이블에 팔꿈치를 괴고 양손 위에 턱을 올려놓은 채 이 제안에 관해 곰곰이 생각했다. 테이블에 팔꿈치를 괴었다는 것만으로도 패트릭에게는 큰 관심사였다. "어떤 바보 같은 일을 하는데요?"

"모르겠다. 너희가 보는 브이로그에서는 뭘 하는데?"

"모르겠어요."

"글쎄, 그 말은 그걸 보는 게 재미없다는 말로 들리는구나. 슬픈 표정으로 사탕을 응시하는 두 아이."

"그걸 먹는 거예요!" 메이지가 제안했다.

"별로야." 패트릭이 어깨를 으쓱했다. "아무것도 못 즐기면서 다른 사람들이 사탕 먹는 걸 보기만 하는 게 재미있을 것 같진 않은데."

"하지만 왜 우리가 바보처럼 굴어야 하는데요?"

"사람들은 바보 같은 걸 좋아하니까. 나도 바보 같은 짓 때문에 집을 샀단다. 이미 많은 팔로워를 끌어모은 어린이 유튜버 1세대가 있어. 너희는 두번째 바나나*야. 내가 그랬던 것처럼. 그

---

* '후발주자'라는 뜻의 관용구.

러니 눈길을 끌려면 햄처럼 좀 출렁거려야 해."

"바나나, 햄." 메이지가 눈을 찌푸렸다.

"눈떨." 그랜트가 얼굴을 찡그리며 덧붙였다.

웨이터가 솜사탕을 가지고 다시 왔다. 테이블 위에 놓인 솜사탕은 모두의 머리 위 높이 솟아올랐다. 굽이치는 구름들로 만들어진 분홍색 마터호른이었다. "자, 여기 솜사탕입니다. 몇 분 뒤에 다시 와서 저녁 식사 메뉴를 결정하셨는지 다시 여쭤볼게요." 웨이터가 패트릭에게 윙크를 했다. 진지하지 않은 태도로, 뭔가 꿍꿍이속이 있는 듯한 표정으로, 혹은 그냥 인사로. 확실하진 않았다.

"자, 쉬운 것부터 시작하자." 패트릭은 양손을 사용해 솜사탕 한 가닥을 느슨해질 때까지 잡아당겼다. 그리고 가운데 부분을 손가락 두 개로 잡고 양쪽 끝부분을 돌돌 말았다. 그런 다음 그것을 자기 인중에 콧수염처럼 올려놓았다. 분홍색인 것을 제외하면 존의 콧수염과 다르지 않았다.

그랜트가 즉각 기운을 차리고 말했다. "나도 하나 할래요!"

"나도요!"

"혹시 내가 못하게 했니?" 패트릭은 아이들이 떼어내 콧수염을 만들 수 있도록 솜사탕을 아이들 쪽으로 밀어주었다. 패트릭은 인중에 올린 솜사탕 가닥을 콧구멍 밑으로 밀어넣었고, 그것이 따뜻한 피부에 닿아 조금 녹는 걸 느낄 수 있었다. 갑자기 달콤한 냄새가 느껴졌다. 솜사탕의 웜홀이 열리고, 그에게 손짓하고, 그를 과거의 더 행복했던 시절로 실어나르고 있었다.

"나 좀 봐요!" 그랜트가 외쳤다.

"보고 있단다." 옛날의 철도왕이 된 기분이었다. 솜사탕 콧수염을 제자리에 유지하느라 그의 목소리에 으르렁거림이 배어났다. 그는 자신이 메이지도 보고 있음을 알리려고 메이지를 향해 고개를 끄덕인 뒤 말했다. "좋아, 그럼 이제 휴대폰을 들게."

패트릭은 휴대폰 카메라를 켰지만 동영상 녹화 버튼을 누르지 않고 잠시 가만히 있었다. "잠깐, 잠깐만 기다려. 너희 아빠한테 보내줄 셀카 한 장 찍자." 패트릭이 마를레네에게 방해가 되지 않도록 조심하며 의자를 뒤로 밀었다. 그런 다음 두 아이 사이로 미끄러져 들어갔다. 쭈그려앉아 오른팔을 그랜트에게 두르고 휴대폰을 앞으로 내밀었다. "몸을 좀더 붙여!" 그들은 볼과 볼을 맞댔고, 패트릭의 심장이 잠시 쿵쿵 뛰었다. 찰나의 순간 심장박동이 멈춘 느낌이었다. 패트릭은 날카롭게 숨을 들이쉬었다. 그랬다. 그는 알지 못했다, 그런 달콤함을. 그렇기는 하지만 마음속 깊이 진심이었다. 그는 아주 오랫동안 느끼지 못했던 뭔가를 느꼈고, 눈을 감았다.

사랑한다, 그는 마음속으로 말했다. 자기 자신에게, 아이들에게, 조에게, 세라에게, 아무나에게. 모두에게.

"패트릭 삼촌!"

패트릭은 눈꺼풀을 깜박여 눈을 뜨고는 뭔가에 사로잡힌 양 휴대폰 카메라를 더듬거렸다. 식당 안의 모든 사람이 그의 마음을 읽고 있는 것 같았다.

속마음이 이보다 더 노출된 기분을 느껴본 적이 없었다.

"바나나, 해봐!"

"싫어요!" 그랜트가 외쳤다.

"그럼 솜사탕, 해봐." 이건 잘 받아들여질 것 같았다.

"솜사탕!"

패트릭이 찰칵 사진을 찍었고, 첫번째 시도에 괜찮은 사진이 나왔다. 그는 자기 의자로 돌아가 사진을 살펴보았다. 기만적인 사진, 긴장된 식사 도중의 완벽한 행복의 순간이었다. 분홍색 수염이 얼굴에 제대로 붙어 있게 하려고 셋 다 찡그리며 웃었다. 사실 요 며칠간 그들이 그렇게 웃은 건 처음이었다. 교묘하기도 했다. 파란색, 터키색, 분홍색의 발광성 타일이 붙은 주위의 기둥이 그들의 콧수염 색을 더 또렷하게 만들어주고 그들 뒤 탐탁지 않은 표정을 한 여자를 완전히 가리면서 완벽하게 빛을 포착해냈다. 패트릭은 그레그와 주고받은 마지막 문자 메시지를 찾아 휴대폰을 뒤졌다. 스크롤을 내리고 또 내리니 마침내 문자 메시지가 나왔다. 세라가 죽기 전에 주고받은, 중요하지 않은 어떤 일—엘카피탄*을 자유 등반한 암벽등반가에 관한 『내셔널 지오그래픽』의 화보—에 관한 문자 메시지였다. 그레그는 아이들과 함께 요세미티 국립공원으로 여행 갈 계획을 세우고 있다고 언급했다. 그다음엔…… 아무것도 없었다. 마치 세라가 죽으면서 함께 침묵하게 된 것처럼. 패트릭은 사진을 첨부한 뒤 발송 버튼 위 허공에 손가락을 멈추고 망설였다. 그레그가 휴대폰을 갖고

---

* 미국 요세미티 국립공원에 있는 수직 암벽.

있기는 할까? 만약 갖고 있다면 왜 문자 메시지를 보내지 않는 걸까? 왜 연락해서 모든 것이 괜찮은지 확인하지 않는 걸까?

"동영상 찍어요!" 그랜트였다. 말을 하는 바람에 콧수염이 인중에서 미끄러져 떨어졌고, 그랜트는 제때에 낚아챘다.

패트릭은 그랜트에게 자신의 선글라스를 씌웠다. 그런 다음 선글라스 다리 부분 양쪽에 솜사탕 한 자밤씩을 덧붙여 구레나룻을 만들었다. 그랜트가 웃었고, 메이지는 어이없어하며 지켜보았다. "너 꼭 마틴 밴 뷰런* 같구나." 패트릭이 말했다.

"마틴 밴 뷰런이 누구예요?" 메이지가 물었다.

"립 밴 윙클**은 누구지? 딕 밴 패튼***은 누구고? 사실 아무도 모른단다." 패트릭은 디저트의 상단 3분의 1 지점을 움켜쥐고 메이지의 머리 위에 쪽진 머리 타래처럼 올려놓았다. "좋아. 이제 너도 준비가 됐어."

아이들이 키득거리며 재잘댔다.

"너희 무슨 이야기를 할 거니?"

"우리가 좋아하는 디저트에 대해 이야기할 거예요."

그랜트가 누나의 말에 열렬한 동의를 표하며 고개를 끄덕였다. 패트릭의 선글라스가 콧잔등에서 약간 흘러내려 있었다. 그랜트는 선글라스를 제대로 쓰려고 고개를 뒤로 젖혔다. 그러는 바람에 카메라에 콧구멍이 훤히 잡혔다.

---

* 미국 8대 대통령.
** 미국 작가 W. 어빙이 쓴 동명 단편소설의 수인공.
*** 미국의 영화배우.

"음, 나는 유행을 좇는 사람은 아니야. 하지만 요즘엔 베이킹 영상이 인기가 많다더라. 좋아! 그러어어엄 **액션.**"

패트릭은 미소를 억누르며 동영상을 찍느라 시간을 넘겨 작업했다.

13

패트릭이 캐시를 힐끔 보고는 반복해서 말했다. "안 돼요, 안 돼, 안 돼, 안 된다고. 이건 아니지." 마치 우주적 위기가 닥쳐오고 있고, 자기가 명령을 내려 우격다짐으로 그걸 멈출 능력이라도 가진 것처럼. "이건 파티라고."

캐시는 잠깐 안으로 들어오는 것조차 망설였고, 겁내는 기색이 얼굴에 드러났다. 자신이 뭔가 실수를 저질렀다고 생각한다는 걸 알 수 있었다. 파티는 아직 시작되지 않았고, 그녀는 한눈에 보기에도 패닉 상태였다. "저도 잘 알아요, 이게 파티라는 거요." 캐시가 더듬거리며 말했다. "초대 손님 명단을 취합했어요. 바텐더도 고용했고요. 주차 담당자도요."

패트릭은 그녀가 한 미약한 방어에 감탄했다. 공정히게 밀하면, 그녀는 많은 일을 매우 빠르게 완수했다. "음, 거기 그렇게

서 있지 말고 안으로 들어와요."

집안은 티끌 하나 없이 말끔했고, 색색의 베개들과 메탈블루색의 작은 제프 쿤스 풍선개를 포함해 얼마 전 다시 정리한 도자기들―눈부시게 아름다운 화병 그리고 오렌지색과 청동색의 조각품―로 하얗게 빛났다. 패트릭의 골든 글로브 트로피도 전에 있던 곳보다 더 위쪽, 아이들의 손이 닿지 않는 선반 위에 새로운 자리를 차지했다. 심지어 자체 조명까지 있었다. 하지만 가장 눈길을 끌고 인상적인 것은 반짝이는 투명한 조명과 유리 장식이 잔뜩 달린 2미터 높이의 분홍색 반짝이 크리스마스트리였다. 캐시가 마침내 그것을 보았을 때, 패트릭은 자신의 소유권을 주장하며 자랑스러운 표정으로 활짝 웃었다.

"제가 장식도 담당해야 했을까요?" 캐시가 혹시 그 트리가 자신의 실수를 메꾸려고, 즉 자신이 풍선이나 리본이나 현수막 같은 장식을 충분히 마련하지 못한 탓에 그걸 수습하려고 여기에 놓인 건지 걱정하며 물었다. "아니면 얼음을 준비해야 할까요?"

"아니, 초대 손님들과 바텐더, 주차 담당자만 신경쓰면 돼요. 이미 이 모든 걸 완벽하게 해냈잖아요." 패트릭은 손가락을 세 번 퉁겨 소리를 냈다. "그런데 대체 뭘 입고 있는 거예요?"

"드레스요." 흰색 민소매 드레스였다. 기온이 40도쯤 되는 사막의 가든파티용으로 완벽했다. 그렇게 보였다. 캐시는 패트릭의 목소리에 담긴 공포를 관심으로 오해하고 레드카펫에라도 선 양 빙그르르 돌았다.

"흰색이네요."

"네." 캐시가 긴장하며 수긍했다.

"내가 당신 결혼식을 방해하고 있는 건가요?"

"뭐라고요? 당연히 아니죠."

"게다가 그 신발은 뭐예요?"

"차로 두 시간이에요! 하이힐을 신고 운전할 순 없다고요." 자신이 밀리고 있음을 아는 것처럼 캐시의 눈이 빠르게 움직였다.

"꼭 루이즈 플레처* 같네요."

그녀의 학위는 MFA**가 아니라 MBA이고 영화에 관한 정식 학력도 부족했지만, 패트릭의 지적은 명확했다. 머리에서 발끝까지 온통 흰색으로 차려입고 정형외과의 교정용 신발이 연상되는 신발을 신은 그녀는 사실 루이즈 플레처도 아니고 간호사 래치드*** 같았다. 그녀가 패트릭을 응시하며 말했다. "당신도 하얀 옷을 입었잖아요!"

"하얀 셔츠죠. 이건 완전히 달라요!" 그 차이를 강조하려는 듯 패트릭은 다리를 걷어차서 바지의 화려한 나비 무늬를 보여주었다.

"알았어요." 하지만 캐시는 정말로 수긍하는 표정은 아니었다.

"음, 그렇게 심각한 문제는 아니에요. 우리가 바로잡을 수 있

---

* 미국의 영화배우. 영화 〈뻐꾸기 둥지 위로 날아간 새〉에서 악역을 훌륭하게 연기해 아카데미 여우주연상을 수상했다.

** 예술 분야 석사 학위.

*** 영화 〈뻐꾸기 둥지 위로 날아간 새〉의 등장인물. 잔인하고 계산적인 인물로, 정신병원에서 환자들에게 권력을 휘두른다.

어요."

"똑바로 잡을 수 있다고요?"

"아니이이이이! 그걸 치워버리고 다시 꾸밀 수 있다는 말입니다. 메이지!" 메이지 대신 마를레네가 달려왔다. 마를레네는 발톱 때문에 테라초 바닥에 제대로 정지하지 못했다. 심지어 하얀 타일 위에서 눈에 띄는, 꼬질꼬질한 얼굴과 꼬리에 작고 둥근 코를 치켜든 채 쾽한 거실을 가로질러 몇 걸음 이동해오는 마를레네는 7킬로그램보다 더 가벼워 보였다. 분홍빛 혀가 입가 한쪽으로 축 늘어지고, 두 눈은 새로 자라난 진한 털 속에 파묻혀 있었다.

"난 메이지라고 했어, 마를레네가 아니라!" 패트릭이 다시 소리쳤다. 하지만 개는 그의 말을 알아듣지 못했고, 패트릭 옆으로 다가와 발 디딜 자리를 찾았다. "음, 그건 그렇고. 캐시, 이쪽은 마를레네예요. 마를레네, 이분은 캐시란다."

"마를레네라는 개를 입양하셨네요!" 캐시가 쪼그리고 앉아 양손으로 개의 얼굴을 감싸쥐었다.

"아니, 입양했을 때는 벨라였죠, 세상에. 그래서 지금은 마를레네가 됐고요. 메이지!" 이번에는 그랜트가 꽥꽥 소리를 내며 왔다. 그랜트는 반바지에 반소매 셔츠, 멋진 나비 넥타이 차림이었다.

패트릭이 이마를 탁 쳤다. "이건 어떤 종류의 〈마사 마시 메이 말린〉* 악몽이지?"

---

* 2011년에 개봉한 스릴러 영화.

"나 숨이 안 쉬어져요. 거프." 그랜트가 넥타이를 잡아당기며 말했다.

"숨쉬는 행위는 과대평가되어 있어." 패트릭이 대꾸했다. 하지만 그랜트가 발을 쿵쿵 구르기 시작했고, 마를레네는 앞발을 보호하려고 펄쩍 뛰어 뒤로 물러났다. 그래서 패트릭은 진탕 퍼마신 후의 딘 마틴*처럼 아이의 나비 넥타이를 목 주변에 느슨하게 늘어질 때까지 풀어주었다. "옛다. 이렇게 하니 훨씬 더 멋있어 보이는구나. 누나는 어디 있니?"

"나 여기 있어요." 메이지가 그랜트와 동일한 옷차림으로 어딘가에서 나타났다. 하지만 메이지는 나비 넥타이를 마음에 들어했다. 다이앤 키턴**이 십대 초반에 바로 이런 모습이었을 것이다. 메이지는 삼촌, 동생, 그리고 개 옆에 와서 섰다.

"메이지, 그랜트, 너희 캐시 기억하지? 그런데 마를레네의 나비 넥타이는 어디 있니? 아, 신경쓰지 마라. 메이지, 캐시를 내 옷장으로 데려가 캐시가 입을 팬찮은 옷 좀 찾아줄래?"

캐시는 항의하려고 했지만 허를 찔렸다. "옷장에 드레스도 갖고 계신가 봐요?"

"정확히 말하면 카프탄을 갖고 있죠. 괜찮은 걸 찾아낼 수 있을 거예요. 메이지, 내가 뭘 좋아하는지 알지?" 캐시에게 결정을 맡긴다는 건 말이 안 되는 이야기였다.

---

* 미국의 배우, 가수.
** 미국의 배우, 아카데미상, 골든 글로브 상 등 많은 상을 수상했다.

메이지는 약간 동정심을 느끼며 캐시에게 손을 내밀었다. "이리 오세요. 내가 보여줄게요."

그들은 거실을 가로질러 패트릭의 침실 쪽으로 몇 발짝 걸었다. "크리스마스트리가 있던데." 캐시가 말했다.

"거프의 차고에서 발견했어요."

"핑크색이더라." 캐시는 지금이 7월이라는 사실보다는 트리의 외형에 집중하자고 생각했다.

"파란색이면 더 좋았을 거예요." 메이지가 어깨를 으쓱하며 말했다. 그러면 넌 뭘 할 건데?

"그런데 이 파티에 누가 오죠?" 패트릭이 뒤돌아보며 물었다. 하지만 캐시는 이미 가버리고 없었다. "그거 아니? 난 깜짝 놀랄 거다." 그가 조카 그랜트를 내려다보며 말했다. "그래도 진지하게 물을게. 개가 맬 나비 넥타이는 어디 있니?"

그랜트가 양쪽 어깨 너머를 건너다보았다. 그런 다음 흥미를 잃고 말했다. "삼촌은 달팽이가 삼 년 동안 잘 수 있다는 거 알았어요?"

"넌 빙산의 40퍼센트가 펭귄 오줌이라는 거 알았니?"

그랜트의 입이 떡 벌어졌다. "그게 정말이에요?"

"내가 어떻게 알겠니?" 패트릭은 더 세련되게 보이도록 조카의 머리칼을 헝클어뜨렸다. "마티니 마실래?"

"나 여섯 살이에요."

"마시겠다는 뜻이야?"

그때 초인종이 울려 그들의 대화가 끊겼다.

*   .

아홉시에도 파티는 한창이었다. 패트릭은 두 시간을 운전해 파티에 참석한 사람들의 수에 감동받는 동시에 겁을 먹었다. 게다가 팜스프링스에서 밤을 보내기로 약속한 사람도 있었다. 오픈 바 운영이 끝난 시간에는 로스앤젤레스로 돌아갈 차편이 없었다. 그래서 그는 캐시를 시켜 파커 호텔에 단체 요금으로 예약을 하게 했다. 인정하기는 꺼려졌지만, 캐시는 초대 손님 명단을 훌륭하게 작성했다. 초대 손님은 그의 친구들 모두 그리고 친구이자 원수인 사람 몇 명이었다. 원수이기만 한 사람은 한 명도 없었고, 멋진 행사로 보이고 싶다면 부를 법한 전도 유망한 사람들이 조금 있었다. 마치 누구를 부르고 누구를 배제할지 알아보기 위해 예전에 나온 『US 위클리』들을 읽어본 것 같았다. 아니면 게이 트위터에서 소극적으로 팔로우한 사람들의 명단을 살펴봤거나.

"캐시!" 그의 카프탄을 걸친 캐시의 모습이 마침내 눈에 들어오자 패트릭이 외쳤다. "브라보!" 그녀는 근사해 보였고 본인도 알고 있었다. 그녀가 활짝 웃더니 그의 앞에서 한 바퀴 빙글 돌았다. "그런데 사람이 꽤나 많이 왔네요!" 패트릭이 말했다. 그는 상당히 감명을 받았다.

"모두들 당신 때문에 온 거예요!" 그녀가 대꾸했다. 하지만 그녀의 미소는 그녀가 입은 카프탄만큼 화사하지는 않았다. 패트릭이 근엄한 표정으로 눈썹을 치켜올렸다. "알았어요. 그런데 이글스* 때문이기도 해요. 이글스가 내일 밤 아구아 칼리엔테에서 연주한대서, 내가 사람들을 티켓으로 매수했어요. 비꼬는 건지 뭔지는 알 수 없지만 돈 헨리**가 멋있다고 생각한대요." 캐시는 패트릭이 화낼 것에 대비해 마음을 단단히 먹었다. 하지만 패트릭은 화내는 대신 그녀의 어깨에 부드럽게 손을 얹었다.

"잘했어요. 그리고 나에게 진실을 말해줘서 좋네요."

패트릭이 군중을 헤치고 지나가자 손님들이 미소를 짓고 손을 흔들었다. 많은 사람이 그를 꼭 껴안고 그동안 어디 있었어? 비슷한 말을 했다. 모두들 질문에서 다른 단어를 강조했다. 패트릭은 답례로 미소를 지었고, 그들 각자와 했던 끼리끼리만 통하는 농담들을 기억해내려고 애썼다. 제러미 딕스트러에게는 비건 햄에 관한 말을 속삭였다. 그들 둘은 유명한 홍보 담당자 집에서 열린 재앙이나 다름없던 부활절 브런치 자리에 함께한 적이 있었다. 또 패트릭은 자기 내면의 말론***을 소환해 말리나 쿤에게 "스텔라아아!" 하고 외쳤다. 그녀가 재앙과도 같고 세부들도 끔찍했던 〈욕망이라는 이름의 전차〉 대학 연극에서 스텔라 역을 연기한 적이 있었기 때문이다. 그 연극에서 블랑슈 뒤부아 역할을 맡은 배우는 혀짤배기소리를 했더랬다(난 항탕 낯떤 사람들의

---

* 1970년대 초 로스앤젤레스에서 결성된 미국의 록 밴드. 그래미상을 여섯 번 수상했으며 1998년 로큰롤 명예의 전당에 헌액되었다.

** 미국의 싱어송라이터. 이글스의 보컬이자 드러머다.

*** 말론 브란도는 〈욕망이라는 이름의 전차〉에서 스텔라의 남편 스탠리 역을 맡았다.

틴절에 의존해왔어요—나중에 그랜트에게 이 대사를 읊어보게 해야겠다). 그는 걸음을 멈추고 맥스 크로슬리의 팔에 손을 얹으며 물었다. “왜 말하지 않았어요?” 맥스가 “뭘요?”라고 되묻자 패트릭은 대답했다. “내 하모니카를 가져오라고 말이에요.”* 그는 맥스라는 이름으로 불리는 사람이라면 누구에게든 〈사운드 오브 뮤직〉 속 엘리너 파커**의 대사를 인용할 기회를 절대 놓칠 수 없었다. 다른 생에서라면 패트릭은 완벽한 남작부인이 되었을 것이다.

사실 집안이 그토록…… 꽉 찬 걸 보니 좋았다. 사람들과 함께 생동감을 느끼는 것이 말이다. 다시 뭔가의 일부가 되고 자신을 보여주는 기분이었다. 하지만 이상하게도 보이지 않는 유령이 된 듯한 기분이 들기도 했다. 이런 파티들은 로스앤젤레스에서 그 없이 매주, 매일 밤 열렸다. 물론 사람들은 오늘밤 그를 보게 되어 기뻐했다. 그들은 그에게 인사를 한 뒤, 할리우드를 떠난 미친 남자와의 대화에 혹여나 발목을 잡히게 될까 두려워 자기들끼리의 대화로 돌아갈 것이다. 그는 미친 것이어야 했다. 어찌됐든 무슨 이유로 성공의 정점에서 LA를 떠난단 말인가? 도대체 그는 팜스프링스에서 무엇을 하고 있는가? 사이비 종교 단체의 일원인가? 정신에 병이 들었나? 음파 치료와 음파 목욕***에 중독되

* 영화 〈사운드 오브 뮤직〉에서 남작부인의 대사. 영화에서 폰 트라프 대령과 남작부인은 둘의 친구인 맥스의 소개로 만난다.

** 미국의 영화배우. 영화 〈사운드 오브 뮤직〉에서 남작부인 역을 연기했다.

*** 다양한 소리의 진동 안에서 정신적, 신체적 안정을 찾는 명상.

없나? 조슈아 트리*에서 신을 만나기라도 했나? 아니면 그들에게 돈을, 호의를, 혹은 영혼을 요구하려는 걸까?

꺼림칙한 일이었다.

애덤 하퍼의 손을 잡기 전까지 패트릭은 자신이 혼자 사막의 모래에 판 구멍이 얼마나 깊었는지 깨닫지 못했다. 즉각 중력이 작용했다. 완전히 구조된 것은 아니더라도 몸이 물 위로 떠오르는 걸 느낄 수 있었다. 바다에서 뗏목을 타고 표류하다가 먼바다를 지나가는 정기선의 불빛을 발견한 심정, 또는 산소가 부족할 때 탱크에서 산소를 공급받은 잠수부 같은 심정이었다. 패트릭이 예전 동료배우와 조금 입담을 나누는 일을 꺼리지 않는다는 건 나쁠 것 없었지만, 키가 190센티미터인 애덤은 슬프게도 어쩔 도리 없이 이성애자였다. 패트릭이 그에게 말했다. "이리 와, 덩치 큰 고릴라."

"패트릭!"

패트릭은 애덤을 잡아당겨서는 오랜 친구의 근육질 상반신을 좀 지나치다 싶을 정도로 꽉 끌어안았다. 애덤의 어깨 너머로 자기들이 크리스마스트리에 매단 장식 하나하나를 가리키는 메이지와 그랜트 그리고 그애들과 친절하게 이야기하는 캐시의 모습이 보였다. 마음 따뜻한 장면이네, 패트릭은 생각했다. 그리고 혼란스러워졌다. 조카들에 대한 관심이 애덤의 상반신에 대한 관심보다 더 컸다. 그는 그 사실이 마음에 들지 않았고, 흠칫해서는

---

* 팜스프링스 북쪽에 있는 국립공원.

232

친구를 놓아주고 한 걸음 뒤로 물러났다. "애덤 왕자." 패트릭이 말했다. 그가 건장한 몸을 가진 애덤에게 지어준 별명이었다.

"그동안 어떻게 지냈어." 애덤이 물었다. "한 몇 년 됐지?"

"그 정도 됐을 거야." 그들이 디즈니 촬영장의 4번 세트에서 걸어나오고 패트릭이 뒤돌아보지 않은 이후 처음 만나는 것 같았다.

"그래서 네가 떠나온 곳이 바로 여기로군. 요즘 네가 장안의 화제야. 사라지고 있는, 아니, 사라진 패트릭 오하라. 사람들이 결국 너를 잊었어." 애덤이 딱딱한 사탕도 떨어뜨릴 만큼 패트릭의 등을 철썩 때렸다.

"글쎄, 너희 중 누군가가 장안에 불을 놓은 것 같진 않던데." 말하고 나니 최근 서던캘리포니아에 일어난 화재 사건 수가 떠올라 단어 선택을 잘못했다는 생각이 들었다. 하지만 성공을 향해 다가가고 있는 예전 동료에게 부족한 점이 없다는 사실이 패트릭에게 약간의 위안이 되었다. 애덤은 어떤 영화의 주연을 맡았다. 토니라는 전직 프로 테니스 선수가 은퇴 생활에서 벗어나, 백핸드 기술이 뛰어난 테니스 신동에 맞서 마지막 경기를 벌인다는 이야기였다. 영화는 사우스바이사우스웨스트*에서 비웃음을 샀다(그 영화가 어떻게 거기에 출품되었는지는 아무도 짐작하지 못했다). 하지만 한편으로는 부러움을 살 만한 일이었다—영화니까. 다른 사람들은 규모가 더 작은 스트리밍 플랫폼에서 선보

---

* 텍사스 오스틴에서 매년 개최되는 축제. 다양한 음악, 영화, 미디어 등을 선보인다.

일 짧은 시리즈를 찍었다. 그 시리즈들 중 다음 시즌이 보장된 건 하나도 없었다.

"나를 감시라도 하고 있어, 친구?"

"아니, 하지만 여전히 IMDbPro 사이트에 들어가보지. 내 에이전트가 말해주기도 하고."

"자네 에이전트라."

패트릭이 한쪽 팔을 들어 캐시를 가리켰고, 애덤은 그녀 쪽을 보며 눈살을 찌푸렸다.

"드레스 멋지네. 그런데 저 여자 자기 아이들을 데려온 거야?"

"내 거야. 아이들도 그리고 드레스도."

애덤이 반응을 보일 새도 없이, 데이지 모랄레스와 제니퍼 스킨이 작은 마을에서 버스를 타고 와 할리우드에 막 도착한 무척 매력적이고 순진한 아가씨들처럼 호기심에 차 눈을 크게 뜨고 비틀거리는 모습이 패트릭의 시야에 들어왔다. "음, 안녀어어어엉." 패트릭이 큰 소리로 외쳤다. 그들은 고개를 돌려 그를 보자마자 〈미녀 삼총사〉 중 두 명의 포즈를 취했다. 패트릭은 자기가 술을 얼마나 마셨는지 굳이 헤아리지 않았다(아마추어도 아니고, 그게 무슨 소용이람?). 그래서 입을 벌려 높은 쌕쌕거림을 내뱉고는 깜짝 놀랐다. 데이지와 제니퍼는 〈위층 사람들〉에 조연으로 출연한 동료 배우들이었다. 패트릭은 무슨 말을 해야 할지 몰라 대신 케이트 잭슨*처럼 대형을 이루었다. 모인 사람들 전체가

---

* 미국의 배우. TV 프로듀서. 드라마 〈미녀 삼총사〉에서 사브리나 던캔 역을 맡았다.

돌아서서 박수를 쳤고, 잠시 후 그들은 대형을 파한 뒤 포옹하고 비명을 질렀다.

"계속 떠나 있다니, 미워요." 제니퍼가 뿌루퉁하게 말했다. "이제 LA는 재미가 없다고요."

"언제는 재미있었나요?" 패트릭이 물었다.

"그럼요, 이 바보. 우리가 젊고 유명했을 때!"

데이지가 제니퍼의 어깨에 머리를 기댔다. "나 요전 날 회의가 있어서 촬영장에 갔어요. 그리고 우리가 사용하던 방음 스튜디오를 지나갔죠. 우리가 우리 이름을 써놓은 뒷벽에 페인트칠을 다시 했더라고요! 모든 것이 없던 일이 됐어요. 마치 우리가 거기에 있었던 적이 없는 것처럼! 그러니 돌아와요."

패트릭은 이마에 흐르는 초조한 땀방울을 문질러 닦았다. 그가 이런 식으로 행동해야 하는 건 오랜만이었다. "음, 글쎄요. 정말 솔깃하네요."

"패트리이이익." 그들이 발을 구르며 우는소리를 했다. 패트릭은 그들의 얼굴을 찬찬히 살펴보았다. 그들은 더 나이들어 보이는 동시에 더 젊어 보였다. 보톡스와 필러로 통통하게 부풀린, 예전 그들의 복제품 같았다(솜씨가 매우 좋긴 했다).

"자, 자, 이리 와봐요." 패트릭이 다음 단계로 넘어가고 싶은 간절한 마음으로 말했다. "내 피보호자들을 여러분에게 소개하고 싶어요."

그들이 주위를 둘러보았고, 패트릭은 메이지와 그랜트를 가리켰다.

"어머나…… 세상에……" 제니퍼가 입을 가렸다. 마치 난소가 그녀의 화법을 지배하는 것처럼. 패트릭은 자부심 비슷한 어떤 것을 느꼈다. 그 아이들은 중요한 존재이기도 했지만, 잘 어울리는 옷차림 덕분에 유달리 귀여웠다. 그들이 왜 모성애의 대상이 되는지 잘 알 수 있었다. "트리가 있네요!"

뭐라고? "트리가 아니라, 아이들을 말한 거예요."

"저애들이 당신 아이들이에요?" 데이지가 그의 셔츠 칼라를 잡고 바싹 다가오며 물었다. "내가 정자를 달라고 애원했을 때는 싫다고 했잖아요."

"음, 당신이 아이를 갖고 싶어서 그걸 달라고 한 건지는 몰랐네요."

"그럼 뭣 때문에 그랬다고 생각한 거예요?"

패트릭은 심혈을 기울여 대답했다. "데쿠파주*를 하려고?"

제니퍼가 웃음을 터뜨렸다. "웩, 세상에. 당신이 그리웠어요. 이런 장면이 그리웠어요. 우리가 그립고요."

패트릭이 메이지와 그랜트를 친구들에게 소개했다. 메이지가 한쪽 다리를 뒤로 조금 빼고 무릎을 살짝 굽혀 인사했다. 스스로 익힌 예절이었다. 인사할 때 메이지의 얼굴이 빛나는 것을 패트릭 혼자만 곁눈질로 알아차렸다. 여자들은 아이들의 옷차림을 보며 꺄악 소리를 질렀다. 심지어 애덤조차 그랜트의 헐렁한 나비넥타이에 관심을 보였다.

---

* 종이나 헝겊 조각을 오려 붙이는 미술 기법.

"내가 여전히 이렇게 멋있다면 얼마나 좋을까." 애덤이 말했다.

"여전히? 언제 네가 멋있었어?"

"젠장. 그런데 얘한테 스카치 한 잔 주고 싶지 않아? 스트레이트로?"

"마티니를 줬어, 유감스럽게도." 패트릭은 갑자기 부끄러워하는 그랜트를 옆으로 바싹 끌어당기고 머리칼을 한쪽으로 쓸어주었다.

"너 패트릭하고 함께 산 지 얼마나 되었니?" 제니퍼가 물었다.

그랜트가 크리스마스트리의 가지 하나를 손으로 잡아당기며 대답했다. "우리 엄마가 돌아가신 뒤부터요."

"어머나." 데이지가 말했다. "그것 참 재미있구나. 너 웃긴다. 그런데 바는 어디지?"

데이지는 파티오에 있는 바텐더를 발견할 때까지 빙글빙글 원을 그리며 멀어져갔다. 패트릭이 메이지와 그랜트 쪽으로 돌아서서 말했다. "저 아줌마는 네가 농담을 했다고 생각하는 거야. 그게 정말로 재미있다고 생각한 게 아니고." 그런 다음 가까운 곳에 서 있는 캐시를 보고 오만상을 찌푸렸다. 맙소사.

*

처음에는 잘되지 않았지만 패트릭은 낙담하지 않았디. 그는 치즈 나이프를 집어들고 바카라 크리스털 잔조차 박살날 만큼 자기 잔을 세게 두드렸다. 그것이 바텐더가 하는 일 중 하나인 줄 알았는데 아니었다. "여러분, 내가……" 패트릭은 뺨 안쪽을 깨물었다. 설득력이 없었다. 그는 긴장감에 휩싸였다. 왜? 어떤 종류의 이야기든 그가 많은 사람 앞에서 이야기를 한 지가 꽤 오래되었기 때문이다. 하지만 그에게는 무대 기질이 있지 않은가? 그는 십대 청소년들을 설레게 한 CW 채널의 새 드라마에 출연중인 한 남자아이를 내려다보고 있었다. 그애가 그를 마주 바라보자 신경이 곤두섰다. 그는 누가 됐든 십대 아이와 이야기를 나누고 싶진 않았지만, 그 남자아이는 두꺼운 톰 포드 안경에 완벽한 제임스 딘 핏으로 재단된 하얀 티셔츠를 입고 있었고 실제로 보니 더 섹시했다. 이 남자아이에게 눈길을 보내는 것이 합법일까? 물론이었다. TV의 여명기부터 할리우드는 이십대 청년을 고용해 십대 청소년을 연기하게 했다. 리치 커닝햄을 연기할 때 론 하워드*는 이미 머리가 벗어지고 있었으며, 1990년대 TV 드라마에 나온 어떤 여자 배우는 드라마 속에서 고등학교 졸업 앨범을 편집했지만 그 당시 배우조합 회장이었다. "여러분?"

그는 군중을 찬찬히 둘러보았다. 그와 같은 작품에 출연했던 동료들, 다른 배우 친구들, 패트릭이 좋은 냄새가 난다고 말했던, 한창 인기가 상승중인 팝 스타가 있었다(그때 그는 그녀의 말을 오해했다. 그녀가 고맙다고 대꾸하고 자기 향수 냄새라고 말했을 때, 그것이 그녀 자신의 향수―병에 담아 그녀의 이름을 붙여

---

* 미국의 배우, 영화감독. 1970년대에 방영된 인기 TV 시트콤 〈해피 데이즈〉에서 순진한 십대 소년 리치 커닝햄 역을 연기했다.

전국의 쇼핑몰에서 여성들에게 파는 것—를 의미했다는 걸 즉각 이해하지 못한 것이다).

두꺼운 안경을 쓴 에머리 뭐시기라는 그 남자아이가 입술을 적시고는 자기 입에 손가락을 갖다 댔다. 그러고는 개가 거의 공중제비를 돌듯 펄쩍펄쩍 뛸 만큼 큰 소리로 휘파람을 불었다. 그런 다음 패트릭에게 윙크했다.

후아. 멋진 남자가 윙크하는 것에 면역력이 생기긴 하나? "고마워요." 그는 이렇게 말한 뒤 거의 '에머리'라고 덧붙일 뻔했다. 하지만 혹시 그게 그의 이름이 아니면 어쩌지? 다른 이름, 이를테면 에브리Every처럼 트렌디하면서도 당혹스러울 만큼 바보 같은 이름이면? "메이지, 그랜트, 우리의 작은 파티에 와준 것에 대해 너희에게 감사하고 싶구나."

"마를레네도요!" 메이지의 작은 목소리가 고요를 꿰뚫었다.

"그래, 마를레네도." 마를레네는 그의 허벅지에 턱을 올려놓고 잠시 조는 것 말고는 아무것도 한 일이 없는데도 너무나 빠르게 가족의 일원이 되었다. 그는 첫날 밤 아이들에게 이야기를 들려주는 동안 그랜트가 그의 어깨 안쪽에 기대어 잠들던 일을 떠올렸다. 갑자기 스포트라이트가 쓸쓸하게 느껴졌다. 좌충우돌인 우리 팀 없이 관심의 중심이 되고 싶지는 않았다. 그건 잘못되고 불완전한 일로 느껴졌다. 그가 말했다. "얘들아, 이리 오렴. 여러분은 잘 모르겠지만, 올해는 우리 가족에게 힘든 해였습니다. 그런데 아직 겨우 7월이네요." 메이지와 그랜드가 니쇠서 삼촌 옆에 섰다. 패트릭은 팔을 뻗어 아이들의 조그만 손을 잡았다. 선거에 출마해 유세 효과를 최대로 얻기 위해 가족을 무대에 올린 정치인이라도 된 기분이었다. 그는 아이들의 손을 꼭 쥐었다. 그의 손안에서 아이들의 손이 얼마나 작고 연약하고 따뜻하게 느껴지는지. 아이들의 손에 비해 그의 손은 얼마나 크고 강하게 느껴지는지. 자신이 마음에 드는 흔치 않은 순간이었다. 아이들과 함께 있는 자신이 마음에 들었다. 후견인이 아니라 경호원으로서 이 아이들의 연약한 자아와 감히 이 아이들을 위협하는 다른 어떤 것 사이에 서 있는 사람. "우린 힘든 여름 내내 우울하게 지내는 대신 파티가 필요하다고 생각했습니다. 우리에겐 여러분이 필요했어요. '왔다가 가라고 명하시고 숨을 두 번 쉰 다음 그래, 그래, 하고 외치시기도 전에 주인님의 하인들은 모두 발끝으로 튀어오르며, 오만상을 찌푸리며 여기에 도착할 것입니다.' 〈템페스트〉에 나오는 대사입니다. 왜 이 대사가 생각났는지는 모르겠네요. 내가 괴상하게 웃지 않으려다가 그런 나한테 걸려 넘어지고 있긴 하지만요." 그는 아이들의 손을 다시 서너 번 꼭 쥐었다. 모스 부호로 행복이라는 단어를 두드리는 것처럼. "우리 셋은 역경을 헤쳐나가고 있습니다. 하지만 오늘밤은 예외예요. 오늘밤은 빛에 걸려 멋지게 넘어질* 거니까요." 그는 혼란스러워하는 메이지와 그랜트를 내려다보며 말했다. "이건 관용구야. 혹시 내가 빠뜨린 게 있니?"

그랜트가 나비 넥타이의 한쪽 끄트머리를 잡아당기며 말했다.

---

* '신나게 춤을 추다'라는 뜻의 관용구.

"우리의 크리스마스트리를 즐기세요!"

"그래요. 특별히 제리 허먼*에게 정중한 인사를 드립니다. 그가 우리에게 징글 규칙을 가르쳐주었죠. 몇 번 규칙이냐면……몇 번인지는 잊어버렸지만 이겁니다. '상상할 수 없는 상실에 직면했을 때는 작은 크리스마스가 필요하다.'"

"지금이 바로 그 순간이에요!" 에머리가 큰 소리로 외쳤다. 그가 전염성 강한 열광을 담아 자기 잔을 들어올렸고, 나머지 손님들도 그를 따라 했다.

"지금이 바로 그 순간이에요!"

패트릭은 들어올린 잔들의 바다를 마주했고, 잠깐 동안이나마 다른 삶, 행복한 삶의 반짝임을 눈에 담았다. 옛 크리스마스의 유령**이 일하는 것 같았다. 오늘이 정말 크리스마스라면 말이다. 잠시 후 흰색 소형 그랜드 피아노―그가 충동적으로 구매해서 딱 한 번 연주한 뒤 조너선 애들러***의 장식품들을 올려놓은 비싼 테이블이 되어버린―소리에 의해 마법은 흩어졌고, "크리스마스 즐겁게 보내세요"라는 캐럴의 도입부가 흘러나왔다. 고개

---

* 미국의 작사가, 작곡가. 1960년대부터 브로드웨이의 여러 인기 뮤지컬을 작사, 작곡했고, 게이 커플을 다룬 최초의 브로드웨이 뮤지컬 〈새장 속의 광대들〉을 만들었다.

** 찰스 디킨스의 소설 『크리스마스 캐럴』의 등장인물. 주인공 스크루지에게 구원의 기회를 주기 위해 비참한 모습으로 나타나는 세 영혼 중 하나다.

*** 미국의 도예가, 실내장식가. 드라마 〈섹스 앤 더 시티〉의 공간 디자인을 작업했으며 기신의 이름을 내건 브랜드를 만들어 전 세계에서 수십 개의 매장을 운영하고 있다.

를 들자 캐시가 있었다. 그녀가 허락을 구하는 듯한 긴장 어린 표정으로 치아와 잇몸을 온통 드러내며 미소를 지어 보였다. 다정한 캐시. 항상 용서를 구하는 편이 더 낫다는 걸 배워야 할 텐데.

하지만 패트릭은 동의했다. 사람들이 모두 돌아서서는 시작 신호와 함께 서로를 바라보며 기쁨을 전하는 노래를 합창하기 시작했다. 우리가 정말 이러고 있는 거야? 그래, 그런 것 같네.

파티는 그런 식으로 맹렬히 계속되었다. 연이어 캐럴을 부르고, 술을 마시고 또 마셨다. 그건 기쁨의 소리, 오랫동안 잊힌 즐거움의 소리였다. 단지 패트릭이나 아이들(메이지는 캐시 옆 피아노 의자에 자리를 잡았고, 그랜트는 피아노 꼭대기에 앉아 나비 넥타이의 한쪽 끄트머리를 빙글빙글 돌리고 있었다)에게만이 아니라, 무한 경쟁 구도의 할리우드 한복판에서 숨을 내쉬는 걸 잊은 모든 사람에게. 유쾌하네, 패트릭은 미소를 지으며 생각했다. 그리고 그 상황을 에머리보다 더 좋아하는 사람은 없는 것 같았다. 〈장식하세〉의 후렴구 '랄랄랄라'를 부르는 도중에 에머리가 자신의 새끼손가락을 패트릭의 새끼손가락에 걸었는데, 그 몸짓이 너무도 친밀해서 마치 성행위처럼 느껴졌다.

크리스마스 여덟째 날, 우유 짜는 하녀, 헤엄치는 백조 어쩌고 저쩌고 하는 구절*을 부르고 있을 때, 현관문이 열리고 클라라가 집안으로 머리를 들이밀었다. 아무도 주목하지 않았고, 아무도 고개를 돌리지 않았다. 손잡이에 빨간 리본(크리스마스 매듭이

---

* 캐럴 〈12일의 크리스마스〉의 가사.

아니라, 비슷해 보이는 다른 가방들과 구별하기 위한 것)이 묶인 기내용 여행 가방을 들고 패트릭의 집 응접실을 가로질러 늦게 들어온 그 사람을 아무도 알아보지 못했다. 그녀 위로 우뚝 솟은 거구의 애덤 말고는. 마침맞게 애덤이 두툼한 팔을 클라라에게 두르고 노래를 불렀다. "금바아아안지 다섯 개!"

패트릭이 곁눈으로 누나의 겁에 질린 얼굴을 힐끔 보았다. 그가 처음에 한 생각은 이거 진짜야?였다. 다음 순간 그는 가사도 놓치지 않은 채 혼자 키득거리며 웃고, 몸을 돌려 좀더 주의깊게 살펴보았다. '프랑스 암탉들French hens'이라는 단어가 그의 혀에서 톡 튀어나와, 날지 못하는 새들처럼 바닥으로 서투르게 곤두박질쳤다. 그렇다, 프랑스 암탉들처럼. 그는 소심하게 손을 흔들었고, 보드카와 크리스마스의 행복한 윙윙거림이 일 년 내내 햇빛에 노출된 생활로 생긴 피부의 색소와 함께 그의 얼굴에서 빠져나갔다.

클라라는 놀라서 할말을 잃은 채 애덤을 올려다보았다. 그런 다음 반대편 어깨를 꼭 쥐고 있는 커다란 손을 넘겨다보았다. 그러고 나서 방안을 둘러보았고, 슈퍼마켓 계산대에 놓인 잡지에서 본 몇몇 얼굴을 알아보았다. 그런 얼굴이 많지는 않았다. 그런 다음 마를레네를 내려다보았다. 마를레네가 그녀의 발치에서 펄쩍 펄쩍 뛰고 그녀의 신발에 코를 대고 쿵쿵거렸다. 다음으로 그녀는 반짝이는 하얀 조명과 색색의 장식품이 달린 분홍색 크리스마스트리를 발견하고, 자신이 한 번도 발을 들여놓은 적 없는 이 집 안의 실내장식이 지닌 대체적인 맥락에서 그것을 이해해보려 했다. 마침내 그녀의 눈이 조카들에게로 향했다. 메이지는 구슬 장식이 달린 카프탄 차림의 낯선 여자에게 찰싹 달라붙어 있었고, 그랜트는 나비 넥타이를 푼 채 패트릭의 빈 보드카 잔을 옆에 놓고 피아노 위에 앉아 있었다. 프랭크 시나트라가 영화 〈빅〉에 출연했다면 그런 모습일 것 같았다. 그 모든 것을 본 뒤 결국 그녀의 눈이 남동생에게 닿았다. 나비 패턴 바지를 입고 묘한 표정을 하고 있는 그의 얼굴이 그녀를 격분하게 했고, 마침내 그녀는 말할 힘을 되찾았다.

"제기랄, 이거 정말."

14

"내가 얼마나 오래 탄 거야?"

거실에는 늦게까지 남은 몇 안 되는 손님들이 두 그룹으로 나뉘어 대화하고 있었다. 클라라의 도착과 함께 파티 분위기는 돌이킬 수 없을 정도로 가라앉았다. 새벽 한시가 가까웠다. 대부분의 손님들이 온 LA에서는 이 시간이 마지막 주문을 받을 시간은 아니었지만, 바텐더는 딱 다섯 시간 계약으로 고용되었고 이미 바에서 철수하기 시작했다. 패트릭은 모든 걸 누나 탓으로 돌리고 싶었다. 하지만 분위기가 가라앉은 건 누나 때문만은 아니었다. 이 군중은 술을 직접 따르는 걸 싫어하는 것 같았다. 패트릭은 최선을 다해 한바탕 작별 인사를 하고 모든 사람에게 와줘서 고맙다고 말하려 했다. 하지만 손님들은 대규모로 탈출했고, 그는 바깥의 어둠 속으로 미끄러져 나간 에머리를 포함해 몇 명의 손님을 놓친 것 같았다.

"나야 모르지. 다섯 시간? 여섯 시간? 서쪽으로 비행할 땐 맞바람이 불잖아."

"육 개월 아니고?"

"뭐라고? 그건 아니지, 당연히 아니야."

"그럼 왜 지금 패트릭랜드가 크리스마스야?"

그랜트가 그 물음에 답하려고 앞으로 나왔다. "타고에서 삼촌의 트리를 발견했어요!"

"얘들아, 내가 뉴욕에서 비행기를 탈 때 이미 너희가 잠잘 시간이 지났거든. 그래서 지금 너희가 얼마나 피곤할지 난 상상조차 할 수가 없구나. 화장실 좀 갔다가 너희 양치하는 걸 도와줄게. 우리가 마지막으로 본 후에 애네들 양치는 했겠지?"

패트릭은 대꾸하지 않았다. 클라라는 캘리포니아에서 건강한 치아가 얼마나 유용한지 모르는 것이 분명했다. 완벽한 미소가 사실상 명함이다. 지난 한 달 동안 패트릭은 두 아이―패트릭 자신까지 포함하면 셋―가 하루에 두 번 칫솔질을 백팔십 번씩 해 양치하도록 엄격히 감독해왔다.

"파우더룸은 어디야?"

"파우더룸. 거기에 파우더는 없는데." 패트릭이 입술을 깨물었다. "코카인을 말하는 게 아니라면 말이야."

"뭐라고?!"

"농담이야. 진정하라고. 그냥 쭉 가." 패트릭은 이렇게 말한 뒤 자기 뒤쪽을 가리켰고, 클라라는 날카롭게 돌아섰다. 패트릭이 얼굴을 찌푸렸고, 클라라가 화장실에 들어가 문을 닫자 메이지와 그랜트가 초조하게 웃었다. 아이들 둘 다 그들이 큰 곤경에 빠졌음을 알고 있었다. 하지만 여럿이 있으면 조금은 안전했다.

"우리가 이걸 치워야 할까요, 거프?" 메이지가 거실을 살피며 말했다. 거실에는 색색의 칵테일 냅킨 위에 반쯤 마신 유리잔들이 놓여 있고 마를레네가 혹해서 덤벼들 만한, 먹고 남은 술안주가 담긴 작은 접시들이 흩어져 있었다.

"아니야, 내일 하면 되지. 로자가 온 뒤에 다 함께 전부 치우면 돼." 패트릭은 주변의 난장판을 받아들였다. "내일 로자에게 돈을 두 배로 주라고 나한테 말 좀 해줘."

"크리뜨마뜨트리도 치워야 돼요?" 그랜트가 물었다. 질문에 슬픔이 뚝뚝 배어났다. 오늘밤은 아이들이 여기서 지내면서 가장 즐거운 날이었는데, 오늘밤이 끝났다고 생각하니 슬펐다.

패트릭이 한쪽 무릎을 꿇고 그랜트의 눈을 들여다보며 말했다. "벌써 크리스마스야?"

"아뇨. 12월까진 아니죠!"

"음, 크리스마스가 아직 안 되었는데 트리를 치운다는 이야기는 들어본 적이 없어. 너희는 들어봤니?"

그랜트가 활짝 웃으며 대답했다. "아뇨."

"게다가 말이야. 너희가 장식을 아주 멋지게 했어. 너희 아빠가 여기 오면 이걸 보고 싶어할 거야. 그러니 아빠가 볼 수 있도록 그냥 놔두자."

두 아이가 팔을 뻗어 삼촌을 감싸고는 꼭 껴안았다.

"맙소사, 도대체……" 화장실에서 클라라의 나지막한 목소리가 들려왔다. "물은 어떻게 내리는 거니?"

패트릭은 진이 빠졌다. 오늘밤, 이번주, 이번달부터 뼛속까지 느껴온 탈진이었다. 숨을 훅 불어 이마에 늘어진 앞머리를 날려보낸 다음, 뒷주머니에서 워시릿 리모컨을 꺼냈다. 리모컨을 잘 보관하기 위해 미리 뒷주머니에 넣어두었다(그는 손님들이 파우더룸 사방에 물을 뿌려놓는 걸 원치 않았다). 그가 메이지에게 리모컨을 건네주며 말했다. "이 명예로운 일을 맡으시겠습니까?"

메이지의 얼굴에 짓궂은 미소가 떠올랐다. 메이지는 핵 암호가 든 기밀 가방이라도 건네받은 것처럼 리모컨을 양손으로 쥐고는, 비데 기능 버튼을 찾아내 이를 앙다물며 꾹 눌렀다.

삼 초 정도 지난 후, 클라라의 비명이 고요를 꿰뚫었다. 그녀가 펄쩍 뛴 다음 안전한 곳을 찾아 이리저리 왔다갔다하는 소리가 들렸다. 제일 먼저 그랜트가 웃었고, 다음으로 메이지가, 그다음으로 패트릭이 웃었다. 그들은 울부짖는 하이에나 무리처럼 웃어댔다. 그들이 이때껏 한 일 중 가장 재미있는 일이었다.

*

패트릭은 파티오의 테이블에 앉아 생수병에 붙은 종이를 만지작거리고 있었다. 아이들은 함께 침대에 들어갔고, 클라라는 다른 손님방에서 뻗었다. 내일이 그녀의 분노가 극에 달하는 날이 될 것이다. 마를레네는 패트릭의 발치에 엎드려 있었다. 파티오

바닥에 깔린 돌이 마침내 식어서 뜨듯한 밤공기로부터 안도감을 선사했다. 그가 의자로 몸을 옮기자 마를레네가 눈을 치떴다가 다시 꼭 감고는 리듬에 맞춰 숨을 쉬었고, 그러다 가볍게 코를 골기 시작했다.

뒷벽을 따라 태양광 조명이 여전히 충전을 유지하고 있었다. 그 빛이 밤새 지속되는지 아니면 동트기 전 어느 시점에 사그라드는지 패트릭은 항상 궁금했다. 오늘밤 파티에 JED를 초대하지 않은 것에 죄책감이 느껴졌다. 하지만 그는 친구들 모임을 서로 뒤섞는 데 서툴렀다. 특히 파티에서는. 어떤 지인들은 서로 겹치는 부분이 꽤 있었다. 하지만 JED는 완전히 동떨어진 세계였다. 아니면 그가 속물인지도 몰랐다. 가끔 같은 셔츠를 맞춰 입는 게 이 삼인조에 대해 그의 할리우드 친구들이 뭐라고 말할까? 다행히 그들의 집은 컴컴했다. 만약 그들이 마음을 졸이고 있다면 눈에 띄지 않으려고 그러는 거겠지. 나중에 그들이 이 파티에 대해 묻는다면, 패트릭은 그들이 버닝맨 축제를 즐기러 이미 떠난 줄 알았다고 거짓말을 할 셈이었다.

낯선 빛이 풀장 라운지 체어 위의 어둠을 꿰뚫더니, 반딧불처럼 천천히 복잡한 춤을 추었다. 패트릭은 그걸 보고 놀랐고, 그 빛이 점점 날카로워져서 일종의 초점이 될 때까지 눈을 가늘게 뜨고 지켜보았다. 알고 보니 그것은 담뱃불이었다. "누구야?" 패트릭은 자리에서 일어나, 그렇게 하면 더 잘 보이는 양, 손을 모아 이마에 댄 채 불빛을 향해 걸어갔다. 깁 기깅지리에서 걸음을 멈추고 풀장의 조명을 켰다. 그러자 풀장 안의 물이 완벽한 여름의 파란색으로 일렁였다.

"멋진 파티였어요." 그 목소리를 인식하기까지는 몇 초가 걸렸다. 에머리였다.

"너구나? 뿔테 안경." 도대체 아직까지 여기서 뭘 하고 있는 거지? 그가 이미 LA까지 반쯤은 갔을 거라고 생각했는데. 패트릭은 자신이 태연한 분위기를 풍기기를 바라며 풀장을 향해 천천히 다가갔다.

"실물 맞네."

패트릭은 에머리 옆의 라운지 체어 가장자리에 앉아 잠시 그의 육체를 상상해보았다. 지금 패트릭은 한 가족의 가장일지 모르지만 여전히 남자였다. "난 가끔 밤에 여기 앉아 별을 봐. 조금 있으면 눈이 적응돼서 산꼭대기가 보일 거야."

"그렇게 하고 있었어요. 당신이 풀장 조명을 켜서 내 눈을 멀게 만들기 전까지는." 에머리가 담배를 한 모금 빨고는 데크에 재를 털었다.

사람들이 여전히 담배를 피운다는 걸 패트릭은 잊고 있었다. "미안해. 저기 있을 때 잠시 네가 부랑자일지도 모른다고 생각했어."

"여기서 그런 사람들, 부랑자들을 많이 쫓아내나봐요? 당신의 사유지 담에서 떨어져나가도록?" 연기 자욱한 목소리가 전력을 다해 질주하는 오래된 고출력 자동차처럼 그의 목구멍에서 흘러나왔다. 그런 목소리가 그에게 제임스 딘 같은 매력을 더해주었다.

패트릭은 웃었다. "그 단어가 '팬들'보다 덜 건방지게 들릴 거라고 생각했어. 그런데 너 담배는 안 피우는 게 좋을 텐데."

"안 피워요."

"나도 안 피워." 패트릭이 팔을 뻗어 에머리에게서 담배를 빼앗아 자기 입으로 가져갔다. 담배를 빨아들이자 종이가 타닥타닥 소리를 냈다. 혹은 그런 느낌이 들었다. 어쩌면 몇 초 전 에머리의 입술이 닿았던 곳에 그의 입술이 닿았다는 생각 때문에 촉발된, 그의 머릿속 작은 폭죽들이 낸 소리인지도 몰랐다. "별 좋지. 별들을 보면 내가 하찮은 존재라는 기분이 들어. 좋은 의미로. 내 문제들은 중요하지 않은 것 같은 느낌이야. 그것들은 문제가 아니고, 나도 아무것도 아닌 거지. 그냥 소성단小星團의 대수롭지 않은 한 조각일 뿐이야."

"은퇴 생활의 스트레스가 그렇게 심한가요?" 에머리가 패트릭이 앉은 의자를 장난스럽게 걷어찼고, 의자가 선정적인 긁는 소리를 내며 콘크리트 바닥에서 몇 센티미터 움직였다. "웃긴 소리네요. 소성단의 대수롭지 않은 한 조각." 그가 장난스럽게 역겨움을 표하며 입술 사이로 공기를 내뿜었다.

패트릭은 미소 지었다. "내가 은퇴했다고 말했나?" 그러고는 손님에게 담배를 다시 돌려주었다. "난 네가 벌써 간 줄 알았어. 왜 여기 혼자 남아 있는 거지?"

에머리가 어깨를 으쓱했다. "난 파티의 문을 닫는 걸 좋아해요. 진짜 마지막까지 남아 있는 서요. 늙은 사람들이 일찍 자리를 뜨는 게 예의라고 말하죠. 너무 오래 머물지 않고요. 하지만 난 멋진 사람이에요. 누가 나를 지겨워하겠어요? 그리고 집주인에게 이 파티가 끝나지 않길 바란다는 말보다 더 큰 찬사가 어디 있겠어요?"

패트릭은 이 말에 관해 생각해보았다. 그는 아일랜드식 작별을 좋아했다. 그가 장소에 늦게까지 남은 적은 이제껏 한 번도 없었다.

"게다가 난 지독한 포모* 증후군이 있어요. 사실 최고의 파티는 애프터 파티죠. 흥미로운 일은 전부 밤이 끝나갈 때 일어나잖아요, 안 그래요?"

패트릭은 잔물결처럼 얼굴에 번지는 풀장의 푸르스름한 불빛이 그의 뺨에 올라온 홍조를 가려주길 바랐다. "예를 들면?"

"소성단에 대해 이야기하는 거요."

니코틴 때문인지도 모르지만 패트릭의 심장이 두근거렸다. 이건 유혹일까, 아니면 그의 나이와 사그라진 인기에 대한 빈정거림일까.

"사실은……" 에머리가 패트릭이 볼 수 있도록 자기 아이폰을 흔들며 말했다. "휴대폰 배터리가 다 됐어요. 그러니 당신이 날 위해 리프트**를 좀 불러주시면 좋겠습니다." 그런 다음 삼초 정도 가만히 있다가, 줄곧 일부러 패트릭의 화를 돋우려고 한 것처럼 바보 같은 웃음을 터뜨렸다.

---

* 유행에 뒤처지는 것에 대한 두려움과 소외되는 것에 대한 불안감.
** 미국 캘리포니아주 샌프란시스코에 본사를 둔 승차 공유 서비스.

패트릭도 웃었다. 그렇게 해서 너그러운 사람이 된다면야. 그는 에머리가 좀 조용해지길 기다리다가 물었다. "오늘밤 재미있었니?"

에머리가 안경을 벗어 칵테일 테이블 위에 놓았다. 그런 다음 패트릭 쪽으로 고개를 돌리고 진지하게 바라보았다. 안경을 벗으니 이상하게도 에머리는 더 나이들어 보였다. 그의 눈 속에 강렬한 생기가 보였다. "당신은 재미있었어요?"

패트릭은 에머리가 풀장 데크에 담배를 비벼 끄는 모습을 지켜보았다. 내일 아이들이 보고 묻기 전에 잊지 말고 치워야 했다. 그는 테이블에서 에머리의 안경을 집어 써보았다. 그런 다음 의자 등받이에 머리를 털썩 기댔다. 친밀한 느낌이었다. 안경 렌즈가 가짜일 거라고 생각했지만, 도수가 낮긴 해도 처방을 받아 맞춘 진짜 렌즈였다. 패트릭은 몸을 뒤로 젖혀 라운지 체어 깊숙이 누웠다. 눈을 감고 얼굴을 누르는 안경테의 무게를 느꼈다. "재미있었지."

"의외네요."

"으으으음."

그의 입술이 간질거리고 떨렸다.

에머리가 패트릭을 따라 자기 라운지 체어를 뒤로 조정했고, 그들은 똑같은 모습으로 누웠다. "당신도 알겠지만, 우린 당신 이야기를 해요."

"우리가 누군데?"

"우리요."

패트릭은 웃었다. 에머리가 한 말이 무슨 뜻인지는 여전히 알지 못했다. 그의 친구들? 새로운 할리우드 사람들? 다음 세대의 TV 배우들? 잡지사 사람들? "그렇군."

"진짜예요!"

패트릭은 한쪽 눈을 뜨고 고개를 돌렸다. "네 이름이 에머리 맞지?"

이번에는 에머리가 웃었다. "어, 맞아요." 에머리가 손을 내밀었고, 패트릭이 그 손을 잡았다. 하지만 그들은 손을 흔들지는 않고 그냥 잡고만 있었다.

"나는 패트릭이야, 이미 알고 있겠지만. 네가 내 집에 와서 나 그리고 뭐시기에 대해 이야기했으니 말이야. 그런데 에머리는 어떤 이름이지?"

"성경에 나오는 이름이에요. 구약. 히브리어로 '행복하다'라는 뜻이죠."

"그럼 너는⋯⋯" 패트릭은 에머리의 손을 놓았다. 손을 잡고 있는 데서 오는 갑작스러운 친밀감이 당황스러웠다.

"유대인이냐고요? 알몸으로 수영하면서 확인해볼래요?"* 에머리가 이렇게 말하고 윙크를 했다. 두번째 윙크였다. 견디기 힘들 만큼 진부한 동시에 부인할 수 없을 만큼 섹시했다. 패트릭은 웃었다, 이번에는 진심으로. 아, 또 이렇게 자신감이 생기네.

"그럼 너는 행복하니? 이게 더 나은 질문이지."

---

* 유대교 문화권에서는 남성들이 포경수술을 받는다.

"음, 그래요." 에머리가 말했다. 그런 다음 의자에 등을 기대고 별들을 올려다보았다. "참 빌어먹게 행복하네요."

패트릭은 밤하늘을 유심히 살펴보았다. 그는 북두칠성 말고는 여름 별자리들을 오리온자리와 황소자리와 쌍둥이자리 같은 겨울 별자리만큼 잘 알지 못했다. "그래, 너는 젊어." 그가 말했다. 마치 에머리의 행복이 전반적으로 불편한 상태에서 저절로 해결되기라도 한 것처럼. "하지만 넌 TV에 나오고, 그건 아무것도 아닌 게 아니야." 갑자기 마를레네가 어둠 속에서 나타나 패트릭의 라운지 체어로 펄쩍 뛰어오르더니, 그의 다리 사이에 웅크리고 앉았다.

"이크." 에머리가 외쳤다.

"개 안 좋아해?"

"그냥 좀 무서워요. 생각해보면 커다란 쥐 같기도 하고요."

패트릭은 앉은 채로 몸을 앞으로 굽혀 마를레네의 나비 넥타이를 풀어주었다. 그리고 그것을 증거 삼아 에머리에게 흔들어 보였다. 쥐가 아니야.

"여기 밖에서 뭐 하고 있어요? 당신만 괜찮다면 묻고 싶네요."

귀여운 남자와 이야기하고 있지. 패트릭은 이렇게 대답하고 싶었다. 하지만 그 질문이 좀더 진지하다는 걸 알고 있었다. "다음 단계를 구상하고 있지." 패트릭은 최선을 다해 에머리를 똑바로 쳐다보지는 않으면서 그의 얼굴 세세한 부분까지 포착했다. 그가 의자에 등을 기대고 있지 않을 때 얼굴에 늘어지는 굵은 금발 머리카락, 대담한 코와 강인한 턱—옛날 화폐에서나 볼 법한 옆모습이었다. 말끔하게 면도를 했지만, 요즘 대부분의 젊은 할리우드 사람들이 좋아할 만한 기준에 딱 들어맞는 외모는 아니었다. 말하자면 보송하고 부드러운 베이비 페이스가 아니었다. 면도하고 한 시간 정도만 지나면 턱수염이 자라나는 얼굴 같았다. 모르긴 해도 그가 출연하는 프로그램의 메이크업 담당자들이 그를 십대처럼 보이게 만들기 위해 초과 근무를 할 것이 틀림없었다.

"그게 뭔데요, 혹시 컴백 같은 건가요?" 에머리가 편안한 자세를 찾으려고 의자에서 몸을 비틀었다. 그렇게 하니 섹시한 분위기가 더해졌다.

"대통령 출마, 세계 제패, EGOT*, 타파웨어 파티. 이중에서 네가 한번 골라봐."

"아, 달성하기 힘든 그 EGOTT요. T가 두 개 있는."

패트릭이 고개를 돌려 에머리를 바라보았고, 에머리도 고개를 돌려 패트릭을 보았다. 그들은 시선을 고정했다. 에미, 그래미, 오스카, 토니, 타파웨어. 패트릭은 자신이 그렇게 야망이 넘쳐나길 바랐다.

"이제 그걸 함께 즐길 누군가가 필요하겠네요." 에머리가 패트릭을 보며 빙긋이 웃었다.

"누구? 너? 난 너에게 차를 불러주지 않을 거야. 그러니 안으로 들어가는 건 어떠니?"

"당신은 더 나쁜 짓도 할 수 있을 텐데요."

---

* 미국의 4대 연예대상인 에미상, 그래미상, 오스카상, 토니상을 통틀어 일컫는 말.

패트릭은 그 말을 생각해보았다. "더 좋은 걸 할 수 있지."

에머리는 됐다며 웃어넘기려 했다.

"난 그냥 여름 동안 살아남는 데 집중할 거야. 그런 다음 세계 제패를 하는 거지."

에머리가 의자에서 일어나 스트레칭을 했다. 그러자 티셔츠가 청바지 위로 올라가 납작하고 놀랍게도 털이 난 배가 노출되었다. 정말로 촬영 사이사이 메이크업 담당자들이 그에게 면도를 해줘야 할 것 같았다. "같이 수영해요."

"지금 시간이 새벽 세시 같은데."

에머리가 셔츠를 벗었다. 그의 몸은 군살이 없고 약간 그을렸지만, 위협적일 정도로 근육질은 아니었다. 아마도 헬스클럽에서 웨이트 트레이닝을 하는 대신 비크람 요가에 운동 시간을 전부 할애하리라. 패트릭은 그를 응시했지만, 음흉하게 쳐다보지는 않았다. 그는 풀장에서 이 아이와 함께 시간을 보낼 수도 있었다. 집안 가득 가족들을 맞아들이기 전이라면 주저 없이 했을지 모르는 뭔가를 하면서. 아니면 그에게 차를 불러주거나. 그는 일어나서 우아한 동작으로 자기 셔츠를 벗었다.

"이크."

"왜?" 패트릭이 물었다. 그것이 에머리가 좋아하는 감탄사 같았다.

"방금 섹시했어요."

패트릭은 자신이 무얼 하고 있는지 생각조차 하지 않고 팔을 뻗어 에머리의 청바지 맨 윗단추를 풀었다.

"와우." 에머리가 더 깊은 인상을 받고 감탄사를 내뱉었다. 그런 다음 당신 차례예요, 라고 말하려는 듯 패트릭의 바지를 내려다보았다. 그는 유심히 보며 말했다. "당신 바지에 나비들이 있네요."

바지에만 있는 게 아니야.* 패트릭은 생각했다. 패트릭은 집안으로 들어가려는 것처럼 몸을 돌려 집을 향해 몇 걸음 걸었다. 에머리는 혼란스러워하며 멀찍이 서 있었다. 이게 끝이야? 패트릭은 잠시 걸음을 멈췄다. 결정을 내릴 시간이었다. 수영을 하면 좋을 것이다. 어쨌든 그는 열심히 손님 응대를 하느라(그런 다음에는 누나를 만나는 바람에 스트레스를 받아) 땀에 젖어 있었고, 밤 날씨는 여전히 건조하고 더웠다. 그는 클라라에게서 승리를 얻어낼 자신이 있고, 물은 그전에 깨끗해질 것이다. 그는 잘하고 있었다. 좋은 삼촌 노릇을 해왔다. 그러니 자격이 있었다. 그가 풀장의 조명을 껐고, 주위가 컴컴해졌다. 뒤를 돌아보니 에머리가 달빛에 감싸인 채 알몸으로 서 있었다.

패트릭은 신발을 차서 벗어던지며 잔디밭을 천천히 가로질러 걸어갔다. 에머리를 마주보고 서서, 그의 눈을 피하지 않은 채 바지를 벗어 아래로 떨어뜨리고 속옷도 벗어내렸다. 그런 다음에야 마음을 먹고 눈길을 내렸다.

"그렇군. 그러니까 유대인이 아니네."

에머리가 웃었다.

---

* 영어에 '뱃속에 나비가 있다'라는 표현이 있는데, 긴장해서 가슴이 두근거린다는 뜻이다.

그들은 서로의 몸을 건드리지 않고 눈길도 피하지 않은 채 아주 가까이 서 있었다. 그들의 호흡이 느려지다가 평행한 리듬이 되었다. 하지만 패트릭의 심장은 더 빠르게 뛰었다. 어떤 이상하고 다른 길들이 그들을 이 순간으로 이끌었단 말인가? 에머리의 열렬한 눈길이 자기도 모르게 패트릭의 넓적다리를 스쳤다. 패트릭은 날카롭게 숨을 들이쉰 다음 뒤로 돌아, 잔물결이 거의 남지 않는 완벽한 방식으로 풀장의 수심이 깊은 쪽으로 뛰어들었다. 수온은 28도쯤으로 완벽했다. 7월이라 히터를 켜지 않고도 그 온도가 유지되었다. 그는 풀장의 길이를 거의 다 활용해, 양팔을 옆에 두고 등을 활처럼 조금 구부린 채 수영을 했다. 물이 그의 귀 옆을 쉭쉭 지나갔다. 열기가 거의 식자 그는 접영을 하며 두 번 발차기를 했다. 세상의 소리들이 씻겨나가고 그가 오직 어둠—마음을 가라앉혀주는 완벽한 어둠—에 둘러싸일 때까지. 그는 몸을 홱 뒤집고 눈을 떴다. 그러자 오로지 어둠뿐이었다.

뒤에서 다시 한번 물이 철벅이는 소리가 들렸을 때 그는 밖으로 나왔다.

15

패트릭, 클라라, 메이지 그리고 그랜트는 밀크셰이크를 조금
씩 마시며 팜 캐니언 드라이브를 돌아다녔다. 그들은 팜스프링스
에 여러 번화가가 발전하던 시대의 이상적인 미국 가족과 다르지
않아 보였다. 지독히 더운 여름날 아이스크림을 먹으러 가족 단
위의 외출을 나온 아빠, 엄마, 딸, 아들. 부족한 것이 딱 하나 있
었다. 아이크Ike*에 대한 호감을 보여주는 단추 세트. 하지만 그
냥 상황이 뒤섞였을 뿐이다. 그들은 아침 내내 서로 불평했다. 그
들의 취약한 일상이 침입자 탓에 무너졌다. 어떤 면에서는 클라
라가 도움이 되었다. 아이들 세수시키기, 아침 식사 준비, 옷 정
리, 메이지의 머리 빗겨주기 등 일상적인 일들을 자원해서 해주

---

* 미국의 34대 대통령 아이젠하워의 애칭.

었으니까. 하지만 모든 일에 논평이 뒤따랐다. 그녀에 따르면 패트릭의 토스트기는 토스트가 너무 시커멓게 구워졌고, 커피는 너무 썼으며, 아이들은 실내에서도 마치 실외처럼 시끄럽게 목청을 높여 말했다. 패트릭도 속으로 논평했다. 클라라 누나는 너무 빡빡하고, 실제로 해야 할 일에서는 도움이 안 되며, 유머 감각 챙기는 걸 잊곤 했다. 하지만 그는 자신이 관찰한 것을 혼자서만 간직하는 분별이 있었다. 그들은 가족으로서 집과 씨름하고, 집을 번듯한 모습으로 되돌려놓기 위해 일했다. 그러나 이른 오후가 되자 로자가 혼자서 평화롭게 청소를 마치겠다며 그들을 밖으로 쫓아냈다.

패트릭은 밀크셰이크를 주문하면 빨대에 작은 도넛이 장식되어 나오는 '그레이트 셰이크'에 가자고 제안했다. 덤으로 딸려 나오는 도넛은 두 입이면 끝이었지만, 클라라는 한 컵에 담긴 1200칼로리의 아이스크림을 후루룩 마시며 넉넉히 잘 나오는 것 같다는 의견을 밝혔다(패트릭이 주문한 밀크셰이크에는 수제 버터 스카치가 둘려 있었다). 그랜트는 오레오 밀크셰이크에 꽂힌 빨대를 잘근잘근 씹었고, 메이지는 대추야자 셰이크—팜스프링스에서 유명한 디저트였다—를 껴안듯이 손에 들었다. 클라라는 참으로 그녀다운 것을 주문했다. 허니 라벤더 바닐라 혹은 그 비슷한 터무니없는 것(디저트보다는 비누에 더 잘 어울리는 조합)이었는데, 한입 홀짝거릴 때마다 점점 떫은 표정이 되었다. 그 경험 전체에 몸서리를 치는 것처럼 보였다. 하지만 냉정을 유지하려고 헛되이 노력하며 컵을 목에 대고 누르는 것에서 밀크셰이크의 용도를 찾아냈다.

"어떻게 이렇게 살아?"

"열기가 씻어내줘." 당분으로 연료를 공급받은 아이들이 앞에서 의연하게 달려갔다. 그랜트의 조그만 몸이 순수한 쿠키앤드크림 에너지로 요동치고 있었다. 가족이 방문하니 좀더 크리스마스 같은 느낌이 들었다. 패트릭은 선물 없이 크리스마스가 완성되지 않는다고 주장했고, 그들은 그 임무를 띠고 시내에 도착했다. 패트릭이 저녁 식사를 위해 빌리 리드 식당에서 배달시키기로 한 구운 칠면조 요리와 함께 개봉할 선물들을 골라야 했다.

"씻어내준다고?"

"무쇠팬을 길들이는 것처럼. 무쇠팬은 기름을 계속 발라서 길들여야 하잖아." 클라라가 무쇠팬을 살 것처럼 보이지는 않았다. 그래서 패트릭은 덧붙여 말했다. "누나도 익숙해질 거야."

그들은 여름철 상업 지구의 콘크리트 차양에 설치되는 원예용 분무기 아래 그늘에서 잠시 걸음을 멈추었다. 안개처럼 분사되는 물줄기들 때문에 마치 식료품점 신선식품 코너의 시든 채소가 된 기분이었다. 패트릭은 어울리지 않는 파스텔화 모작이 프린트된 티셔츠를 입고 지나가는 시끌벅적한 관광객 무리를 쳐다보았다. 그랜트가 조심하지도 않고 바닥으로 철퍼덕 뛰어내리자 아이의 컵 옆면에 휘핑크림이 철벅 튀어나왔다. 패트릭은 조카에게 냅킨 한 장을 건네주었다.

"이 별들은 머예요?"

패트릭은 팜스프링스 명예의 거리를 흘깃 내려다보았다. "사람들 이름이 새겨진 거?" 그 별들은 이곳에서 살았거나 이곳을 자주 방문한, 그러니까 이 도시와 관련 있는 유명인들을 기리는 것이었다. 메리 픽퍼드에서 클라크 게이블, 엘비스에서 시나트라에 이르기까지. 심지어 아이젠하워와 포드 같은 대통령들도 있었다. "여기 살았던 유명한 사람들이야." 혹은 원래는 할리우드 명예의 거리의 자매 거리를 만든다는 계획으로 조성된 것이었다. 하지만 최근에는 뉴스 앵커, 자선가, 혹은 누구든 별 하나를 살 능력이 있는 아무한테나 별을 수여하는 것 같았다.

"삼촌 별도 볼 수 있어요?" 메이지가 물었다.

패트릭은 잠시 사이를 두었다가 대답했다. "내 별은 없어."

"난 삼촌이 유명한 줄 알았는데."

"유명해." 이건 사소한 논쟁거리였다. 빠른 걸음으로 지나가던 앙상한 휘핏 종 개가 믿을 수 있어요?라고 묻듯 패트릭을 올려다보았다. 그 개는 뜨거운 보도로부터 발을 보호하기 위해 발목까지 오는 자그마한 부티 슈즈를 신고 있었다. 패트릭은 그 개를 돌아보았다. 넌 믿을 수 있겠어? 사실 그 휘핏 종 개는 그럴 수 없었다. "별을 하나 가지려면 이곳 지역사회 일에 관여해야 돼. 그런데 니는 알잖아. 내가 그런 걸 싫어한다는 거."

그 말이 세기의 절제된 표현이기라도 한 양 클라라가 비웃었다.

"그건 공평하지 않아요, 삼촌은 별을 가져야 해요!" 메이지가 빈티지로 보이는(하지만 분명 현대적으로 대량 생산된) 작은 장식품을 파는 선물 가게 앞에서 빙글 돌았다. "우리 어기 들어가서 구경해도 돼요, 거프?"

한눈에 봐도 클라라의 화는 오래가지 않았다. "이리 와봐." 패트릭은 창문으로 아이들을 지켜볼 수 있는 지점까지 클라라를 그늘 안으로 이끌었다. 그런 다음 몸을 기울이고 속삭여 말했다. "애들이 저 안에서 무얼 발견하든 완전 개똥 같을 거야. 그래도 흥분한 것처럼 행동해."

"너 내가 대린네 아이들에게서 받은 선물 중 어떤 게 있었는지 알고 싶니? 혀긁개가 있었어. 스웨터 진공포장용 비닐백도. 내 기억으로는 파프리카도 한 번 있었고." 클라라는 가게 창문 쪽을 향해 서성거리며 손으로 부채질을 해 에어컨 바람이 자기 쪽으로 오게 했다.

"누나가 여기 와서 좋아."

허를 찔린 클라라가 머리를 곧추세웠다.

"좋은 일이야. 아이들에겐 엄마 같은 존재가 필요하거든."

클라라도 동의했다. 그들이 하루종일 함께 있으면서 가장 편안한 순간이었고 기분좋게 느껴졌다. "아이들에겐 마을 하나가 필요하지."

"시끌벅적한 게이 이웃들도." 패트릭이 동의했다.

"그나저나 이 아이스크림을 먹고 배가 괜찮을지 모르겠네."

패트릭은 그들의 취약한 평화를 흐트러뜨리며 끙 하고 신음했다.

"또 왜?" 클라라는 아침에 일찍 일어났다. 시차 때문이었고, 더 큰 이유는 손님방 창문을 통해 공격적으로 비쳐 들어오는 햇빛 때문이었다. 패트릭과 아이들이 아침 늦게까지 자는 걸 보고 그녀는 놀랐다. 그것이 어젯밤 파티 때문에 너무 늦게까지 자지 않고 깨어 있은 탓인지 아니면 자유분방한 생활 습관의 증거인지 궁금해했다. 밤새 깨어서 활동하고 낮에는 내내 늘어져 있는. 그러고도 패트릭이 한발 더 나아가 그녀를 비판하려 한다고?

"만약 내가 사람들의 무리 하나를 학살할 수 있다면, 그건 배가 아프다고 말하는 성인들일 거야."

"그럼 뭐라고 말해야 하는데? 패트릭의 『완벽해지는 법 안내서』에서는 뭐라고 말해?"

"위장이 불편하다고 해야지. '위장'에 무슨 문제라도 있어? 그리고 난 완벽을 추구하지 않아. 성인과 대화하길 원할 뿐이야."

클라라가 머리를 흔들었다. 아니, 위장에는 아무 문제가 없어. 아니면, 아니, 난 그런 말 안 할 거야. 그녀도 확신하지 못하는 것 같았다. "부모 노릇 하게 된 걸 환영해."

패트릭은 구석으로 걸어가 먹고 남은 밀크셰이크를 쓰레기통에 던져넣었다. "저기 봐." 그가 돌아와서 길 건너편을 가리켰다. "새로운 팜스프링스야. '더 로완.' 최근에 생긴 호텔 중 한 곳이지. H&M, 키엘, 와인을 파는 스타벅스도 생겼어."

클라라는 패트릭의 손이 가리키는 곳을 따라, 산기슭에 새로 지은 멋진 호텔과 번화가를 따라 새로 들어선 건물들의 말끔한 정면을 보았다. 야자수조차 싱싱하고, 꼿꼿하고, 선명한 녹색이고, 완벽하게 다듬어진 모습으로 보였다. 그들이 서 있는 보도는 상점 앞 거리들이 다 연결되어 있는, 상대적으로 시간에 갇힌 곳이었다. 수십 년 전 소도시의 중심가와 비슷했다.

"도로 이쪽? 이쪽은 옛날의 팜스프링스지. 난 이쪽이 좋아. 하지만 이쪽이 오래 지속되지 않을까봐 두려워. 지금이 실제로 크리스마스라면, 우린 연례 행사인 크리스마스 퍼레이드를 위해 여기서 진을 치겠지. 행진하는 지역 취주악단들, 소방관들, 드래그 퀸들을 태운 꽃수레도 지나가고. 누나 마음에도 들 거야."

"여긴 크리스마스에도 날씨가 덥니?"

"아니, 굉장히 추워. 최고 기온이 15도 정도야."

클라라가 또다시 비웃었다. 15도가 굉장히 춥다고? 그래도 재미있을 것 같긴 했다. 심지어 여장한 현자들까지도.

"최근 내 머릿속에 누가 자주 떠오르는지 알아, 누나?" 패트릭은 아까 버린 컵 표면에 맺혀 있던 물방울 때문에 축축해진 손을 반바지에 문질러 닦았다.

"맙소사, 너 참 말 많다."

"탈진해서 그래. 당분도 상관이 있고."

클라라는 자유로운 한쪽 손으로 블라우스 자락을 잡아당기고 손으로 부채질을 해 실크 천과 피부 사이에 공기가 통하게 했다. "몰라. 누군데?"

"엄마."

"오." 클라라가 감탄사를 내뱉었다. 그녀는 들고 있던 밀크셰이크 컵으로 이마를 가로질러 부드러운 호를 그리며 땀을 닦았다. 그런 다음 그걸 'LOCK HER UP'이라고 프린트된 티셔츠를 입고 느릿느릿 움직이는 나이든 남자에게 던지고 싶다는 표정을 했다. "왜?"

"새삼스레 감사한 마음이 들어서. 아이들과 있으니 할일이 많더라."

"그럼 네가 엄마를 오시게 해." 클라라가 말했다.

"아니." 패트릭이 원예용 분무기 쪽으로 얼굴을 들어올렸다. 물은 그의 피부에 닿는 만큼이나 빠르게 증발해버렸다.

"아니라고?"

패트릭은 눈을 감았다. "저애들이 엄마를 곁에 둘 수 없다면 나도 엄마를 곁에 두지 않을 거야. 내가 맺은 일종의 약속이지." 그는 발끝으로 서서 분무기의 물이 이슬 방울처럼 얼굴 위에 맺히는 걸 느낄 수 있을 때까지 기다렸다. "누나는 여기 왜 온 거야?"

클라라는 패트릭의 말을 못 들은 척했다. 그녀가 블라우스 안에 냅킨을 밀어넣고 겨드랑이 아래를 닦으며 아이들이 들어간 상점 안을 들여다보았다. "네가 어떻게 이러고 사는지 난 모르겠다."

이 대화에 필요한 깔끔한 마침표였다.

*

돌아가보니 집이 반짝반짝 빛났고, 로자가 휴일 디저트로 스위트 코코넛과 파인애플 타말레*까지 만들어놓았다. 그녀 어머니의 레시피였다. 패트릭은 시내에서 인출한 현금 한 다발로 로

---

* 옥수수 반죽 사이에 여러 가지 재료를 넣고 익히는 멕시코 요리.

자에게 감사를 표한 뒤, '크리스마스는 가족과 함께 보내'라고 말하며 집에 보냈다. 그러자 클라라의 눈알이 뒤로 돌아갔고, 패트릭은 그 눈이 끝까지 돌아갈까봐 겁이 났다.

늦은 오후가 되자 클라라는 태도를 바꾸었다. 하지만 크리스마스를 기념하려면 제대로 해야 한다고도 주장했다. 집에 선물용 포장지가 없어서, 잡지 페이지를 뜯어내 작은 선물들을 포장하기로 했다. 크기가 더 큰 선물들을 포장하려고 카버존의 삭스 아웃렛에서 받은 종이 쇼핑백 몇 개를 잘라냈다. 아이들은 주방용 가위를 사용해야 했다. 패트릭은 알 수 없는 몇 가지 이유로 테이프를 잔뜩 갖고 있었다. 패트릭이 메이지와 그랜트에게 시내에서 사온 마커로 눈사람을 그려보라고 했고, 그랜트는 순록 그림까지 시도했다. 결과는 실험실에서 나온 왜곡된 창작물—죽마를 탄 뿔 달린 수달—에 더 가깝게 보이긴 했지만. 패트릭은 선물을 열심히 개봉하는 행위를 통해 아이들을 비참함에서 끌어내주고 싶었다.

클라라가 저녁 식사 때는 제대로 된 식탁에서 칠면조 요리를 먹어야 한다고 주장했다. 확신컨대 패트릭이 한 번도 사용한 적 없는 공간이었다. 그녀는 놀랄 만큼 축제 분위기로 보이도록 테이블을 꾸몄다. 테이블에 촛불이 켜진 걸 패트릭은 알아보았다. 그가 마사지를 받을 때 딱 한 번 사용한 것이었다. 하지만 나머지 테이블 장식들은 다소 미스터리였다.

"저런 건 어디서 가져왔어?" 패트릭이 테이블 매트와 장식용 러너를 가리키며 물었다. 거의 추궁하는 어조였다. 아이들을 말겠다고 단호히 주장하기 위해 가져온 걸까? 아이들은 적합하게 세팅된 테이블에서 음식을 먹어치울까, 아니면 전혀 안 먹을까?

"저 온갖 선반들 아래에 있는 서랍에서 발견했어."

"저 선반들?" 패트릭이 거실의 벽에 만든 선반을 가리키며 되물었다.

"서랍에서. 웃기게 생긴 서진書鎭 아래에 있는."

"내 골든 글로브 트로피?"

"네가 뭐라고 부르든 간에."

"흠." 아마도 로자가 여기서 처음 일할 때 그를 교화하려는 시도의 일환으로 집안에 밀반입한 물건들 같았다. 아니면 그가 예전 집에서 옮겨온 물건인지도 몰랐다. 만약 그렇다면 세라나 조의 집에 있던 물건일 것이다.

클라라가 메이지에게 냅킨 접는 방법 네 가지(직사각형과 삼각형 모양으로 접는 방법에 더해, 원뿔 접기라고 불리는 방법과 작은 꽃이나 명함을 끼워넣을 수 있도록 대각선 방향의 포켓이 생기게 접는 방법)를 포함해 테이블 세팅법을 가르쳐주었고, 메이지는 즐겁게 배우는 듯했다. 메이지는 여자 수영복을 꺼리는 만큼이나, 여성들에게 결혼이 곧 경력이던 시절의 살림 지침서에서 찢어낸 임무에 몰입하는 데 문제가 없어 보였다. 수수께끼야, 패트릭은 생각했다.

그들이 자리에 앉자, 클라라가 식전 감사 기도를 드려야 하지 않겠느냐고 물었다.

"아니." 패트릭이 그 생각을 재빨리 묵살하며 대꾸했다.

"그래도 뭔가에 감사하다는 말은 할 수 있잖아."

패트릭이 매시드 포테이토와 크랜베리 소스까지 곁들여 포장해온 칠면조 요리를—모든 것을—막 테이블에 차려놓은 참이었다. 그는 마를레네를 위해 자기 몫의 칠면조 고기를 몇 조각 잘라내 감자 조금과 함께 먹이 그릇에 놓아주었다. 그런 다음 곁들여 먹을 채소를 직접 쪘다. 그들 모두 먹을 준비가 되고도 남았다. "오늘이 추수감사절은 아닌데." 패트릭이 말했다.

"크리스마스도 아니잖아. 아무 날도 아니라고!" 클라라가 대꾸한 뒤 마음을 진정시키기 위해 양손으로 테이블을 꽉 붙잡았다. "그러면 기분좋은 일에 대해 말하자. 이 음식을 먹기 전에 말이야."

패트릭이 두 주먹으로 테이블을 쾅 치는 바람에 은제 식사 도구가 튀어올랐다. "제기랄, 누나."

"왜? 내가 음식을 뱃속에 넣기 전이라고 말한 것도 아니잖아."

"그게 아니라……" 패트릭이 소금과 후추를 향해 팔을 뻗었다. 그런 다음 누군가 그만, 이라고 말하길 기다리는 웨이터처럼 자기 음식에 후추를 갈아넣었다. "애들은 얼마 전에 엄마를 떠나보냈어. 누나하고 나는 제수씨와 올케를 떠나보냈고. 난 친구를 잃은 거기도 해. 우린 불행 속에서도 편안해지고 있어. 인생에는 기분좋지 않을 때가 많다는 사실과 함께 말이야. 그리고 오늘밤 우린 그렇지 않은 척할 필요가 없다고."

클라라가 자리에서 일어나려는 것처럼 무릎에서 냅킨을 거둬 테이블 위에 거칠게 올려놓았다. 그러고는 의자에서 몇 센티미터 정도 몸을 일으켜 맴돌다가, 아이들을 생각하고는 다시 자리에 앉기로 했다. "음, 음식이 맛있어 보이네. 그것에 대해 감사할 수 있겠구나."

패트릭의 태도가 누그러졌다. "아멘." 그가 이렇게 말하고 클라라의 팔에 손을 얹었다. 과민하게 굴었다는 걸 인정하는 몸짓이었다.

"개가 칠면조를 먹어도 돼요?" 메이지가 마를레네를 내려다보며 물었다. 정말 걱정이 돼서 물은 건지 아니면 식탁 분위기를 바꿀 필요가 있겠다고 느낀 건지는 몰라도, 패트릭으로서는 과열되었던 분위기를 가라앉혀준 것에 대해 메이지에게 입맞춤이라도 해주고 싶었다.

"사람은 칠면조를 먹어도 되나? 그게 문제지."

"그럼요!" 그랜트가 감자 덩어리를 입안 가득 넣은 채 외쳤다.

"사람이 먹는 음식 중에 개에게 나쁜 것이 몇 가지 있어. 그중 하나가 양파고, 건포도랑 초콜릿도 그래. 하지만 대부분은 사람이 먹는 음식도 괜찮아. 칠면조도 괜찮고. 하지만 다리는 안 돼. 뼈가 목에 걸릴 수 있거든. 너만 좋다면 내일 그 목록을 확인해보자꾸나."

"지금 확인해봐야 하지 않을까요?"

"아니야."

"패트릭." 클라라가 꾸짖었다.

"난 우리가 음식이 따뜻할 때 먹어야 한다고 생각해." 패트릭이 콜리플라워를 한 입 먹었다.

클라라가 남동생의 주목을 끌기 위해 목청을 가다듬었다.

패트릭은 짜증을 내며 그녀를 쳐다보았다. "누나, 칠면조 뼈가 목에 걸렸어?"

"메이지는 자기가 애정을 느끼게 된 누군가가 혹시라도 피해를 입을까봐 걱정돼서 물어본 거잖아." 클라라가 이렇게 말한 뒤 머리를 왼쪽으로 몇 번 까닥여 개를 가리켰다.

방금 자신이 폭발했고 클라라가 그걸 알아차렸다는 사실에 당황해 패트릭의 얼굴이 뜨거워졌다. 사실 그들은 나쁜 팀이 아니었다. 왜 두 사람이 짝을 이루어 부모 노릇을 하는 경우가 많은지 분명해졌다. "칠면조 고기는 확실히 괜찮아. 이야기 하나 들려줄게. 처음 로스앤젤레스로 이사 왔을 때, 나는 어떤 프로듀서 녀석의 어시스턴트로 일했어. 정말 멍청한 놈이었지."

"패트릭."

"괜찮아요." 메이지가 자기 음식을 포크로 빙빙 휘저으며 말했다. "우린 익숙해졌어요."

"매일같이 그만두고 싶었단다. 하지만 모르긴 해도 그놈이 오디션 같은 걸 따내도록 날 도와줄 수 있을 거라 생각했지. 어찌됐건 말이야. 그는 자기 개가 먹을 음식을 사오라고 고급 개먹이 전문점에 나를 보내곤 했어. 그곳의 음식은 개들용으로 특별하게 포장해놓긴 했지만, 모두 사람이 먹는 음식으로 만들어졌지. 진짜 식재료를 사용해 저나트륨으로 만든 제품들이었어. 터무니없지 않니. 거기에 칠면조 고기도 있었어. 통밀로 만든 마카로니를 곁들인 칠면조 고기 말이야. 리마콩, 방울양배추, 뭐 그런 것도 있었단다."

"역겨워요!" 그랜트가 말참견을 했다.

"그건 개들을 위한 게 아니잖니? 개들이 익숙하게 먹는 것과 비교해보면? 그건 일반 대중을 위한 게 아니었다고." 패트릭이 메이지를 내려다보았다. "보통 사람들 말이야. 어쨌거나 그의 개는 그걸 좋아하더라! 몇 주 뒤 그의 아내가 첫 아이를 낳았고, 그가 나에게 아기가 먹을 고급 이유식을 만들어줄 개인 요리사를 찾아달라고 했지. 그 시점에 그는 나의 빌어먹을—무례한—사람들 목록에 올라 있었단다. 오디션을 따내도록 날 도와주지 않았으니까. 어느 날 오후 나는 개먹이를 가져오면서 이런 생각을 했어. '도대체 어디서 아기 이유식 개인 요리사를 찾아내지?' 그때는 스마트폰도 나오기 전이었어. 그러다가 한 가지를 깨달았지. 개먹이를 혼합해 만들어서 안 될 게 뭐 있어? 그걸 작은 병에 담는 거지. 어쨌든 사람이 먹어도 되는 음식이고, 보존제나 나트륨도 안 들어 있잖아. 그래서 그렇게 했지."

"설마 정말로 그랬을라고." 클라라의 턱이 사실상 접시에 닿을 정도였다.

"정말 그렇게 했어! 차를 몰고 이미 익숙한 그릇 상점으로 갔지. 한 달 전에 그가 PVC인지, CFC인지, CDC, 혹은 MTV, 혹은 다른 무엇 때문에 그의 집에 있는 플라스틱 용기들을 싹 다 유리로 바꾸라고 했거든. 난 거기서 작은 유리병들을 사서 개먹이를 섞어 담았어. 그렇게 하니, 짠! 인스턴트 아기 유아식이 되었지."

"그래서 그 아기가 개먹이를 먹은 거예요?" 메이지의 눈이 너무 휘둥그레져서 이쑤시개로 받쳐 뜨게 하는 편이 나을 정도였다. 그랜트는 먹던 음식을 조금 뱉어냈다.

"개먹이, 이유식. 그애는 그걸 좋아했어. 너무나 좋아했지. 그는 자기의 유명인 친구들에게 내가 수소문해준 굉장한 이유식 요리사에 대해 자랑하기 시작했고 말이야. 그들은 아무 생각 없이 그를 따라 그 요리사에게 이유식을 주문했어. 그 요리사는 바로 나인데! 그래서 난 몇 가지 물건을 구입했지. 이름이 뭔지는 잊어버렸지만—뉴트리불렛, 바이타믹스,* 그 시절에 팔던 뭐 그런 것들이었을 거야—반려동물 용품점에서 유리병 같은 것들을 트렁크 가득 구입하고 믹서기들을 가동했지. 가격을 올려서 엄청난 이윤을 얻었단다! 맹세하는데, 그 여섯 달 동안 온갖 유명한 아기들에게 개먹이를 먹였다니까."

클라라는 진절머리를 내며 그랜트의 접시에 몸을 기울이고 고기를 잘라주었다.

"누가 알아차리지 않았어요?" 메이지가 물었다.

"뭐라고? 아니야. 난 혼자서 오디션을 따내기 시작했고, 그 바보 같은 직장을 그만뒀어. 프로그램을 계약한 뒤 곧바로 말이야. 경클 규칙 10번, 네가 모르는 상표는 무엇이 됐든 믿지 마라. 상표는 톰 포드처럼 훌륭하고 쉽게 알아볼 수 있는 이름이어야 하지. 자기가 만든 상표든, 구찌나 이브생로랑처럼 이어져 내려오

---

* 둘 다 미국의 믹서기 상표명이다.

는 상표든."

클라라가 칠면조 고기 한 조각에 크랜베리 소스를 약간 추가하며 말했다. "넌 애들 머릿속을 터무니없는 이야기들로 채우고 있어. 얘들아, 삼촌이 하는 말 귀담아듣지 마라."

"오, 터무니없는 이야기가 아니야. 실질적인 인생 조언이라고."

"그리고 그 경클 규칙이라는 거 말인데…… 대체 얼마나 많은 규칙이 있는 거니? 열 개?" 클라라가 다짐을 놓으려고 테이블 주위를 둘러보았다.

"음, 메이지가 말해줄 거야. 메이지가 정리해놨거든."

"고모 규칙 1번은 어때? 상표는 아무 의미도 없다."

"사람들에겐 그렇지. 아, 그래. 소비재일 때도 그렇고." 패트릭이 싱긋 웃었다. "누나가 개먹이를 먹거나 모든 걸 기성품으로 사려는 게 아니라면 말이야."

그랜트가 쨍그랑 소리를 내며 접시에 포크를 내려놓았다. "싫어요!"

"싫어, 뭐가?"

"개먹이를 먹기 싫다고요."

"그래, 알았다. 그럼 사람 음식을 마저 다 먹으렴. 크리스마스여서 포스트메이트* 배달원에게 팁을 추가로 줬어." 클라라가 아니라고 외치고 싶어서 죽을 지경인 걸 알고 있었으므로, 패트릭

---

* 미국의 배달 주문 서비스 앱.

은 클라라를 향해 윙크를 했다. 그녀는 은제 식사 도구들을 내려 놓고 심호흡을 한 뒤 말했다. "고모 규칙이 또 있어. '훌륭한 저 녁 식사를 한 뒤에는 누구든 용서할 수 있다.'" 패트릭이 테이블 밑에서 클라라를 발로 차고는 덧붙였다. "'심지어 친척들도.' 오 스카 와일드."

클라라는 자기도 모르게 재미있어했고, 웃음을 참으려고 애를 썼다.

"오, 여기 봐. 마를레네가 더 달라고 왔어." 개가 패트릭이 있 는 쪽 테이블 밑에서 빙빙 돌다가 앉아서 꼬리를 흔들고 있었다. 패트릭은 몸을 아래로 기울여 마를레네의 양쪽 귀 사이를 긁어주 었다. "이따가 마를레네를 데리고 산책 나가야 해. 그때쯤엔 보 도도 시원해질 거야."

"떤물은요!" 그랜트가 외쳤다.

"산책, 그다음에 선물."

풀이 죽어 그랜트의 자세가 구부정해졌다. 하지만 유쾌한 대 화가 다시 시작되었고, 모두들 접시를 깨끗이 비웠다.

*

패트릭은 무비 콜로니 지역을 이리저리 빠져나가면서 마를레 네로 하여금 길을 고르게 했다. 마를레네는 그들을 토니 커티스 의 오래된 사유지가 있는 막다른 골목 주위로 이끌었다. 그곳 몇 블록 반경에는 캐리 그랜트, 글로리아 스완슨 등 다른 할리우드 스타의 집도 있었다. 심지어 프랭크 시나트라는 그의 트윈 팜스 집이 악명 높은 파티 하우스가 되었던 시절에 그 근처에서 야영을 하기도 했다. 하지만 패트릭은 어느 집이 누구의 집인지 잊어버렸고, 많은 집이 높은 담과 무화과나무 때문에 시야에서 가려져 보이지 않았다. 도로들은 넓고 휑뎅그렁했다. 그들은 길 한가운데를 똑바로 걸어내려갔다. 주변 공기가 불가사의할 정도로 고요했다. 클라라는 설거지를 하기 위해 집에 남아서 없었다.

"클라라 고모가 삼촌에게 화난 거예요?" 메이지가 물었다.

"누구한테, 나한테? 아니야아아아아아아."

"그럼 우디한테 화났어요?"

패트릭은 땅에서 한쪽 다리를 들어올려 자신의 프라다 슬리퍼를 바로잡다가 멈추고는 그랜트의 머리에 손을 얹고 아이를 향해 몸을 기울였다. "당연히 아니지. 고모는 너희를 사랑해. 클라라 고모와 나는…… 음, 클라라 고모는 내 누나야. 너희 아빠의 누나이기도 하고. 다만 풀어야 할 것이 많이 있어서 그래. 남매 사이라는 게 어떤 건지 너희도 알지? 어땐 때는 서로 짜증나게 만들지만 서로에게 화가 나는 건 아니잖아. 불만스러울 수는 있지. 하지만 화가 나진 않아."

"난 화나요." 그랜트가 말했다.

"그럼 발을 막 굴러."

그랜트가 발을 구르고 으르렁거렸다. 그러더니 곧바로 다시 기분이 좋아졌다. 중심가 쪽으로 방향을 틀자 마를페키 뭔가를 감지하고는 흥분해서 앞뒤로 왔다갔다했다. 마치 보이지 않는 트래픽 콘*들이 설치된 장애물 코스를 주파하는 것처럼 보였다.

"내가 줄 잡아도 돼요?" 메이지가 물었다.

패트릭은 자동 리드줄을 메이지에게 건네주었다. "마를레네가 너무 앞서 나가지 않게 해." 그런 다음 눈을 감고 열 걸음 동안 잠시 고요를 즐겼다.

"나도 하고 싶어!" 그랜트가 리드줄을 잡아챘다.

"자, 자. 흥분을 좀 가라앉히렴. 네 차례도 올 거야." 패트릭은 두 아이 사이에서 걸음을 옮기며 말을 이었다. "남동생이나 누나가 있다는 건 말이야, 정말 특별한 일이란다. 난 네 녀석들이 그걸 기억했으면 해. 너희 둘이 이걸 명심했으면 한다고. 클라라 고모는 '녀석들'이 가부장제의 언어라는 이유로 내가 이렇게 말하는 걸 탐탁지 않게 여기지만 말이야." 패트릭이 길에서 돌멩이 몇 개를 주워들고는 그곳이 연못이기라도 한 듯 아스팔트 너머로 물수제비 뜨기를 했다.

"우리도 그거 할 수 있어요?" 그랜트가 흥분해서 물었다.

"사실 길에서는 물수제비 뜨기를 할 수 없어. 연못에서 해야지."

"우리집에 풀장이 있잖아요!"

"내 집에 풀장이 있지. 그리고 거기서 물수제비 뜨기를 하면 안 돼."

"왜 안 돼요?"

---

* 원뿔형 교통 표지물.

"돌들이 풀장 바닥으로 가라앉거나 필터를 막을 테니까. 생각해보렴, 누가 풀장 안으로 잠수해 그 돌들을 주워오겠니." 패트릭이 양손 엄지손가락으로 스스로를 가리켰다. "하지만 내 말 잘들어봐라. 동기간, 남매 사이, 그건 특별한 거야. 특히 너희에게는. 엄마가 돌아가셨으니 말이야. 너희는 서로를 위해 옆에 있어줘야 해. 내 말 알겠니? 그러니 너희 사이에 멍청한 짓거리가 끼어들지 않게 해라. 안 그러면 후회하게 될 거야."

패트릭이 앞으로 펄쩍 뛰어나가 메이지의 손에서 리드줄을 낚아챘다. 마를레네가 인접한 공터에서 수상쩍은 뭔가에 코를 킁킁거리고 있었다. 마를레네가 동물 사체 혹은 그와 비슷하게 끔찍한 어떤 것을 향해 돌진하는 건 그가 결코 바라지 않는 일이었다. 패트릭은 리드줄을 당기고 잠금장치를 닫았다. 그래서 그랜트가자기 차례 때는 리드줄을 더 짧게 쥐고 마를레네를 산책시킬 수있었다.

"우리 실수하지 말자." 패트릭은 클라라와의 일들을 바로잡기위해 새롭게 결의를 다졌다. 그는 모범을 보일 것이다. 더 큰 남자가 될 것이다.

사람.

남자.

*

패트릭과 여자들은 나무 주위의 바닥에 앉았고, 그랜트는 노란색으로 자낙스*라고 수놓인 감색 쿠션을 받치고 어린 신사처럼 소파에 혼자 자리잡았다. 자낙스는 약물의 효과를 편안한 잠과 연관시켜 기발하게 엮은 제품이었다. 아이들이 여기에 온 후 패트릭은 아이들 아빠가 중독된 약 이름이 수놓인 그 쿠션을 한쪽으로 치워둘 생각이었다. 하지만 줄곧 실행에 옮기는 걸 잊고 있었다. 클라라는 그 쿠션을 보았고, 재미있어하지 않았다.

"제정신이니?" 그녀가 대놓고 그 쿠션을 가리키며 물었다.

패트릭이 손사래를 쳤다. "그랜트, 내려와서 여기 바닥에 같이 앉자."

"난 여기 앉고 싶어요."

"내가 바닥에 앉자고 하면 우리 모두가 그렇게 해야 돼. 클라라 고모를 보렴. 인디언 스타일**로 앉을 수 있잖니. 산처럼 나이가 들었는데도."

"요즘 사람들은 인디언 스타일이라고 말하지 않아." 클라라가 정정했다.

"그럼 뭐라고 말해?" 패트릭은 그녀가 말하는 사람들이 누구를 뜻하는지 확신하지 못했다.

"크리스크로스 애플소스 자세라고 해요." 늘 도움을 줄 준비가 되어 있는 메이지가 말했다.

"크리스크로스…… 뭐?"

---

* 항불안제 상품명.
** 책상다리를 하고 바닥에 앉는 자세.

"애플소스."

"도대체 그게 무슨 뜻이니?"

"나도 몰라요."

패트릭이 비웃었다. "젤리 다리*라는 말은 들어봤다만, 애플소스 다리라고? 너희 다리는 애플소스 덩어리와 걸쭉한 피부 조각으로 만들어졌니?"

그랜트가 자기도 잘 이해가 안 된다는 듯 웃었다.

"그냥 재미있는 라임일 뿐이야." 클라라가 애원하듯 말했다. 그런 다음 목소리를 낮춰 속삭였다. "인디언 스타일이라는 말은 인종차별적이잖아."

"미안. 아메리카 원주민 스타일이지. 그래, 우리가 있는 이곳은 아메리카 원주민의 땅이니까."

클라라가 반발할 태세를 하고 화를 냈다. "아메리카 원주민의 땅이라니, 무슨 뜻이야?"

"내 집은 아구아 칼리엔테 인디언들의 소유야. 내가 이 집을 사긴 했지만 여긴 그 부족의 땅이니까, 난 그들로부터 이 집을 빌려 쓰고 있는 거지. 팜스프링스의 많은 사람에겐 이게 진실이야."

클라라는 이 발상에 곧바로 매료되었다. 아메리카 원주민들이 보유하고 있는—그들이 역사적으로 (그리고 지독하게) 빼앗긴 —땅이라는 발상, 그리고 그 땅을 사용하는 부유한 백인들에게 비용을 청구한다는 발상은 매우 흥미로웠다. 확실히 오늘은 크리

---

* 디발성 경회증 때문에 다리에 힘이 들어가지 않아 떨리거나 후들거리는 증상을 일컫는 말.

스마스였다. 그것도 즐거운 크리스마스. "집세를 얼마나 지불하는데?" 그녀는 슬쩍 콧소리라도 내고 싶은 양 흐뭇한 표정으로 물었다.

패트릭은 대답하지 않았다. "그랜트! 선물 좀 나눠주렴."

그랜트가 소파에서 재빨리 내려와 트리를 향해 똑바로 기어갔다. 기념품 가게에 갔을 때 패트릭은 자신과 클라라를 위한 선물을 사라고 아이들에게 각각 20달러짜리 지폐를 두 장씩 주었다. 아이들은 무척 비밀스럽게 선물을 구입했고, 그랜트는 키득거리며 그들에게 선물을 나눠주었다.

"내 거야?" 클라라가 선물을 받을 때 어른들이 보이는 뻔한 방식으로 짐짓 놀란 척하며 물었다. 그녀는 포장지 모서리 쪽을 단정하게 잡고 접착 테이프 밑에 손가락을 살며시 밀어넣었다.

"아이, 클라라 고모!" 메이지가 애원했다.

"네가 이 포장지를 너무 예쁘게 장식했잖니. 이대로 간직하고 싶단 말이야." 클라라가 포장지를 잡아당겨 펼치자, **팜스프링스**의 인사라고 적힌 직소 퍼즐이 모습을 드러냈다. 사막 풍경 위에 팜스프링스라는 글자 하나하나가 동글동글한 풍선 모양 글씨로 적혀 있었다.

"고모가 데일 먼저 일어날 때 할일이 생긴 거예요!"

"1000피스." 클라라가 퍼즐 상자에 적힌 숫자를 읽었다. "너희, 밤에 엄청 늦게 자려고 계획을 짜고 있는 게 틀림없구나."

패트릭은 조용히 있으려고 입술을 깨물었다.

"거프도 풀어봐요!" 메이지가 외쳤다.

"곧 풀어볼 거야." 패트릭은 그랜트와 눈을 마주친 다음 자기 선물을 개봉했다. (마침내) 그 끔찍한 포장지를 찢어서 조카의 존경도 얻어냈다. 클라라가 항의했지만, 일은 순식간에 끝났다. 포장 아래에는 작은 서니라이프* 상자가 있고, 그 안에 풀장에서 쓰는 파인애플 모양의 물에 뜨는 음료수 홀더 네 개가 있었다.

"이게 있으면 풀장 안으로 음료를 갖고 들어갈 수 있어요!" 메이지가 손을 휘저으며 흥분했다. 메이지가 고른 선물이 틀림없었다.

"둘 다 고맙구나. 네 개가 있으니 수영할 때 우리 각자가 음료를 하나씩 챙길 수 있겠어." 패트릭은 그랜트와 메이지를 차례로 꼭 안아준 다음 클라라를 향해 말했다. "염려 마. 애들은 풀장에서 셜리 템플 마시는 걸 좋아해. 각자 마라스키노 체리를 일곱 개 넣어서 말이야."

클라라가 정말로 웃었다.

"이제 너희, 너희 차례다." 패트릭이 트리 아래에 있는 똑같은 선물 상자 두 개를 가리켰다. "그랜트, 저거 하나를 누나한테 주고 나머지 하나는 네가 가지렴. 누가 무엇을 가질지는 신경쓰지 않아도 돼. 똑같은 거니까. 원래는 여름이 끝나갈 때 주려고 했지만, 지금이 그 어느 때보다 알맞은 때라는 생각이 드는구나."

그랜트가 납작한 상자 중 하나를 메이지에게 건넸다.

"제자리, 준비, 땅!"

---

* 호주의 비치웨어 및 여름 물놀이용품 상표명.

아이들이 순식간에 포장지를 뜯었고, 무늬 없는 하얀 선물 상자들이 드러났다. 각 상자 안에는 빨간 박엽지가 한 층 깔려 있고, 그 밑에 아이들 엄마의 사진을 끼운 액자가 들어 있었다. 그들이 막 대학에 들어갔을 때 기숙사 건물 지붕에서 패트릭이 찍은 사진이었다. 사진은 세라의 웃을 듯 말 듯한 표정을, 그녀 뒤로 자연스럽게 흘러내리는 풍성하고 굵고 불그스름한 머리칼을 포착해냈다. 당시 세라는 곱슬거리는 머리칼을 한 시간 동안 드라이해 곧게 펴곤 했다. 그들 뒤에는 보스턴이 있었다. 그들이 캠퍼스 경찰에 체포되기 직전에 찍은 사진이었다. 패트릭의 기억이 정확하다면 말이다. 학생 신문에서 운영하던 캠퍼스 경찰 사건 기록부에 그 사건에 대한 기사가 실렸고, 그들은 잠깐 동안 수치심을 느꼈다.

"누군지 알겠니?"

메이지가 운전 교습생이 자동차 핸들을 꽉 움켜쥐듯 사진 액자를 양손으로 꼭 잡았다. "엄마요." 메이지의 눈이 사진에 고정되었다. 패트릭의 기록보관소 깊은 곳에서 나온 사진이었다. 패트릭은 아이들이 그 사진을 본 적이 없을 거라고 확신했다.

*

"좀 웃어." 패트릭은 세라에게 카메라의 초점을 맞추며 말했다. '마법의 시간'*의 슬픈 진실은 그 명칭이 부적절하다는 것이었다. 그 완벽한 시간은 고작 몇 분 동안만 지속되었으니까.

"왜?" 그녀가 물었다.

"왜냐고? 우리가 방금 지붕에 몰래 잠입했으니까 그렇지. 우린 무법자처럼 보여야 돼."

"제시 제임스**가 웃었어?"

"권위의 면전에서 웃었지!"

세라가 패트릭을 비웃었다. "굉장한 무법자들이다. 한 시간 동안 계단통에 갇혀 있었는데."

"음, 그건 내 실수야." 패트릭이 인정했다. "문이 잠겼는지 아닌지 헷갈렸다고."

세라가 자신의 새로운 친구를 경외의 눈으로 바라보며 말했다. "진짜 멍청하다나까, 언젠가 그 대가를 톡톡히 치르게 될 거야. 멍청한 남자들은 계속 실패하거든."

"그냥 좀 웃어줄래?" 패트릭이 애원했다.

"웃기지 않은걸."

패트릭이 눈을 굴렸다. "그럼 웃는 척이라도 해봐. 내가 우는 척하는 것처럼."

세라의 얼굴에 빛이 비치게 하느라 패트릭은 역광을 받고 있었고, 그래서 세라는 패트릭의 얼굴에 나타난 표정을 잘 파악할 수 없었다. 그들 사이에 카메라가 있어서 더 그랬다. "너 진짜 미워."

---

* 해가 질 무렵 하늘이 아름다운 빛으로 물드는 시간.

** 1939년작 서부 영화 〈무법자 제시 제임스〉의 주인공.

"날 사랑하는구나."

"사랑하니까 미운 거지." 세라가 정말로 웃었고, 그 순간 패트릭은 찰칵 하고 사진을 찍었다.

"그거 액자에 넣어줘."

*

패트릭은 사진을 들여다보는 메이지를 유심히 살폈다. "너희 엄마 참 예뻤어, 그렇지 않니? 이 사진을 찍을 때 나이가 지금 너보다 겨우 열 살 많았단다."

그랜트가 자기 선물을 꼼꼼히 들여다보더니 미소 지었다. 그런 다음 보라고 고모에게 건네주었다. 클라라는 그걸 자기 옆 테이블 조명 옆에 놓고 따뜻한 표정으로 패트릭을 올려다보았다. 그랜트가 삼촌의 팔 밑에 아늑하게 안겼다. 클라라가 입모양으로 말했다. 아름다워. 패트릭이 잘못 생각한 건지도 모르지만 클라라의 눈에 자부심 비슷한 어떤 것이 반짝였다.

"메리 크리스마스, 가족들."

경클 규칙 11번, 크리스마스 시즌을 즐겁게 만들어라.

16

패트릭은 거실을 돌아다니며 아무렇게나 널브러진 포장지와 리본, 그리고 심지어 그 전날 밤의 파티 때 마시고 남은 칵테일이 담긴 숨겨진 잔—맙소사, 이게 가능한 일인가?—까지 주워모으면서 호들갑을 떨었다. 클라라는 차 한 잔을 손에 든 채 소파에 다리를 쭉 뻗고 앉아 있었다. 아이들은 세상 모르고 곯아떨어졌다. 파티 때문에 밤늦게까지 깨어 있었고 후속편으로 크리스마스 만찬까지 하자 생활 리듬이 완전히 깨져버린 것이다. 이제는 그런 일이 평범한 일이 되긴 했지만. 잠자리에 들기 전 클라라는 족히 삼십 분 동안 메이지의 머리칼을 빗질해 풀장 물의 염소 성분 때문에 엉킨 부분을 풀어주었다. 메이지가 속삭였다. "엄마도 이렇게 해줬어요." 메이지는 고모에게 사용할 단어들을 기까스로 골라냈다. 슬픔 때문인지 메이지의 눈이 젖어 있었다. 메이지가 스스로를 가슴 아픈 기억들이 뒤엉킨 존재로 상상하는 것은 어렵지 않은 일이었다. 패트릭은 지친 그랜트에게 책을 읽어주었는데, 한 페이지를 건너뛰자 그랜트가 불평했다. "이 이야기를 다 외우고 있다면 내가 군이 왜 너에게 이걸 읽어줘야 하니?" 패트릭이 이렇게 말하자 그랜트는 삼촌의 셔츠 자락을 붙들고는 꽉 움켜쥐는 것으로 답을 대신했다. 패트릭은 셔츠에 주름이 생겨도 신경쓰지 않기로 했다.

"아이들 재우느라 고생했어, 패트릭." 클라라는 정말로 깊은 인상을 받은 듯했다.

"얌전히 자는지 확인해봐야 해." 패트릭이 손등으로 이마의 땀을 닦으며 말했다. "아이들이 줄곧 밤중에 내 방에 몰래 들어와 침대 발치에서 자다 갔거든."

클라라가 한 손을 가슴에 얹고 날카롭게 숨을 들이쉬었다.

"그런데 누나는 어떻게 뜨거운 차를 마실 수가 있어?" 패트릭이 클라라의 머그잔을 가리키며 물었다. "지금 바깥 기온이 30가 넘어."

"네가 에어컨을 틀어놔서 그래. 난 에어컨 바람이 익숙하지 않다고. 그래서 추워."

"담요 갖다줄까?" 패트릭이 무심코 옆에 있던 리본의 매듭을 풀려고 하면서 물었다.

"그래, 바로 이거지." 클라라가 머그잔을 커피 테이블에 내려놓고 말했다. "네 입에서 나오는 말은 전부 비판이구나."

"난 누나에게 담요를 갖다줄까 물어본 거야. 친절하게 행동한 거라고! 누나가 이 집에서 불청객이긴 하지만 난 누나가 편안하게 지냈으면 해."

"넌 친절하게 행동한 게 아니야. 내가 캘리포니아 사막에서 춥다고 느끼는 게 우스꽝스럽다고 생각한 거지." 클라라가 팔짱을 끼어 맨팔의 이두박근을 드러냈다. 요가를 한 보람이 있었다. 팔은 그녀가 자기 몸에서 싫어하지 않는 신체부위였다.

"내가 정말로 비난하려고 들면 누나도 바로 알걸." 패트릭은 리본 매듭을 손가락 하나가 들어갈 정도로 충분히 느슨하게 만들었고 마침내 풀었다. "게다가, 내가 장담하는데 그 티백을 발견했을 때 누나는 이미 생각했을걸. 내가 선택하는 물건들의 목록이 얼마나 부실한지 하염없이 논평하는 거 말이야."

패트릭은 클라라의 의중을 완벽하게 읽고 있었다. "그러니까. 어떻게 차를 딱 한 종류만 갖고 있을 수 있니?" 클라라가 말했다.

"왜냐하면 난 백 살이 아니니까."

클라라가 발가락까지 혈액순환이 잘되도록 자기의 차가운 발을 문질렀다. "언제 시작된 거니?"

"뭐가?"

"왜 우린 서로 이래야 해?"

패트릭이 손가락 세 개로 빙빙 돌리던 매듭 풀린 리본을 내려다보았다. 그런 다음 스카우트에서 선서할 때 하는 손 모양처럼 손가락들을 들어올렸다. "이거 봐, 누나. 나는 엄마 아들이잖아? 내가 이 리본을 재사용할까? 물론 아니야. 난 절대 이 리본을 재사용하지 않을 거야. 그렇다면 내가 뭘 하고 있는 걸까?"

클라라가 미소 지으며 대꾸했다. "한번은 내가 젖은 페이퍼 타월을 말리려고 엄마 옷걸이를 가져다가 얹어 창턱에 널어두었던 거 알아?"

"농담이겠지."

"신에게 맹세코 사실이야."

그런 운명을 피하려고 패트릭은 리본을 손가락에서 풀어 쓰레기통에 던졌다. 클라라가 다시 머그잔으로 팔을 뻗어 양손으로 꼭 쥐었다. 거기에는 굵은 글씨로 **조오오아써**라고 적혀 있었다. 패트릭은 곤혹스러움과 경악 사이 어딘가에 위치하는 표정으로 그걸 보았다. "누나는 모든 걸 잘못 알고 있어. 누나도 알잖아."

"왜 그렇게 생각해?"

"그레그가 똑똑했어. 누나는 운동가였고 난 하찮은 존재였지. 누나는 날 그렇게 취급했어. 괜찮아, 그걸 가지고 유난 떨려는 건 아니니까. 그냥 그랬다는 거야."

"그래서 하고 싶은 말이 뭐야? 우린 관심사가 달랐어. 난 세상을 바꾸고 싶어했고, 너는 거기서……"

"살아남는 데 관심이 있었지."

클라라가 관자놀이를 문질렀다. 차가운 공기 때문에 머리가 아팠고 시차 때문에 피곤하기도 했다. 그녀는 차를 한 모금 마셨다. 차는 이미 차갑게 식어 있었다. "전자레인지는 어디 있니?"

"내 말 안 듣고 있네. 지금껏 우리가 한 모든 대화를 누나는 귀담아듣지 않았어. 정말로 듣지는 않았다고. 누나는 나를 보지. 누나의 입도 움직임을 멈추고. 하지만 그러는 동안 누나는 누나가 말할 차례가 될 때까지 그냥 기다리는 거라고."

"네가 그걸 알아차린 줄은 몰랐구나. 하지만 여자들이 남자들의 말을 귀담아듣지 않는다는 게 세상의 문제는 아니야." 클라라가 자기 차를 가지고 주방으로 행진해 들어갔고, 패트릭은 그녀를 쫓아갔다.

"누나가 바로 지금 그러고 있어!"

"아니야."

"그러려고 하잖아!" 그들의 대화가 이토록 빠르게 어린 시절의 언어로 돌아갈 수 있다는 사실에 패트릭은 놀랐다. "내 말을 정말로 귀담아 들었다면 누나는 이렇게 말했어야 해. '네가 그렇게 느꼈다면 미안해, 패트릭. 상대방이 내 말을 듣지 않는다면 분명 충격일 거야. 하지만 절대 일부러 그런 건 아니야……'"

"우린 배우가 아니야, 패트릭. 우리 모두가 대본대로 대사를 읊진 않는다고." 클라라가 밀려 올라오는 딸꾹질을 참는 데 실패하고 숨을 멈추었다. "상대방이 내 말을 듣지 않는 게 정말 어떤 건지 알고 싶니? 그렇다면 내 입장이 되어봐. 아니면 네가 옆에 있을 때의 우리 중 아무나가 되어보든가. 아니, 옆에 없을 때도! 주변 사람들이 모두 패트릭 얘기만 하고 싶어해. 그게 어떤 느낌인지 아니? 우리가 가족관계라는 걸 알게 되면 사람들은 더이상 나에게 관심을 안 가져. 오직 너한테만 관심을 가진다고."

패트릭이 싱크대 밑의 슬라이드식 선반을 당겨 전자레인지가 나오게 한 뒤 전자레인지 문을 열었다. "그래, 그건 정말 답답하겠다. 그런데, 이런 말이 위안이 될지 모르지만, 나도 나에 대한 이야기를 듣는 게 신물이 나." 그가 데우기 버튼을 눌렀다.

그들은 침묵 속에서 전자레인지가 작동 완료 신호음을 내길 기다렸다. 신호음이 나자 클라라가 머그잔을 전자레인지에서 꺼내 차의 온도를 세심하게 확인했다. "과거를 놓고 왈가왈부해봐야 생산적인 건 아무것도 없어. 과거는 그냥 과거일 뿐이지." 클라라는 다시 거실로 향했다.

"아마도." 패트릭이 행주를 접고 또 접다가 넌더리가 난다는 표정으로 싱크대 위에 던지며 스스로에게 중얼거렸다. 그는 정말로 어머니처럼 되어가고 있었다. 거실로 가보니 클라라는 소파의 가장 가까운 쪽 팔걸이에 무용수 같은 자세로 앉아 있었다.

"내가 아이들을 데려갈게." 클라라가 선언했다. "코네티컷으로."

"뭐라고? 어디로?"

"코네티컷. 넌 아이들하고 충분히 시간을 보냈잖아. 그러니 나도 아이들과 시간을 보내는 게 공평하지."

"무슨 말인지 이해가 안 되는데."

"지금 누가 상대방의 말을 안 듣고 있는지 봐." 클라라가 차를 한 모금 마시다가 입을 데었다. "아직도 너무 뜨겁네." 그녀는 얼음을 가지러 다시 주방으로 가면서 어깨 너머로 말했다. "그레그도 그렇게 하는 것이 공평하다는 데 동의할 거야. 배턴 교체를 하는 거."

"이건 계주 경기가 아니야." 클라라가 냉장고 문에 달린 얼음 제조기를 작동시키는 소리를 듣고 패트릭은 차가 스테인리스에

튀는 모습을 상상하며 떫은 표정을 지었다.

"마라톤도 아니지." 클라라가 대꾸했다.

"여기서 우린 어떤 과도기에 있어. 아이들하고 나 말이야." 패트릭이 이렇게 말하고 주방 출입구에 몸을 기댔다.

"밤새도록 파티 여는 걸 말하는 거니, 패트릭?" 클라라는 얼음이 녹도록 차를 싱크대 위에 올려놓았다.

"파티. 한 번 연 거야. 아이들도 재미있어했고!"

클라라가 피곤한 듯 한숨을 내쉬었다. "인터넷에 애들 동영상도 올렸잖아."

패트릭은 혼란스러웠다. 누가 우리를 스토킹이라도 하나? 아이들이 다른 사람들과 함께 있는 동안 그의 일상을 추적하는 극성팬이 그런 짓을 한 걸까? "지금 무슨 말을 하는 거야?"

"저녁 먹는 영상. 음식을 갖고 노는 애들을 촬영하고 그 동영상을 인터넷에 올렸잖아. 네가 존재한다는 걸 사람들에게 상기시키려고, 동정심도 얻고. 네가 뭘 구상하는지는 모르겠어. 하지만난 그게 마음에 들지 않아. 네가 아이들을 이용하는 게 싫다고."

패트릭은 진짜로 곤혹스러웠다. "솜사탕 동영상 말이야?"

"그리고 그건 아이들 식생활 면에서도 좋지 않아. 저녁 식사로솜사탕이라니? 네가 아이들에게 먹이는 게 고작 그런 거니?"

마치 두더지 잡기 게임 같았다. 패트릭이 물리칠 수 있는 속도보다 더 빠르게 새로운 난관들이 출현했다. "내가 역사상 최초로 아이에게 설탕을 준 사람 같아?" 이건 말이 안 되는 소리였다.
"누나, 솔직히 말해서 난 누나가 무슨 이야기를 하는지 모르겠어. 물론 내가 아이들 동영상을 찍긴 했어. 그 동영상은 내 휴대폰 속에 있고. 누나에게 보여줄 수도 있어." 패트릭은 싱크대 위에서 휴대폰을 찾았다.

"그 영상은 네 휴대폰 속에 있지 않아. 유튜브에 있지. 또 어디에 있는지는 신만이 아실 테고."

"그럴 리가 없어." 패트릭은 이렇게 말한 뒤 잠시 생각해보았다. "어떻게 알았는데?"

"네 이름으로 구글 알람을 설정해놨거든. 네가 네 이름으로 알람 설정을 안 해놨다는 게 충격이다."

패트릭은 얼굴을 찌푸렸다. "내가 그걸 왜 해놓겠어?"

"사람들이 너에 관해 무슨 말을 하고 있는지 알아야 하니까."

그 발상이 너무 우스꽝스러워서 패트릭은 비어져나오는 웃음을 억눌렀다. "그건 너무 끔찍하다." 패트릭은 얼음 조각 몇 개를 유리잔에 첨벙 떨어뜨리고 보드카를 조금 따랐다. "그러니까 누나는 내가 유튜브에 동영상을 올릴 줄 안다고 생각하는 거네. 어깨가 으쓱해지는걸."

"그건 또 무슨 소리야? 중국발 악성코드에 휴대폰 해킹이라도 당했다는 거야?"

패트릭은 유리잔을 휘휘 돌려 안에 담긴 보드카를 출렁거리게 했다. 얼음들이 내는 소리가 그를 차분하게 만들었다.

"그리고 너의 음주 습관도 문제야. 애들 아빠가 중독 치료중이잖니. 단 몇 달 만이라도 술을 안 마실 수는 없는 거니?"

"누나도 누나 애들 앞에서 술을 마시잖아. 누나가 그러는 걸

나도 봤거든! 피노 그리지오*를 무슨 식재료처럼 여기면서."

"그애들 아버지는 중독 치료중이 아니잖아!" 클라라가 손가락으로 싱크대 가장자리를 훑다가, 캐시가 다육식물 화분 옆에 남겨놓은, 소셜미디어 재설정용 암호가 적힌 포스트잇을 보고 움직임을 멈추었다. 중국이 아니었다. 해킹범은 메이지였다.

"누나, 아이들을 데려가지 마. 이걸로 이야기 끝내." 패트릭이 쿵쿵 걸으며 말했다. 그런 다음 소파로 가서 털썩 주저앉은 뒤, 보드카 잔을 올려놓으려고 서핑보드 커피 테이블에서 컵받침 하나를 꺼냈다. 그 컵받침에는 1960년대식 올림머리를 한 채 즐겁게 놀고 있는 한 여자의 오래된 사진이 프린트되어 있고, **당신의 머리칼을 사랑하세요! 당신이 이기길 바라요!**라고 적혀 있었다.

"아이들에게 필요한 게 뭔지 생각해봐." 클라라가 거리를 유지하기 위해 저쪽 벽의 책장에 몸을 기댔다. 그녀는 한쪽에 놓인 도자기 그릇을 팔꿈치로 건드렸고, 어색한 태도로 제자리에 돌려놓았다.

"난 아이들에게 뭐가 필요한지 생각하고 있어. 조가 세상을 떠났을 때 누나가 나에게 뭐라고 말했는지 기억하지?"

"아니, 패트릭. 기억 안 나. 내가 뭐라고 했는데?"

"'결혼한 사이도 아닌데.'" 패트릭이 자낙스 베개를 주먹으로 쳤고, 그러다 아플리케 장식에 손가락 마디들을 긁혔다. "이 빌어먹을 물건 정말 맘에 안 드네." 그는 발끈 화를 내며 베개를 포

---

* 이탈리아의 화이트 와인.

장지와 함께 쓰레기봉투에 쑤셔넣고 입구를 단단히 묶은 다음 주방을 통과해 차고로 향했다.

차고 쓰레기통에 쓰레기봉투를 버린 다음, 냉정을 되찾을 때까지 열기 속에서 여분의 잔디밭 의자들을 차곡차곡 포개놓는, 늘상 하던 일을 했다. 그러다가 한쪽 구석에서 크로케 세트를 발견했고, 아이들과 가지고 놀려고 그걸 끄집어냈다. 줄에서 풀려나온 주황색 공이 시멘트 바닥을 가로질러 굴러갔다. 패트릭은 공이 테슬라 밑으로 굴러 들어가기 전에 붙잡았다. 테슬라는 먼지방지 커버 아래에 덩어리처럼 앉아 있었다. 그는 왜 누나가 이런식으로 그를 힘들게 하도록 내버려두었는가? 오래전 그는 가족과, 모든 사람과 얽혀 있던 사슬을 풀어버렸다. 그런 건 크게 신경쓰지 말아야 했다. 하지만 그건 그가 중요한 사람이 아니라는 지속적인 암시였고, 누나 말이 옳다는 느낌이 사라지지 않았다.

집안으로 들어가자 클라라가 싱크대 옆에 서 있었다. 그들은 침묵 속에서 안절부절못했다. 패트릭은 남은 보드카를 다시 벌컥 들이켜고는 개수대에 유리잔을 헹구었다. 결국 그가 침묵을 참지 못하고 말했다. "만약 누나가 애들을 데려가면 우리는 날아가는 거야."

"뭐가 날아가는데? 뭐가 날아간다는 거야, 패트릭?"

"맙소사! 내 말은, 누나, 다 날아간다고. 끝장나는 거. 그렇게 되면 우리 사이는 끝이란 얘기야."

"패트릭." 클라라가 손으로 방안을 빙 둘러 가리켜 보였다. "네가 사는 곳을 봐. 너는 더이상 이 가족의 일부가 아니야. 넌 더이상 삶의 일부가 아니라고. 넌 이미 끝났어. 이제 아이들이 집으로 돌아갈 시간이야."

패트릭은 유리잔을 행주로 감싸고 빠르게 돌렸다. 그렇게 하니 유리잔뿐만 아니라 행주의 물기도 마르는 것 같았다.

클라라가 양손을 주머니에 넣고 자신의 발가락을 골똘히 내려다보았다. "난 이걸 위해 페디큐어를 받았어."

"이 논쟁을 위해?"

"이 여행을 위해."

패트릭은 뭐라고 대꾸해야 할지 알 수 없었다. "누가 누나에게 메달이라도 줘야겠네."

"오, 세상에. 너 정말 참아줄 수가 없구나. 이걸 네가 결코 가져보지 못한 누이 세라를 애도해서라고 생각할 수 있다면 좋겠어. 하지만 넌 항상 이런 식이었지."

"내가 결코 가져보지 못한—"

"제발 아닌 척하지 말자. 심지어 우리는 이름의 운韻도 맞아. 너희 두 사람이 만난 순간 네가 내 역할을 세라의 역할과 맞바꾼 것 같다고."

패트릭은 항의하려고 입을 열었지만 그러지 못했다. 적어도 클라라가 그런 식으로 느낀다는 걸 인정해야 할 것 같았다. 그리고 그런 느낌이 일리가 있다고 수긍하는 데는 더 많은 생각이 필요하지 않았다. 그래서 그는 입다물고 가만히 있었다.

클라라는 그의 침묵에 호의적으로 반응하는 듯했다. 그녀의 어조가 달라졌다. "그런데 내가 정말 그렇게 말했어? 조에 대해서 말이야. 그렇게 말하지 않은 것 같은데."

패트릭은 행주에 손을 닦고 서랍에서 깨끗한 스푼 하나를 꺼
냈다. "조가 떠난 직후에 그렇게 말한 건 아니야. 아마 육 개월쯤
지난 뒤였을 거야. 그러니까 그때가 어떤 상황이었냐면⋯⋯ 누
나에게 다른 어떤 관점이 형성되고 있었어. 나는 내 인생을 헤쳐
나가고 있었고. 하지만, 그래, 누나는 그렇게 말했어." 패트릭은
냉동고 문을 당겨 열고는 비싸 보이는 1파인트짜리 아이스크림
통을 꺼내 뚜껑을 비틀어 열고 입에 한 숟갈 넣었다. "맛이 끔찍
하네."

"그게 뭔데?"

"버허 브위클." 패트릭은 아이스크림을 삼켰다. "꼭 그랜트가
말하는 것 같네. 버터 브리클. 메이지가 골랐어, 우리가 전부 맛
을 봤고. 메이지는 나이든 여자들 취향의 아이스크림만 마음에
들어한다니까. 저번에 봤지? 대추야샤 셰이크 먹는 거."

클라라가 흠칫 놀랐다. "난 그때 메이지가 포도라고 말한 줄
알았는데."

"아니야, 대추야자야. 말린 자두 같은 거." 패트릭이 냉동고를
가리키며 말했다. "나폴리탄 아이스크림*도 조금 있을 거야, 누
나가 그걸 더 좋아한다면."

"아니, 이걸 먹어볼게." 클라라가 서랍을 열어 자기가 쓸 스푼
을 꺼내 아이스크림을 한 입 떠먹었다. "오, 맙소사."

---

* 딸기맛, 초콜릿맛, 바닐라맛을 나란히 담은 아이스크림.

"그렇지?"

"이런 걸 누가 먹고 싶어하지?"

패트릭은 어깨를 으쓱했다.

"그레그."

패트릭이 눈을 문질렀다. "세상에. 우리가 어렸을 때 그레그가 럼건포도만 먹으려고 했던 거 기억나? 초콜릿도 아니고. 피넛버터도 아니고. 오로지 럼건포도였지."

"그레그가 그 안에 정말 럼이 들어 있다고 생각했던 건 아니?"

"그럼 그때부터 중독자였던 거야?"

클라라가 아이스크림을 내려놓고 개수대에 가서 스푼을 물에 헹구며 빙긋이 웃었다. "그레그를 탈출시켜야 해." 농담으로 한 말이었지만 그 말이 클라라의 입에서 나오자마자 그럴듯하게 들렸다. "우리가 함께 그렇게 할 수 있어. 재미있을 거야."

패트릭은 밤도둑처럼 옷을 입고 관목숲에서 그레그의 방에 불이 켜질 때까지 창문에 조약돌을 던지는 그들 둘의 모습을 그려보았다. "그렇겠네."

"딱 하룻밤만. 더 나은 아이스크림을 먹을 수 있도록."

패트릭이 동의했다.

"내가 조에 관해 그렇게 말했다면 미안해."

"누나는 조에 관해 그렇게 말했어."

"내가 사과하게 해줄래?" 클라라가 불쑥 내뱉고는 흥분을 가라앉혔다. "난 조를 좋아했어."

패트릭은 다시 침묵을 선택했다. 그러다가 버터 브리클 아이스크림에 팔을 뻗었고, 자신이 그걸 싫어한다는 사실을 기억해냈다. 그가 아이스크림통을 너무 세게 밀어내는 바람에 통이 엎어졌다. "나도 그랬어."

클라라는 창밖을 내다보았다. 하지만 바깥이 칠흑같이 어두워서, 마주 바라보는 그녀 자신의 피로한 얼굴만 보일 뿐이었다. "내 나이가 쉰 살이 다 되어가. 믿어지니?" 그녀의 목소리는 초췌하고, 가늘고, 서글펐다.

패트릭이 아이스크림통 뚜껑을 덮고 단단히 닫혔다는 확신이 들 때까지 눌렀다. 그건 달리 무엇을 해야 할지 알지 못할 때 그가 하는 실용적인 일 중 하나였다. "누나는 내가 이기적이라고 생각하지. 내가 항상 내 생각만 한다고. 나, 나, 나. 늘 그래왔다고 말이야. 하지만 누나가 뭘 알아? 게이들에게 자기애는 생존 행위이기도 하다고. 누난 자기애가 나를 경박하게 만들었다고 생각하지. 누나가 비영리 단체에서 고생스럽게 일하며 여러 명분을 위해 돈을 마련하는 동안 말이야. 하지만 온 세상이 너는 다르다고 지적할 땐 그런 자기애가 인내하는 방법이 될 수도 있는 거야."

클라라는 싱크대를 내려다보고, 패트릭의 우편물 더미를 훑어보았다.

"난 저 아이들을 가르치고 있어. 저애들에게 다른 사람들—솔직히 말해서 바로 누나—은 줄 수 없는 어떤 것을 주려고 한다고." 패트릭은 이 말이 그녀가 아이들을 데려가야 한다는 터무니없는 발상을 떨쳐내주길 바랐다.

클라라가 편지 한 통을 집어들며 물었다. "잭 커티스가 누구니?"

패트릭이 한숨을 쉬었다. 클라라는 이번에도 그의 말을 귀담아듣지 않고 있었다. "나야."

클라라는 회의적으로 대꾸했다. "너구나."

패트릭은 빙긋이 웃은 뒤 그가 기억하기로는 언젠가 진 시버그가 영화에서 했던 방식으로 한 손을 내밀며 말했다. "앙샹테."*

"봤지? 난 네가 누구인지 몰라. 넌 자기애에 관해 설교하지만, 네가 그것에 대해 정말로 아는지도 의심스러워." 클라라가 유해한 물건이라도 되는 양 편지를 한쪽으로 밀어두고 자기 핸드백으로 팔을 뻗었다. 핸드백 안을 뒤지다가 포기하고 안의 내용물을 싱크대에 전부 비워낸 뒤에야 마침내 립밤을 찾아냈다. 패트릭은 곁눈질로 핸드백 속 내용물 중 비행기표를 포착했고, 클라라가 막기 전에 팔을 뻗어 그것들을 낚아챘다. "돌려줘." 클라라가 말했다.

"이것들 비행기표네. 돌아가는 비행기표 세 장." 패트릭은 어이가 없었다. "이건 파티나 내 음주 습관 혹은 유튜브와는 아무 상관도 없어. 누나가 진즉부터 이 모든 걸 계획했단 얘기잖아."

"그래, 패트릭. 난 준비하고 왔어. 그래서 나에게 소송이라도 걸고 싶니? 이것이 바로 좋은 후견인이 갖춰야 하는 자질이야. 준비하는 거 말이야. 솔직히 말해서 지금껏 살아온 방식을 보면

---

* 프랑스어로 '만나서 반가워요'라는 뜻.

넌 다른 누군가를 돕고 나설 준비가 되어 있지 않잖니. 너의 방식은 네가 얼마나 자격이 없는지 보여줄 뿐이야."

"맙소사, 누나는 내 허락을 얻어내려고 나에게 문제라도 있는 것처럼 과장하고 있어!"

"진정해, 패트릭. 내일 아침에 다시 이야기하는 게 좋겠다."

패트릭은 속이 부글부글 끓었다. "이야기는 이미 끝났어." 그는 비행기표들을 훑어보다가 그중 하나에서 클라라의 이름을 알아보았다. 그 비행기표를 클라라에게 돌려주고, 나머지 두 장은 자기 반바지 주머니에 쑤셔넣었다. "누난 애들을 데려갈 수 없어. 이 문제에 대해 한마디도 덧붙일 게 없다고. 내가 어떤 사람인지는 누나에게 확실하게 보여줄게."

패트릭은 이렇게 말하고 주방의 조명을 꺼 누나를 어둠 속에 홀로 남겨두었다.

17

세 사람은 치노 캐니언의 까마득한 공중에 매달린 순환 케이블카를 타고 올라가고 있었다. 시내 북쪽 가장자리에 있는 팜스프링스 에어리얼 트램웨이는 관광객들이 많이 찾는 곳으로, 방문객을 샌저신토산 꼭대기로 데려다주는 코첼라 밸리의 명소였다. 목적지인 마운틴 스테이션은 계곡 바닥으로부터 높이가 3킬로미터가 넘었고(적어도 패트릭이 티켓을 구입할 때 가져온 팸플릿에 따르면), 기온이 평지보다 15도는 더 낮았다. 이 나들이는 심한 말다툼 뒤 클라라가 떠난 일에 이어 그들에게 필요한 기분전환이었다. 패트릭의 내면은 험한 절벽처럼 삐죽삐죽했고, 오르막까지의 거리는 몇백 미터에 불과했다. 얼마 전 그는 동기 간의 중요성에 대해 메이지와 그랜트에게 설교하지 않았던가? 그가 그 모범을 보여주기로 약속하지 않는가? 하지만 클라라는 그가 일어나기도 전에 방에 몰래 들어가 아이들에게 작별을 고하고 삐걱거리는 소리를 내며 현관문을 연 다음 택시를 타고 집 앞의 조용한 도로를 소리내며 내려갔다. 그 소리에 패트릭은 잠에서 깼다.

"클라라 고모는 왜 그렇게 일찍 가버린 거예요?"

"왜냐고?"

"네." 그랜트가 다시 물었다. "왜요?"

"급한 일이 생겼대." 패트릭은 케이블카 차창 옆 그의 자리 앞으로 두 아이를 인도했다. "삼촌 집 보이니?" 그들의 머리 위로 케이블들이 탑에 매달려 있었다. 그들은 다섯 개의 탑 중 3번 탑으로 다가가는 중이었다. 그곳은 케이블카 운행 코스 중 계곡 바닥을 내려다보기에 완벽한 지점이었다. 아래가 내려다보이는 조망이 경이로웠다. 갈색, 산악 지형, 그리고 끝이 없는 칙칙한 아파트 건물들. 마치 멀리서 궤도를 도는, 건조한 암석으로 된 달의 풍경을 보는 것 같았다.

"고모가 다시 무슨 일을 하는데요?" 여기서는 휴대폰 신호가 잡히지 않았다. 하지만 메이지의 허튼소리 탐지기는 제대로 작동하고 있었다.

"나도 몰라. 비영리 단체들과 하는 어떤 일이야." 패트릭은 메이지의 어깨 너머로 몸을 기울이고 손가락으로 가리키며 말했다. "저기 활주로 중간 지점을 보렴. 엄청 대각선으로 자리잡았지? 이제 그 위 오른쪽으로 따라가보려무나, 저쪽 구역 어딘가로."

"그런데 비영리 단체는 구체적으로 무슨 일을 해요?"

"돈을 마련하지. 그런 종류의 일이야. 비영리 단체는…… 이윤을 내지 않기 때문에 항상 돈이 필요하거든. 그런데 갑자기 왜 그렇게 관심이 많니?" 패트릭은 산꼭대기에 도착하기 전에 클라라에 관한 화제에서 벗어나고 싶었다. 오늘은 상황을 개선하고, 평소의 모습으로 돌아가고, 넘어가야 하는 날이었다. 무엇보다 죄책감을 떨쳐내고 싶었다.

"저기가 삼촌 집이 있는 데예요?" 그랜트가 점들로 뒤덮인 지평선을 바라보며 물었다.

"**맞아.**" 마침내. 뭔가 견인력이 생겼다. "저기가 그동안 너희가 지낸 곳이란다."

케이블카를 작동하는 직원이 지금 4번 탑 아래를 지나가고 있다고 알려준 뒤, 차체가 흔들릴 수 있으니 주변의 지지대를 단단히 붙잡으라고 말했다. 패트릭이 그랜트의 양손을 지지대로 이끌었다. 메이지는 이미 꽉 잡고 있었다.

"우와." 케이블카가 앞뒤로 흔들리자 그랜트가 삼촌을 올려다보았다. "배가 간질간질해요."

"나도 그래Mine, too." 메이지가 맞장구쳤다.

패트릭은 상황을 좀 바꿔볼까 했지만, 클라라가 가버린 것의 결과를 받아들이고 상황이 되어가는 대로 놓아둘 필요도 있다는 걸 인정했다. 게다가 여섯 살이라면 배는 괜찮을 터였다. 패트릭이 말했다. "마인 스리Mine three."

"우리 저 꼭대기에서 뭐 할 거예요?"

"하이킹!"

"**하이킹?!**" 아이들이 불평했다.

"오, 얘들아. 할아버지가 너희 아빠랑 클라라 고모랑 나를 어디로 데려갔는지 너희도 알지? 전적지야. 독립전쟁이랑 남북전쟁 때 전투가 있었던 곳 말이야. 나는 너희랑 트램도 타고 공룡도 보고, 동물원도 가고, 수영도 할 거야. 모든 게 훨씬 더 재미있을 거다. 나를 믿으려무나, 밸리 포지를 보러 펜실베이니아로 갑자기 떠나거나 앤티텀 운하를 보러 메릴랜드에 가는 것보다는 이 산들 등성이에서 나랑 하이킹을 하는 게 낫지 않겠니."

"왜요?" 그랜트가 물었다. 그랜트에게는 모든 것이 똑같이 끔찍하게 느껴졌다.

"경치 때문이지! 너희 메릴랜드의 경치가 어떤지 아니? 최악이야. 펜실베이니아는 또 어떤지 알아? 엉망진창이라니까."

메이지와 그랜트는 서로를 보며 고개를 저었다. 그리고 조용한 가운데 마운틴 스테이션으로 가는 나머지 행로에 올랐다.

*

"여기 올라오니까 추워요." 메이지가 가슴에 팔짱을 꼈다. 항의하는 의미이기도 했고, 몸을 따뜻하게 유지하기 위해서이기도 했다.

"24도야!"

"그래요?"

"그래, 코네티컷의 여름 날씨와 비슷하지. 너희 이제 40도에 익숙해졌구나." 그들은 패트릭이 찾아낸 가장 쉬운 코스를 서서히 나아갔다. 1.6킬로미터가 조금 넘고 경치 좋은 전망 명소 다섯 곳이 있는 순환 코스였다. 숲 바닥에 커다란 솔방울들이 떨어져 있었다. 크기가 거의 그랜트의 머리만했다. 새들이 수다스럽게 짹짹거렸지만 모습이 보이지는 않았고, 솔잎 때문에 땅이 폭신했다. 밸리 스테이션에서 그들의 목적지까지 가는 데는 케이블카로 채 십 분이 걸리지 않았지만, 그들은 별세계에 와 있었다.

"저기 봐요, 도마뱀이야!" 그랜트는 신이 나서 제정신이 아니었다.

"어디 말이니, 그랜트?"

"저 바위 위에터 햇볕을 쬐고 있어요." 그랜트가 나무 두 그루 사이에 있는, 햇볕이 잘 드는 공간을 가리켰다.

"눈이 좋구나."

"죽었을까요?"

"아니야, 그냥 잠을 자는 거란다."

"확떨해요?"

패트릭은 그랜트의 손을 잡았다. "난 긍정적인 사람이야."

그랜트가 나무들이 무리지어 서 있는 쪽으로 뛰어가더니, 패트릭이 불안한 기분을 느낄 만큼 멀리까지 가서 나무들 밑에 떨어져 있는 솔방울들을 자세히 들여다보았다. "천천히 가라, 그랜틸로프Grantelope!"

그랜트가 솔방울 하나를 집어들더니 유심히 살펴보았다. "이거 가져가도 돼요?"

"안 돼."

"왜요?"

"곰들이 그걸 먹거든."

그랜트는 의심하는 것 같았다. "곰들이 퉅방울을 먹어요?"

"그것 말고 또 뭘 먹는지 아니?" 패트릭은 단번에 그랜트를 들어올린 다음 자기 어깨에 걸쳤다. "그랜틸로프란다."

그랜트가 웃음을 터뜨리며 몸을 꿈틀거렸다. "그랜틸로프가 뭐예요?"

"너 말이야. 꼭 영양antelope 같잖아. 그러니까 그랜틸로프지."

"아니면 캔털루프cantaloupe*거나." 메이지가 말했다.

"난 캔털루프 아니야!" 그랜트가 거세게 항의했고, 패트릭은 그랜트를 땅에 내려주었다.

애정이 담긴 표현이야. 패트릭은 생각했다. 새로운 경험이었다.

그들은 세번째 전망 명소에서 잠시 하이킹을 멈추고 도마뱀처럼 햇볕을 쬐기 위해 벤치처럼 생긴 바위에 앉았다. 패트릭은 눈을 감았다. 햇살을 느끼니 기분이 좋았다. 작열하는 열기가 아니라 편안한 따뜻함이었다. 태양에 3킬로미터 더 가까워졌는데도 말이다. 그렇다면 더 뜨거워야 하지 않을까? 과학, 그는 생각했다. 이해가 안 돼. "어떻게 높이 올라올수록 더 시원해지는지 이상하지 않니? 너희가 생각하는 거랑 정반대로 말이야."

메이지가 발 사이에 있는 커다란 솔방울 중 하나를 발로 만지

---

* 껍질이 녹색이고 과육은 오렌지색인 멜론.

작거렸다. "별로 안 이상한데요."

"안 이상하다고?" 패트릭은 한쪽 눈을 뜨고 메이지를 의심스럽게 바라보았다.

"위로 올라가면 공기의 압력이 낮아져요. 공기의 압력이 낮아지면 온도도 낮아지고요."

패트릭이 그랜트를 보며 물었다.

"너도 알았니?"

"네." 그랜트가 대답했다. 하지만 모르는 게 틀림없었다.

"너희는 아이들인데 어떻게 그렇게 똑똑하니?"

"학교에서 배워요." 메이지가 말했다. 그런 다음 솔방울을 빠르게 걷어찼고, 솔방울은 절벽에서 튀어나온 바위 너머로 날아갔다. "나 둘이 싸우는 소리 들었어요."

"누구?" 패트릭이 시치미 떼며 물었다.

"삼촌하고 클라라 고모요."

패트릭은 자기 손을 내려다보았다. 손톱이 길어지고 있었다. 아이들을 낳은 후 외모 관리를 소홀히 한다는 이유로 그가 세라를 비난했던 일이 기억났다. 하지만 이제는 이해가 되었다. 단지 시간이 없었던 것이다. "가족끼리는 때때로 싸운단다. 거기엔 오랜 역사가 있어."

"아빠하고 엄마도 싸웠어요." 그랜트가 말했다.

"오, 그랬니?" 패트릭의 호기심이 발동했다. 하지만 지금은 그걸 캐묻기에 알맞은 때가 아니었다. "너희 엄마는 새침꾼이었어."

"왜요?"

"오, 나쁜 뜻으로 한 말은 아니야. 너희 엄마는 기백이 넘쳤단다. 너희도 알 거야. 열정적이었지. 그건 좋은 거야. 그게 너희가 그만큼 오랫동안 엄마와 함께할 수 있었던 이유란다. 처음 병을 진단받았을 때 병원에선 일 년을 예상했어. 하지만 너희 엄마는 삼 년 동안 견뎠지."

"난 싫었어요." 그랜트가 말했다. "엄마 아빠가 싸우는 거요."

저 위의 하늘이 더 파래진 것 같고, 공기도 더 맑고 청량해진 것 같았다. 하늘에 산소가 줄어든 게 아니라 더 많아진 것처럼.

"서로 사랑하는 사람들은 싸우기도 하는 거야. 사랑의 반대는 미움이 아니거든. 사랑의 반대는 무관심이야. 오히려 사람들이 싸움을 멈추면 그때 걱정해야 돼."

자신이 이 말을 얼마나 믿는지 패트릭은 확신하지 못했다. 적어도 클라라와의 관계에서는 말이다. 그는 클라라에게 연민을 품고 있었지만, 그들이 얼마나 많은 관계를 유지해야 하는지, 그리고 그 관계가 과연 구할 가치가 있는지는 확신하지 못했다. 이 말은 세라와의 관계에 더 들어맞는 것 같았다. 그들은 엄청나게 싸웠다. 그중 가장 대단했던 싸움은 그랜드캐니언에서 일어났다.

*

패트릭은 뉴욕에서 로스앤젤레스로의 이사를 신속히 결정했다. 조가 UCLA의 일자리를 수락했고 파일럿 시즌이 코앞으로 다가온 상황에서, 상당한 시간을 어정쩡하게 기다릴 필요는 없다고 생각했다. 조와의 관계가 원활히 유지되려면 그도 일을 구해야 했고, 그러니 TV에서 일자리를 구하는 데 전력을 다하는 편이 나을 터였다. 조에 대한 깊은 사랑에도 불구하고 사실 로스앤젤레스에 대한 그의 느낌은 그다지 명확하지 못했고, 식당에서 서빙 일을 하기 위해 서부로 이사한다는 건 기껏해야 수평 이동처럼 보였다. 조가 아파트를 구하는 동안 패트릭은 차를 몰고 국토 횡단 여행을 하기로 했고, 세라는 함께 가는 데 동의했다.

여행은 충분히 기분좋게 시작되었다. 그들은 그레이스랜드*에 들렀고, 상상할 수 없는 규모의 관객을 마주했다. 세라가 관람을 위해 줄을 선 한 여성에게 이곳은 항상 이러냐고 묻자, 그 여성이 중서부 어투로 대답했다. "오늘은 엘비스의 생일이잖아요." 그 여성이 겉으로는 친절하지만 속으로는 그들이 제정신인지 의심한다는 걸 충분히 짐작할 수 있었다. 그들은 뉴올리언스에서 사람들의 주목을 끌었고, 팻 오브라이언스 바**에서 허리케인 칵테일을 마셨으며, 기록적인 숙취에 시달렸다. 그런 다음 댈러스의 교과서 보관소***에 가고 잔디 언덕****을 살펴보았다. 여섯 시

---

* 미국의 대표적인 스타 엘비스 프레슬리가 1957년부터 1977년 세상을 떠나기 전까지 살던 집.

** 뉴올리언스에 있는 유서 깊은 바. 1940년대에 허리케인 칵테일을 발명한 곳으로 유명하다.

*** 1964년 존 F. 케네디 대통령 암살 사건 때 범인 오스월드가 총을 발사한 곳으로 알려진 곳.

**** 일반적으로 알려진 바와는 달리 케네디 대통령을 저격한 총알이 교과서 보관소가 아니라 잔디 언덕 쪽에서 날아왔다는 설도 있다.

간 동안 합리적 의심의 수준을 넘어 케네디 암살 사건의 수수께끼를 푸는 것이 인생의 과업이라도 되는 것처럼 몰두했다. 그러나 허기가 몰려오자 곧 흥미를 잃고 바비큐 식당으로 향했다. 그리고 그날 밤 늦게 포트워스의 싸구려 술집 빌리 밥스에 갔다. 그들은 투스텝과 라인댄스를 배웠고, 땀에 흠뻑 젖을 때까지 음악에 맞춰 몸을 흔들었다. 칼즈배드에 갔고, 깊은 땅속에서 하이킹을 해, 상업용 비행기를 보관할 수 있을 만큼 커다란 동굴에 다다랐다. 에일리언 육포를 먹으려고 로즈웰에 갔다. 그런 다음 그랜드캐니언에 갔다. 거기서 안개로 뒤덮인 협곡을 보기 위해 사우스 림으로 걸어갔다. 그곳에서 싸웠다. 아무것도 아닌 것 때문에, 모든 것 때문에.

"우리 라스베이거스에 갈래?" 패트릭이 물었다. 그는 LA에 가서 흔해빠진 서부 해안의 생활 습관을 갖게 될, 그러니까 헬스클럽에 가고 녹차를 마시고 아마도 채식주의자가 될 자신의 모습을 그려보고 있었다. 그래서 라스베이거스에서 4.99달러를 내고 피가 뚝뚝 흐르는 프라임 립과 마티니로 저녁 식사를 하는 것이 그의 오래된 뉴욕식 자아에 작별을 고하는 완벽한 방법이 될 거라고 생각했다. 라스베이거스의 일반적인 마티니의 내용물 절반이 베르무트라 할지라도. 하지만 세라는 그런 터무니없는 일을 내키지 않아했고 세도나*와 뜨거운 돌로 하는 마사지에 관심이 있었다.

"넌 벌써 변하고 있어."

---

* 애리조나주의 도시. 건조한 지대에 솟아난 거대한 붉은 사암으로 유명한 관광도시이다.

"뭐가? 아니야, 그렇지 않아."

"맞아, 변하고 있어. 나를 혼자 두고 떠나려고 하잖아. 난 네가 어떤 사람이 된 건지 모르겠다고."

"난 너를 떠나는 게 아니야. 뉴욕을 떠나는 거야. 네가 혼자가 되지 않을 거라는 걸 우리 둘 다 알고 있잖아." 그즈음 세라는 그레그와 데이트를 하고 있었고, 그 사실이 패트릭을 불안하게 했다.

"신경쓰지 않는다고 했잖아."

"아니, 신경쓰여. 이 빌어먹을 남동생 애인아."

"상스럽게 굴지 마."

패트릭은 어떻게 굴어야 할지 알지 못했다. "세라 너한테는 나를 대신할 사람이 줄을 서 있잖아!"

"그래, 미안하다. 넌 내가 싱글로 남아 멀리서 널 가슴 절절히 그리워하길 바랐을 텐데."

"그래, 내 말이 바로 그거야. 뉴욕에는 남자가 없으니까. 그래서 코네티컷에 있는 내 동생과 사귀거나 아니면 노처녀가 되거나 둘 중 하나를 선택해야 했던 거구나."

세라가 협곡 가장자리로 가까이 걸어갔다. 안개 속에서 허깨비 같은 그 모습이 겨우 보였다. 패트릭은 대학 기숙사 옥상에서 벌였던 모험을 떠올렸다. 세라가 가장자리에 너무 가까이 서 있어서 그는 무척 긴장했다. 그녀를 절대 떨어지지 않게 하겠다고 굳게 다짐했긴만. 시절이 얼마나 변했는지. 그가 한 손을 들어올리고 집게손가락을 엄지손가락을 향해 구부렸다. 그런 다음 그녀

경를 **313**

를 튕겨 협곡 가장자리 너머로 휙 넘기는 시늉을 했다. 그녀가 돌아서다가 그 모습을 보았다.

"날 저 너머로 떨어뜨리려고 한 거야?"

패트릭이 아까 한 동작을 한번 더 해 보였다. 이번에는 소리도 덧붙였다. "피융."

세라가 협곡 가장자리를 떠나 그에게 다가왔다. "대체 뭐가 문제인데?"

"그러는 넌 문제가 뭐야?"

"이사하기로 결정한 건 너잖아. 이제 내가 어떻게 살든 신경쓰지 않아도 된다고!"

"그럼 그레그는 뭔데? 진심으로 하는 말이야? 역겹네. 마치 네가 나를, 내 세계관을, 내 가정교육을, 내 DNA를 소유하려고 하는 것 같아. 내가 아닌 다른…… 자루 안에 든 걸로."

세라가 질겁했다.

"흠, 몸이 내가 얼마나 역겨워하는지 제대로 전하지 못하는 것 같네."

그때 세라가 팔을 뻗어 패트릭의 머리칼 속에 손가락을 넣고는 마구 휘저었고, 패트릭은 움찔했다. "내가 장담하는데 너도 똑같은 자루를 갖고 있어."

"그거 역겹네."

"하지만 사실이 그래."

"이제 네가 상스럽게 구는구나. 그애의 자루 얘기는 더이상 하지 마." 패트릭이 달아났고, 세라는 그를 쫓아왔다. 그들은 그렇게 개들처럼 원을 그리며 달렸다. "내 자루 얘기도." 패트릭이 덧붙여 말했다. 이번에는 웃으면서. 잠시 후 그들은 안개 때문에 협곡 가장자리가 흐릿한 것을 깨닫고 둘 다 달리기를 멈추었다.

세라가 허리를 숙여 양손으로 무릎을 붙잡고 숨을 돌렸다. "먼 길을 왔는데 아무것도 안 보이네." 그녀는 조심스럽게 협곡 가장자리로 다가가 아래를 내려다보았다. 그런 다음 조약돌 하나를 주워 아래로 떨어뜨리고 그것이 안개에 삼켜지는 모습을 지켜보았다.

"짜증나." 패트릭이 말했다. 하지만 날씨에 대해 말한 건지 아니면 이 상황에 대해 말한 건지는 명확하지 않았다.

"난 그동안 네가 나에게 해온 일을 너에게 하고 있는 것뿐이야. 이 이별이 더 수월해지도록 너를 밀쳐내는 거지."

"내가 언제 너한테 그렇게ㅡ"

"방금 나를 협곡 가장자리 너머로 튕겨버리려고 했잖아!"

패트릭은 그 말의 의미를 곧장 깨달았다. 그건 사실이었다. 그는 그 도시와, 외로움과, 주변을 둘러싼 콘크리트에 대한 폐소공포증과 연을 끊었다. 일하러 가기 위해 지하철역에서 나올 때 그의 치아를 딱딱 맞부딪치게 하던 미드타운의 끝없는 굴착기 소리와도. 하지만 아마도 세라와는 연을 끊지 않을 것이다. 그의 생활에 세라가 존재하지 않는다고 생각하니 뱃속 깊이 불안이 느껴졌다. 살아남기 위한 유일한 방법이 관계를 끊는 것이었다. 그리고 그것은 그의 마음을 아프게 했다

하지만 바로 그때.

"저기 봐, 저기, 저기." 패트릭이 그녀 주위를 돌면서 가리켰다. 두꺼운 커튼이 위로 올라가면서 안개가 빠르게 걷혀 사라졌다. 가장 놀라운 것은 그들이 맛있는 커다란 페이스트리처럼 천 겹으로 켜켜이 쌓인 그것 앞에 서 있다는 점이었다.

"세상에."

그들은 깜짝 놀라서 서로를 의지한 채 협곡 가장자리를 향해 살금살금 걸어갔다. 협곡은 수천 년에 걸쳐 침전된 녹빛, 초록색, 노란색, 회색 등 미네랄과 광석의 모든 색을 띠고 있었으며 바닥이 없는 것처럼 보였다. 강 유역을 따라 낀 안개가 마지막으로 위로 올라가며 흩어졌다. 세상은 그들보다 훨씬 더 크고 신비로웠다. 그들 눈앞과 발밑에 놓여 있는 수백만 년에 걸친 장려한 작업에 비하면 그들은 아무것도 아니었다.

"물이 저 모든 걸 만들어냈어. 믿어져?"

풍경은 계속해서 더 강렬해졌다. 주차장 방향에서 사람들이 달려와서는 오오, 와아, 하고 감탄을 내뱉었다. 패트릭과 세라는 마치 그들이 삼켜질 위험에 처하기라도 한 것처럼 천천히 뒤로 물러나 그 자리를 떠났다. 두 사람의 형체는 앞을 향하는 세상의 조류에 맞서 천천히 뒤로 움직여갔다.

*

패트릭은 마운틴 스테이션에 있는 파인스 카페로 아이들을 데려가 점심을 먹였다. 새 한 마리가 데크에 있는 테이블 하나에서 어떤 사람의 프렌치 프라이를 낚아채가자 그랜트가 발작을 일으키듯 놀랐다. 그래서 그들은 홀 안쪽 창가 자리에 앉았다. 각자 치즈 피자를 한 조각씩 먹었다. 아이들은 패트릭에게 페퍼로니를 요구하지 않았고―그들은 싸움에 목숨을 걸지 않았다―패트릭은 셋이 나눠먹을 슬퍼 보이는 샐러드 하나를 주문했다.

"이제 뭐해요?" 메이지가 물었다.

"오후에 말이니? 모르겠다. 난 하이킹이 더 오래 걸릴 거라고 생각했거든." 패트릭이 피자를 한 입 먹었다. 피자는 제대로 구워지지 않았고 미지근했으며, 가열등 때문에 소스가 말라 있었다. 그는 진짜 음식―영양이 풍부한 진짜 녹색 채소가 들어 있는, 혹은 기본 채소 위에 다양한 선택으로 배합할 수 있는 샐러드―을 선호하는 만큼이나 다시 케이블카 타는 일을 서두르지 않았다. "그냥 여기 나무들 사이에서 수다를 떨어도 돼." 그들은 이 위에서 공기처럼 가벼워졌다. 아래에서 그들을 기다리는 스트레스 요인들 위에 둥둥 떠 있었다.

"여기선 할 게 아무것도 없잖아요." 그랜트가 볼멘소리를 했다.

패트릭은 위를 올려다보고 와이파이 신호 표지판을 확인했다. 산꼭대기의 희박한 공기 속에 출현한 마법의 답변이었다. 그가 무심코 메이지에게 휴대폰을 건넸고, 메이지는 그걸 잡아챘다. 패트릭으로서는 몹시 실망스럽게도, 메이지는 그의 휴대폰 패스워드를 이미 알고 있었다.

"얘들아, 너희 혹시 우리 동영상을 유튜브에 올렸니?"

"뭐라고요?" 메이지가 짐짓 시치미를 뗐다.

"저녁 식사 때 찍은 것 말이야. 솜사탕 먹으면서."

메이지는 삼촌의 눈을 피했다. 지은 죄가 있다는 분명한 표시였다.

"그때 내가 뭐라고 했지? 적절하지 않다고 하지 않았니? 클라라 고모가 그걸 보고 날 나무라더구나."

둘 다 불편한 마음으로 피자를 조금씩 먹었다. 패트릭이 아이들이 저지른 속임수의 퍼즐을 맞추는 동안 그랜트가 치즈를 풍선껌처럼 쭈욱 늘였다. 패스워드는 그의 집 싱크대에 있었고, 그는 휴대폰을 아이들에게서 충분히 멀리하고 있었다.

"괜찮아. 나는 화나지…… 않았어. 클라라 고모 일은 내가 해결할 수 있어. 그냥 말한 거야. 내가 규칙을 만드는 건 너희를 보호하기 위해서란다, 알겠니? 그러니 너희는 그 규칙들을 존중해야 돼." 패트릭은 자신이 주문한 샐러드를 열고 블루치즈 몇 조각을 꺼냈다. 상추가 그들처럼 힘없이 시들어 있었다. 그들 셋 모두 힘이 필요했다. "음, 그 동영상 한번 켜봐라, 어떤지 좀 보게."

메이지는 신이 나서 유튜브 앱을 열고는 검색어 칸에 글자 몇 개를 톡톡 두드렸다.

"내 휴대폰에 유튜브 앱이 있었니?"

"내가 다운받았어요."

패트릭이 메이지를 힐끗 보았고, 메이지는 그 시선을 받아낸 다음 곧바로 되돌려주었다. 메이지가 휴대폰에 동영상을 띄워 패트릭에게 돌려주었다. "조회수가 8만 3000이네?"

옆 테이블에 앉아 있던 가족이 몸을 돌려 그들을 보았다. 패트릭은 머리에 쓰고 있던 볼캡을 눈 위까지 더 내려썼다.

메이지가 피자를 한 입 먹었다. "삼촌 채널이 이미 하나 있었어요. 그래서 우리 구독자가 많은 거고요!"

"그래, 내 채널이 있어. 구독자가 많고. 하지만 우리 채널은 없잖아." 패트릭이 휴대폰에 띄워진 동영상을 재생했다. 아이들은 좋아 보이고 행복해 보였다. 그것이 그저 스냅샷이고 순간적일지라도.

"우리 우명해요?" 그랜트가 물었다.

"그렇지 않아."

"조회수가 많은데요." 메이지가 분명하게 말했다. "그러니 어느 정도는 유명하다고 생각해요." 메이지는 패트릭이 탐탁지 않아하는 태도를 조금씩 보이고 있었다. 하지만 오늘 패트릭은 메이지를 몰아붙이지 않기로 했다.

동영상이 끝났고, 패트릭은 휴대폰이 메이지의 것인 양 건성으로 다시 돌려주었다. "재미있네."

"우리 다든 거 더 봐도 돼요?"

패트릭은 플라스틱 포크로 상추를 찍으려 했다. 하지만 찍히지 않았다. 그는 포크를 내려놓고 쟁반을 한쪽으로 밀었다. "그럼."

"내가 돌라도 돼요?" 그랜트가 물었다.

"아니. 특별한 어떤 걸 보면 좋겠구나. 어느 프로그램의 클립들을 보고 싶어. 〈틸라무크〉이라는 프로그램이야."

"〈틸-라-무크〉요?" 메이지가 이해하려고 애쓰며 물었다.

"끔찍한 제목이지. 〈틸라무크〉. 꼭 소가 내는 소리 같잖아."

"토가 내는 또리 같아요."

패트릭이 그랜트에게 몸을 돌리고 말했다. "참 똑똑하구나. 그러니 초콜릿 무우우우욱을 좀 사오자." 그가 그랜트에게 간지럼을 태웠고, 그랜트는 꿈틀거리며 비명을 질렀다. "틸라무크는 오리곤주에 있는 도시 이름이야. 치즈 이름이기도 하고. 또 어느 네트워크 방송국에서 방영하는 십대 대상 드라마 제목이기도 하지. 나는 그걸 보기에는 나이가 많아서 좀 쑥스러울 테지만 말이야."

"여기요." 메이지가 피자 크러스트를 한 입 더 먹으려고 휴대폰을 패트릭에게 다시 돌려주었다.

"이거 러퍼예요?" 그랜트가 그 아래에 좀더 식욕을 돋우는 음식이 있을지도 모른다는 듯 자기 피자를 들어올리며 물었다.

"이건 랙$_{lack}$이야."

"랙이 머예요?"

"런치하고 스낵을 합친 거. 다 먹으려무나." 패트릭이 대답했다.

"정말이에요?"

"우린 분명히 랙중이야." 패트릭이 휴대폰 화면에서 눈을 들지 않고 말했다. 화면 속에 그 남자아이―에머리―가 있었기 때문이다. 그는 말끔하게 면도하고 매끄럽게 메이크업을 한 얼굴이었다.

패트릭의 심장이 기존의 리듬을 건너뛰지는 않으면서도 (그의 의지에 반해) 한층 격렬하게 쿵쾅거렸다. 그의 손가락이 섬네일

위를 초조하게 맴돌았다. 이 망설임은 무엇일까? 사흘 전만 해도 그는 에머리에 대해 거의 알지 못했다. 또한 그는 수년에 걸쳐 망설임 없이 이런 일들을 많이 겪어왔다. 그래서 재생 버튼을 눌렀다.

그리고 마법이 펼쳐졌다. 에머리가 눈부시게 생생한 모습으로, 익숙한 반짝임을 눈 속에 담은 채 그의 휴대폰에 가득찼다. 그러다가 카메라가 뒤로 물러나 투샷이 되었고, 그가…… 어느 여자아이에게 이야기하고 있음이 밝혀졌다.

"나도 봐도 돼요?" 메이지가 물었다. 메이지는 자기 피자 크러스트를 쟁반 위 종이 접시에 내려놓고 동영상을 보려고 테이블 너머로 몸을 기울였다. 그랜트도 비슷하게 패트릭 옆으로 파고들었다. 아이들의 그런 몸짓이 침입으로 느껴졌다.

"이 아더씨 파티에 왔었떠요!" 그랜트가 말했다.

"너희는 그 무엇도 그냥 넘기질 않는구나." 천만다행으로 에머리는 패트릭이 마지막으로 보았을 때보다 옷을 더 많이 걸치고 있었다.

"이 아저씨 TV에 나와요?!" 메이지가 깊은 인상을 받은 것이 분명한 표정으로 물었다.

패트릭은 잠시 멈춤 버튼을 누른 뒤 힘을 내기 위해 메뉴판을 훑어보았다. 그의 판단이 옳았음을 재확인할 수 있었다. 이 피자가 가장 덜 끔찍한 선택이었다. "내가 TV에 나왔다는 건 아니?"

아이들이 어깨를 으쓱했고, 패트릭은 고개를 돌려 카페 창문에 머리를 박았다.

"그 아저씨 삼촌 남자친구예요?"

"뭐?" 패트릭이 고개를 돌려 그랜트를 바라보았다. "아니야. 바보 같은 소리 마라."

"그래, 그랜트." 메이지가 과장해서 맞장구쳤다. "바보 같은 소리 하지 마."

패트릭이 시선을 들어 메이지를 도발했다. "그게 왜 바보 같은데?"

메이지는 아무 대꾸도 하지 않았다. 대신 트위스터 게임*이라도 하는 양 피자 크러스트를 접시 위에서 이리저리 돌렸다. 에머리에게 오른손.

"그 아저씨가 너무 젊어서? 그 아저씨는 보기보다 나이가 많아. 내가 위키피디아에서 확인했어." 패트릭은 원래 위키피디아를 신뢰하지 않았다. 하지만 그의 나이에 관해서는 위키피디아가 옳았다. 불행하게도.

크러스트의 움직임이 멈추었다. "그럼 그 아저씨가 삼촌하고 동갑이에요?"

"메이지." 패트릭이 단념하고 숨을 내쉬었다. "그렇지 않아."

"삼촌은 왜 남자들을 좋아해요?" 그랜트가 심술궂게, 하지만 판단보다는 약간의 지루함을 담아 물었다.

"모르겠어. 너는 왜 피자를 좋아하니?"

"맛있으니까요."

---

* 바닥에 여러 색깔의 원이 있는 판을 놓은 후, 지시사항이 적힌 회전판을 돌려 나온 결과에 따라 원 위에 손이나 발을 올려놓는 게임.

그런 이야기라면 패트릭은 근처에도 갈 생각이 없었다.

"하지만 모든 사람이 그렇게 생각하는 건 아니야. 어떤 사람들은 피자를 좋아하지 않아. 그 사람들에겐 그게 맛이 없고."

"왜요?" 그랜트가 물었다.

"너는 왜 그게 맛있니?"

"모르겠어요."

"그러니까 넌 그걸 그냥 좋아하는 거야." 패트릭이 설명했다.

"네!"

"가끔은 뭔가를 왜 좋아하는지 말하기 어려울 때도 있어. 그냥 좋아하는 거야. 그런 식으로 프로그래밍된 거지."

"삼촌은 내가 남자들을 좋아하길 바라요?" 그랜트가 물었다.

"난 네가 무엇이든 좋아하길 바라지 않아." 창밖에서 한 여자가 아이 둘을 끌고 걸어갔고, 패트릭은 의자에서 살짝 몸을 움직였다. 그녀가 연대감을 느끼는 듯 패트릭을 건너다보았다. "다시한 번 말할게. 난 네가 무엇이든 네 마음에 드는 걸 좋아하길 바란단다."

"나 남자들 좋아해요."

"축하한다."

"친구로요." 그랜트가 분명히 했다.

"브라보, 그래야지. 남자애들은 훌륭한 친구가 될 수 있거든. 만약 뭔가가 변한다면, 나이를 더 먹으면서 알게 될 거다, 그랜틸로프."

그랜트가 삼촌을 보며 활짝 웃었다. 패트릭은 1학년 때, 그가 그랜트 나이였을 때의 기억 하나를 갖고 있었다. 학년 마지막 주였고, 혹서가 6월의 코네티컷을 덮쳤다. 교실은 무더위에 시달렸고 중앙냉방장치도 없었다. 선생님이 소년들에게 속옷을 입었다면 겉에 입은 셔츠의 단추를 풀거나 완전히 벗어도 된다고 말했다. 패트릭 자리에서 책상 세 개 건너에 찰리라는 아이가 앉아 있었는데, 그 아이에게는 같은 학년 다른 반에 다니는 쌍둥이 여자 형제가 있었다. 아마 이름이 혜더 혹은 리자였을 것이다. 그들은 그 학교에서 유일한 쌍둥이였고, 그 사실이 그애들에게 어떤 신비감을 부여했다. 두 아이의 이름이 마치 저가형 백화점에서 파는 향수 이름처럼 느껴졌다. 찰리는 금발이었고 나이에 비해 키가 컸다. 아이들은 찰리가 하는 말 한마디 한마디에 관심을 가졌다. 찰리가 입은 셔츠는 당시에 유행하던 웨스턴 스타일이었고 자개 빛깔의 스냅 단추가 달려 있었다. 찰리가 셔츠를 벗자 그 스냅 단추 하나하나가 풀리면서 나는 우두둑 하는 소리가 패트릭의 귀에 들렸다. 찰리는 셔츠를 벗어젖히고 하얀 하네스 티셔츠 차림으로 의자에 등을 기댔다. 그러자 일종의 작은 원형原型, 파인트 사이즈의 텁 헌터*나 말보로 맨처럼 보였다. 그는 자연스럽게 멋있었고, 패트릭은 자신은 결코 그렇게 편안해 보이지 않을 거라는 걸 알았다. 주위의 다른 아이들도 마찬가지였다. 다른 아이들도 셔츠를 벗었고, 패트릭은 의식적으로 셔츠 단추를 더 꼭꼭 여몄다. 셔츠를 벗으면 사기꾼인 것이 노출되기라도 할 것처럼.

---

* 미국의 배우, 가수. 1950년대에 할리우드 청춘 스타로 큰 인기를 누렸다.

하지만 그날 오후 그는 스티브 맥퀸*처럼 거드름을 피우며 찰리를 바라보았고 이렇게 생각했다. 저런 게 남자지. 그때 자신이 했던 생각을 그는 또렷이 기억했다. 그들 둘 다 겨우 일곱 살이었는데 말이다.

"삼촌은 게이인 게 좋아요?" 메이지가 물었다. 이 말에 패트릭은 깜짝 놀랐다.

"좋아했었어."

"지금은 아니에요?"

"그건 멋진 거였지. 게이라는 거 말이야. 네가 알지 모르지만, 그건 반문화反文化이고 반항적이야. 지금은 모두 결혼이나 동성입양을 하지. 동화된 거야. 그중에는 훌륭한 것도 있어. 그건 진보야. 하지만 난 상황이 지금과 달랐을 때 그걸 더 좋아했단다. 지금은 모든 사람이 성급하게 같아지려고 하거든." 나를 보라고. 패트릭은 생각했다. 심지어 난 아이들도 있어.

"같은 게 뭐가 문젠데요?"

"아무 문제도 아니야. 그냥 나한테 그렇다는 거지." 패트릭은 냅킨함으로 팔을 뻗어 아이들을 위해 냅킨 한 장씩을 뽑았다. "다 먹었니?" 메이지가 고개를 끄덕였다. 그들은 모두 손을 닦았다.

많이 달랐을까? 패트릭은 궁금했다. 만약 조가 살아서 여기에 있다면? 문화흡수에 대한 그의 혐오는 질투에서 왔을까? 그가

---

* 1960 1970년대 할리우드를 풍미했던, 거칠고 남성적인 마초 이미지의 유명 배우.

혼자라서? 그는 JED와의 우정을 생각했다. 그들은 함께하면서 같아지지 않는 방법을 찾아냈다. 왜 다른 사람들 모두가 그러지 못할까? "신경쓰지 마라. 그냥 내가 오늘 좀 짜증이 나. 괜찮아, 정상이야. 특히 너희 또래의 아이들에게는. 나이가 들면서 너희가 정확히 누구인지 자유롭게 알게 될 거고, 결국에는 아무도 그걸 신경쓰지 않게 될 거야."

그가 자기 휴대폰을 가까이 끌어당겼고, 덕분에 에머리에게 집중할 수 있었다. 성적 긴장감이 손에 만져질 듯 느껴졌다. 그러나 그것이 에머리와 화면 속 여자 사이의 긴장감인지 아니면 에머리와 산꼭대기 카페에서 유튜브를 보고 있는 남자 사이의 긴장감인지 패트릭은 확신하지 못했다.

그랜트가 팔을 뻗어 패트릭의 이마에 있는 흉터를 만졌다. 그랜트는 패트릭이 약간 불편해질 정도로 거기에 오래 손가락을 대고 있었다. "삼촌 꼭 해리 포터 같아요."

패트릭은 그랜트의 손을 잡아 옆에 내려놓았다. "그건 무례한 말이야."

"왜요?"

"해리는 그리핀도르였고 나는 슬리데린이니까." 패트릭은 이 말을 강조하기 위해 식식거렸다.

"난 삼촌을 스카 삼촌이라고 부를 거예요." 뜨카.

"〈라이언 킹〉처럼!" 메이지가 덧붙였다.

"안 돼."

"뜨카 삼촌!"

"그만해." 패트릭이 자신이 진심이라는 걸 보여주기 위해 그랜트를 돌아보며 말했다. "그건 동성애 혐오야."

"왜요?"

"동물들이 그를 절벽에서 던져버렸으니까!"

"그건 무파사였어요!" 메이지가 팔짱을 끼고 말했고, 그랜트도 누나를 따라 했다.

"맞아요. 뜨카는 하이에나들에게 잡아먹혔고요."

"오, 그렇구나. 난 그 사자가 마음에 들었거든. 내가 착각했네." 스카는 동화되지 않았다. 그는 그냥 권력에 굶주린 폭군이었다. 그럼에도 불구하고 패트릭은 조를 상기시키는 자신의 흉터로부터 관심을 돌리고 싶었다. "좋아, 이제 여길 봐라." 마술사 패트릭은 교묘한 속임수를 썼다. "너희에게 다른 걸 보여줄게."

메이지가 흥분해서 몸을 기울였고, 그랜트는 테이블 아래로 기어와 씨익 웃으며 삼촌의 다른 쪽 옆에 불쑥 모습을 드러냈다.

패트릭은 관객에게 고마움을 표했다. "내가 나오는 클립 몇 개를 볼 거야."

18

전화를 받은 사람은 로자였다. "패트릭 씨!" 고용주를 기다리던 로자가 손을 오므려 전화기를 막고 그를 불렀다.

"누구예요?" 패트릭이 주방으로 들어오며 애원하듯 물었다. 그의 양손에는 마분지로 만든 꼭두각시 인형 두 개, 코끼리 인형 하나, 강아지 인형 하나가 끼워져 있었다. 그건 그가 클라라와 하고 놀던 인형놀이였고, 오늘 아침 아이들과 그걸 재현하고 있었다. 놀 거리가 바닥난 상황이었다. 그러다보니 방해해줘서 고맙긴 했지만, 이제껏 집 전화로 전화를 걸어온 사람은 텔레마케터들 말고는 아무도 없었고, 로자는 차라리 그런 전화인 편이 더 낫다는 걸 알고 있었다.

"투 마드레."* 로자가 걱정스러운 표정으로 대답했다.

패트릭의 낯빛이 어두워졌다. 어머니라고? 어머니가 무슨 일이지? 그는 손에 인형들을 끼운 채 전화기를 쥐려 했지만 실패했고, 로자에게 전화기를 귀에 대달라는 몸짓을 했다.

"화내지 마라." 어머니의 목소리가 전화기를 통해 울려퍼졌다.

"그거 하나는 제가 보장할 수 있죠." 패트릭은 만들던 코끼리 인형의 코를 찢으며 손에서 인형들을 서둘러 빼냈다. 그런 다음 로자에게서 전화기를 넘겨받고는 몸을 쭉 펴고 섰다. "그런데 뭐에 대해 화내지 말라는 말씀이세요?"

"우편물 아직 안 받았니?"

"지금 아침 열시예요." 무슨 우편물을 말하는 거지?

"중요한 건 그애가 좋은 마음으로 그런다는 거야." 클라라 누나 얘기군. "누나가 뭘 했는데요?" 패트릭이 로자를 건너다보았다. 로자는 행주를 들고 바쁘게 일하고 있었다.

"우리도 통보만 받았어. 처음에는 왜 온갖 사람한테 그런 통보를 하는지 이해가 안 됐지. 하지만 가만히 생각해보니 모두에게 알려야 할 일 같더구나. 우리는 아이들 조부모로서 그 목록에 올라 있고, 뭐, 그게 표준절차겠지."

"누나가. 무슨. 일을. 했는데요?" 어머니는 패트릭을 조종하려 했고, 패트릭은 조종받는 걸 싫어했다. 닐도 그가 좋아하지 않을 뉴스로, 그가 놓친 부분들로 그를 조종하려 들곤 했다. 혹은 스튜디오와 새로운 계약을 맺을 때 일부러 꾸물거리거나.

"세라의 부모님도 아마 똑같은 통보를 받았을 거야."

---

* '당신 어머니'라는 뜻의 에스파냐어.

"어머니!" 패트릭은 얼굴이 붉어지고 체온이 올라가는 것을 느꼈다. 전화기를 들지 않은 손의 손등으로 이마를 닦았다. 뭔가 단 음식을 찾아 주변을 둘러봤지만 없었다. 그는 비명을 지르기 직전이었다. 지금 무슨 일이 벌어지고 있는지 그냥 말씀하시라고요. 그때 현관문을 노크하는 소리가 들렸다. "끊지 말고 잠깐 계세요. 밖에 누가 왔어요." 패트릭은 거실을 가로질러 현관으로 걸어갔다.

어머니가 그의 관심을 잡아두려고 절박하게 시도했다. "패트릭." 놀랄 만큼 급박한 말투였다. 마치 자신이 전화기를 통해 더 설명하기 전까지는 그가 밖에 찾아온 사람을 만나서는 안 되는 것처럼. 그러나 패트릭은 어머니의 부름을 무시했다. 내면에서 끓어오르는 화와 분노가 천둥 같은 발걸음에 연료를 제공했다. 통보서가 온 거라는 확신이 들었다. 그래서 전혀 의심하지 않고 현관문을 홱 열어젖혔다.

흰 블라우스에 베이지색 펜슬 스커트를 입은 젊은 히스패닉 여성이 봉투 하나를 들고 서 있었다. "오하라 씨이신가요?" 그녀는 키가 150센티미터쯤 되었고 충분히 무해해 보였다.

"그렇습니다."

여자가 일을 제대로 하는 건지 확인하기 위해 봉투에 적힌 글씨를 읽었다. "패트릭 오하라."

"맞아요." 패트릭은 여전히 전화기를 한쪽 귀에 바싹 대고 있었다.

"당신 앞으로 온 우편물 같네요." 여자가 그에게 봉투를 건넸다. "그럼 안녕히 계세요." 임무가 완수되었고, 여자는 곧바로 돌아서서 길가에 주차된 차로 향했다.

일반 사무용 크기의 흰 봉투였다. 앞면에는 클라라의 손글씨일 수도 있고 아닐 수도 있는 글씨체로 그의 이름만 휘갈겨 쓰여 있었고, 안에는 여러 장의 서류가 접힌 채로 꽉 들어차 있었다.

"패트릭, 전화 안 끊었지?" 어머니가 물었다. 패트릭은 봉투 안에서 내용물을 꺼내는 동안 전화기를 떨어뜨리지 않고 어깨에 끼우고 있으려고 목을 길게 뺐다. 내용물은 캘리포니아 법원에서 온 서류였다. GC-210(P). 패트릭은 서류를 훑어보았다. 제목은 다음과 같았다.

해당 개인의 후견인 임명을 위한 청원서.

그리고 그 아래에 이런 문구가 있었다. (해당 아동의 이름) 개인의 후견인 지위. 메이지 로런 오하라, 그랜트 패트릭 오하라. 그는 그랜트의 이름을 부분적으로 그의 이름을 따서 지었다는 사실을 거의 잊고 있었다.

"믿을 수가 없군."

"패트릭, 내가 화내지 말라고 부탁했잖니."

패트릭은 전화기를 어깨와 귀 사이에서 빼내어 그게 무엇인지 잊어버린 것처럼 얼굴 앞에 들었다. "누나를 죽여버릴 거예요."

"공갈협박을 해봤자 너한테 아무 도움이 되지 않을 거야!"

패트릭은 전화기에 대고 식식거리다가 전화를 끊었다. 청원서와 추가 서류양식을 찢어버렸다. 그의 눈이 그가 찾고 있던 항목을 가로질렀다.

9. 아래와 같은 이유들로 후견인 지위가 필요하거나 지위를 인정받는 편이 용이할 것이다. 현재 아이들은 팜스프링스에서 삼촌 패트릭 오하라의 양육을 받고 있고, 아이들 아버지는 랜초미라지 근처의 코첼라 단주斷酒 생활시설에서 치료를 받고 있다. 아이들 어머니는 최근에 세상을 떠났다. 삼촌과 함께 임시로 생활중인 아이들을 관찰한 뒤, 나는 그곳의 환경이 아이들의 행복에 적절하지 못하다고 판단했다. 문제의 집은 시도 때도 없이 음주가 벌어지는 파티 홈이며, 규율도 시간표도 없다. 그런 생활은 아이들에게도, 아이들이 필요로 하는 돌봄에도 알맞지 않다.

'파티 홈?' '필요하거나 용이'해? 이걸 누가 썼지? 패트릭은 더이상 참을 수가 없었다. 서류양식 맨 아래에서 청원서의 서명—클라라—을 발견했다. 글씨는 검은색이고 사본이었다. 그가 받은 사본에는 스탬프가 찍혀 있지 않았지만, 원본이 의심의 여지 없이 법원에 보관되어 있을 것이다. 혹은 적어도 그런 절차가 진행되는 중이거나. 아까 찾아온 그 젊은 여자도 서류 배달로 바쁜 아침을 보냈다. 패트릭, 법원…… 코첼라 단주 생활시설.

그레그.

패트릭은 현관 밖으로 달려나가 곧장 거리로 향했다. 그 여자를 막고자 하는 간절한 마음으로 왼쪽, 오른쪽을 살펴보았다. 하지만 너무 늦었다. 여자의 흔적은 없었다. 매미 울음소리만 들려올 뿐 주변은 완전히 조용했다.

패트릭은 집으로 돌아와 침실에 틀어박혔다. 코첼라 어쩌고 저쩌고에 전화를 걸었다. 그리고 누군가 전화를 받자 동생 그레고리 오하라에게 긴급한 메시지를 남겨야 한다고 말했다. 메시지의 내용은? 세 단어였다.

내가 처리하고 있어.

그는 이 일을 처리할 것이다.

*

팜스프링스의 하얏트 호텔은 도시의 한 구획 전체에 걸쳐 있는 단조로운 거대 기업이었다. 그곳은 호텔이지만 마치 컨벤션 센터처럼 보였다. 하지만 이 고급 게스트하우스들의 도시에서 그곳은 합리적인 금액으로 필요한 방을 제공했다. 그리고 그 호텔은 곧바로 클라라의 눈에 띌, 쉽게 알아볼 수 있는 브랜드이기도 했다. 클라라는 익숙하지 않은 것, 돈을 어리석게 지출하는 것을 싫어했다. 패트릭은 바닥이 미끄러운 타일로 되어 있고 커다란 가구들이 놓인 로비에 앉았다. 그곳에서는 호텔 정문이 잘 보였다. 그는 사람들이 자신을 알아보지 않기를, 혹은 덩굴식물처럼 여기기를 기도했다. 경비원의 주목을 끌지 않고 가족 호텔의 로비 공간을 얼마나 오래 점유할 수 있을까? 하얀 반바지 때문에 아마도 그는 막 테니스를 치고 온 사람처럼 보일 것이다. 변장을 완성해줄 라켓까지 가져오는 통찰력이 있었다면 좋았을 텐데.

그는 그레그에게 메시지를 남긴 뒤 다음 단계로 클라라에게 연락을 취했다. 하지만 클라라는 전화를 받지 않았다. 그래서 팜 스프링스에 있는 모든 호텔에서 잠복해야 하나 생각했다가, 재빨리 추론해 하얏트 호텔에 전화를 걸어 클라라 드루리를 연결해달라고 요청했다. 탐정 노릇에 필요한 건 이게 다였다. 그녀는 호텔 방의 전화도 받지 않았다. 하지만 일곱 번 전화벨이 울리자 패트릭은 그녀가 그곳에 묵고 있다고 확신했다. 어느 지루했던 오후 로자가 싸구려 탬버린으로 메이지와 그랜트에게 〈라 쿠카라차〉의 첫 몇 소절을 가르치고 있을 때, 패트릭은 하얏트 호텔에 가서 죽치고 기다리기 위해 현관문을 열고 집을 나섰다. 패트릭은 아이들이 밴드를 결성할 재능이 있을지도 모른다는 생각에 그 탬버린을 주문했다. 하지만 아이들은 재능이 없었다. 클라라와의 대면이 겁나는 것 못지않게, 집에서 떠나 있는 것이 더 낫겠다고 느껴질 정도였다. 집에서 나가면 그의 고막이 고문에서 벗어나 편안해질 터였다. 다행히 우버를 타고 가는 시간은 조용했다.

패트릭은 노가하이드* 소파에서 허벅지를 한 번에 한쪽씩 들어올렸다. 그의 피부는 아이들이 간식으로 먹겠다고 해서 구입한 말린 과일 같았다. 그는 휴대폰을 쭉 훑어보았다. 다른 앱들은 꺼버리고 유튜브를 열어 자신의 채널을 찾았다. 아이들의 동영상이 두 개 있었다. 산꼭대기 카페에서 점심을 먹은 뒤, 그는 아이들을 다시 숲으로 데리고 갔다. 그의 아버지는 여름방학이 한창일 때 그에게 수많은 전쟁터들을 행군하게 했지만 말이다. 그러나

---

* 실내 장식이나 여행용 가방 따위에 쓰이는 인조 가죽의 상표명.

불필요한 사실들을 인용하는 대신 그의 아버지는 한 가지 이야기만 했다("충성스러운 남군인 샴쌍둥이가 있었단다. 하지만 그들 중 한 명만 징집이 된 거야. 어떻게 해야 할지 아무도 알지 못했지!"). 패트릭은 메이지와 그랜트에게 바닥에 널린 커다란 솔방울들로 저글링하는 법을 가르쳤다. 아니, 가르치려고 애썼다고 해야겠다. 솔방울들은 매번 아이들의 머리 위에 내려앉으려 했고, 아이들은 즐거움에 겨워 꺄악꺄악 소리를 질렀다. 자기들의 머리가 물렁해서 그렇다는 것이 메이지의 이론이었다. 패트릭은 클라라를 괴롭히려고 이 동영상을 유튜브에 몸소 올렸다(메이지의 지도하에).

홈 화면에 뜬 추천 동영상들은 그의 취향에 맞지 않았다. 휴대폰에 대한 통제권을 조카들에게 넘겨준 뒤 터무니없는 알고리즘 속에서 그 자신의 정체성을 잃어버린 여름이었다. 거의. 화면 맨 아래에 흥미가 당기는 추천 동영상이 하나 있었다─밥 파시가 연출한 1972년 텔레비전 콘서트 영화 〈'Z'가 들어가는 라이자〉에서 라이자 미넬리*가 타이틀곡을 부르는 모습이 담긴 동영상이었다. 패트릭은 미소 지었고 콧노래를 흥얼거렸다─알고리즘에서 그의 정체성이 완전히 지워지지는 않은 모양이었다. 그는 재생 버튼을 눌렀고, 라이자가 스탠드 마이크를 향해 능숙한 몸짓으로 걸어오는 모습을 보았다. 하얀 블라우스의 가슴팍이 그녀가 입은 하얀 턱시도 바지의 높이만큼이나 깊이 파여 있었다.

---

* 미국의 배우, 가수, 댄서. 밥 파시가 연출한 뮤지컬 영화 〈카바레〉로 아카데미 여우주연상을 수상했다.

〈카바레〉에서 했던 머리 모양에 진한 눈화장을 한 그녀는 빛나는 시대의 상징이었다. 그녀가 관객을 향해 말할 때 패트릭은 콧노래를 흥얼거렸다. 그는 머릿속에서 하얀 턱시도를 입고 스탠드 마이크에 몸을 기댄 채, 자기 이름에 문제가 있다고 불평하며 관객을 열광시키고 있었다. 사람들은 나를 '엉클'이라고 불러요—잘못된 거죠!

휴대폰에서 눈을 들고 혹시 누가 보고 있는지 주위를 둘러보았다. 호텔은 비어 있었다. 보행 보조기를 붙잡고 서 있는 로비 건너편의 한 여자를 제외하고는. 그 여자는 뭔가에 정신이 팔린 채 밴을 기다리는 것 같았다. 그가 그녀를 방해할 가능성은 없었다. 그는 음악이 나오는 동영상으로 다시 돌아갔다.

그건 U가 들어가는 엉클이 아니라 G가 들어가는 겅클이야, 왜냐면

U가 들어가는 엉클은 거가 아니라 어가 되기 때문이지.

엉 대신 겅이고, 크을 대신 클이야.

그건…… 겅클만큼이나

간단하다고.

타일 바닥을 가로지르는 구두굽 소리가 들렸고, 그는 휴대폰을 무릎에 내려놓고 차려 자세로 앉았다. 맙소사, 구두 소리만 들어도 아니었다. 클라라는 걷기에 적합하고 열기가 있을 때도 통기가 잘되는 신발을 신었다. 패트릭은 주변을 둘러보았고 호텔 수

위를 알아보았다. 아까 그 여자가 로비 건너편에서 앞뒤로 몇 번 왔다갔다했다. 그녀가 지나가면서 패트릭에게 미소 지었고, 패트릭은 다시 휴대폰으로 눈길을 돌렸다. 벌써 다음 동영상이 차례로 재생되고 있었다. 라이자가 〈종을 울려요〉를 노래했다. 그는 자기 채널을, 메이지가 몰래 올린 동영상을 찾았다. 조회수가 23만 8000회가 되어 있었다. 패트릭은 자신이 숫자를 제대로 본건지 확인하기 위해 선글라스를 내렸다. 거의 25만 명에 가까운 사람들이 메이지와 그랜트가 나오는 랜덤 동영상에 관심을 가졌다고? 믿을 수 없었다. 그는 스크롤을 내려 댓글들을 살펴보았다.

헐 애들 커엽.

개웃김.

이제 패트릭하고도 찍어주라, 제발.

그 사람 죽었던 거 아님?

내가 지금 뭘 본 거임? 뭔 백인들이 놀고 있네.

저도 패트릭 같은 삼촌 주세여.

그리고 수십 개의 댓글이 이랬다. 1빠. 이 댓글이 의미하는 것이 무엇이든, 이 익명의 시청자들은 모두 자기가 콜럼버스라고 생각했다.

의견들은 끝이 없었다. 그는 카메라 앨범을 훑으며 자신에게 다른 어떤 콘텐츠가 있는지 살펴보기 시작했다. 25만 명의 시청자는 무시할 만한 것이 아니었다. 그가 굴복하고 세번째 동영상을 올린다면, 그건 무엇에 관한 동영상이 될까? 그에 관한? 아이들에 관한? 그는 궁지에 몰려 있었다. 마침내 클라라가 로비 문을 통과해 걸어들어왔을 때, 거의 반갑기까지 했다. 클라라는 처음 사막에 착륙했을 때보다 더 자신감 있어 보였다. 적어도 옷차림이 적절했고, 선글라스는 변장이라도 시도하는 양 얼굴에 네모나게 얹혀 있었다. 패트릭은 자신이 여기에 온 목적이 그녀와 담판을 벌이는 것임을 순간적으로 잊고 의자에서 몸을 움츠렸다. 누나가 바로 옆에 올 때까지 기다렸다.

"에헴."

클라라가 그 자리에 얼어붙었다. 그들 위쪽으로 개방형 복도의 바닥이 보였다. 꼭대기층 복도를 가로질러 진공청소기를 밀고 다니는 청소 직원이 멀리서 내는 부드럽고 웅웅거리는 소리가 그 열린 공간을 가득 채웠다. 그 소리가 아래층의 긴장을 더 증폭하는지 아니면 진정시키는지 패트릭은 확신하지 못했다.

"날 어떻게 찾아냈니?"

패트릭은 허벅지 뒤쪽을 엉성한 소파에서 떼고 일어섰다. 다리의 통증을 무시하고, 누나에게 따라오라고 손짓했다. "이리 와봐."

클라라가 어깨를 뒤로 젖혔다. "난 이야기하지 않을 거야, 패트릭. 변호사 없이는."

누나에게 변호사가 있다고. 패트릭은 다시 손짓했다. 이번에는 뒷문을 향해.

"오, 안 돼." 클라라가 말했다. 〈데이트라인〉*을 너무 많이 본 것 같았다.

"누나를 납치하진 않을 테니 걱정 마. 자리 좀 옮기게 따라오라고."

"내가 말했다. 변호사 없이는 안 된다고."

패트릭은 클라라가 눈을 깜박일 때까지 응시했다. 그런 다음 로비 안쪽 깊숙이 있는 풀장을 향해 걸어갔다. 뒤를 돌아보지는 않았다. 누나가 열 걸음쯤 뒤에 처져 따라올 거라는 걸 알고 있었으니까. 그녀는 말없이 가만히 있는 타입이 아니었다.

"날 어떻게 찾아냈냐고!" 클라라는 답변을 원했다. 그들은 밖으로 통하는 문 앞에서 잠시 걸음을 멈추었다.

"어려웠을 것 같지. 그런데 누나는 포인트 사용이 안 되는 곳에선 묵지 않잖아."

밖에서는 몇 안 되는 사람들이 수영을 하고 있었다. 대부분 아이들을 데려온 가족들이었다. 지금은 7월 말이었고, 딱히 성수기는 아니었다. 이 도시는 죽었다. 여름 몇 달이 가장 중요한 뉴잉글랜드 출신인 그로서는 이곳에 익숙해질 때 가장 힘들었던 점이다. 패트릭은 풀장 데크를 살펴보았다. 하얀 폴로셔츠에 반바지를 입은 젊은 남자 한 명이 음료 쟁반을 들고 다가왔다. 패트릭은 모자와 선글라스를 벗고 두 손으로 머리카락을 쓸었다. 이번만은 가장 인정받는 사람이 되고 싶었다. "실례합니다." 그가 풀장 종업원을 불러세우며 말했다. 종업원의 피부는 부러울 정도로 잘

---

* 미국의 리얼리티 법률 쇼. 범죄사건을 주로 다룬다.

태닝되어 있었다. "카바나* 하나 사용할 수 있을까요?"

젊은 남자가 그늘막 텐트들이 있는 쪽을 돌아보았다. "여섯 분 이상 계셔야 쓰실 수 있는데요." 종업원은 이렇게 대답했지만 그를 알아보고는 표정이 부드러워졌다. 패트릭은 항상 그 정확한 순간을, 아드레날린의 분출을, 혹은 긴장 효과가 나타나는 것을 감지할 수 있었다. 그것은 미묘한 변화였지만 눈에 보이지 않는 변화는 아니었다. 종업원의 얼굴에 미소가 살짝 지나갔고, 치아가 햇볕에 그을린 피부와 대조를 이루며 하얗게 빛났다. "하지만 사용하셔도 괜찮습니다. 음료 메뉴판 좀 갖다드릴까요?"

"그것들은 뭔데요?" 패트릭이 종업원이 든 쟁반에 담긴, 얼음을 갈아 만든 음료 두 잔을 가리키며 물었다.

"피냐 콜라다입니다. 스파이스드 럼이 한 샷 들어갔어요."

패트릭이 미소 지었다. 파티 하우스 같은 소리 하네. "그거 두 잔 줘요."

그들이 카바나에 자리를 잡자, 클라라가 가방에 끈을 감은 뒤 조심스럽게 옆에 두었다. "너에겐 일반적인 규칙이 적용되지 않는구나, 그렇지?"

"뭐라고?" 패트릭이 천진하게 되물었다.

"여섯 명 이상 되어야 여길 쓸 수 있댔잖아……"

"누나, 지금은 한여름이야. 여기엔 아무도 없고."

카바나에는 상쾌한 그늘과 안락한 하얀 가구가 갖춰져 있어

---

* 해변이나 수영장에 마련되어 있는 일종의 쉼터. 휴식을 취하거나 옷을 갈아입는 데 사용한다.

서, 앉아 있기 위해 피부를 희생할 필요가 없었다. 패트릭은 발길질을 해 신발을 벗고 오렌지색 쿠션을 등뒤에 받쳤다. 이야기할 분위기를 만들기 위해, 위협적이지 않고 일상적인 모습으로 보이고 싶었다. 어머니의 목소리가 귓가에 들리는 듯했다. 화내지 마라. 적어도 그는 아이들을 위해 최선을 다하고 있었다. 지금 당장 아이들이 필요로 하는 사람이 되어야 했다.

G가 들어가는 겅클.

"누나." 그는 자신이 이 담판을 위해 세세한 계획을 세우지는 않았다는 걸 갑자기 깨달았다. "대체 무슨 일이야?"

클라라는 그와 시선을 마주치지 않고 대신 야외 러그의 디자인에 집중했다.

"뭔가 문제가 있잖아. 누나는 힘들어하고."

클라라가 얼굴을 찡그렸다. 그들은 패트릭이 더는 견딜 수 없을 때까지 침묵 속에 앉아 있었다. 그에게는 오늘 끝내려고 한 다른 일도 있었다.

"누나가 여길 찾아온 데는 뭔가 다른 이유가 있는 것 같아. 물론 누나는 아이들을 사랑하지. 하지만 누나가 이렇게까지 할 사람은 아니잖아."

클라라가 소리가 날 정도로 이를 꽉 깨물었고, 그런 다음 태도를 누그러뜨리고 입을 열었다. "나 대런하고 이혼 절차 진행 중이야."

패트릭이 의자에 등을 기댔다. "오, 누나 어쩌다 그런 일이."

"대런이 바람을 피웠어. 여러 번 그런 것 같아." 클라라는 별일 아니라는 듯 산을 바라보았다. 하지만 배신감에 마음 아파하는 것이 분명했다.

"일부일처제는 죽었어." 패트릭은 이렇게 말하고 클라라를 흘 깃 쳐다보았다. 일상적인 말이지, 하고 생각했지만 그 말은 얼굴 을 후려친 따귀처럼 클라라에게 타격을 주었다. 그는 즉시 사과했 다. "미안해, 좀 되갚고 싶었어. 이 엉망진창인 상황에 말이야."

클라라가 입술을 깨물었고, 그걸 본 패트릭은 겁이 났다. 수용, 패배. 클라라는 평생 모두를 위해, 누군가에게 비방당하는 모든 사람을 위해 분노하며 살아왔다. 하지만 정작 자신을 위한 싸움 은 벌이지도 못하고 있지 않은가? 패트릭은 말없이 조용히 앉아 있었다. 끝나지 않을 것 같던 침묵이 흐른 뒤, 그는 앞으로 몸을 조금 움직여 누나의 무릎에 부드럽게 손을 얹었다.

"누나 탓이 아니야." 그가 말했다.

"그래, 맞아. 내 잘못은 아니지."

"우린 멋진 삼인조야. 누나, 그레그, 그리고 나 말이야. 평균의 법칙이라는 게 있잖아. 이제 우리 중 한 명에게 행복한 일이 생길 거야."

클라라의 입술이 떨렸다. 그녀는 웅웅거리는 듯한 소리를 냈 다.

"그리고 누나 아이들, 의붓자식들. 사실 그애들은 대런의 아이 들이지. 누난 그애들을 잃을까봐 걱정되는 거야." 순식간에 모든 것이 분명해졌다. 그건 이동이었다, 순수하고 간단한.

"아니." 클라라가 날카롭게 부인했다. "그런 문제는 아니야."

그녀는 공소를 제기하기 위해 몸을 기울였다. 하지만 웨이터가 음료를 가지고 도착하는 바람에 그녀의 말이 중단되었다. 웨이터가 그들 앞 칵테일 냅킨 위에 각각 음료를 놓아주었다. 그런 다음 스낵이 담긴 작은 접시도 놓아주었다.

"객실에 묵고 계시다면 몇 호실로 청구해드리면 될까요?" 웨이터가 물었다.

"묵고는 있는데." 패트릭은 클라라가 나서기 전에 신용카드를 꺼냈다. "내가 살게." 그러고는 누나를 쳐다보았다. 그녀는 바닥만 뚫어져라 내려다보고 있었다. "계속 이 카드로 해주세요." 패트릭이 웨이터에게 말했다.

"감사합니다." 웨이터가 미소를 짓고는, 영국 여왕과 함께 있는 손님에게 하듯 어색하게 허리를 숙여 인사했다. 패트릭이 팔을 뻗어 자기 음료를 집어들고 다른 잔은 클라라 쪽으로 살짝 밀어주었다.

"위하여." 그가 말했다. 그런 다음 음료를 한 모금 마셔 갈린 얼음으로 목구멍을 코팅했다. 콧날을 손가락 두 개로 붙잡고 찬 것을 먹은 뒤 오는 피할 수 없는 띵한 느낌과 씨름했다. "이해가 안 돼서 그러는데, 그동안 내내 팜스프링스에 있었던 거야?"

클라라가 고개를 끄덕였다.

"왜 말하지 않았어?"

"날 쫓아냈잖아."

"아니, 난 그러지 않았어." 그가 그랬던가? 미끄땀 머칠의 기억은 이미 흐릿했다. "누나가 한밤중에 슬그머니 떠나버렸잖아."

"봤지? 늘 이런 식이야. 아침 일곱시는 한밤중도 아니고!" 클라라가 통 넓은 반바지를 입은 자신의 다리가 어떻게 보이는지 살펴보며 앞쪽을 향해 발을 찼다.

"좀 탔네." 패트릭이 누나의 다리를 보며 말했다.

"다리가 더 가늘어 보여." 클라라는 햇볕이 해준 일에 감명받은 것처럼 보였다.

"경클 규칙, 탄력을 되찾을 수 없다면 태닝을 해라."

클라라가 얼굴을 찌푸렸다.

"누나에겐 공짜 선물이네." 패트릭은 누나의 짜증에 기분이 좋아져서는 미소를 지었다. "그런데 '환경이 적절하지 못하다'고? 말해두겠는데, 그 말 좀 아팠어."

클라라가 자신의 피냐 콜라다를 조금 마셨다. 그런 다음 한쪽 눈썹을 치켜올렸다. 놀랍게도 그건 그녀가 필요로 하던 바로 그것이었다. 클라라는 음료를 다시 꿀꺽꿀꺽 마신 뒤 테이블에 내려놓고 팔로 쭉 밀어놓았다. 어쨌든 그녀는 모범을 보이기 위해 여기에 와 있었다.

"그레그 생각은 해봤어? 회복중인 그애한테 서류를 들이민다고? 누나하고 나 둘이서 이 문제를 적절하게 처리하지 못해서 그애를 힘들게 하는 거잖아."

아이 세 명이 풀장 데크에서 뛰어다니고 한목소리로 소리를 질렀다. "천천히 다녀. 여기 미끄러워." 아이들은 상대 때문에 서로 놀랐다.

클라라가 대답했다. "그레그의 상태가 엉망인 건 그애 문제지." 그녀는 무심코 음료로 팔을 뻗었다가 태평스러운 몸짓으로 넘겼다. "아이들이 엄마를 잃은 슬픔을 제대로 처리하지 못하고 있어. 그레그는 네가 그애들을 도울 수 있다고 생각했지. 그리고 우리 모두가 속는 셈 치고 널 한번 믿어보고 싶었고." 그녀가 의자에 등을 기댔다. "그런데 인터넷에 아이들 동영상이 또 올라왔더라. 즐거워하는."

패트릭이 햇빛 속으로 손가락들을 살그머니 내밀고 지글지글 타는 듯한 익숙한 기분이 느껴지길 기다렸다. 그는 웃지 않으려고 입술을 깨물었다. 그가 동영상을 올리면서 바라던 바로 그 효과가 정확히 발휘된 것이다. 누나를 약올리는 것. "누난 애들이 울면 좋겠어?"

클라라는 아이들이 어때야 하는지 설명할 길이 없었다. 하지만 아이들이 어떻지 않아야 하는지는 정확히 알고 있었다.

"아이들은 자기 역할을 하고 있어, 누나. 지금 자기들이 진정으로 누구인지 가리기 위해 자신의 다른 버전을 만들어내고 있다고. 모든 사람이 그 아이들에게 강해져야 한다고 말하니 말이야. 그리고 괜찮아. 그건 애도의 일부, 성장의 일부니까."

"하지만 아이들이 그런 역할에 빠져 길을 잃는 건, 자기 정체성을 잃는 건 누가 막을 건데?"

"내가." 패트릭이 무미건조하게 대꾸했다.

"네가 할 거란 말이지."

"누난 게이들이 뭘 한다고 생각하는 거야? 대대로 무엇을 해 왔다고 생각하느냐고. 우린 대중을 위해, 스스로를 보호하기 위해 자신의 모습 중 안전한 버전을 채택해. 그런 다음 우리를 보호하기 위해 만들어낸 모습들로부터 성인으로서 우리의 진정한 자아를 발굴하지. 그게 동성애자의 삶에서 가장 중요한 부분이야."

"패트릭, 넌 배우잖아. 별뜻도 없는 어려운 말을 그럴듯하게 지껄여대는 건 그쯤 해둬."

패트릭은 그쯤 해두었다. 그는 예술의 용기를 그녀에게 이해시킬 수 없을 것이다. 인간의 조건, 특히 동성애자들의 인간의 조건을 탐구하는 일의 중요성은 그들이 처음에 거부당했던 바로 그 도구, 즉 그들의 크고 아름다운 마음을 탐구하는 데 있었다.

"너 그거 아니? 남자들은 구제불능이야. 너, 그레그, 대런, 아마도 언젠가는 그랜트도. 너희 전부 다. 장담하는데, 내가 살아서 이 이혼을 이겨내면 난 여자와 살림을 차릴 거야." 그녀는 한 아버지가 어린 딸아이를 풀장의 수심이 얕은 곳에서 안아들어 공중으로 몇 피트 던져올리는 모습을 지켜보았다. 그 소녀는 즐거워서 꺄악 소리를 질렀다. 나중에 그 아이는 모든 남자가 다 악마는 아니라고 생각하는 걸 스스로에게 허락할지도 몰랐다. 하지만 지금은 그런 순진함을 위한 시간이 없었다.

"그거 커밍아웃이야?" 패트릭이 그녀의 신경을 건드리며 물었다. "내가 GLAAD*에 전화해야 돼? 우리가 보도자료를 낼 수 있을까?"

"작작 좀 해."

---

* 미국 내 미디어 산업에서 벌어지는 LGBT에 대한 차별에 반대하고 성평등을 증진하기 위해 설립된 비정부 인권단체.

가벼운 바람이 카바나를 휩쓸고 지나갔고, 패트릭은 셔츠 자락을 몇 번 들어올려 피부에 닿는 바람의 촉감을 느꼈다. "내가 해결할 거야. 그러니까 그레그와 함께." 그가 피냐 콜라다 플라스틱 잔에 맺히고 있는 물방울들을 내려다보았다. 풀장 옆에서 음료를 유리잔에 제공하는 호텔은 없다. 그리고 물방울 하나가 다른 물방울들을 통과해 활강하는 모습을 지켜보았다. 그는 생각했다, 타개책을 찾아낼 사람은 그였다.

클라라가 스낵을 한 줌 집어들었다. 일본 과자로 보이는, 반짝이는 글레이즈*가 덮인 크래커였다. 그녀는 크래커 두 개를 먹은 다음, 나머지를 냅킨 위에 소심하게 내려놓았다. 크래커는 그녀의 마음에 전혀 들지 않았다.

"누나는 못할 거야. 그레그를 중독 치료시설에서 끌어내지 못할 거라고. 메이지와 그랜트를 판사 앞으로 끌고 가지도 못할 거고. 누나의 삶이 과도기에 있으니까. 이건 누나의 본모습이 아니야."

클라라는 자신의 동기가 과소평가되는 걸 좋아하지 않았다.

"법원에 연락해서 청원을 취하해, 지금 당장."

"안 하면?"

화내지 마라. "내가 누나를 협박해야겠어?"

클라라는 동생을 계속 응시했다.

"좋아. 난 변호사 부대를 동원해 누나를 법률적 눈사태 속에

---

* 케이크나 과자 등에 광택을 더하기 위해 바르는 반짝이는 소스.

깊이 매장해버릴 거야. 아이들은 대학에 갈 거고, 누나는 그 속에서 나오려고, 혼자 눈을 파내고 나오려고 삽질을 하겠지. 나에겐 자원이 있어. 누나에겐 없고." 패트릭은 클라라가 눈길을 돌릴 때까지 똑바로 쳐다보았다. 마침내 그녀가 눈길을 돌렸을 때, 그는 누나의 입장에 마음이 아파왔다. "난 일이 이런 식으로 되어가는 걸 바라지 않아." 그가 부드러운 목소리로 말했다.

클라라가 기진맥진해서 몸을 뒤틀고 꿈틀거렸다. 그녀는 더위에 지치고, 가족에게 지치고, 이 호텔에 지치고, 이 싸움에 지쳤다. 자원에 관해서는 패트릭의 말이 옳았다. 패트릭에게 해결책이 있고 변호사들을 고용할 의지도 있다는 걸 둘 다 알고 있었다. 메이지와 그랜트가 아빠와 함께 집으로 돌아가기까지는 오 주가 더 남아 있었다. 그들이 코네티컷으로 돌아가면 그녀가 집으로 찾아가 더 주의깊게 보살필 수 있을 것이다. 패트릭의 영향에서 벗어나, 오로지 그녀의 소관으로. 이런 판국에 어차피 지게 될 싸움을 굳이 할 필요가 있을까? "좋아."

"누나, 누나는 마음이 바다처럼 넓잖아."

클라라가 움찔했다. "그래서?"

패트릭이 날카롭게 숨을 쉬었다. "그게 다야. 난 누나가 그저 돕고 싶어한다는 걸 안다고."

클라라는 말없이 앉아 있었다.

패트릭이 안도의 한숨을 쉬었다. 그는 남은 음료를 내려놓고 컵 가장자리에서 파인애플 조각을 떼어내 먹었다. "협박한 거 미안해. 훈훈하게 끝내자. 다시 집으로 와, 누나. 짐을 가져와서 우리와 함께 며칠 더 지내. 아이들하고 좋은 시간도 보내고."

클라라가 풀장 안의 작은 소녀에게 주의를 돌렸다. 그 소녀의 웃음이 클라라로 하여금 예전에는 상황이 얼마나 단순했는지 부러워하게 만들었다.

"누나?"

"애들은 몇 주 뒤에 볼게."

"그렇게 해." 패트릭이 동의했다. "하지만 지금도 봐야지."

클라라의 눈이 촉촉해졌다. 그녀는 아이들에게 두번이나 작별 인사를 할 수가 없었다. "그만 내 집으로 돌아가야지."

돌풍이 불어와 패트릭의 모자가 떠올랐고, 날아가버리기 직전에 가까스로 낚아챘다. 패트릭은 모자를 다시 머리에 쓰고 양손으로 꼭 눌렀다. "아빠가 해주던 그 이야기 생각나? 군대에 징집된 샴쌍둥이 이야기?"

"남북전쟁 때?" 클라라가 화제가 바뀐 것을 고마워하며 선글라스 뒤에서 눈을 감았다. "쌍둥이 중 한 명만 징집되었지."

"응." 패트릭은 그 이야기가 얼마나 터무니없었는지 생각하며 빙긋이 웃었다. "난 아빠가 왜 그런 우스꽝스러운 이야기를 지어내는지 항상 궁금했거든. 그런데 요즘 내가 그러고 있더라고."

"아빠가 지어낸 이야기 아니야."

"그럼 그게 실제로 있었던 일이야?" 패트릭이 놀라서 한쪽 눈썹을 치켜올렸다. 세상에. 그의 괴상한 규칙들 중 어떤 것이 성년이 될 때까지 아이들과 함께할까? 그는 자신이 좋은 일을 하고 있는 것이길 바라며 카바나 커튼에 액자처럼 둘린 산을 올려다보왔다. 그 순간 산꼭대기들이 흡사 가짜처럼 보였다. 여름에 자주 그러듯이, 지나치게 파릇파릇하고 지나치게 선명해 보였다. 마치 약간의 할리우드 마법으로 세워진 기본 사이즈의 모습 같았다. "변호사들에게 전화할 거지?" 패트릭이 누나의 가방을 살짝 밀었고, 그러자 그녀의 휴대폰이 그녀와 더 가까워졌다.

"잠깐만." 클라라가 말했다. 그녀가 하늘을 향해 고개를 젖히자 머리카락이 등뒤로 쏟아졌다. "우선 음료 좀 마저 마실게."

패트릭은 다른 사람의 시중을 드는 일에 익숙하지 않았다. 하지만 그렇게 하기로 했다. 술기운이야, 그는 생각했다. "누나가 음료를 마저 마시는 동안 내가 여기에 얌전히 앉아 있으면 날 용서해주겠지."

패트릭은 더이상 말을 덧붙이지 않기로 했다. 그냥 누나에게 다가가 옆에 앉아서 어깨에 팔을 둘렀다. 클라라도 움찔하거나 밀어내지 않고 그가 그렇게 하도록 내버려두었다. 그들은 그렇게 침묵 속에 앉아 있었다. 유일한 소리는 아이 웃음소리와 그 소리에 이어 가끔씩 들려오는 물 튀기는 소리뿐이었다.

19

패트릭은 수면용 안대를 벗어 부드러운 동작으로 뒤로 던졌다. 방안은 어둡고 조용했다. 너무 조용했다. 그의 소음기가……소음 내기를 멈췄다. 에어컨이 웅웅거리지 않았다. 지금 몇 시지? 그는 뒤뜰 잔디밭의 스프링클러 소리를 들으려고 안간힘을 썼다. 밤 시간이면 그는 때때로 그 쉿쉿 하는 부드러운 소리를 이용해 자기 위치를 파악하곤 했다. 아이들 소리에 귀기울였다. 아이 중 한 명이 울고 있나? 그의 이름을 부르고 있나? 결국에는 몰래 들어온 아이들을 발견할지도 모른다고 생각하며 몸을 앞으로 기울여 찾았지만 아이들은 없었다. 마를레네뿐이었다. 마를레네는 그의 침대 끄트머리에 자리를 잡고 몸을 단단한 공처럼 동그랗게 만 채 자고 있었다. 그런데 왜 그가 잠에서 깬 거지? 꿈을 꾸었나? 그는 마지막 기억을 떠올리려고 몸부림쳤다. 조가 꿈에 나왔나? 최근 조가 그의 꿈속에 자주 등장했다. 이틀 전에는 유니폼을 입고 넥타이핀을 착용한 여객기 승무원의 모습이었다. 그가 퍼스트 클래스 좌석에 웅크리고 앉아 있는 패트릭을 발견하고 이렇게 말했다. "여기 있었네. 네 자리는 3-D야."

그런 다음, 쾅.

주위가 휘청했고, 패트릭의 허리가 충전재가 너무 조금 든 헝겊 인형처럼 구부러졌다. 처음에는 앞쪽으로, 그다음엔 뒤쪽, 덮개가 씌워진 헤드보드 쪽으로. 그는 깜짝 놀랐고 혼란스러웠다. 마를레네가 벌떡 일어나더니, 발톱으로 이불을 움켜쥐며 깜짝 놀라 울부짖었다. 패트릭은 침실 문을 바라보았다. 문이 덜거덕거렸다. 누군가 안으로 들어와 해를 끼치려, 그를 죽이려 했다. 침대가 다시 앞으로 움직였고, 그런 다음엔 공중으로 몇 센티미터 떠올라 위아래로 움직였다. 그러고 나서는 다시 바닥으로 쾅 내려앉았다. 그는 침대커버를 손으로 꽉 움켜쥐었다. 그것이 날뛰는 암말의 고삐라도 되는 것처럼. 그런데 누군가가 아니었다.

뭔가였다.

대포. 유령 같은 존재. 악마.

지진이야. 다른 모든 가능성을 탈락시킨 뒤 패트릭은 깨달았다. 그런 다음 확인하기 위해 그 말을 큰 소리로 다시 했다. "**지진이야!**" 눈 깜짝할 사이에 온기가, 그가 죽을 거라는 확신이 그를 감쌌다. 그리고 그는…… 괜찮았다. 무섭지 않았다. 죽음이 달갑지는 않았다. 하지만 모든 답을 알아야 하는 것에 진저리가 났고, 사람들이 그에게 싸움을 거는 것에 진저리가 났다. 이건 그런데로 괜찮은 결론 같았다. 왜 삶이 계속되어야 하는가? 그는 살았고, 사랑했고, 적다면 적은 일을, 많다면 많은 일을 했다. 그는 기억될 것이다.

마를레네가 다리를 넓게 벌린 채 기적적으로 자세를 유지하며 으르렁거렸다. 그 모습을 보자 패트릭은 퍼뜩 정신이 들었다. 돌진해서 마를레네를 축구공처럼 옆구리에 바짝 감싸안았다. 그러는 동안 평면 스크린 TV가 스탠드에서 넘어졌다. TV가 우지끈 소리를 내며 바닥으로 내려앉았다.

아이들.

이 사실이 움직이는 지각판의 마찰이 아니라 그의 내면 깊은 곳에서 일어난, 지각 변동에 의해 촉발된 새로운 충격으로 그를 후려쳤다. 그가 책임질 대상은 더이상 그 자신만이 아니었다. 그것은 그가 매일 아침 침대에서 나가 메이지에게 계란 요리를 만들어주거나 그랜트가 먹을 시리얼을 그릇에 부어줘야 한다는, 혹은 그 아이들이 상실의 슬픔에서 다른 데로 관심을 돌리도록 즐겁게 해줘야 한다는 생생한 자각 이상이었다.

그는 아이들이 살아 있도록 할 책임이 있었다.

패트릭은 침대에서 벌떡 일어났다. 문을 확 열어젖히고 거실을 가로질러 집안 건너편으로 달려갔다. 복도에서 손님방들 사이 벽에 기대어 있는 메이지를 발견했다. 메이지의 얼굴은 예측하지 못했던 괴로움으로 일그러져 있었다. 이목구비 전체가 입체파 화가를 위해 포즈를 취하려는 것처럼 약간 흐트러졌다. 패트릭은 팔을 뻗어 메이지의 손을 잡고 자기 쪽으로 끌어당겼다. 바닥이 계속 흔들렸고, 거실에서 쿵, 쿵, 하는 소리가 들려왔다. 그 소리는 마치 빌어먹을 벽돌이 하나하나 무너져 바스러지는 벽난로 소리처럼 들렸다.

"나가야 돼!" 그가 메이지를 방문으로 이끌며 울부짖었다. 메이지가 그를 꼭 껴안았고, 마를레네가 불편한 듯 몸을 꿈틀거렸다.

"그랜트가 다쳤어요!"

"뭐?"

바닥이 거친 마지막 요동을 내뿜더니, 사라져가는 메아리처럼 덜거덕거렸다. 그러더니 모든 것이 잠잠해지고 부서질 듯한 정적이 내려앉았다. 패트릭은 지진이 발생했을 때 지켜야 하는 행동수칙을 기억해내려고 애쓰며 주위를 둘러보았다. 가스? 확인해야 하는 게 그것이었나? 아마도 가스 공급을 차단해야 할 것이다. 수도 공급이 끊길지 모르니 욕조에 물을 받아놔야 할까? 며칠 동안 수돗물이 나오지 않을 경우에 대비해서? 정전이 길어질 것에 대비해 즉시 필요할지 모르는 식재료들을 냉장고 밖으로 꺼내놔야 할까? 하지만 메이지가 한 말에 초점이 날카롭게 맞춰졌다.

"그랜트는 어디 있니?"

메이지가 울면서 삼촌의 반바지를 붙잡고 매달렸다.

"그랜트!"

패트릭은 메이지의 손을 꽉 잡고 복도를 가로질러 침대에 있는 조카를 보러 갔다. 그랜트는 움직이지 않았다. 이 상황에서도 깨지 않고 자고 있나? 그게…… 가능해?

"그랜트." 그랜트는 여전히 움직이지 않았고, 메이지가 겁에 질려 울음을 터뜨렸다. 패트릭은 몸을 기울여 그랜트의 몸을 가만히 흔들어보았다. 그러다 그랜트의 얼굴에 피가 흘러 있는 것을 보고 아이를 만지던 손길을 멈추었다. 메이지의 손을 놓고 마를레네를 조심스럽게 침대로 옮긴 다음, 양손을 그랜트의 어깨에 얹었다. 고요함이 그를 엄습했다. 아드레날린 그리고 심장의 쿵쾅거림이 함께하는 고요함이었다. 메이지의 울음소리가 잦아들더니 둔탁한 으르렁거림과 섞여 그의 귓가에 들려왔다. 마치 그의 몸이 물속에, 그의 집 풀장 물속에 잠긴 것 같았다. 세상의 나머지 소리들은 쉭쉭 하는 차분한 소리 속에 잠겨들고 있었다.

패트릭은 그랜트의 가슴에 귀를 대고 유심히 들어보았다. 아이의 심장박동이 귀에 들리는 것 이상으로 크게 느껴졌고, 안도의 물결이 귀를 찌릿하게 만들었다. 피가 어디서 나는지 확인하기 위해 그랜트의 이마를 손으로 쓸어보았다. 그는 자신의 몸이 그랜트보다 얼마나 더 큰지 제대로 이해하지 못하고 있었다. NBA 선수가 농구공을 쥐는 것처럼 아이의 머리가 그의 손에 쏙 들어왔다. 그는 그랜트의 두피를 따라 상처가 나 있는 것을 발견했고, 피가 더이상 흘러나오지 않도록 꾹 눌렀다. 다른 손으로는 마음을 다잡고 숨을 쉬려고 했다. 침대가 뭔가 잘못된 것 같았다. 폭신해야 할 매트리스가 딱딱했다. 그는 아래를 내려다보았다. 금속 조각품—아이들이 첫날 밤부터 불평했던, 합금 선반 위에 있던 미드센추리 양식의 잡동사니—이 분명 아이와 함께 침대 안에 있었다. 그리고 아닌 게 아니라, 벽이 눈에 띄게 비어 있었다.

다시 비명소리가 들리더니 개 짖는 소리가 이어졌고, 자동차 경적 소리의 오케스트라가 길을 따라 오르내렸다. 흡사 그가 발차기를 해서 물속에서 수면으로 올라온 것 같았다.

"그랜트는 괜찮아, 메이지." 정보. 그는 생각했다. 정보가 메이지를 진정시키는 데 도움이 될 거야. "지진이 일어난 거란다. 우린 괜찮아. 뭔가가 벽에서 떨어져 그랜트의 머리를 때렸고, 그게 실제보다 더 무서워 보이는 것뿐이야." 메이지가 고개를 끄덕였고, 패트릭도 알약을 삼키려는 개의 목을 쓸어내리듯이 그 정보가 받아들여지록 도우면서 함께 고개를 끄덕였다. 패트릭은 침대 옆 테이블 위의 전화기를 집어들었다. 그가 기억하기로는 거기에 전화가 연결되어 있었다. 그러나 아니었다. 전화도 끊긴 상태였다. 휴대폰이 필요했다. "휴대폰이 필요해. 우리가 도움을 요청할 수 있도록 말이야. 휴대폰 좀 갖다줄 수 있겠니? 내 침대 옆 충전기 위에 있어."

메이지는 얼어붙은 채 서 있었다. 삼촌의 지시를 받았지만 아직 제대로 이해하지 못하는 듯했다.

"메이지!"

메이지가 삼촌의 눈을 바라보았다. 넌 할 수 있어. 삼촌의 텔레파시가 제대로 작용한 듯 메이지가 말없이 뒷걸음쳐 방 밖으로 나갔다. 패트릭은 자유로운 한쪽 손으로 침대 베개를 집어 베갯속을 커버 밖으로 흔들어 뺐다. 그런 다음 최선을 다해 베개 커버를 접어 붕대로 만들어 그랜트의 이마에 댄 뒤 꾹 눌렀다. 그랜트가 신음했다. 하지만 눈을 뜨지는 않았다.

"괜찮아, 얘야. 거프가 여기 있어. 내가 널 돌봐줄 거야." 그러나 패트릭이 바란 것은 자신을 돌봐줄 누군가였다. 메이지가 휴대폰을 든 팔을 내밀고 다시 나타났다. 충전기가 동물의 특이한 꼬리처럼 휴대폰에 매달려 달랑거리고 있었다. 휴대폰을 충전기가 연결된 채로 벽의 콘센트에서 통째로 떼어내 가져온 것이다. "잘했다." 패트릭은 이 생명줄을 손에 쥐게 된 것에 안도하며 말했다. 두 번 더듬거리며 패스워드를 입력했고, 잠금화면에 뜬 **긴급전화**라는 단어를 보았다. 살면서 처음으로 긴급전화 버튼을 눌러 911에 전화를 걸었다.

통화 연결음이 들렸다. 다시 들렸다. 계속 통화 연결음만 들렸다.

아무도 전화를 받지 않았다. 개자식들.

통화 연결음 한 번 한 번이 뭔가—뭐라도—하라고 재촉하며 날카로운 소리로 그의 귀를 자극했다. 하지만 그는 망설임에 마비된 채 그 자리에 우두커니 있었다. 통화량 과부하로 전화선이 다운되었거나 전화 교환원들이 제대로 대처하지 못하고 있는 듯했다. 어느 쪽이든 도움을 기대할 수는 없었다. 이대로 가만히 있는 것은 잘못된 선택일 터였다. 뇌진탕 환자에게 어떻게 해야 할까? 만일 뇌진탕 이상의 심각한 상태면 어쩌지? 이대로 내버려두는 것은 현명하지 못한 대처 같았다. 도로가 폐쇄되었을 가능성이 매우 컸다. 만약 도로에서 망가진 송전선이나 코요테, 싱크홀 혹은 약탈자들과 맞닥뜨린다면 어쩔 것인가? 통화 연결음이 계속 울렸다. 이런 상황에 어떻게 긴급전화 서비스가 작동하지 않을 수가 있지. 긴급상황인데? 패트릭은 행동해야 한다는 걸 알고 있었다. 하지만 만일 그랜트가 경추에 부상을 입었다면? 그렇다면 그랜트를 옮기는 건 무모한 행동이 아닐까? 신중하게 행동해야 했다. 이것이 답이었다. 그들은 함께 타개책을 찾아낼 것이다.

"이리 와, 메이지. 우리 테슬라를 타자." 그는 그 자동차가 제대로 작동하길 바랐다. 충전은 완전히 되어 있을까? 물론이다. 그는 그 차를 어디로도 타고 간 적이 없으니까. 사용하지 않아서 방전된 건 아니겠지? 곧 알게 될 것이다. 패트릭은 웃고 싶었지만—모든 여건이 "배트카로 가자!"라고 말할 만한 상황이었다—자신이 정말로 웃는다면 그건 뭔가가 실제로 재미있어서는 아닐 거라고 확신했다. 차라리 그건 곧장 눈물로 연결되는 일종의 해방감일 것이다.

"거프." 메이지가 양손으로 입을 가리고 말했다.

"왜?"

메이지가 속삭여 대답했다. "삼촌의 골든 글로브 트로피요."

패트릭은 잠시 눈을 감았다. 메이지는 언젠가 그가 애들 앞에서 집에 불이 나면 골든 글로브 트로피를 가장 먼저 구해낼 거라고 말했던 걸 상기시키는 걸까? 아니면 거실을 가로질러 뛰어가다가 뭔가를, 그러니까 그 트로피가 거실 바닥에 깨져 있거나 소파 밑 깊숙한 곳으로 굴러들어가버린 걸 본 걸까? 그건 중요하지 않았다. 상황은 변하고 우선순위는 재조정된다. 그리고 바로 지금 모든 것은 명명백백했다. "골든 글로브 트로피 따윈 개나 줘 버리라고 해."

그랜트가 아마도 머리를 맞은 사람이 그의 삼촌일지도 모른다고 걱정하듯 다시 신음했다. 메이지가 헉 소리를 내더니, 남동생을 보기 위해 침대 가장자리로 조금 움직였다.

"괜찮을 거야, 메이지." 패트릭이 그랜트의 이마에서 베개 커버를 천천히 떼어냈다. 핏자국이 있었지만 피가 흘러나오지는 않았다. "짐 챙겨올 동안 잠깐 그랜트와 함께 앉아 있어."

메이지가 그랜트의 손을 잡았고, 패트릭은 측은한 마음이 들었다. 쏜살같이 복도로 나가는데 메이지가 동생을 안심시키는 소리가 들렸다. "거프가 괜찮을 거래."

*

도로는 놀랍게도 깨끗했다. 패트릭은 여진에 대비해 양손으로 핸들을 단단히 붙잡았다. 111번 도로를 따라 불어오는 봄바람이 운전자도 모르게 차를 맞은편 차선으로 밀어넣을 만큼 거셌다. 심지어 그는 V자로 접히고 뒤집힌 트럭에 관해 여러 번 들어본 적이 있었다. 땅밑의 무엇이 이렇게 강력한 힘을 행사할 수 있을까? 손이 하얗게 변해가는 것을 보고 그는 핸들을 잡은 손에 힘을 풀었다. 그는 너무도 많은 재난영화를 보아왔다. 거기서는 절박하게 탈출하려고 하는 주인공 뒤에서 도로가 쩍쩍 갈라지고 거

x

경클 359

대한 싱크홀들이 파였다. 윌셔 대로에 화산이 분출해 지질학자 앤 헤이치가 가는 길에 불타는 용암 덩어리가 쏟아지는 영화*도 있었다. 그는 수년 만에 운전을 하게 되었지만 이런 극적인 요소는 필요 없었다.

"거기 괜찮니?"

패트릭이 백미러로 바라보며 물었다. 메이지는 그랜트의 머리를 무릎에 올려놓은 채 조수석 뒷자리에 앉아 있었다. 이제 그랜트는 깨어 있었지만 몸을 잘 가누지 못했다. 메이지가 백미러 안에서 삼촌과 눈을 마주쳤다. "차 시동 켜져 있어요?" 메이지가 걱정하는 표정으로 물었다.

"응, 켜져 있어. 지금 가고 있어."

"엄청 조용하네요!" 메이지는 회전수가 올라가는 엔진 소리를 뚫고 말소리가 들리게 하려는 것처럼 고함을 쳤다.

"조용히 말해도 돼. 이건 전기차잖아." 패트릭이 그들이 멈춰 있는 게 아니라는 걸 증명하려고 속도를 냈다.

"더워요."

"알았다. 그대로 있어봐." 패트릭은 테슬라의 통제를 관장하는 터치 스크린으로 팔을 뻗었다. 그의 눈이 도로에 집중되었다. 그는 자동차의 우스꽝스러운 이스터 에그** 중 하나를 활성화해 커다란 중앙 콘솔에 불이 활활 타오르는 영상을 띄웠다.

---

* 믹 잭슨 감독이 연출하고 토미 리 존스와 앤 헤이치가 주연을 맡은 재난영화 〈볼케이노〉.

** 재미를 위해 프로그램 속에 숨겨놓은 기능.

메이지가 비명을 질렀다. "차에 불이 붙었어요!"

"오, 세상에. 아니야, 그런 거 아니야. 이건 로맨스 모드야. 바로 이게 내가 우버를 타는 이유지!" 그가 버튼 몇 개를 더 눌렀고, 불이 타오르는 화면이 꺼졌다. 하지만 에어컨을 켜고 운전으로 돌아가 집중하는 버튼을 찾지 못했다. 그래서 대신 창문을 열었다. "그랜트, 네 이름이 뭐지?" 그가 아이들 중 누가 문제의 답을 거저 준 것에 대해 고마워할지 궁금해하며 울부짖는 바람소리 너머로 외쳤다.

"메이지." 그랜트가 중얼거렸다. 패트릭은 생각했다. 이제 다 왔어.

아이젠하워 메디컬 센터는 랜초미라지에 있었다. 패트릭은 폐렴인 척하는 끈질긴 독감 때문에 여기에 한 번 와본 적이 있었다. 이 병원과 관련 있는 이름들도 빼놓을 수 없었다. 밥과 델로리스 호프. 프랭크와 바버라 시나트라. 조지 번스. 루실 볼. 건물에, 표지에, 병원 문헌에. 이 모든 사람이 마치 천 살 같은 반면, 패트릭은 그들이 소아과 병동이 없는 병원에는 기부하지 않았을 거라고 추측했다. 그러다가 머릿속에 다른 이름이 떠올랐다. 그레그. 주 병동은 그레그가 있는 중독 치료 시설에서 멀지 않았다. 그랜트가 치료를 받으려면 그레그를 불러야 할까.

병원 진입로로 들어가면서 패트릭은 불빛들을 보고 안도했다. 이 병원에 전기가 들어오는지 아니면 자체 발전기에 의존하고 있는지는 알 수 없었고 관심도 없었다. 동쪽 하늘에 분홍 빛조가 막 나타날 즈음 패트릭은 테슬라를 응급실 입구 가까이에 있는 주차장으로 진입시켰다. 아침 일찍 잠에서 깬 동트는 모습을 보는 건 몇 년 만에 처음이었다. 오늘 아침에는 그 모습이 반갑게 보였다. "다 왔다."

응급실 직원들이 바퀴 달린 들것을 가져와 그랜트를 실어 검사 구역으로 데려갔다. 패트릭은 접수 담당 간호사에게 그들의 상황을 더듬거리며 말했다. 세라가 세상을 떠났고, 그레그는 아이들 곁에 없다고. 패트릭이 웅얼거리며 과한 설명을 하는 동안, 간호사는 그를 유의미한 사실로 이끌었다.

"네, 저도 그 시설 알아요." 마침내 패트릭이 그레그에 관한 이야기를 마치자 간호사가 말했다. 그녀는 피곤해 보였다. 애써 정신을 일깨우려고 손으로 붙여놓기라도 한 것처럼 쥐갈색 머리칼이 이마 한쪽에 달라붙어 있었다. 패트릭은 이 대화가 이미 일어난 지진이라는 잔혹한 사건을 마무리하기 위한 협상보다 더한 것이라고 생각을 정리했다. "거기 전화해서 환자 아버지와 이야기할 수 있어요."

패트릭은 혹시 그레그에게서 문자 메시지라도 왔는지 보려고 휴대폰을 확인했다. 메시지는 없었다. 하지만 그는 동생을 잘 알았다. 만약 지진이 난 것을 느꼈다면(그는 단약중인데―추측건대 아마 수면제조차―어떻게 느끼지 않을 수 있겠는가), 그레그는 탈출하려고 애쓰며 벽을 기어오르고 있을 것이다. "문제는, 만약 그렇게 하면……" 그가 메이지를 내려다보았다. 메이지는 그의 옆에 바싹 파고들어 있었다. "메이지, 저기 가서 의자에 좀 앉아 있을래?" 그가 대기실을 가리켰다. 메이지가 그쪽으로 걸어가 의자에 앉더니 멍한 눈으로 TV를 응시했다. 패트릭이 간호사를 다시 돌아보고 소리를 낮춰 말했다. "당신이 중독 치료 시설에 전화해 아들이 다쳤다고 말하면, 그애는 거기서 뛰쳐나올 겁니다. 진지하게 하는 말이에요. 필요하다면 문을 부수고라도 나올걸요. 만화에서처럼요. 벽에 내 동생의 몸 윤곽대로 구멍이 뚫릴 거라고요. 물론 난 그애가 안 그러면 좋겠고요. 그러니, 절대로, 백 퍼센트 필요한 게 아니라면 그애가 치료를 중단하는 일은 없어야 할 겁니다."

간호사가 지친 표정으로 그를 올라다보았다. 그가 정말로 그녀에게 그런 일을 겪게 할 생각인가? 그녀가 손목시계를 확인했다.

"저한테 동생의 보험카드가 있어요. 동생이 써준 편지도 있고요. 뭔가…… 다른 것이 필요하다면…… 얼마가 되었든 제가 본인 부담금을 지불할 수 있고, 새로운 병동을 후원할 수도 있습니다." 패트릭이 주머니에서 지갑을 꺼냈다. 그러면 뭔가 달라지기라도 할 것처럼. 그는 여전히 트레이닝 반바지 차림이었고 티셔츠도 간신히 걸쳤다. 그런 탓에 기껏해야 노숙자보다 반 걸음쯤 나온 상태로 보였다. 그의 목적에 전혀 도움이 되지 않는 모습이었다.

간호사가 접수대에 놓인 접시에서 페퍼민트 사탕 하나를 집어 껍질을 벗겼다. "TV에 나오시는 분 맞죠?" 그녀가 사탕을 입에 넣으며 회의적인 어조로 물었다,

"그래요, TV에 나옵니다. 맞아요." 그가 힘없이 웃었다. "그게

도움이 될까요?"

"매일 밤 이곳 TV에 당신이 출연한 프로그램이 나와요." 그녀가 대기실의 텔레비전을 가리켰다. "재방송요."

"맞아요, 그럴 겁니다. 음, 열시부터 열한시까지 연이어 방영하죠?"

"열한시부터 열두시까지요. 그게 나오면 쉴 시간이 됐다는 뜻이죠."

패트릭이 희미한 미소를 지었다.

"나이가 드셨네요."

으윽. 패트릭이 좀더 볼품 있어 보이려는 시도로 머리칼을 쓸어넘겼다. 화장실을 찾아 얼굴에서 세럼을 닦아내야 할 듯했다. "조금 기다렸다가 의사 선생님이 뭐라고 말씀하시는지 들어봐도 될까요? 아이가 괜찮아질 것 같긴 하지만요. 제가 여기서 주의 깊게 살필 거고요. 이런 일이 처음이긴 합니다만." 패트릭은 눈으로 애원했다. "동생이랑 조카 둘 다 걱정돼서 그래요. 부탁드립니다."

간호사가 패트릭이 병원의 규칙을 깨뜨릴 만큼 유명한 사람인지 판단하려는 듯 그의 얼굴을 유심히 살폈다. 그리고 마침내 한숨을 쉬며 말했다. "앉으세요, 재방송이에요."

패트릭은 기도하듯 두 손을 모으고 입모양으로 말했다. 고맙습니다. 그리고 침울한 표정의 메이지 옆에 가서 털썩 주저앉았다. 메이지 쪽을 슬쩍 보았지만, 메이지는 아무 말도 하지 않았다. "괜찮니?" 메이지가 자기 발을 내려다보았다. 메이지는 신발을 짝짝이로 신고 있었다. "나는 병원 안 좋아해요."

"엄마 때문에?"

메이지가 고개를 끄덕였다.

"너도 알겠지만 전부 나쁜 건 아니란다. 병원들 말이야." 패트릭은 얼른 그 예를 찾아보며 한숨을 쉬었다. 머리가 아팠다. 그의 뇌 속에서 조그만 사람 하나가 안구 뒤쪽을 마구 차고 있었다. 만약 그에게 동맥류가 생긴다면, 아마도 지금이 최악의 시기인 동시에 최선의 장소일 것이다. "너도 병원에서 태어났어. 그거…… 좋지, 안 그래? 병원은 우리가 처음 만난 곳이란다."

"삼촌이 병원에서 나를 처음 만났다고요?"

"그래, 나로서는 그럴 생각은 아니었어. 당시에 전국을 종횡무진하며 일했거든. 너도 알겠지만, 아기들은 정말 아무것도 안 하잖아. 그래서 난 서두르지 않았단다. 하지만 너희 엄마가 빨리 와서 보라고 재촉했고, 마침 내가 출연하던 프로그램이 겨울 휴식기에 들어갔어. 너희 엄마가 말하길 내가 아이 아빠의 형제라는 거야. 그리고 이제 자기 형제이기도 하다고. 우리가 가족이 된 거지. 그건 바로 가족이 하는 일이었어."

메이지가 이목구비를 얼굴 한가운데로 모아 구겼다. "'휴식기'가 뭔데요?"

"쉬는 시간 같은 거야. 삶을 다시 시작할 때까지 규칙적인 생활 중에 가지는 휴가 같은 거." 패트릭은 이 말에서 메이지와의 연관성을 보았다. "너도 지금 일종의 휴식기를 보내고 있는 거야."

"그래서 삼촌은 나를 만나 행복했어요?"

"오, 아니었어. 무척 압박감을 느꼈지. 다들 나를 보고 있었으니까. 아, 오해하지 마라. 평소에 난 그런 걸 좋아해. 그렇지만 모든 사람이 네가 어떻게든 나를 바꿔놓을 거라는 듯 나를 쳐다보고 있었어. 나빴다는 건 아니야. 하지만 난 갓 너를 만난 참이었거든."

"삼촌을 어떻게 바꿔놔요?"

"내 말이 바로 그거야! 나도 모르지. 아마도 내가 누군가와 함께 정착할 거라고 생각했겠지. 그리고 그런 생활이 나를 좀더 안전한 길로 데려다놓을 거라고······" 조. "하지만 아기들은 무섭잖아!"

"아뇨, 아닌데요."

"아니야?"

"네."

패트릭은 이 대조를 숙고해보았다. 하지만 이점을 찾아내지 못했다. "음, 내 생각은 좀 달라. 우선 아기들은 정말 작아. 목도 잘 받쳐줘야 하지. 그리고 아기들은 말을 못 해. 그냥 울기만 한다니까. 네가 뭘 원하는지 도저히 모르겠더라고. 알고 보니 넌 엄마랑 있을 땐 괜찮았어. 내 생각에 네 엄마가 정말로 널 내 품으로 보내고 싶어한 것 같지는 않아." 메이지가 그의 손을 잡고 들어올렸다. 패트릭은 힘겹게 침을 삼키고 목을 가다듬었다. "하지만 다른 사람들은 다들 널 안고 있는 나를 그냥 보고만 있더라." 패트릭이 눈을 들어 텔레비전을 보았다. 채널이 지역 방송국인 KMIR에 맞춰져 있었다. 주로 휴대폰으로 촬영한 똑같은 불안한 장면이 반복해서 방영되었다. 신호등이 흔들렸고, 앨버트슨스*의 선반에서 유리병과 캔이 바닥으로 떨어졌다. 그런 종류의 장면들이었다. 가끔씩 그 장면들이 지진 활동을 측정하는 캘리포니아 공대 연구실의 어떤 기계에서 바늘 하나가 걷잡을 수 없게 움직이는 장면과 섞였고, 지진학자 루시 존스 박사의 트윗이 화면에 나왔다.

"그런데 지진은 왜 일어나는 거예요?" 메이지의 목소리는 완전히 무력하게 들렸다. 마치 그애가 한 시간 전 자기를 공포로 몰아넣었던 뭔가에 계속 관심을 가지려고 무진 애쓰고 있는 것처럼.

"지진이 싫어?"

"네, 싫어요." 메이지가 항의의 의미인 듯 팔짱을 꼈다.

"음, 지구는 움직이는 다양한 판들로 만들어졌고, 때때로 그것들이 서로 마찰을 일으킨다. 그런 마찰이 긴장을 만들어내고, 긴장이 자주 일어나다 보면 에너지가 발생해. 내가 너와 그랜트를 진정시키기 위해 마당에 나가 뛰어다니게 할 때처럼 말이야. 그럴 때 그 에너지가 바로 지진이 되는 거지." 오버사이즈 안경을 낀 나이든 남자 한 명이 다닥다닥 붙은 의자들 중 그들이 앉은 줄 몇 자리 앞에 앉아 있었다. 패트릭은 얼굴을 찡그렸다. 이 설명이 맞나? 어린아이에게는 분명 충분한 설명이었다. 심지어 메

---

* 미국의 식료품점 체인.

이지처럼 과학에 정통한 아이에게도. 그는 그 남자가 지질학자가 아니기를 바랐다. 패트릭의 설명이 부족한지도 몰랐다. 하지만 그 남자는 보고 있던 신문에서 눈을 들지 않았다.

"사람들이 뛰어다녀서 지진이 일어나는 거예요?"

"아니, 그건 아니야. 그건 다른 문제란다. 내가 한 건 판 이야기였어. 그거랑 비슷하다고 말한 거야. 신경쓰지 말고 그냥 넘어가자. 경클 규칙 12번, 때로는 압박감을 조금 누그러뜨리는 게 좋다."

메이지가 고개를 끄덕였다. "나 신발을 짝짝이로 신었어요."

패트릭은 자신의 티셔츠를 내려다보았다. "나는 셔츠를 뒤집어 입었어."

그때 커다란 반회전문이 열렸고, 두 사람은 좋은 소식이길 바라며 목을 길게 뺐다. 의사 두 명이 나타났다. 하지만 그들은 둘이서 깊은 대화를 나누느라 대기실로 오지 않고 저 아래 복도 쪽으로 걸어가버렸다.

"넌 공기의 압력에 관해선 그렇게 잘 알면서 어떻게 지질학에 관해서는 모르니?"

"그걸 배운 날 밖에 있었나봐요." 메이지가 말했다. 학교에서 자연재해들을 모두 하나로 묶어 어느 날 오후에 가르친 다음 다시는 언급하지 않은 것처럼. "작년에 학교를 많이 빼먹었거든요."

"엄마 때문에?"

메이지는 대답하지 않았다. 패트릭은 유리문을 통해 떠오르는 해의 부드러운 분홍 색조를 보았다. 그 색조가 대기실을 새로운 희망으로 채웠다. 이윽고 시끄러운 삐이 하는 소리가 그들을 다시 긴장하게 만들었다.

"네 말이 맞구나." 패트릭이 어깨로 메이지를 쿡 찔렀다.

"뭐가요?"

"나도 병원 안 좋아해."

*

그랜트는 해가 중천에 다다르기 전에 소아과 병동의 입원실로 옮겨졌다. 운이 좋았다. 드레싱을 하고 붕대를 감은 뒤 혹시 뇌진탕 증세가 있는지 몇 시간 동안 지켜보는 것 말고는 아무 치료도 필요 없었다. 보호자의 허락이 필요한 처치를 하지 않았으므로, 아무도 그레그에게 전화하지 않았다. 따라서 패트릭도 유명인 카드를 사용할 필요가 없었다. 그들 셋은 평소와 다르게 분주했던 야간 응급실의 균열에서 빠져나온 것 같았다. 심지어 그랜트는 패트릭이 말할 수 있는 선에서는 공식적으로 입원하지도 않았다. 의사들이 그랜트에게 침대를 내준 것은 단지 응급실이 포화상태가 되는 바람에 간호사들이 대응하기 힘든 긴급한 업무들 한가운데에서 그랜트를 적절하게 지켜보기가 힘들기 때문이었다.

간호사 한 명이 와서 체온을 재기 위해 그랜트의 입안에 체온계를 넣었다. "우리 환자분은 좀 어떤가요?" 그녀가 입은, 만화에 나오는 작은 곰들이 그려진 분홍색 수술복이 지나치게 행복해 보였다. 마치 패트릭에게 가운뎃손가락을 들어 보이는 듯했다. 정말로 그런 것은 아니지만. 좀더 자세히 보니 그 곰들은 풍선을 들고 있었다.

"괜찮아요, 좋습니다. 좀 정신이 없어 보이긴 하지만요. 아마도 지난밤의 절반 동안 잠을 자지 못하고 깨어 있어서 그런 것 같습니다." 그들이 처음 옮겨온 후, 그랜트는 눈을 뜨고 있으려고 용감하게 노력했다. 하지만 이상하게도 눈꺼풀이 무겁기만 했다. 그랜트가 포기하고 다시 눈을 감아서, 패트릭은 그랜트의 주목을 끌려고 엄청난 발표를 했다. 원래 공룡에게는 깃털이 있었고, 어떤 고양이들은 수프 먹는 걸 좋아하고, 때로는 모래 놀이통이 유사流沙로 가득차 있다고. 그랜트가 깨어 있어야 면밀한 관찰이 가능했다. 패트릭은 그랜트의 귀가 아이의 의식이 깨어 있게 하고 오가는 토막 대화, 기계에서 나는 삐 소리, 스피커를 통해 나오는 병원의 방송을 듣는 등 대부분의 기능을 제대로 하고 있다고 짐작했다. 피로에도 불구하고 그랜트는 이 모든 것에 참여하려는 의지가 큰 것 같았다.

"환자가 혼란스러워하는 것 같은가요?" 이 간호사는 지난밤의 간호사보다 일을 적게 했는지, 기운이 있고 정신도 초롱초롱해 보였다. 립스틱도 바른 지 얼마 안 된 듯했다. 패트릭은 이런 점들이 그들이 대면한 다른 피곤한 얼굴들과는 어울리지 않는다고 생각했다. 아마도 이 간호사는 주간 근무를 시작한 지 얼마 되지 않은 모양이었다.

"이 아이는 자기 침대에서 잠들었고 병원에서 깨어났습니다.

그건 꽤나 혼란스러운 일이죠."

간호사가 짜증스러운 표정을 감추려는 듯 피식 웃었다. "비정상적으로 혼란스럽죠." 그녀는 이렇게 대꾸한 뒤 그랜트의 입에서 체온계를 꺼내 체온을 읽었다.

"그랜트, 여기가 어디지?"

그랜트가 패트릭에게서 고개를 돌리고 대답했다. "병원요."

"어느 병원?"

"코네티컷."

패트릭은 어깨를 으쓱했다. "내가 보기에는 문제가 될 정도는 아닌 것 같습니다."

"체온은 정상이에요. 속이 메스꺼운가요? 혹시 토하진 않았고요?"

"아뇨."

"자극에 과하게 반응하나요?"

"네, 하지만 그건 저의 기본 성향인데요." 패트릭은 그녀가 재미있어하길 바라며 윙크를 했다. 그녀는 재미있어하지 않았다. 패트릭이 말했다. "뭐 좀 여쭤볼게요."

"그러세요."

"여기는 소아과 병동인데 매우 조용하고 깨끗하네요. 지금껏 제가 가본 어느 병원보다 그래요."

"그건 질문이 아니네요. 어쨌든 고맙습니다."

패트릭이 턱밑에 며칠 동안 자란 수염을 긁었다 "아, 그냥 궁금해서요. 혹시 여기 들어올 수 있는 나이 제한이 있습니까? 서른다섯 살이라면 너무 늦은 걸까요?"

간호사가 수술복 주머니에 체온계를 밀어넣으며 패트릭을 힐끗 보았다. 서른다섯 살?

패트릭이 목을 가다듬었다. 그런 다음 작은 소리로 말했다. "아니면 마흔세 살?"

"보호자님, 이 환자는 제가 의사 선생님을 불러와 모든 것이 이상 없다는 확인을 받을 때까지 여기 머물러야 합니다. 하지만 보호자님은 안 돼요."

패트릭이 긴장을 풀기 위해 미소 지었다. "막대사탕 좀 얻을 수 있을까요?"

그 말에 메이지가 활기를 띠었다. 그들은 아침도 먹지 못했다. 패트릭은 그랜트가 잠깐 자는 동안 몰래 카페테리아에 갔다 올 수 있다고 슬쩍 언급했다. 하지만 메이지는 그랜트의 곁을 떠나지 않으려 했다.

"점잖게 좀 계시고, 나중에 얘기해요."

그때 트럭 한 대가 지나가는 듯한 낮은 폭음이 들리더니 바닥이 다시 흔들리기 시작했다. 메이지의 얼굴이 공포로 멍해졌고, 패트릭은 메이지의 손을 잡고 말했다. "괜찮아, 여진일 뿐이야."

간호사가 그랜트의 침대 옆 난간을 붙잡았다. "오, 몇 번 더 이럴 거예요." 그녀가 메이지를 돌아보며 물었다. "여진 때문에 불안하니, 얘야?"

메이지가 고개를 끄덕였다. 우르릉거리는 소리가 느려졌고, 그런 다음 해변에 부딪치는 파도처럼 흩어져 사라졌다.

"이름이 뭐니?"

"메이지요." 메이지가 대답했다. 메이지의 목소리가 너무 연약하게 들려서 패트릭은 놀랐다. 그의 기억 속에서 메이지는 여름이 지나가는 동안 더 단단해졌기 때문이다.

"메이지, 내 이름은 이마니야. 너 아침 먹었니? 우리 이 근처에서 머핀 좀 먹을 수 있을 것 같은데. 오렌지 주스도 있을 거야. 나하고 같이 가서 뭐가 있나 찾아볼래?"

메이지가 다시 고개를 끄덕였고, 패트릭은 메이지의 머리 너머로 고맙습니다, 라고 감사를 표했다.

그들이 밖으로 나간 뒤, 패트릭은 그랜트와 함께 앉았다. "얘야, 눈 감아. 괜찮아. 난 아무 데도 가지 않을 거야." 그가 그랜트의 손을 잡았다. 그랜트가 눈을 감았고, 안전하다고 생각되자 패트릭은 흐느껴 울기 시작했다. 그가 마지막으로 조의 손을 잡고 있던 곳도 이런 침대 옆이었다. 모든 것이 기억나지는 않았다. 그때만이 아니라 지금도 마찬가지였다. 시간이 그에게서 친밀하고 소중한 세부를 많이 빼앗아갔다. 심지어 자동차 잔해에서 끌려나온 기억도 없었고, 기억이 회복되리라는 희망조차 오래전에 버렸다. 지금의 그랜트처럼 침대에 누워 있던, 병원에서 보낸 첫 몇 시간도 많이 기억하지 못했다. 육체적 고통만 기억 속에 각인되었을 뿐이다. 설령 그렇지 않다 해도, 그는 그를 괴롭히는 예쁜 흉터를 갖게 되었다.

그 사고 후 조는 나흘을 더 살았다. 102시간 34분을. 살았다는 건 적절한 표현이 아니다. 생존했다도 적절하지 않다. 그저 기계의 도움을 받아 심장이 뛰고 폐가 숨을 쉬었을 뿐이다. 결코 의식을 회복하지 못했다. 그는 잠시 조였고, 그다음엔 아니었다. 그 사실을 증명이라도 하려는 듯 그의 얼굴은 알아볼 수 없을 정도로 멍들고 부어올라 있었다. 난 얼굴을 알아볼 수 없을 정도야. 날 구하려 하지 마. 난 나 자신이 아니야. 패트릭은 여전히 패트릭이었고, 그가 변하려면 여러 달이 걸릴 터였다. 그들은 더이상 한때 조의 가족이 불시에 급습했던 조와 패트릭이 아니었다. 조의 가족이 즉시 모든 결정권을 가져갔다. 간호사 세스(스콧이었나? 아니면 샘이었나?)였던 것 같다. 비록 그의 이름조차 가물가물하지만, 그는 조의 가족이 카페테리아로 물러가 당사자 없이 모든 사항을 결정하는 동안 패트릭이 연인과 함께 단둘이 마지막 시간을 보낼 수 있도록 조용히 안내해주었다.

그때 그는 조의 손을 잡았다, 그 일이 기억난다. 조의 손은 따뜻했다. 그는 충격을 받았다. 몸의 나머지 부분이 정상이 아니었음에도, 조의 손은 언제나 그랬듯이 그의 손에 쏙 들어왔다. 그는 조의 손톱 주변 큐티클을, 그다음에는 손가락 관절들을 천천히 쓰다듬고, 피부의 마지막 세포 하나까지 만져보려 했다. 그의 엄지손가락과 집게손가락 사이 근막에 긁힌 상처가 있었다. 사고 때 생긴 상처가 틀림없었다. 그러나 딱지가 앉은 걸 보면 벌써 낫고 있다는 뜻이니, 아마 사고 전에 생긴 상처인지도 몰랐다. 기억을 떠올리고 싶은 마음이 너무도 간절했다. 만약 조가 나아가고 있다면, 그는 계속 거기에 있어야 했다. 그의 피부 상태가 호전될 테고, 그다음에는 뼈도 호전될 것이다. 신체기관들이 따라올 것이다. 아마도 마지막 순서가 되겠지만 뇌도 치료될 것이다. 뇌는 그의 바이탈 시스템을 통제하는 자신의 기능을 기억해낼 것이다. 그의 심장에게 뛰라고, 피를 펌프질해서 내보내라고, 그런 다음 다시 끌어오라고 말할 것이다. 그의 허파에게 팽창하라고, 산소를 들여보내라고 말할 것이다. 그런 다음 허파에게 수축하라고, 이산화탄소를 내보내라고 말할 것이다. 그는 세스 혹은 스콧 혹은 샘이 돌아와 자기 손을 그의 손 위에, 조의 손 위에 얹고 그들의 손가락을 천천히 떼어낼 때까지 조의 손을 잡고 있었다.

그런 다음 그는 병실 밖으로 걸어나갔고 다시는 조를 보지 못했다.

패트릭은 손등으로 눈을 닦았고, 알루미늄 포일 뚜껑이 덮인 오렌지 주스 용기 세 개를 움켜쥐고 그의 앞에 서 있는 메이지를 발견했다.

"괜찮아요, 거프?"

패트릭은 숨을 깊이 들이쉰 뒤 괜찮다고 말했다. 그러나 눈물을 감출 수는 없었다.

괜찮고 싶어.

그러나 다시는 그럴 수 없었다.

20

패트릭은 다섯시경 테슬라를 차고에 주차했다. 조만간 다시 그 차를 밖으로 끌어낼 필요는 없을 것 같아, 차에 커버를 덮어 놓았다. 그랜트는 러퍼를 먹을 기분이 아니었다. 그래도 패트릭 은 병원에서 처방받은 순한 진통제를 먹을 수 있도록 그랜트에게 피넛버터 샌드위치 반을 억지로 먹이고, 아이 침대의 시트를 갈 아끼운 다음 아이를 꼭 안아주었다. 밖으로 나오자 메이지가 삼 촌이 빗자루와 쓰레받기를 들고 이런저런 물건의 파편을 쓸어내 는 동안 쓰레기봉투를 들고 다니며 지진 때문에 널려 있는 잔해 를 치우는 일을 도왔다. 피아노 위에 있던 조녀선 애들러 장식품 들. 커피테이블 위에 놓여 있던 다카시마야 화병. 다양한 세트장 에서 주로 다른 유명인들과 함께 찍은 그의 사진이 담겨 있던 산 산조각 난 액자들. 그들은 반짝이는 크리스마스트리 가지에 붙어 있는 장식품들을 정리했고, 얼마나 많은 장식품이 트리에서 떨어지지 않고 버텼는지 보며 경탄했다. 메이지 역시 삼촌의 옆구리를 찌르려다가 주저하는 듯했다.

"그런데 사실 이것들이 꼭 유리여야 할 필요는 없어요." 메이지가 액자들을 살펴보며 유용한 제안을 했다.

"네 말이 맞아." 패트릭도 동의했다. 사진들 자체는 손상을 입지 않았다.

그들은 깨진 조각과 잔해들이 또 어디에 숨어 있을지 확신하지 못한 채 타일 바닥을 쓸고 러그의 먼지를 진공 청소기로 빨아들였다. 아이들에게 며칠 동안은 맨발로 걸어다니지 말라고 말할 것이다. 그리고 마를레네에게는 길바닥의 열기에서 발을 보호하기 위해 신기던 발목까지 오는 신발을 신길 것이다. 그리고 내일 로자가 오면 함께 바닥을 한번 더 쓸어낼 것이다.

"집이 참 커요." 메이지가 마치 그 집을 처음으로 보는 듯 둘러보며 말했다. "여기서 혼자 살면 외롭지 않아요?"

"가끔." 패트릭이 대답했다. "하지만 난 그게 어른으로 산다는 것의 일부라고 생각한다."

"난 외롭게 살지 않을 거예요. 어른이 돼서도요."

"그래?" 패트릭은 메이지가 상실을 견디고 있으면서도 어떻게 그렇게 확신할 수 있는지 궁금했다.

"난 작은 집에서 살 거니까요. 시베리안 허스키 세 마리랑 같이."

"현명한 생각 같구나." 패트릭이 널찍한 거실을 살펴보았다.

한 사람이 지내기엔 너무 컸다. "그 집에 다른 사람이 살게 될까? 그게 누구든?"

"무슨 말이에요?"

패트릭은 어깨를 으쓱했다. "나도 몰라. 남편, 아니면 아내?"

메이지가 다른 액자를 집어들었다. 패트릭이 세라의 사진을 담아 메이지에게 선물로 준 액자였다. 크리스마스의 기적인 듯 그 액자의 유리는 깨지지 않고 온전했다.

"아마도 남편이겠죠. 지금 당장 결정할 필요가 없다면요." 메이지가 엄마의 얼굴을 따라 손가락을 움직였다.

답이 어느 쪽이든 좋았기에 패트릭은 동의했다. "결정할 시간은 많아. 어쨌든 허스키로 시작하는 건 멋지구나."

그들이 선반을 청소하기 시작했을 때, 메이지가 그의 골든 글로브 트로피를 부드럽게 손으로 안아올리더니—지구본 부분이 움푹 들어가고 찌그러져 있었다—조용히 눈물을 흘렸다. "애야, 괜찮아." 패트릭이 메이지를 위로했다. "그건 할리우드 외신 기자 협회에서 아무한테나 나눠주는 거야. 트위기는 두 번이나 받았어." 패트릭은 클라라가 조심스레 머리를 빗겨줄 때 하던 방식을 흉내내며 메이지의 머리를 쓰다듬었다. 그 행동이 메이지의 마음을 얼마나 진정시켜주었는지 기억하고 있었다. 그건 애지중지 아끼는 소유물에 관한 문제가 아니었다. 다른 어떤 문제였다. 메이지는 무엇이든 집착해봤자 부서지고 시들고 떨어져나가게 될 뿐이고, 결국에는 외로워질 거라는 두려움을 점점 더 크게 느끼고 있었다. "물건은 대체할 수 있어." 패트릭이 메이지를 끌어당겨 안아주며 속삭였다. "물건은 언제나 대체할 수 있단다."

마침내 메이지가 그랜트와 함께 밤새 있기로—자리에 누울 때부터—마음먹고 잠자리로 물러갔다. 혼자가 되자 패트릭은 그들이 애써 청소한 결과를 살펴보았다. 집은 더 품위 있고 우아해 보였다. 마치 지진이 코코 샤넬을 불러와 거실에 그녀의 오래된 명언을 구술한 것 같았다. 거울을 들여다보고 하나를 덜어내라. 패트릭은 거실의 새로운 모습이, 그 단순함이 마음에 들었다. 그건 검소함이었다.

그는 새로운 미학에 맞게 숨아낼 수 있길 바라며 침실 청소에 착수했다. TV가 망가졌지만 개의치 않았다. 그건 밤에 몹시 외로움을 느낄 때 배경음이 되어주는 용도 말고는 별로 필요가 없었다. 책들을 다시 쌓는 건 쉬웠다. 하지만 어쨌든 기증하려고 몇 권을 뽑아냈다. 책이란 그걸 읽었다는 트로피가 아니라 경험이어야 해, 그는 생각했다. 욕실 밖 벽에 걸린 슬림 애런스*의 사진이 삐뚜름했다. 하지만 힘들이지 않고 그것을 고리 쪽으로 슬며시 밀어 넣었고, 그러자 잠시 동안 모든 것이 다시 똑바르게 느껴졌다.

패트릭은 침대 옆 테이블 안에서 편지 한 통을 발견했다. 그것은 삼등분으로 접힌 채 그가 나온 오래된 『피플』 잡지들 밑에 깔려 있었다. 언제인지는 알 수 없지만 여러 해 전 그가 거기에 약병 하나와 함께 숨겨두었다. 상황이 아주 나빠질 경우 모든 걸 끝내기에 충분한 약이었다. 그는 LA를 떠나 팜스프링스로 이사 올

---

* 사교계 명사, 제트족, 유명 연예인을 찍은 사진으로 명성을 얻은 미국의 사진작가.

때 이삿짐 나르는 사람들 때문에 그 테이블 서랍을 닫은 채 테이프로 감았던 것을 기억했다. 서랍 안에 든 물건들을 비워내고 싶지 않았다. 그 물건들—오래전에 사용기한이 지나버린 처방받은 약병, 그 편지—중 무엇과도 대면하고 싶지 않았다. 패트릭은 결코 그걸 다시 읽지 않겠다고 맹세했다. 하지만 청춘 시절 스스로에게 한 불가능한 약속들이 깨질 거라는 걸 알았으므로 던져버리지도 않았다.

그는 침대로 기어올라가 편지를 가슴에 대고 눌렀다. 그리고 견딜 수 있게 되자 첫 몇 줄을 힐끗 보았다.

나는 나흘 동안 유령이었고, 이제는 아니야. 이것이 지금 내가 그 일을 생각하는 방식이야.

그는 자신의 손글씨가 지난 세월 동안 거의 변하지 않았다는 사실에 충격을 받았다. 하기야 그가 어떻게 근본적으로 다른 사람일 수 있겠는가. 하지만 글씨체 같은 기본적인 어떤 것, 이를테면 단어들을 배열하는 방식도 여전히 같을까? 그의 흉터, 얼굴의 주름들, 턱수염 속 희끗희끗한 부분도? 그의 팔은 수년간 그를 절대 상처입지 않을 만큼 강한 사람으로 변모시키기 위해 쓸데없이 무거운 것들을 애써 들어올리며 운동을 한 덕에 더 굵어졌다. 심지어 그의 세계관도, 그가 해야 하는 말들도 변했다. 그러니 어떻게 그의 글이 그것을 반영하지 않을 수 있겠는가? 어떻게 그것이 변하지 않은 채 남아 있을 수 있는가?

한참 시간이 흐른 뒤에야 그는 그 편지를 이어서 읽을 수 있었다.

조,

　나는 나흘 동안 유령이었고, 이제는 아니야. 이것이 지금 내가 그 일을 생각하는 방식이야. 어떻게 내가 그 일을 생각하는 걸 좋아할 수 있겠어. 그건 그 나흘 동안 우리가 함께 있었지만 우리 중 누구도 존재하지 않았고 우리 중 누구도 가버리지 못했다는 걸 의미하는데 말이야. 네가 말했듯이, 중유中有*에서는 동아시아 얘기를 안 할 수 없어. 아마도 너는 지금 거기에 있겠지. 그건 별거 아닐 거야. 아마 그 나흘이 끝나갈 때 누군가 "다음은 어디야?"라고 물었고 너는 "음, 나는 부탄에 대한 책을 많이 읽었거든. 거기가 좋을 것 같아"라고 대답했을 거야. 그리고, 흠, 너는 벽에 색색의 기도 깃발prayer flag**들이 매달린 어느 오두막 혹은 유르트*** 혹은 그게 무엇이든 빌어먹을 것 안에 있겠지.

　물론 너는 부탄에 있지 않지. 내가 플라자 아테네****나 내가 있고 싶어하는 어딘가에 있지 않은 것처럼. 너는 너의 연옥에서 하얀 빛에 잠겨 있었을까? 나는 나의 연옥인 병원 형광등 빛에 젖어 있었어. 난 아직도 이 새로운 현실을 향해 눈을 크게 뜰 수가 없어. 이제 세상은 너무나 추하게 보여. 인燐으로 번득이고 썩어가는

---

　* 티베트 불교에서 말하는 죽음과 환생 사이의 상태.
　** 티베트 불교 수행자들이 주변을 축복하거나 뭔가를 기원하는 목적으로 히말라야의 산 능선과 봉우리를 따라 매달아놓는 다채로운 직사각형의 천.
　*** 몽골, 시베리아 유목민들의 선봉 텐트.
　**** 파리에 있는 고급 호텔.

녹색 색조로 가득차 있지. 나는 많이 닮아놔. 내 눈 말이야. 정확히 말하자면 잠들고 싶지 않아. 하지만 깨어 있고 싶지도 않지(잠은 끼이익 하는 타이어 소리 그리고 귀청이 터질 듯한 우두둑 하는 충돌음과 함께 와. 잠들기 전 그 마지막 순간에 내가 움찔하며 너를 발로 차던 거 기억해? 추락하는 느낌을 받으면서? 네가 지미 다리*라고 한 그거 말이야. 이제 그건 추락하는 게 아니야, 충돌이지. 그리고 나를 웃게 해준 너는 거기에 없어).

네가 그 흉측한 소리를 듣지 않았다면 좋겠다.

나는 딱 하루 뒤에 병원에서 퇴원했어. 내가 입은 부상들은 대부분 엑스레이상에 나타나는 부상이 아니었어. 의사가 치료할 수 있는 부상이 아니었지(나에게 이 편지를 쓰라고 한 돌팔이 의사를 포함시키지 않는다면 말이야). 병원에서 내 이마의 상처를 꿰매주었는데, 대시보드에 부딪혀서 생긴 상처였던 것 같아. 네가 알지 모르지만, 조수석의 에어백이 작동하지 않았잖아. 마치 그 좌석이 '이런, 너는 앙증맞은 녀석이 아니잖아'라고 생각하면서 나를 등록하지 않은 것처럼. 난 체육관에 다니기로 결심했었지. 몸을 좀 키우려고 말이야. 아닐 수도 있지만. 책들은 운동이 좋다고 말해. 하지만 갑작스럽게 변화하는 건 또 좋지 않다고 해. 다시 한번 나는 두 세계 사이에서 분열돼.

나는 곧바로 너를 보러 갔어. 하지만 너의 가족들이 이미 내려와 있더라. 너는 그들이 절대 내 존재를 인정하지 않았다는 걸 누구보

---

* 주기성 사지운동장애를 가리키는 말.

다 잘 알고 있지. 그래, 이제 무슨 말인지 알겠어. 나 개인이 문제가 아니야. 그들은 네가 함께하는 사람이 누구였든 좋아하지 않았을 거야. 그 사람이 자궁을 갖고 있고 급여담당자 베스* 같은 딱 미국인스러운 이름을 갖고 있고 고기 스튜 같은 걸 만들 줄 아는 사람이 아니라면 말이야(하지만 솔직해지자. 자궁이 가장 큰 관건이지). 나는 네 병실에 들어가지 못했어. 가족만 가능하대! 그래서 밤새 네 곁을 지키는 자리에 있지 못했지. 너를 가장 열렬히 사랑한 사람, 너에 대해 가장 잘 아는 사람인 내가 말이야.

그 사실이 나를 죽을 만큼 힘들게 만든다는 생각이 들어(네가 죽은 사람이라는 걸 고려하면 무시무시한 단어 선택이지. 하지만 넌 이 편지를 절대 읽지 못할 거고, 난 어떻게 해서도 줄을 그어 나 자신을 지우거나 편집할 수 없어). 너는 너를 알지 못하는 사람들에게 둘러싸여 마지막 호흡을 했지. 내가 지금 가지고 있는 것과 같은, 오직 너에 대한 기억. 그들은 그 가장 좋은 부분을 모두 알지는 못했어. 너를 웃게 만드는 것들, 네가 믿는 것들, 너의 열정, 너의 예술, 너의 정치적 견해, 네가 지닌 대중 문화 레퍼런스들, 네가 음식을 맛보는 방식, 우리가 키스할 때 네가 내 입술을 장난스럽게 깨무는 방식, 네가 최대로 흥분할 때 너의 페니스가 왼쪽으로 조금 구부러지던 방식까지 말이야.

언젠가 내가 너에게 주는 크리스마스 카드에 '그리스도 안에서 너의 것'이라고 서명했고, 우리가 불신자로서 그리고 그 말이 풍기

---

* 인기 시트콤 〈저스트 슛 미〉에 나오는 금발의 백인 여성.

는 우스꽝스러운 격식에 웃고 또 웃었던 것 기억나?(그때 우리는 취해 있었을 거야. 무엇보다 내가 카드를 줘서 네가 어리둥절했던 것 같아.) 그리고 다음으로 네가 나에게 인사말을 써주었어. 너는 나와 똑같이 쓰고는 줄을 그어 '그리스도'라는 단어를 지우고 '과학'이라고 썼지? 그 단어는 우리에게 사랑의 언어가 되고, 주변이 안전하지 않아 보일 때 사랑한다고 말하는 비밀스러운 방법이 되었지. 과학 안에서 너의 것. 또 내가 전화를 받을 때마다 너는 "그건 옥수숫대야!"라고 말했어. 왜냐하면 영화 〈투시〉에서 더스틴 호프먼이 제시카 랭에게 한 말이니까.* 내가 저녁 식사로 언젠가 어느 장소에서 먹었던 그걸 먹고 싶다고 어떻게 말할 수 있었겠어? 네가 항상 그게 뭔지 눈치채고 언제 어디서 먹었는지도 기억해냈지. 그리고 너도 그걸 먹고 싶다고 말했어. 아니면 너는 내가 한 번 더 내 뜻대로 하게 해줄 만큼 친절했던 건지도 몰라.

나는 복도에서 서성였어. 너의 가족은 나를 병실 밖에 있게 했지. 하지만 나를 병원에서 쫓아내지는 않았어. 마침내 그들의, 너에 대해 알지 못하는 너의 가족의 태도가 누그러졌지. 머지않아 그들은 무너질 터였어. 누군가 말했지. "저 사람도 이리 데려와, 복도에서 서성이고 있는 남자 말이야." 그들은 탐탁지 않아했지만 우리가 공통으로 널 안다는 걸 인정했어. 어색한 몇 시간이 지난 뒤, 너의 어머니가 팔을 뻗어 유대감으로 내 손을 잡았어. 아니? 최소

---

* 영화 〈투시〉에는 줄리(제시카 랭 분)가 전화벨 소리를 듣고 협탁 위에 있던 옥수숫대를 전화기로 착각해 귀에 대자 도로시(더스틴 호프먼 분)가 "그건 옥수숫대야!" 하고 외치는 장면이 나온다.

한 누군가는 나를 필요로 할 터였어. 어느 순간 너에게 옷이 필요해질 테니까. 너한테 옷을 입혀야 하잖아. 집으로 돌아가기 위해서든 혹은 나중에 판명된 대로 다른 이유에서든. 네 가족이 너의 방 열쇠를 갖고 있었지만, 물건을 넣어둔 가방 열쇠는 나한테 있었어. 물론 그 열쇠는 결국 쓰지 않았어. 네 가족이 비벌리 센터에서 네가 입을 옷 한 벌을 산 것 같아. 그래서 병원 건너편에 쇼핑몰이 있는 거야. 그 사람들 좀 쫓아다니며 괴롭혀줄래? 이를테면 젠장맞을 사슬 몇 개를 덜그럭거리면서 말이야. 그들이 절대 다시 잠들지 못하면 좋겠어. 에이즈가 한창이었을 때도 상황이 비슷했을 것 같아. 끔찍하지. 마구 덤벼들어 사랑하는 동반자 관계를 끊어놓는 혐오스러운 가족들. 너는 지난세기에 그 모든 것이 끝났다고 생각하겠지만, 아니야.

그런 분노가 장악했어. 나는 분노를 무서워했지. 그건 내가 분노를 내면에 억눌렀기 때문이야. 이제는 아니야! 그건 과음한 뒤의 구토 같은 것이지. 그래, 물론 그 순간엔 불쾌하지만, 그다음엔 기분이 훨씬 나아지거든! 알맞게 표현한다면 분노는 아름다운 거야. 분노를 표출하자. 식료품점에서 카트를 끌면서 내 신발에 달려든 그 여자의 얼굴을 네가 봤어야 해. 그 여자 다시는 그런 짓을 하지 않을 거야!(물론 이건 극단적인 예야. 아마 나도 그녀에게 사과해야겠지.) 내가 이 일을 언급하는 건 아마도 부탄에서는 분노를 피할 방법을 찾는 것이 깨달음의 한 형태일 거라고 말하고 싶어서야. 그리고 그게 헛소리라고 말하고 싶어. 분노는 그럴 만한 이유가 있을 땐 눈부시게 아름다운 거야.

네가 나를 무척 필요로 하는데 너와 아주 가까이 있으면서도 고작 9미터 거리의 칸막이를 건너가지 못한다는 것이 어떤 기분인지 알아? 우리 사이에는 여러 해에 걸쳐 세뇌와 종교와 편협성과 악의로 만들어진 폭발물이 가득한 지뢰밭이 가로놓여 있었어. 난 주변에서 온갖 물건들이 폭발하는 가운데, 노르망디를 기습하는 전쟁 영화 속 병사처럼 필사적으로 달려들어갈 수도 있었을 거야. 돌파할 수도 있었겠지. 하지만 너무 무서웠어. 내가 해내지 못할까봐. 그래서 필요하다면 병원에서 나를 완전히 쫓아낼지도 모르는, 너의 어머니라는 지뢰에 발을 디디려 한 거야. 만약 정말로 그녀가 나를 쫓아낸다면 내가 평생 동안 후회할 거라는 것도 알고 있었지.

그런데 그것 대신 이 일을 후회해.

나를 동정한 친절한 남자 한 명이 있었어. 그의 이름은 세스였지. 병원의 간호사였어. 너의 가족들이 밖에 나갔을 때, 그가 너를 보라며 나를 병실로 데리고 들어갔어. 내가 너의 손을 잡았고, 우리는 작별 인사를 했지. 내가 할 수 있는 한 가장 잘.

네 장기들은 기증되었지. 적어도 내가 이해하기로는 그랬어. 나는 기증 서류 양식 그리고 그들이 한 질문들을 찾아봤어. 성관계 이력. 너의 부모님이 정답을 알고 있었을까? 난 그렇게 생각하지 않아. 그들은 거짓 답변을 했을 거야. 그렇지 않아? 피는 안 받으면서 장기는 가져가다니!* 빌어먹을 세상. 그런 이성애자들을 정말

---

* 2015년까지 미국은 동성애자나 양성애자 남성이 헌혈하는 것을 금지했으며, 규정을 완화한 후에도 일정 기간 성관계를 하지 않은 남성에 한해 허용했다. 해당 질문 항목은 2023년에야 삭제되었다.

못 봐주겠어. 우리가 그 질문에 거짓 답변을 하면 우리의 피도 가져갈 거면서.

지금 나는 나답지 않아. 내 일부를 너와 함께 버려두고 왔어. 버려두고 온 것이 무엇인지는 잘 모르겠어. 하지만 마지막으로 너의 손을 잡았을 때 내 몸을 버린 것 같은 기분을 느꼈어. 그것이 너와 함께, 메이시 백화점에서 산 그 저렴한 수트와 함께 화장되었지. 그리고 나는 너와 함께 흩뿌려진 것 같아. 그곳이 어디이든.

난 계속 살아갈 거야. 그래야 한다는 말을 끊임없이 들었어. 그레그가 바보 같은 짓 하지 말라고 협박하더라(그러기는 했지만, 만약 내가 바보 같은 짓을 할 경우 그레그가 무엇으로 갚게 할지는 잘 모르겠네). 세라가 나와 함께 있어주기 위해 여기로 날아오고 있어. 그녀는 내일 도착할 거야. 그녀를 데리러 공항에 가야겠지. 자동차가 트라우마가 되었다고 그녀에게 말하니 이러더라. "물론 그렇겠지. 내가 택시를 탈게." 이 숙제를 잘 해내지 못하면 아마 나는 다시는 운전을 하지 않게 될지도 몰라. 분명 LAX*로는 운전하지 않을 거야. 나는 나이들어갈 거고, 너는 그럴 필요가 없을 거야. 넌 항상 완벽한 조로 남을 거야. 너의 피부와 너의 머리카락과 너의 치아와 윗몸일으키기 세 번을 하고 그 결과를 확인하는 너의 능력과 함께.

내 인생은 다를 거야. 밝게 빛나는 시간 동안 나는 한 팀의 일부였어. 난 우리가 함께 미래를 볼 거라고, 그리고—오, 맙소사, 이

---

* 로스앤젤레스 국제 공항.

말을 쓰고 있으니 너무나 넋두리로 들려. 가족이 될 거라고 생각했지. 이제는 모르겠어. 심지어 가족이 무얼 의미하는지조차 모르겠다. 나는 안전줄 없는 우주 비행사처럼 캄캄한 공간에서 표류하고 있어. 내가 떠다니며 스쳐가는, 빛나는 기억인 별 하나하나가 앞으로는 더이상 그런 삶을 살지 못한다는 사실을 나에게 상기시켜.

과학 안에서 너의 것

패트릭

추신: 이건 멍청한 짓이야. 난 이걸 권한 치료사를 다시 만나러 가지 않을 거야.

21

코첼라 단주 생활 시설의 방문객 휴게실에서는 익숙한 냄새—
으스스하게 느껴지는—가 났다. 패트릭은 그것이 정확히 무슨
냄새인지 생각나지 않아 미칠 것 같았다. 벽에는 초등학교 교실
처럼 콘크리트 벽돌 무늬가 있고, 가구들도 마찬가지로 별로 인
상적이지 않았다. 기증받은 것은 아니었다. 오래된 교회 지하실
에서 흔히 볼 수 있는 푹신하게 처지는 소파도 없었고, 찢어진 팔
걸이에서 충전재가 흘러나오는 모습도 없었다. 확실히 이곳에는
고급스러운 것이나 고객을 끌어들이는 데 필사적으로 보이는(그
들의 안내문과 가격 책정 구조에 따르면) 것은 없었다. 패트릭은
검소한 디자인만큼이나 불편한 의자에 자리를 잡고 다른 가구들
을 살펴보았다. 선이 깔끔했다. 스웨덴풍 디자인이었다. 아니면
덴마크풍인지도 몰랐다. 하지만 전반적으로 기분좋게 보이지 않

왔고, 대량 생산의 느낌이 묻어났다. 패트릭은 몹시 두렵고 초조해서 가만히 있지 못했다. 곧 돌아오겠다고 약속한 주인을 기다리는 개처럼 제자리에 서 있다가 서성이다가 했다.

복도로 통하는 문이 닫히고, 패트릭은 덫에 걸린 채 혼자가 되었다. 그 장소 전체가 조용하면서도 사람을 불안하게 만드는 점이 있었다. 으스스한 조용함이었다. 독서실, 수녀원, 산꼭대기, 화성처럼. 패트릭의 마음이 정신없이 질주했다. 그는 이곳 입소자들이 침묵 서약을 고수하며 종이 슬리퍼를 신고 발끝으로 살금살금 걸어다닌다고 상상했다. 실내가 쌀쌀했지만, 환기구로 공기가 순환되는 것 같지는 않았다. 누군가 그에게 커피 한 잔을 갖다주었다. 치아가 들쑥날쑥한 케빈이라는 남자였고, 패트릭은 유감스러운 듯 커피를 받아들었다. 커피는 연하고, 신선하지 않고, 풍미도 없었다. 케빈이 풍긴 첫인상과 매우 비슷했다. 패트릭은 종이컵을 꼭 쥐었다. 양손으로 뭔가를 하기 위해서이기도 했고, 그걸 버릴 만한 곳이 마땅히 보이지 않기 때문이기도 했다. 한쪽 구석에 바구니 화분 하나가 보였다. 패트릭은 잔가지로 엮은 그 바구니 안에 커피를 버리려고 했다. 하지만 그 바구니에 심긴 식물은 가짜였고, 바구니 안에는 흙이 아니라 원예용 폼이 담겨 있었다. 그는 그 성기게 짜인 갈대 바구니 안으로 커피가 흘러 들어갔다가 소름 끼치는 범죄의 증거처럼 타일 바닥으로 새어나와 고이는 걸 바라지 않았다.

빌어먹을 편지. 조에게 쓴 편지를 다시 읽는 바람에 이틀 밤을 제대로 자지 못했다. 이곳에 온다는 다음 단계의 행동에 빠르게 나서지 않았다면 다시는 잠을 이루지 못했을 것이다.

*

그날 밤 세라가 택시를 타고 도착했다. 그녀는 패트릭이 아파트 현관 밖 조명기구 위에 숨겨놓은 열쇠를 찾아냈다. 그녀가 열쇠로 문을 여느라 더듬거리는 소리가 들렸다. 그녀는 안으로 들어와 옆에 앉아서는 그를 안아 가슴 쪽으로 끌어당기고 그의 정수리에 입을 맞췄다. 창문에 우드 블라인드가 내려져 있어 바깥에서 들어오는 빛이 대부분 차단되어 있었다. 블라인드의 틈새를 뚫고 들어온 가느다란 햇빛 줄기들이 패트릭의 얼굴에 감옥의 철창 같은 무늬를 드리웠다.

조가 세상을 떠난 지 일주일이 안 된 때였다.

"최대한 빨리 온 거야."

패트릭이 고개를 끄덕였다. 그러자 그의 턱이 그녀의 가슴에 부딪혔다. "그 사람들이 나에게 조를 보여주지 않으려 했어."

"알아."

패트릭은 숨을 크게 들이쉬었다. "조는 무척 무서웠을 거야."

"그 사람들은 괴물이야."

그게 다였다―인정. 패트릭은 무너져내려 몸을 들썩이며 흉하게 울었고, 세라는 눈물이 마를 때까지 그를 안아주었다.

"우리 취하도록 마시자."

패트릭은 웃었다. 많이는 아니지만 아예 안 웃지는 않았다. 그러면서 세라의 티셔츠의 폭 파인 부분에 얼굴을 비볐다. 그녀의 가슴은 따뜻했고 환영받는 느낌이었다. 이성애자 남자들이 이래서 여자의 가슴에 집착하는 걸까? 이렇게 위로가 되는 것에서 성적 매력을 느낀다는 건 잘못된 일 같았다. 심지어 기괴하기까지 했다. 그는 그녀를 꼭 껴안았다. 그들은 취하도록 술을 마실 것이다. 바로 그것이 수월하게 얻을 수 있는 구원이 아니겠는가? 에벌린 워*가 『다시 찾은 브라이즈헤드』에 뭐라고 썼더라? "우리는 매일 밤 취해야 하지 않겠어?" 서배스천의 대사였다. 그래, 그래, 나도 그렇게 생각해. 대학에 다닐 때 이 말은 그와 세라에게 만능 해결책이었다. 어려운 시험, 좋지 않은 성적, 힘겨운 하루, 끔찍한 데이트. 마시고 죽자. 그들은 근처에 있는, 셀 수 없이 많은 맥주잔과 팝콘 기계를 갖춘 리처드 바에 갔다. 그리고 그것은 실제로, 대체로, 잠깐 동안 도움이 되었다. 패트릭은 어떤 마법의 술이 그 어둠을 해결해주는 마법을 부릴지 확신하지 못했다. "우리가 뭘…… 마셔야 할지 모르겠어."

그는 우리라고 말했다. 하지만 이제 그는 나였다.

세라가 가방에서 테킬라 병을 꺼내 테이블 위에 쿵 올려놓았다. "이대로 마시자."

그랬다. 그건 도움이 되었다. 넷째 잔을 마시고 나자, 심장을 주먹으로 꼭 움켜쥔 듯한 답답함이 일시적으로, 적어도 조금은 해소되었다. 그들은 패트릭이 조와 함께 라스베이거스로 여행 갔

---

* 영국의 소설가.

을 때 가져온 샌즈 호텔의 기념 유리잔으로 마시기 시작했다. 셋째 잔 후 패트릭은 잔을 쓰러뜨렸고 유리잔은 소파 밑으로 굴러갔다. 샌즈 호텔은 오래전에 사라졌다. 카지노를 새로 짓기 위해 허물어졌다. 이 사실이 뭔가를 상징하는 듯했다. 하지만 패트릭은 그 땅에 새로운 건물이 들어서는 것을 상상할 수 없었다. 그는 그 건물의 잔해로, 한때는 불빛이 밝게 빛나던 허물어진 기념물로 존재하고 싶었다. "씨발." 세라가 유리잔을 주우려다 실패했을 때 패트릭이 말했다. 그들은 각자 병에 입을 대고 벌컥벌컥 마셨다.

그들은 조에 대한 기억을 나누었다. 하지만 몇 가지 키워드만 소리 내어 말할 수 있었다. 누추한, 구역질나는, 그리고 수준 이하라는 어구가 샌디에이고에서 조가 형편없는 숙소에 묵은 후 불만을 접수하기 위해 호텔 프런트에 했던 전화 통화를 주문처럼 떠올리게 했다. 클램스 카지노, 지금은 재미있는 추억일 뿐이지만 식중독으로 고생했던 어느 주말. 그가 진 김렛*을 두세 잔 마신 후 그 이름을 발음하려다 잘못 말한 짐 진렛. 이야기는 전체적으로 고통스럽고 불필요했다. 기억이 생생했고, 사건들은 다 새로웠다. 그들은 머릿속 스크린에서 영화가 상영되는 것처럼 이야기를 끝마쳤다. 구체적인 기억들은 나중에 떠오를 것이다. 안개 같은 기억의 가장자리가 누그러지기 시작할 때, 여러 세부를 말하고 떠올려야 할 때.

---

* 진과 라임, 설탕을 섞어 만드는 칵테일.

"넌 나에게 거짓말을 했어." 그들이 충분히 취했을 때 패트릭이 말했다. 웃음이 진정되고, 상황이 다시 별이 없는 하늘처럼 캄캄해 보였다.

"난 너에게 한 번도 거짓말한 적 없어." 세라가 반격했다.

패트릭은 둘 사이 중간 지점을 응시했다. 그 거짓말은 오래전의 일이었다. "네가 앞으로 인생이 수월해질 거라고 했잖아."

세라는 그 말에 관해 생각했다. "그럴 거야." 그녀는 퉁명스럽게, 현재 그들이 처해 있는 고통을 완전히 묵살하는 방식으로 말했다. 그것은 정확히 패트릭이 들어야 했던 바로 그 말이었다. 그 말이 진실이어서가 아니라—진실이 아니라는 걸 둘 다 알고 있었다—그들이 여전히 그들이기 때문이었다. 그리고 그 말은 적어도 그가 매달릴 만한 것이었다. 적어도 그날에는 그가 계속 살아갈 이유가 되었다.

*

방문객 휴게실의 문에서 끼익 소리가 났고, 패트릭은 심장이 목구멍까지 올라오는 기분으로 돌아보았다. 문가에 그레그가 나타나 문고리를 잡고 서 있었다. 마치 그것이 그를 떠받쳐주는 유일한 물건인 양. 그레그는 침착했고 충분히 휴식을 취한 것처럼 보였다. 그리고…… 창백했다. 여기서는 입소자들을 야외에 내보내지 않나? 햇빛을 쬐어 원기를 회복하는 것은 사막에서 중독 치료를 받는 큰 이점 중 하나가 아닌가? 패트릭은 이 불운이 시작되기 직전 하트퍼드 공항에서 그랬던 것처럼 동생과 눈을 마주 쳤다. 둘 다 한마디도 하지 않았다. 그레그의 눈이 긴장한 채 패트릭을 흘깃 바라보았다. 패트릭은 동생이 아이들을 찾는 것 같다고 생각했다. 그들은 서로를 조심스럽게 살피다가 서로에게 다가가 꼭 껴안았다. 패트릭은 동생의 셔츠 자락을 한 움큼 쥐고 반쯤 들어올린 다음 머리를 두툼한 어깨에 갖다댔다. 그 시설에는 체육관이 있었고, 그레그는 그곳을 충실히 활용해온 듯했다. 그들의 가슴이 서로를 눌렀다. 패트릭은 동생의 심장박동을 느낄 수 있었다.

"아이들은 괜찮아?" 그레그가 패트릭의 양팔을 붙잡고는, 형의 얼굴에서 그 답을 보려고 형을 뒤로 밀었다.

"응, 좋아. 아이들은 잘 지내."

만남의 흥분이 가라앉기를 기다리다가 그레그가 말했다. "지진이 일어난 뒤로 불안하고 초조해. 처음엔 클라라 누나, 그리고 이젠 지진이라고? 마음을 가라앉히려고 이 시설 곳곳을 돌아다녔어. 내가 회복에 집중하도록 모두가 지지해줬고. 사람들은 형이 서던 캘리포니아에 사니까 지진을 이겨낸 경험이 있을 거라고, 혹시라도 뭔가 심각하게 잘못됐을 경우엔 전화를 할 거라고 나를 안심시켜줬지. 그래도 너무 지치고 걱정이 돼서 기절해버리긴 했지만."

"그래, 우리는……" 패트릭이 한 손으로 배가 물 위를 부드럽게 항해하는 듯한 몸짓을 했다. "이겨냈어."

"클라라 누나 일은? 형이 나를 힘들게 만들고 있잖아."

패트릭은 지진도 누나의 행동도 그가 한 일이 아니라는 걸 지적하고 싶었다. 하지만 그냥 넘어갔다. "내가 처리했어."

패트릭이 고개를 끄덕였고, 그레그도 다시 고개를 끄덕였다. 끄덕임이 뭔가 캐묻는 듯한 웃음으로 번질 때까지. 그런데 여기엔 왜 찾아온 거야? 그레그의 치료 기간은 아직 24일이 남았다. 둘 다 날짜를 정확히 세고 있었다. 그때까지 그레그는 치료가 끝날 때까지 그들이 서로 보지 못할 거라고 생각했다. 그 시설은 가족 친화적이었고, 면회도 가능했다. 하지만 그레그의 태도는 단호했다. 그는 아이들이 이곳으로 그를 보러 오는 걸 원치 않았다. 잠시 동안의 이별은 상처를 줄 테지만, 반창고를 떼어내는 일처럼 지나갈 것이다. 나이가 들 때까지 아이들은 아빠가 중독자라는 사실을 전혀 알지 못한 채 평범한 삶에 대한 새로운 감각을 형성할 것이고, 그들이 떨어져서 지낸 시간은 곧 잊힐 것이다.

"그런데 여기서 너를 마음대로 돌아다니게 해줬어? 보호자도 없이?" 패트릭이 물었다.

"응. 형은 무슨 상상을 했는데."

확신하지는 못했지만 누군가가 족쇄를 찬 그레그의 팔을 잡고 휴게 공간으로 따라다니는 상상을 하긴 했다. "칸막이를 사이에 두고 너를 면회할 거라고 생각했지. 전화기로 이야기를 나누고 유리 칸막이 위로 손을 맞댈 거라고."

"여긴 감옥이 아니야, 형. 난 자발적으로 여기 들어왔고."

패트릭은 시설 전반에 관한 두번째 카탈로그를 집어들고 방을 둘러보았고, 자신의 커피에 시선을 멈추었다. 크림 가루가 불안감을 자아내는 몇 개의 섬으로 응고되어 캐러멜색 바다 위에 점점이 떠다니고 있었다. 그레그가 자발적으로 이곳에 억류된 거라면 패트릭이 이곳의 매력을 이해하지 못한 것이리라.

"아이들은 어디 있어?"

"JED와 함께 있어."

"제드가 누군데? 형 친구야? 책임감 있는 사람이야? 아이 둘을 봐줄 정도로? 형도 알겠지만, 걔들 새 베이비시터에게 마구 기어오를 텐데. 그애들을 감당하려면 한 사람으로는 안 될 거야."

패트릭이 웃음을 억눌렀다. "JED는 잘 감당하고 있어."

"그럼 여긴 왜 온 거야?"

"이렇게 너를 보니까 반갑네."

그레그가 위를 올려다본 뒤 형에게서 눈을 돌려 왼쪽을 보았다. 나는 형이 안 반가울 거라고 생각해? 그레그 얼굴의 모공 하나하나에서 그런 기미가 풍겼다.

패트릭은 심호흡을 한 뒤 이야기를 시작했다. "클라라 누나 말이 옳았어. 누나가 줄곧 옳았다고. 누나에게 마지막 삼 주 동안 아이들을 데리고 있으라고 부탁할 거야. 그래." 패트릭은 그 말이 완벽하게 자리를 잡은 것처럼 자신의 말에 동의했다. "클라라 누나는 아이들을 데려가 다음 학기에 쓸 물건들을 사주고 그와 비슷한 다른 일들도 해줄 수 있어. 너도 알겠지. 애들을 준비시킬 수 있다고. 그게 최선이야."

그레그가 뒤로 비틀거리더니, 의자에 다리를 부딪히고는 다시 앉았다. "무슨 준비를 시켜? 난 형을 믿고 있었는데."

"나도 알아. 그래서 미안하고. 그냥 그뿐이야. 아이들은 너에게 남은 전부지. 너한테는 그애들뿐이잖아. 요전 날 밤 병원에서 그랜트의 침대 옆에 앉아 있는데 문득 조와 함께 있던 순간이 떠오르더라. 다시는 나를 이런 입장에 밀어넣지 않겠다고 나 자신과 약속—"

"워, 워. 아까 그랜트가 잘 지낸다고 했잖아."

"그랜트는 괜찮아."

"그런데 왜 병원에 있었어?"

오. "그애 침대 위에 장식품이 하나 있었거든. 그런데 내가 그걸 미처 잘 고정해두지 못한 거야. 그러다 지진이 났을 때 그게 떨어져서 그애 머리에 맞았어. 애들이 내내 그 조각 장식품에 신경을 썼는데 말이야. 어쨌든 그랜트는 타박상을 입었어. 가벼운 뇌진탕이랑. 피부도 좀 찢어지고."

"맙소사."

패트릭은 이야기를 잠시 끊었다. 마치 그 일의 세부들이 그의 이해력 너머에 있는 것처럼. "그랜트에게 그애의 흉터가 내 흉터와 잘 어울릴 거라고 말했어."

"흉터?!"

"흉터가 안 남을지도 모르지. 그랜트는 어리니까. 아마 훨씬 더 잘 아물 거야. 만약 그러지 않으면 내가 사람을 하나 찾아줄게."

"뭘 하려고?"

"흉터를 없애야지. 입꼬리 주름까지 만져줄 수도 있고. 추가 쿠폰을 먹여서."

그레그가 일어서서 목소리를 높였다. "형은 이게 재미있다고 생각해?"

"아니, 재미없어! 넌 내가 뭘 처리하고 있는지 모르잖아! 메이지는 남편을 원해, 클라라 누나는 아내를 원하고. 더이상 못하겠어. 말 그대로 지구가 우리 발밑에서 흔들리고 있다고. 이게 내가 모든 걸 엉망으로 만들고 있다는 명확한 신호가 아니라면—"

"형, 도대체 무슨 이야기를 하는 거야?"

"난 너희 사이에서 아무것도 가지지 못하고 남겨진 유일한 사람이 될 수는 없다고."

이 말에 그레그가 관자놀이에 손을 짚더니 너무 세게 문질러서, 패트릭은 그가 손가락으로 두개골을 쪼갤지도 모르겠다고 생각했다. 그레그가 말했다. "술이 필요해."

"그래도…… 그래도 돼? 내 말은, 너의 문제는 약물이니까."

"내 문제는 약물 맞아. 그리고, 아니, 그러면 안 돼. 형 바보야?" 그레그가 유달리 귀찮은 거스러미를 없애고 싶기라도 한 듯 손톱의 큐티클을 물어뜯었다. 그러면서 잠시 숨을 돌리고 마음을 가라앉혔다. "여기서는 술 말고 스무디를 마셔. 배, 시금치, 생강, 그리고 아마도 아보카도가 들어간. 캘리포니아에서는 아보카도를 의무적으로 먹어야 해. 어쨌든 내가 마시는 건 이게 다야."

"그거 꽤 괜찮게 들리네." 패트릭은 심지어 보드카를 곁들인 그 스무디를 상상할 수 있었다.

"66일 동안 한 잔도 못 마셨다고!"

패트릭은 손을 입으로 가져가며 공감을 표했고, 자신이 그냥 그레그의 행동을 따라 하고 있다는 걸 깨달았다. 마음이 불편했다. 그는 동생을 화나게 만든 적이 한 번도 없었다. 그레그는 한 번도 그에게 이렇게 노골적으로 소리지른 적이 없었다. "LA에서 프로그램을 녹화한 뒤 내가 엄마를 한 식당에 데려간 적이 있어. 몇 년 전, 엄마가 비행기를 탈 때였지. 고급 식당이었어. 난 그게 엄마에게 근사한 대접이 될 거라 생각했지. 엄마가 메뉴판을 한 번 쓱 훑어보더니 테이블 건너편으로 쓱 밀더라고. 그러더니 메뉴판이 외국어로 되어 있다고 불평하는 거야."

"정말 외국어로 되어 있었어?"

"아니! 내가 엄마에게 말했어. '그 단어는 아보카도예요. 엄마도 알잖아요!'"

그레그가 힘없이 웃었다. 어머니를 웃음거리로 삼는 건 언제나 안전한 화젯거리였다.

"크루도crudo*를 보고 그랬을 수도 있어." 패트릭이 수긍했다. "그건 아마 이탈리아어일걸. 그러니 엄마 말도 일리가 있지."

"형." 그레그가 입을 열었다가 잠시 말을 멈췄다. "내가 왜 형에게 아이들을 맡아달라고 부탁했는지 알아?"

"내 패기만만한 성격 때문에?" 패트릭이 이렇게 대꾸하고는

---

* 이탈리아어로 '날것의, 익히지 않은'이라는 뜻.

힘없이 웃었다.

"맙소사. 형이 조의 일에서 벗어나지 못하고 있는 거 잘 알아. 그래서 사람에든 물건에든 애착을 갖지 않으려고 결연히 떠돌아다니며 살고 있잖아." 그레그가 방을 가로질러 창가로 다가가더니 안뜰에서 다른 가족이 만나는 모습을 지켜보았다. "이건 아이들을 위한 일인 만큼이나 형을 위한 일이기도 해, 형. 나를 위한 일이기도 하고."

패트릭이 몸서리쳤다. "네 아이들을 나에게 선물로 줬다고? 뭐하러? 나를 고치려고?"

"아니. 난 아이들이 형과 함께 있는 게 가장 좋을 거라고 생각했어. 그러니까 그건…… 형이 그걸 뭐라고 불렀지?" 그레그의 얼굴에 팔자주름이 파였다. "그래, 추가 쿠폰."

패트릭이 비웃었다.

"형은 자신이 굉장히 복잡한 사람이라고 생각하지. 형이 모든 사람과 모든 것 위에 있다고 말이야. 우리는 형을 이해하지 못한다고 생각하면서. 하지만 형이 이해하지 못하는 거지 우리는 이해해. 형은 다시는 그 누구와도 가까워지지 않겠다고 스스로와 약속했지? 그러다가 시간이 흐르고 나서 이제 스스로에게 그걸 허락한 거고. 아니면 아직도 허락하지 않았는지도 모르지. 아이들은 형에게 많은 선택안을 주지 않으니까. 하지만 형은 뭔가를 느끼고 두려워하고 있어. 그것에서 달아나려 하고 있고. 하지만, 제기랄, 난 형이 그렇게 하도록 가만히 내두기 않을 거야."

"네가 나를 막을 거라고? 여기 가둬서?"

그레그가 뒤로 돌아 손가락으로 패트릭의 흉골을 세게 눌렀다. "엿이나 먹어."

"너나 엿먹어!" 패트릭은 날카롭게 각진 의자들 중 하나에 앉아 분노가 지나가기를 기다렸다. "내가 살던 대학 기숙사의 계단통. 여기서 나는 냄새가 그곳 냄새와 비슷해. 여기 들어올 때부터 그 걸 알아내느라 머리를 쥐어짰어."

"계단통?"

"오래된 페인트 냄새와 섞인 퀴퀴한 냄새. 세라도 아는 냄새야." 패트릭은 머리를 긁적였다. "어떻게 그럴 수 있는지, 어떻게 여기서 젖은 냄새가 나는지 난 모르겠어. 이곳의 평균 강우량은 그야말로 미미한데 말이야. 마치 세라가 나를 따라다니고 있는 것 같아." 패트릭은 울기 시작했다. "난 세라를 보러 가야 했던 거야." 이 말을 입 밖에 내자 마음이 아팠다. "하지만 난 세라와 함께 시간을 보내면 그만큼 너와 아이들로부터 멀어지는 거라고 생각했거든."

"세라도 그걸 알았어. 이해했다고."

"그녀는 더이상 내 사람이 아니었어."

긴 침묵이 흘렀고, 그레그가 말했다. "세라는 그것도 알고 있었어."

패트릭은 몸을 돌려 콘크리트 벽을 손바닥으로 철썩 때렸다. 손바닥이 쓰라렸고, 통증이 손목과 팔까지 퍼져나갔다. 그가 처리해보지 않은 일이 너무 많았다. "내 분노가 어디서 오는지 모르겠어. 내 안 깊은 곳에 우물이 하나 있어. 대부분의 시간에는 그게 거기에 있다는 걸 의식조차 못해. 하지만 어느 순간 그게 끓어오르지……"

"뉴햄프셔의 집 기억나?" 그레그가 물었다.

"우리 집? 그 신축 건물? 조금 기억나. 그 집에 겨우 일 년 살았나?"

"왜 그랬는지도 기억나?"

"아버지가 코네티컷으로 다시 전근을 갔잖아."

"아니야. 우물 때문이었어. 인부들이 땅을 파고 또 팠지만 물이 충분히 나오지 않았거든. 매일 밤 우리 삼남매는 얼마 되지 않는 목욕물을 나눠 썼지. 엄마 아빠가 어떻게 했는지는 모르겠어. 개수대에서 몸에 물을 뿌렸을까. 그건 뉴햄프셔에서 거의 두번째로 깊은 우물이었을걸. 워싱턴산에 오두막이 한 채 있었는데 제일 깊은 우물은 거기 있었을 거야. 어쨌든 문제는 그 사람들이 산을 파헤치는 바람에 생긴 거였지." 그레그가 손가락 관절을 뚝뚝 꺾었다. 패트릭을 미치게 하는 버릇이었다. "결국 아빠와 다른 투자자 몇 명이 그 사람들을 법정에 세웠고, 건축업자는 그 집들을 되사야 했어."

패트릭은 그늘이 드리운 뜰을 내다보았다. 나무가 너무 많아서 입소자들이 햇빛을 쬐지 못했다.

"어떻게 나만 이걸 기억하지? 그때 나는 아기였는데." 그레그가 패트릭 뒤에 서서 형의 어깨에 양손을 얹었다. "형의 우물은 산속에 있어." 그가 말했다.

패트릭은 혼란에 빠졌다. 그의 눈에 눈물이 가득 고였다. 그레그는 이미 상실의 아픔을 그보다 더 잘 이해하고 있었다. 이 빌어먹을 곳. 여기서 대체 무얼 가르치는 거지? 그도 클라라 누나에게 전화를 한 다음 여기서 검사를 받아야 할 것 같았다. 그는 손가락을 머리에 넣어 머리카락을 헝클어뜨리고 다시 한쪽으로 반듯하게 쓸어넘겼다. "아마 아버지가 지어낸 얘기겠지. 징집된 샴쌍둥이 이야기처럼."

"쌍둥이 중 한 명만 징집된 거 말이지. 그거 실제로 일어난 일이야."

"어떻게 나 빼고 모두가 그걸 아는 거야?" 패트릭은 입이 씰룩거리고 입꼬리가 벌어지며 한껏 큰 미소가 번지는 걸 느꼈다. 마치 그의 얼굴이 마음대로 모양을 바꿀 수 있는 찰흙 반죽이고 누군가가 그의 피부를 떼어내 그의 의지와 상관없이 끊어질 때까지 늘리고 있는 것 같았다. 그레그도 미소를 지었다. 그 미소가 패트릭을 더 크게 웃게 만들었다. "그만해."

"뭐?" 그레그는 정말로 어리둥절해했다.

"하지 말라고." 패트릭이 양손을 얼굴에 갖다대 다시 무심한 표정을 만들었다.

"오, 세상에나. 지금 형 얼굴의 주름 때문에 걱정하는 거야? 가끔은 그냥 웃고 즐겨. 지진은 그냥 일어나는 거야. 형 잘못이 아니라고. 죄책감 따윈 개나 줘버려. 형 잘못이 아니니까. 난 형이 그렇게 생각하는 거 이해도 안 되고, 내가 보기에 이건 모두 형이 그애들을 곧 집으로 돌려보낼 생각만 하기 때문이야. 내가 애들을 다시 코네티컷으로 데려가는 거. 그런데 형은 아이들이 떠난 뒤 형의 인생이 어떻게 될지 알지 못해."

패트릭은 잡지 몇 권을 포갠 다음 자신의 건강한 생활을 완벽하게 보여주기 위해 테이블 너머로 부채질을 했다.

"그러니까 애들을 데리고 돌아가자, 다 함께."

패트릭은 '독감에서 자연적으로 회복하세요'라는 잡지 기사의 헤드라인에 손가락을 갖다댔다. "코네티컷으로? 오, 맙소사, 싫어."

"왜 싫어?"

"거긴 춥잖아. 너희는 스스로를 너트메거*라고 부르고. 계속할까?"

"거기 돌아가서도 나에겐 중독 치료 도우미가 필요할 거야."

"패스."

"무슨 뜻인지 듣고 싶지 않아?"

"중독을 계속 치료한다는 뜻이겠지?"

"음, 그래."

"패스."

그레그는 외면했다. 그들이 농담을 하고 있다는 건 알지만, 거절이 쓰라린 건 사실이었다. "형은 이게 재미있을 것 같아? 여기 혼자 갇혀서 생각에 잠겨 있는 게? 잠드는 데 도움되는 걸 아무것도 주지 않아 밤중에 깨어 있는 게? 그게 얼마나 캄캄한지 아냐고! 별을 이렇게 많이 쳐다본 적도 없고, 어디로 가야 할지 이

---

* 코네티컷주 주민들을 부르는 별명. 과거에 코네티컷 상인들이 나무를 너트메그(육두구) 모양으로 깎아 중량을 속여 판 일에서 유래된 비하적인 별명이다.

렇게 알 수 없었던 적도 없어. 끔찍해. 내가 저지른 모든 실패와 대면해. 난 그녀의 약을 먹었어, 형. 마지막에. 그녀의 약들을. 그 정도로 상황이 나빴다고. 나는 그 정도로 보잘것없는 사람이야."

패트릭은 늘 분노가 너무나 빠르게 그의 몸속을 지나간다는 것에 대해 놀랐다. 조를 앗아간 그 사고 후, 그는 모르핀을 처방받았다. 그 약이 어떻게 혈관 속으로 차갑게 흘러갔는지 그는 기억하고 있었다. 팔다리에서 손가락 끝까지, 가느다란 모세혈관 하나하나 속으로, 그를 보상받지 못한 채로 내버려두지 않고. 한순간 고통이 찾아왔다. 그다음엔 이제 살았구나 싶었다. 바로 이거야. 하지만 그 반대였다. 누그러진 분노가 시종일관 그의 발톱 속으로 흘러들어갔다. 몸에서 땀이 나기 시작했고 양손에 주먹이 꽉 쥐어졌다.

"세라가 먹어야 할 약을 가로챈 건 아니야, 맹세해. 약을 다시 채우는 건 쉬웠거든. 집안에 항상 약이 남아돌았어. 세라가 약 없이 버틴 적은 한 번도 없어."

패트릭이 창가로 다가가 창틀에 몸을 기댔다. 멀리 산들이 솟아 있었다. 그의 우물은 산속에 있었다. 그는 스스로에게 숨을 쉬게 했다. 하지만 계곡 가장자리 주변 그 산들의 희미한 존재가 보호 같은 것이 아니라 침해로 느껴지기는 처음이었다. 그들은 그를 침해하고, 가둬두고, 그를 위험에서 벗어나게 해주는 대신 질식시키겠다고 위협하고 있었다. "천문항법. 그건 속임수야." 그는 늘 어디로 가야 할지 알 수 없었다는 그레그의 언급을 떠올리며 말했다.

패트릭은 너무도 많은 밤에 사막에서 밤하늘을 올려다보며 의미를 발견하려 하고 자신의 위치를 파악하려 했다. 그리고 매번 같은 데로 돌아가곤 했다. 별을 보는 일은 시간여행이었다. 그는 그 모든 것을 올려다보고, 도서관에서 모든 책을 읽었다. 지금 우리는 8.3분 전의 태양을 보는 것이다. 다음으로 가까운 별인 센타우루스 자리의 알파 별은 4.3광년 떨어져 있다. 센타우루스 자리의 알파 별을 볼 때 그는 조가 아직 살아 있을 때 반짝인 빛을 보는 것이다. 심지어 그는 그 시간을 기억했다. 조가 죽은 이후 최초로 반짝인 빛을 보기 위해 그가 하늘을 올려다본 날, 그 운명적인 밤 이후 4.3년 그리고 1일이 지난 날. 그는 어린애처럼 엉엉 울었다. 북극성은? 320광년 떨어져 있다. 그 별의 빛은 그 또는 조가 존재하기 오래전에 반짝였다. 그건 속임수였어, 그는 되뇌었다. 이번에는 그 자신에게. 늘 과거를 올려다보는 주제에 네가 어디로 가는지 어떻게 알 수 있는데?

"집으로 가자, 형. 아이들과 같이 지내. 아이들에게 형의 상실의 아픔을 보여줘. 아이들에게 이야기해줘. 아이들에게 형의 상실의 아픔을 보여주고, 아이들이 자기들의 상실의 아픔을 처리하도록 도와줘."

패트릭에게는 수많은 의문이 있었다. 주로 그가 잘못된 것을 말하면 어떻게 될까 하는 것이었다. "그런 다음엔 어떻게 하지?"

그레그가 미소 지었다. "24일 뒤에 만나자."

패트릭은 다시 잡지를 내려다보았다. '당신이 더 긴긴한 삶을 살도록 도와줄 열 명의 옛 TV 스타!'라고 외치는 헤드라인은 없었다. 생각만 해도 우습긴 했다.

그레그가 형을 끌어당겨 안았다. "메이지가 남편을 원한대?"

"이 온갖 이야기를 하고 나서 네 머릿속에 남은 게 그거야?" 패트릭은 그레그의 어깨에 턱을 얹었다.

"그냥 놀랐어, 그게 다야."

패트릭이 동생을 안은 팔에 힘을 주었다. "감히 그애를 붙잡지는 마."

"내가 바라는 게 있다면 그애가 행복해지는 것뿐이야."

그들은 그곳에 서서 그렇게 서로를 안고 있었다. 어린 소년이었을 때, 그들은 매일 밤 잠자리에 들기 전에 포옹을 하곤 했다. 그 습관이 언제 멈추었는지, 소년들 사이의 친밀감이 언제 칭찬받지 않고 조롱받아야 할 것이 되었는지 패트릭은 궁금했다.

"개가 알레르기 약을 먹어. 그러면 네가 옆에서 챙기는 게 힘들까?"

"뭐라고?"

"개 말이야. 개가 피부 때문에 약을 먹는다고. 난 섬세하게 행동하려고 노력하는 거야. 네가 코네티컷으로 돌아간 다음에 문제가 되는 건 원치 않아서."

그레그는 말문이 막힌 채 서 있었다. 그는 한 번에 싸움 하나만 할 수 있었다.

패트릭은 동생의 반응을 읽을 수가 없었다. 그래서 어깨를 으쓱했다. 나중에 알 수 있을 것이다. 그는 커피의 마지막 한 모금을 마셨다가 컵 안에 도로 뱉었다.

22

메이지와 그랜트는 아침이 되면 자전거용 헬멧을 착용하기 시작했다. 하루 내내, 철저히, 가끔 수영할 때 물속에 가라앉을까 걱정돼서 벗는 걸 제외하고는. 그랜트의 부상에도 불구하고, 밤에는 헬멧을 쓰지 않고 잠을 잤다. 헬멧을 쓰고 잠자리에 드는 건 실용적이지 못했으니까. 하지만 낮이 되어 햇빛이 비치면? 그들은 집의 구조적 안전성을 평가하기 위해 와 있는 건축 현장의 감독관들처럼 헬멧 끈을 작은 턱 밑에 단단히 조였다. 커피가 담긴 보온병과 도면 한 통만 있으면 딱이었다. 전날 패트릭은 아이들이 헬멧을 공성퇴처럼 서로 부딪치는 모습, 일종의 자체 비상 체계 테스트 영상을 촬영했다. 심지어 그런 다음 휴대폰을 메이지에게 건네주고 방에서 나감으로써 그 동영상을 유튜브에 올려도 된다고 암묵적으로 허락했다. 이제 패트릭의 채널에는 그런 동영상이 몇 개 더 올라가 있었다. 처음 두 개는 아이들이 그가 낯익은 어느 텔레비전 프로그램—일종의 닌자 챌린지—을 흉내내 풀장 주변에 만들어놓은 장애물 코스를 달리고 그가 비판적인 논평을 하는 영상이었다. 한 영상에서 패트릭은 아이들의 팔에 굵은 고무 밧줄을 걸고 아이들을 꼭두각시 인형처럼 조종하는 척했다. 병원에서 찍은 한 영상은 다 같이 설압자로 혀를 누르는 부분을 빼면 토크쇼 형식으로 찍은 영상이었다. 온라인상의 반응을 전부 이해하지는 못했지만, 패트릭은 그것들에서 비뚤어진 쾌감을 느꼈다. 좋아요와 구독자와 댓글이 쇄도했다. 처음에는 유튜브에, 그다음엔 인스타그램에 올라 있는 그의 오래된 사진들에. 마치 사람들이 그가 살아 있다는 걸 기억하고 그를 처음부터 다시 발견하고 있는 것 같았다. 회로망 속을 흐르는 피가 그를 바깥 세계와 연결해주는 느낌이었다.

하지만 아이들이 연달아 닷새째 아침에 헬멧을 쓰고 자기들 방에서 나왔을 때 패트릭이 할 수 있었던 말은 "왜?"뿐이었다.

"여진 때문에요." 메이지가 무시하듯 태연한 표정으로 대답했다. "물건이 머리 위로 떨어질 수도 있잖아요."

"하늘이 무너지진 않아, 겁쟁이구나."

그랜트가 자기가 먹고 싶은 그래놀라 바를 만들면서 말했다. "헬멧이 머리에 꽉 끼어서 음식 씹기가 힘들어." 마를레네가 그랜트가 음식 한 조각이라도 떨어뜨리길 바라며 그랜트의 발 주위를 돌고 코를 쿵쿵거리기 시작했다.

"음, 좋은 소식은 너희가 웃겨 보인다는 거다." 패트릭은 그랜트에게 몸을 기울이고 아이가 아침을 먹을 수 있도록 헬멧 끈을 느슨하게 풀어주었다. "마저 먹어라. 나가서 자전거를 타면 어떨까 하는데 너도 함께해야지."

이른 아침의 자전거 타기가 주된 일상이, 바깥의 열기를 피해 집안으로 쫓겨 들어가기 전 그들이 에너지를 태우는 하나의 방법이 되었다. 하지만 오늘 아침에는 좀 늦게 출발했다. 오전 나절의 햇빛 속에서 자전거를 타는 건 서서히 단단해지는 젖은 시멘트 벽 안으로 페달을 밟고 들어가는 것과 같았다. 그들은 집에서 다섯 블록을 간 뒤 자전거에서 내려 걸었다.

패트릭의 심장이 마구 뛰고 손바닥에서 땀이 났다. 확실하진 않지만 자전거를 타느라 힘을 많이 쓴 탓이라고 생각했다. 그들은 한 블록을 걸었고, 그의 올라간 심박수는 다시 내려가기를 거부했다. 그제야 패트릭은 자신이 얼마나 불안한지 깨달았다. 진즉 아이들에게 조에 관해 이야기해야 했다. 그리고 지금 그는 어떻게 이야기를 시작할지 도저히 알 수 없었다. 작은 도마뱀 한 마리가 불판처럼 뜨거운 건너편 보도를 허둥지둥 지나갔다. 도마뱀은 공터에서 자라는 키 큰 사막 식물 속으로 이내 모습을 감추었다. 패트릭은 집중력을 잃을까봐 두려워서 그 광경에 주의를 기울이지 않았다.

그건 중요하지 않았다. 어쨌든 그는 겁이 났다.

오후가 되자 그의 집 풀장이 구석구석까지 커다란 튜브들로 덮였다. 유니콘, 플라밍고, 도넛, 피자 조각 모양의 튜브들이었다. 모두 사용 가능한 상태였다. 심지어 세라가 그의 뉴잉글랜드 뿌리를 상기시키려고 준 바닷가재 모양의 튜브까지. 튜브들 사이사이로 수영장 물도 잘 보이지 않았다. 그랜트가 은색 날개가 달리고 반짝이 장식이 가득한 종마를 타고 그 튜브들의 숲을 지나갔고, 메이지는 파인애플 튜브 위에 무릎을 꿇고 앉은 채 노란색 옆면을 움켜쥐고 있었다. 둘 다 자전거용 헬멧을 여전히 머리에 쓰고 있었다.

"도대체 이게 뭐니?" 패트릭이 아이들과 합류하기 위해 집안에서 나와 물었다.

"거프, 봐요! 나 페가뚜스 타고 있어요!"

패트릭은 그랜트에게 주의를 기울였다. 그랜트는 물 위에 안전하게 자리한 채 무척 즐거워했다. 이마에 감은 살색 붕대가 햇살 속에 빛났다. 패트릭은 그가 만든 스무디가 담긴 쟁반을 파티오 테이블에 내려놓았다. "네가 타고 있는 건 프테리푸스*야. 페가수스는 흰색이란다. 그거 아니? 펌청나지.** 이마의 붕대가 물에 젖지 않게 해라."

"난 파인애플 위에 떠 있어요!"

"나도 보인다!" 패트릭은 햇빛을 가리기 위해 양손을 모아 눈 위에 댔다. "내 풀장은 대체 어디 있어?" 그가 앞으로 두 걸음 내

---

* 그리스 신화에 나오는 날개 달린 말. 페가수스도 프테리푸스에 속한다는 설도 있고, 프테리푸스와 페가수스가 다른 종족이라는 설도 있는 등 의견이 분분하다.

** '엄청나다(terrific)'라는 단어에 '프테리푸스(pterippus)'의 첫글자 p를 덧붙여 말장난을 하고 있다.

디디다가 전에 숨겨뒀던, 분명 아이들이 튜브에 공기를 불어넣는 데 사용했을 펌프 전선에 발이 걸려 넘어졌다.

"거프, 뚜영복 입어요."

"벌써 입고 있다네, 친구."

패트릭이 풀장으로 들어갔을 때, 존이 정원용 모종삽을 든 채 담벼락 위에서 머리를 쏙 내밀었다.

"안녕, 이웃들." 존이 손을 흔들었다. "정원에 뭘 좀 심고 있는데 아이들 노는 소리가 들리더라고. 그래서 아이들이 괜찮은지 확인 좀 해봐야겠다고 생각했지."

게이 마을이 필요하다. "그쪽 집은 어때요, 존? 지진으로 피해를 입진 않았어요?" 패트릭은 그 집 바닥에 산산조각 나 있는 JED의 발기한 조각상들을 보았다. 그 조각상들이 처음에 어떻게 똑바로 서 있었는지 의문스러웠다.

"주방 유리잔이 몇 개 깨졌어. 식기장 문이 저절로 열렸더라고. 장식품들도 좀 부서졌지. 가보는 아니고. 그리고 거울 하나가 벽에서 쓰러져 산산조각 났지. 앞으로 칠 년 동안 재수가 없을 거야."

장식품들이 좀 부서졌다고? "마음이 안 좋네요."

"그러지 마. 다 그런 거지 뭐. 우린 괜찮아. 개도 괜찮고. 후딱 치웠어. 그랜트, 너 페가수스 타고 있구나!"

"맞아요!" 그랜트가 외쳤다. 마침내 누군가가 알아준 것이다.

"페가수스는 기쎄의 명성의 상징이야. 니희 밈춘지림. 지쎄곱고 유명하지."

"삼촌은 그렇게 유명하진 않아요." 메이지가 비웃었다.

"또 페가수스는 시인들에게 영감의 원천이기도 하지." 존이 담벼락 너머로 몸을 더 기울이며 덧붙였다. "어떤 사람들은 페가수스를 뮤즈들의 말이라고 불러."

패트릭은 존이 주의를 돌려준 이 기회를 최대한 활용해 그랜트에게 자외선 차단 로션을 더 많이 발라주었다.

"알지 모르겠는데, 네가 처음 이 집을 샀을 때 우리가 너에 대한 5행 희시戱詩를 썼어." 존이 말했다.

"오, 정말요."

"'옛날에 패트릭이라는 남자가 있었다네. 그가 바로 옆집으로 이사를 왔지. 우리는 담 너머로 보았네. 훤칠한 모습으로 서 있는 그를. 인상적이었던 점은—"

패트릭이 그랜트의 귀를 막았다. "이제 말해요."

존이 웃었다. "난 유쾌한 사람이라고 말하려고 했어."

어련하시겠어.

"우리도 어떤 친구한테서 이런 튜브 하나를 받았어. 풀장에서 쓰라며 주더라고. 페가수스는 바다의 신 포세이돈의 아들이었지. 전설에 따르면, 페가수스가 발굽으로 두드린 곳마다 땅속에서 샘spring이 솟아났대." 메이지와 그랜트는 존의 말에 빨려들듯 집중했다. "팜스프링스Palm Springs는 풀장만큼이나 샘이 많은 걸로 유명해. 그래서 페가수스는 상징적인 선물 같았단다. 적어도 내 친구 말에 따르면 말이야."

"와우, 멋있어요." 그랜트가 몸을 돌려 물을 튀기고는 녹색 물안경을 통해 삼촌을 바라보았다. 패트릭은 그랜트의 피부에 마지막으로 로션을 문지르고는 몸을 조금 밀어주었다.

"아까 내가 한 말 들었지? 붕대가 물에 젖지 않게 해라."

존이 깊은 인상을 받은 표정으로 지켜보았다. "그거 알아, 패트릭? 너 무척 능숙해졌어."

"뭐가요?"

존이 자외선 차단 로션에 시선을 던졌다. "요전날 우리가 애들을 봐줄 때 난 그것 때문에 끔찍한 시간을 보냈거든."

한때 패트릭에게 희대의 골칫거리였던, 아이들의 피부 구석구석까지 그 빌어먹을 자외선 차단제를 골고루 발라주는 일이 이제는 필수 단계가 되었다.

"흠." 패트릭이 중얼거렸다.

아마도 그는 그가 생각하는 것보다 더 능력이 있는 것 같았다.

*

존이 정원일을 하러 돌아간 뒤, 패트릭은 피자 조각 모양 튜브 위에 자리를 잡았다. 그러고는 아이들의 튜브에 발을 하나씩 걸쳐 튜브 세 개를 한데 모았다. 그들은 빈둥거리며 스무디를 홀짝이고, 한낮의 햇빛 아래 멍하니 있었다. 그레그가 그에게 아이들을 맡긴 데는 이유가 있었다. 그의 경험을 나눠야 할 때였다.

"애들아." 그가 이야기를 시작했다. 하지만 흰 목소리부터 가다듬어야 했다. "너희 아빠가 너희를 나와 함께 지내게 한 이유가 뭔지 아니?"

그랜트가 멍한 눈길로 그를 올려다보았다. 메이지는 하늘에 시선을 집중했다.

"삼촌이 풀장을 갖고 있어서요?" 그랜트에게 그건 충분한 이유였다.

"아빠가 가까운 데 있어서요." 메이지는 성격상 좀더 신중하게 생각하고 있었다.

"삼촌이 엄마와 틴구였으니까요." 누나의 대답이 합리적임을 인정하는 것이 내키지 않는다는 듯 그랜트가 덧붙였다.

"글쎄다, 전부 이유에 속하겠구나. 난 풀장을 갖고 있어. 그리고 너희 아빠가 너희와 멀리 떨어져 있는 걸 바라지 않은 것도 맞아. 또 너희 엄마는 나에게 매우 특별한 사람이었고. 하지만 그 이상의 이유가 있단다." 심호흡. "한때 너희에게는 조라는 삼촌이 있었어. 아니면 나에게 조가 있었거나. 아마 조는 너희의 삼촌이 되었을 거야, 살아 있었다면."

"그 아저씨가 죽었어요?" 메이지가 즉시 걸려들었다. 패트릭은 여름 내내 조용히 의미를 찾아 헤매며 메이지를 관찰해왔다. 메이지는 닻 없이 표류했다. 메이지가 그린 그림들, 메이지가 한 질문들, 메이지가 해달라고 요청한 이야기들. 그애는 반짝이는 미끼가 있으면 덥석 물었다.

"죽었지." 패트릭은 목구멍에 느껴지는 돌덩어리를 삼켰다. 여름 내내 햇볕 속에 있었던 것처럼 뜨거웠다. "난 조를 사랑했고 그는 죽었어."

"그 아저씨가 삼촌 형제예요?" 그랜트가 물었다.

"아빠하고도 형제예요?" 메이지가 덧붙여 물었다.

"뭐라고? 그건 아니야. 오해가 심하네. 왜 그렇게 생각했어?" 그레그의 의견을 존중하지만, 이건 실수였다. "오, 너희와 혈연으로 연결된 삼촌은 아니야. 그는 내……" 이유는 알 수 없지만 갑자기 패트릭은 단어를 선택하느라 고심했다. 아이들은 GUP의 G가 무엇을 뜻하는지, 경클이 무엇을 의미하는지 정확히 알고 있었다. 그는 아이 둘이 이해할 수 있는 방식으로 조가 어떤 사람이었는지를 전달하고 싶었다. 파트너라는 단어는 마치 그들이 함께 투자회사라도 운영한 듯한 뉘앙스를 풍겨 혼란스럽게 느껴졌다. 애인이라는 단어는 딱히 이유를 짚어낼 순 없었지만 시대에 뒤떨어진 느낌이었다. "남자친구였어." 큰 소리로 말했지만 충분하지 않은 것 같았다.

"어떻게 죽었는데요?" 죽음에 대한 그랜트의 집착은 누나와는 달랐다. 아직 여섯 살인 그랜트는 그 의미보다는 소름끼치는 세부사항을 궁금해하는 데 더 집중했다. 죽음에 대한 두려움을 진정시키려고 그런다는 걸 패트릭이 이해하는 데는 몇 주가 걸렸다. 상황이 기괴하면 할수록 그 아이에게는 그런 일이 일어날 가능성이 낮게 느껴지는 듯했다. 그랜트는 매일 밤 잠자리에 들 때마다 죽음을 맞이하는 복잡한 방법들을 나열하고 싶어했다. 지난밤의 죽음 이야기는 스키를 타던 중 산 아래로 떨어지고 표범에게 찢기고 나무 여섯 그루에 부딪히고 몸에 불이 붙은 다음 톱밥 제조기 속으로 굴러들어가는 사건이었다.

"조는 운전을 하고 있었어." 패트릭은 그랜트의 불안을 덜어 주기 위해 이렇게 이야기를 시작했다. 그것은 대포에서 치즈 강판을 거쳐 발사된 뒤 조각나서 수염고래 무리에 뿌려지는 사건은 아니었다. 하지만 그랜트가 자동차 핸들 앞에 앉기까지는 족히 십 년은 기다려야 했다. "그러다가 음주운전자 때문에 사고가 나서 죽었고."

그랜트가 후루룩 소리를 내며 빨대로 음료를 빨아 마셨다. 젠장, 얘야. 패트릭은 생각했다. 난 지금 심장이 갈기갈기 찢길 것 같은데.

"삼촌도 그 아저씨랑 같이 차 안에 있었어요?"

패트릭은 고개를 끄덕였다.

"그래서 삼촌한테 흉터가 있는 거예요?" 그랜트가 자기들이 크리스마스 선물로 삼촌에게 사준, 물에 뜨는 음료 홀더에 컵을 꽂았다.

패트릭이 여러 해가 지났어도 그곳이 여전히 아프다는 양 눈썹 사이 이마 부분을 살살 만지며 말했다. "그게 아니라면 좋았겠지만, 안타깝게도 내가 마법사 소년이라서 이런 건 아니야."*

"그게 언제였어요?" 메이지가 물었다.

패트릭은 머릿속으로 빠르게 계산해봐야 했다. "너희가 태어나기도 전이야." 그가 팔을 뻗어 메이지의 손을 잡고 서로의 손가락이 한데 얽히도록 꽉 쥐었다. "그 일 때문에 난 한동안 큰 슬

---

* 판타지 소설 '해리포터 시리즈'의 주인공 해리 포터의 이마에 번개 모양의 흉터가 있는 것에 빗대어 한 말.

폼에 젖어 있었단다."

메이지가 헬멧을 만지작거리고, 머리칼이 이마에 달라붙지 않도록 헬멧 밑의 머리칼을 쓸어넘겼다. "언제 괜찮아질까요?"

그는 거짓말을 할까 생각했다. 하지만 그게 무슨 의미가 있을까? 그레그는 거짓말이나 들으라고 자기 아이들을 팜스프링스에 보낸 것이 아니다. 게다가 아이들은 더 나은 대접을 받을 자격이 있었다. 그는 거짓말 대신 메이지의 손을 꼭 잡고 말했다. "곧 그렇게 될 거야." 그런 다음 상실의 슬픔이 세상의 끝은 아니라는 걸 아이들에게 보여주기 위해 미소를 지었다.

메이지가 시무룩한 표정으로 한쪽 다리를 풀장 안에 떨어뜨렸다.

"하지만 점점 쉬워지고 있어. 너희가 이걸 기억했으면 좋겠다. 왜냐하면 몇 주 후면 너희는 너희 집으로, 너희 물건들로 돌아갈 테니까. 그러고 나면 평범한 것들, 이를테면 너희 장난감들이 즐거움을 잃은 것처럼, 너희에게 기쁨을 가져다주는 힘을 잃은 것처럼 보일지도 몰라. 너희가 엄마와 함께 하던 게임 같은 것 말이야. 하지만 괜찮아, 너희 둘 다 이젠 다 컸으니까." 그가 팔을 뻗어 그랜트의 손도 잡았다. "어쩌면 너희는 이미 그런 것을 넘어섰을 수도 있어. 아니면 그것들이 시간이 지나면서 힘을 되찾을 수도 있고. 어느 쪽이든 괜찮아." 패트릭은 균형을 잡으려고 조심하며 앉았다. 앞으로 몸을 기울여 그랜트의 헬멧 버클을 풀어주고 그런 다음 메이지의 것도 똑같이 풀어주었다. "이런 헬멧은 벗으렴. 하늘이 무너질 것도 아니잖아. 바로 이게 내가 너희에게 하고 싶은 말이야. 너희가 느끼는 고통, 너희가 생각하는 재앙이 금방이라도 닥쳐올 것 같겠지. 하지만 그런 느낌은 서서히 사라져. 그리고 시간이 지나면 심지어 그 느낌을 그리워하게 될 거야. 언젠가 그 고통을 그리워할 거야. 왜냐하면 두려우니까. 고통이 사그라지면서 잃어버린 사람에 대한 기억도 함께 사그라질까 봐 두려워지거든." 패트릭은 어떻게 하면 아이들이 이해할 수 있는 방식으로 잘 설명할지 생각했다. "너희 학교에 칠판 있지?"

"화이트보드가 있어요." 메이지가 대답했다. 패트릭은 메이지의 머리에서 헬멧을 들어올렸다.

"그런데 우리집에 칠판 이절이 있어요."

"위절?*"

"이젤을 말하는 거예요."

"아, 그럼 너희도 알겠구나. 가끔 내가 그토록 사랑했던 조가 지워지는 기분이 들어. 새로 뭘 쓰거나 그리기 위해 문질러 지운, 칠판에 남은 자국처럼 말이야. 난 그게 싫어. 그래서 더 많이 아프면 좋겠다고 느낄 때가 있단다. 그러면 그에 관한 세세한 기억들이 여전히 선명할 테니까. 그리고 이곳 사막에서는 다른 날들도 있어. 특히 밖에 나가면, 조슈아 트리 국립공원이나 그 너머에 가면 은하수를 볼 수 있단다. 하늘을 가로지르는 별들의 자국 말이야. 생각해보렴, 그 자국 속에는 여전히 너무나 많은 것이 있어. 빛나고 예쁜 것이 너무 많아서 절대 그것들을 다 지워버릴 수

---

* Weasel. 족제비.

가 없지."

"그 아저씨 사진 있어요?" 메이지가 새로운 정보를 받아들인 뒤 물었다.

"조의 사진? 많지. 잘 치워뒀어. 이제 그 사진들을 자주 들여다보진 않아." 패트릭은 자기 튜브 쪽으로 다시 조심스럽게 움직였다. "편지도 한 통 있어."

"그 아저씨가 삼촌한테 쓴 거예요?"

"내가 그 아저씨에게 쓴 거야. 그 아저씨가 죽은 뒤에."

"왜 그 아저씨가 죽은 뒤에 편지를 썼어요?"

이 질문이 패트릭을 세게 후려쳤다. 그건 그냥 그 당시 그가 자격을 의심했던 치료사가 내준 과제일 뿐이었을까? "그게 나에게 도움이 되었어. 그리고 너희에게도 도움이 될 거라 생각해. 집안으로 들어가면 우리 모두 너희 엄마에게 편지를 써보자."

아이들은 혼란스러워 보였다.

"너희도 잘 알겠지만, 그 편지를 보낼 수는 없어. 사실 그건 우리 자신을 위한 거야. 앞으로 몇 년쯤 지난 뒤에 그 편지들을 다시 읽어볼 수 있거든. 그러면 너희가 그때 어디에 있었는지 알게될 거야. 너희가 얼마나 많이 성장했는지 알게 될 거고. 그리고 너희 엄마가 흐뭇해하겠지. 결국에는 너희가 괜찮을 거라는 사실을 알게 될 거고." 말을 마친 패트릭은 그랜트에게 음료를 다시 밀어주었다. "스무디 마저 마셔라, 얘들아."

"왜요?" 메이지가 물었다.

"왜냐고?" 패트릭은 자신의 음료에 손을 뻗었다. "경쿨 규칙

13번, 재미있는 음료는 모든 걸 더 흥미롭게 만든다."

그들은 그날 오후에 편지를 썼다.

*

"캐시 에베레스트 사무실입니다." 목소리는 양성적이었고, 거의 지루해하는 것처럼 들렸다. 그 정도가 너무 심해서 패트릭은 거의 할말을 잊을 뻔했다.

"캐시?" 그녀가 승진한 후 어시스턴트 한 명을 빼온 걸까? 아니면 뭔가 속임수를 쓰려고 일부러 목소리를 한 옥타브 낮추고 있는 걸까? 어느 쪽이든 패트릭은 깊은 인상을 받았다.

"누구신지 여쭤봐도 될까요?"

"패트릭이에요."

"패트릭……?"

"캐시의 고객요." 패트릭은 곧장 질투심에 휩싸였다. 그는 사람들의 관심이 온전히 자기에게 집중되길 원하는 쪽이었다. "캐시에게 다른 고객들이 있나요?"

"오, 패트릭씨!" 상대의 목소리에 한줄기 빛이 일렁였다. 어쨌든 전화를 받은 사람은 캐시가 아니었다. 캐시가 이렇게까지 뻔뻔하게 모른 척하지는 않을 테니까. 그렇다면 이 새로운 인물은 누구란 말인가?

"격식 같은 건 됐어요. 오하라 씨라고 불러줘요."

새로 합류한 직원이 그가 농담을 하고 있는 건 아닌지 가늠하는 사이 어색한 침묵이 흘렀다. "잠깐 기다려주세요, 오하라 씨."

패트릭은 커피포트에 남은 커피를 머그잔에 비워내 한 모금 마셨다. 그런 다음 개수대에 뱉었다. 메이지가 매일 아침 커피를 만들겠다고 고집을 부렸는데, 갓 내렸을 때는 마실 만했지만 아침 내내 그 맛이 유지되지는 않았다. 그는 거실을 유심히 살펴보았다. 거실은 비어 있었다. 아이들은 자기들 방에서 조용히 독서 중이었다. 프라이버시가 보장되는 드문 순간이었고, 그는 그 이점을 온전히 활용하고 있었다.

"캐시입니다." 그녀의 목소리가 전화기를 통해 울렸다. 진지하고 자신감 있는 목소리.

"당신이 바로 그 에이미 애디론댁*이에요?"

"그 유명인사죠."

"닐이 당신에게 제대로 해줬군요." 패트릭은 그것이 사실이길 바랐다.

"사무실. 어시스턴트. 법인카드. 그리고 감사하게도 당신을 받았어요. 그가 당신 말을 정말로 귀담아듣고 있네요."

"모든 사람이 내 말을 귀담아들어요." 다른 방에서 TV가 켜졌다. 패트릭이 그 소리 너머로 외쳤다. "내가 텔레비전은 안 된다고 했지!" 전화기 너머로 캐시의 웃음소리가 들렸다.

"솔직히 그가 당신을 질투하는 것 같아요."

"닐이?" 가십은 패트릭의 마음을 움직이는 길이었다.

---

* 뉴욕주 북부에 있는 산맥.

"그는 에이전트로 일하고 있지만, 모든 걸 고려해볼 때 본인이 유명해지기를 더 바랐겠죠."

"그 멍청한 놈에게 그의 이름을 빛나게 할 유일한 방법은 이름을 비상구로 바꾸는 거라고 말해줘요." 이 얘기는 오래된 농담이었다. 하지만 캐시는 젊기 때문에 오래된 농담을 다 알지는 못할 것이다. 그는 그녀가 나중에 회사 구내식당에서 그 말을 되풀이하고 닐이 그걸 우연히 듣길 바라며 새로운 당당한 태도로 그 말을 마쳤다. 아니나 다를까, 캐시가 웃었다.

"제가 뭘 해드릴까요, 패트릭?"

완전 사무적이네, 캐시 2.0인가. "내 골든 글로브 트로피가 찌그러졌어요."

"찌그러져요?"

"푹 파였어요."

"파였다고요." 캐시가 되뇌었다. 그 표현이 모든 의미를 잃을 위기에 처했다.

패트릭은 급히 덧붙여 말했다. "파였어요, 찌그러졌다고. 움푹 들어갔어요. 바닥으로 떨어졌거든. 지진이 났을 때."

"아, 알았어요. 할리우드 외신기자 협회에 전화해 교체받을 수 있는지 알아볼게요." 침묵. "아이들은 모두 괜찮아요? 여쭤봐도 되죠?"

"애들은 괜찮아요. 물어봐도 되고요. 내 말 들어봐요, 캐시. 당신이 날 위해 뭘 좀 알아봐주면 좋겠어요. 당신이 알아보고 있다는 말은 주변에 하지 말고."

"제가 제대로 이해하고 있는지는 모르지만 그럴게요."

내가 모든 단계를 챙겨야 할까? "관심도를 좀 측정해주면 좋겠어요."

"무슨 관심도요?" 캐시가 물었다.

"일할 기회 말이에요." 패트릭은 자꾸만 입 밖으로 빠져나오려는 다음 말을 억지로 삼키려고 했다. 하지만 너무 늦었다. "뉴욕에서."

"와우. 뉴욕요."

"그래요. 음, 온 동네에 떠들어대지는 말고." 그렇기는 해도, 이것이 정확히 그가 그녀에게 부탁하려고 하는 것이 맞기는 한가?

"구체적으로 어떤 종류의 일 말씀인가요?"

"내가 UN에서 일할 수는 없겠죠."

"텔레비전, 영화, 연극?"

패트릭은 처음 캐시가 그를 만나러 와서 바로 이 주방에서 이야기를 나누었을 때 그가 떠들었던 말들을 기억하고 있었다. 당시 그는 길들여지지 않은 종마였고, 지금은 길들여진 조랑말이었다. "내가 굳이 이 말을 하게 만들고 싶어요? 나 일하고 싶다고요."

"알겠어요. 그럼 제가 뉴욕에서 일할 기회가 있는지 알아볼게요. 알아본다는 말은 주변에 하지 않고요."

"바로 그거예요. 관심도를 가늠해봐요."

"구체적으로 어떻게 알아보면 좋을지 제안하실 사항이 있나요?"

패트릭이 한숨을 쉬었다. "'패트릭 오하라가 컴백하려고 한다는 말을 들었어요. 뉴욕에서 할 거라던데요.' 뭐 이렇게 하는 거예요. 가십으로 시작하라고."

"그런 다음 연락이 오면요?"

패트릭은 그럴 거라는 희망으로 가득찼다. "조용히 메모하고 구체적으로 알아봐야지."

"제가 그 이상으로 뭘 하면 안 되나요?"

패트릭이 다시 일하려고 하는 건 단지 돈이 필요해서만은 아니었다. 그건 자기 회복의 마지막 단계이기도 했다. 그가 다른 사람이 됨으로써, 새로운 역할을 담당함으로써 회복의 한 부분을 완수해야 한다면 그렇게 할 작정이었다. 아마 그런 방식이 더 안전할 것이다. 하지만 이런 결심이 그의 망설임을 완전히 없애주지는 못했다. "아니, 아직은 아니에요."

"왜요?"

"아직은 나도 일에 얼마나 관심이 가는지 스스로 측정하고 있으니까."

23

며칠 동안 말다툼이 이어졌다. 그레그가 퇴소하는 날이 가까워올수록, 그들 모두가 앞으로 어떻게 될지에 대한 혼란스러운 생각에 굴복하는 것 같았다. 특히 메이지가 침울해하고 움츠러들었으며, 패트릭이 이런저런 방법으로 웃기려고 해도 반응을 보이지 않았다. 화요일에 메이지는 설거지를 거부하고 패트릭에게 그건 어른인 그가 할 일이라고 말했다. 수요일에는 로자가 하루종일 음식을 마련했는데도 러퍼를 먹고 싶지 않다고 말했다. 그애가 싫어하는 요리라서가 아니었다. 그애는 평범한 가족처럼 디너를 먹고 싶다고 했다.

"평범함을 갈망한다는 건 끔찍한 일이야." 패트릭이 말했다. "목표를 높게 가져야지."

"그게 무슨 뜻이에요?" 메이지가 몹시 화를 냈다.

"너 자신을 위해 더 많은 걸 원하라는 거야."

"다른 사람들처럼 말해요!"

패트릭은 한숨을 쉬었다. "평범한 가족들은 지루해." 이렇게 말한 건 패트릭의 실수였다. 엄마를 잃은 소녀에게 하기에는 끔찍한 말이었다. 메이지의 침울한 기분에 패트릭도 침울해졌다. 그가 사과하려고 입을 열었지만, 메이지는 그가 말을 시작하기도 전에 그의 시도를 무산시켰다.

"지루한 건 삼촌이야!"

"그 말 취소해라."

"싫어요!"

"나를 평가하는 말이 많지. 그중 다수가 호의적이지 않고. 하지만 지루하다는 평가는 정말 말이 안 돼." 그랜트가 삼촌을 힘없이 변호했고, 패트릭은 그랜트의 팔에 손을 얹어 혼자 싸울 수 있다고 알려주었다. 메이지가 삼촌을 노려보더니 자리를 박차고 일어나 자기 방으로 들어가서는 문을 쾅 닫았다.

"쟤 왜 저렇게 화가 났니?"

그랜트가 어깨를 으쓱했다.

목요일에 그들은 치키스 식당으로 브런치를 먹으러 갔다. 메이지는 리프트 운전자에게 한마디도 하지 않았다. 운전자는 모나라는 여자였는데, 미용실에 있다가 콜 전화를 받은 것처럼 머리를 스카프로 묶고 있었다. 심지어 모나가 개학해서 다시 학교에 가니 얼마나 흥분되냐고 직접 물었을 때도 대답하지 않았다. 패트릭이 알기로 메이지는 안정된 생활로 돌아가는 일종의 척도로

서 개학을 고대하고 있었다.

"기사님이 물어보시잖아, 메이지."

하지만 메이지는 차창 밖만 응시했다.

"친구들을 다시 만날 텐데 흥분되지 않니? 에이미 베크위드는 어떻게 지냈을까?"

"**오드라 브래킷**이에요!"

"흥분해서 그래요." 패트릭이 모나에게 말했다.

"난 1학년이 될 거예요." 그랜트가 쾌활하게 말했다. 패트릭은 그 자발적인 협조가 고마워 그랜트의 어깨를 쿡 찔렀다.

"다 컸구나." 모나가 백미러를 통해 그들에게 미소를 보냈다.

식당에서 아이들은 평소처럼 핫 토트와 신선한 옥수수 팬케이크를 먹었다. 치키스에서는 곁들이는 감자 요리를 핫 토트라고 했다. 패트릭은 팔레오 그래놀라*와 미모사를 주문했다. 이른 시간인데도 그 식당은 비정상적으로 들떠 있었다. 팜스프링스의 문제 중 하나였다. 불볕 더위는 모든 사람을 아침형 인간으로 바꿔 놓는 바이러스였다. 패트릭은 농담으로 분위기를 바꿔야겠다고 생각했다. "경클 규칙 115번, 특별한 브런치에 관해. 바닥 없는** 미모사는 바지 없는 미모사와 같지 않다. 사실 매우 다르다. 이것을 어렵게 배웠다."

"삼촌 바디 안 입었어요?" 그랜트가 물었다.

---

* 곡물이니 식물성 유지, 설탕, 인공 감미료를 배제하고 견과류와 씨앗, 건과일 등으로만 만든 그래놀라.

** 무한으로 제공되는 메뉴를 뜻한다.

"그랜틸로프, 내가 갔던 식당 중 얼마나 많은 곳이 바지를 입지 않았다는 이유로 손님을 쫓아냈는지 너는 모를 거다." 패트릭이 메뉴판으로 그랜트의 머리를 가볍게 쳤다.

그랜트는 자기가 바지가 아니라 반바지를 입었다는 허점에 관해 웅얼거렸다. 그러자 메이지가 끼어들어 말했다.

"규칙이 너무 많아요!" 아이가 말한 규칙이라는 단어에 역겨움이 뚝뚝 묻어났다. 패트릭은 깜짝 놀랐다.

"그거 안됐네. 그런데 말투 좀 신경써서 다시 한번 말해보겠니?" 패트릭은 손가락으로 윗입술 위에 수염을 그렸다. 그날 아침에 면도를 했기 때문에 턱에 잿빛 얼룩이 묻는 것이 꺼려졌지만 그 짙은 색의 콧수염을 기분 좋게 그대로 남겨두었다.

"여기 사는 게 지겨워요! 여긴 기온이 100만 도나 되고, 삼촌의 규칙들은 재미없고, 난 집에 가고 싶다고요!"

"핫 토트 얘기 좀 해봐." 패트릭이 숨죽인 소리로, 아마도 그랜트를 향해 말했다. 그랜트는 누나가 침울해한 지난 며칠을 지나오면서 약간 비밀스러운 아이가 되어 있었다. 그랜트는 자신의 냅킨에서 은제 식사 도구를 꺼내려고 애쓰느라 패트릭의 제안을 받아들이지 않았다.

"삼촌 뭐라고 했어요?" 메이지가 미간을 찌푸리며 말했다. 메이지가 화내는 모습이 웃겼지만 패트릭은 웃지 않았다. 매우 현실적인 면에서 나온 행동이었다.

"**핫 토트*** 이야기를 하라고 했다. 됐니?"

"난 어린애 아니에요!" 그건 분명했다. 메이지는 밤새 십대 청소년으로 변한 것 같았다.

"그래, 나도 알아. 넌 열여섯 살이고 가정교사가 필요 없지."

그랜트가 식탁보 잡아빼는 마술을 하는 마술사처럼 냅킨을 획 잡아당겼다. 그러자 은제 식사 도구가 테이블에서 미끄러졌고, 마지막 순간에 잼통에 부딪혀 테이블 너머로 벗어나는 일을 간신히 모면했다.

"좋아, 우리 모두 단계를 좀 낮출까? 너희 둘 다 8 정도인데, 4쯤으로 해다오."**

"그 숫자들은 또 뭔데요? 무슨 4요?"

"맥락을 봐라, 메이지. 난 그렇게 이해하기 어려운 사람이 아니야." 패트릭이 무릎에 냅킨을 깔고 그랜트의 포크를 테이블을 가로질러 다시 밀어주었다. 그때 그의 어깨 너머에 토마토 주스가 너무 많이 들어간 블러디 메리와 패트릭의 미모사를 쟁반에 받쳐든 웨이터가 나타났다. "미안합니다. 난 성가신 손님이 되려는 건 아니에요." 패트릭이 말했다.

"우리 삼촌 말 귀담아듣지 마세요." 메이지가 끼어들었다. "사실 삼촌은 성가신 사람이 되는 걸 좋아하거든요."

패트릭이 테이블 밑에서 메이지를 발로 찼다. 하지만 그도 조금 감명을 받을 수밖에 없었다. 만약 그가 스크루볼 코미디***를

---

* '토트(tot)'에는 '한 입 분량의 음식' 또는 '어린아이'라는 뜻이 있다.

** 영화 〈보일러룸〉에서 한 무리의 남자들이 시끄럽게 떠들자 옆자리에서 조용히 하라고 요청하는 장면의 대사를 변형해서 사용한 것.

*** 등장인물들이 바보스럽고 우스꽝스러운 행동을 하는 영화.

찍을 만큼 빨리 복귀하고 이 아이들도 코네티컷으로 돌려보낸다면, 이번 여름을 헛되어 보낸 건 아닐 것이다. "이 아이 말은 무시하세요. 어젯밤 다정한 소녀로 잠자리에 들었다가 무례한 십대가 되어 깨어났거든요. 그런데 나 마음이 바뀌었어요. 이거 하나마실 수 있을까요?" 패트릭이 웨이터의 쟁반 위에 놓인 블러디메리를 가리켰다. 그는 유리잔을 흔들어보고는 토마토 주스가 너무 많이 들었다는 주장을 도로 주워담았다. 사실 그는 토마토 주스를 좋아했다.

"물론입니다. 사실 이걸 드셔도 돼요." 웨이터가 말했다. 그런 다음 소리를 낮추어 덧붙였다. "이게 필요하실 것 같네요." 웨이터는 패트릭 앞에 블러디 메리를 놓아주고는 미모사는 그대로 가져가버렸다.

"그건 뭐예요?" 그랜트가 물었다.

패트릭은 올리브를 빼내고 잎이 달린 셀러리 줄기로 유리잔 바닥에 가라앉은 고추냉이를 휘저었다. "샐러드야. 하나 먹을래?"

"역겨워요."

"그거 샐러드 아니잖아요."

"맞거든. 여기 셀러리. 이건 올리브. 토마토는 조금 묽네."

"그럼 포크로 먹어보든가요." 그랜트가 기꺼이 자기 포크를 내주는 동안 메이지가 반항적으로 팔짱을 꼈다.

패트릭이 블러디 메리를 길게 한 모금 마셨고, 음료가 뜨끈한 느낌을 주며 목구멍을 타고 내려가는 동안 음료 안에 든 재료들을 열거했다. 후추, 타바스코, 레몬 주스, 우스터 소스. "너희는 이번 여름이 나에게 멈추지 않는 롤러코스터라도 된다고 생각하니? 내가 손 놓고 가만히 있어도 되는 날이 하루도 없었고, 그래서 너희를 여행 가방에 담아 동쪽으로 가는 비행기에 도로 싣지 않았다고? 음, 그렇다면 다시 생각해봐."

"그럼 우리를 할머니 할아버지 집으로 보내달라고요!"

"난 너희에게 러퍼를 주지 않고 너희 방으로 보낼 거야."

"나 농담하는 거 아니거든요!"

"할머니 할아버지랑 함께 살려고 하지 마."

"왜요?"

"그분들은 폭스 채널이 뉴스고* 건포도가 음식이라고 생각하니까." 패트릭이 그랜트를 내려다보았다. 그랜트는 설탕 봉지들을 재배열하고 있었다. "넌 할머니 할아버지랑 함께 살고 싶니?"

"거기 풀장 있어요?"

"아니. 하지만 그분들은 나이든 사람들을 위한 문이 달린 욕조를 사자고 말씀하실 거야. 너희가 그 문으로 다니면서 미끄러지거나 넘어지지 않도록."

"할머니 할아버지가 그걸 바깥에 놓을까요?"

"아니. 그분들 욕실에 놓겠지."

"아하." 그랜트는 이미 다른 화제로 넘어갔다. "나 띠나몬롤 하나 먹어도 돼요?"

---

* 폭스 채널은 오락물을 주로 방영하는 방송국으로, 뉴스 또한 자극적인 주제에 편향한다는 비판을 받는다.

"여긴 그게 없어. 너 코피*를 생각했구나."

"그럼 도넛요."

"안 돼."

"큰 공룡 보러 가면 안 돼요?"

"이번 여름에 세 번이나 봤잖니."

"걔들이 괜찮은지 알고 싶어요."

"걔들은 괜찮지 않아, 걔들은 멸종했어!" 패트릭은 짜증을 내며 팔을 치켜들었다. "너희 때문에 너무 지친다. 이거 먹으면 안 돼요? 저거 하면 안 돼요? 내 피부에 좋지 않은 일이야."

메이지가 갈비찜이 들어간 새로운 브렉퍼스트 샌드위치를 광고하는 카드를 집어들었고, 그랜트는 설탕 봉지 재배열하는 작업을 마무리했다. 패트릭은 어서 해가 져서 그레그가 자유로워질 때까지 하루 더 넘기기를 벌써부터 바라며 유리잔 가장자리에 붙은 훈제 소금을 조금씩 먹었다.

이윽고 메이지의 새된 목소리가 침묵을 깨뜨렸다. "삼촌 미워요."

패트릭은 얼어붙었다. 메이지의 말은 냉혹하고 불안했으며, 온순하지만 깜짝 놀랄 정도로 확신에 차 있었다. 그 말이 식당 안의 공기를 빨아들였다. 패트릭은 다른 사람들이 어떻게 숨을 쉴 수 있는지 궁금해하며 홀 안을 둘러보았다. 제대로 디디려고 필사적으로 노력하며 테이블 밑에서 발을 앞뒤로 미끄러뜨렸다. 하

---

* 팜스프링스에 있는 커피 전문점.

지만 바닥이 광을 낸 콘크리트 재질이어서 그의 발은 키튼* 스타일로 우스꽝스럽게 마구 움직였다. 메이지의 폭발은 그가 두려워해온 여진이었다. 그는 아이들이 몸을 보호하기 위해 자전거용 헬멧을 쓴 데서 갑작스럽게 지혜를 깨달은 것처럼 기지개 켜듯 팔을 뻗어 자기 머리를 만졌다. 그리고 나중에 후회할 말을 하지 않기 위해 조용히 열을 셌다. 지금 그는 그 어느 때보다 어른이어야 했다. "아무도 나를 미워하지 않아. 뉴욕 타임스만 빼고. 그 신문은 LA 출신인 사람은 전부 미워하지." 그 신문사는 그가 나온 프로그램이 방영되는 동안 그에게 뼈아픈 말을 오백 번쯤 했는데, 그건 지금까지도 그의 마음을 아프게 했다.

"난 삼촌이 미워요." 메이지가 반복해서 공격했다.

"솔직히 말하면, 나도 지금 네가 그렇게 좋진 않아."

"집에 가고 싶어요."

"알았다." 패트릭이 자기 음료를 밀어서 치우고 자리에서 일어섰다. 블러디 메리를 마시고 싶긴 했지만 압박을 받으면서 즐길 수가 없었다.

"코네티컷요."

그는 다시 자리에 앉았다. "그 이야기라면 여기 앉아서 시간을 좀 가져야겠는데."

"싫어요."

"그리고 할머니 할아버지에게 네 생일이라고 말해야겠다. 오

---

* 버스터 키튼. 미국의 영화배우. 무성영화 시대에 무표정한 슬랩스틱 코미디로 유명했다.

셔서 냄비와 프라이팬을 두들겨주시겠지."

"삼촌이 뭔데 날 못 가게 해요!"

"오, 네 휴대폰에 차량 호출 앱이라도 있니?" 패트릭이 자기 휴대폰을 메이지를 향해 약올리듯 흔들었다. 메이지가 달려들었지만 패트릭은 때맞춰 휴대폰을 다시 거둬들였고, 메이지는 뿌루퉁해져서 팔을 내렸다.

"걸어갈 거예요."

"걸어선 못 가. 열사병에 걸리고 갈증이 나서 쓰러질 거다."

메이지가 물컵을 집어들고 일어나더니 도전적인 태도로 문을 향했다.

"좋아, 그렇게 해라. **친절한 게이 아저씨는 안녕!**" 패트릭은 넌더리를 내며 냅킨을 테이블에 던졌다. "와서 자리에 앉아."

"안 앉으면 어쩔 건데요?"

진실은 그가 해낼 수 있는 위협은 거의 없다는 것이었다. 하지만 그 사실이 그가 흔쾌히 괴롭힘을 당해야 한다는 걸 의미하지는 않았다. "넌 나me 없이는 네메시스nemesis*의 철자도 제대로 못 쓸 거다, 얘야sis. 너 나랑 진짜 싸우려는 거 아니잖아." 그는 일어서서 메이지의 어깨에 양손을 얹었다. 그리고 그애를 다시 테이블로 이끌었다. 놀랍게도 메이지는 저항하지 않았다. "모두 숨 좀 돌리고 음식을 기다리자꾸나."

"플라밍고의 무릎이 사띨은 발목이라는 거 알아요?"

---

* 그리스 신화에 나오는 복수의 여신. '응당 받아야 할 벌' '피할 수 없는 벌'을 뜻하기도 한다.

"정말이니?" 패트릭이 그랜트를 돌아보며 되물었다.

"네." 그랜트가 놀라울 정도로 권위 있게 대답했다.

패트릭은 잠시 생각에 잠겼다. "세 사람이 하는 결투를 트루얼true이라고 부른다는 거 아니?" 그건 그가 대학에 다닐 때 셰익스피어 강의에서 배운 것이었다. 아니면 그렇다고 생각하고 있거나. 기억이란 교묘한 것이니까. 어쨌든 그 단어가 놀랍게도 지금의 상황과 관련이 있었기 때문에 그는 그것이 사실이길 바랐다. "그거 아니? 너희가 해냈어. 난 성공의 전리품을 모두 갖고 있지만 직계 상속인이 없거든. 너희가 할 일은 나에게 조금 친절해지는 것뿐이고, 나는 너희가 인생을 살 수 있도록 조처할 거야. 너희가 해야 할 일은 그게 다란다. 아, 내가 늙으면 기저귀를 갈아줘."

그랜트가 웃으며 말했다. "역겨워요!"

패트릭은 그랜트의 정수리에 입을 맞춘 뒤 반려동물에게 하듯 옆구리에 끼고 꼭 안아주었다. 그는 아이들 중 누구에게도 그런 말을 할 생각이 없었고 그렇게 오래까지 살아 있을 계획도 없었다. 파티에서 가장 먼저 떠날 마음은 없었지만, 그의 친구 에머리와는 달리 마지막까지 서성거리고 싶지도 않았다. 분명 그는 기저귀의 치욕을 견디지 못할 것이다. "그래, 네 말이 맞아. 그 일은 사람을 고용해서 해달라고 하자꾸나."

딱 알맞은 타이밍에 웨이터가 도착했다. 그가 옥수수 팬케이크를 아이들 앞에 놓아주고 패트릭에게는 그래놀라를 건네주며 물었다. "모두 행복하신가요?"

"행복은 과대평가되곤 하죠. 우린 모두 충분히 좋습니다. 고마워요. 건배." 패트릭이 음식을 가져다줘서 고맙다는 뜻으로 웨이터를 향해 블러디 메리 잔을 들어올렸다.

"따럽 먹어요 돼요, 거프?"

패트릭은 시럽을 그랜트 쪽으로 밀어주었다. 그런 다음 자신이 사춘기 시절 건방진 말들로 어머니를 힘들게 했던 일을 떠올리며 요거트 위에 그래놀라를 붓고 신선한 베리 열매들로 그 위를 장식했다. 그때 자신이 왜 그랬는지 그는 오늘날까지도 뚜렷하게 알지 못했다. 당시 그는 밤새 키가 10센티미터쯤 자랐고 뼈가 아팠다. 테스토스테론이 그의 피부를 나쁘게 만들면서 몸속을 격렬하게 흘러갔다. 피부가 미치도록 건조하면서도 기름기가 흘렀다. 그가 복용하게 해달라고 간청한 여드름약 때문에 가기 싫은 병원에 가 정기적으로 혈액 검사를 받아야 했고 입술도 갈라졌다. 또 당시 그는 한 소년을 사랑했지만 아직 그 이유를 이해하지 못했다. 그 소년은 패트릭이 자기를 자꾸 쳐다보는 것을 눈치채고 학교 전체에 말했고, 패트릭은 전보다 더 고립감을 느끼고 완전히 혼자라는 절박한 느낌에 빠지게 되었다. 그는 어머니에게 나쁜 엄마라고 말했다. 엄마한테는 삶이 없다고 비난하기도 했다. 어머니가 그에게 방 청소를 하라고 말했을 때 그는 이렇게 투덜거렸다. "갱년기는 지옥이 틀림없어." 숨죽여 중얼거렸다고 생각했지만 그 소리는 어머니가 들을 만큼 충분히 컸다. 그리고 자신이 어머니에게 말하지도 않았으면서 어머니가 그걸 이해하지 못한다고 화를 내며 저녁 식탁에서 조용히 욕설을 퍼부었다. 하지만 그러는 내내 그에게는 욕설을 퍼부을 어머니, 미워할 어머니, 용서할 어머니가 있었다. 옆에 서서 이야기를 들어주는 어머니, 장황한 비난을 받아주고 곧바로 그를 용서해주는 어머니가 있었다.

"미안하다, 메이지." 패트릭이 팔을 뻗어 메이지의 손에 자기 손을 얹었다. 메이지는 그 손에 포크를 꼭 쥐고 있었다. "내가 너를 속상하게 만든 것이 있다면 말이다. 내가 어른이니까 더 잘 알아야 했어."

메이지는 아무 말도 하지 않았다. 그리고 고개를 조금 들어 위를 올려다보았다. 하지만 패트릭은 메이지의 머리가 까닥이는 걸 본 것 같았다. 지나치게 부푼 풍선에서 공기가 아주 조금 빠져나가는 걸 느낄 수 있었다.

패트릭은 계속 말했다. "우리를 담당하는 웨이터 이름이 뭔지 봤니? 게일이야. 명찰에 그렇게 적혀 있었어. 난 그게 마음에 드는구나. 여자 이름을 잘 소화하는 남자 말이야. 남자 힐러리나 버티, 샌디 같은 이름 좋잖니. 에벌린 워*도 얼마나 멋져. 한번은 비행기 안에서 애슐리라는 이름의 남자를 만났는데 거의 결혼할 뻔했단다. 〈바람과 함께 사라지다〉** 같은 거였다고 볼 수 있지."

"남자가 여자 이름을 가질 뚜 이떠요?"

"안 될 것 뭐 있니? 여자도 남자 이름을 가질 수 있어. 알렉스

---

* 에벌린 워는 남성이다.
** 〈바람과 함께 사라지다〉에서 주인공 스칼렛은 소꿉친구 애슐리를 사랑하지만 애슐리는 다른 여자와 결혼한다.

나 프랭키 혹은 샘이라고 불리는 여자들 많잖니. 찰리라는 이름
의 여자도 있고." 패트릭은 자기 입술에 손가락을 갖다대고 요
리사의 키스* 동작을 했다. "우리가 살고 있는 곳은 미개척지인
걸."

패트릭은 후폭풍을 불러일으키지 않으려고 주의하며 메이지
를 조심스럽게 살폈다. 메이지는 재미있어하지 않았지만 더이상
화난 것처럼 보이지도 않았다. 그냥 음식을 먹고 있었다. 패트릭
은 다음 단계로 메이지가 단식투쟁에 돌입하지 않을까 걱정했기
때문에, 메이지가 먹는다는 건 그 자체로 작은 승리였다.

"그래서 삼촌이 에밀리를 좋아하는 거예요?"

"난 에밀리를 좋아하지 않아." 패트릭이 주머니 속 휴대폰으
로 손을 뻗었다. 그런데 "에밀리가 누구니?"

"파티에 왔던 에밀리요. 삼촌이 유튜브로 우리한테 보여줬잖
아요."

"에머리?!" 패트릭이 깜짝 놀라 외쳤다.

"아." 그랜트가 말했다. "난 그 아저씨 이름이 에밀리인 줄 알
았어요." 패트릭은 휴대폰으로 시간을 확인했다. 그리고 거기에
그것이 있었다. 그의 잠금화면에 스케줄 알림이 감정적 증오범죄
처럼 표시되어 있었다.

갑자기 모든 것이 명확해졌다.

패트릭은 그 알림을 묵살하고 휴대폰을 주머니에 다시 쑤셔넣

---

* 한 손의 엄지손가락과 다른 손가락을 붙이고 거기에 입을 맞춘 다음 공중에 날
리는 동작으로, 무언가가 맛있거나 멋지다는 것을 의미한다.

었다. 한 번에 하나씩 하자. 지금은 긴장을 단호히 뒤로 제쳐두고 싶었다. "메이지? 오늘 아침 너 꼭 네 엄마 같구나."

메이지가 음식을 씹다가 얼어붙어서 접시에서 눈을 들어 올려다보았다.

"네 엄마 같아. 정말 그래. 내 생각엔 이게 태양이 너를 비추는 정확한 방식 같구나." 패트릭이 미소를 지은 뒤, 세라에게 하던 대로 메이지의 얼굴에 늘어진 머리칼을 빗어넘겨주었다. "매일 점점 더 많이 닮아가고 있어."

옆 테이블에서 패트릭의 부모님을 연상시키는 육십대 부부가 자리를 뜨려고 일어섰다. 그들 중 누구의 눈도 끌지 않을 듯한 7부 바지를 입은 여성이 미소 띤 얼굴로 그에게 접힌 냅킨을 건넸다. 야자수잎 무늬의 실크 골프 셔츠를 입은 그녀의 남편은 정중하게 손을 흔들었다. 그랜트도 손을 흔들어 답했다.

패트릭은 어떻게 해야 할지 망설이며 그 냅킨을 받았다. 그것이 휴대폰에 뜬 것과 같은 냉혹한 통보일까봐 겁이 났다. 그가 그렇게 산만하고 자기중심적이지 않았다면 명확히 보였을 어떤 것. 그는 냅킨을 든 손을 그랜트 반대쪽 테이블 밑으로 내렸다. 그리고 천천히 펼쳐보았다. 안에 메모가 적혀 있었다.

모든 부모에게 그런 날이 있죠. 당신은 아이들과 아주 잘하고 있네요. 식사비는 우리가 낼게요.

"뭐라고 써 있어요?" 메이지가 물었다. 메이지는 속임수를 놓지는 법이 없었다.

패트릭은 냅킨을 다시 접어 주머니 속에 밀어넣었다. 당신은 아이들과 아주 잘하고 있네요. 그가 할 수 있는 일은 울지 않는 것 뿐이었다. 노부부에게 감사를 표하기 위해 어깨 너머로 돌아보았다. 하지만 그들은 이미 창문 밖을 지나가고 있었다. 그들이 알아차리길 바라며 시야에서 사라질 때까지 계속 지켜보았지만, 안타깝게도 그들은 뒤돌아보지 않았다.

"우리가 공룡을 보러 가야 한다고 써 있어. 그러니까 마저 먹으렴."

그랜트가 접시에 포크를 내려놓고는 의기양양한 태도로 양손을 공중에 흔들었다. "띤난다!"

"아마 지금 공룡은 멸종되었겠지만 또 모르지."

때로는 상황이 다시 반복된다.

24

오후 중반에 비가 퍼붓기 시작했고, 패트릭과 아이들은 당황했다. 여기는 1년 중 350일은 해가 내리쬐는 곳인데 말이다. 그러니 굳이 왜 날씨를 확인하겠는가? 빗방울 하나하나가 귀청을 터뜨릴 듯 투둑투둑 소리를 내며 평평한 지붕에 내려앉았다. 외부에서 연주되는 교향곡은 내부의 분위기에 완벽하게 들어맞았다. 패트릭은 정면 창문 밖을 내다보았다. 마당의 자갈이 벌써 얕은 호수 밑으로 모습을 감추고 있었다. 그 밑의 지면은 그런 폭우를 빠르게 흡수하기에는 너무 건조하고 단단했다. 그날 일찍 케이크를 배달 주문했는데, 이제는 케이크가 제대로 도착하기는 할지 궁금했다.

그랜트가 스스로 사이클론이 된 듯 빙글빙글 돌면서 방으로 들어왔다. "이빨 요정에게 편지를 써야 할까요?" 그랜트는 자기 말이 빗소리를 뚫고 들리도록 악을 썼다.

"아니."

"난 그러고 싶은데!" 그랜트가 삼촌의 가죽 의자 위로 기어올라가 자기도 창밖을 내다보았다.

"무슨 편지 친구니? 요정한테는 편지 쓸 필요 없어."

"왜 그런데요?" 그랜트가 애원하듯 물었다.

"지금 너는 이팔이 흔들리지 않으니까."

그랜트가 도전적인 태도로 양손을 허리에 짚었다. "네, 하지만 곧 흔들릴 거예요. 요정이 날 잊어버릴까봐 걱정된단 말이에요."

패트릭은 웃음을 억누르며 말했다. "잊어버리지 않을 거야."

"잊어버릴 거예요!"

"그런 일은 일어나지 않을 거다."

"삼촌이 어떻게 알아요?"

패트릭이 현관 진입로에서 눈길을 돌려 그랜트를 똑바로 바라보았다. "넌 잊을 수가 없는 아이거든. 그게 이유란다."

그랜트가 활짝 웃었다. 그러더니 손가락으로 귓구멍을 막았다. "**빗소리가 띠끄러워요!**"

패트릭도 동의했다. 그런 다음 덧붙여 말했다. "내 의자에서 발 내려라." 하지만 그랜트는 듣지 못했다.

마침내 케이크가 도착했다. 메이지는 자기 방에 들어가 문을 닫고 있었고 그랜트는 뒤뜰에 있었다. 마를레네는 문 두드리는 소리에 베수비오 화산처럼 폭발했다. 마를레네가 격분해서 맹렬히 짖는 소리가 집 전체를 공포로 뒤덮었다. 패트릭이 문을 열어주기 위해 마를레네를 안아올렸고, 마를레네는 그에게서 벗어나려고 계속 꿈틀거렸다. 그가 동물 쉼터에서 집으로 데려온 무성영화 스타는 어디 갔지? 모두가 변해가는 것 같았다.

"잭 커티스 님 앞으로 온 케이크입니다."

"우와." 패트릭이 외쳤다. 배달원 뒤로 보이는 하늘에 커다란 무지개가 둥글게 떠 있었다.

"멋지네요, 그렇죠?"

패트릭은 배달원에게 팁 20달러를 주고 분홍색 페이스트리 상자를 균형을 유지하며 한 손에 들었다. 배달원이 밴으로 돌아가는 동안 패트릭은 무지개를 보며 경탄했다. 세라, 너야? 그는 생각했다. 하지만 곧 바보 같은 생각이라는 기분이 들었다. 무지개란 결국 무엇인가, 빛이 굴절된 것 아닌가? 무지개는 마땅히 레프러콘*의 것인데, 동성애자들과 기독교인들은 그 상징성을 놓고 항상 싸운다.

패트릭은 케이크 상자를 든 손에 균형을 잃지 않으려고 조심하며 문을 발로 차서 닫고 마를레네를 바닥에 내려놓았다. 브런치 이후 그가 메이지와 유지해온 휴전 상태는 취약했다. 서프라이즈를 망치면 전쟁이 재점화할 수도 있었다.

약속한 대로 패트릭은 아이들을 카바존 다이너소어 로드사이드 어트랙션에 데려갔다. 실물 크기의 아파토사우루스가 있는 지하층에서 메이지는 삼촌 품에 안겼다. 그건 주차장에서 모래먼지

---

* 아일랜드 신화에 나오는, 행운을 불러온다는 난쟁이 요정.

를 일으키고 전시장을 통과해 마구 불어오는 바람으로부터 자신을 보호하기 위한 행동이었는지도 모른다. 그랜트를 위해 또다시 공룡을 찾아가야 하는 일이 안타까워서일 수도 있고. 어쨌든 패트릭은 메이지에게 팔을 둘렀다. 그는 자신이 얻을 수 있는 것을 기꺼이 취했다. 메이지도 대놓고 저항하지는 않았다. 심지어 그들은 바람을 피하기 위해 몸을 낮춰 쭈그려앉은 채 모래밭을 파헤치며 함께 공룡알을 찾기도 했다.

"우리 동영상 찍어도 돼요?" 그랜트가 물었다. 동영상 찍기는 실패 없이 그들을 하나로 만들어주는 일이었다.

"그럼. 슬로모션으로 하나 찍자꾸나. 너희 둘이 마치 티라노가 쫓아오는 것처럼 뒤돌아보면서 달려오는 거야." 패트릭이 주머니에서 카메라를 꺼냈다. "그런 다음 비명을 질러. 크게 질러야 한다."

"비명 지르고 싶지 않은데요." 메이지가 항의했다.

"공룡한테 쫓기는 거잖아. 비명은 그 장면에서 가장 중요한 부분이고!" 이렇게 말한 다음 패트릭은 정말 아무 생각 없이, 자신의 관점을 증명하기 위해 쉰 목소리로 길게 울부짖었다. 평일 아침이어서 관객이 많지는 않았다. 하지만 그 소란이 몇몇 사람의 관심을 끌었다. 그는 깜짝 놀라 멍하니 쳐다보는 사람들을 훑어보았고, 그런 다음 설명하듯 그들 위에 탑처럼 버티고 있는 티라노의 벌어진 입을 가리켜 보였다.

다음 순간 아이들도 비명을 질렀다. 패트릭도 다시 비명을 질렀다. 그들은 다 함께 원시적이고 애절한 통곡을 내뱉었고, 그 소리는 울부짖는 바람 소리에 삼켜졌다.

"이 상자 안에는 뭐가 있어요?" 그랜트가 유리문 사이로 나타나 물었다. 처음에 패트릭은 자신이 초인종 소리에 기억을 구체화하는 방식이 짜증나고 거슬렸다. 그러다가 조가 죽은 후 몇 년 동안 누군가가 문을 열 때마다 심장이 어떻게 뛰었는지 기억났다. 조가 걸어 들어오지 않을 거라는 걸 머리로는 알고 있었다. 하지만 그 몇 초 사이에 희망이 어떤 느낌인지 기억해내곤 했다. 패트릭은 주방으로 통하는 길을 트려고 마를레네를 발로 살살 밀었다. "서프라이즈야. 나 좀 도와줄래? 성냥을 찾아야 해."

그랜트가 열광적으로 몸을 떨었다. 그랜트는 천성적으로 모의를 좋아했다. 그리고 뭔가에 불을 붙이는 일이 그 모의의 일부라면, 그랜트는 백 퍼센트 해낼 준비가 되어 있었다.

그들은 함께 메이지의 방문을 똑똑 두드렸다. 패트릭이 촛불 세 개를 켠 케이크를 들고 있었는데, 그 부드러운 불꽃이 에어컨에서 나오는 공기의 흐름 속에서 춤을 추었다. 연보라색 아이싱과 공들여 만든 슈가 플라워들이 포도 덩굴처럼 케이크 옆면을 타고 올라가 있었다. 그 디자인은 패트릭의 취향이 아니었지만 그런 건 중요하지 않았다. 그 케이크는 그를 위한 것이 아니니까. 그랜트가 귀를 문에 가까이 가져다 대고는 숨죽여 웃었다.

"저리 가." 메이지의 목소리가 들렸다.

패트릭이 다시 문을 두드렸다.

"나 자고 있어."

"자고 있는데 어떻게 말을 해?" 그랜트가 안달했다. 그랜트는 분명 이 상황이 히스테릭하다고 생각했지만, 키득거림을 열심히 억눌렀다.

잠시 후 메이지가 대답했다. "나 책 읽고 있다고."

패트릭이 천천히 문을 열었고, 메이지의 눈이 그가 안으로 밀고 들어가는 케이크에 와 닿았다. 방은 어두워지고 있었고, 흐린 날 저무는 햇빛 아래 보이는 사물이 그렇듯이 색이 빠져 있었다. 촛불들은 환한 노란색이었다. 책을 들고 바닥에 누워 있던 메이지가 속으로 결심한 것도 내팽개치고 놀라서 삼촌을 올려다보며 물었다.

"그게 뭐예요?"

"네가 한번 말해보렴."

메이지가 책을 덮고 일어나 앉아서 양손을 맞잡아 턱밑에 갖다 댔다. "오늘은 엄마 생일이에요."

"그래, 맞았어." 세라의 생일. 꽃을 보낼 것. 그날 아침 그의 휴대폰 잠금화면에 뜬 메시지였다.

"하지만 축하받을 엄마가 여기 없잖아요." 메이지의 목소리에 좌절감이 묻어났다.

패트릭은 메이지 앞에 무릎을 꿇고 그랜트를 옆으로 오게 했다. 그런 다음 두 아이 사이에서 케이크를 들고 있었다. 메이지의 눈이 촉촉해졌고 어두운 눈동자 속에서 촛불의 불꽃이 춤을 추었다. 꺼질 듯 말 듯 촛불이 깜박거리는 그 시간 동안, 패트릭은 메이지에게서 분명히 세라를 보았다. 다음 순간 불빛이 잽싸게 움직였고, 그는 자기 자신을 보았다. 그러나 사실 그것은 그가 아니라 그의 동생 그레그였다.

"아니, 엄마는 여기 있어. 그렇게 생각하지 않니? 그리고 엄마가 어디 있든 우린 엄마의 생일을 축하하기 위해 여기 있는 거야. 그러니까 엄마를 위해 소원을 빌어야 해."

"어떤 소원요?" 그랜트가 무릎을 꿇고 가까이 다가오며 물었다.

"네가 빌고 싶은 소원이라면 무엇이든. 다 같이 하나 빌어보자."

메이지가 케이크를 유심히 살펴보았다. 색깔, 꽃, 버터크림으로 만든 소용돌이 무늬 등 케이크의 완벽한 세부들을 받아들이면서 메이지의 태도가 누그러졌다. 그 케이크가 엄마가 좋아했던 바닐라 케이크인지 메이지가 궁금해한다는 걸 패트릭은 알 수 있었다. 바닐라 케이크라는 걸 메이지에게 알려주고 싶어서 견딜 수가 없었다. "내가 할게요." 메이지가 한쪽 무릎을 꿇고는 티셔츠의 목 부분을 움켜쥐었다. "엄마가 혼자가 아니면 좋겠어요. 혼자 있으면 무서울 수도 있고 난 엄마가 무섭지 않으면 좋겠거든요."

"아름다운 소원이구나." 패트릭의 인정에 메이지의 얼굴이 발갛게 달아올랐다. "이제 그 소원이 이루어지도록 촛불 하나를 부는 거야."

메이지는 천천히, 솜씨 좋게 촛불을 불었다. 촛불 세 개가 다 깜박거렸지만 하나만 꺼졌다. 연기가 위로 천천히 올라가다가, 그 소원이 그들 셋만 아는 비밀로 변한 것처럼 공중에서 흩어졌다.

"그랜트?"

그랜트는 생각하느라 얼굴을 찌푸렸다.

"그런 얼굴 하지 마. 그러다가는 아홉 살에 보톡스를 맞게 생겼다."

그랜트가 고개를 흔들었다. "나도 알아요! 나도 소원 하나 있다고요!"

"어디 들어보자."

"엄마가 웃는 소리를 내가 들을 수 있으면 좋겠어요."

메이지가 반대하고 나섰다. "그건 너를 위한 소원이잖아! 엄마를 위한 게 아니라."

"자, 자, 진정해라." 패트릭이 허둥지둥 끼어들었다. "이건 어떠니? 엄마가 그곳에서 많이 웃으면 좋겠어요."

그랜트가 이 편집본에 매우 흡족해하며 동의한다는 신호를 보냈다. 패트릭은 자기에게 더 가까이 있는 촛불을 손으로 보호하고 그랜트로 하여금 다른 촛불을 불어 끄게 했다.

"이제 거프 차례예요."

전율이 패트릭의 몸을 뚫고 지나갔고, 눈이 따끔거리기 시작했다. 이건 그가 돌보고 있는 아이들의 삶을 위한 연습이자 편지 쓰기, 동영상 찍기와 같은 여가 활동이었다. 그런데 그에게는 이것이 왜 이토록 힘들까? 그가 말했다. "난 네가 고통으로부터 완전히 자유로워지면 좋겠어. 너를 힘들게 한 몸으로부터 자유로워지길 바라. 네가 빛으로 가득하길, 어디에도 얽매이지 않길, 그리고 춤출 수 있길 바라. 네가 춤추는 걸 얼마나 좋아했는지 아니까."

그가 촛불을, 케이크 위에 켜져 있는 마지막 촛불을 바라보았다. 그리고 세라라는 마지막 빛이 단 한 번의 강력한 날숨으로 완전히 꺼질 수 있기라도 한 듯 숨을 최대한 그러모으려고 애썼다.

"그 소원 좋아요, 거프." 메이지가 패트릭의 무릎에 손을 얹었다. 그건 그에게 필요한 허락이었다.

"나도요." 그랜트가 무릎을 꿇은 채 몸을 위아래로 들썩이며 말했다.

"마지막 촛불은 우리 셋이 다 같이 불어서 끄자." 패트릭이 말했다. "그러면 우리 모두의 소원이 될 수 있잖아. 셋을 센 다음 끌까?"

아이들이 동의했다.

패트릭은 고개를 끄덕였다. 하나, 둘, 그리고 후 하고 불었다.

방안이 캄캄해졌다. 그들은 세라가 그들의 말을 들었다는 어떤 힌트에 귀기울이며 조용히 앉아 있었다.

"케이크 똠 먹어도 돼요?" 이 노력의 끝에는 설탕이라는 보상이 있었다. 그리고 그랜트는 보상이 더 지연되는 걸 원치 않았다.

"이리 오렴." 패트릭이 손짓했다.

아이들은 삼촌을 따라 주방으로 갔다. 주방에 도착하자 패트릭은 싱크대 위에 케이크를 올려놓았다. 하지만 칼을 꺼내는 대신 성냥갑을 꺼냈다. 케이크에서 초 하나를 뽑아 불을 붙였다. 그리고 나머지 두 개의 초에도 다시 불을 붙였다.

"촛불을 또 끄려고요? 왜요?" 메이시가 물었다.

패트릭은 싱크대 앞에 놓인 스툴을 손가락으로 가리킨 뒤 손가락을 딱 소리 나게 튕겼다. 아이들이 말 잘 듣는 강아지들처럼 싱크대 앞으로 깡충 올라앉았다. 훈련이 덜 된 마를레네는 패트릭의 발뒤꿈치에 입질을 했다. "소원을 두 개 더 빌 거니까. 너희 각자를 위한."

아이들이 일그러진 표정으로 패트릭을 올려다보았다. 수줍은 기쁨이 섞인 혼란스러운 표정이었다.

"그랜트, 너는 재미있는 아이야. 너를 위한 내 소원은 너의 유머감각이 망가지지 않고 계속 남아 있는 거야. 인생이 언제나 재미있지는 않아. 사실 거의 재미없고 대부분 형편없지. 하지만 너의 유머감각이 널 이끌어줄 거다. 그게 너를 보호해주고 너를 치유해줄 거야. 그러니 열심히 웃으렴. 큰 소리로 웃어. 다른 사람들도 똑같이 웃게 만들고."

"똑똑." 그랜트가 이 중요한 임무를 받아들이며 말했다.

"맙소사, 지금 말고."

"알았어요."

"알았다고, 누가?" 메이지가 키득거리며 놀렸다.

패트릭이 웃으며 쿵 하고 싱크대에 머리를 박았다. "그냥 촛불이나 불어 꺼라."

그랜트가 몸을 기울여 촛불을 껐다.

"메이지." 패트릭이 똑바로 일어섰다. 그의 이마가 붉어져 있었다. "너는 세심하고 친절하고 용감한 아이다. 네 엄마처럼 말이야. 너를 위한 내 소원은 네가 엄마의 가장 좋은 부분을 너의 내면으로 가져가 그 위에 너를 만들어줄 여러 특별한 재료들로

452

뚜렷하게, 아름답게 너를 짓는 거야."

이 엄숙한 책임을 부여받으며 메이지가 마른 침을 삼켰다. 패트릭은 메이지의 짐을 좀 덜어줘야 하는 건 아닌지, 지나치게 노력하지 않아도 자연스럽게 그렇게 될 거라고 말해줘야 하는 게 아닌지 궁금했다. 하지만 그러는 대신 메이지가 앞으로 몸을 기울이고 섬세한 입맞춤을 하듯 촛불을 천천히 끄는 모습을 지켜보았다.

"이제 케이크 먹어도 돼요?" 그랜트가 물었다.

"하나 더 있어."

그랜트의 어깨가 밑으로 처졌다.

"너희 엄마를 위한 거야." 패트릭이 주방 싱크대에 있는 보스 스피커를 켜고 휴대폰과 블루투스로 연결되길 기다렸다. 그런 다음 아이튠스를 열고 댄스라는 제목의 플레이리스트를 선택했다. "너희 엄마와 나는 생일에 항상 춤을 췄어. 좋은 음악에 미쳐보려무나, 축하의 의미로. 난 우리가 너희 엄마를 위해 그렇게 해야 한다고 생각해." 패트릭은 플레이리스트의 스크롤을 내려 노래를 찾아냈다. "아, 여기 있다. 미국이 세번째로 좋아하는 왕청*의 노래 〈레즈 고!〉. 이건 사실 왕청의 가장 좋은 노래야. 사람들은 〈에브리바디 해브 펀 투나잇Everybody Have Fun Tonight〉이나 〈댄스 홀 데이즈Dance Hall Days〉를 더 좋아하지만, 일반적으로 사람들은 이

---

* 닉 펠드먼, 잭 휴즈, 대런 코스틴이 1980년 런던에서 결성한 영국의 뉴웨이브 밴드. '왕청'은 중국어로 '노란 종(鐘)'을 의미하며, 중국 고전음악 음계의 첫번째 음표를 지칭하는 말이기도 하다.

런 면에서 틀릴 때가 많으니까. 너희 이 노래 아니?"

아이 둘 다 고개를 저었다.

"이 노래는 그들의 1986년 앨범 〈모자이크〉에 수록되었어. 하지만 1987년 1월에야 싱글로 발매되었지. 너희 1980년대 기억하니?"

이것이 진지한 질문이라도 되는 양 아이들이 다시 고개를 저었다.

"잭 휴즈가 리드 보컬을 맡고, 닉 펠드먼이 브리지를 불러. 코러스는 둘이 같이 부르고. 왕청? 잭 휴즈? 프랑스어 '나는 고발한다J'accuse'에서 이름을 따온 걸 모른다고?"* 아이들이 점점 초조해했다. 패트릭의 설교가 케이크 먹는 일을 지연하고 있었다. 이제 마무리할 시간이었다. 패트릭이 재생 버튼을 눌렀고, 신시사이저 코드가 1980년대의 광휘로 방안을 가득 채웠다. "아침에 이 노래를 틀어. 그러면 적어도 너희가 괜찮은 하루를 보내지 않을까. 어떤 날에는 이 노래만이 하루를 기분좋게 해줄 거야. 너희는 이걸 알아야 해. 더 많은 사람들이 알아야 하지. 모든 사람이 이걸 알아야 한다니까. 경클 규칙 15번, 레츠 고, 베이비, 레츠고, 베이비, 컴온."

패트릭은 눈을 감고 음악이 자기 안에 뿌리내리게 했다. 그의 어깨가 먼저 영감을 받았다. 양쪽 어깨가 노래에 맞춰 들썩였다. 팔목이 동그랗게 말렸다가 다시 올라갔고, 그런 다음 양팔이 넓

---

* 잭 휴즈는 예명이다. 그는 유명한 문장 '나는 고발한다'(프랑스어 발음은 '자퀴즈')와 발음이 유사한 예명을 지었다.

게 벌어지더니 그의 손가락이 아이들에게 스툴에서 일어나라고 권하며 까닥였다. 그는 노래 시작 부분을 따라 불렀다. "식당에서 만나자." 그가 아이들이 따라할 때까지 다시 몸을 흔들어댔다. "같이 춤추자. 그런 다음 얼굴에 케이크를 바르는 거야."

패트릭이 아이들의 손을 잡았고, 그들은 원을 만든 뒤 크레셴도가 첫 코러스로 이어질 때까지 몸을 흔들었다. 패트릭이 양손을 몸 쪽으로 당기고는 신이 나서 펄쩍펄쩍 뛰기 시작했다. 다음 순간 그의 몸이 폭발했고 그는 후렴구로 완벽하게 뛰어들었다. "레츠 고, 베이비, 레츠 고, 베이비, 컴온!" 그는 이제껏 그 누구에게도 보여준 적 없는 모습으로 열심히 춤을 추었다. 영감을 받은 그랜트가 양손을 머리 위로 들고 머펫*처럼 흔들었다. 그랜트는 마치 안에서 음악이 뿜어져나오는 듯 놀라운 리듬감을 갖고 있었고, 편안하면서도 놀랍도록 자신감 넘치게 엉덩이를 흔들어댔다. 메이지는 확실히 리듬에서 벗어나 좀더 수줍게 몸을 움직였으나, 얼굴에서 미소를 볼 수 있었다.

"발을 움직여!" 패트릭이 배를 꽉 잡고 제자리에서 빠르게 달렸다. 메이지와 그랜트가 삼촌의 몸짓을 흉내내며 코가 맞닿을 정도로 가까이 움직였다. 패트릭이 노래를 불렀고, 아이들도 완벽하지는 않았지만 최선을 다해 불렀다. 이윽고 그들은 즐거운 몸짓을 폭발시키며 시작했던 자리로 달려서 돌아갔다.

아주 잠깐 동안 그들이 음악이고 음악이 그들이었다. 왕청 그

---

* 팔과 손가락으로 조작하는 인형.

자체(혹은 좀더 정확하게 말하면, 중국어로 노란 종을 뜻하는 황청黃鐘)였다. 어두워지는 하늘을 따뜻하게 녹이는 찬란한 햇살 속에, 그들의 모든 슬픔이 손가락 끝에서 울려퍼졌다.

25

믿을 수 없게도 마를레네는 문을 노크하는 소리에도 아랑곳없이 잠을 잤다. 패트릭은 마를레네가 잠깐 춤 좀 췄다고 집 지키는 개로서의 책임을 그토록 쉽게 저버린 것에 대해 자신이 안도했는지 아니면 화가 났는지 확신하지 못했다. 마를레네는 패트릭의 플레이리스트 중 세번째 노래(〈레이 오브 라이트〉* 시절 마돈나의 노래)에서 성령이 충만해진 나머지, 방언을 터뜨리려는 오순절과 교인처럼 뒷다리로 펄쩍펄쩍 뛰며 댄스에 한껏 참여했더랬다. 마침내 패트릭과 아이들은 손으로 케이크를 먹었다. 접시, 나이프, 포크는 그들의 기쁨을 방해하는 엄숙한 사람들의 도구였다. 그들은 음악에 맞춰 몸을 흔들었다. 그랜트는 마를레네에게

---

* 마돈나의 일곱번째 정규 음반. 1998년 3월 3일 발매되었다.

자기 손가락에 묻은 프로스팅을 핥아먹게 했다. 이후 심한 슈거 크래시*가 왔다. 패트릭은 마지막까지 버틴 사람(아이, 개)이었다. 심지어 그는 소파에 벌렁 드러누워 눈을 뜨고 있으려고 애쓰며 HGTV의 〈데저트 플리퍼스〉**를 보았다. 처음에 그가 한 생각은 그 노크 소리가 그의 상상일지 모른다는 것, 아마도 그가 잠들어 꿈을 꾸고 있거나 TV에서 나오는 소리—출연자들이 썩어가는 집의 골조를 살려둘 수 있을지 가늠하고 있었다—일지도 모른다는 것이었다. 그는 똑바로 앉았고, 노크 소리가 진짜임을 깨달았다. 그리고 마침내 문을 열어주러 나갔을 때, 문구멍 건너편에서 기대감에 차 기다리는 낯익은 얼굴을 대면했다.

에머리였다.

패트릭은 끼익 소리를 내지 않으려고 천천히 문을 열었다.

"제가 이 동네에 있었거든요." 에머리가 이를 온통 드러내고 웃으며 눈알을 굴려댔다. 그 모습이 마치 사람들이 여기저기 퍼나르는 젊은 말론 브란도의 움짤처럼 보였다. 패트릭이 아무 대답도 하지 않자, 에머리는 문간에서 머리를 기울이고 아랫입술을 뿌루퉁하게 내밀었다.

젠장.

"이 동네에는 아무도 없어. 바로 그게 내가 여기에 사는 이유고." 패트릭은 현관문에 몸을 기댔다. 그러다보니 손님에게 끼

---

* 당분이 많은 음식을 먹은 뒤 느끼는 무력감과 피로감.
** 2016년 미국 HGTV에서 방영된 리얼리티쇼. 캘리포니아 팜스프링스의 낡은 집을 개조해주는 내용이다.

를 부리며 들이대는 모양새가 되었다. "좀 그럴듯한 이유를 대볼래?"

"코첼라 때문에요." 에머리가 말했다.

"음악 축제? 그건 4월에 열리는데."

"모더니즘 주간은?"

"그건 아마 2월이지."

"팜스프링스 프라이드."*

"11월."

"화이트 파티?"**

"그게 뭐더라. 하지만 지금 하는 게 아니라는 건 확실해."

"디나 쇼어는?"

"그건 레즈비언 축제잖아."

"난 레즈비언이 될 수도 있어요." 그러고 보니 그의 안경이 레이철 매도***의 안경과 비슷했다.

"그렇겠지."

이제 에머리에게 남은 일은 찾아온 용건을 명확하게 밝히는 것뿐이었다. "친구 몇 명이 팜데저트에 집 한 채를 빌렸어요. 그래서 나도 거기서 며칠 잤고요. 그러다가 내 친구 패트릭의 집에 들러 같이 수영하지 않겠느냐고 물어봐야겠다 생각했죠."

패트릭은 에머리와 함께 시간을 보내고 싶은 마음과 누군가를

---

* 팜스프링스에서 열리는 LGBTQ+ 행사.

** 참가자들 모두가 흰옷을 입고 모이는 행사. HIV 환자들을 위한 기금을 모은다.

*** 미국의 레즈비언 방송인, 진보 성향의 정치논평가.

깨울 가능성을 저울질하며 이 상황을 신중히 숙고해보았다. 그런 다음 한 걸음 비켜서서 에머리를 안으로 안내하며 말했다. "애들이 자고 있어."

"애들이 아직 여기 있어요?"

패트릭은 얼굴을 찡그렸다. 물론이다. 하지만 그들은 그의 양육권 문제에 대해 이야기한 적이 없었고, 그러니 패트릭으로서는 에머리를 비난할 이유가 없었다. "뭐 좀 마실래?"

"좋죠, 나 운전 안 할 거예요."

"그럼 LA엔 어떻게 돌아가려고?"

에머리가 잠시 생각에 잠겼다. 오래는 아니었다. "난 항상 방법을 찾아내요."

그건 패트릭이 청춘에서 가장 그리워하는 것이었다. 모든 것이 저절로 해결될 거라고 가정하는 것. 그리고 아프지 않은 허리. 에머리가 집안으로 걸어들어오는 동안 패트릭은 머리를 흔들었고, 주방으로 따라오라고 손짓했다.

"우와." 세라의 생일 파티 흔적이 남아 있는 싱크대를 보고 에머리가 탄성을 내뱉었다. "케이크를 아주 작살을 내놨네요."

"응, 우리가 해치웠지." 패트릭은 유리잔 두 개에 얼음을 담았다. 얼음이 잔 속에 챙그랑 하고 내려앉는 소리가 그의 갈증을 돋웠다. "혹시 왕청 알아?"

"중국인 게이 구역요? 인디언 캐니언 너머에 있는?"

"완전 틀렸는데."

"그럼 몰라요."

패트릭이 회의적인 심정으로 손님을 쏘아보았다. "고등학교는 언제 졸업했어?"

에머리가 머릿속으로 재빨리 계산을 시도했다. "모르겠어요. 시험을 봤거든요." 그가 턱을 긁었다. "오바마가 언제 대통령이었죠?"

"맙소사." 패트릭이 잔 두 개에 보드카를 따르며 중얼거렸다. 생각했던 것보다 더 나빴다. 그는 자기 잔에 보드카를 조금 더 따른 뒤 에머리에게 한 잔 건네주었다. "건배."

그들은 눈을 마주보며 가볍게 잔을 부딪쳤다. 그런 다음 패트릭이 에머리를 거실로 데려갔다.

"여긴 여전히 크리스마스네요." 에머리가 가짜 크리스마스트리를 힐끗 보았다. 패트릭은 위를 올려다보았다가 분홍색 반짝이 장식이 너무 많은 것에 새삼 놀랐다. 그 트리는 어느새 흐릿하니 일반적인 장식이 되어버렸고, 그는 그것이 이질적이라는 사실을 거의 알아차리지 못했다. 그 트리는 이 집의 이상한 심장이 되었고, 가지들 깊숙한 곳에 자리잡은 하얀 빛이 저녁 시간에 기분좋은 펩토 비스몰* 색을 뿜어냈다. 그건 상황이 불안할 때 위안이되는 연고 같은 것이었다.

"이를테면 노란 리본을 다는 일 같은 거야. 애들 아빠가 다음 주에 집에 돌아오거든. 난 애들에게 이대로 둬도 된다고 말했고."

---

* 기적의 분홍약으로 불리는 미국의 만능 소화제.

"노란 리본요? 이건 분홍색이잖아요."

패트릭이 보드카를 한 모금 마셨다. 보드카가 그의 목구멍을 따뜻하게 덥혀주었다. "이란 대사관 인질 사건* 몰라? 오래된 떡갈나무에 걸린 노란 리본**은? 토니 올랜도 앤드 던***은?!"

에머리가 어깨를 으쓱했다.

"그리고 왕청은 밴드야."

"진짜예요? 꾸며낸 소리처럼 들려서."

"1980년대였지. 그땐 모든 게 꾸며낸 소리 같았어." 패트릭이 머릿속으로 밴드 목록을 줄줄 읊었다. 터파우, 카자구구…… 바나나라마. "다들 코카인을 많이 했고."

에머리가 멍한 눈으로 패트릭을 응시했다.

패트릭이 목을 가다듬었다. "사실 내가 그걸 기억할 만큼 그렇게 늙진 않았지만."

그의 손님이 테니스화를 발로 차서 벗었다. 테니스화가 너무 하얘서 패트릭은 에머리가 그걸 윈덱스****로 닦은 게 아닌지 궁금했다. 에머리는 소파에 앉아 맨발을 몸 밑에 집어넣고 소파 구석에 몸을 기댔다. "그래서, 이제 좀 아빠 같아졌어요?"

---

* 1979년 테헤란 주재 미국 대사관에서 일어나 444일간 이어진 사건. 사람들은 인질들의 무사 귀환을 바라며 노란 리본을 달기 시작했다.

** 유명한 민담에서 비롯된 상징으로, 잘못을 저지르고 오랫동안 떠나 있는 사람을 여전히 사랑하며 기다리는 가족을 의미한다.

*** 1970년대 미국의 대중음악 그룹. 대표곡으로 〈타이 어 옐로 리본 라운드 더 올드 오크 트리〉가 있다.

**** 유리나 단단한 표면을 반짝반짝 윤이 나게 하는 세제의 상표명.

무거운 질문이었고, 패트릭은 그 현명한 복귀에 당황했다. 그는 자신이 에머리의 얼굴 속에서 길을 잃는 걸 허락했다. 에머리의 얼굴은 사람들을 당황하게 만드는 안면구조는 아니었다. 코가 섹시한 방식으로 구부러졌고, 두 눈 사이는 멀리 떨어져 있었다. 사람의 마음을 끄는 이목구비였다. 그 매력은 마치 그가 자신의 기능이 조화롭게 작동하도록 수년 동안 연습한 다음 모두 잊고 무심함을 투영할 수 있도록 기억해둔 것처럼 쉽게 작용했다. 입꼬리로 미소 짓는 방식이 그 완벽한 예였다. 아마도 그는 그 모든 걸 연기 수업에서 배웠을 것이다. 혹은 더 나쁘게는 오디션 수업에서.

그가 여기서 하고 있는 것이 바로 그것인가? 오디션?

"아니, 아이들에겐 아빠가 있어. 아까 말했잖아. 다음주에 집에 온다고."

"난 당신 콧수염에 대해 이야기한 거예요."

패트릭은 양볼이 붉어지는 걸 느꼈다.

"좋아 보이네요. 간지러울 것 같은데요." 에머리가 한쪽 다리를 뻗어 패트릭을 살짝 찬 다음 발을 패트릭의 정강이에 기대었다. 그는 모든 것을 숨기고 아무것도 강조하지 않는 드롭 크로치* 스타일의 반은 운동복, 반은 요가복인 바지 차림이었지만 매우 도발적이었다. 그 바지를 벗게 하는 건 아마도 쉬울 것이다. "여기 갇혀 있으면 미칠 것 같지 않아요?" 그가 물었다. "LA를 생각하

---

* 바지의 밑위 부분을 느슨하게 여유를 주어 재단한 것.

면 뭐가 그리워요?"

"그리운 거 없어."

"그러지 말고 말해봐요."

패트릭은 온건하면서도 정직한 답을 찾아보았다. "거기선 모두가 진심으로 행복해 보이지. 하지만 난 기본적으로 그걸 믿지 않아."

"그러니까 당신이 그리워하는 건 불안이네요."

"염려. 불안. 너는 LA에서 충분히 오래 살았고, 그것이 너의 일부가 되었을 거야."

에머리가 몸을 앞으로 기울여 자기 음료를 사람들이 컵받침으로 오해하는 셰어* 얼굴 모양의 나무 투각 장식품 위에 올려놓았다. "당신은 엉망진창이에요."

그다지 비난조는 아니었다. 심지어 전달 과정에서 모든 사람이 정도의 차이는 있지만 다 엉망진창이니 논쟁하기 어려운 문제라는 암묵적 인정도 있었다. 하지만 이 순간 패트릭은 오랫동안 그래온 것보다 더 큰 유대감을 느꼈고, 그래서 에머리의 말에 불안해졌다.

"염려 말아요." 에머리가 패트릭의 얼굴에서 표정을 읽어내고는 말했다. "난 엉망진창을 좋아해요. 청소하면서 재미있을 수 있잖아요."

패트릭은 바보 같은 웃음을 얼굴에 칠한 채 에머리가 자기 앞

---

* 미국의 가수, 영화배우.

에 앉아 있는 모습을 유심히 살펴보았다. 에머리가 한 말은 클라라나 말을 하고 비용을 청구하는 다른 누군가의 진단과는 달랐다. 그럼에도 뭔가 패트릭을 당황하게 만들었다. "크래커 배럴*은 상황이 어때?"

"〈틸라무크〉 말이에요?"

"맞아."

그들은 오랫동안 서로를 응시했다. 에머리가 시선을 내리고 셔츠에 붙은 뭔가를 떼어낼 때까지. "멍청이들 같으니. 무슨 초자연적인 스토리를 짜고 있다니까요. 아마도 이번이 마지막 시즌이 될 거라는 뜻이겠죠. 다음주에 촬영을 시작할 거고, 내년 이맘때쯤이면 나는 나이들고 볼장 다 본 상태가 될 거예요. 당신처럼요."

패트릭이 눈을 가늘게 떴다. "너 참 잘하는구나."

"뭘요?"

"염탐하는 거. 하지만 정말 매력적인 방식이야."

"내가 여기 머물러도 된다는 뜻이에요?

에머리가 애원하는 의미로 양손을 앞발처럼 들어올렸다. 패트릭은 에머리의 호소에 손가락질을 할 수는 없다고 생각했다. 에머리는 동성애자의 수많은 원형들—마르고 어려 보이는 남자, 운동을 많이 하는 남자, 털이 많고 몸매가 늘씬한 남자, 공부벌레 같고 괴짜인 남자—로 구성된 키메라였으며, 그중 어디에도 치

---

* 미국의 식당 및 선물 가게 체인. 에머리가 출연하는 드라마의 제목 〈틸라무크〉가 치즈 상표명이기도 한 데서 착안한 농담이다.

우쳐 있지 않았다. 심지어 애아빠 같은 분위기까지 희미하게 풍겼다. 스물일곱 살 난 젊은이들이 수염을 기르고는 턱에 난 왕관 같은 세 가닥의 털이 그들을 톰 오브 핀란드*의 그림으로 변화시켜주기라도 할 듯 자신을 신성시하는 것처럼 말이다. 에머리는 순응을 피하면서도 받아들였다. 마치 그 위에 떠 있는 것처럼 보였다. 패트릭은 그를 사랑해야 할지 미워해야 할지, 그에게 감탄해야 할지, 그와 포옹해야 할지 섹스해야 할지, 아니면 그를 가장 가까운 연석으로 걷어차버려야 할지 알지 못했다.

"잘 들어봐." 패트릭이 어깨 너머로 아이들의 침실을 돌아본 뒤 이야기를 시작했다. "나도 그러고 싶어. 하지만 지금은 적기가 아니야."

"당신은 너무 슬퍼요."

"불쌍하다는 거야?"

"아뇨. 풀죽어 있다고요. 그건 다르죠. 그뿐이에요."

패트릭은 깜짝 놀랐다. "그게 무슨 뜻이야?"

"나도 몰라요. 당신이 맞혀봐요." 하지만 에머리는 패트릭이 그렇게 할 때까지 기다리지 않았다. "그냥 그런 거예요. 동성애자들에겐 슬픈 역사가 있죠. 하지만 우리는, 우리들 중 대부분은 그걸 극복해요. 우린 작은 마을의 가족에게서 쫓겨나 도시를 포용하고 새로운 가족을 만들죠. 그리고 빛나는 삶을 건설해요. 우린 두들겨맞았고, 그래서 강해졌어요. 이제 우리의 몸은 사람들

---

* 남성성을 매우 강조하는 동성애자 그림을 그린 핀란드의 일러스트레이터로, 20세기 후반 게이 문화에 많은 영향을 미쳤다.

의 부러움을 사요. 바이러스로 전멸한 세대지만, 우리의 삶은 여전히 축하연이에요. 맙소사, 우린 프로제*를 대세로 만들기까지 했어요. 차별을 당했지만 이제 정치적 힘을 지닌 집단이 되었다고요. 뭐 그런 거요. 우리 모두가 번성하고 있죠. 하지만 당신은 슬픔 속에 있네요. 내 눈엔 그게 보여요."

패트릭이 흡수해야 할 것이 너무 많았다. "네 눈에 그게 보인다고."

"당신이 보여요." 에머리가 말했다.

"넌 나를 혼란스럽게 만들고 있어." 아니면 보드카 때문일까? 패트릭은 얼굴이 뜨듯하고 머리가 어지러워지는 것을 느꼈다.

"아니, 그렇지 않아요."

"맞아, 난 혼란스럽다고."

"당신은 혼란스럽지 않아요, 게으른 거예요." 에머리는 자기 이마가 패트릭의 이마에 닿을 때까지 몸을 기울이더니 그대로 있었다. 땀이 그들을 결속시키며 그들 사이로 흐르기 시작했다. 패트릭의 입술이 에머리의 입술을 스쳤다. 키스를 한 건 아니었지만 정밀조사를 한다면 부정하지 못할 정도로 그 차이는 미미했다.

"너 어디 출신이야, 에머리?"

"보이시**요." 그는 이렇게 말할 수도 있었을 것이다. 하늘에서

---

* '프로즌 로제(얼린 로제 와인)'의 줄임말로, 로제와인에 보드카, 레몬 주스, 딸기 등을 섞어 슬러시처럼 얼려 마시는 음료.
** 미국 아이다호주의 주도.

떨어졌어요.

"너, 가족에게 쫓겨났어?" 패트릭의 질문은 거의 속삭임에 가까웠다.

"한때 그랬죠." 에머리가 패트릭의 손가락에 자기 손가락을 엮었다. "하지만 얼마 안 가 다시 환영해줬어요."

그들은 달빛 아래에서 파티를 즐기던 그날 밤처럼 키스했다. 그때 패트릭은 풀장 계단에 에머리를 밀어붙였다. 패트릭이 팔을 뻗어 에머리의 얼굴을 양손으로 감싸쥐었다가 마지못해 손을 떼어냈다.

"저기, 침실이 어디예요?" 에머리가 물었다. "내가 전부 다 할게요. 당신은 그냥 누워 있기만 해요."

패트릭이 에머리의 얼굴을 유심히 살피다가 말했다. "나랑 뭐 좀 해."

에머리가 얼음 조각 하나를 입안에서 사라질 때까지 오도독오도독 씹어먹다가 대답했다. "해볼게요!"

지금 이 상황은 패트릭에게 유례가 없는 대혼란이었다. 메리 포핀스의 침실을 우리가 본 적이 있는가? 그녀가 더러운 굴뚝청소부에게 밤을 보내자고…… 그녀의 굴뚝을 깨끗이 청소해달라고 청했던가? 가정교사 마리아는 개인 숙소가 있어서 우리가 그 내부를 엿볼 수 있었다. 그곳에 달린 커튼은 형편없었고, 그녀는 그것으로 아이들 놀이복을 만들었다. 하지만 성적 이끌림에 직면하자 마리아는 필사적으로 달아나 수녀원으로 돌아갔다. 메임 고모는 애인을 선택했고 그에게 방을 마련해주기 위해 조카를 기숙

학교에 보냈다. 패트릭은 집에 혼자 남을 때까지 며칠 더 기다려야 할까? 이것이 문제가 될까? 그들은 진짜 사람이 아니고, 그는 진짜 사람이었다.

"좋아, 내 침실로 와. 네가 도와줬으면 하는 일이 있어."

"매트리스 뒤집는 거라면 돕지 않을 거예요."

"그런 일 아니야. 하지만……"

문득 패트릭은 주위에 다른 사람이 있으면 좋겠다는 생각이 들었다. "아니, 그런 일은 아니야. 일단 와봐. 알게 될 테니."

*

패트릭과 에머리는 자는 척하며, 하지만 침실 문에 주의깊게 눈길을 고정한 채 침대에 조용히 누워 있었다. 패트릭은 옆에 누운 에머리의 온기와 조용한 숨소리를 시종 의식했다. 그것이 위로가 되었다. 마치 자정이 지나자 신호에 맞춰 창문이 처음에는 천천히, 가느다란 달빛이 새어 들어올 만큼 열리는 것처럼. 눈을 반쯤 감은 패트릭은 메이지가 팔밑에 베개를 낀 채 열린 문 사이로 고개를 쑥 들이밀고 안전한지 살피는 걸 알아차릴 수 있었다. 삼촌이 잠들어 있다는 확신이 들자 메이지는 그랜트에게 손짓을 했고, 두 아이는 담요를 끌면서 안으로 살금살금 들어왔다. 두 아이 중 하나가 뒤에서 조심스레 문을 닫았다. 패트릭은 아이들이 자리를 잡는 사이 친구가 바스락거리는 소리에 귀기울였다. 에머리가 이불 밑에서 팔을 뻗어 패트릭의 손을 꽉 잡았다. 자기 역사

에서 가장 참기 힘든 웃음을 힘겹게 억누르고 있다는 걸 쉽게 짐
작할 수 있었다. 패트릭은 열까지 셌다. 그런 다음 침대 옆 스탠
드로 팔을 뻗어 딸깍 하고 불을 켰다.

"아-하!"

아이들이 비명을 질렀다. 마를레네까지 침대 발치 자기 자리
에서 짖어댔다.

패트릭과 에머리가 이불을 옆으로 홱 젖히며 일어나 앉았다.
"잡았다, 요놈들."

"뭐 하는 거예요?" 메이지가 잠이 완전히 깨버린 것에 짜증이
나서 물었다. 패트릭이 자기 방에 무단 침입이라도 한 것처럼. 그
반대가 아니라.

그랜트는 눈을 비벼 잠을 훔쳐내며 하품을 한 뒤 물었다. "에
밀리예요?"

"에밀리?" 에머리가 외쳤다.

"이 아저씨 여기서 뭐 하고 있어요?" 그랜트가 계속 물었다.

메이지가 침대 안에 있는 두 사람을 바라보다가 낯빛이 하얘
지면서 물었다. "매일 밤 여기 왔어요?" 자기들의 야간 방문이
상상했던 것보다 더 방해가 되었을 수도 있다는 사실을 깨달은
것이다.

"우린 이 아저씨가 삼촌 남자틴구라는 거 알고 있었어요."

"에밀리가 아니라 에머리야. 그리고 이 아저씨는 내 남자친구
가 아니야. 전에 말했잖니."

"내가 당신 남자친구가 아니라고요?" 에머리가 패트릭을 당혹

스럽게 만드는 게 즐거워 장난스럽게 씩씩거리며 말했다.

"지금은 아니지." 패트릭이 에머리에게 말했다. 에머리가 테이블 끝에 있는 자기 안경에 손을 뻗었다. "그리고 메이지, 매일 밤 여기에 오냐고? 너 지금 농담하니?"

"아뇨." 메이지가 부인했다.

"만약 이 아저씨가 그랬다면 네가 몰랐을까?" 패트릭이 물었다.

메이지는 자기가 더 많은 밤을 삼촌 방에서 잤다는 걸 공개적으로 인정하기가 부끄러워서 자기 침구를 꽁꽁 뭉쳐 주변의 작은 둥지에 넣었다. 패트릭은 메이지의 주목을 끌 때까지 메이지에게 집중했다. 마침내 메이지가 멋쩍어하며 그를 바라보았다. 패트릭은 메이지의 얼굴에 궁금증이 떠오를 때까지 계속 눈을 마주쳤고, 메이지를 당황하게 만들지 않으면서도 자신이 하고 싶은 말이 전해지기를 기원했다. 넌 여기에 몰래 들어올 필요가 전혀 없어. 난 항상 너를 위해 여기에 있으니까. 이 메시지가 뿌리를 내리는 동안 어색한 침묵이 내려앉았다. 다음 순간 메이지는 이해한 듯 고개를 끄덕였다.

그때 그랜트가 끼어들어 물었다. "그럼 이 아저씨는 오늘밤 여기서 뭘 하는 건데요?"

패트릭이 그랜트를 돌아보며 말했다. "너 내 초대장 못 받았니?"

"못 받았는데요." 그랜트가 가느다란 눈썹을 걱정스럽게 찌푸렸다. "무슨 초대장요?"

"파자마 파티 초대장. 에머리, 넌 초대장 받았지?" 패트릭이 에머리를 돌아보며 물었다. 에머리는 신이 나서 동조했다.

"받았죠. 돋을새김으로 만들어져 있던데요! 진짜 예술작품이 었어요. 특히 초대장 종이가 마음에 들었죠. 스탬프도요!" 에머리가 장난스럽게 혀를 내밀었다. "혹시. 초대장에 그렇게 쓰여 있죠?"

"맞아." 패트릭이 말했다. "그러니까 너희는 지각한 거야."

"우린 초대장을 못 받았어요!" 메이지가 항의했다.

"에머리는 받았잖아. 마를레네도 받았고!" 패트릭이 양팔을 공중으로 쳐들었다. "음, 아무래도 집배원에게 말해야겠구나. 그래도 너희 팝콘은 가져왔겠지?"

"팝콘은 왜요?"

"심야영화 보면서 먹어야지! 오, 맙소사. 파티 일정이 다 정해져 있어."

아이들은 절대 이해 못 할 거라는 듯 에머리가 패트릭의 어깨에 머리를 기댔다. 패트릭이 손을 뻗어 그의 머리칼을 장난스럽게 헝클어뜨렸다. 여름 내내 패트릭은 메이지와 그랜트 앞에서 다른 남자에게 애정 표현하는 일이 어색할 거라고 생각했다. 하지만 놀랍게도 아무 일도 일어나지 않았다. 게다가 여러 해 동안 스스로도 부자연스럽게 느껴질 거라고 생각해왔건만 전혀 그렇지 않다는 걸 알고 충격을 받기도 했다.

에머리가 베개를 불룩하게 부풀리고 꼬인 이불을 옆으로 던지며 말했다. "자, 여기 침대로 올라와 너희 삼촌이랑 같이 있으렴.

가운데가 좋겠니? 난 팝콘을 만들러 갈게." 그가 허락을 구하려 패트릭을 바라보았다. 집에 팝콘은 있겠죠? 아이들은 이 계략을 얼마나 받아들이고 있을까?

패트릭이 에머리를 향해 고개를 끄덕이며 속삭였다. "고마워."

패트릭이 전한 깊은 감사가 에머리를 놀라게 한 것 같았다. 패트릭은 그들이 하고 있는 색다른 데이트 때문에 에머리가 혼란스러워하거나 열정을 누그러뜨릴까봐 걱정했다. 하지만 에머리는 쉽게 놀라지 않았고 대체로 당황하지도 않는 듯했다. 그러는 대신 놀라운 운동신경으로 침대에서 뛰어내리고 인상적인 몸놀림으로 바닥에 착지해, 세 명의 심사위원 모두로부터 10점 만점을 받았다.

26

8월 중순까지 너무 오랫동안 심하게 더워서, 다시는 시원해지지 않을 것 같았다. 시계를 다시 맞춰야 할 때*까지 안도감은 오지 않을 터였다. 그들 앞에는 거의 끝이 없게 느껴지는 여름이 뒤에 있는 여름만큼이나 많이 남아 있었다. 그래도 결국에는 기온이 내려갈 것이다. 패트릭이 스웨터에 팔을 뻗고, 수영을 하고 싶으면 풀장 물을 데워야 하는 때가 올 터였다. 미지근한 물이 담긴 욕조가 다시 따뜻한 물 욕조가 될 것이다. 비가 내릴 것이다, 이번에는 더 오래. 하늘에 새로운 별들이 뜰 것이다. 공기가 완전히 차가워질 것이다. 그리고 고도가 더 높은 곳에서는 옛날 귀족들이 쓰던 하얀 밀가루가 뿌려진 가발 같은 것이 산꼭대

---

* 서머타임이 실시되는 때를 뜻한다.

기를 덮으며, 그렇게 산들을 존경받는 장로들로 변모시키며 눈이 내릴 것이다. 패트릭은 매년 그때를 고대했다. 하지만 지금은 그것이—그가 다시 혼자가 될 시간이—기분 나쁘게 잠식해오는 것처럼 느껴졌다.

패트릭과 아이들은 긴 낮잠을 자다가 러퍼를 먹기 위해 깨어났고, 밤이 되자 안도감을 찾았다. 오늘밤은 어둠이 편안함만 가져다주는 것이 아니라 오락거리까지 제공했다. 유성우는 동트기 직전에 가장 잘 보였다. 뒷마당 잔디밭 한가운데, 반짝이는 별들의 담요 아래 풀장의 튜브 위에서 그들 셋은 지쳐서 졸았다. 그랜트는 습관처럼 페가수스를 타겠다고 했고, 메이지는 파인애플을 자신의 야외 침대로 골랐다. 패트릭은 바닷가재에 몸을 기댔다. 마를레네는 담요 위에 몸을 말고 있었다. 발톱이 너무 날카로워서 튜브에 몸을 맡길 수가 없었던 것이다. 자정에서 두 시간이나 지나 있었고, 아이들은 잠들지 않으려고 무진 애를 썼다.

"눈감지 마, 그랜트." 메이지가 애원했다.

"감은 거 아니야." 그랜트가 투덜댔다.

"유성우는 엄청 빨리 지나가."

유성우는 더 북쪽, 아마도 조슈아 트리 국립공원 근처에서 가장 잘 보일 것이다. 그렇긴 해도 그들은 로스앤젤레스 그리고 결코 어두워지지 않는 할리우드의 불빛에서 멀리 떨어져 사막의 어둠 속에 있었기에, 무언가를 목격할 가능성이 꽤 컸다. 지금까지 메이시는 하늘을 가로지르는 빛줄기를 세 개 보았다. 패트릭은 두 개만 보았다. 메이지가 하나 더 부풀린 것이다. 아니면 패트릭이 깜박하고 놓친 사건일 수도 있었다.

깜박하고 놓친 사건. 이 표현 말고 그들의 여름을 정확히 요약해줄 표현을 패트릭은 알지 못했다. "너희, 집에 많이 가고 싶니?" 그가 물었다. 어둠 속에서 그는 자신의 목소리에 놀랐다.

아이들은 대답하지 않았다. 그랜트가 흡사 코고는 소리처럼 들리는 형식적인 우후 하는 소리로 자신의 침묵에 구두점을 찍었다.

메이지는 튜브에서 자세를 고쳐 잡았다. 마치 잔디 위 무시무시한 물침대 위에서 단단한 지지대를 찾아내려는 것 같았다. "난 엄마가 계속 거기에 있을 것 같아요." 메이지가 이렇게 말한 뒤 덧붙였다. "바보 같죠, 나도 알아요." 흡사 자신의 생각이 너무 순진하고 진지하지 못한 것처럼.

"절대 바보 같다고 생각하지 않아." 패트릭은 메이지가 추적 관찰을 하도록 하늘의 한 사분원을 가리켰다. 자신이 메이지를 얼마나 믿는지 그리고 메이지의 마음을 얼마나 잘 이해하는지 알려주고 싶은 마음으로. 여러 가지 면에서 그들은 집에서 멀리 떨어져 화려한 여름 캠프에 와 있는 것과 같았다. 그리고 풍경의 극적인 변화는 적어도 짧은 시간 동안 최악의 삶을 살지 않도록 해주는 혈청이었다. 아주 잠깐일 수도 있지만.

"그렇게 생각하지 않는다고요?" 메이지가 물었다.

"절대로. 게다가 이게 중요해. 엄마는 거기에 있게 될 거야." 패트릭은 아이들이 귀기울여 듣고 있는지 보려고 고개를 돌렸다. "너희를 위해 음식을 만들던 주방에, 너희에게 잘 자라고 키스를 해주던 너희의 방에 말이야. 언젠가 너희는 그걸 싫어하게 되겠지. 고통스러운 느낌이 들 거야. 나쁜 것들을 떠올리게 될 거고. 엄마는 너무나 가까운 동시에 너무나 멀리 있게 될 거야. 하지만 또 어떤 날에는 그게 좋을 거야. 엄마는 벽에 비친 그림자 혹은 반사된 빛이 될 거야. 엄마는 건강해 보일 거고, 너희는 엄마를 보면서 너무도 행복할 거란다. 그리고 그건 커다란 포옹처럼 느껴질 거야."

"삼촌이 그던 걸 어떻게 알아요?" 그랜트가 중얼거렸다. 패트릭은 그랜트가 깨어 있다는 걸 알 수 있어서 기뻤다.

"나도 아니까." 조 때문에.

"그럼 삼촌도 엄마를 보러 우리집에 올 거예요?"

패트릭은 불확실한 미래를 향해 내딛는 소심한 발걸음을 흉내 내듯 발을 흔들었다. "어떻게 될지 한번 보자꾸나." 그는 아이들이 코네티컷으로 돌아간 후에도 이 집에 유령처럼 존재할까봐 무척 걱정되었다. 서로의 몸에 바싹 파고들어 잠을 청하는 따뜻함. 풀장에서 들려오는 웃음소리의 희미한 메아리. 그는 머릿속에서 이런 생각을 몰아내고 다시 하늘에 주의를 집중하려고 노력했다. "거기에 또 누가 있게 될지 아니? 너희 아빠란다." 좋은 전환이야, 그는 생각했다.

메이지가 그의 말을 가로막았다. "그랜트, 네가 이쪽을 봐. 나는 저쪽을 볼게."

"그러기 싫어."

"거프!" 메이지가 고함을 쳤다. 메이지는 하늘에 지나가는 단

하나의 섬광도 놓치기 않길 바랐다.

"하고 싶은 대로 두자, 뒤집힌 케이크." 여름 내내 패트릭은 메이지에게 어울리는 별명을 찾아내지 못했다. 메이지가 파인애플 모양의 튜브를 좋아한다는 것만이 유일하게 영감을 줄 뿐이었다.

"삼촌이 그렇게 부르는 거 마음에 안 들어요."

"정말?" 그 별명이 패트릭의 마음속에 자리를 잡아가는 중이었다. 하지만 그 별명을 놓아주게 되어 기분좋기도 했다. "아빠가 집에 왔을 때 아빠를 위해 해주고 싶은 거라도 있니?"

그랜트가 페가수스 위에서 몸을 앞뒤로 흔들며 말했다. "우리가 아빠한테 그림을 그려주면 어때요? 아니면 현뚜막을 만들거나."

"뭐? 현수막?" 패트릭이 턱을 긁었다. 풀장 안에 너무 오래 있어서 피부가 팽팽하고 건조해진 느낌이었다. 더위 속에 있으니 어린 시절 바다에서 하루를 보낸 후의 느낌이 떠올랐고, 소금기는 다른 사람의 몸안에 갇혀 있다고 상상될 만큼 그의 피부를 조였다. "'집에 온 걸 환영해요'라든가 뭐 그런 종류의? 나쁘지 않은 생각이구나." 에이스 오브 베이스*의 노래 몇 마디가 그의 머릿속을 스쳐 지나갔다. 난 현뚜막을 보았때.

"우린 아직 크리스마스트리를 세워놓고 있잖니. 크리스마스를 다시 축하하는 건 어떨까!"

패트릭이 미소 지었다. 크리스마스가 연중 행사가 될 위험이

---

* 스웨덴에 기반을 둔 팝 밴드.

있었다. "환영 선물 재미있잖아, 메이지. 본격적인 기념일은 아니어도 선물을 나무 아래에 놓아두면 될 거야."

"하지만 그러면 우리가 선물을 못 받잖아요!" 그랜트는 이 제안에 넘어가지 않았다.

"넌 이미 선물을 받았잖아! 너희 둘 다 여름 내내 선물을 받았어. 자전거, 수영복, 튜브, 분별, 나와 함께 보낸 시간, 그리고 **개**. 지금쯤 틀림없이 선물이 지겨울 텐데."

"**더 받을래요!**" 그랜트가 소리를 질렀고, 마를레네가 졸다가 눈을 들더니, 자기만으로는 충분하지 않다는 기미를 알아차린 듯 낑낑거렸다.

"선물을 더 많이 받는다 해도, 그것들을 전부 집으로 가져갈 수는 없을 거야." 패트릭은 이 논리가 먹히길 바라며 설득했다. "여기에 나와 함께 남겨둬야 할걸. 그러면 그 물건들은 결국 내 것이 되는 거지."

그랜트가 패트릭의 손을 잡았다. "아니에요, 내 거예요. 우리가 삼촌 집에 올 때요." 이 말에 이어 그랜트가 삼촌을 바라보는 표정이 너무도 진실되어서, 패트릭은 지금껏 그를 방해했던 보이지 않는 그린치* 같은 상자가 부서지며 심장이 세 배로 부풀어오르는 걸 느꼈다.

---

* 1957년 닥터 수스가 쓴 성탄절 동화 『그린치는 어떻게 크리스마스를 훔쳤는가』의 주인공. 동굴에서 충실한 반려견 맥스와 단둘이 사는 그린치는 인근 마을에서 세 배로 성대한 크리스마스를 준비하고 있다는 소식을 듣고는 모두가 행복해하는 크리스마스를 방해하기 위해 직접 산타가 되어 크리스마스를 훔치기로 한다.

"케이크를 사면 어때요?" 메이지가 말했다. "그런 다음 아빠를 위해 소원을 비는 거죠."

"이런, 너희는 남들이 다 좋아하는 히트곡들을 좋아하는구나." 하지만 케이크는 축하용 음식이고, 어쨌든 이 제안이 긍정적인 분위기를 조성했다. 다른 선물들보다 훨씬 쉽기도 하고. 때로는 흔한 히트곡들이 훌륭한 방편이 된다. "좋아. 하지만 너희아빠는 파이를 좋아해."

메이지의 얼굴이 시큰둥해졌다. 디저트에 대한 메이지의 취향이 특이하긴 했지만, 파이는 너무 극단적이었다.

"파이는 뜨거워요. 여름에 먹기엔 너무 뜨겁다고요."

"키 라임 파이*는 안 그래."

"초콜릿요!" 그랜트가 외쳤다.

"맙소사. 좋아, 차가운 파이를 찾아보면 되지. 초콜릿도 선택중 하나가 될 수 있고. 다들 원하는 걸 고를 수 있어. 이제 됐니?"

"눈따람 파이요."

"눈사람 파이? 그게 뭔데?"

그랜트가 어깨를 으쓱했다. 그냥 그게 좋은 것 같았다.

"내가 생각했던 건 이거야." 패트릭이 제안했다. "우리가 넘버** 하나를 연주하는 거지."

"숫자요?" 그랜트가 물었다. "11?"

---

* 연유와 라임즙으로 만든 미국 플로리다주의 전통 요리.
** 뮤지컬에서 작품에 삽입되는 곡.

"일레븐 어클락 넘버,* 브라보!"

"무슨 말인지 모드겠어요."

"뮤지컬에 나오는 노래야. 너도 알겠지만, 춤을 추면서 부르는
노래지. 노래도 하고. 너희 아빠를 위해 빠른 템포의 노래를 연주
하는 거야."

"예를 들면요?" 메이지가 여자 복장에 대해 가지고 있는 혐오
감을 조금 드러내며 물었다.

패트릭은 그걸 동영상으로 찍어 유튜브에 올리자고 제안해서
아이들을 매수해볼까 생각했다. 하지만 그가 아이들을 돌보는 기
간이 끝나가고 있었다. 곧 아이들 아빠가 집에 올 것이고, 그러면
아이들을 돌보는 일은 더이상 그의 몫이 아니게 된다. 그들의 재
회에 그가 지나치게 깊이 관여해선 안 되었다. 지금은 한 걸음 물
러나야 할 때였다. 그는 아이들이 뮤지컬 〈폴리스〉에 나오는 일
레인 스트리치**처럼 큼지막한 옥스퍼드화를 신고 〈아임 스틸
히어I'm Still Here〉를 부르는 모습을 상상했지만, 아마도 그런 일은
일어나지 않을 것 같았다. "어린애였던 마지막 날이 언제냐고 나
에게 물었던 거 기억하니?"

"아뇨." 그랜트가 무심하게 대답했다. 그랜트는 너무나 많은
질문을 했기 때문에, 그랜트의 입에서 질문이 나올 때면 패트릭
은 자기가 그것들을 제대로 따라잡을 수나 있을지 궁금했다.

---

* 2막으고 구성된 뮤지컬의 2막 후반에 나오는 노래. 보통 이 대목에서 주인공이
   중요한 깨달음을 얻는다.
** 미국의 배우. 뮤지컬, 코미디 연기에 능했다.

"여기 온 첫 주에 네가 나한테 물었어. 난 네가 아직도 어린아이라고 생각하는지 궁금하구나. 이번 여름이 지난 후에도." 패트릭이 이마의 머리칼을 쓸어넘겼다.

"오, 그랬구나." 그랜트가 별생각 없이 대답했다. "난 겨우 1학년이고 야간등 켜놓고 자는 걸 좋아해요."

"어른들 중에도 야간등 켜놓고 자는 걸 좋아하는 사람이 있어."

"정말요?"

"그럼." 패트릭이 대답했다.

"하지만 그 어른들은 1학년이 아니잖아요."

"아니지. 네 말이 맞아. 메이지, 넌 어떠니?"

"뭐가요?"

"넌 네가 아직 어린아이라고 생각하니?"

메이지가 하늘을 응시했다. 북두칠성에서 그 답이 쏟아져내리기라도 할 것처럼. "그렇다고 생각해요." 메이지가 말했다. "하지만 아주 어린 애는 아니죠."

"그 말에는 동의할 수 없구나." 패트릭이 말했다. 심지어 그는 지난 이삼 주 동안 메이지에게 일어난 두드러진 변화에, 대담무쌍함에 주목했다. 말하는 태도. 풀장에 뛰어드는 방식. 정확히 집어내기는 어렵지만 메이지는 최악의 것을 대면했고, 패트릭은 메이지에게서 희미한 인정의 빛을 보았다. 메이지는 생존자였다.

"삼촌은 어떤데요?" 메이지가 물었다.

"내가 아직 어린아이냐고?"

"삼촌은 어린아이처럼 안 보여요." 그랜트가 말했다.

"이야, 고맙구나." 패트릭은 메이지의 질문에 정확히 어떻게 대답해야 할지 알지 못했다. 단어로서 어린아이는 해석에 열려 있다. 이를테면 마음속에 어린아이가 있다든가. "난 어린아이는 아니야. 하지만 대부분의 어른들과도 다르지, 안 그러니?"

메이지가 삼촌의 손을 잡았다. 두 사람은 이제 떠내려갈 위험에 처한 것처럼 연결되어 있었다. "우리가 가고 나면 삼촌은 뭘 할 거예요?" 메이지가 물었다.

그랜트가 별들이 가득한 하늘을 보듯 삼촌을 올려다보았다.

"오, 글쎄. 뭐든 너희가 오기 전에 하던 걸 다시 하겠지."

"그게 먼데요?" 그랜트가 물었다. "우리가 여기 오기 전에 삼촌은 뭘 했는데요?"

"글쎄다, 지금은 잘 모르겠구나."

"난 무서워요." 메이지가 말했다.

패트릭이 깜짝 놀라서 물었다. "집에 돌아가는 게?"

"네, 조금요."

"나도요." 그랜트가 자기 튜브 위에서 허우적거리며 덧붙였다. "삼촌에겐 규칙이 있잖아요. 경클 규칙요. 우리에겐 한동안 그런 게 없었거든요."

"맞아요." 메이지가 동의했다. "왜일까요?"

패트릭이 어깨를 으쓱했다. "모르겠구나. 어쨌든 내가 너희에게 중요한 것을 가르쳐준 것 같다. 그리고 어떤 점에서 너희는 너희만의 규칙들을 수립해야 해."

바로 그 순간 그들은 그것—하늘을 밝히는 불의 공—을 보았다. 그건 그저 유성이 아니었다. 대기권에 침투하려고 시도하는 어떤 것이었다. 지구에 도달하기 위해. 그들에게 도달하기 위해. 심지어 패트릭까지도 튜브에서 몸을 일으켜 앉았다. 메이지가 놀라고 기뻐서 비명을 질렀다. 하지만 그 비명은 그들이 더 많은 것을 할 수 있기 전에 사라졌다.

패트릭의 가슴속에서 심장이 쿵쾅거렸다. "저거 봤니, 그랜트?"

그랜트가 고개를 끄덕이며 하품을 했다. 그랜트가 페가수스의 목에 매달리자 페가수스의 머리도 위아래로 까닥거렸다. "저건 엄마였어요."

메이지가 자기 튜브 위에 앉으며 물었다. "그렇게 생각해?"

그랜트는 패트릭이 보기에는 반쯤 잠든 것 같았지만 확신을 표했다. "맞아."

"거프?" 메이지가 간절하게 확인을 구했다.

패트릭은 자기가 본 것에 여전히 멍해 있었다. "나도 그렇다고 생각한다. 너희 엄마가 인사를 한 거라고 생각해."

메이지의 흥분이 녹아내려 의심으로 번져갔다. "어떻게 그럴 수 있어요?"

패트릭은 바닷가재 튜브의 집게발에 몸을 기대고 옆으로 굴러갔다. 그 튜브는 안락의자에 가까웠다. 꼬리가 벌써 익어서 요리가 된 것처럼 그의 몸 아래에 말려 있었다. "엄마가 너희를 얼마나 사랑했는지 말하는 건 우주의 크기를 묘사하는 것과 같아. 숫자로 셀 수 없지. 불가능해. 내가 장담하는데, 엄마는 너희에게 인사할 백만 가지 방법을 찾아낼 거야. 너희는 눈을 뜨고 그걸 보기만 하면 돼."

한순간 세라가 하늘에 구멍을 뚫었다. 혹은 세라와 조 둘 다인지도 몰랐다. 아마도 그 현상엔 두 영혼이 쓰였을 것이고, 그래서 그렇게 밝았을 것이다. 어둠이 다시 고요히 내려앉았다, 그랜트가 코를 골기 시작할 때까지. 메이지가 빙긋이 웃고는 삼촌을 향해 다시 팔을 뻗었고, 패트릭도 마주 팔을 뻗었다. 그들은 손을 옮겨쥐었다. 둘 중 누구도 하늘에서 눈을 떼려 하지 않았다. 쉭쉭 하는 소리 그리고 그들 둘을 깜짝 놀라게 한 딸깍 하는 소리가 나더니, 물이 마치 눈물처럼 그들에게 쏟아져내렸다.

"이게 무슨……" 패트릭이 놀라서 말했다. 그건 물이 땅속으로 스며들기도 전에 태양이 물을 증발시키지 않게 밤늦은 시간에 작동하도록 설정해놓은 잔디밭의 스프링클러였다. "달려!" 스프링클러가 새로운 길을 찾아 이리저리 휘돌고 물을 뱉어내는 동안, 그들은 미끄러운 잔디밭을 가로질러 급히 달려갔다. 그랜트는 마를레네가 자기 다리에서 빠져나가는 동안, 전날 그들이 했던 게임인 크로켓 골대를 발로 끌어냈다.

"꼭 변기 같아요!" 그랜트가 꺾이지 않는 기쁨을 드러내며 꺄악꺄악 소리를 질렀다.

"워시릿이야!" 패트릭이 항의했다.

그는 그날 사용한 뒤 날리려고 야외용 기구에 넣어놓은 풀장 타월들을 낚아챈 뒤 커다란 타월 한 장으로 두 아이를 감싸고 가까이 끌어당겼다. 아이들이 몸을 떨었다. 추워서라기보다는 극심한 흥분 때문이었다.

"너희가 여기서도 사랑받는다는 거 알지, 응? 너희 아빠는 너희를 사랑하고, 곧 돌아올 거야. 할머니 할아버지도 너희를 사랑해. 마를레네도 너희를 사랑하고. 클라라 고모도 너희를 사랑하지."

"그리고 삼촌도 우리를 따랑해요." 그랜트가 말했다.

커다란 타월 한 장에 감싸인 아이들은 겹쳐진 연약한 쌍둥이처럼 보였다. "그럼, 나도 너희를 사랑하지."

아이들이 바들바들 몸을 떨면서 미소 지었다.

"하지만 아무한테도 말하지 마라." 패트릭이 말했다. "이건 우리만의 비밀이야."

27

메이지와 그랜트는 창문 밑에 쭈그려앉아 있었다. 긴장된 비명을 억누르는 동안, 에너지의 불꽃이 서로의 반응을 촉발했다. 그들은 발각되지 않기 위해 문으로 기어갔다. 그레그가 택시에서 내려 보도로 올라서자 아이들은 문을 열면서 비명을 질렀다. 그랜트는 손잡이 놓는 것도 잊어버리고 비틀거리며 뒷걸음쳤다.

"집에 온 걸 환영해요!"

아이들이 펄쩍 뛰어올라서는 찰싹 달라붙을 곳을 찾아 팔다리로 아빠를 감싸안고 절대 놔주지 않으려고 꿈틀거리는 동안, 패트릭은 마를레네를 안아올렸다. 이제 선생님이 돌아오셨으니, 교실 없는 대체 교사 패트릭은 자리를 내주고 뒤로 물러섰다. 경클은 규칙들로 지배할지 모르지만, 그들 세 사람이 공유한 길고 무거운 흐느낌에서 알 수 있듯이 아이들의 사정은 아빠가 가장 잘 알고 있었다. 그레그가 꽉 끌어안은 아이들의 얼굴에 자기 얼굴을 묻었다. 패트릭은 눈물을 삼켰다. 상황이 나아진 것 같다는 생각, 그가 이번 여름에 좋은 일을 했다는 생각이 들었다. 하지만 그들의 고통은 날것이고 본능적이었으며, 지각 바로 아래 맨틀에는 그 모든 시간이 도사리고 있었다. 어쩌면 그는 많은 걸 완수하지는 못했는지도 몰랐다.

그레그가 안고 있던 아이들에게서 눈을 들었다. 그의 시선이 방 한가운데로 이끌렸다. "크리스마스트리가 있네!" 그가 눈물을 닦으며 외쳤다. 그의 눈이 트리에서 형에게로 그리고 다시 트리로 옮겨갔다. "분홍색이고."

"우리가 아빠를 위해 세운 거예요!" 그랜트가 설명했지만, 그 대답은 그만큼이나 많은 질문을 유발했다.

"고맙구나." 그레그가 이렇게 말하고는 더 많은 설명을 구하듯 패트릭을 돌아보았다. 하지만 형은 개를 바닥에 내려놓은 뒤 어깨만 으쓱할 뿐이었다. 마를레네는 자기 몸을 끌어올릴 힘이 다리에 생길 때까지 만화처럼 제자리에서 뛰었다. 그런 다음 자기도 포옹에 합세하기 위해 앞으로 나아갔고, 합세해도 된다는 허락을 받으려고 뒷다리로 세 번 점프했다. "얘는 누구야?"

"마를레네요!" 메이지가 흥분한 목소리로 대답했다. "원래 이름은 다른 거였는데, 거프가 바꿨어요."

"그렇구나." 그레그가 패트릭이 재미있어하는 형식적인 태도로 마를레네의 머리를 토닥여주었다. 그레그는 항상 개를 좀 무서워했다. 마를레네처럼 조그만 개조차도. "혹시 삼촌이 너희 이름도 바꿨니?"

"난 그랜털로프예요." 그랜트가 말하고는 으르렁거리는 소리를 냈다. 그랜트가 무엇을 흉내낸 건지는 알 수 없었지만, 주변에 아무도 없을 때 영양(혹은 캔털루프)이 어떤 소리를 내는지 누가 알겠는가?

"만나서 반갑다, 마를레네."

메이지가 마를레네를 꼭 껴안고 말했다. "이분은 우리 아빠야." 마를레네는 자유로워질 때까지 꿈틀거리고 몸부림을 쳤지만, 빠져나와 달아나지 않고 그들의 포옹 안에 그대로 머물렀다.

"우리한테 줄 선물 가져왔어요?" 그랜트가 아빠의 팔을 붙잡고 일어서려 하면서 물었다.

"사실 거기가 쇼핑을 할 수 있는 곳은 아니었단다. 하지만…… 집에 가면 선물을 받을 수 있을 거야."

메이지가 끼어들어 말했다. "우린 아빠한테 줄 선물이 있어요!"

"케이크도요!" 그랜트가 덧붙였다.

"파이잖아, 바보야." 메이지가 정정했다.

"오, 그래. **파이!**"

"선물이 있어? 와, 내가 운이 좋네. 너희 계속 이렇게 착하게 굴었니?"

"네!" 그랜트가 외쳤다.

"우리 생각이었어요! 그리고 거프의 생각이었고." 메이지가 패트릭에게 달려가며 선언했다. "삼촌도 같이 생각했어요."

그레그가 형을 향해 부드럽게 손을 흔들었다. 패트릭도 여왕처럼 손을 살짝 구부린 채 마주 손을 흔들었다.

"아빠, 여긴 리모컨으로 변기를 조종해요."

"워시릿요." 메이지가 기억해냈다.

"그러니?" 그레그가 물었다.

"네! 그게 엉덩이에 팀을 뱉어요."

적어도 그는 뭔가로 기억될 터였다.

메이지가 아빠의 한쪽 팔을 잡았고, 그랜트는 다른 팔을 붙잡았다. 두 아이는 파이를 보여주기 위해 그레그를 천천히 주방으로 이끌었다.

*

아이들은 아빠가 돌아와 한지붕 아래 있다는 안정감 덕분에 침대에 눕기도 전에 잠이 들었다. 마치 석 달 동안 숨을 참고 있다가 마침내 내쉴 수 있게 된 것처럼. 그레그가 그랜트를 방으로 데려갔고, 패트릭은 메이지를 방으로 데려갔다. 메이지와 그랜트 둘 다 그가 돌봐주는 내내 잠을 잘 자지 못했다는 생각이 들어 패트릭은 약간 초조해졌다. 특히 메이지는 한쪽 눈으로 줄곧 남동생을 보호했다. 하지만 이제는 메이지도 새끼 고양이처럼 얕고 부드럽게 숨을 쉬며 코를 골기 시작했고, 패트릭의 염려는 흩어져 사라졌다. 그가 해냈다. 그는 이 아이들을 살려냈다. 저녁 식사를 마친 뒤 아이들이 아빠에게 지난여름에 대해 이야기하는 동안, 패트릭은 심지어 혹독한 자기비판을 누그러뜨리기까지 했다. 어쨌든 그는 뭔가를 완수했을 것이다. 아이들과 함께. 아이들과 나란히. 아이들을 위해. 심지어 그를 위해. 이제 그의 일은 끝났고, 그도 정말로 잠을 잘 수가 있었다. 아마도 몇 년 만에 처음으로.

패트릭과 그레그는 세상의 크기에 압도된 두 명의 취한 십대 청소년처럼 조립식 소파에 쓰러져 널브러졌다. 패트릭이 물었다. "죄수 호송차에서 보낸 시간은 어땠어?"

그레그가 끙 하고 신음소리를 냈다. 그는 커피 테이블 위, 축제용 파이가 남겨진 접시들을 바라보았다. 슈거 크래시가 곧 올 테지만, 그는 그에게 남아 있는 유일한 행복을 누리고 있었다.

"그게 무슨 뜻이야?" 패트릭이 다시 물었다. 그는 마를레네가 달려들지 않도록, 크러스트와 휘핑 크림이 담긴 접시를 발가락으로 커피 테이블 한가운데로 밀었다. "끙끙대지만 말고 뭔가 말해줘야지."

그레그가 양쪽 팔꿈치로 몸을 받쳤다. "진짜 대답을 듣고 싶어, 아니면 헛소리를 듣고 싶어?"

패트릭은 속으로 생각했다. 실제로 그레그 뒤에 무엇이 있는지 알고 싶은가? 그레그가 한번 더 거기서 지내야 할까? 내년 여름에도 아이들이 그의 차지가 될까? 어쩌면 그다음해 여름에도? 그러고는 대답이 그곳에 저절로 나타나기라도 할 것처럼 천장을 응시했다. 하지만 고쳐 달아야 할 매입형 전구만 보일 뿐이었다. "진짜 대답."

"지옥이었어. 적어도 처음에는. 실제로 오랜 시간이 걸렸다는 거 알아. 세라는 수년 동안 아팠으니까. 하지만 나에게는 행복한 가족─아내와 두 아이─이 있었는데 어느 날 갑자기 다 사라지고 아무것도 안 남은 것처럼 느껴지더라."

"아무것도 안 남은 거 아니야."

"그 사람들이 슬리퍼를 줬어." 그레그가 말했다. "그거 말고는 아무것도 없는 것 같았지. 〈오즈의 마법사〉와 반대로, 총천연색의 삶을 살다가 색이 모두 제거되고 사이클론이 기승을 부리는 악몽에 사로잡힌 채 깨어난 거지." 그가 히죽거리며 웃었다. "거기선 생각할 시간이 많아져. 툭하면 넋두리나 하게 되고."

패트릭이 양손바닥을 눈에 대고 꾹 눌렀다. "그곳이 온통 베이지색이어서 그래."

"너무 혼란스러웠어. 거기서 지내는 것이 내 의지였다 해도, 사실 난 내 의지를 거슬러 그곳에 있었던 거야. 이 말을 어떻게 이해시킬지 모르겠지만. 거기선 어떤 냄새도 났지."

"나 거기 가봤잖아. 나도 그 냄새를 맡았어."

"형이 그 냄새를 정말 맡았는지 난 모르겠어. 시간이 흐르면서 사람의 내면에 천천히 스며드는 냄새거든. 참을 수 없다고 느껴질 때까지 말이야. 코가 뜨겁고, 폐에 불이 붙은 것 같은 느낌이야. 그리고 비명을 지르게 되지. 하지만 전부 내면에서 일어나는 일이기 때문에 아무도 그 소리를 듣지 못해."

그레그가 머리 뒤로 팔을 뻗어 베개를 부풀렸다. 패트릭은 크리스마스에 번쩍이는 자낙스 베개를 내다버린 덕에 그레그가 그

질척거림을 마주하지 않게 된 것을 진심으로 기뻐했다. "그런 다음엔?"

"모르겠어. 19일째 되던 날 즈음에 모든 게 선명해졌어. 마치 지난 18일 동안 모든 사람이 외국어로 말하는 듯한 느낌이었지. 난 고개를 숙이고 힘을 다해 헤쳐나가기로 결심했어. 다 지나가면 예전의 일상으로 돌아갈 수 있을 거라고, 이제 잘 대처할 수 있다고 확신했지."

"중독 토크 말이구나." 패트릭은 견갑골 사이가 간지러워서 몸을 비틀었다. "그래서 무슨 일이 일어났어?"

"19일째 되던 날 일어나보니 말을 유창하게 할 수 있었어. 사람들이 하는 말도 모두 이해되기 시작했고. 전부 다 이해하지는 못했어, 처음엔 아니었어. 하지만 그럭저럭 해나가기엔 충분했지. 단어들이 어떤 의미를 띠기에는 말이야. 난 경청하기 시작했어. 그리고 다른 사람들이 고백하는 모든 이야기 속에서 나 자신을 인식했지. 거짓말, 숨기, 변명, 수치심."

"좋은 일이네, 그렇지?"

"그곳에 있는 사람들은 다 어떤 종류의 중독자였어. 모든 사람이 말이야. 접수계 직원, 요리사, 관리자 들까지도. 그 안에 나와 공통점이 없는 사람은 한 명도 없었다니까. 다들 미친 사정이 있었지. 형도 들으면 눈이 튀어나올걸. 나는 모두의 이야기를 경청했어. 그러지 않았다 해도, 그걸 경험하지 않았다 해도 나는 그렇게 했을 거야. 상황이 흘러가는 방식대로 거기에 도착했을 거야. 내 마음속에는 아무런 의문도 없었거든."

패트릭은 동생의 말에 귀기울였다. 그로서는 뭔가 빼앗지 않고는 덧붙일 것이 하나도 없었다. 조에 관해, 세라에 관해 뭔가를 언급할 수는 있었다. 그리고 그가 비탄의 언어에 얼마나 유창한지도. 하지만 왜 그는 항상 하던 일만 할까―왜 다른 사람에게서 초점을 가져오기만 할까?

"이걸 다른 사람들에게 어떻게 설명하지? 예를 들면 클라라 누나는 어떻게 이해할까?"

클라라 누나. "음, 내가 그 문제에서 너를 도왔잖아. 지금 누나는 나에게 더 화가 나 있어."

"형은 누나한테 화가 안 나고?"

"너는?" 패트릭은 중독 치료 시설에서 법원의 서류를 받고도 별다른 조치를 취할 수 없는 심정이 어땠을지 상상해보았다.

"형이 처리할 거라고 했지. 그리고 난 형이 그렇게 했을 거라고 생각해. 정확히 무슨 일이 일어난 건지는 여전히 잘 모르고 있고."

"그럼 우리 둘이 되겠네." 클라라 누나에게 비난의 화살을 돌리는 건 쉬웠다. 하지만 그는 그러지 않았다. 그는 한발 물러섰다. "내가 너무 지나쳤어. 누나의 발작 버튼을 눌렀지."

"형은 항상 그러잖아."

"그래, 하지만 이번엔 뭔가 달랐어. 생각해보면 누나는 도움을 청하려고 나에게 왔던 것 같아."

그레그의 머리가 헝겊 인형처럼 한쪽으로 풀썩 기울어졌다. "그게 무슨 뜻이야?"

"누나가 뭔가를 검토중이라고."

그레그가 패트릭 쪽으로 한쪽 다리를 찼다. 하지만 소파가 너무 커서 발이 패트릭에게 닿을 만큼 가까이 다가가지 못했다. "우리 모두가 뭔가를 검토하고 있네."

패트릭은 크리스마스트리가 거꾸로 보일 때까지 머리를 소파 뒤로 젖혔다. 트리는 점 하나에서 시작해 점점 넓어졌다. 뒤집힌 분홍색 삼각형이 은은한 빛으로 반짝였다.

"형이 바로잡을 수 있어?" 그레그가 물었다. "나는 내 상황에 온 힘을 쏟아야 하거든."

마를레네가 패트릭의 다리 뒤 자기 자리에서 눈을 들어 쳐다보았다. 마를레네는 그레그가 누구인지 확신하지 못한 채, 집에 찾아온 이 사람에 대해 걱정하는 것 같았다. 그레그의 용건이 무엇인지 감지될 때까지 경계를 풀지 않으려고 몹시 애를 썼다. 패트릭은 마를레네의 귀 뒤쪽을 쓰다듬어주었다.

패트릭은 상황을 바로잡고 싶었다. 하지만 지금으로서는 방법을 알지 못했다. 그는 트리에서 시선을 돌려 다시 소파에 똑바로 앉았다. 그리고 머리를 흔들어 현기증을 떨쳐냈다. 그레그는 세라의 장례식 때보다 더 건강하고 덜 수척해 보였다. 좋은 방식으로 체중도 늘었다. 패트릭은 생각했다. 자기를 위해 준비한 건강한 음식을 규칙적으로 섭취한 결과야. 그 음식을 반드시 먹도록 주위 사람들이 지켜보기도 했을 거고. "누나는 배신감을 느끼고 있지만 극복할 거야. 누나는 대런 매형을 사랑하지 않아."

"뭐라고? 미쳤군." 그레그가 패트릭에게 천천히 베개를 던졌고, 패트릭은 그것을 받아 가슴에 대고 양팔로 감싸안았다. "그걸 어떻게 알았어?"

"그런 촉이 와."

"누나가 남편을 사랑하지 않는다는 촉이 온다고."

패트릭과 그레그는 어린아이였을 때 클라라를 BB탄총으로 쏜 적이 있었다. 정확히 말하면 클라라를 쏜 것은 아니고 클라라 발치의 돌을 쏘았다. 하지만 총알은 돌에 맞고 튕겨나와 점박이땅벌에 쏘인 것처럼 클라라의 발목을 쓰라리게 했다. 그건 사고였다. 그들은 어리석은 소년들이었다. 하지만 그들에게 독설이 쏟아졌다. 이후 그들이 견뎌야 했던 역사적 고충—겉으로 보기에는 그들이 태초부터 모든 여성에게 자행되어온 폭력의 대가를 치른 셈이었다—을 돌아보면, 클라라가 한 남자를 쉽게 용서할 만큼 인류를 용서할 여지가 없다는 사실이 납득되었다. "내가 이 일에서 클라라 누나를 도울 거야." 패트릭이 갑자기 새로운 시시포스의 과업에 열의를 보이며 말했다. "세라한테는 실패했지. 하지만 클라라 누나한테는 더 잘할 수 있어." 그렇긴 하지만 내일부터. 지금 당장은 소파에서 일어날 생각이 없었다.

"아니, 잠깐, 잠깐만." 그레그가 항의했다. "기다려봐. 형이 세라한테 어떻게 실패했다는 거야?"

"세라는 나에게 더 많은 걸 기대했을 거야. 이번 여름에. 아이들하고 함께 있을 때."

"아이들은 형을 사랑해." 그레그가 말했다. "아이들이 형을 바라보는 표정을 보면 너무나 명백한걸."

"오, 세상에. 안 그러면 좋겠네."

그레그가 몸을 앞으로 기울이고 형의 무릎 바로 아래에 펀치를 날렸다. "대체 뭐가 문제야?"

"아야!"

"나 진심으로 묻는 거야."

"거기 내 정강이야." 패트릭이 동정을 구하며 자기 다리를 문질렀다.

"다른 쪽 정강이에도 펀치를 날려줄 거야." 그레그가 주먹을 쥐었다가 풀었다. 그런 다음 손을 몸 옆으로 늘어뜨렸다. "형은 평생 사랑을 받아왔잖아. 모르는 사람들에게서, 모든 사람에게서. 그런데 우리 애들은 왜 안 돼?"

패트릭은 애정……에 대한 알레르기 반응으로 목구멍이 막히는 걸 느꼈다. 그는 공기를 세 번 삼켰다. "난 그 모든 것으로부터 걸어나왔어. 흄모로부터."

"그리고 우리는 아무도 그 이유를 이해하지 못했지."

그 순간 패트릭은 자신은 제대로 이해하고 있는 건지 확신하지 못했다. 그는 다른 사람들이 자신의 슬픔을 보는 걸 결코 원치 않았다. 자신의 내면이 얼마나 뒤틀려 있는지 알게 되면 사람들이 웃지 않을 것 같아 너무나 두려웠다. 그런 다음 쇼가 끝났고, 그는 더이상 사람들을 웃게 만들고 싶지 않아졌다. 다른 역할—진지한 역할—을 연기하려면 그 자신의 다른 부분에 접근해야 할 터였다. 그런데…… 그러고 싶지 않았다. "알고보니까 사랑받는다는 건 고통스러운 일이더라고. 심지어 때로는 참을 수 없을 만큼."

그레그는 여전히 매우 혼란스럽고 괴로워하면서 고개를 끄덕였다. "전부 세라의 생각이었어, 형도 알겠지만."

"뭐가?"

그레그가 방을 빙 둘러 에워싸는 듯한 몸짓을 했다. "이 모든 것 말이야. 끝나기 몇 주 전에 깔끔히 정리하려고 세라에게 갔어. 내 중독, 약들에 관한 일, 모든 것에 관해서 말이야. 세라는 그녀의 전형적인 성향대로 위기 모드에 돌입했고, 오후 끝 무렵에 즉흥적으로 그 계획을 만들어냈지."

"내가 아이들을 데려가 돌보는?" 패트릭이 불신 속에서 팔꿈치로 몸을 받쳤다. "세라는 내가 계획을 망칠 거라는 생각을 안 한 거야?"

"분명 형이 망칠 거라고 생각했을 것 같아." 그레그가 미소를 짓고는 덧붙였다. "하지만 아이들은 회복탄력성이 있으니까."

그건 일종의 배신, 그녀의 아이들을 기부한 행위처럼 느껴졌다. 그녀는 감히 어떻게 그에게 도움이 필요하다는 걸 그토록 뚜렷이 알 수 있었단 말인가. 그들은 그 정도로 친한 사이는 아니었는데. 더는 아니었다. 마지막엔 아니었다. 그런데 그녀가 마지막으로 한 일이 그에게 선물을 주는 것이었다고? 도대체가 말이 되지 않았다.

그레그가 패트릭의 주의를 끌려고 손가락을 탁 하고 튕겼다. "세라의 생각이 맞았어? 그녀가 옳은 일을 한 걸까?"

패트릭이 머리를 휙 돌리며 자리에서 일어났다. "너희 모두 그리고 너희의 끝없는 질문들. 항상 똑같구나. '만약 사람에게 팔꿈치가 없다면 무슨 일이 일어날까? 어떻게 수프를 먹을까?' 그건 마치, 빌어먹을, 내가 뭘 알겠어? 넌 팔꿈치로 수프를 먹니?"

그레그가 웃었다.

"재미없거든!"

"우린 팔꿈치로 수프를 먹지." 그레그가 단언했다. "어느 정도는."

"네 가족은 대체 뭐가 문젠데?"

"만약 팔꿈치가 없다면, 형은 어떻게 입으로 숟가락을 가져가겠어?" 그레그가 자신의 주장을 증명하기 위해 좀비처럼 양팔을 곧게 뻗었다.

패트릭이 소파에서 재빨리 일어나 움직였고, 그레그가 언데드처럼 끙끙거리며 천천히 그를 뒤쫓았다. 그는 형을 따라 책장 앞으로 갔다. 거기서 뭔가가 그의 눈을 잡아끌었다.

"형 골든 글로브 트로피가 찌그러졌네."

"그래."

"우리 애들이 그랬어?"

"외상 장부에 네 이름으로 달아둘게."

그레그가 얼굴을 찌푸렸다. 골든 글로브 트로피의 가격이 얼마인지 그는 알지 못했다. 하지만 쌀 리는 없었다.

"지진이 났을 때 떨어졌어." 패트릭이 동생을 곤경에서 끌어내주었다. "그냥 너희 끔찍한 아이들에 관해 농담을 한 거야, 물론 나도 그애들을 사랑하지."

그레그가 형을 꽉 끌어안았다. 패트릭은 분위기가 더 질척거리기 전에 동생에게서 몸을 빼냈다. "너 중독 치료 시설에 가더니 다정해졌구나."

"너무 게이 같나?" 그레그가 형에게 윙크를 했다. 패트릭은 장난스럽게 주먹을 쥐어 보였다.

패트릭이 주방으로 가서 냉장고에서 파이 몇 개를 꺼내 가져왔다. 그들은 함께 비닐랩을 벗기고 몇 입 먹었다. 초콜릿, 바나나 크림, 코코넛, 레몬, 키 라임. 그들은 편안한 침묵 속에 거기에서 있었다. 가족과 함께 있을 때만 완전한 침묵이 이렇게 기분좋을 수 있다.

"레몬 맛은 로자 몫으로 좀 남겨둬. 로자가 좋아할 거야. 항상 마당에서 레몬을 가져가도 되냐고 묻거든."

"알았어." 그레그가 바나나 필링을 포크로 긁어내 혀 위에 올려놓았다. "내가 어떻게 해야 할까?"

패트릭은 코코넛 파이를 한 입 먹기 위해 팔을 뻗고 팔꿈치를 구부렸다(팔꿈치의 중요성을 새로이 인식했다). 그런 다음 파이를 입으로 가져갔다. 버터맛이 나고 부드러운 파이가 방어 스시가 연상될 때까지 입안에서 녹도록 놓아두었다. "상실의 비탄은 마음속을 맴돌아. 어떤 날엔 그 원이 더 커지지. 그날은 좋은 날이야. 움직이고 춤추고 숨쉴 수 있는 공간이 생기거든. 어떤 날엔 그 원이 빽빽하게 좁아져. 그러면 그날은 힘든 날이 되고."

그레그가 바나나 크림 파이를 하릴없이 포크로 찌르며 말했다. "요즘은 전부 힘든 날이네."

"지금 당장은 그렇지. 곧 더 수월한 날들이 와. 시간이 흐르면서 오지."

"그때까지 내가 뭘 해야 할까?"

패트릭이 남은 필링을 치아 뒤쪽에 밀어넣고 조심스럽게 핥아냈다. "견뎌야지." 졸음이 잠식해오는 것이 느껴졌다.

"같이 우리집으로 가자." 그레그가 말했다.

"싫어."

"애들이―"

"―그레그."

"응?"

패트릭이 자기 포크를 개수대에 가져다 놓았다. 몇 주 만에 처음으로 문 안으로 걸어들어가 완전히, 전적으로 혼자가 되기를 갈망했다. 조용히 누워 침묵―사막에서 부는 바람소리만이 유일한 골칫거리이고, 심지어 그 소리가 그의 걱정거리들을 날려보내줄―을 즐기는 것을 상상했다.

그레그의 만류에도 그는 파이에 비닐 랩을 덮어씌워 냉장고에 도로 가져다 넣었다. "나 아직 다 안 먹었어."

마를레네가 자기 귀를 긁었다. 녀석의 목걸이에 달린 방울이 내는 땡그랑 소리가 낭랑하게 울려퍼졌다.

"오늘밤은 그만하자."

28

패트릭은 앞에서 달려가는 아이들을 지켜보았다. 아이들은 카펫이 깔린 복도를 달려내려가고 매표소를 지나, 도착과 출발 게이트가 있는 공항 제2터미널로 통하는 출입구로 향했다. 패트릭이 아이들에게 말했다. "내가 볼 수 있는 곳에 있어라." 터무니없는 말이었다. 아이들이 아빠와 함께 있는데 삼촌의 과보호라니. 패트릭은 교대 근무가 끝났는데도 남아서 다른 사람들의 작업에 대해 왈가왈부하는 노동자 같았다.

공항은 작았고(홀 한쪽 끝에서 다른 쪽 끝까지 선명하게 보였다) 대체로 비어 있었다. 9월은 비수기였다. 아이들이 도롱뇽처럼 꿈틀꿈틀 움직이며 막히는 것 없이 앞으로 나아가는 동안, 그는 아이들의 기내용 여행가방을 끌었다.

그레그가 말했다. "아직 늦지 않았어, 형도 알겠지만."

"뭐가 늦지 않아?"

"우리랑 같이 가는 거."

패트릭은 출발 안내 전광판 앞에 멈춰 섰다. 그 대화라면 다시는 하고 싶지 않았다. "너희끼리도 시간을 보내야지. 한가족으로." 그는 손등으로 이마의 땀을 닦았다. 공항의 냉방 시스템이지는 싸움을 하고 있었다.

"형도 가족이잖아."

1980년대의 게이 바로 이동한 것처럼 시스터 슬레지*가 패트릭의 머릿속을 뛰어다녔다. "이제 애들은 나한테 질렸을 거야." 그랜트의 여행가방 바퀴 하나가 카펫의 튀어나온 부분에 걸렸다.

"난 형과 함께 충분히 시간을 보내지 못했는데."

패트릭이 동생의 어깨에 손을 얹었다. 그레그에게는 아내를 애도할 자기만의 방이 필요했다. 그는 지난 십여 년 동안 패트릭이 조를 가지고 그랬던 것처럼 세라를 자기 안으로 끌고 들어가서는 안 되었다. 그에게는 치유되지 않은 채 인생에서 표류할 여유가 없었다. 양육할 아이들이 있으니까.

젊은 이성애자 커플이 그들 옆을 지나갔다. 등산복 차림에 배낭을 멘 여자가 날진** 물병을 든 채 패트릭에게 시선을 고정했다. 그들의 눈에 그레그는 보이지 않았지만, 그래도 그레그는 그

---

* 1971년에 결성된 필라델피아 출신의 보컬 그룹. 대표곡으로 〈우리는 가족〉이 있다.
** 튼튼하고 가벼운 플라스틱 용기 브랜드.

들을 마주 응시했다.

"형은 어떻게 해?" 그 커플이 그들의 이야기를 들을 수 있는 범위를 벗어나자 그레그가 물었다.

"뭘?"

"방금 지나간 사람들 말이야. 형을 쳐다보고 있어."

"어떤 사람들?"

그레그가 패트릭의 어깨 너머를 가리켰다. 패트릭이 고개를 돌렸고, 때맞춰 그 커플이 서로에게 몸을 기울이고 키득거리는 모습이 보였다. "난 저런 눈길 못 견디겠던데. 항상 사람들의 시선을 생각하게 되더라."

패트릭은 더이상 신경조차 쓰지 않았다. "익숙해져야지. 이제 항상 누군가가 널 지켜볼걸. 엄마 아빠, 커가는 아이들. 그리고 클라라 누나도 매처럼 널 노릴 거고."

패트릭은 동생의 얼굴에서 그동안 얻지 못했던 모두의 신뢰를 얼마나 원하는지 볼 수 있었다.

"알겠지만 넌 할 수 있어. 난 너를 믿는다."

그레그가 주위를 두리번거렸다. 하지만 형을 바라보지는 않았다.

"휴대폰 충전기는 기내용 가방에 넣어야 하는 거 기억하고 있지? 애들이 유튜브를 보고 싶어할 거야. 비행기 안에서 그래놀라 바 먹을래?"

"형 말 명심할게." 그 순간 패트릭은 그레그와 아이들을 보살피는 세라였다. 그레그가 집에서 인쇄해온 탑승권을 주머니에서 꺼냈다.

패트릭은 메이지가 휙 돌아 그랜트를 바짝 뒤쫓는 모습을 지켜보았다. 아이들은 세상의 나머지 부분이 사라질 때 할 수 있는 방식으로 웃고 있었다. "너도 알겠지만, 애들이 보고 싶을 거야." 조용한 집안이 금세 덜 매력적으로 느껴졌다. 오늘이 수요일이어서 로자가 집안에서 왔다갔다하는 모습이 보이거나 그녀가 주방에서 뭉근히 끓이는 엔칠라다 소스 냄새를 맡을 수 있었으면 했다.

"정착해, 형."

패트릭의 목털이 즉시 곤두섰다. "내가 소란이라도 피웠어?"*

"아니, 정착하라고. 누군가를 만나라고."

패트릭이 빙긋이 웃었다. "난 괜찮아."

"형도 아이를 가질 수 있어. 아이들하고 아주 잘 지내잖아. 어제 그랜트하고 같이 있는 거 내가 지켜봤어. 그애한테 물속에 머리 집어넣는 법을 가르치는 거. 형이 이번 여름에 아이들과 함께 시간을 보낸 게 정말 부러워. 내가 그래야 했는데."

"난 그애한테 물속에 머리 집어넣는 법을 가르치지 않았어. 그애를 물에 빠뜨리려고 한 거야." 패트릭이 주머니 속에 손을 아무렇게나 쑤셔넣었다.

그레그가 머리를 흔들었다. "형이 혼자라는 생각을 하는 게 싫어."

---

* '정착하다'라는 영어표현 'settle down'에는 '마음을 가라앉히다' '진정하다'라는 뜻도 있다.

패트릭이 모자를 벗고 머리칼을 헝클어뜨린 다음 스쿼트 자세로 쭈그리고 앉았다. 평정을 되찾을 때까지 모자로 얼굴을 가렸다. 그레그가 탑승권으로 부채질을 했다. 메이지와 그랜트는 숨을 돌리려고 통창 옆 의자 두 개에 털썩 주저앉았다. 그랜트가 속 편하게 다리를 흔드는 동안, 패트릭은 그랜트를 면밀히 살폈다. 내년 여름에는 그랜트의 발이 바닥에 닿을 것이다. 영원히 사라질 어린 시절의 또하나의 징표.

그레그가 형의 어깨에 손을 얹으며 말했다. "형이 걱정돼."

패트릭이 자리에서 일어나 표면이 우둘투둘한 카펫을 발로 쓸었다. 기분 나쁜 뭔가를 밟기라도 한 것처럼 신발 밑창을 유심히 살폈다. "그러지 마."

패트릭의 목구멍 안 덩어리의 크기가 두 배가 되었다. 가슴이 쿵쾅거리고 위장이 급격히 내려앉는 듯한 느낌도 들었다. 반창고를 떼어낼 시간이었다. 그는 아트리움에 다다를 때까지 그레그를 앞으로 밀었다. 우중충한 공항이 갑자기 햇빛으로 뒤덮였다. "난 우리 가족의 평범한 일원이야. 이걸 기억해줘. 나는 가장 평범해."

"무슨 경쟁이나 하는 것처럼 말하네."

"모든 것이 경쟁이지."

패트릭의 휴대폰에서 띵동 소리가 났다. 그는 주머니에서 휴대폰을 꺼내 화면을 들여다보았다.

"무슨 일이야?" 그레그가 물었다.

"할리우드 외신기자 협회에서 택배가 왔대. 새 골든 글로브 트로피 같아."

그레그가 웃었다. "그래. 형이 단연코 가장 평범하지." 그가 위쪽 유리 지붕을 올려다보았다. 거기에 작은 갈색 새 한 마리가 있었다. 그 새는 온갖 창문들 때문에 혼란에 빠진 채, 출구를 찾아 유리 울타리 한쪽에서 다른 쪽을 향해 앞뒤로 날고 있었다. 그레그가 새에게 손을 흔들었다. "저게 바로 우리야." 그가 말했다. "덫에 갇힌 새." 마치 아트리움이 그들의 비탄을 상징하는 것처럼.

패트릭은 그 상징에 포함되는 걸 원치 않았다. "아마 저 새는 여기서 편안할 거야."

그레그가 형의 의견을 묵살하듯 어깨를 으쓱했다. "그렇다 해도 덫에 걸렸잖아."

그건 사실이었다. 그 새는 안쪽에 속하지 않았다. 이곳엔 쾌적함—에어컨, 사람들이 스타벅스에서 맛있는 머핀을 산 뒤 새가 먹을 수 있는 부스러기를 남기는 것—이 존재할지 모른다. 하지만 결국 그건 제자리를 벗어난 일이었다. 공항은 새가 속한 곳이 아니었다. 심지어 인간이 만든 새들조차 속도를 높여 날아가려면 문에서 물러나야 했다. 유일한 출구는 아래에 있는 유리문이었다. 그들 위 높은 곳에 있는 그 새가 탈출하려면 더 낮게 가라앉아야 할 터였다.

느껴질 기미가 없는 천둥 같은 발소리가 패트릭의 귀에 들렸다. 메이지가 삼촌의 다리를 힘껏 쳤고, 패트릭은 쓰러지지 않으려고 세 걸음 뒤로 물러났다. 메이지가 그를 양팔로 감싸안았다.

"잘 있어요, 거프." 메이지는 그를 놓아주지 않았다.

그랜트가 두번째로 덜 세게 쿵, 도착해 누나를 꼭 붙잡고 그들의 포옹에 가세했다. 아이의 작은 손은 겨우 패트릭의 다리에 닿았다. "잘 있어요." 그랜트가 말했다. 그리고 그랜트어로 무슨 말인가를 덧붙였다. 돈 또 바요 비슷한 말이었다.

메이지는 래시가드 셔츠 하나를 입고 있었다. 비행기 안에 풀장이라도 있는 것처럼. 패트릭이 미소 지었다. 그는 쭈그려앉아 메이지의 셔츠 소매를 걷어올려주었다. "이게 오늘 최고의 의상이구나." 그가 말했다.

그레그는 어리둥절한 듯 보였다.

메이지가 삼촌의 턱을 손으로 치켜올리고는 대꾸했다. "그리고 난 치마를 벗어 망토로 쓸 수 있고요."

"메이지, 너 치마 안 입었잖아. 메이지는 치마를 싫어하는데." 그레그가 턱을 긁었다. "대체 무슨 말을 하는 거니?"

"우리가 뭘 좀 하고 있어." 패트릭이 대답했다.

"〈그레이 가든스〉에 나온 거예요." 메이지가 덧붙였다.

"〈그레이 가든스〉가 뭔데?" 그레그는 무척 혼란스러워했다.

메이지가 한숨을 쉬었다. "1975년에 메이즐스 형제가 만든 다큐멘터리예요. 아빠가 없을 때 그걸 봤어요."

"내가 이 아이들을 교육했지." 패트릭이 말했다. 패트릭이 말한 교육(에듀케이션)은 흡사 에듀게이션처럼 들렸다.

그레그가 미소 지었다. 의심의 여지 없이 그는 몇 주 동안 그 다큐멘터리에 관해 듣게 될 터였다.

패트릭의 눈시울이 뜨거워졌다. 그는 눈물이 나오지 않게 하려고 두 손가락으로 콧잔등을 꼭 쥐는 헛된 노력을 하며 서 있었다. 아이들을 맡긴 것에 대해 동생 그레그에게 화가 났던 만큼이나 지금은 그 아이들을 데려가는 것에 대해 두 배로 더 화가 났다. 그가 다리에 매달린 아이들을 꼭 껴안았다. "너희가 뭘 좀 기억해줘야겠구나. 우린 이걸 다정한 경클 규칙 16번이라고 부를 거야. 난 너희가 진정으로 살기를 원한단다. 산다는 건 가장 드물고 귀한 일이야. 대부분의 사람들은 그저 존재할 뿐이지." 이것은 그가 오스카 와일드로부터 베껴온 또다른 교훈이었다. 하지만 다른 사람이 자신의 결점을 공유한다는 참을 수 없다는 생각이 종종 가족을 갈라놓기도 한다. 패트릭은 자신의 결점을 공유하는 책임을 아이들에게 지우고 싶지 않았다.

그레그가 패트릭을 가까이 당겨 끌어안았다. 평생을 통틀어 누군가가 패트릭을 이토록 꼭 끌어안은 적이 없었다.

"집에 와." 그레그가 속삭여 말했다.

패트릭은 움찔했다. 그는 메이지에게서 벗어나기 위해 다리를 살짝 걷어찼고, 그레그의 손끝만 겨우 닿을 정도로 뒤로 물러섰다가, 아예 닿지 않을 정도로 더 멀리 물러섰다. "이러다 탑승 못하겠다."

메이지가 얼굴을 찌푸리더니 울기 시작했다. 그레그가 딸의 어깨에 양손을 얹었다. 그건 아이들 삼촌이 하던 바로 그 방식이었다.

"마를레네를 잘 돌봐줄 거죠?" 메이지가 흐느끼면서 말했다.

마를레네를 팜스프링스에 머물게 하는 건 그레그의 생각이었다. 그레그는 주저하는 메이지에게 삼촌을 생각해보라고 말했다. 너희가 떠나고 나면 삼촌이 혼자서 어떻게 지내겠느냐고, 마를레네가 같이 있으면 삼촌에게 얼마나 도움이 되겠느냐고, 그리고 그들이 다 함께 다시 삼촌 집을 방문할 거라고. "그렇게 해." 패트릭이 대답했다. 하지만 자신이 그 말을 큰 소리로 했는지 확신하지 못했다.

"우리가 삼촌을 다시 만날 때까지 마를레네가 삼촌을 잘 돌봐줄 거야. 우린 삼촌을 사랑해요, 거프." 그레그가 말했다.

"우리가 동영상을 만들어줄게요." 메이지가 눈물을 이겨내고 말했다.

"네." 그랜트가 맞장구쳤다. "우리가 유튜브에 올릴 동영상을 만들어줄 거예요!" 두 아이 다 아빠에게서 풀려나 마지막으로 삼촌에게 돌진했다. 패트릭은 균형을 유지하기 위해 지지대를 붙잡았다.

"유튜브에서 보자." 패트릭이 침을 힘껏 삼켰다. 목구멍 안의 덩어리 때문에, 그것이 그가 할 수 있는 유일한 마지막 말이었다.

그는 마지막으로 아이들의 머리를 차례로 쓰다듬어주었다. 쓰다듬기는 부드러운 밀기로 끝났고, 그는 동생 가족이 자동 유리문을 지나 보안 구역으로 미끄러져 들어가고 그 너머의 게이트로 향하는 모습을 지켜보았다. 그들이 마지막으로 돌아보았고, 그는 손을 흔들어 답했다. 그들이 두 개의 터미널 사이 야외 정자에서 햇빛에 잠겨가는 동안, 패트릭은 계속 눈으로 그들을 뒤쫓았다.

그들의 그림자가 점점 커지다가 제2터미널에 삼켜지고 시야에서
사라질 때까지 지켜보았다.

29

마를레네가 불안한 실종 사건에 뒤이어 수색에 나서기라도 한 듯 마당에서 냄새를 맡으며 미친듯이 뛰어다녔다. 심지어 JED네 개 로나를 부추겨 돕게 만들기까지 했다. 개 두 마리는 패트릭의 집 부지 서쪽 면을 따라 줄지어 선 키 큰 무화과나무들 아래와 그 주변을 왔다갔다했다.

"헤이! 거기서 나와!" 패트릭이 외치자 개들은 산울타리 아래로 한참 동안 모습을 감추었다.

"그냥 놔둬." 존이 말렸다.

"난 그냥……" 패트릭이 설명을 시작했다. "저 밑에 뭐가 있을지 누가 알아요." 그는 사막쥐 몇 마리가 피난처를 만들어놓았을지도 모른다고 상상했다. 사실 개들이 하고 있는 일은 전혀 이상하지 않았다. 하지만 패트릭은 그들이 그만두길 바랐다. 아무도 생명의 실마리 또는 증거를 찾아 동네를 이 잡듯이 뒤지지 않았다. 우유팩에 누군가를 찾는 수배문이 인쇄되지도, 동네 전신주에 수배 전단이 스테이플러로 급히 게시되지도 않았다. 물론 아이 두 명이 사라졌다. 그리고 마를레네는 패트릭만큼이나 집안이 조용한 걸 당황스럽게 여기는 것 같았다.

아니나 다를까, 그가 공항에서 돌아왔을 때, 할리우드 외신기자 협회에서 보낸 상자가 문 앞 계단에서 그를 기다리고 있었다. 캐시는 게으름을 부리지 않았다. 그렇긴 하지만 다음번엔 서명이 필요해. 패트릭은 생각했다. 상자 안에는 그의 이름이 새겨진 빛나는 새 골든 글로브 트로피가 그를 겁나게 만들기도 하고 그의 흥미를 끌기도 하는, 말하자면 새로운 시대의 포장재에 싸여 있었다. 그는 손가락에 가루가 남고 이상한 냄새가 날 때까지 양손으로 그 포장재를 눌렀다. "이것 좀 봐." 그가 큰 소리로 말했다. 하지만 그의 말을 들을 사람은 아무도 없었다. 상자 안에는 예전 트로피를 어떻게 돌려주면 되는지에 관한 안내문도 동봉되어 있었다. 그 트로피를 줄곧 그것에 무척이나 감탄했던 그랜트와 함께 집으로 보내주는 선견지명이 그들에게 있었으면 싶었다. 이빨요정이 보낸 건 아니라도 그냥 선물로 말이다. 패트릭은 손을 씻고 트로피를 선반에 올려놓은 다음 낮잠을 자려고 누웠다.

낮잠에서 깨어난 그는 돌리 파튼*의 〈하드 캔디 크리스마스〉를 반복해서 틀고 중간에 끼어들어 건성으로 노래를 부르며 크리

---

* 미국의 컨트리 음악 싱어송라이터.

스마스트리를 천천히 철거했다. 트리 장식품 하나를 떨어뜨리는 바람에 그것이 산산조각 났고, 패트릭은 할리우드 외신기자협회와 똑같은 포장재를 구하고 싶어졌다.

돌리가 높은 소리로 노래했다. "아일 비 파아아아아아인 앤드 댄디I'll be fiiiiine and dandy." 그녀의 목소리는 구슬프지만 희망이 가득했고, 그의 기분과 매우 잘 어울렸다. 여덟번째로 반복된 노래가 끝나자, 그는 일어나서 JED에게 전화를 했다. 이대로 가만히 있을 수는 없었다. 그는 받침대 뒤에 여전히 똑바로 서 있는 트리를 차고로 옮겼다. 머지않아 진짜 크리스마스가 올 것이다.

"치킨이 타겠어." 존이 그릴 쪽을 가리키며 말했다. 게이 삼총사가 그의 저녁 식사 초대를 받아들였고, 패트릭은 리프트 서비스를 이용해 식료품점에 갔다. 식료품점 계산대에서 그는 그랜트가 좋아하던 과일 젤리 팩 여러 개가 든 상자를 발견했다. 습관처럼 그것을 카트에 넣었다. 그렇게 그걸 구매했고, 집으로 돌아오는 길에 세 팩을 먹고 나머지는 버렸다.

"오." 패트릭이 잽싸게 차려 자세를 취하고 닭다리를 집게로 뒤집었다. 그는 정신을 집중해야 하는 이 일을 맡아, 마를레네가 마당을 조심스럽게 수색하는 일에 동참하지 않게 된 것에 감사했다. 손님들을 위한 치킨 냄새, 달콤한 양념이 약간 탄 냄새가 그를 허기지게 만들기도 하고 욕지기를 불러일으키기도 했다.

"바깥 기온이 36도가 넘는데 그릴에 그렇게 가까이 서 있고 싶어?" 존이 야외용 테이블의 맨 끄트머리에 앉으며 손을 휘저어

과카몰리*에 앉으려는 파리를 쫓았다. 오늘밤 그는 적절한 옷차림을 하고 있었다. 반바지 그리고 **낮술**이라고 프린트되어 있는 탱크톱이었다.

"난 열기가 좋아요." 패트릭이 대꾸했다. 그가 클라라에게 뭐라고 말했지? 열기가 씻어내줘.

"마음대로 해, 크레이지 맨."

패트릭은 이마의 땀을 닦은 뒤, 불꽃을 피해 옥수수를 그릴 위쪽 선반으로 옮겨놓았다. "옥수수는 거의 다 됐어요. 치킨도 오래 걸리진 않을 거고요. 다른 사람들은 어디로 사라졌어요?"

"드웨인은 수박 샐러드 가지러 갔고, 내가 알기로 에두아르도는 마리화나 좀 가지러 갔어. 앉아, 패트릭."

패트릭이 안 된다는 의미로 치킨을 가리켰다. 하지만 존은 양손으로 자기 옆의 의자를 가리켰다. 그의 양손이 패트릭의 손을 압도하는 것 같았다. 패트릭은 멍하니 존에게 걸어가 그가 시키는 대로 했다. 의자를 뒤로 당기고 좌석 쿠션에 쓰러진 뒤 다리를 꼬고 그리스식 샌들이 한쪽 발에서 달랑거리게 했다. 존이 자외선 차단 로션을 중지 끝에 약긴 짜내더니 패트릭 뒤에 서서 말했다. "눈 감아."

"오, 싫어요." 패트릭은 존의 속임수에 속지 않았다.

"패트릭, 그 빌어먹을 눈 좀 감으라고."

언쟁하는 것보다는 시키는 대로 하는 것이 더 쉬웠으므로 패

---

* 으깬 아보카도에 양파, 토마토, 고추 등을 섞어 만든 멕시코 요리.

트릭은 태도를 누그러뜨렸다. 무슨 일이 일어나든 곧 끝날 테니.
존의 손이 그의 얼굴에 닿더니, 이마에서 시작해 그의 피부에 로
션을 문지르며 아래로 내려가는 것이 느껴졌다. 존은 패트릭의
관자놀이를 문질렀고, 패트릭은 머리를 뒤로 젖힌 채 긴장을 풀
었다. 존의 손이 패트릭의 코 양쪽 끝에서 시작해 바깥쪽으로 움
직였다. 그 손놀림은 마치 수년 전에 말라버린 눈물을 누군가가
닦아주는 것처럼 느껴졌다. 그 손길이 얼마나 친밀한지, 그의 몸
전체가 얼마나 이완되는지, 마를레네가 짖는 소리가 늦은 오후
전선 위에 앉아 있는 비둘기의 애처로운 울음소리에 어떻게 녹아
드는지 패트릭으로서 믿을 수 없을 정도였다.

쿠-우-우. 쿠-우-우.

"이번 여름에 좋은 일 했어."

패트릭은 피부에 로션을 문지르는 느낌에 온전히 빠져들고 싶
었다. 하지만 존에게 말 그만하고 조용히 해달라고 하는 건 예의
바르지 못한 행동이라는 생각이 들었다. 그는 으으으음 하는 소
리를 냈다. 입술이 간질간질했다. 그가 손에 든 그릴 집게의 양쪽
다리를 몇 번 한데 모았고, 집게가 딸깍딸깍 만족스러운 소리를
냈다.

"심지어 난 그애들이 너 없이 어디로 갈지 생각하고 싶지도 않
아."

딸깍, 딸깍, 딸깍.

"고마워요." 패트릭이 대꾸했다. "하지만 그건 별로 문제가 되
지 않아요…… 이제 와서 무슨."

"때가 되면 답이 저절로 드러날 거야."

패트릭이 집게를 테이블에 내려놓았고 집게는 여전히 매우 만족스러운 소리를 냈다. "나는 그게 개소리 같다고 생각하니까 신경쓰지 마세요."

존이 빙긋이 웃었다. "아니. 전혀 신경 안 써." 존은 패트릭이 반사적으로 긴장할 때까지 두피 여기저기를 마사지해주었다. "넌 여기에 그 사람을 가둬놓은 거야."

"누구요?" 패트릭이 물었다.

"네가 잃어버린 사람."

조.

존이 계속 말했다. "그건 그 사람한테 못할 짓이야. 너한테도 그렇고. 너무 매달리지 마."

패트릭이 어깨를 늘어뜨렸다. 그리고 머리도. 턱이 가슴에 닿도록. 존의 손이 그의 목덜미로 옮겨갔다.

"통증은 느끼기 전까지는 사라지지 않아." 이렇게 말한 뒤 존은 이 주장이 일리가 있음을 보여주려는 듯 패트릭의 어깨에서 근육이 뭉친 부분을 찾아내 옆구리에 타는 듯한 열기가 오르내릴 때까지 힘을 주어 풀어주었다. 그렇게 두세 번을 더 했다. 존에게 그만해달라고 말하려는 참에 패트릭은 갑자기 가지고 있는 줄도 몰랐던 무언가로부터 자유로워진 걸 느꼈다. "봤지?" 존이 패트릭의 어깨에 양손을 올렸고, 패트릭은 천천히 눈을 떴다. "나 마사지 치료사 자격증도 있어."

"목사. 슬픔 상담사. 마사지 치료사. 당신이 못 하는 게 있기는 해요?" 패트릭이 치킨을 뒤집으려고 일어서며 물었다. 패트릭의 집 유리문이 옆으로 열리고 에두아르도와 드웨인이 다시 모습을 드러냈다.

"일부일처제." 존이 웃으며 대답했다.

패트릭이 잔디밭 너머로 고함을 쳤다. **"마를레네!"**

존이 놀라서 펄쩍 뛰었다. 마를레네가 무화과나무에서 위를 올려다보고 있었다.

"아이들은 거기에 없어. 집에 갔다고." 패트릭이 머리를 흔들었다. 그 자신에게도 가까스로 설명할 정도인데 개에게 어떻게 설명해야 할까. 그는 사방 벽 안이 어떻게 이렇게 조용할 수 있는지 궁금해하며 오후의 절반을 집안에서 혼자 보냈다. 패트릭이 얼음을 채워둔 통에서 로제와인 한 병을 꺼내 자기 잔에 따랐다. 와인잔 기둥 아랫부분을 손으로 잡고 잔을 세 번 돌렸다. "예전의 삶이 이랬던가요?"

"멋지네, 안 그래?" 드웨인이 말했다.

지루하지. 패트릭은 생각했다. 어떻게 사 년 동안 이렇게 살아왔을까?

"금방 익숙해질 거야." 존이 친구의 손에 자기 손을 얹었다. "자전거 타는 것처럼."

그들은 말없이 앉아 있었다. 유일하게 들리는 소리는 저녁의 바람소리였다. 그 소리가 그랜트가 캐묻던 질문들의 메아리를 패트릭에게 실어다주었다. 동굴에 살던 사람들은 아무런 도구도 없는데 어떻게 도구를 만들었어요? 삼촌은 유령을 어떻게 죽여요?

왜 내 눈을 보려면 거울이 필요해요?

패트릭은 자기 와인잔에 몸을 기울였다. 와인잔에 비친 그의 모습을 거의 알아보기가 힘들었다. 와인이 그에게 젊어 보이고 분홍색이 도는 낯빛을 부여했다. "곧 밤술용 셔츠로 갈아입어야겠어요."

존이 의아하다는 표정을 지었다. 패트릭은 그의 낮술 셔츠를 가리켜 보였다.

에두아르도가 그릇에 음식을 포장해 다른 사람들을 향해 들어올렸다. "이거 가져갈 사람?" 그러고는 자신의 라이터를 패트릭 쪽으로 미끄러뜨렸다.

"난 괜찮아." 패트릭이 말했다. 그 말이 진실인지는 확신하지 못했지만.

*

패트릭은 마를레네를 위한 공간을 만들어주기 위해 다리를 벌리고 소파에 누워 있었다. 마를레네는 메이지와 그랜트를 찾다 지쳐 그 둥지에서 곤히 잠들었다. 하지만 패트릭에게는 잠이 쉬이 찾아오지 않았다. 그는 확실히 지쳤다. 하지만 긴장을 완전히 풀고 쉬기에는 너무 불안정했다. 집이 뭔가 잘못된 것 같았다. 바닥에 널브러져 있는 장난감들은 모두 개 장난감이었다. 크리스마스트리도 사라졌다. 트리가 있던 구석 자리가 축하하는 느낌은 주었지만 이제는 우울증처럼 어두워졌다. 그는 그 자리에 빛이 비치도록 전등 스탠드를 옮겨올 힘조차 그러모을 수가 없었다. JED가 집으로 돌아가기 전에 에두아르도와 몇 번 치고받아야 했을까. 잠이 잘 오도록 말이다.

그는 뜨거운 물을 채운 욕조에 들어가볼까 생각했다. 하지만 그러는 대신 휴대폰을 열고 자신의 유튜브 채널을 찾았다. 새로운 구독자들이 대량으로 유입되어 있었다. 자기들이 무엇을 구독한 건지 알아야 할 텐데. 그 순간 그는 자신이 뭘 내세워야 할지 알지 못했다. 아이들이 가버렸는데 어떤 콘텐츠를 만들어야 할까. 확신할 수 없었다. 아마도 지금처럼 코를 골고 있는 마를레네의 클립들을 만들어야 할 것이다. 꿈의 진통 속에서 마를레네의 다리가 저녁의 부드러운 그늘 속 잔디밭을 가로질러 뛰어가듯 부리나케 움직였다. 동영상을 한 편 만들면 좋을 만한 장면이었다. 두 편도 괜찮을 것이다. 사람들이 반려견에 관한 동영상을 많이 올리는 것 같았다. 아니면 그 자신에 관한 동영상을 올려야 할까? 정말로 그를 보고 싶어하는 사람이 있을까? 그는 룰루스에서 솜사탕을 먹으며 메이지와 그랜트와 함께 만들어 올린 첫 동영상을 다시 재생했다. 조회수가 48만 8000회였다. 그는 생각했다. 이 48만 8000명은 자기 삶에서 더 나은 것들을 찾아내야 해. 그는 아이들의 웃음소리가 집안을 가득 채우는 걸 들으려고 볼륨을 높였다. 마를레네가 그동안 헷갈렸다는 듯 초롱초롱한 눈으로 고개를 들었다. 아이들이 여기 어딘가에 숨어 있는 게 틀림없었다. 그리고 그들을 찾아내는 일은 마를레네에게 달려 있을지 몰랐다. 마를레네가 어떻게 그 게임을 쉽게 포기할 수 있겠는가?

그렇지만 거실을 재빨리 살펴보니 여전히 그들 둘뿐이라는 사실이 분명해졌다. 소파 위 완벽하게 좋은 자리에서 내려올 필요는 전혀 없었다. 패트릭이 자기도 모르게 바보처럼 활짝 웃었다. 아마도 그는 새로운 팔로워들을 너무 매몰스럽게 판단했으리라. 아마도 그들은 자기가 무엇을 하고 있는지 정확하게 알 것이다. 그것은 여가 시간에 할 만한 최고의 일일 것이다. 그는 파티에서 찍은, 산꼭대기에서 찍은 그들의 동영상을 보았다. 그리고 그가 올린 다른 동영상들도. 〈위층 사람들〉의 마지막 커튼콜에 대한, 그가 공유한 동영상으로 다시 스크롤을 올렸다. 열여섯 개의 포스트 앞에 있는. 그다음에는 그가 모습을 감춘 사 년의 공백기가 있었다. 그 시간 동안 그는 인생으로 무엇을 했던가? 기록이 없다면 그가 어떻게 기억할 수 있을까?

그때 그의 어두운 생각들을 방해하며 휴대폰이 울렸다. 발신자 표시에 에이전트라는 글자가 깜박였다. 그는 전화를 받을 기운이 있는지 그다지 확신하지 못한 채 휴대폰을 응시했다. "마사 마운틴-레인지*이신가요?" 그가 전화를 받고 물었다. 하이픈으로 연결된 그 이름은 결혼 후의 이름일 거라고 상상하면서. 이제 지형학 지식이 바닥났으니 새로운 유머를 찾아내야 할 것이다. "찌그러진 트로피를 돌려보내야 할까요? 그들이 그걸 엄청난 북엔드로 쓸 텐데."

"관심이 있대요." 캐시가 불쑥 내뱉었다.

---

* '산맥'이라는 뜻.

그 두 어절이 인식되기까지는 잠시 시간이 걸렸다.

"강력한 관심요. TV예요, 네트워크 TV. 가족 시트콤. 말하자면 싱글 아빠 역할이에요. 〈아빠가 가장 잘 알아〉의 현대 버전. 그 사람들이 아이들과 함께 찍은 당신의 유튜브 동영상들을 봤고 무척 흥분하고 있어요. 아마 삼촌 역으로 바꿀 거예요. 활짝 열려 있어요. 만나보세요. 당신한테 반해 있다니까요."

"게이 삼촌."

"뭐라고요?"

"경클. 그 삼촌이 게이일 수도 있겠죠?"

"그 사람들은 당신을 원해요, 패트릭. 이야기가 잘되면 당신에 맞게 대본 전체를 다시 쓸 거예요."

패트릭은 아무 말도 하지 않았다. 그냥 휴대폰을 귀에 댄 채 캐시의 답답한 숨소리를 듣고 있었다. 그 소리가 마치 그의 두근거리는 심장박동을 주의깊게 완화해주는 명상 앱 같았다.

"패트릭, 뉴욕이에요."

패트릭의 눈이 붉어졌다. 그는 마를레네의 턱밑을 간질였다.

"당신이 원한 거잖아요. 뭐 할말 없으세요?"

패트릭이 깊고 날카로운 숨을 들이쉬었다. "그게 아니야, 이 풋내기. 그게 아니라고."

"빌어먹을, 그렇지 않아요!"

패트릭은 똑바로 앉았다. 일을 맡은 지 겨우 몇 주밖에 안 됐는데 밤늦은 시간에 그에게 전화하고는 사과도 안 한다고? 그에게 제안을 한다고? 전화로 욕까지 한다고? 캐시는 정말 대단한 에이전트가 될 것이다. 지금 이 순간 그는 캐시가 그 어느 때보다 마음에 들었다.

캐시가 볼 수는 없었지만, 그는 쓴웃음을 지었다. "그냥 내가 댄스 10점, 외모 3점이 아니길 바랄 뿐이에요."

캐시가 왜 자신이 이 프로모션을 그토록 원했는지 모르겠다는 듯 전화기 너머에서 화를 내며 투덜거리는 소리를 쏟아냈다. "지금 무슨 말씀을 하시는 거예요?"

패트릭은 웃지 않으려고 애썼다. 캐시를 화나게 하는 게 왜 이렇게 재미있지? "〈코러스 라인〉이에요, 캐시. 그 뮤지컬의 노래를 인용한 거라고."*

딸깍거리며 키보드 두드리는 소리가 났고, 캐시는 단념하지 않고 말했다. "로스앤젤레스에서 만나요. 제가 모시러 가야 할까요? 회의에 에스코트해드려요? 월요일에 당신을 만나고 싶대요. 가실 거라 믿어도 되겠죠?"

"로스앤젤레스." 패트릭이 혼란스러워하며 말했다. "아까는 뉴욕이라고 했잖아요."

"회의는 로스앤젤레스에서 해요. 프로그램은 뉴욕에서 만들고."

패트릭이 잠시 사이를 두었다. 말이 되는 것 같았다. 개발부 인력은 모두 LA에 있으니까. "그런데 지금 뭐 해요? 지금 타이핑하고 있는 게 다 뭐예요?"

---

* "그게 아니야, 이 풋내기. 그게 아니라고"는 뮤지컬 〈코러스 라인〉의 넘버 〈댄스 10점, 외모 3점〉의 가사다.

"그 젠장맞을 뮤지컬의 사본을 좀 구해달라고 어시스턴트에게 이메일을 쓰고 있어요."

패트릭은 관계자들을 감탄하게 만들겠다고 캐시에게 약속했다. 소파에서 잠들기 전 그가 마지막으로 한 일은 LA에 가는 비행기표 예약이었다.

*

토요일에 패트릭은 자전거를 타고 한 블록을 돌아 JED의 집까지 갔다. 현관문 쪽으로 다가가자 로나가 짖기 시작했다. 진입로에는 차가 없었다. 오히려 다행이었다. 그는 당분간 LA에 머물기로 결심했고, 작별 인사 같은 건 진력이 났다. 그는 현관문을 가로질러 자전거를 세운 뒤 받침대를 내리고 주머니에서 쪽지를 꺼냈다. 여름이 시작될 때 존이 자전거를 도둑맞은 일로 인해 어린 시절이 끝났다고 고백한 이후 이웃에게 자전거를 선물하자는 생각이 마음속에 있었다(어린이용 자전거가 에두아르도와 드웨인에게 맞기만 하다면 세 사람 모두를 위한 선물이 될 수도 있을 것이다). 패트릭은 이제 자전거가 별 쓸모가 없다고 생각했다. 사실 LA에서 상황이 어떻게 전개되는가에 따라 몇 주 후 JED에게 전화해 더 많은 물건의 소유권을 양도할 수도 있었다. 하지만 한 번에 하나씩. 자전거 앞에 바구니를 놓는 건 위험했다.

패트릭은 타이어 앞쪽 바퀴살에 쪽지를 끼워놓았다. 쪽지에는 이렇게 적혀 있었다. 존에게. 어린 시절은 결코 끝나지 않아야 해요.

　패트릭은 그들의 우정, 그가 존에게 느낀 깊은 애정에 놀랐다. 사실 그들 셋 모두에게. 그는 인생이 여전히 놀라울 수 있다는 것이 행복해서 미소를 지었다. 아마도 인생에서 그에게는 아직 좋은 것이 몇 개 더 남아 있을 것이다. 그는 그들의 현관문에 손바닥을 대고 부드러운 작별 인사를 했다. 그런 다음 길모퉁이로 걸어가, 로자에게 줄 돈을 인출하러 은행에 가기 위해 리프트 서비스에 전화를 걸었다. 집을 봐달라고 하려면 로자에게 급여를 약간 선지급해야 했다. 그녀에게도 쪽지를 쓸 것이다. 원하면 언제든 가족을 초대해 풀장을 이용하라고.

　모든 일이 무척 빠르게 진행되었다.

*

　비행기가 활주로를 달려가며 속도를 높이는 동안, 마를레네가 카멜색 가죽으로 된 반려동물 캐리어에서 머리를 내밀었다. 마를레네는 정말이지 이게 무슨 ㅈ*@같은 일이야?라고 말하듯 한쪽 눈썹을 치켜올리고 다른 쪽 눈썹도 마저 치켜올렸다. 패트릭은 마를레네를 위로해주려고 몸을 숙였다. 그들 둘 다 다이아제팜* 때문에 정신이 약간 몽롱한 상태였다. 그는 첫 비행기표를 예약한 직후 잡지 기사를 한 번 읽었다. 비행기를 타고 여행하는 것이

---

* 진정제의 일종.

그의 새로운 삶의 일부가 되리라는 것이 분명해졌다. 그것은 비행에 대한 두려움을 극복하는 가장 좋은 방법이기도 했다. 그의 두려움은 비행 자체에 대한 두려움이라기보다는 추락사고에 대한 전반적인 불안이었다. 그는 기사에서 말한 조언들을 마치 어제 읽은 것처럼 기억하고 있었다. 물론 그 조언들 전부를 마를레네에게 적용할 수 있는 건 아니었다. 난기류 예보를 확인해라. 비행기 소음에 익숙해져라. 구체적인 걱정거리들을 승무원에게 말해라. 또다른 조언 하나가 떠올랐다. 목적지의 사진을 찍어라. 그는 주머니 안 휴대폰으로 팔을 뻗었고, 카메라 앨범을 열어 풀장 옆에서 밝은 색 타월로 몸을 감싸고 있는 메이지와 그랜트의 사진을 찾아냈다. 그것을 마를레네에게 보여주었다.

"우린 가는 중이야." 그가 말했다. 이건 우회여행이었다. 서쪽으로 갔다가 동쪽으로 가는. 이건 그들에게는 새로운 삶의 시작이었다. 비행기가 지면을 떠나 하늘을 향해 솟아오르는 동안, 그는 아이들의 사진을 잘 살펴본 뒤 휴대폰을 다시 주머니에 넣었다.

30

"패트릭." 남자가 스콧 라버그라고 자기소개를 했다. 그런 다음 브랜트, 애브너, 도티, 배질, 세이블, 켈시, 퀼 등 이름일 수도 있고 아닐 수도 있는 단어들을 중얼거리며 회의실 안을 돌아다녔다. 패트릭은 모두에게 인사를 했고, 그 불운한 이름들에 습격을 당하자마자 가능한 한 빨리 그것들을 잊기로 단단히 결심했다. 좌석이 지정되어 있을까? 각각의 의자 앞에 물병이 하나씩 놓여 있었다. 하지만 명패는 없었다. 그는 어떻게 해야 하는지 누군가 말해줄 때까지 기다렸다.

로스앤젤레스는 정말 멋졌다(적어도 팜스프링스와 비교하면). 로스앤젤레스 국제공항에서 그와 만난 캐시는 새로운 직책에 걸맞게 업그레이드된 의상을 입고 있었다. 그녀는 말도 안 되는 격려의 말들을 패트릭의 머릿속에 채워주었고, 그들은 일찍 스튜디오 부지에 도착했다. 캐시가 회의에 동반하게 해달라고 간청했지만, 그는 혼자서 최선을 다하겠다고 그녀를 안심시켰다. 그녀가 그러면 그의 전화를 간절히 기다리겠다고 말한 다음 준비할 시간을 주고 자리를 떴다. 그는 방갈로와 사운드스테이지 그리고 야외 촬영장들을 지나 거닐었다. 오랫동안 간이역 하나만 서 있던 도시 광장, 도시의 유연성을 갖춘 골목, 백악관 현관(매우 비옥한 정원이지만 예상치 못하게 풀이 자라난), 그리고 물 장면을 위한, 주변을 범람시킬 수 있는 거대한 물탱크가 있었다. 몇몇 익숙한 얼굴들이 보였고, 몇 사람은 손을 흔들었다. 전기 골프 카트를 탄 네 사람이 윙 하고 조용히 지나가며 손가락으로 가리켰다. 익숙하면서도 이상하고, 집처럼 편안하면서도 낯선 느낌이 들었다. 패트릭은 주머니에 손을 넣고 최대한 즐기려고 노력했다. 오래된 스웨터가 아직도 몸에 맞는지 입어보는 느낌이었다.

"이렇게 바로 우리와 함께해주셔서 정말 기쁩니다." 스콧이 계속 말했다.

"팜스프링스에서 비행기로 오면 금방이죠." 그들이 테이블 주변에 어색하게 서 있는 동안 패트릭이 대꾸했다.

"팜스프링스에서 오는 비행기편이 있나요?" 직원들 중 한 명이 명백한 사실—운전해서 오는 것이 더 쉬웠을 거라는—을 암시하며 물었다. 패트릭은 네트워크 TV 직원들에게—확실히 이 무리에게—한결같은 진부함이 존재하는 걸 발견했다. 마치 그들 전부가 같은 미용실에서 머리를 자르거나 알 수 없는 어떤 것에 대해 유사한 의견을 가지고 있는 것처럼. TV 방송의 미래처럼.

"있지요." 직항으로 올 수 있었으니 패트릭은 운이 좋았다. 그러지 않았다면 피닉스를 경유해서 와야 했을 것이다. "난 운전을 안 하거든요." 그가 설명 삼아 말했다. 이 말이 잠재적인 고용주에게 그를 덜 괴팍하게 보이게 할지 어떨지 확신하지는 못했지만 말이다.

"앉으세요." 스콧이 손짓을 했다. 그의 얼굴은 마치 소년 같았다. 때이르게 희끗희끗해진 귀 위쪽 머리카락만이 그런 모습과 배치되었다. 흰머리 때문에 진지해 보이는 것이 아니라, 어떤 역할을 하기 위해 관자놀이에 파우더를 뿌린 것처럼 보였다. 패트릭은 테이블 중간에 있는 의자에 앉았다. 스콧은 테이블 머리 쪽에 자리를 잡았다. 패트릭의 자리는 창문을 마주하고 있었고, 창문 너머로 물이 부글거리는 분수대가 보였다. 그는 잠시 풀장에서 튜브를 타고 놀던 메이지와 그랜트를 생각하다가 방안 분위기에 다시 집중했다. 임원진 몇 명이 펜을 꺼냈지만, 그들 중 뭔가 쓸 내용이 있는 사람은 아무도 없었다.

모두가 일제히 숨을 쉬고 내쉬었다.

"우리는 〈위층 사람들〉에 나온 당신을 무척 좋아했어요. 열성 팬들이죠." 켈시일 수도 있고 아닐 수도 있는 사람이 달콤하게 속삭였다. 그녀는 오버사이즈 안경을 꼈고 작은 라펠핀* 같은 것을 꽂고 있었다. 정치적이지만 논란의 여지가 있는 핀은 아니었다. 사실 그냥 여성이라고만 적혀 있을 수도 있었다.

---

* 주로 옷깃에 다는 금속 핀.

"그렇게 말씀해주시니 좋네요. 뜨거운 순간이었죠. 사람들이 잊었을까봐 걱정이에요."

회의실이 "절대 그렇지 않아요" 비슷한 말로 술렁였다.

패트릭이 계속 말했다. "사람들은 더이상 TV를 잘 안 보죠. 틱톡이라는 거 아세요?"

회의실에 모인 사람들이 웃었다. 물론 그들은 알고 있었다. 하지만 그들은 그걸 방어하기 위해 여기에 있는 것이기도 했다.

"틱톡이 틱tik을 톡tok할 수 있다면 얼마나 많은 틱을 톡할 수 있나요?"

회의실에 모인 사람들이 다시 웃었다. 이번엔 더 크게. 누군가가 말했다. "너무해요!"

스콧이 모두에게 조용히 하라고 손짓을 했다. "음, 우리는 TV를 봅니다. 이 회의실에 모인 사람들은 TV를 사랑해요."

"그리고 사람들은 우리 네트워크 TV를 시청하죠. 우리 live+3 채널을 보셔야 해요. 스트리밍 서비스는 또 어떻고요? 우리는 성공의 지표를 바꾸고 있습니다." 누군가(애브너?)가 스프링으로 제본한 보고서를 패트릭 쪽으로 던졌다. 그것은 이 네트워크 TV 로고가 완벽하게 그를 마주보는 모습으로 테이블 가장자리에서 7센티미터쯤 떨어진 곳에 멈췄다.

"그리고 누가 TV를 보는지 아세요?" 나비넥타이를 맨 남자가 물었다. "가족입니다."

회의실 안이 동의의 의미로 다시 술렁였다. 나비넥타이가 자신의 공헌이 자랑스러운 듯 활짝 웃었다. 그런 다음 윙크했다. 자신의 괴상함도 알리고 이곳을 패트릭에게 안전한 공간으로 정의하려는 것처럼.

"맞아요." 스콧이 확인해주었다. "그런 이유로 우리는 늘 가족 코미디에 대한 새로운 해석을 찾고 있지요."

해가 구름 뒤로 지나가 바깥이 잠시 어두워졌다. 패트릭은 그것이 불길한 징조가 아니기를 바랐다. 하지만 다른 사람들은 그것에 특별히 신경쓰지 않는 것 같았다.

"우리 모두 당신이 당신 아이들과 함께 올린 동영상을 무척 재미있게 봤어요."

"조카들이에요."

"뭐라고 하셨어요?"

"내 조카들이라고요." 패트릭은 그애들을 활용하는 일이 배신이기라도 한 양 속삭여 말했다. 하지만 이건 그들을 위한 일로 여겨졌고, 그는 목소리에 자신감을 불어넣어 다시 말했다. "조카인 여자애랑 남자애요."

"관계가 정확히 어떻게 되는데요?"

패트릭은 목을 가다듬고 말했다. "남동생의 아이들입니다."

"그렇군요."

"그애들의 엄마가 지난봄에 세상을 떠났고, 그래서 그애들이 여름 동안 나와 함께 지내려고 왔던 거죠."

"그 일은 표합니다."

수런거림.

"좋네요, 그걸 활용할 수도 있겠어요."

패트릭이 반대 의견을 말하기 시작했고, 스콧은 손을 들고 사과하며 그것이 어리석은 일이라는 데 동의했다.

"당신은 케미가 참 좋아요. 아이들하고 말입니다. 당신이 아이들에게 이야기하는 방식은 정말! 마치 작은 어른들을 대하는 것 같아요. 그건 신랄하지만…… 안전해요. 바로 우리가 찾고 있는 어조예요. 새로운, 하지만 익숙한. 어조가 가장 중요하죠. 나머지는 우리가 생각해낼 수 있거든요. 상황 그리고 다른 무엇이든. 플롯도요. 물론 당신의 조언을 토대로 말입니다."

패트릭이 고개를 끄덕였다. 그 말은 더 나은 반응이었지만 무척 부끄러웠다. "고맙습니다. 부모 중 한 명을 잃는 건 불행으로 여겨지곤 하죠. 둘 다 잃는 건 부주의처럼 보이지만요."* 회의실이 환희로 가득찼다. 패트릭은 이 인용문의 출처를 밝히려는 노력조차 하지 않았다. 벌써 다른 걱정거리로 옮겨간 뒤였다(그들이 그와 함께 프로그램을 만들 거라면 와일드에 대한 그의 사랑도 곧 알게 될 것이다). 그가 아이들과 케미가 좋았던가? 바로 그것이 본질이었나? 커넥션(연결)이 아니라 케미스트리? 사랑이 아니라 과학? "나는 그 아이들과 친밀한 관계를 맺었습니다. 시간이 흐르면서 그렇게 발전한 것 같아요. 애들은 마티니를 마시지 않더라고요. 그래서 유대감을 형성해줄 다른 것을 찾아야 했죠."

그만해! 네 말이 옳아! 이제 충분해!

---

* 오스카 와일드의 희곡 『진지함의 중요성』에 나오는 대사.

패트릭이 '회의실에' 들어오고 꽤나 오랜 시간이 흘렀다. 하지만 모든 것이 다시 원점으로 돌아가고 있었다. 그가 이런 자리를 얼마나 경멸하는지를 포함해서. 이 자리는 첫 데이트, 구직 면접, 토크쇼가 하나로 합쳐진 것이었다. 회의실에 모인 사람들은 그가 즐겁게 해줘야 할 청중이었다. 그리고 그는 최소한의 노력으로도 그들이 그의 손에서 받아먹게 할 수 있었다. 하지만 이게 그가 원하던 일인가? 정말로 원하지는 않았다. 그는 이걸 캐시에게 빚진 것이 아니었다. 그레그, 메이지와 그랜트에게 빚졌다. 세라에게 빚졌다. 세라는 자기 가족이 보살핌을 잘 받아야만 편히 쉴 수 있었다. 그리고 조에게도 빚졌다. 조는 그가 단지 살아남기만을 바라는 게 아니라, 잘 살기를 바랄 것이다.

"이번 여름에 여러 사건을 겪은 후 나는 육아에 10점을 받게 되었어요. 데이턴의 지글스*나 털사의 코미디헛**에 가서 사람들을 압도할 수도 있습니다." 회의실에 모인 사람들이 더 많은 이야기를 듣고 싶어 몸을 숙이는 동안 패트릭이 회의실 안을 둘러보았다. 잠깐, 저 사람들 중 한 명의 이름이 털사가 아니었나?

패트릭은 눈을 감고 메이지와 그랜트의 모습을 그려보았다. 그리고 그 아이들의 모습이 또렷하고 분명하게 떠올랐을 때 이야기를 시작했다.

"예컨대 아이들의 이는 왜 빠질까요? 코나 귀가 아니고 말입

---

* 어린이를 위한 실내 놀이터 체인.
** 코미디언이 나와 관객 앞에서 스탠딩 코미디를 하는 클럽.

니다. 왜 아이들의 작고 통통한 팔이 빠지고 어른의 팔이 새로 나지 않을까요?" 패트릭은 효과를 노려 자기 팔이 어깨에서 빠지는 시늉을 했다. 하지만 그런 몸짓은 전혀 필요 없었다. 사람들은 이미 흠뻑 빠져들어 듣고 있었다. "조카 남자애는 주머니pocket를 간식 구멍snack hole이라고 불러요. 그리고 솔직히 말하면 그게 패션에 대한 내 관점을 온통 바꿔놓았습니다." 그가 자기 주머니에 손을 뻗는 시늉을 했다. "피스타치오 오레오 신 드시고 싶은 분? 보푸라기는 무시해주시고."

회의실이 매우 시끄러워졌다. 어떤 사람은 허둥지둥 메모를 한 뒤 종이가 부족한 걸 발견했다. 다른 사람들은 간식거리를 찾는 것처럼 자기 옷 주머니를 뒤집어보고 방금 전의 농담이 얼마나 훌륭한지 논평했다. 다른 사람들은 조용히 계획을 짰다. 누가 대본을 써야 할까요? 동생 역을 누가 연기할 수 있을까요? 사랑에 대한 관심? 아이들?

회의실 안의 흥분이 패트릭 내면 깊은 곳의 무언가를 녹아내리게 했다. 그는 기운을 차리고 한 걸음 더 나아갔다. 그는 비를 맞아 오랫동안 녹슬어 있던 관절에 갓 기름칠을 한 양철 나무꾼이었다. 여행에 나설 용기를 낸 사자, 별로 무섭지 않다고 고백하는 허수아비였다. 일상의 몇 분이 지난 후, 패트릭은 양팔을 벌린 마법사 스콧 라버그 앞에 서서 새로운 심장을 달라고 요청하고 있었다.

"음, 이제 회의를 마무리해야 할 것 같습니다. 지난달에 아이들을 볼링장에 데려갔는데, 조카 남자애의 공이 이제 곧 핀에 닿을 거예요." 그는 손목의 보이지 않는 시계를 들여다보았다. "아이를 응원해주러 가야 해요."

"바로 이 프로그램입니다." 스콧 라버그가 흥분해서 펜으로 테이블을 두들기며 말했다. "당신이 바로 이 프로그램이에요, 패트릭. 당신이야말로 현대 가족의 가장입니다. 새로운 시대를 위한 〈아빠가 가장 잘 알아〉요."

"〈삼촌이 가장 잘 알아〉!" 배질이 말했다. 아니면 애브너, 아니면 퀼이.

"〈경클이 가장 잘 알아〉." 나비넥타이가 말했다. 그러자 좌중이 미친 듯 열광했다. 구름 뒤에서 해가 나왔고, 모든 것이 다시 세상과 잘 어울리는 것 같았다. 아니면 이미 잘 어울렸을까?

스콧 라버그가 회의를 다시 소집하는 의미로 테이블을 두드렸다. 모두가 정신을 차리고 자세를 바로했다. "확실히 우리가 흥분했네요. 당신도 흥분되면 좋겠습니다. 우리는 여기서 일을 시작할게요. 당신도 다시 LA에 오는 걸 기대하셨으면 합니다."

"다시 LA에 오라고요?" 이 말이 마치 엘 레이라고 발음하는 것처럼 그의 입에서 쏟아져나왔다.

"음, 그래요. 프로그램을 LA에서 찍을 거니까요."

"뉴욕에서 찍는 줄 알았는데요?"

"뉴욕에서 촬영하는 것도 생각했어요. 도시 아이들은 어느 정도 조숙한 면이 있으니까요. 하지만 아니에요. 여기서 촬영할 겁니다." 스콧 라버그는 혼란스러워 보였다. 심지어 혀 끝이 입 한쪽으로 비어져나올 정도였다. "비용 등을 고려해야 하지만, 그게 문제겠습니까?"

회의실이 빙빙 돌기 시작했다. 하지만 패트릭은 아무 말도 하지 않았다. 그는 이걸 세라에게 빚졌다.

한 시간 뒤 캐시는 계약을 제안하는 전화를 받았다.

*

패트릭, 도시가 속삭였다.

회의를 마친 뒤 그는 야외 촬영장을 다시 거닐었다. 생각들이 어지럽게 날뛰었다. 이 일은 그가 아이들에게 돌아가는 길이어야 했다. 그런데 지금 그는, 뭐지?─더 멀어지지 않았나? 뉴욕을 구현한 세트장에 도착하자 그의 얼굴에 웃음이 떠올랐다. 그곳은 오로지 그를 조롱하려고 존재하는 것 같았다. 그는 베이글 가게 건너편 건물 현관 계단에 앉았다. 그곳을 그토록 맥동하고 진동하는 장소로 만들어주는 사람들이 없으니 뉴욕은 으스스했다. 그는 NYPD 차량과 연석 옆에 주차된 여러 대의 노란 택시를 지나 도로를 내려다보았다. 지하철역 쇠살대에서 수증기가 피어올랐다. 그 모습이 왠지 모르지만 인공미를 더해주었다. 하지만 도로는 역시 비어 있었다. 그는 다른 모든 것 위에서 사물들의 소리를 듣고 있었다.

"패트릭!" 그의 이름이 다시 울려퍼졌다.

유령이 또 나타났군. 그는 다른 시간의 자신, 실제로 뉴욕에 살던 자신을 떠올리며 생각했다. 그리스 식당에서 공연을 마치고 늦은 밤 텅 빈 거리를 따라 집으로 걸어가면서 사람들을 흥분시키지 않는 더 나은 삶, 더 유망한 삶을 계획하던. 그는 몸을 일으켰다. 각진 옷차림을 한 색색의 마네킹들이 서 있는 상점 진열창에 매혹되어 그 블록을 따라 계속 아래로 내려갔다. 촬영을 위해 세트장을 꾸미고 있는 것이 틀림없었다.

그의 뒤에서 쿵쿵거리는 발소리가 들렸고, 누군가 그의 이두박근을 붙잡았다.

뒤로 돌자 에머리가 보였다.

"당신인 줄 알았어요." 에머리가 말했다. 이상하게도 그의 안경에 빗방울이 튀어 있었다.

"여기서 뭐 하고 있어?" 패트릭이 재미있어하며 머리를 흔들었다. 머리에 쓴 비니가 한쪽으로 축 늘어져 있어서 에머리는 바보처럼 보였다.

"촬영하다가 쉬는 중이에요." 에머리가 머리에서 비니를 벗었고, 패트릭은 그것이 촬영용 의상의 일부라는 사실에 안도했다. "가끔 생각 좀 하려고 여기에 와요."

패트릭은 주위를 둘러보았다. 이 풍경이 곧 다시 그의 세상이 될 수 있었다. "안경이 젖었네."

에머리는 사팔눈이 되어 안경 렌즈를 들여다보았다. "아, 서부 마을을 지나 뛰어왔거든요. 거기서 비 내리는 장면을 촬영하고 있어요."

우리 직업은 참 괴상해, 패트릭은 생각했다.

"당신은요? 여긴 당신 집에서 멀리 떨어진 곳이잖아요. 여기서 뭐해요?"

"나?" 패트릭이 물었다. 마치 에머리가 다른 누구에 관해 질문할 수도 있는 것처럼. 그는 뉴욕 블록을 따라 줄지어 서 있는, 벽돌과 돌로 지은 건물들을 둘러보았다. "길을 좀 잃었어."

"이상한 소리 하지 말고요."

"새로운 프로그램 때문에 회의가 있었어." 그가 떨떠름한 표정으로 말했다. "네가 믿을지 모르겠지만."

"물론 믿죠. 당신은 젠장맞을 스타잖아요."

비행기 한 대가 그들의 머리 위로 지나갔고, 그들은 둘 다 잠시 말을 멈추고 하늘을 올려다보았다.

"사막은 어때요?" 에머리가 물었다. "은퇴생활을 청산하고 컴백하는 거예요?"

"모르겠어." 패트릭은 가짜 자갈 위에서 균형을 유지하려고 애썼다. "사막은 항상 그 자리에 있을 거야. 하지만 지금은 내가 세상에 다시 합류할 때지."

에머리가 미소 지었다. "그 풀장이 그리울 거예요."

"그 집 빌려줄게."

"그 집 안에 있는 당신이 그리울 거라고요." 에머리가 더 활짝 미소 지었다. 이전에는 눈치채지 못했지만 에머리는 이 하나가 빠져 있었다. 그를 이상적으로 만들어주는 또다른 결점이었다. "어디로 가요?"

"지금?" 좋은 질문이었다. 패트릭은 자기 생각 속에 빠져 있었다. 거닐 도시가 더 있었으면 했다. 하지만 안타깝게도 도시는 앞쪽에서 끝나고 방갈로들과 정자가 있는 작은 공원 세트로 연결되었다. "호텔로 돌아가야지. 개를 산책시켜야 하거든."

에머리가 능글맞게 웃으며 물었다. "그거 완곡어법이에요?"

"아니야." 패트릭은 자신이 아이들에게 완곡어법에 대해 설명했던 것을 떠올리고 빙긋 웃었다. "그런 거 아니야." 마를레네는 호텔이나 문밖 복도를 걸어다니는 사람들의 소리가 익숙하지 않아서 불안해할 테고, 밖으로 나가기만 기다리고 있을 터였다. "너는 어떤데?"

빗방울이 튄 안경 뒤에서 에머리의 눈이 빛났다. "장면 하나를 더 찍어야 해요. 하지만 그런 다음엔 당신과 한잔할 수 있어요."

패트릭이 에머리의 눈이 보이도록 안경을 벗겼다. "넌 뭘 찾고 있는데, 에머리?"

"아무것도요." 에머리가 그들이 처음 만난 그날 밤처럼 윙크했다. "전부 다요."

패트릭은 조의 얼굴을 떠올리려 했다. 얼굴이 떠올랐지만 흐릿하게 번져갔다. 이목구비가 정확하지 않았다. 그 얼굴을 마지막으로 본 뒤 평생이 지났다. 패트릭은 최선을 다해 셔츠 자락으로 에머리의 안경을 닦았다. "음, 나는…… 뭔가를 찾고 있어."

에머리가 고개를 끄덕였다. "그게 뭔지 아세요?"

패트릭은 안경을 쓰지 않은 에머리를 한 번도 본 적이 없었다. 안경을 쓰지 않은 그는 더 나이들고 더 성숙해 보였다. "연극을 하고 싶은 것 같아." 이 말이 패트릭을 깜짝 놀라게 했다. 하지만 이 말은 이미 그의 머릿속에 있었다. 캐시와 처음 만난 날 그의 집 주방에서 캐시에 의해 심어졌다. LA에서 일하는 건 뭔가를 반복하는 행위처럼 느껴졌다. 패트릭은 새로운 뭔가를 시작하기를 간절히 원했다.

에머리가 앞으로 한 걸음 내디뎠고, 그들은 얼굴을 마주하고 섰다. 에머리가 그들 주위의 맨해튼 거리 풍경을 손으로 가리켰다. "그렇다면 지금 마침맞은 도시에 있네요."

패트릭이 자기도 모르게 미소 지었다. "그런 것 같군."

"연극이라니, 재미있을 것 같아요."

"그래?" 패트릭은 이미 예측하고 있었다. 그건 네트워크 TV 프로그램 출연 그리고 그가 가족을 위해 벌려고 한 출연료를 거부하는 것을 의미할 터였다.

"같이 한잔해요." 에머리가 권했다. "이런저런 이야기도 좀 하고요."

그들은 그렇게 막다른 곳의 보도에 서 있었다. 패트릭이 눈을 깜박였고, 그들의 속눈썹이 거의 맞닿았다. 에머리는 그에게 맞는 사람이 아니었다. 나이 차는 단지 시작에 불과했다. 하지만 에머리 또한 틀리지 않았고, 패트릭은 자신이 언제 변명하는지 알 만큼 스스로를 잘 알고 있었다. 에머리는 생기가 넘쳤고, 그의 노에 예스라고 답했다. 그리고 사막을 떠나는 것, 고립에서 빠져나오는 것의 요점은 멈추는 것이었다. 변명하는 것을, 아니라고 말하는 것을. "한 잔." 패트릭의 태도가 누그러졌다. "최대 네 잔까지만."

프린지 조끼와 부츠 차림으로 서부 마을을 향해 가는 길에 에머리는 엑스트라 두 명을 불러세웠다. "이쪽은 내 친구 패트릭이에요." 에머리가 그들 중 한 명에게 말했다. "패트릭은 연극을 할 거래요."

패트릭의 얼굴이 붉어졌다. 에머리가 그를 찬양하는 건 너무 바보 같은 짓이었다.

"빗속에서 서부물 찍는 것보단 낫네요." 그 엑스트라가 숨을 몰아쉬더니 뉴욕 블록을 따라, 가던 길을 계속 내려갔다. 아마도 오래된 술집으로 가는 것 같았다.

패트릭이 에머리에게 안경을 돌려주었다. "정말로 우선은 개부터 산책시켜야 해."

에머리가 한쪽 구두로 보도를 긁었다. "좋아요." 그가 말했다. "하지만 우린 그걸 완곡어법으로 만들고 있는 거예요."

도로 한가운데에서 패트릭이 에머리에게 키스했다. 뉴욕 전체가 시야에서 사라질 때까지.

"막 오르기까지 십 분 남았습니다!"

복도 위아래의 대기실 문들을 미친듯이 두드리는 소리에 패트릭은 씨익 웃었다. 이 공연에 들어가기 전 그에게 필요한 건 전기충격이었다. 그가 마지못해 존경심을 품고 있는 케이시라는 이름의 다소 유머 없는 논바이너리* 무대 매니저(연극 관계자들은 패트릭의 수많은 매력에 면역을 갖고 있었다)가 그의 대기실 앞을 지나가자 패트릭은 대기실 문에서 머리를 쏙 내밀고 물었다.

"내가 요청한 특별 초대권들 다 해결됐나요?"

"어떻게 해결해요?"

"관람할 사람들이 여기 와 있다고요." 패트릭이 애원했다.

---

* 남성과 여성 둘로만 분류하는 기존의 이분법적 성별 구분에서 벗어난 성 정체성 또는 그러한 성 정체성을 갖고 있는 사람들을 가리키는 용어.

케이시가 헤드셋으로 매표소에 연락했다. "패트릭 오하라 씨의 특별 초대권 몇 장이죠. 전부 다섯 장인가?" 그가 마이크를 덮고 말했다. "전부 다섯 장이에요."

　"좌석을 받을 사람들이 도착했대요?" 케이시가 고개를 끄덕였다. "알았어요. 잘됐네요. 좋아요. 고맙습니다. 가셔도 돼요." 패트릭은 막 올리는 걸 지연시키고 싶지 않아서 케이시에게 계속 가라고 고개를 끄덕였다.

　"계단 아래로 떨어지세요Fall down some stairs." 케이시가 이렇게 말하고는 다시 외쳤다. "구 분 남았어요. 구 분 남았습니다, 여러분."

　패트릭은 웃었다. 케이시가 한 말은 정확히 '행운을 빌어요Break a leg'라는 표현은 아니었다. 하지만 이 연극은 마이클 프레인의 〈효과음〉이고 그는 극중극의 남자 주인공 개리 러준 역을 연기하고 있었기 때문에, 그는 연출의 일환으로 공연중에 실제로 정어리를 밟고 미끄러진 후 계단 아래로 떨어질 예정이었다. 안무가 친구가 어떤 식으로 하면 좋은지 가르쳐주었지만, 한 번의 테크니컬 리허설과 세 번의 드레스 리허설을 하고 나서도 여전히 욱신거리는 느낌이었다. 특히 오른쪽이 아니라 왼쪽으로 몸을 비틀어 어깨를 정면으로 부딪친 두번째 드레스 리허설 후에 그랬다. 그는 대기실 안으로 다시 들어가 앉았다. 그런 다음 거울 속으로 자신의 모습을 유심히 살폈다. 콧수염은 여전히 제자리에 있었다. 아이들이 집에 돌아간 후 면도를 해야겠다고 생각했지만, 그는 수염에 익숙해져 있었고 그가 맡은 역할에도 수염이 잘 어울릴 것 같았다. 조명은 좋았다. 리허설 내내 그는 우스꽝스러운 셀카를 찍어 아이들을 위해 그레그에게 보냈다. 더 나이들어 보였지만 그게 좋았다. 그는 인생을 살았고 살아남았다.

그의 테이블에 공연 책자가 놓여 있었다. 웨스트포트 카운티 플레이하우스가 〈효과음〉을 공연합니다. 그가 네트워크 TV의 파일럿 프로그램 제안을 거절하라고 했을 때 캐시는 약간 심장마비를 일으킬 뻔했지만 모든 것을 잘 해결했다. 패트릭은 그녀에게 일 년의 적응 기간이 필요하다고 말했고 그들은 타협했다. 어쨌든 프로그램이 정식으로 시작하려면 일 년은 걸릴 것이고, 3월에 파일럿 프로그램을 촬영한다고 하니 그는 그때까지 대부분의 시간을 마음대로 사용할 수 있었다. 심지어 그녀는 코네티컷에서 그가 출연할 연극을 찾아내 출연료의 일부를 커미션으로 받기도 했다. 브로드웨이 연극은 아니었지만, 뉴욕의 평론가들에게 어느 정도 좋은 평가를 받았으므로 그리 나쁜 거래는 아니었다. 덕분에 그는 아이들이 집으로 돌아간 첫 해 동안 아이들을 자주 볼 수 있었다. 대부분 아이들의 학교 수업이 끝난 뒤에 만났다. 심지어 메이지의 친구 오드라 브래킷을 소개받기도 했다. 듣던 대로 매우 기쁨을 주는 아이였다. TV 프로그램 제작이 시작되면, 그는 일 년의 육 개월은 LA에서, 육 개월은 뉴욕에서 지낼 것이다. 생애 처음으로 이중 생활을 하게 되는 것이다.

패트릭은 공연 책자에 실린 자신의 사진과 동료 출연진의 사진을 힐끗 보았다. 한 팀의 일원이라는 사실이 그를 행복하게 해 주었다. 사막에서의 그의 개인 공연은 끝나야 할 시간이 훨씬 지나서도 계속되었다. 그는 자신이 하는 일을 아이들에게 직접 보여줄 생각에 흥분했다. 거프가. 그들의 경클이. 무대에 선다. 유튜브는 라이브 극장의 마법과는 상대가 되지 않았다.

똑, 똑, 똑.

무대 담당자 중 한 사람인 테일러가 긴장한 표정으로 거울 속 그의 뒤에 서 있었다. "손님이 찾아왔습니다." 그가 말했다. "시간이 없다고 말씀드렸지만 꼭 만나봐야 한다고 고집을 부리시네요." 테일러가 뒤로 물러서자 클라라가 장미 꽃다발을 들고 문가에 서 있었다.

패트릭은 빙긋이 웃었다. "괜찮아요, 테일러. 고마워요." 테일러의 잘못이 아니었다. 테일러처럼 지위가 낮은 사람은 그의 누나와 언쟁해서 결코 이길 수 없었다.

"너 주려고 가져왔어." 클라라가 꽃다발을 건네며 말했다. 그녀는 아무런 인상도 받지 않은 듯 무심한 표정으로 주변을 둘러보았다.

"이건 〈투나잇쇼〉가 아니야, 누나. 그래서 대기실이 작아."

"난 연극 백스테이지에 한 번도 안 와봤어." 그녀가 말했다. "그런데 꽤 흥미롭네."

패트릭이 꽃다발을 끌어안고 말했다. "꽃다발 고마워." 그가 꽃다발 속의 카드를 꺼내 열어보았다. 카드에 메시지가 적혀 있었다. 컴백을 축하해요. 그리고 서명도 있었다. 당신의 가장 열성적인 팬들이. "모두가 다 함께 주는 거야?" 패트릭이 물었고, 클라라는 그렇다고 했다. 그는 꽃다발을 화장대 위에 올려놓고 일어나서 누나의 뺨에 키스했다. 어색했지만 너그러운 행동이었고, 클라라는 미소를 짓는 것 같았다. 패트릭은 뒤로 물러서서 그의 무대의상인 요란한 파우더블루색 수트를 매만졌다. 클라라가 넓은 옷깃을 단정하게 가다듬어주었다. "참, 할말이 있어, 누나. 내일 언론 인터뷰가 있어서 그러는데, 학교 끝나는 시간에 나 대신 아이들 좀 데리러 가줄 수 있어?"

"기꺼이 할게." 클라라가 대답했다. 그녀는 실제로 기꺼워했다.

그들은 복도로 나갔다. 패트릭은 누나를 계단 아래로 이끌었고, 그런 다음 무대 뒤로 이어지는 두번째 계단으로 내려갔다. 행운을 빌어요. 행운을 빌어요, 패트릭. 공연 잘해요. 우리 모두 행운을. 모두들 열정적으로 하이파이브를 했다. "누난 여기로 들어가." 그가 객석으로 통하는 문을 누나에게 가리키며 말했다.

"행운을 빌어, 패트릭. 우리 모두 무대에 선 너를 빨리 보고 싶다." 클라라가 미소를 짓고는 객석으로 통하는 문 너머로 모습을 감추었다.

혼자가 된 패트릭은 자신이 좋아하는 무대 뒤의 조용한 장소를 찾았다. 거기에 서 있으면 세트 창문을 통해 무대를 엿볼 수 있었다. 보통 그는 무대에 입장하기 전 거기서 리허설을 지켜보았다. 오늘밤에는 관객도 볼 수 있었다. 그레그, 메이지, 그랜트, 에머리가 이미 착석해 있었고, 클라라가 그들 옆, 5열 중앙에 자리를 잡았다. 그들은 흥분해서 서로 이야기를 나누었다. 극장 안은 흥얼거리는 대화들로 활기가 가득했다. 메이지가 나비넥타이를 매고 있었고, 그걸 보자 패트릭의 마음이 녹아내렸다. 그의 영향이었다.

한동안 그는 동떨어져 있는 느낌을 받았다. 마치 그가 관객 같았다. 그 반대가 아니라. 사람들이 어떻게 사는지 관찰하는 임무를 띤 외계인이 된 느낌. 어떤 면에서는 자신의 지혜를 공유하고 원시 인류에게 질병에 대한 치료법을 전수하는 진보된 존재. 그리고 마침내 그 치료법은 마법 같은 요소로 그 자신 또한 치유해 주었다.

객석의 조명이 꺼지고 군중 속의 얼굴들이 사라졌다. 그 대신 조의 얼굴이 그를 향해 미소 짓고 있는 것이 보였다. 그리고 아주 잠깐 세라의 얼굴이 떠올랐다.

그들의 우정은 어둠 속에서 시작되었다. 지붕으로 이어지는 칠흑 같은 계단통에서. 그리고 이제 그와 그녀의 아이들의 관계도 마찬가지였다. 비록 그들의 어둠은 그때의 어둠과 매우 달랐지만. 하지만 그 아이들도 그의 빛이 되었다.

"고마워." 그가 세라에게 속삭였다. 지난여름의 모든 일들을 계획해준 것에 대해.

패트릭은 무대와 객석이 보이는 위치에서 물러나 무대 뒤 왼쪽에 자리를 잡았다. 케이시가 그의 도착을 확인하며 고개를 끄덕였다. 패트릭도 마주 고개를 끄덕였다. 시작합시다. 헤드셋을 통해 목소리가 들렸다.

"각자 자리에 서세요."

마지막 경클 규칙. 인생에는 두 가지 비극이 있다. 하나는 원하는 걸 얻지 못하는 것이고, 다른 하나는 그걸 얻는 것이다.

패트릭은 양쪽을 다 경험해보았다. 후자가 더 바람직했다.

극장 전체에 침묵이 내려앉았다. 마지막으로 사탕 포장을 벗기는 소리. 외투 자락 바스락거리는 소리. 접힌 공연 책자를 펼치는 소리.

패트릭은 자기가 속한 바로 그곳에 있었다. 무대 조명이 켜지자 덧없는 생각이 그의 얼굴에 따뜻한 빛을 쏟아부었다. 예전에 그는 그걸 싫어했지만 지금은 좋았다.

바로 그렇게 하는 거야.

나는 소설 쓰기가 매우 외로운 작업이라고 자주 말하곤 한다. 그건 단순히 사실이라기보다는 감정적 진실에 더 가깝다. 때때로 매우 외롭게 느껴질 수 있지만, 사람들의 지지, 동행, 동기 부여를 위한 놀라운 생명선에 접근할 수 있는 것도 사실이다.

그 목록의 맨 꼭대기에 나의 편집자 샐리 킴이 있다. 전에 나는 편집자들을 기리는 책 한 권을 쓴 적이 있는데, 만일 여러분이 샐리를 안다면 그 이유를 이해할 것이다. 내 앞에서 나의 다음 소설을 위한 영감을 알아봐줘서 고마워요. 당신은 작업 과정에서 너무도 많은 마법을 가져다주었고 당신을 나의 메임 고모로 생각하지 않기가 힘드네요. 당신은 진정한 메임의 방식으로 가벼운 아침 식사—블랙커피와 사이드카*—를 하고 글을 쓰도록 니를 겨려해주었죠(살아라! 이것이 그 메시지였어요).

우리 모두가 고립되어 있다고 느낀 그 평범하지 않았던 시간 동안 내 에이전트 롭 바이스바흐는 나에게 바깥세상과 연결되는 밧줄이 되어주었고, 나는 그래야 하는 것보다 더 많이 그에게 의지했다. 롭은 특별하고 관대한 재능을 가졌고, 그의 방대한 경험으로부터 혜택을 받고 있는 나는 너무나 행운아다. 만약 이 책에 완전히 실패해버린 핵심 구절이 있다면, 내가 장담하는데 그가 더 나은 구절을 찾아내라고 나를 독려했지만 내가 그러지 않고 고집을 부린 탓임을 밝히는 바다.

이 책에는 친구들이 많고, 거기에는 마이클 피터스, 케이트 하우, 캐슬린 콜드웰, 웬드 크롤리, 할런 굴코, 트렌트 버논, 라이언 퀸, 잭 허그, 니컬러스 브라운, 크리스 노이하우스, 로즈웰 엔시나, 줄리아 클레이번 존슨이 포함된다. 그리고 이 어려운 시기에 단 한순간도 주저하지 않은 G. P. 퍼트넘 선스의 지칠 줄 모르는 팀이 있다. 알렉시스 웰비, 케이티 맥키, 애슐리 맥클레이, 에밀리 플리넥, 니시타 파텔, 그리고 가브리엘라 몬젤리이다. 이들은 진정한 프로들이고, 이들의 에너지와 창의력은 전염성이 있다.

스테파니 체르낙 마우러, 당신이 매일 그리워요. 6층이 생각나고 그 모든 것이 어떻게 눈 깜짝할 사이에 지나가버렸는지 신기합니다.

무조건적 사랑의 모범이 되어주신 것에 대해 나의 부모님 바버라 소니아와 노먼 롤리에게 감사한다.

---

* 브랜디를 베이스로 하는 칵테일.

나는 무척 놀라운 다섯 아이의 정글이다. 이 책을 그 아이들에게 바친다. 나는 여러 가지 이유로 그리고 훌륭한 개인들로서 그 아이들을 사랑한다. 하지만 그건 그들이 나의 형제자매인 로라 롤리, 샘 롤리, 그리고 수 비에르누시의 확장이기 때문이기도 하다. 너희는 나의 첫 친구들이자 최고로 남아 있는 친구들이고, 너희가 부모 노릇하는 걸 지켜보는 건 보람 있는 일이야.

싸움터의 정글들에게 그리고 아름다운 아이들을 양육하고 있는 많은 LGBTQ+* 사람들에게 건배를 외치는 바다. 당신들은 편견 없이 사랑하고 진정한 자아를 찬양하도록 어린이 세대에 영감을 주고 있다. 나는 당신들이 하는 일에 경외감을 느낀다.

마지막으로, 바이런 레인에게 천 번의 예스를 보낸다(바이런은 그의 소설 『어 스타 이스 보어드A Star Is Bored』의 감사의 말에서 나에게 프로포즈를 했다. 여러분이 그의 책을 읽었다면—만약 읽지 않았다면 읽어야 한다—그리고 내 답변이 무엇인지 보기 위해 나의 다음번 책을 기다렸다면, 이제 다들 알게 됐을 것이다. 최소한 나는 내 수락이 에이브 링컨의 주머니 그리고 월트 휘트먼의 머리카락 한 묶음과 함께 의회 도서관에 문서화되기를 원했다). 당신과 함께 인생을 보내게 되어 나는 젠장맞게도 운이 좋아.

---

* 레즈비언, 게이, 바이섹슈얼, 트랜스젠더, 퀘스처너리(성 정체성을 아직 확립하지 못한 사람), 그 외 성소수자 전반을 통틀어 부르는 명칭.

옮긴이 **최정수**

연세대학교 불어불문학과와 동대학원을 졸업하고 전문 번역가로 활동하고 있다. 파울로 코엘료의 『연금술사』『오 자히르』『마크툽』, 기 드 모파상의 『오를라』『기 드 모파상—비곗덩어리 외 62편』, 프랑수아즈 사강의 『한 달 후, 일 년 후』『어떤 미소』『신기한 구름』『잃어버린 옆모습』, 아니 에르노의 『단순한 열정』, 아모스 오즈의 『시골 생활 풍경』, 이 외에 『찰스 다윈—진화를 말하다』『르 코르뷔지에의 동방 여행』『우리 기억 속의 색』『딜레마—어느 유쾌한 도덕철학 실험 보고서』『조지 오웰』『미술관에 가기 전에』『역광의 여인, 비비안 마이어』『노 시그널』『나는 죽음을 돕는 의사입니다』 등 많은 책을 우리말로 옮겼다.

경클

초판 인쇄 2024년 8월 27일
초판 발행 2024년 9월 9일

지은이 스티븐 롤리 | 옮긴이 최정수
책임편집 이경록 | 편집 박신양
디자인 박현민 유현아 | 저작권 박지영 형소진 최은진 오서영
마케팅 정민호 서지화 한민아 이민경 안남영 왕지경 정경주 김수인 김혜원 김하연 김예진
브랜딩 함유지 함근아 박민재 김희숙 이송이 박다솔 조다현 정승민 배진성
제작 강신은 김동욱 이순호 | 제작처 천광인쇄사

펴낸곳 (주)이봄 | 펴낸이 김소영
출판등록 2014년 7월 6일 제406-2014-000064호
주소 10881 경기도 파주시 회동길 210
전자우편 yibom@munhak.com | 대표전화 031)955-8888 | 팩스 031)955-8855
문의전화 031)955-3579(마케팅), 031)955-3572(편집)

ISBN 979-11-90582-80-3 03840

이봄은 (주)문학동네의 계열사입니다.

www.munhak.com